E. L. James
LIBERADO

E. L. James es una romántica incurable. Después de veinticinco años trabajando en la televisión, decidió cumplir su sueño de infancia y se lanzó a escribir historias que enamoraran a los lectores. El resultado fue la controvertida y sensual *Cincuenta sombras de Grey* y sus dos secuelas, *Cincuenta sombras más oscuras* y *Cincuenta sombras liberadas*, publicadas en 2012. Posteriormente escribió los *bestsellers Grey* y *Más oscuro*, la historia de Christian y Ana desde la perspectiva de él. En 2019 publicó *Mister*, volviendo a encabezar las listas de *bestsellers* del *New York Times* y *Sunday Times*. Sus novelas han sido traducidas a cincuenta idiomas, han logrado vender más de 165 millones de ejemplares en todo el mundo, y cuentan con más de 8 millones de lectores en español.

E. L. James fue reconocida como una de las «Personas más influyentes del mundo» por la revista *Time*, y *Publishers Weekly* la nombró «Autora del año». *Cincuenta sombras de Grey* permaneció en la lista de *bestsellers* del *New York Times* durante 133 semanas consecutivas y en 2018 fue seleccionada por los lectores como una de las 100 mejores novelas según una votación en The Great American Read de PBS. Además, *Cincuenta sombras liberadas* ganó el Goodreads Choice Awards en 2012, y *Más oscuro* fue seleccionada entre las finalistas del International Dublin Literary Award en 2019.

James coprodujo las películas de «Cincuenta sombras» para Universal Studios, las cuales recaudaron más de mil millones de dólares. La tercera entrega, *Cincuenta sombras liberadas*, ganó el People's Choice Award for Drama en 2018.

E. L. James vive en las afueras de West London con sus dos maravillosos hijos, su marido —el novelista y guionista Niall Leonard— y sus perros terrier.

LIBERADO

LIBERADO

E. L. JAMES

Traducción de ANUVELA

VINTAGE ESPAÑOL

Penguin
Random House
Grupo Editorial

Título original: *Freed*
Primera edición: junio de 2021

© 2021, Fifty Shades Ltd.
© 2021, Penguin Random House Grupo Editorial USA, LLC
8950 SW 74th Court, Suite 2010
Miami, FL 33156

Traducción: ANUVELA
Diseño de cubierta: Adaptación de la cubierta original de Erika Mitchell y Brittany
Vibbert / Sourcebooks / Penguin Random House Grupo Editorial
Fotografía de la cubierta © Erika Mitchell y © Andrew Melzer / Sourcebooks (Corazones)

Impreso en México / *Printed in Mexico*

ISBN: 978-1-644-73448-3

21 22 23 24 25   10 9 8 7 6 5 4 3 2 1

Domingo, 19 de junio de 2011

Sumidos en un estado de absoluta felicidad poscoital, estamos tumbados bajo los farolillos de color rosa, las flores silvestres y las guirnaldas de luces que parpadean en el emparrado. Mientras se apacigua mi respiración, estrecho a Anastasia entre mis brazos. Desmadejada encima de mí, apoya la mejilla en mi pecho y la mano sobre mi acelerado corazón. La oscuridad se ha desvanecido, ahuyentada por mi atrapasueños particular... mi prometida. Mi amor. Mi luz. ¿Se puede ser más feliz de lo que lo soy yo ahora mismo?

Grabo la escena a fuego en mi memoria: la casita del embarcadero, el ritmo relajante del golpeteo del agua, las flores, las luces... Cierro los ojos y memorizo la sensación de tener a esta mujer en mis brazos, el peso de su cuerpo encima de mí, el lento movimiento de su espalda al compás de la respiración, sus piernas enredadas en las mías. El aroma de su pelo me inunda las fosas nasales y es un bálsamo que suaviza todos mis oscuros ángulos y mis aristas afiladas. Este es mi lugar feliz. El doctor Flynn se sentiría orgulloso. Esta hermosa mujer ha accedido a ser mía. En todos los sentidos. Otra vez.

—¿Y si nos casamos mañana? —le susurro al oído.

—Mmm. —El sonido en su garganta reverbera suavemente sobre mi piel.

—¿Eso es un sí?

—Mmm.

—¿O es un no?

—Mmm.

Sonrío. Está exhausta.

—Señorita Steele, ¿está siendo incoherente? —Percibo su sonrisa a modo de respuesta y estallo en risas de felicidad mientras la abrazo con más fuerza y la beso en el pelo—. En Las Vegas. Mañana. Está decidido.

Levanta la cabeza, con los ojos entrecerrados bajo la tenue luz de los farolillos... parece adormilada, aunque saciada a la vez.

—No creo que a mis padres les vaya a gustar mucho eso. —Baja la cabeza y recorro su espalda desnuda con las yemas de los dedos, disfrutando de la calidez de su piel suave.

—¿Qué es lo que quieres, Anastasia? ¿Las Vegas? ¿Una boda por todo lo alto? Lo que tú me digas.

—Una boda a lo grande no… Solo los amigos y la familia.

—Muy bien. ¿Dónde?

Se encoge de hombros y tengo la sensación de que no se lo ha planteado hasta ahora.

—¿Por qué no aquí? —pregunto.

—¿En casa de tus padres? ¿No les importará?

Me río. Grace estaría entusiasmada con la idea.

—A mi madre le daríamos una alegría. Estaría encantada.

—Bien, pues aquí. Seguro que mis padres también lo preferirán.

Y yo también. Por una vez, los dos estamos de acuerdo. Sin discusión de por medio.

¿Es la primera vez?

Con delicadeza, le acaricio el pelo, un poco revuelto tras nuestro apasionado encuentro.

—Bien, ya tenemos el dónde. Ahora falta el cuándo.

—Deberías preguntarle a tu madre.

—Mmm. Le daré un mes como mucho. Te deseo demasiado para esperar ni un segundo más.

—Christian, pero si ya me tienes. Ya me has tenido durante algún tiempo. Pero me parece bien, un mes.

Me planta un beso suave en el pecho y agradezco que la oscuridad no aparezca. La presencia de Ana la mantiene a raya.

—Será mejor que volvamos; no quiero que Mia nos interrumpa, como la última vez.

Ana se ríe.

—Ay, sí. Aquella vez no nos pilló por los pelos. Mi primer polvo de castigo.

Me roza el mentón con la yema de los dedos y me doy la vuelta, rodando y arrastrándola conmigo hasta retenerla contra la alfombra de pelo.

—No me lo recuerdes. No fue uno de mis mejores momentos.

Arquea los labios en una sonrisa cohibida, con los ojos chispeantes de ironía.

—Como polvo de castigo, no estuvo del todo mal. Además, recuperé mis bragas.

—Eso es verdad. Merecida y limpiamente. —Riéndome al recordar la escena, le doy un beso rápido y me incorporo—. Vamos, ponte las bragas y volvamos a lo que queda de la fiesta.

Le subo la cremallera del vestido verde esmeralda y le echo mi chaqueta por encima de los hombros.

—¿Estás lista?

Entrelaza los dedos con los míos y caminamos hacia lo alto de las escaleras de la casita del embarcadero. Se detiene un momento y se vuelve para admirar nuestro refugio floral como si estuviera memorizando aquella imagen.

—¿Y qué pasa con todas estas luces y con las flores?

—Tranquila, mañana volverá la florista a recogerlo todo. La verdad es que han hecho un trabajo estupendo, y las flores irán a una residencia de ancianos local.

Me aprieta la mano.

—Eres una buena persona, Christian Grey.

Espero ser lo bastante bueno para ti.

Mi familia está en el estudio, abusando de la máquina de karaoke. Kate y Mia están bailando y cantando «We Are Family», con mis padres como público. Me parece que están un poco borrachas. Elliot está desparramado en el sofá, bebiendo cerveza y entonando la letra de la canción.

Kate ve a Ana y la llama para que se acerque al micrófono.

—¡Dios! —exclama Mia, sofocando la canción con su grito—. ¡Pero qué pedazo de pedrusco! —Coge la mano de Ana y emite un silbido—. Esta vez te has portado, Christian Grey.

Ana le sonríe con timidez mientras Kate y mi madre la rodean para examinar el anillo, lanzando las correspondientes exclamaciones de admiración.

Noto cómo me voy hinchando de orgullo.

Sí. Le gusta. A ellas también les gusta.

Lo has hecho muy bien, Grey.

—Christian, ¿puedo hablar contigo? —me pregunta Carrick, levantándose del sofá y mirándome con gesto adusto.

¿Ahora?

Me dirige una mirada inflexible al tiempo que me indica con la mano que salgamos de la habitación.

—Mmm, sí, claro. —Miro a Grace, pero rehúye mi mirada deliberadamente.

¿Le habrá contado lo de Elena?

Mierda. Espero que no.

Lo sigo a su despacho y él me hace pasar y cierra la puerta a su espalda.

—Tu madre me lo ha contado —me suelta a bocajarro, sin preámbulo de ninguna clase.

Miro el reloj: son las 12.28. Es demasiado tarde para un sermón... en todos los sentidos.

—Papá, estoy cansado...

—No, no te vas a librar de esta conversación. —Me habla con voz severa y entorna los ojos para mirarme por encima de la montura de las gafas. Está enfadado. Muy muy enfadado.

—Papá...

—Calla, hijo. Ahora te toca escuchar.

Se sienta en el borde de la mesa, se quita las gafas y se pone a limpiarlas con el paño de gamuza que acaba de sacarse del bolsillo. Estoy allí de pie frente a él, como tantas otras veces, sintiéndome como cuando tenía catorce años y acababan de expulsarme del colegio... otra vez. Resignado, respiro profundamente y, lanzando el suspiro más ruidoso que soy capaz de emitir, apoyo las manos en las caderas y aguanto el chaparrón.

—Decir que me he llevado una decepción sería quedarme muy corto. Lo que hizo Elena es criminal...

—Papá...

—No, Christian. No tienes derecho a hablar ahora mismo. —Me fulmina con la mirada—. Esa mujer se merece que la encierren.

¡Papá!

Hace una pausa y vuelve a ponerse las gafas.

—Pero creo que lo que más me ha decepcionado ha sido el engaño. Cada vez que salías de esta casa diciéndonos una mentira, como que te ibas a estudiar con tus amigos, unos amigos a los que nunca llegábamos a conocer... en realidad te estabas tirando a esa mujer.

¡Mierda!

—¿Cómo voy a creerme nada de lo que nos has dicho hasta ahora? —continúa.

Joder... Esto es una exageración.

—¿Puedo hablar ya?

—No, no puedes. Por supuesto, asumo la culpa. Creía haberte inculcado algo parecido a unos principios morales y ahora me pregunto si en realidad he llegado a enseñarte algo.

—¿Es una pregunta retórica?

No me hace caso.

—Era una mujer casada y no lo respetaste, y pronto tú mismo serás un hombre casado...

—¡Esto no tiene nada que ver con Anastasia!

—No te atrevas a gritarme —dice con una inquina tan implícita que me silencia inmediatamente. No recuerdo haberlo visto nunca tan fuera de sí. Impresiona mucho—. Tiene todo que ver con ella. Estás a punto de contraer un enorme compromiso con una chica. —Su tono se dulcifica—. Ha sido una sorpresa para todos nosotros y me alegro muchísimo por ti, pero estamos hablando de la sagrada institución del matrimonio, y si no sientes respeto por esa institución, entonces no deberías casarte.

—Papá...

—Y si te tomas tan a la ligera los sagrados votos que vas a pronunciar dentro de poco, deberías pensar seriamente en firmar un acuerdo prematrimonial.

¿Qué? Levanto las manos para que no siga hablando. Ha ido demasiado lejos. Por el amor de Dios, soy un hombre adulto.

—No metas a Ana en esto. Ella no es ninguna cazafortunas.

—No lo digo por ella. —Se yergue y se dirige hacia mí—. Lo digo por ti: para que estés a la altura de tus responsabilidades, para que seas un ser humano honesto y digno de confianza. ¡Para que seas un buen marido!

—¡Papá, no me jodas! ¡Tenía quince años! —grito, el uno frente al otro, furiosos.

¿Por qué ha reaccionado así? Ya sé que siempre he sido una tremenda decepción para él, pero nunca me lo había dicho a la cara de una forma tan meridiana.

Cierra los ojos y se pellizca el puente de la nariz, y me doy cuenta de que, en momentos de estrés, yo hago exactamente lo mismo. He heredado ese gesto de él, pero en mi caso no puede decirse que de casta le viene al galgo.

—Tienes razón. Eras un niño vulnerable. Pero de lo que no te das cuenta es de que lo que hizo Elena estaba mal, y está claro que sigues sin verlo porque has continuado relacionándote con ella, no solo como amiga de la familia sino también en el terreno de los negocios. Los dos nos habéis estado mintiendo todos estos años. Y eso es lo que más duele. —Baja la voz—. Era amiga de tu madre. Creíamos que era una buena amiga, pero resulta que es todo lo contrario. Tienes que cortar todos los vínculos financieros con ella.

Vete a la mierda, Carrick.

Me dan ganas de decirle que Elena fue una fuerza beneficiosa, y que no habría seguido asociado a ella si creyese lo contrario. Pero sé que no me escuchará. No quería escucharme cuando tenía catorce años y tenía problemas en el colegio y, según parece, tampoco quiere escucharme ahora.

—¿Has terminado? —Pronuncio las palabras con amargura, apretando los dientes.

—Piensa en lo que te he dicho.

Me doy la vuelta para marcharme. He oído suficiente.

—Piensa en el acuerdo prematrimonial. Te ahorrará muchos disgustos en el futuro.

Sin hacer caso de sus palabras, salgo de su despacho y doy un portazo. ¡Que le jodan!

Grace está en el pasillo.

—¿Por qué se lo has contado? —le suelto, pero Carrick me ha seguido desde el despacho, de modo que ella no me contesta, sino que le dedica a él una mirada helada.

Iré a buscar a Ana. Nos vamos a casa.

En un estado de furia salvaje, sigo el sonido de los aullidos hasta el estudio y descubro a Elliot y a Ana ante el micro, destrozando «Ain't No Mountain High Enough» a pleno pulmón. Si no estuviera tan enfadado, me reiría a carcajadas. No puede decirse que lo que hace Elliot con sus gañidos desafinados sea cantar, y está sofocando la dulce voz de Ana. Por suerte, la canción está a punto de terminar, así que me ahorro más sufrimiento.

—Marvin Gaye y Tammi Terrell deben de estar revolviéndose en la tumba —les digo cuando terminan.

—Pues a mí me ha parecido una interpretación bastante buena.

Elliot se inclina para saludar con aire teatral ante el público formado por Mia y Kate, quienes se ríen y aplauden con exagerado entusiasmo. Definitivamente, allí todos están borrachos. Ana se ríe, acalorada y preciosa.

—Nos vamos a casa —le digo.

Le cambia la cara.

—Le he dicho a tu madre que nos quedaríamos a dormir.

—¿Ah, sí? ¿Ahora?

—Sí. Nos ha traído una muda a cada uno. Me hacía mucha ilusión dormir en tu habitación.

—Cariño, esperaba que os quedaseis. —Es la voz suplicante de mi madre, que está en la puerta, y Carrick detrás de ella—. Kate y Elliot también se quedan. Me gusta tener a todos mis polluelos bajo el mismo techo. —Alarga el brazo y me coge la mano—. Y esta semana creía que te habíamos perdido para siempre.

Masculло un taco entre dientes e intento controlar el mal genio. Mis hermanos parecen completamente ajenos a la escena de tensión que se está desarrollando ante sus ojos. Esperaba esa falta de perspicacia de Elliot, pero no de Mia.

—Quédate, hijo. Por favor.

Mi padre me atraviesa con la mirada, pero se muestra bastante cordial. Como si no acabara de decirme que soy una inmensa y rotunda decepción para él.

Otra vez.

Le ignoro y me dirijo a mi madre:

—Está bien.

Pero solo porque Ana me implora con la mirada y sé que si me marcho en el estado en que estoy, eso estropeará un día maravilloso.

Ana me abraza.

—Gracias —murmura.

Le sonrío y la oscura nube que ha estado cerniéndose sobre mí empieza a disiparse.

—Vamos, papá. —Mia le coloca el micro en las manos y lo lleva a rastras delante de la pantalla—. ¡La última canción! —dice.

—A la cama. —La fórmula es algo más que una simple petición para Ana. En cuanto a mi familia, ya he tenido suficiente por una noche. Ella asiente y entrelazo sus dedos con los míos—. Buenas noches a todos. Gracias por la fiesta, madre.

Grace me abraza.

—Sabes que te queremos. Que solo deseamos lo mejor para ti. Me has hecho tan feliz con la noticia... Y soy muy feliz por teneros aquí.

—Sí, mamá. Gracias. —Le doy un beso rápido en la mejilla—. Estamos cansados, nos vamos a la cama. Buenas noches.

—Buenas noches, Ana. Gracias —dice y la abraza un momento. Tiro de la mano de Ana mientras Mia pone «Wild Thing» para que la cante Carrick. Eso sí que no quiero verlo.

Enciendo la luz, cierro la puerta de mi dormitorio y estrecho a Ana entre mis brazos, buscando su calor y tratando de olvidar las feroces palabras de Carrick.

—Oye, ¿estás bien? —murmura—. Pareces preocupado.

—Solo estoy enfadado con mi padre, pero eso no es ninguna novedad. Todavía me trata como si fuera un adolescente.

Ana me abraza con más fuerza.

—Tu padre te quiere.

—Pues está noche está muy decepcionado conmigo. Otra vez. Pero no quiero hablar de eso ahora.

La beso en la coronilla y ella echa la cabeza hacia atrás para mirarme fijamente, con una mezcla de empatía y compasión en sus ojos brillantes, y sé que ninguno de los dos quiere resucitar el fantasma de Elena... la señora Robinson.

Rememoro lo que ha pasado esta misma tarde cuando Grace, en todo su furor vengativo, ha echado a Elena de la casa. Me pregunto qué habría dicho mi madre, en aquella época, si me hubiera pillado con una chica en mi habitación. De pronto experimento la misma excitación adolescente que sentí el fin de semana pasado cuando Ana y yo nos escabullimos aquí durante el baile de máscaras.

—He metido a una chica en mi habitación. —Sonrío.

—¿Y qué vas a hacer con ella? —La sonrisa a modo de respuesta de Ana resulta muy sugerente.

—Mmm. Todo lo que quería hacer con las chicas cuando era adolescente. —Pero no podía. Porque no soportaba que me tocasen—. A no ser que estés demasiado cansada... —Recorro la suave curva de su mejilla con el nudillo.

—Christian, estoy agotada. Pero excitada también.

Oh, nena... La beso rápidamente y me apiado de ella.

—Creo que deberíamos dormir y ya está. Ha sido un día largo, vamos, te meteré en la cama. Date la vuelta.

Obedece y busco la cremallera de su vestido.

Mientras mi prometida duerme plácidamente a mi lado, envío un mensaje de texto a Taylor y le pido que nos traiga una muda de ropa del Escala por la mañana. Deslizándome junto a Ana, me concentro en su perfil y me maravillo de que ya esté durmiendo... y de que haya accedido a ser mía.

¿Seré algún día lo bastante bueno para ella?

¿Puedo ser un buen marido?

Mi padre parece ponerlo en duda.

Lanzo un suspiro y me tumbo de espaldas, con la mirada fija en el techo. Voy a demostrarle que está equivocado. Siempre ha sido muy estricto conmigo, más que con Elliot o Mia. Joder. Sabe que soy mala hierba. Mientras reproduzco su sermón en mi cabeza, me voy quedando dormido poco a poco.

—Levanta los brazos, Christian.

Papá tiene la cara muy seria. Me está enseñando a tirarme de cabeza a la piscina.

—Eso es. Ahora agárrate con los dedos de los pies al borde de la piscina. Muy bien. Arquea la espalda. Eso es. Ahora, tírate.

Me lanzo y caigo. Y sigo cayendo en el aire. Y sigo cayendo aún más. Me estrello. Me estrello contra el agua fría y limpia y me hundo. En el agua azul. En la calma. En el silencio. Pero mis alas de agua me impulsan de nuevo hacia el aire. Y busco a papá.

—Mira, papá, mira.

Pero Elliot se abalanza sobre él. Y caen al suelo. Papá le hace cosquillas a Elliot. Elliot ríe. Y ríe. Y ríe aún más. Y papá le da un beso en la tripa. Papá no me hace eso a mí. No me gusta. Estoy en el agua. Quiero estar ahí arriba. Con ellos. Con papá. Y estoy junto a los árboles. Mirando a papá y a Mia. Ella grita entusiasmada cuando él le hace cosquillas. Y él se ríe. Y ella se suelta y se le tira encima. Él le da la vuelta y la atrapa. Y yo me quedo solo en los árboles. Mirándolos. Con ganas de estar ahí. El aire huele bien. A manzanas.

—Buenos días, señor Grey —susurra Ana cuando abro los ojos.

El sol de la mañana se cuela por las ventanas y estoy entrelazado en su cuerpo como una enredadera. El nudo de añoranza y de dolor, evocado sin duda por un sueño, se deshace en el mismo instante en que la ven mis ojos. Estoy perdidamente enamorado y excitado, y mi cuerpo se despierta para acogerla.

—Buenos días, señorita Steele.

Está increíblemente guapa, a pesar de que lleva la camiseta de «I ♥ Paris» de Mia. Me toma la cara entre las manos, con los ojos chispeantes y el pelo alborotado y brillante bajo la luz de la mañana. Me acaricia el mentón con el pulgar, haciéndome cosquillas en la barba incipiente.

—Estaba mirándote mientras dormías.

—¿Ah, sí?

—Y admirando mi precioso anillo de compromiso.

Estira la mano y agita los dedos. El diamante atrapa la luz y proyecta pequeños arcoíris sobre mis viejos pósters de películas y de luchadores de kickboxing colgados en las paredes de la habitación.

—¡Oooh! —exclama—. Es una señal.

Una buena señal, Grey. Con un poco de suerte.

—No me lo quitaré nunca.

—Así me gusta. —Cambio de posición para ponerme encima de ella—. ¿Y cuánto tiempo has estado mirándome mientras dormía? —Le acaricio la nariz con la mía y presiono los labios contra los de ella.

—Ah, no. —Me empuja hacia atrás por los hombros y, aunque me llevo una decepción, me obliga a tumbarme boca arriba y se sienta a horcajadas en mis caderas—. Tenía planeado despertarte yo de verdad.

—¿Ah, sí? —Tanto mi polla como yo nos alegramos al oír sus palabras. Antes de darme tiempo a prepararme para que me toque, se inclina hacia delante y deposita un beso suave en mi pecho, mientras su pelo cae abriéndose en abanico a nuestro alrededor, tejiendo un refugio de color castaño. Unos ojos azul brillante me miran.

—Había pensado empezar por aquí. —Me besa de nuevo.

Inspiro aire de golpe.

—Y seguir por aquí abajo. —Traza una línea descendente con la lengua por mi esternón.

Sí.

La oscuridad sigue apaciguada, acallada por la diosa que está sentada encima de mí o por mi libido imperiosa, no sé exactamente por cuál.

—Qué bien sabe usted, señor Grey —murmura pegada a mi piel.

—Me alegra oír eso. —Las palabras salen con voz ronca de mi garganta.

Lame y mordisquea la parte inferior de mi caja torácica mientras sus pechos me rozan el bajo vientre.

¡Ah!

Una, dos, tres veces.

—¡Ana! —Le atenazo las rodillas mientras se me acelera la respiración y aprieto con fuerza, pero ella se retuerce encima de mi entrepierna, así que la suelto y ella se levanta, dejándome expectante y desesperado a la vez. Creo que está a punto de recibirme. Está lista.

Yo estoy listo.

Joder, vaya si estoy listo...

Pero ella se desliza hacia abajo por mi cuerpo, besándome el estómago y el vientre, hundiendo la lengua en mi ombligo y remoloneando en la línea del vello abdominal. Me mordisquea una vez más y noto el mordisco directamente en la polla.

—¡Ah!

—Ahí está... —murmura, mirando con avidez mi miembro impaciente y desplazando luego la mirada hasta mi cara con una sonrisa coqueta. Muy despacio, sin apartar los ojos de los míos, se lo mete en la boca.

Oh, Dios...

Mueve la cabeza hacia abajo y hacia arriba, cubriéndose los dientes con los labios mientras avanza cada vez más con la boca. Hundo los dedos en su pelo y lo aparto de en medio para poder disfrutar del espectáculo ininterrumpido de ver a mi futura esposa rodeándome la polla con los labios. Aprieto los glúteos, levantando las caderas, horadando más adentro aún, y ella me recibe hasta el fondo, succionando con fuerza.

Con más fuerza.

Con más fuerza aún.

Oh, Ana... Joder, eres una diosa.

Acelera el ritmo. Cerrando los ojos, cierro el puño alrededor de su pelo. Qué bien lo hace...

—Sí —mascullo entre dientes, y me abandono al movimiento ascendente y descendente de su boca exquisita. Estoy a punto de correrme.

De repente, se detiene.

Maldita sea. ¡No! Abro los ojos y la veo colocarse encima de mí para, acto seguido, hundirse muy muy despacio en mi polla ansiosa. Lanzo un gemido, regodeándome con cada precioso centímetro. El pelo le cae en cascada sobre los pechos desnudos y alargo las manos para acariciárselos, uno a uno, recorriendo con los pulgares sus pezones endurecidos, una y otra vez.

Deja escapar un prolongado gemido, empujando las tetas en mis manos.

Oh, nena...

Entonces se inclina hacia delante y me besa, conquistando mi boca con la lengua, y percibo y saboreo mis restos de sal en su dulce boca.

Ana.

Deslizo las manos hacia sus caderas, la aparto de mí y la coloco de espaldas, sin dejar de embestir al mismo tiempo.

Lanza un grito y me sujeta con fuerza de las muñecas.

La embisto otra vez.

Y otra.

—Christian... —grita, mirando al techo, con una súplica implícita mientras se adapta a mi ritmo y nos movemos al unísono. Acompasados. Como uno solo. Hasta que cae desfallecida encima de mí, arrastrándome consigo y dando paso a mi propia liberación.

Entierro la boca en su pelo y le acaricio la espalda con los dedos.

Esta mujer me roba el aliento.

Esto aún es nuevo para mí: Ana tomando las riendas, llevando la iniciativa. Me gusta.

—A eso lo llamo yo honrar el culto de los domingos —susurro.

—¡Christian! —Levanta la cabeza de golpe, reprobándome con la mirada.

Me río a carcajadas.

¿Llegará algún día en que esto deje de ocurrir? ¿Escandalizar a la señorita Steele?

La abrazo con fuerza y rodamos por la cama hasta situarla debajo de mí.

—Buenos días, señorita Steele. Siempre es un placer despertarla.

Me acaricia la mejilla.

—Y también a usted, señor Grey. —Habla con dulzura—. ¿Tenemos que levantarnos? Me gusta estar aquí en tu habitación.

—No. —Miro el reloj de la mesilla de noche. Son las 9.15—. Mis padres estarán en misa.

Me coloco a su lado.

—No sabía que fueran a misa.

Hago una mueca.

—Sí. Sí que van a misa. Son católicos.

—¿Y tú?

—No, Anastasia.

Dios y yo tomamos caminos diferentes hace ya mucho tiempo.

—¿Y tú? —pregunto, recordando que Welch no encontró ninguna filiación religiosa cuando investigó su pasado.

Niega con la cabeza.

—No. Ni mi padre ni mi madre profesan ninguna religión. Pero me gustaría ir a la iglesia hoy. Necesito dar gracias... a alguien por el hecho de haberte traído vivo de vuelta de ese accidente de helicóptero.

Lanzo un suspiro mientras me imagino fulminado por un rayo al entrar en el terreno sagrado de una iglesia, pero por ella, iré.

—Está bien, veré qué puedo hacer. —Le doy un beso rápido—. Vamos, dúchate conmigo.

Hay una bolsa de cuero en la puerta de mi dormitorio: Taylor nos ha traído ropa limpia. Recojo la bolsa y cierro la puerta. Ana está envuelta en una toalla, con un reguero de relucientes gotas de agua en su espalda. Mi panel de corcho centra toda su atención y, en concreto, la foto de la puta adicta al crack. Vuelve la cabeza hacia mí con aire interrogante en su hermoso rostro... con una pregunta que no quiero responder.

—Aún la tienes —dice.

Sí, aún tengo la foto. ¿Y qué?

Con la pregunta todavía suspendida en el aire entre nosotros, sus ojos se vuelven más luminosos con la luz de la mañana, horadándome, suplicándome para que diga algo. Pero no puedo. No quiero ir ahí. Por un momento, me acuerdo del puñetazo en el estómago que sentí cuando Carrick me dio aquella fotografía, tantos años atrás.

Mierda. No vayas por ahí, Grey.

—Taylor nos ha traído una muda de ropa —murmuro al arrojar la bolsa sobre la cama. Sigue un silencio desesperadamente largo hasta que responde.

—Está bien —dice, y se dirige a la cama y abre la cremallera de la bolsa.

He comido hasta reventar. Mis padres han vuelto de misa y mi madre ha preparado su tradicional *brunch*: una deliciosa fuente —no apta para cardiópatas— llena de beicon, salchichas, patatas fritas, huevos y panecillos. Grace está muy callada y sospecho que puede que tenga resaca.

He estado evitando a mi padre toda la mañana.

No le he perdonado lo de anoche.

Ana, Elliot y Kate están enzarzados en un acalorado debate —sobre el beicon, aunque parezca increíble— y peleándose a ver quién se come la última salchicha. Los escucho a medias, divertido, mientras leo un artículo sobre la tasa de quiebras de los bancos locales en la edición dominical del *Seattle Times*.

Mia lanza un grito y se hace sitio en la mesa, sujetando su portátil.

—Mirad esto. Hay un cotilleo en la página web del *Seattle Nooz* sobre tu compromiso, Christian.

—¿Ya? —pregunta mamá, sorprendida.

¿Es que esos gilipollas no tienen nada mejor que hacer?

Mia lee la columna en voz alta:

—«Ha llegado el rumor a la redacción de *The Nooz* de que al soltero más deseado de Seattle, Christian Grey, al fin le han echado el lazo y que ya suenan campanas de boda».

Miro a Ana, que palidece mientras alterna su mirada inocente entre Mia y yo.

—«Pero ¿quién es la más que afortunada elegida? *The Nooz* está tras su pista. ¡Seguro que ya estará leyendo el monstruoso acuerdo prematrimonial que tendrá que firmar!».

Mia suelta una risita.

La fulmino con la mirada. Cierra la puta boca, Mia.

Mi hermana se calla y frunce los labios. Ignorándola a ella y todas las miradas nerviosas que se intercambian en la mesa, centro toda mi atención en Ana, que está aún más pálida.

—No —le digo, tratando de tranquilizarla.

—Christian… —dice papá.

—No voy a discutir esto otra vez —le suelto. Abre la boca para decir algo—. ¡Nada de acuerdos prematrimoniales! —exclamo con tanta vehemencia que se calla.

¡Cierra la puta boca, Carrick!

Cojo el periódico y leo la misma frase del artículo sobre la situación bancaria una y otra vez mientras sigo echando humo por las orejas.

—Christian —susurra Ana—. Firmaré lo que tú o el señor Grey queráis que firme.

Levanto la vista y la veo mirarme con ojos suplicantes, con el reflejo de unas lágrimas no vertidas aún.

Ana. Déjalo.

—¡No! —grito, implorándole que deje el tema.

—Es para protegerte.

—Christian, Ana… Creo que deberíais discutir esto en privado —nos regaña Grace, mirando a Carrick y a Mia con cara de enfado.

—Ana, esto no es por ti —murmura papá—. Y por favor, llámame Carrick.

No intentes congraciarte con ella ahora.

Estoy a punto de estallar en cólera cuando, de pronto, parece haber un arranque de actividad frenética: Mia y Kate se levantan de un salto para recoger la mesa y Elliot pincha rápidamente con el tenedor la última salchicha de la fuente.

—Yo sin duda prefiero las salchichas —exclama con forzada naturalidad.

Ana se está mirando las manos. Parece muy triste.

Joder, papá. Mira lo que has hecho.

Alargo el brazo, le agarro suavemente las dos manos con la mía y susurro, para que solo ella pueda oírme:

—Para. Ignora a mi padre. Está muy molesto por lo de Elena. Lo que ha dicho iba dirigido a mí. Ojalá mi madre hubiera mantenido la boca cerrada.

—Tiene razón, Christian. Tú eres muy rico y yo no aporto nada a este matrimonio excepto mis préstamos para la universidad.

Nena, te tendré de la manera que sea. ¡Eso ya lo sabes!

—Anastasia, si me dejas te lo puedes llevar todo. Ya me has dejado una vez. Ya sé lo que se siente.

—Eso no tiene nada que ver con esto —susurra, frunciendo el ceño de nuevo—. Pero… puede que seas tú el que quiera dejarme.

Ahora no dice más que tonterías.

—Christian, yo puedo hacer algo excepcionalmente estúpido y tú… —se calla.

Ana, eso me parece muy improbable.

—Basta. Déjalo ya. Este tema está zanjado, Ana. No vamos a hablar de él ni un minuto más. Nada de acuerdo prematrimonial. Ni ahora… ni nunca.

Trato de pensar en algo que nos haga volver a un terreno seguro y entonces me viene la inspiración. Me vuelvo hacia Grace, que está retorciéndose las manos y mirándome con nerviosismo, y le digo:

—Mamá, ¿podemos celebrar la boda aquí?

La expresión de su rostro pasa de la alarma a la alegría y la gratitud.

—Cariño, eso sería maravilloso. —Y añade, como si acabara de caer en ello—: ¿No queréis casaros por la iglesia?

Le lanzo una mirada elocuente y cede de inmediato.

—Nos encantaría que os casarais aquí, ¿verdad que sí, Cary?

—Sí, sí, por supuesto. —Mi padre nos sonríe a Ana y a mí con aire afable, pero no puedo mirarlo a la cara.

—¿Habéis pensado en una fecha concreta? —pregunta Grace.

—Dentro de cuatro semanas.

—Christian, ¡eso no es tiempo suficiente!

—Es tiempo de sobra.

—¡Necesito al menos ocho semanas!

—Mamá, por favor...

—¿Seis? —implora.

—Eso sería estupendo. Gracias, señora Grey —interviene Ana, lanzándome una mirada de advertencia, retándome a llevarle la contraria.

—Pues entonces, seis semanas —zanjo—. Gracias, mamá.

En el camino de vuelta a Seattle, Ana está muy callada. Seguramente está pensando en mi arrebato de esta mañana contra Carrick. Aún me escuece nuestra discusión de anoche; su desaprobación es como una herida que me quema la piel. En el fondo, me preocupa que lleve razón: que no esté hecho para el matrimonio.

Mierda, voy a demostrarle que se equivoca.

No soy el adolescente que cree que soy.

Fijo la mirada delante, en la carretera, abatido. Tengo a mi chica aquí a mi lado, hemos fijado una fecha para nuestra boda y debería estar dando saltos de alegría, pero en vez de eso, estoy recreándome en los restos de la furiosa diatriba de mi padre contra Elena y el acuerdo prematrimonial. Mirándolo por la parte positiva, creo que sabe que la ha cagado. Ha intentado congraciarse conmigo antes, cuando nos despedíamos, pero su intento torpe y desacertado de hacer las paces aún me duele.

«Christian, siempre he hecho todo lo que ha estado en mi mano para protegerte. Y he fracasado. Debería haber estado a tu lado.»

Pero yo no quería oírle. Debería haber dicho eso anoche. No lo hizo.

Niego con la cabeza. No quiero pensar más en esto.

—Oye, tengo una idea. —Alargo la mano y le aprieto la rodilla a Ana.

A lo mejor mi suerte está cambiando: hay sitio para aparcar en la catedral de Saint James. Ana contempla entre los árboles el majestuoso edificio que ocupa una manzana entera en la Novena Avenida y luego se vuelve a mirarme con gesto interrogador.

—Es una iglesia —le ofrezco, a modo de explicación.

—Esto es muy grande para ser una iglesia, Christian.

—Eso es verdad.

Sonríe.

—Es perfecta.

Cogidos de la mano, atravesamos una de las puertas principales y nos dirigimos al vestíbulo antes de adentrarnos en la nave central. Mi primer impulso me hace acercarme a la pila del agua bendita para santiguarme, pero me contengo justo a tiempo, consciente de que si tiene que alcanzarme un rayo, será justo en ese preciso instante. Veo a Ana boquiabierta con gesto de sorpresa, pero aparto la mirada para admirar la impresionante bóveda mientras aguardo el juicio de Dios.

No, hoy no me va a alcanzar ningún rayo.

—Las viejas costumbres —murmuro, sintiéndome un poco avergonzado pero aliviado a la vez de no haber acabado reducido a cenizas en el majestuoso espacio. Ana dirige su atención al magnífico interior: los techos altos y ornamentados, las columnas de mármol de color óxido, las intrincadas vidrieras de colores... La luz del sol penetra en un haz regular a través del óculo de la cúpula del crucero, como si el mismo Dios estuviera derramando su sonrisa sobre el lugar. Un murmullo silencioso inunda la nave, envolviéndonos en una calma espiritual que solo quiebra el eco de la tos ocasional de alguno de los escasos visitantes. Es un lugar tranquilo, un refugio del bullicio y el hervidero de actividad de Seattle. Había olvidado lo hermoso y apacible que es este espacio, pero es cierto que hacía años que no entraba en su interior. Siempre me había gustado la pompa y el ceremonial de la misa católica. El ritual. Las réplicas. El olor a incienso. Grace se aseguró de que sus tres hijos conociesen al dedillo todos los entresijos del catolicismo, y hubo una época en que habría hecho cualquier cosa con tal de complacer a mi nueva madre.

Sin embargo, llegó la pubertad y todo eso se fue a la mierda. Mi relación con Dios nunca se recuperó de aquello y cambió la relación con mi familia, sobre todo con mi padre. A partir del día en que cumplí los trece años, siempre andábamos los dos a la greña. Ahuyento el recuerdo. Me resulta doloroso.

En ese momento, rodeado del quedo esplendor de la nave central de la iglesia, me embarga una sensación de paz que me resulta familiar.

—Ven. Quiero enseñarte algo.

Echamos a andar por el pasillo central, acompañados del repiqueteo de los tacones de Ana sobre las losas del suelo hasta llegar a una pequeña capilla. Sus paredes doradas y el suelo oscuro conforman el marco perfecto para la exquisita estatua de la Virgen, rodeada de velas titilantes.

Ana da un respingo al verla.

Indiscutiblemente, sigue siendo una de las efigies marianas más bellas que he visto en mi vida. Con los ojos mirando al suelo con recato, Nuestra Señora sostiene a su Hijo levantándolo en el aire. Su manto de color dorado y azul resplandece bajo la luz de las velas encendidas.

Es espectacular.

—Mi madre solía traernos aquí de vez en cuando para oír misa. Este es mi sitio favorito: la capilla de la Santísima Virgen María —susurro.

Ana lo absorbe todo con avidez: la escena, la estatua, las paredes, el techo oscuro cubierto de estrellas doradas.

—¿Fue esto lo que inspiró tu colección? ¿La Virgen con el Niño? —pregunta, y percibo la admiración en su voz.

—Sí.

—La maternidad —murmura y me mira.

Me encojo de hombros.

—He visto a algunas hacerlo bien y a otras hacerlo muy mal.

—¿Tu madre biológica? —pregunta.

Asiento con la cabeza y abre los ojos de forma imposible, mostrando una profunda emoción que no quiero reconocer.

Aparto la mirada. Es una emoción demasiado cruda.

Deposito un billete de cincuenta dólares en la caja de ofertorio y le doy una vela. Ana me aprieta la mano un instante con gratitud, enciende el pabilo y coloca la vela en un candelabro de hierro en la pared. La vela parpadea con fuerza entre sus compañeras.

—Gracias —dice en voz baja a la Virgen, y me rodea la cintura con el brazo, apoyando la cabeza en mi hombro. Permanecemos abrazados contemplando en silencio el más exquisito de los santuarios en el corazón de la ciudad.

La paz, la belleza y estar en compañía de Ana me devuelven el buen humor. A la mierda el trabajo esta tarde. Es domingo. Quiero pasarlo bien con mi chica.

—¿Nos vamos al partido? —le pregunto.

—¿Al partido?

—Los Phillies juegan contra los Mariners en el Safeco Field. GEH tiene un palco.

—Genial. Parece divertido. Vayamos. —Ana sonríe de oreja a oreja.

Cogidos de la mano, volvemos al R8.

Lunes, 20 de junio de 2011

Esta mañana ha sido una auténtica pesadilla, y tengo ganas de arrancarle la piel a tiras a alguien. Había hordas de periodistas, incluidos un par de equipos de televisión, acampadas en la puerta del Escala y de Seattle Independent Publishing.

¿Es que no tienen nada mejor que hacer? En casa ha sido fácil darles esquinazo porque hemos entrado y salido a través del parking subterráneo. En SIP, en cambio, es otra cosa. Estoy perplejo y horrorizado por que esos buitres hayan podido localizar a Ana tan rápido.

¿Cómo lo han hecho?

Los esquivamos rodeando el edificio de SIP y entrando por las puertas de carga y descarga de la parte de atrás, pero ahora Ana está atrapada en su oficina y no sé muy bien qué pensar. Al menos allí estará segura, pero tengo la certeza de que no va a soportar estar ahí encerrada mucho tiempo.

Se me cae el alma a los pies. Pues claro que los medios de comunicación de Seattle sienten curiosidad por mi prometida. Forma parte de la esfera privada de Christian Grey. Solo espero que tanta atención mediática no la asuste y la aleje de mí.

Sawyer aparca delante de Grey House, donde otro par de buitres andan al acecho, pero con Taylor a mi lado paso como una flecha por su lado, haciendo caso omiso a la batería de preguntas que me lanzan a voz en grito.

¡Menuda manera de mierda de empezar el día!

Aún rabioso, espero el ascensor. Tengo una lista de cosas que hacer más larga que mi polla, y además tengo que lidiar con el follón del fin de semana: llamadas perdidas de mi padre, de mi madre y de Elena Lincoln.

¿Por qué narices me llama? No tengo ni idea. Hemos acabado. Se lo dejé bien claro el sábado por la noche.

Preferiría estar en casa con mi chica.

En el ascensor, miro el teléfono. Tengo un correo electrónico de Ana.

De: Anastasia Steele
Fecha: 20 de junio de 2011 09:25
Para: Christian Grey
Asunto: Cómo hacer que una prometida lo pase bien

Queridísimo futuro marido:
He pensado que sería muy desconsiderado por mi parte no darte las gracias por:
a) haber sobrevivido a un accidente de helicóptero
b) una proposición de matrimonio ejemplar y llena de flores y corazones
c) un fin de semana maravilloso
d) un regreso al cuarto rojo
e) un pedrusco precioso, ¡en el que se ha fijado todo el mundo!
f) cómo te he despertado esta mañana (¡sobre todo por esto! ;))
A x

Anastasia Steele
Editora en funciones, Ficción, SIP

P.D.: ¿Tienes alguna estrategia para lidiar con la prensa?

De: Christian Grey
Fecha: 20 de junio de 2011 09:36
Para: Anastasia Steele
Asunto: Cómo hacer que un hombre lo pase bien

Mi querida Ana:
No hay de qué en absoluto.
Gracias a ti por un fin de semana maravilloso.
Te quiero.
Volveré a escribirte con una estrategia para lidiar con la p*** prensa.

Christian Grey
Presidente de Grey Enterprises Holdings, Inc.

P.D.: Creo que los buenos despertares por la mañana están subestimados.
P.D.2: ¡¡¡P*** BLACKBERRY!!!

¡¿Cuántas veces tengo que decírtelo, mujer?!
Divertido y apaciguado por nuestro intercambio de correos electrónicos, salgo disparado del ascensor.
Andrea está sentada a su mesa en mi despacho.

—Buenos días, señor Grey —dice—. Mmm… Me alegro… Me alegro de que siga con nosotros.

—Gracias, Andrea. Te lo agradezco de veras. Y también quiero agradecerte todo lo que hiciste el viernes por la noche. Tuvo mucho valor para mí.

Se sonroja, avergonzada, creo, por mi gratitud.

—¿Dónde está la chica nueva? —pregunto.

—¿Sarah? Ha salido a hacer un recado. ¿Quiere un café?

—Por favor. Solo. Muy cargado. Tengo muchas cosas que hacer.

Se pone de pie.

—Si me llama mi padre, mi madre o la señora Lincoln, anota el mensaje. Pásale todas las solicitudes de la prensa a Sam, pero si llaman de la Administración Federal de Aviación o de Eurocopter o si llama Welch, pásamelos a mí.

—Sí, señor.

—Y por supuesto, también si llama Anastasia Steele.

La cara de Andrea se dulcifica con una de sus excepcionales sonrisas.

—Enhorabuena, señor Grey.

—¿Te has enterado?

—Se ha enterado todo el mundo, señor.

Me río.

—Gracias, Andrea.

—Iré a buscar su café.

—Genial, gracias.

Una vez en mi mesa, enciendo mi iMac. Hay otro mensaje de correo de Ana.

De: Anastasia Steele
Fecha: 20 de junio de 2011 09:38
Para: Christian Grey
Asunto: Los límites del lenguaje

. ¡**, **** ******!

*** ***** ** ********.

* **** ***, ***.

A x

Me río a carcajadas a pesar de que no tengo ni idea de qué es lo que ha escrito. Andrea entra con mi café y se sienta para que podamos repasar la agenda del día antes de mi primera llamada.

Tengo la sensación de llevar al teléfono tres horas largas. Cuando al fin cuelgo, me levanto y me desperezo, son las 13.15. Hoy nos devolverán el *Charlie Tango* y debería estar de vuelta en Boeing Field esta noche. La Administración Federal de Aviación ha traspasado la investigación sobre el aterrizaje forzoso a la Junta Nacional de Seguridad en el Transporte, la NTSB. El ingeniero de Eurocopter que fue el primero en llegar al lugar de los hechos dice que es una suerte increíble que consiguiera sofocar el fuego con los extintores. Eso ayudará a acelerar tanto su investigación como la de la NTSB. Espero poder tener su informe preliminar mañana por la mañana.

Welch me ha informado de que, por precaución, ha solicitado todas las cintas de las cámaras de seguridad del helipuerto de Portland, así como del interior y las inmediaciones del hangar privado del *Charlie Tango* en Boeing Field. Un escalofrío me recorre todo el cuerpo. Welch piensa que podría tratarse de un sabotaje, y tengo que admitir que esa posibilidad ya se me había pasado por la cabeza, teniendo en cuenta que se incendiaron nada menos que los dos motores.

Sabotaje.

Pero ¿por qué?

Le he pedido que haga que su equipo examine todas las grabaciones para ver si detectan algo sospechoso.

Sam, mi responsable de publicidad, ha usado todo su poder de persuasión para que acceda a dar una breve rueda de prensa esta tarde. La insistente voz de Sam resuena en mi cabeza: «Tienes que adelantarte a todo esto, Christian. El milagro de que resultases ileso del accidente está abriendo todos los informativos. Tienen imágenes aéreas de la operación de rescate».

Sinceramente, yo creo que a Sam le encanta todo este drama. Espero que la rueda de prensa ponga freno a todo el acoso al que la prensa nos está sometiendo a Ana y a mí.

Andrea me llama por el teléfono.

—¿Qué pasa?

—La doctora Grey está al teléfono de nuevo.

—Mierda —mascullo entre dientes. Supongo que no puedo estar evitándola siempre—. Está bien, pásamela. —Me apoyo en el escritorio y espero a oír su dulce voz.

—Christian, ya sé que estás ocupado. Solo dos cosas.

—Dime, madre.

—He encontrado una organizadora de bodas a la que me gustaría contratar. Se llama Alondra Gutiérrez y ha organizado el baile de Afrontarlo Juntos de este año. Creo que Ana y tú deberíais quedar con ella.

Pongo los ojos en blanco.

—Claro.

—Bien. Programaré una reunión para esta semana. Y el segundo asunto es que tu padre necesita hablar contigo.

—Ya hablé largo y tendido con mi padre la noche que anuncié mi compromiso. También estábamos celebrando que hace veintiocho años que llegué a este mundo y, como sabes, siempre he sido muy reacio a celebrar esa clase de efemérides. —Ahora que he empezado, no puedo parar—. Además, acababa de sobrevivir por los pelos a un aterrizaje forzoso. —Subo el tono de voz—. Papá me aguó la fiesta, desde luego. Creo que entonces ya habló suficiente. No quiero hablar con él ahora.

Es un capullo pretencioso.

—Christian, déjate de rabietas. Habla con tu padre.

¡¿Rabietas?! Estoy con un cabreo muy fuerte, Grace.

El silencio de mi madre abre un abismo entre nosotros, agravado por sus críticas.

Lanzo un suspiro.

—Está bien, lo pensaré. —Veo encenderse el piloto de la otra línea—. Tengo que dejarte.

—Muy bien, cariño. Ya te diré para cuándo es la reunión con Alondra.

—Adiós, mamá.

El teléfono suena de nuevo.

—Señor Grey, tengo a Anastasia Steele a la espera.

Mi malhumor se esfuma de repente.

—Genial. Gracias, Andrea.

—¿Christian? —Me habla con un hilo de voz y en tono entrecortado. Parece asustada.

Se me corta la respiración.

—Ana, ¿va todo bien?

—Mmm… He salido a tomar un poco el aire. Creía que se habrían ido y… bueno…

—¿Los periodistas y los fotógrafos?

—Sí.

Cabrones.

—No les he dicho nada. Me he dado media vuelta sin más y he entrado corriendo en el edificio.

Mierda. Debería haber enviado a Sawyer a que la vigilase, y doy gracias una vez más por que Taylor me convenciera para seguir teniéndolo a sueldo tras el incidente con Leila Williams.

—Ana, todo va a ir bien. Pensaba llamarte. Acabo de acceder a dar una rueda de prensa más tarde sobre lo ocurrido con el *Charlie Tango*. Me preguntarán por nuestro compromiso y yo les daré la mínima información posible. Con un poco de suerte, con eso bastará para satisfacerlos.

—Bien.

Decido probar suerte.

—¿Quieres que te envíe a Sawyer para que monte guardia ahí?

—Sí —responde de inmediato.

Vaya. Qué fácil ha sido... Debe de estar más asustada de lo que creía.

—¿Seguro que estás bien? Normalmente no estás tan receptiva.

—Tengo mis momentos, señor Grey. Suelen ocurrir después de que las cámaras me persigan por las calles de Seattle. Menudo esprint me he pegado: para cuando he vuelto al despacho, estaba sin aliento.

Está quitándole hierro al asunto.

—¿De veras, señorita Steele? Con el aguante físico que tiene usted normalmente...

—Pero, señor Grey, ¿se puede saber a qué narices se refiere? —Percibo la sonrisa en su voz.

—Me parece que lo sabe perfectamente —susurro.

Se le entrecorta la respiración y el sonido viaja directo a mi entrepierna.

—¿Está coqueteando conmigo? —pregunta.

—Eso espero.

—¿Pondrá a prueba mi aguante físico luego más tarde? —Habla en voz baja y sugerente.

Oh, Ana. El deseo me estremece todo el cuerpo como una descarga eléctrica.

—Nada me complacería más.

—Me alegra mucho oír eso, Christian Grey.

Este juego se le da muy muy bien.

—Y yo estoy muy contento de que me hayas llamado —digo—. Me has alegrado el día.

—Mi objetivo es complacer. —Se ríe—. Tengo que llamar a tu entrenador personal, para poder seguirte el ritmo.

Me echo a reír.

—Bastille estará encantado.

Se queda en silencio un momento.

—Gracias por hacerme sentir mejor.

—¿No es eso lo que se supone que tengo que hacer?

—Sí. Y lo haces muy bien.

Me regodeo con sus cariñosas palabras. Ana, tú me haces sentirme completo.

Llaman a la puerta y sé que es Andrea o Sarah con mi almuerzo.

—Tengo que colgar.

—Gracias, Christian —dice.

—¿Por qué?

—Por ser tú. Ah, y una última cosa. La noticia de la compra de SIP todavía es un secreto, ¿verdad?

—Sí, hasta dentro de otras tres semanas.

—De acuerdo. Procuraré recordarlo.

—Hazlo. Hasta luego, nena.

—Vale. Hasta luego, Christian.

Hoy Andrea y Sarah han tirado la casa por la ventana: me han traído mi sándwich favorito —de pavo con los pepinillos aparte, un poco de ensalada y patatas fritas—, servido en una bandeja con mantel de lino de Grey Enterprises Holdings, un vaso de tubo de cristal tallado con agua con gas y un jarrón a juego con una alegre rosa de color rosado.

—Gracias —murmuro, desconcertado, mientras ambas se disponen a colocar el contenido de la bandeja.

—Es un placer, señor Grey —dice Andrea, con una sonrisa que cada día es menos excepcional. Hoy las dos parecen extrañamente distraídas y un poco nerviosas. ¿Qué se traerán entre manos?

Mientras me pongo a almorzar, voy leyendo mis mensajes. Hay otro de Elena.

Mierda.

ELENA
Llámame. Por favor.

ELENA
Llámame. Me estoy volviendo loca.

ELENA
No sé qué decir. Llevo todo el fin de semana
pensando en lo que pasó. Y no sé por qué
las cosas se descontrolaron de esa manera.
Lo siento. Llámame.

ELENA
Por favor, contesta mis llamadas.

Tengo que lidiar con ella. Mis padres quieren que corte todos mis vínculos con la señora Lincoln y, francamente, no sé cómo vamos a dejar atrás todo el veneno que nos lanzamos el uno al otro el sábado por la noche.

Dije unas cosas horribles.

Y ella también.

Es hora de acabar con eso.

Le dije a Ana que le regalaría la empresa a Elena.

Busco entre mis contactos y encuentro el número de mi abogada personal. Ironías de la vida, fue Elena quien nos puso en contacto. Debra Kingston está especializada en derecho mercantil y da la casualidad de que ella también sigue mi mismo estilo de vida. Es ella quien ha redactado todos mis contratos entre dominante y sumisa y los acuerdos de confidencialidad, y también la que se ha encargado de todas mis gestiones con la señora Lincoln y el negocio que tenemos en común.

Pulso el botón de llamada.

—Buenas tardes, Christian. Cuánto tiempo. Tengo entendido que debería darte la enhorabuena.

—Gracias, Debra.

¡Joder! Ella también está al tanto.

—¿Qué puedo hacer por ti?

—Quiero regalarle la cadena de salones de belleza a Elena Lincoln.

—¿Cómo dices? —exclama con tono de incredulidad.

—Me has oído bien. Quiero regalarle la empresa a Elena. Me gustaría que redactases un contrato. Todo. Préstamos. Propiedad. Activos. Es todo suyo.

—¿Estás seguro?

—Sí.

—¿Estás cortando todos tus vínculos?

—Sí. No quiero tener nada que ver con eso. Ninguna responsabilidad.

—Christian, te lo pregunto como tu abogada: ¿estás seguro de que quieres hacer esto? Es un regalo increíblemente generoso. Podrías perder cientos de miles de dólares.

—Debra, soy perfectamente consciente.

Suelta un resoplido por el teléfono.

—Está bien, si insistes... Te enviaré un borrador dentro de un par de días.

—Gracias. Y quiero canalizar toda la correspondencia con ella a través de ti.

—Os habéis peleado de verdad.

No pienso hablar de mi vida privada con Debra. Bueno, al menos no de ese aspecto de mi vida privada.

—Lo entiendo —añade—. Quieres tener contenta a la pequeña esclava, ¿no?

Pero. Qué. Demonios.

—Debra, redacta el puto contrato, ¿quieres?

Su respuesta es seca.

—Muy bien, Christian. Y se lo haré saber a la señora Lincoln.

—Bien. Gracias.

Con eso debería quitarme de encima a Elena.

Cuelgo el teléfono.

Uau. Lo he hecho.

Y me ha sentado bien. Es un alivio. Acabo de decir adiós a una pequeña fortuna según los estándares de Grey Enterprises Holdings, pero se lo debo: sin ella, no habría Grey Enterprises Holdings.

—*He estado pensando en nuestra última conversación, Christian.*

—*¿Sí, señora?*

—*Sí, lo que me dijiste de abandonar Harvard. Voy a prestarte cien mil dólares para que abras tu negocio.*

—¿En serio?

—Christian, tengo mucha fe en ti. Estás destinado a convertirte en el amo del universo. Será un préstamo y podrás devolvérmelo.

—Elena... no sé...

—Puedes darme las gracias enseñándome qué es lo que has aprendido hoy, hace un rato. Tú encima y yo debajo. No me dejes señales.

Niego con la cabeza; fue así como empezó mi entrenamiento como dominante. Mi éxito como empresario va atado a mi elección de estilo de vida. Sonrío ante el juego de palabras y luego arrugo la frente. No puedo creer que no haya hecho esa conexión de forma consciente hasta ahora.

Mierda. No puedo esconderme detrás de mi mesa. Le debo una llamada. Es hora de dar la cara, Grey.

A regañadientes, pulso su número en mi teléfono.

Responde al primer tono de llamada.

—Christian, ¿por qué no me has llamado?

—Te estoy llamando ahora.

—¿Qué narices pasa con tu madre y tu... prometida? —pronuncia esa última palabra con absoluto desdén.

—Elena, es una llamada de cortesía. Voy a regalarte el negocio. Me he puesto en contacto con Debra Kingston, ella se encargará de redactar todo el papeleo. Se acabó. No podemos seguir haciendo esto.

—¿Qué? ¿De qué hablas?

—Lo digo en serio. Ya no tengo energía para todas tus gilipolleces. Te pedí que dejaras a Ana en paz y no me hiciste caso. Se recoge lo que se siembra, señora Lincoln. Se acabó. No me llames más.

—Chris... —oigo la alarma en su voz al colgar.

El teléfono me suena inmediatamente y su nombre aparece en la pantalla. Lo apago y me concentro en mi lista de tareas pendientes.

Me queda apenas una hora antes de la rueda de prensa, así que ahuyento a Elena de mi mente, descuelgo el teléfono de mi despacho y llamo a mi hermano.

—Hola, campeón. ¿Te están entrando dudas?

—Vete a la mierda.

—¿Es ella? ¿Se lo ha pensado mejor? —se burla.

—¿Puedes hacer que el gilipollas que llevas dentro se calle un par de minutos?

—¿Tanto tiempo? Difícil.

—Voy a comprar una casa.

—Uau. ¿Para ti y la futura señora Grey? Sí que tienes prisa. ¿Es que la has dejado preñada?

—¡No!

Joder...

Se ríe a carcajadas al otro lado del teléfono.

—No me lo digas: ¿está en Denny-Blaine o Laurelhurst? Ah, los barrios favoritos de los millonarios de las tecnológicas.

—No.

—¿En Medina?

Me río.

—Eso está demasiado cerca de mamá y papá. Está junto al mar, justo al norte de Broadview.

—Me tomas el pelo.

—No. Quiero ver el sol hundirse en el Sound, y no elevarse sobre un lago.

Elliot se ríe.

—¿Quién iba a decir que fueses tan romántico, tío?

Me entra la risa. Yo desde luego que no.

—Hay que demolerla y volver a construir.

—¿De verdad? —Eso capta todo el interés de Elliot—. ¿Quieres que te recomiende a alguien?

—No, hermano: quiero que te encargues tú. Quiero algo sostenible y respetuoso con el medio ambiente. Ya sabes, todos esos rollos que defiendes en todas las comidas familiares.

—Ah. Uau. —Parece sorprendido—. ¿Puedo ver la parcela?

—Sí, claro. Todavía no he contratado la empresa de construcción, pero vamos a empezar con los estudios topográficos la semana que viene o así.

—Vale. Me parece de puta madre, pero vas a necesitar un arquitecto. Yo no puedo encargarme de todas las partes del proceso.

—¿Cómo se llamaba la mujer que supervisó las reformas de Aspen?

—Mmm… Gia Matteo. Es maja. Ahora trabaja en un famoso estudio de arquitectos del centro de Seattle.

—Hizo un trabajo increíble con la casa de Aspen. Tenía una carpeta de proyectos impresionante y muy creativa, si mal no recuerdo. ¿Me la recomendarías?

—Sí. Mmm… Claro.

—No pareces del todo convencido.

—Bueno, es que… Es la clase de mujer que no acepta un no por respuesta.

—¿Qué quieres decir?

—Que es… ambiciosa. Calculadora. Decidida a conseguir siempre lo que se propone.

—No tengo ningún problema con eso.

—Ni yo tampoco —dice Elliot—. De hecho, me gustan las mujeres depredadoras.

—¿En serio? —Bueno, Kavanagh encaja en el perfil.

—Ella y yo… —Elliot se queda callado.

No puedo evitar poner los ojos en blanco. Mi hermano sufre incontinencia sexual.

—¿Y no os sentiréis incómodos?

—No, claro que no. Tiene la cabeza muy bien puesta.

—La llamaré. Y echaré un vistazo a su carpeta actualizada de proyectos. Anoto su nombre.

—Perfecto. Dime cuándo podemos ir a echarle un vistazo al sitio.

—Lo haré. Hasta luego.

—Nos vemos.

Cuelgo, preguntándome a cuántas mujeres se habrá follado. Niego con la cabeza. ¿Sabe que Katherine Kavanagh le tiene echado el ojo? ¿Es que no se ha dado cuenta durante este fin de semana? Espero que no acabe con ella. Creo que es la mujer más insoportable que he conocido en mi vida.

Sam me ha enviado el comunicado para la rueda de prensa, que es dentro de media hora. Lo repaso y hago algunas correcciones; como de costumbre, su estilo es muy recargado y pretencioso. A veces no entiendo por qué lo contraté.

Veinte minutos más tarde, está llamando a mi puerta.

—Christian, ¿estás listo?

—Entonces, señor Grey, ¿está insinuando que podría tratarse de un sabotaje? —pregunta el periodista del *Seattle Times*.

—No estoy diciendo eso en absoluto. Vamos a mantenernos abiertos a todas las posibilidades y a esperar al resultado del informe sobre el accidente.

—Enhorabuena por su compromiso, señor Grey. ¿Cómo conoció a Anastasia Steele? —Creo que esta mujer es de la revista *Seattle Metropolitan*.

—No voy a responder preguntas concretas sobre mi vida privada. Solo reiteraré que estoy entusiasmado por que haya accedido a ser mi esposa.

—Esa era la última pregunta, muchas gracias, damas y caballeros. —Sam acude en mi auxilio y me saca de la sala de conferencias de Grey Enterprises Holdings.

Menos mal que se ha acabado.

—Lo has hecho muy bien —dice Sam, como si necesitara su aprobación—. Estoy seguro de que la prensa va a querer una foto de ti y Anastasia juntos. No creo que dejen de perseguiros hasta conseguirla.

—Lo pensaré. Ahora mismo lo único que quiero es volver a mi despacho.

Sam sonríe.

—Claro, Christian. Te enviaré un dossier con la cobertura informativa de la rueda de prensa cuando lo tengamos.

—Gracias.

Pero ¿por qué sonríe?

Entro en el ascensor y me llevo una alegría al ver que lo tengo para mí solo. Consulto el teléfono. Tengo varias llamadas perdidas de Elena.

Por lo que más quiera, señora Lincoln. Hemos terminado.

También hay un correo electrónico de Ana.

De: Anastasia Steele
Fecha: 20 de junio de 2011 16:55
Para: Christian Grey
Asunto: ¡La noticia!

Señor Grey:
Da usted unas ruedas de prensa muy buenas.
¿Por qué será que no me sorprende?
Estabas muy sexy.
Me ha encantado la corbata.
A x

P.D.: ¿Sabotaje?

Me llevo la mano a la corbata. Esa corbata Brioni. Mi favorita. Que estaba muy sexy. Esas palabras me producen más placer del que deberían. Me gusta estar sexy para Ana, y su e-mail me da una idea.

De: Christian Grey
Fecha: 20 de junio de 2011 16:55
Para: Anastasia Steele
Asunto: Te vas a enterar de lo que es sexy

Mi queridísima futura esposa:
Tal vez pueda usar esa corbata esta noche, cuando ponga a prueba tu aguante físico.

Christian Grey
Impaciente presidente de Grey Enterprises Holdings, Inc.

P.D.: Lo del sabotaje solo son conjeturas. No te preocupes. Es una orden.

Se abren las puertas del ascensor.

—¡Feliz cumpleaños, señor Grey!

Se oye una cacofonía de voces, Andrea está junto a las puertas, sujetando un pastel helado de gran tamaño en el que han escrito «Feliz cumpleaños y enhorabuena, señor Grey» con azúcar glas de color azul. En el pastel hay encendida una solitaria vela de color dorado.

Qué coño...

Esto no había pasado nunca.

Nunca.

La multitud —que está compuesta por Ros, Barney, Fred, Marco, Vanessa y todos los vicepresidentes de sus departamentos— se arranca a entonar a coro un «Happy Birthday» cada vez más entusiasta. Esbozo una sonrisa para disimular mi sorpresa y, cuando terminan, soplo la vela. Todos lanzan vítores y empiezan a aplaudir, como si hubiera hecho algo digno de aplauso.

Sarah me ofrece una copa de champán.

Se oyen gritos de: «¡Que hable! ¡Que hable!».

—Vaya, menuda sorpresa. —Me vuelvo hacia Andrea, que se encoge de hombros—. Pero gracias.

Ros interviene entonces:

—Todos damos gracias de que sigas aquí, Christian, sobre todo yo, porque eso significa que yo también sigo aquí. —Se oyen unas risas educadas y algunos aplausos—. Así que queríamos expresar nuestra gratitud de algún modo. Todos nosotros. —Extiende un brazo hacia nuestros colegas—. También queremos desearte feliz cumpleaños y darte la enhorabuena por la noticia. Vamos a brindar. —Levanta la copa en el aire—. Por Christian Grey.

Mi nombre resuena en la oficina.

Levanto mi copa para brindar con ella y tomo un prolongado sorbo.

Siguen más aplausos.

La verdad es que no entiendo qué les ha dado a mis empleados. ¿Por qué ahora? ¿Qué pasa?

—¿Ha sido idea tuya? —le pregunto a Andrea cuando me da un trozo de pastel.

—No, señor. Ha sido idea de Ros.

—Pero lo has organizado tú.

—Entre Sarah y yo, señor.

—Bueno, pues gracias. Os lo agradezco.

—De nada, señor Grey.

Ros me dedica una afectuosa sonrisa e inclina la copa en mi dirección, y me acuerdo de que le debo un par de Manolos de color azul marino.

Tardo treinta y cinco minutos en escabullirme de la pequeña fiesta en mi oficina. El gesto me ha emocionado y me sorprende que me haya emocionado. Debo de estar ablandándome con los años. Pero como siempre, estoy ansioso por volver a casa… ansioso por ver a Ana.

Sale corriendo por la entrada trasera de SIP y el corazón me da un brinco de alegría al verla. Sawyer aparece a su lado; el guardia de seguridad abre la puerta del Audi y ella se sienta a mi lado mientras Sawyer se sube delante con Taylor.

—Hola. —Su sonrisa es arrebatadora.

—Hola. —Cogiéndola de la mano, le beso los nudillos—. ¿Qué tal tu día?

Martes, 21 de junio de 2011

*L*os ojos de Elena son como el pedernal. Fríos. Duros. Me habla a un palmo de la
cara. Enfadada.

—Yo fui lo mejor que te pasó en la vida. Mírate ahora. *Uno de los empresarios más
ricos y triunfadores de Estados Unidos, equilibrado, emprendedor... Eres el amo de tu
mundo.*

*Ahora está de rodillas. Delante de mí. Postrada. Desnuda. Con la frente pegada al
suelo del sótano. Su melena es como una brillante corona de relámpagos contra las tablas
de madera oscura. Tiene la mano extendida. Abierta. Acabada en unas uñas rojo pasión. Suplica.*

—Mantén la cabeza en el suelo.

*Mi voz rebota en las paredes de hormigón. Quiere que pare. Se ha cansado. Empu-
ño la fusta con más fuerza.*

—Basta, Grey.

*Me rodeo la polla con los dedos, dura de haber estado en su boca, manchada de
pintalabios de color carmín. Muevo la mano arriba y abajo. Cada vez más rápido. Más
rápido. Más rápido.*

—¡Sí!

*Me corro, me corro. Con un grito gutural. Le salpico la espalda con mi semen. Estoy
de pie junto a ella. Jadeando. Aturdido. Saciado. Se oye un estruendo. El suelo vuela
por los aires. La figura de un hombre ocupa la puerta. Brama, y el rugido aterrador inunda la habitación.*

—¡No!

Elena chilla.

—¡Joder! ¡No, no, no!

Él está aquí. Lo sabe. Elena se interpone entre los dos.

—¡No! —*grita, y él la golpea con tanta fuerza que ella cae al suelo y chilla. Chilla*—. ¡Déjalo! ¡Déjalo!

*Estoy en estado de shock y él me propina un puñetazo. Un gancho de derecha direc-
to a la barbilla. Caigo. Sigo cayendo. La cabeza me da vueltas. Me desmayo.*

—No. Deja de chillar. Para.

Sigue. No se detiene.

Estoy debajo de la mesa de la cocina. Me tapo las orejas con las manos. Pero no bloquean el sonido. Él está aquí. Oigo sus botas. Unas botas grandes. Con hebillas. Ella está chillando. No deja de chillar.

¿Qué ha hecho? ¿Dónde está? Noto su peste antes de verlo; mira debajo de la mesa, con un cigarrillo encendido en la mano.

—*Ahí estás, mierdecilla.*

Me despierto al instante, jadeando y empapado en sudor, sintiendo el miedo corriendo por mis venas.

¿Dónde estoy?

Mi ojos se adaptan a la luz. Estoy en casa. En el Escala. El inminente amanecer cubre la figura dormida de Ana con un delicado y resplandeciente manto rosado, y el alivio me envuelve de pronto como una fresca brisa otoñal.

Joder, menos mal.

Ella está aquí. Conmigo.

Dejo escapar un largo y tranquilizador suspiro mientras trato de aclarar las ideas.

¿De qué narices iba todo eso?

Casi nunca sueño con Elena, y mucho menos con ese momento tan desagradable de nuestra historia conjunta. Me estremezco con la mirada clavada en el techo y sé que estoy demasiado tenso para volver a dormirme. Considero la idea de despertar a Ana, deseando perderme en ella una vez más, pero sé que no es justo. Anoche demostró su aguante con creces y hoy le espera una sesión de entrenamiento, necesita descansar. Además, me noto inquieto, se me eriza la piel, y la pesadilla me ha dejado un regusto amargo. Supongo que la ruptura de la amistad y la relación laboral con Elena me remuerde de manera inconsciente. Al fin y al cabo, la señora Lincoln ha sido el faro que me ha guiado durante más de una década.

Mierda.

No me quedaba otra opción.

Se acabó. Todo eso se acabó.

Me incorporo y me paso la mano por el pelo, con cuidado de no despertar a Ana. Es pronto, las 5.05, y ahora mismo necesito un vaso de agua.

Me deslizo fuera de la cama y piso la corbata, que está tirada en el suelo después de los entretenidos juegos de anoche. Un delicioso recuerdo de Ana invade mis sentidos, sus manos atadas sobre la cabeza, el cuerpo rígido, la cabeza inclinada hacia atrás en éxtasis, aferrada a los listones grises del cabezal de la cama mientras mi lengua le prodiga atenciones a su clítoris. Una imagen mucho más placentera que los coletazos de la pesadilla. Recojo la corbata, la doblo y la dejo en la mesita de noche.

Es raro que tenga pesadillas cuando Ana duerme a mi lado. Espero que se trate de algo puntual. Me alegro de tener una cita con Flynn más tarde, así podré diseccionar esta novedad con él.

Me pongo los pantalones del pijama, recupero el teléfono y salgo de la habitación. Puede que un poco de Chopin o de Bach me tranquilice.

Echo un vistazo a los mensajes cuando me siento al piano y tengo uno de Welch, enviado a medianoche, que me llama la atención.

WELCH
Sospecha de sabotaje.
Informe inicial a primera hora de la mañana.

Joder. Me pica el cuero cabelludo cuando la sangre se aleja de mi cabeza. Se confirman mis miedos. Alguien quiere verme muerto.

¿Quién?

Repaso mentalmente los socios con los que he tenido trato y he dejado atrás a lo largo de los años.

¿Woods? ¿Stevens? ¿Carver? ¿Quién más? ¿Waring?

¿Alguno de ellos se rebajaría a algo así?

Todos han ganado dinero, muchísimo dinero. Simplemente perdieron sus empresas. Me cuesta creer que esté relacionado con mis actividades comerciales.

¿Y si es algo personal?

Solo hay una persona que podría preocuparme al respecto y es Linc. Pero el ex marido de Elena ya se vengó de ella, y eso fue hace años. ¿A qué vendría todo esto ahora?

Quizá se trate de otra persona. ¿Un empleado descontento? ¿Una ex? No se me ocurre nadie capaz de algo así. Aparte de Leila, a los demás les va bien.

Tengo que procesarlo.

¡Ana! ¡Mierda!

Si van a por mí, podrían hacerle daño a ella. El miedo me atraviesa como un fantasma que me eriza la piel a su paso. Debo protegerla a toda costa. Escribo a Welch.

Reunión esta mañana
A las 8.00 en Grey House

WELCH
Recibido

Escribo a Andrea para que cancele las reuniones que pueda tener y luego envío un correo electrónico a Taylor.

De: Christian Grey
Fecha: 21 de junio de 2011 05:18
Para: J. B. Taylor
Asunto: Sabotaje

Welch me ha informado de que podrían haber saboteado el *Charlie Tango*.
Tendremos el informe inicial a lo largo de la mañana. Nos vemos en Grey House
a las 8.00.
Reincorpora a Reynolds y Ryan si siguen disponibles. Quiero que Ana esté
acompañada en todo momento. Que Sawyer se quede hoy con ella.
Gracias.

Christian Grey
Presidente de Grey Enterprises Holdings, Inc.

Necesito liberar todos estos nervios acumulados, así que decido hacer algo de ejercicio. Me meto en el vestidor y me cambio rápidamente, tratando de no hacer ruido, no quiero despertar a Ana.

Corro en la cinta mientras sigo la evolución de los mercados por televisión, escucho a los Foo Fighters y me pregunto quién demonios querrá matarme.

Ana huele a sueño, a sexo y a fragante huerto otoñal de manzanos. Por un momento me siento transportado a una época más feliz, libre de preocupaciones, y solo estamos mi chica y yo.

—Eh, nena, despierta.

Le acaricio la oreja con la nariz.

Ana abre los ojos, y su rostro, sereno y descansado por el sueño, resplandece como un amanecer dorado.

—Buenos días —dice, pasándome el pulgar por los labios y dándome un beso casto.

—¿Has dormido bien? —pregunto.

—Mmm… Qué bien hueles. Y qué guapo estás.

Sonrío complacido. Es lo que tiene un buen traje hecho a medida.

—Tengo que estar temprano en la oficina.

Ana se incorpora en la cama.

—¿Tan pronto?

Echa un vistazo al despertador. Son las 7.08.

—Ha surgido algo. Sawyer estará hoy contigo y mantendrá a la prensa a raya. ¿Te parece bien?

Asiente con la cabeza.

Perfecto. No quiero asustarla contándole lo del *Charlie Tango*.

—Nos vemos luego.

La beso en la frente y me voy antes de que me venza la tentación de quedarme.

El informe es breve.

Sistema de Notificación de Accidentes e Incidentes
de Aviación de la Administración Federal de Aviación

INFORMACIÓN GENERAL

Fuente: BASE DE DATOS DE ACCIDENTES
N.º Informe: 20110453923
Fecha local: 17-JUN-11
Ciudad: CASTLE ROCK   Estado: WA
Aeropuerto: HELIPUERTO DE PORTLAND
Suceso: INCIDENTE
Colisión Aérea: NO AÉREA

INFORMACIÓN DE LA AERONAVE

Daño de la aeronave: SIGNIFICATIVO
Marca: EURCPT
Modelo: EC-135
Serie: EC-135-P2
Horas totales de vuelo: 1470 h
Propietario: GEH INC
Empleo: TAXI AÉREO/LÍNEA REGIONAL
Matrícula: N124CT
Personas a bordo: 2
Muertos: 0   Heridos: 0
Peso máximo al despegue: <5670 Kg
N.º de motores: 2
Marca motor: TURBOM
Modelo motor: ARRIUS 2B2

INFORMACIÓN SOBRE CONDICIONES METEOROLÓGICAS Y OPERATIVAS

Condiciones de vuelo primarias: REGLAS DE VUELO VISUAL
Condiciones de vuelo secundarias: METEOROLOGÍA IRRELEVANTE
Plan de vuelo declarado: SÍ

TRIPULACIÓN

Licencia: PILOTO COMERCIAL DE HELICÓPTERO
Clase piloto: AERONAVE DE ROTOR/HELICÓPTERO
Cualificación piloto: CUALIFICADO
Experiencia de vuelo: 1180 h
Horas en el modelo: 860 h
Horas últimos 90 días: 28 h

OBSERVACIONES

EL 17 DE JUNIO DE 2011, APROXIMADAMENTE A LAS 14:20 PST, UN EC-135, N124CT, PROPIEDAD DE GREY ENTERPRISES HOLDINGS INC Y OPERADO POR ESTE, SUFRIÓ UN INCIDENTE DE GRAVEDAD. LA AERONAVE VOLABA CON NORMALIDAD CUANDO CABECEÓ DE PRONTO Y SE ILUMINÓ EL PILOTO DE INCENDIOS DEL MOTOR NÚMERO UNO. EL PILOTO ASEGURÓ EL MOTOR NÚMERO UNO CON LA BOTELLA EXTINTORA E INTENTÓ VOLVER AL SEA-TAC CON EL MOTOR RESTANTE. SE ILUMINÓ EL PILOTO DE INCENDIOS DEL MOTOR NÚMERO DOS. EL PILOTO REALIZÓ UN ATERRIZAJE DE EMERGENCIA EN EL EXTREMO SURESTE DEL LAGO SILVER. TRAS TOMAR TIERRA, EL PILOTO USÓ LA SEGUNDA BOTELLA EXTINTORA, DESCONECTÓ TODOS LOS SISTEMAS Y EVACUÓ LA AERONAVE. NO SE INFORMÓ DE HERIDOS. EL PILOTO USÓ EL EXTINTOR PORTÁTIL DE A BORDO. EL FABRICANTE DE LA AERONAVE ESTÁ EXAMINANDO LOS MOTORES DE LA AERONAVE Y EMITE UNA VALORACIÓN INICIAL DE AVERÍA SOSPECHOSA COMO RESULTADO DE UN POSIBLE DAÑO INTENCIONADO. LA NTSB SOLICITARÁ UNA EVALUACIÓN MÁS EXHAUSTIVA.

En mi despacho, Welch, Taylor y yo leemos el informe con suma atención. El ajado rostro de Welch muestra más arrugas que nunca a la cruda luz de la mañana. Tiene una expresión sombría.

—Por el momento, la NTSB solo sospecha que se trata de un sabotaje, pero deberíamos proceder dando por sentado que responde a un daño intencionado. Por eso hemos repasado las grabaciones de las cámaras de seguridad del helipuerto de Portland, pero no hemos encontrado actividad sospechosa. —Cambia de postura en la silla y se aclara la garganta—. Sin embargo, tenemos un problemilla en el hangar de GEH de Boeing Field.

¿Ah?

—Había dos cámaras que no funcionaban, así que no tenemos todos los ángulos cubiertos.

—¡¿Qué?! ¿Cómo es posible?

¿Para qué coño pago a esa gente?

—Estamos tratando de averiguar qué ha ocurrido —contesta Welch con esa voz grave y cavernosa como el tubo de escape de un coche antiguo—. Es una brecha de seguridad importante.

No me digas, Sherlock...

—¿Quién es el responsable?

—Tienen un sistema de turnos rotatorio, así que probablemente estemos hablando de cuatro o cinco tipos.

—Si se demuestra que han cometido una negligencia, están despedidos. Todos.

—Señor.

Mira a Taylor.

—En estos momentos no disponemos de pistas acerca de quién puede estar detrás de esto —dice Taylor.

—La aeronave se someterá a un examen forense —añade Welch—. Me da que encontrarán algo.

—¡Necesito más que corazonadas! —exclamo, perdiendo la paciencia.

—Sí, señor —contestan los dos hombres al unísono, con gesto contrito.

Mierda. No es culpa suya. Grey. Contrólate.

—Averiguad quién la ha cagado en el hangar —añado en un tono más comedido—. Despedidlos. Y quiero estar informado en cuanto tengamos una idea de qué ha sucedido. Mientras tanto, aseguraos de que le den un buen repaso al jet y de que es seguro.

—Sí, señor —dice Taylor.

—Estamos en ello —gruñe Welch. Está cabreado. Y más le vale, porque estaba al mando—. La Junta Nacional de Seguridad en el Transporte ya se ha puesto manos a la obra. No me extrañaría que pusieran al corriente a los organismos de seguridad durante sus indagaciones y que, en caso de considerarlo necesario, los invitaran a investigar en paralelo. Lo comentaré con la NTSB para que me lo confirmen.

—¿La policía? —pregunto.

—No, más bien el FBI.

—Vale, puede que ellos averigüen algo. ¿Qué hay de la seguridad adicional personal? —le pregunto a Taylor.

—Tanto Reynolds como Ryan están disponibles y empezarán hoy.

—Quiero mantener a Ana al margen de todo esto, no hace falta preocuparla. Y quiero una lista con las personas que podrían estar detrás de este asunto. Debo decir que no tengo la menor idea al respecto.

—Mi equipo está elaborando un listado de posibles sospechosos —asegura Welch.

—Yo haré lo mismo.

—Señor, ahora que es asunto de la FAA, puede que la prensa se entere y empiece a hacer preguntas —comenta Taylor.

Mierda.

—Tienes razón. Informa a Sam. Que suba.

—De acuerdo —contesta.

Si va a salir a la luz, también tendré que decírselo a Ana.

¿Cómo narices hemos llegado a esto?

¡Sabotaje!

Esta mierda es lo último que necesito justo ahora.

Dejo a los dos hombres analizando posibles sospechosos y asomo la cabeza por la puerta. Andrea levanta la vista del ordenador.

—¿Señor Grey?

—Dile a Sam y a Ros que se reúnan con nosotros.

—Sí, señor.

Alguien llama a la puerta del despacho. Es Andrea.

—¿Le apetece otro café? —pregunta.

—Por favor.

La pantalla del ordenador muestra un listado de todas las adquisiciones que he realizado desde que fundé la empresa. Las repaso una a una para ver si encuentro un posible sospechoso, pero hasta el momento no he dado con nada. Es deprimente. En el fondo estoy preocupado por Ana, si alguien va a por mí, ella podría acabar convirtiéndose en un daño colateral. Y si eso ocurriera, ¿cómo iba a perdonármelo?

—¿Con leche?

—No. Solo. Cargado.

—Sí, señor.

Cierra la puerta y me llega un correo de mi chica.

De: Anastasia Steele
Fecha: 21 de junio de 2011 14:18
Para: Christian Grey
Asunto: ¿La calma que precede/sigue a la tormenta?

Querido señor Grey:
Está usted muy callado hoy. Me preocupa.
Espero que todo vaya bien en el país de los negocios y las altas finanzas.
Gracias por lo de anoche. Tiene usted un gran dominio de la lengua. ;)

A xx
P.D.: He quedado esta tarde con el señor Bastille.

¡Ana! Me invade una oleada de calor por debajo del cuello de la camisa y me aflojo la corbata. Qué desvergonzada cuando se trata de escribir. Tecleo mi respuesta.

De: Christian Grey
Fecha: 21 de junio de 2011 14:25
Para: Anastasia Steele
Asunto: La tormenta ya ha llegado

Mi querida prometida:
Debo felicitarte por haberte acordado de utilizar la BlackBerry.
Se aproximan nubes de tormenta. Te informaré de la previsión meteorológica y del diluvio que se avecina cuando llegue a casa.
Mientras tanto, espero que Bastille no sea muy duro contigo. Ese es mi trabajo. ;)
Gracias a TI por anoche. Tu aguante y tu boca continúan maravillándome en el mejor de los sentidos. ;) ;) :)

Christian Grey
Meteorólogo y Presidente de Grey Enterprises Holdings, Inc.

P.D.: Me gustaría pasar a recoger tus cosas por tu apartamento esta semana.
Ya que no estás allí…

De: Anastasia Steele
Fecha: 21 de junio de 2011 14:29
Para: Christian Grey
Asunto: Predicciones meteorológicas

Tu correo no ha hecho mucho por aliviar mi preocupación.
Me consuela saber que, en caso de necesidad, posees un astillero y serás capaz de construir un arca. Al fin y al cabo eres el hombre más competente que conozco.

Tu querida Ana xxx

P.D.: Ya hablaremos esta noche de cuándo me mudo.
P.D.2: ¿De verdad te va la meteorología?

Su correo me hace sonreír y paso el índice sobre las equis.

De: Christian Grey
Fecha: 21 de junio de 2011 14:32
Para: Anastasia Steele
Asunto: Me vas tú.

Siempre.

Christian Grey
Locamente enamorado presidente de Grey Enterprises Holdings, Inc.

Son las 17.30 cuando el doctor Flynn me hace una seña para que pase a su consulta.

—Buenas tardes, Christian.

—John.

Me acerco sin prisa al diván, me siento y espero a que ocupe su sillón.

—Bueno, menudo fin de semana —dice en tono afable.

Aparto la mirada. No sé por dónde empezar.

—¿Qué ocurre? —pregunta.

—Alguien quiere matarme.

Flynn palidece. Eso es nuevo, creo.

—¿Te refieres al accidente? —pregunta.

Asiento.

—Lamento oírlo.

Frunce el ceño.

—Mi gente ya está trabajando en el asunto, pero no se me ocurre de quién puede tratarse.

—¿No tienes ni la menor idea?

Niego con la cabeza.

—Bueno, espero que la policía esté al tanto y que encuentres al culpable —dice.

—Será el FBI. Pero mi mayor preocupación es Ana.

John asiente.

—¿Temes por su seguridad?

—Sí. He puesto protección personal adicional, pero no sé si será suficiente.

Trato de reprimir la ansiedad creciente.

—Ya hemos hablado de esto —responde—. Sé que detestas cuando sientes que no tienes el control, que te aterra lo que pueda ocurrirle a Ana, y comprendo por qué te sientes así, pero dispones de recursos y ya has tomado las medidas necesarias para que esté a salvo. No puede hacerse nada más. —Su mirada es franca y sincera, y sus palabras me tranquilizan. Sonríe y añade—: No puedes tenerla encerrada bajo llave.

La carcajada es liberadora.

—Lo sé.

—También sé que te gustaría, pero ponte en su lugar.

—Ya. Lo sé. Lo entiendo. No quiero ahuyentarla.

—Exacto. Bien.

—También quería hablar de otra cosa.

—¿Hay más?

Dejo escapar un largo suspiro y le cuento de la manera más escueta posible la pelea con Elena en la fiesta de cumpleaños y la respectiva discusión posterior con mis padres.

—Debo decir, Christian, que contigo es imposible aburrirse. —Flynn se frota el mentón en respuesta a mi sonrisa resignada—. Solo tenemos una hora, ¿de qué quieres hablar?

—Anoche tuve una pesadilla. Con Elena.

—Ya.

—He roto toda relación con ella, a petición de mis padres. Le he regalado la empresa.

—Qué generoso.

Me encojo de hombros.

—Pues sí, pero no me importa. Creo. Claro que me sigue llamando, aunque hoy solo lo ha hecho dos veces.

—Ha ejercido una gran influencia en tu vida.

—Cierto, pero ya es hora de que yo pase página.

Parece meditarlo.

—¿Qué te trastoca más: la discusión con Elena o con tus padres?

—La pelea con Elena fue incómoda porque Ana estaba en la habitación. Nos dijimos cosas muy feas. —Se nota el arrepentimiento en mi voz; en el fondo desearía que hubiéramos acabado de manera más cordial—. Y Grace estaba muy enfadada conmigo. Nunca la había oído decir palabrotas. Pero la discusión con mi padre fue la peor de todas. Se comportó como un capullo.

—¿Estaba enfadado?

—Mucho.

Trato de ignorar la punzada de culpabilidad que siento en el estómago ante esa muestra de deslealtad hacia Carrick.

—¿No crees que podría estar proyectando en ti la ira que siente hacia sí mismo? Entiendes por qué se sentía así, ¿verdad?

No. Sí. Tal vez.

—Coincidas con él o no —prosigue Flynn—, probablemente tu padre cree que Elena se aprovechó de un adolescente vulnerable. Su deber era protegerte. Y fracasó. Quizá él lo vea así.

—Ella no se aprovechó de mí. Participé de manera voluntaria.

La frustración se refleja en mis palabras.

Estoy harto de esa cantinela.

John suspira.

—Lo hemos hablado muchísimas veces y no quiero entablar un nuevo debate sobre el asunto, pero quizá sería bueno que trataras de enfocar la situación desde el punto de vista de tu padre.

—Dijo que quizá yo no sirva para marido.

Flynn parece sorprendido.

—Ya. ¿Y cómo te sentiste?

—Rabioso. Preocupado por si tenía razón.

Avergonzado.

—¿En qué contexto lo dijo?

Sacudí la mano, tratando de restarle importancia.

—Estaba sermoneándome sobre la santidad del matrimonio. Dijo que si no lo respetaba, no tenía sentido que me casara.

John arruga la frente.

—Porque Elena estaba casada —le aclaro.

—Entiendo. —Flynn frunce los labios—. Christian, puede que tu padre tenga razón —dice con suma suavidad.

¡¿Qué?!

—O bien mantenías una relación con una mujer casada de manera voluntaria, una relación que a ella le costó su matrimonio, y mucho más, en vista de lo que le ocurrió, o eras un adolescente vulnerable del que se aprovecharon. Tienes que elegir, o lo uno o lo otro.

Le lanzo una mirada poco amistosa.

Pero. Qué. Narices.

—El matrimonio es algo muy serio —insiste.

—Joder, John, ya lo sé. ¡Hablas como mi padre!

—¿Ah, sí? No es mi intención. Yo solo estoy aquí para ofrecerte otro punto de vista.

¿Otro punto de vista? Y una mierda.

Lo fulmino con la mirada y me miro las manos al tiempo que el silencio se alarga entre nosotros.

Otro punto de vista, venga ya.

—Creo que Carrick se equivoca —mascullo al fin, y advierto que sueno como el adolescente malhumorado por el que mi padre sigue tomándome.

—Claro que se equivoca. Mi opinión sobre tu relación con la señora Lincoln no importa, a lo largo de los años has demostrado un compromiso inquebrantable con ella. Creo que te arrepientes de dar por terminado todo contacto con ella y eso te pesa en la conciencia.

—¡Pero si no me arrepiento! —exclamo—. Lo he hecho de buen grado.

—¿Culpabilidad, entonces?

Suspiro.

—¿Culpabilidad? No me siento culpable.

¿O sí?

John continúa impasible.

—¿Y de ahí las pesadillas? —pregunto.

—Tal vez. —Se da unos golpecitos en el labio con el índice—. Estás renunciando a una relación duradera y fundamental para ti para complacer a tus padres.

—No es por mis padres, es por Ana.

Asiente.

—Estás sacrificando todo lo que conoces por Anastasia, la mujer que amas. Es un paso enorme. —Sonríe de nuevo—. En la dirección correcta, desde mi punto de vista.

Me lo quedo mirando sin saber qué contestar.

—Piensa en lo que te he dicho. Se acabó el tiempo —anuncia—. Continuaremos hablando de esto cuando volvamos a vernos.

Me levanto, sintiéndome un tanto aturdido. Flynn, como siempre, me ha dado mucho sobre lo que meditar. Pero tengo que hacerle una pregunta ineludible antes de la próxima visita.

—¿Cómo está Leila?

—Bien, haciendo progresos.

—Bueno, es un alivio.

—Sí que lo es. Nos vemos la semana que viene.

Taylor está esperando fuera en el Q7.

—Iré andando a casa —le informo. Necesito tiempo para pensar—. Te veré en el Escala.

Me mira angustiado.

—¿Qué pasa?

—Señor, me quedaría mucho más tranquilo si fuera en el coche.

Ah, ya. Hay alguien que quiere matarme.

Frunzo el ceño al ver que Taylor abre la puerta trasera, pero subo al coche, resignado.

¿Ya no soy el amo de mi mundo?

Mi humor sombrío empeora.

—¿Dónde está Ana? —pregunto a la señora Jones cuando entro en el salón.

—Buenas tarde, señor Grey. Creo que está en la ducha.

—Gracias.

—¿Cena en veinte minutos? —pregunta mientras remueve una cacerola puesta al fuego. Huele que alimenta.

—Que sean treinta.

Lo de Ana en la ducha tiene posibilidades. La señora Jones intenta disimular una sonrisa, pero no comento nada aunque me he dado cuenta. Voy en busca de mi chica. No está en el cuarto de baño sino en el dormitorio, junto a la ventana, envuelta en una toalla y cubierta de gotitas de agua.

—Hola —me saluda con una sonrisa radiante, que se desvanece a medida que me acerco—. ¿Qué ocurre?

Antes de contestar, la envuelvo en mis brazos y la estrecho con fuerza, aspirando su fresca, limpia y dulce fragancia, que calma mi ansiedad.

—Christian, ¿qué pasa?

Ana sube las manos por mi espalda y me aprieta contra ella.

—Solo quiero abrazarte.

Entierro la cara en su pelo, que lleva recogido en un moño caótico.

—Estoy aquí. No me voy a ninguna parte.

Su voz está teñida de tensión. Odio que se angustie. Subo la mano para sujetarle la cabeza, se la inclino hacia atrás y acerco mis labios a los suyos, volcando toda mi ansiedad en el beso. Ana responde de inmediato, me acaricia la cara y se abre para mí, su lengua lucha con la mía.

Oh, Ana.

Cuando se aparta, a ambos nos falta el aire, y yo estoy empalmado.

Empalmadísimo. Por ella.

—¿Qué ocurre? —insiste, animándome a hablar con suma dulzura mientras escudriña mi rostro en busca de alguna pista.

—Luego —murmuro con mis labios sobre los suyos, y empiezo a hacerla retroceder hasta la cama.

Ana me agarra por las solapas y, tratando de quitarme la chaqueta, su toalla cae al suelo y se queda desnuda en mis brazos.

Alargo la mano para tirar de la goma que sujeta el moño desmadejado y liberar su melena, que le cae sobre los hombros y los pechos. Recorro su espalda con las manos y le agarro el trasero, atrayéndola hacia mí.

—Te deseo.

—Se nota.

Se frota contra mi erección.

Joder. Sonrío complacido y la empujo con suavidad hacia la cama, en la que acaba tumbada en toda su gloriosa desnudez mientras yo sigo de pie, con las piernas entre sus rodillas.

—Así está mejor —susurro, olvidando el resentimiento que acumulaba hasta este momento.

—Señor Grey, por mucho que me guste verlo trajeado, creo que va demasiado vestido.

La angustia de Ana ha desaparecido y los ojos le brillan cuando me mira, llenos de un deseo seductor. Es excitante.

—Bueno, habrá que ver qué puedo hacer al respecto, señorita Steele.

Ana se muerde el labio inferior y se pasa los dedos entre los pechos. Tiene los pezones rosados erectos y listos. Para mi boca.

Necesito de toda mi fuerza de voluntad para no arrancarme la ropa y hundirme en ella. Sin embargo, cojo el nudo de la corbata y tiro de él con suavidad para deshacerlo despacio. Cuando está suelto, arrojo la corbata al suelo y me desabrocho el botón superior de la camisa.

Ana abre la boca y emite un jadeo seductor y complacido.

A continuación, me desprendo de la chaqueta y la dejo caer al suelo, donde aterriza con un golpe sordo y suave. Supongo que es el móvil, pero lo olvido al instante y me saco la camisa de los pantalones de un tirón.

—¿Con o sin? —pregunto.

—Sin. Ya. Por favor.

Ana no ha vacilado ni un segundo.

Sonrío complacido y me desabrocho el gemelo izquierdo, luego repito lo mismo con el derecho.

Ana se retuerce en la cama.

—Tranquila, nena —susurro mientras aflojo el botón inferior de la camisa, y luego paso al siguiente, y al otro, sin apartar los ojos de ella.

Una vez desabotonada, corre la misma suerte que la chaqueta, y me agarro el cinturón. Ana abre los ojos y nos perdemos el uno en el otro. Saco el extremo por la trabilla, me desabrocho la hebilla y me quitó el cinturón todo lo despacio que puedo.

Ana ladea la cabeza ligeramente, me observa, y advierto que aumenta el ritmo en que suben y bajan sus pechos al tiempo que se le acelera la respiración.

Doblo el cinturón por la mitad y lo deslizo entre mis dedos.

Ay, Ana… Lo que me gustaría hacerte con esto.

Sus caderas también se elevan y descienden.

Tiro de ambos extremos del cinturón y restalla con un nítido chasquido. Ana no se inmuta, pero sé que esto no entra en el contrato, así que lo tiro al suelo. Ana deja escapar un leve jadeo y parece tanto aliviada como, quizá, un poco decepcionada, no lo sé. En cualquier caso, no es el momento de pensar en eso. Saco los pies de los zapatos y me quito los calcetines, luego me desabrocho los pantalones y me bajo la cremallera.

—¿Lista? —pregunto.

—Y esperando. —Tiene la voz ronca de deseo—. Pero estoy disfrutando del espectáculo.

Sonrío satisfecho y me bajo los pantalones y los boxers, liberando mi polla enhiesta. Me arrodillo en el suelo y asciendo por el interior de su pantorrilla, recorriéndola a besos, sigo por el muslo, bordeo la línea del vello púbico, el ombligo, cada pecho, hasta que me sitúo sobre ella, sosteniéndome en equilibrio y listo.

—Te quiero —susurro, y la penetro, besándola al mismo tiempo.

—Christian —gime.

Y empiezo a moverme. Despacio. Disfrutándola. Mi dulce, dulce Ana. Mi amor.

Ana me rodea con las piernas y hunde los dedos en mi pelo, tirando con fuerza.

—Yo también te quiero —me susurra al oído y se mueve conmigo, perfectamente sincronizados.

Juntos.

Los dos.

Como si fuéramos uno.

Y cuando se deshace en mis brazos, me arrastra con ella.

—¡Ana!

Se acurruca contra mi pecho y me pongo tenso, esperando la oscuridad, pero Ana lo nota y se detiene, levantando la cabeza.

—Por mucho que me haya gustado el estriptís improvisado y lo que ha venido después, ¿vas a darme el parte meteorológico que mencionabas en tus correos y decirme qué ocurre?

Le acaricio la espalda con la punta de los dedos.

—¿Y si cenamos primero?

Se le ilumina la cara.

—Sí. Tengo hambre. Y no me vendría mal otra ducha.

Sonrío complacido.

—Me gusta hacerte sentir sucia. —Me incorporo y le doy un cachete en el trasero—. ¡Arriba! Le he dicho a Gail que tardaríamos media hora.

—¿En serio? —pregunta escandalizada.

—En serio.

Y sonrío de nuevo.

El curri verde tailandés de la señora Jones está delicioso, igual que la copa de Chablis con que lo acompañamos.

—Bueno, pues ya ha llegado el informe inicial de la FAA, y tarde o temprano será de dominio público.

—¿Ah, sí?

Ana levanta la vista del plato.

—Parece ser que alguien manipuló el *Charlie Tango*.

—¿Un sabotaje?

—Exacto. He aumentado la seguridad hasta que demos con el responsable. Y creo que es mejor que te quedes aquí por el momento.

Asiente, con mirada intranquila.

—Debemos ir con ojo.

—Vale.

Enarco una ceja.

—Lo digo en serio —se apresura a añadir.

Bien. Ha sido fácil.

Pero parece afectada.

—Eh, no te preocupes —murmuro—. Haré todo lo que esté en mi mano para protegerte.

—No soy yo quien me preocupa, eres tú.

—Taylor y su gente se encargan de todo. No te preocupes, de verdad.

Ana frunce el ceño y deja el tenedor en el plato.

—Y sigue comiendo.

Ana juguetea con el labio inferior y alargo la mano para coger la suya.

—Ana, todo va a ir bien, confía en mí. No voy a permitir que te ocurra nada. —Cambio de tema con la esperanza de poder tratar asuntos menos espinosos—. ¿Qué tal con Bastille?

La cara se le ilumina con una sonrisa afectuosa.

—Muy bien. Concienzudo. Creo que me van a gustar sus clases.

—Qué ganas tengo de pelear contigo.

—Creía que eso ya lo habíamos hecho, Christian.

Me echo a reír. Ah, *touché*, Anastasia... *Touché.*

Jueves, 23 de junio de 2011

El sol de la mañana entra a raudales por la ventana cuando Ros aparece por mi despacho, y nos acomodamos en la pequeña mesa de conferencias.

—¿Qué tal estás? —pregunto.

—Bien, gracias, Christian. Creo que ya me he recuperado del todo de la aventura con el helicóptero de la semana pasada.

—¿Y los pies?

Ríe.

—Sí, ya. Las llagas están bajo control. ¿Qué tal tú?

—Bien, gracias. Creo. Aunque es una putada saber que se trata de un sabotaje.

—¿Quién haría algo así?

—No tengo ni idea.

—¿Has pensado que podría tratarse de un trabajador descontento?

—El equipo de Welch está examinando detenidamente las fichas de todos los empleados y ex empleados para ver si dan con algún posible sospechoso. Por el momento solo tenemos a Jack Hyde, el tipo al que despedí de SIP.

—¿El editor?

Por su entonación, es evidente que lo encuentra poco creíble. Su cara de sorpresa casi me hace reír.

—Sí.

—No me parece muy probable.

—A mí tampoco. Welch está intentando dar con él, ya que por lo visto no ha vuelto a pasar por su apartamento desde que lo despedí. Está haciendo indagaciones.

—¿Y Woods? —sugiere, como si acabara de ocurrírsele.

—Desde luego entra dentro de la categoría de sospechosos. Welch también lo está investigando.

—Sea quien sea, espero que pilles a ese cabrón.

—Yo también lo espero. —Y cuanto antes mejor—. ¿Qué es lo primero que tenemos esta mañana?

—Kavanagh Media. Hay que ponerse las pilas para cerrar el acuerdo. ¿Ya has aprobado los costes?

—Lo sé. Lo sé. Tengo un par de dudas, que hablaré luego con Fred; en cuanto eso esté solucionado, podemos plantearles la propuesta definitiva. Si su gente aprueba el coste por metro lineal, podemos empezar con los estudios de la fibra óptica.

—Muy bien. Lo pospondré hasta que hables con Fred.

—Tengo que verlo luego, y aprovecharé para comentárselo. Va a enseñarme la última generación de tabletas. Creo que estamos listos para lanzar el siguiente prototipo.

—Eso son buenas noticias. ¿Has pensado en cómo proceder con Taiwan?

—He leído los informes. Son interesantes. Es evidente que el astillero va viento en popa, y es comprensible que quieran ampliar horizontes, pero lo que no acabo de entender es por qué quieren invertir en Estados Unidos.

—El Tío Sam está de nuestra parte —asegura Ros.

—Cierto. Estoy seguro de que impositivamente resultará a nuestro favor, pero es un gran paso lo de trasladar parte de nuestra capacidad constructora fuera de Seattle. Tengo que estar seguro de que son serios, y de que es bueno para Grey Enterprises Holdings.

—Christian, a la larga saldrá más barato. Eso ya lo sabes.

—Sin duda, y con el actual precio al alza del acero, puede que sea la única manera de mantener abierto el astillero de Grey Enterprises Holdings a largo plazo y conservar los puestos de trabajo locales.

—Creo que deberíamos realizar una valoración de impacto exhaustiva para determinar las consecuencias para nuestro astillero y la mano de obra.

—Sí —convengo con ella—. Muy buena idea.

—Vale. Hablaré con Marco para que su equipo se ponga a ello, pero creo que no podemos retrasarlo mucho más. Se irán a otra parte.

—Lo sé. ¿Qué más?

—La planta. De Detroit. Bill ha encontrado tres zonas industriales en recalificación y estamos esperando a que tomes una decisión.

Me mira de manera significativa; sabe que he estado posponiéndolo adrede.

¿Por qué cojones tiene que ser en Detroit?

Suspiro.

—Vale. Sé que Detroit ofrece los mejores incentivos. Hagamos un análisis comparativo de costes y luego hablaremos de los pros y los contras de cada zona. A ver si lo podemos tener listo para la semana que viene.

—Muy bien, perfecto.

Hablamos de Woods una vez más y las medidas legales que tomaremos, si así se decide, por haber roto el compromiso de confidencialidad.

—Creo que se ha hundido él solito —mascullo con desdén—. La prensa no lo ha tratado muy bien.

—He redactado un borrador donde amenazamos con emprender acciones legales.

—¿Y expresamos nuestra decepción?

—Sí —contesta riendo.

—A ver si eso le cierra la boca. El capullo... —mascullo entre dientes, pero Ros frunce el ceño ante mi vocabulario—. ¡Pero es que es un capullo! —exclamo en mi defensa—. Y un sospechoso.

—En cuanto al ámbito personal, todo va según lo previsto con la compra de la casa —prosigue Ros, profesional como siempre, pasando por alto mi falta de educación—. Tendrás que poner el dinero en fideicomiso. Te enviaré toda la información para poder proceder con el estudio topográfico.

—Le he dicho al contratista que lo empezaremos la semana que viene, aunque no sé si será necesario porque voy a hacer cambios en la casa.

—Nunca está de más. A tu contratista le irá bien saber a qué se enfrenta.

—Tienes razón —asiento.

Vuelve a arrugar la frente.

—Verás, he estado pensando... —se interrumpe.

—¿Qué?

—Teniendo en cuenta que existe una amenaza real contra tu vida, ¿te has planteado la posibilidad de instalar una habitación del pánico en tu apartamento?

La sugerencia me coge por sorpresa.

—No, la verdad es que nunca se me había pasado por la cabeza, vivo en un ático. Pero tienes razón, tal vez sería un buen momento.

Esboza una sonrisa forzada.

—Pues yo ya he terminado.

—No del todo. —Saco de debajo de la mesa la bolsa del centro comercial de Nordstrom que Taylor me ha traído esta mañana—. Para ti. Como te prometí.

—¿Qué? ·

Ros frunce el ceño, desconcertada, cuando coge la bolsa y echa un vistazo dentro.

—Son unos Manolos —digo—. De tu talla, espero.

—Christian, pero... —protesta.

Levanto las manos.

—Te lo prometí. Espero que te vayan bien.

Ros ladea la cabeza y me mira con lo que parece afecto. No sé cómo tomármelo.

—Gracias —dice—. Y para que conste, a pesar de lo que ocurrió, volvería a volar contigo cuando fuera.

Vaya. Eso sí que es un cumplido.

Después de que se haya ido, me siento a mi mesa y llamo a Vanessa Conway, de adquisiciones. Llevo un par de días pensando en ponerme en contacto con ella.

—Señor Grey —contesta.

—Hola, Vanessa, ya sé que lo que te pido no va a ser fácil, pero allá va: después del accidente con el helicóptero, a Ros y a mí nos rescató un tipo llamado Seb, que conducía un tráiler. Trabaja solo. No sé si podríamos emplearlo… Tiene un semirremolque de los grandes.

—¿Quiere que me ponga en contacto con él?

—Sí. Pero primero tendrás que encontrarlo. No dispongo de más información.

—Mmm… Voy a ver qué puedo hacer.

—Viaja sobre todo entre Portland y Seattle. Creo.

—Muy bien. Déjemelo a mí.

—Gracias, Vanessa.

Cuelgo y lamento una vez más que Seb no me diera una tarjeta de visita. Al menos él tiene la mía, si es que no la ha tirado. Me gustaría compensárselo de alguna manera.

Enciendo el ordenador y miro el correo electrónico. Tengo un mensaje de Ana.

De: Anastasia Steele
Fecha: 23 de junio de 2011 11:03
Para: Christian Grey
Asunto: Te echo de menos

Solo era eso.

A xx

De: Christian Grey
Fecha: 23 de junio de 2011 11:33
Para: Anastasia Steele
Asunto: Yo más

Ojalá cambiaras de opinión y te trasladaras con todas tus cosas al Escala este fin de semana. Al fin y al cabo, ahora ya pasas conmigo todas las noches. Además, ¿qué sentido tiene pagar el alquiler de un lugar que no utilizas?

Christian Grey
Presidente de Grey Enterprises Holdings, Inc.

He estado tratando de convencerla con sutileza para que se mude conmigo de manera definitiva. Pero hasta la fecha, se niega. ¿Por qué está pensándoselo tanto? Desde que llegó de Seattle, apenas ha pisado su apartamento. ¿Accede a casarse conmigo y... a esto no? No lo entiendo. Es irritante.

Vente a vivir conmigo, Ana.

De: Anastasia Steele
Fecha: 23 de junio de 2011 11:39
Para: Christian Grey
Asunto: Múdate conmigo

Buen intento, Grey.
Guardo unos recuerdos maravillosos de ti en mi apartamento.
Ya te lo he dicho. Quiero más.
Siempre quiero más.
Múdate allí conmigo.
A xx

Oh, Ana, Ana, Ana. Siempre quieres más. Lo haría, si fuera seguro para los dos.

De: Christian Grey
Fecha: 23 de junio de 2011 11:42
Para: Anastasia Steele
Asunto: Tu seguridad

Es más importante para mí ahora mismo que crear recuerdos.
Puedo tenerte a salvo en mi torre de marfil.
Por favor, reconsidéralo.

Christian Grey
Locamente enamorado presidente de Grey Enterprises Holdings, Inc.

P.D.: Espero que te guste la organizadora de bodas.

Esta noche hemos quedado en el Escala con mi madre y La Organizadora de Bodas. Preferiría pasar la velada de otra manera. ¿Por qué no podemos ir a Las Vegas y casarnos sin más? Ahora mismo ya seríamos marido y mujer. Igual estaría más contento si Ana dejara de posponer lo de mudarse conmigo.

¿Por qué es tan reticente?

¿Necesita su apartamento como una especie de refugio, por si cambia de idea?

Joder.

«Incertidumbre» es una palabra horrible para una sensación horrible.

¿Por qué si no se mostraría tan reacia a comprometerse del todo?

Basta, Grey.

¡Te ha dicho que sí!

Necesito alejar esos pensamientos tan perturbadores, así que cojo el teléfono y llamo a Welch para que me ponga al día sobre la investigación del accidente y de paso preguntarle si ha localizado a Jack Hyde y qué sabe sobre habitaciones del pánico.

Taylor no quiere ni oír hablar de que vaya o vuelva andando del despacho del alcalde, así que después de una larga comida con este, subo a la parte trasera del Audi a regañadientes para realizar el corto trayecto que me separa de Grey House. Creo que empieza a cargarme tenerlo revoloteando a mi alrededor como una mamá gallina. Es asfixiante. Exhalo un largo y lento suspiro al recordar que Ana me acusa de hacer exactamente lo mismo.

Mierda. Espero que Ana lleve bien lo de tener a Sawyer encima.

En el lado positivo, Taylor me ha recomendado que deje de jugar al golf. Por lo visto, hay demasiados árboles rodeando el campo de golf tras los que podría ocultarse un asesino. No soy un gran aficionado a ese deporte, así que no me supone ningún sacrificio dejarlo, aunque creo que Taylor está siendo un poco exagerado.

Levanto la vista hacia el techo solar panorámico y entreveo el radiante azul del verano asomando por encima del acero y el cristal del centro de Seattle. Cómo me gustaría estar allí arriba.

La libertad de caminar en el aire.

Necesito volver con Ana. Estaríamos seguros en un planeador, surcando los cielos. Libres de la vigilancia constante del equipo de seguridad. La idea me resulta extremadamente atractiva. El único problema es que si quiero llevar a Ana, necesito otro planeador; un modelo apto para dos tripulantes. Me froto las manos con regocijo pensando en la oportunidad de compra que representa. Saco el móvil del bolsillo y empiezo a explorar la página web de Alexander Schleicher y los últimos diseños de aeronaves.

—Muchísimas gracias, Christian, Ana, ha sido un placer conoceros. Vais a tener una boda de ensueño.

—Gracias a ti, Alondra —contesta Grace entusiasmada—. Me encantan tus ideas.

Mi madre da una palmada con una emoción muy poco propia de ella mientras hago un esfuerzo sobrehumano para conservar la sonrisa y no poner los ojos en blanco. Estoy portándome la mar de bien. Es cierto que la señorita

Gutiérrez tiene unas propuestas magníficas, pero yo solo quiero que se materialicen, y rápido, para poder casarnos.

—La acompaño —dice Ana, guiándola al vestíbulo.

—¿Qué te parece? —pregunta Grace.

—Está bien.

—Ay, Christian. —Parece irritada—. Esa mujer es perfecta.

—Vale, pues esa mujer es un regalo del cielo en cuanto a la organización de bodas.

El sarcasmo tiñe mis palabras. Grace frunce los labios. Estoy seguro de que está a punto de regañarme cuando Ana regresa a la habitación.

—¿Qué te ha parecido? —me pregunta ella también, tratando de encontrar la respuesta en mi expresión.

—Creo que está bien. ¿A ti te ha gustado?

Eso es lo que de verdad importa.

—Claro que sí. Creo que tiene ideas muy imaginativas. Doctora Gre...

—Ana, por favor, llámame Grace.

—Grace —dice Ana con una sonrisa azorada—. Bueno, entonces habrá que enviar las invitaciones, ¿no? —Ana parpadea varias veces, como si estuviera repentinamente conmocionada—. Ni siquiera tenemos una lista de invitados —murmura.

—Eso es fácil —aseguro, tratando de tranquilizarla.

Además de mi familia, creo que solo añadiría a dos personas más: a Ros y al doctor Flynn, con sus respectivas parejas. Y tal vez a Bastille... y a Mac.

—Hay una cosa más —dice Grace.

—¿Qué?

—Sé que no quieres una ceremonia católica, pero ¿cabría la posibilidad de pedirle al reverendo Michael Walsh que oficiase la boda?

El reverendo Walsh. El nombre me quiere sonar.

—Es el capellán del hospital y un queridísimo amigo. Ya sé que nunca te has entendido con los curas que conocemos.

—Ah, ya, lo recuerdo. Siempre me trató bien. No quiero una ceremonia religiosa, pero no tengo inconveniente en que la oficie él, si a Ana le parece bien.

Ana asiente, un poco pálida; parece agobiada.

—Fantástico. Mañana hablaré con él. Mientras tanto, os dejo para que os pongáis con la lista. —Grace me presenta la mejilla y le doy un beso fugaz—. Adiós, cariño —dice—. Adiós, Ana. Ya os llamaré.

—Muy bien —contesta Ana, aunque la veo un poco ausente.

¿No le gusta la organizadora de la boda? ¿Se siente igual de abrumada que yo? Le aprieto la mano para tranquilizarla y juntos acompañamos a mi madre al vestíbulo. Grace se vuelve hacia mí mientras esperamos el ascensor.

—Christian, por favor, llama a tu padre.

Suspiro.

—Me lo pensaré.

—Deja de comportarte como un crío —me riñe en voz baja.

—¡Grace!

Cuidado.

Ana nos mira, pero sabe que es mejor morderse la lengua y no dice nada. En ese momento suena la campanilla y las puertas del ascensor se abren para salvar la situación. Tomo a Ana de la mano cuando Grace entra en la cabina.

—Buenas noches —se despide mi madre, y las puertas se cierran.

—¿No te hablas con tu padre? —pregunta Ana.

Me encojo de hombros.

—Yo no diría tanto.

—¿Es por lo del fin de semana pasado? ¿Por la pelea?

No rehúyo su mirada cargada de curiosidad, pero no contesto. Es algo entre él y yo.

—Christian, es tu padre. Solo quiere protegerte.

Levanto la mano con la esperanza de que pare.

—No quiero hablar de eso. —Ana se cruza de brazos y levanta el testarudo mentón Steele—. Anastasia. Déjalo.

Sus ojos lanzan un destello azul cobalto, pero suspira y baja los brazos, mirándome con lo que diría que es una mezcla de lástima y frustración.

Cincuenta sombras, nena.

—Tenemos otro problema —anuncia—. Mi padre quiere pagar la boda.

—No me digas, ¿de verdad?

Ni hablar. Costará un dineral, que el hombre no tiene. No pienso arruinar a mi suegro.

—Creo que eso queda totalmente descartado.

—¿Qué? ¿Por qué? —insiste, hecha una fiera.

—Nena, ya sabes por qué. —No quiero entrar a debatir ese tema—. La respuesta es no.

—Pero...

—No.

Aprieta los labios en ese gesto testarudo que conozco tan bien.

—Ana, tienes carta blanca con la boda, puedes hacer lo que tú quieras, pero no me pidas eso. Sabes que no es justo para tu padre. Estamos en 2011, no en 1911.

Suspira.

—No sé qué voy a decirle.

—Dile que estoy decidido a proveer por los dos. Dile que es una necesidad imperiosa que tengo.

Porque es la verdad.

Vuelve a suspirar, resignada, creo.

—Bueno, ¿nos ponemos con la lista de invitados? —pregunto, esperando que abordar la tarea alivie su ansiedad y aleje sus pensamientos de Ray.

—Claro —claudica, y sé que he evitado una pelea.

Le acaricio la oreja con la nariz mientras jadea después del orgasmo. El sudor le perla la frente y sus dedos siguen enroscados con fuerza en mi pelo.

—¿Qué tal ha estado, Anastasia?

Balbucea mi nombre y creo que dice «fantástico».

Sonrió complacido.

—Por favor, múdate conmigo.

—Sí. Pero no este fin de semana. Por favor. Christian. —Le falta el aire. Abre los ojos con un parpadeo y me mira implorante—. Por favor —musita.

Mierda.

—Vale —susurro—. Me toca.

Le mordisqueo el lóbulo y le doy la vuelta boca abajo.

Martes, 28 de junio de 2011

Leila quiere hablar contigo —dice Flynn, y por cómo entorna los ojos sé que está esperando a ver mi reacción. Me parece que es una prueba, pero no estoy seguro.

—¿Para qué? —pregunto con cautela.

—Diría que para darte las gracias.

—¿Y debo hacerlo?

—¿Hablar con ella? —John se reclina en su silla—. No me parece buena idea.

—¿Qué tendría de malo?

—Christian, siente algo muy fuerte por ti. Ha volcado en ti todos los sentimientos que la unían a su difunto amante. Cree que está enamorada.

Noto un hormigueo en el cuero cabelludo y la angustia me encoge el corazón.

¡No! ¿Cómo va a estar enamorada de mí?

La sola idea es insoportable.

Ana será la única, siempre.

El sol, la luna, las estrellas... siguen saliendo y poniéndose con ella.

—Me parece que, por el bien de Leila, deberías dejar muy claros los límites si vas a relacionarte con ella —opina Flynn.

Y seguramente también por el mío.

—¿Podemos seguir haciendo que toda la comunicación entre Leila y yo pase por ti? Tiene mi dirección de e-mail, pero no la ha utilizado.

—Sospecho que eso es porque teme que no contestes.

—Y tiene razón. Jamás la perdonaré por amenazar a Ana a punta de pistola.

—Si te sirve de consuelo, está muy arrepentida.

Suelto un suspiro de exasperación; su arrepentimiento no me interesa. Quiero que se recupere y desaparezca.

—Pero ¿se encuentra bien? —pregunto.

—Sí. Bastante. La terapia artística está obrando maravillas. Me parece que quiere regresar a su ciudad y formarse en bellas artes.

—¿Ha encontrado ya una escuela?

—Así es.

—Si se mantiene alejada de Ana, y de mí, para el caso, financiaré sus estudios.

—Es muy generoso por tu parte. —Flynn frunce el ceño, de modo que sospecho que está a punto de poner alguna objeción.

—Puedo permitírmelo. Solo me alegro de que se esté curando —añado enseguida.

—Le darán el alta esta semana. Volverá con sus padres.

—¿En Connecticut?

Flynn asiente.

—Bien. —Estará en la otra punta del país.

—Le he recomendado un psiquiatra de New Haven, para que no tenga que desplazarse mucho. Estará bien cuidada. —Calla unos segundos y cambia de tema—. ¿Han parado las pesadillas?

—Por ahora sí.

—¿Y Elena?

—He evitado todo contacto con ella, pero ayer firmé los contratos. Ya está hecho. Ahora el grupo Esclava es suyo. —El nombre que Elena escogió para sus salones y el grupo siempre me ha hecho sonreír. Incluso ahora.

—¿Cómo te hace sentir eso?

—No me he parado a pensarlo, la verdad. —Tengo muchos otros quebraderos de cabeza—. Lo único que siento es alivio por que al fin se haya terminado.

Flynn me mira un instante y creo que va a continuar su interrogatorio por esa línea, pero toma otro rumbo.

—¿Y cómo te encuentras en general?

Me detengo a sopesar su pregunta, y lo cierto es que, dejando de lado el sabotaje de mi querido *Charlie Tango* y el hecho de que alguien quiere verme muerto, me siento… bien. Estoy preocupado, por supuesto, y me jode que Ana no se haya trasladado al Escala todavía, pero entiendo que desee pasar una noche más conmigo en su apartamento, y eso sucederá este fin de semana. Van a instalar las habitaciones del pánico en el ático, así que tenemos que dejarlo libre. Era un hotel, el *Grace* o el piso de Ana.

—Estoy bien.

—Eso ya lo veo. Y me sorprende. —Flynn parece pensativo.

—¿Por qué? ¿Cómo es eso? —pregunto.

—Es bueno ver que expresas tu preocupación, en lugar de volverla en tu contra.

Arrugo la frente.

—Me parece que las amenazas a mi vida vienen del exterior.

Él asiente.

—Sí, es cierto. Pero te sirve de distracción para no castigarte.

—No lo había pensado de esa forma.

—¿Has hablado con tu padre?

—No.

Flynn se mantiene impasible, sus labios se tensan ligeramente.

Suspiro.

—Ya lo haré cuando sea.

Mira el reloj.

—Se nos ha acabado el tiempo.

Viernes, 1 de julio de 2011

Llaman a la puerta de mi despacho y entra Andrea, así que levanto la vista de las muestras de invitaciones de boda que me ha enviado Ana.

—¿Sí? —pregunto, extrañado por su intrusión.

—Está aquí su padre.

¿Qué?

—¿Aquí, en el despacho?

—Está subiendo.

¡Mierda!

—Lo siento, señor Grey —sigue diciendo—. No quería hacerle esperar en el vestíbulo. —Se encoge de hombros para disculparse—. Es su padre.

Por el amor de Dios. Miro la hora. Son las cinco y cuarto, y a y media tengo que salir para el fin de semana largo.

—Dile que espere.

—Sí, señor. —Sale y cierra la puerta.

Hay que joderse…

No me apetece tener otra conversación con el bueno de papá. La última fue como fue. Ahora, gracias a mi asistente personal, no tendré más remedio.

Maldita sea.

Nunca se presenta sin avisar… al contrario que mi madre. Inspiro profundamente, me levanto y estiro las extremidades. Me bajo las mangas de la camisa, que tenía arremangadas, y me coloco los gemelos que había dejado en el escritorio. Alcanzo la americana del respaldo de la silla, me la pongo y abrocho un botón. Tiro de los gemelos, me enderezo la corbata y me paso las manos por el pelo.

Empieza el espectáculo, Grey.

Carrick está esperando junto a la puerta con su desgastado maletín.

—Papá —digo en tono neutro.

Él curva los labios en una cálida y franca sonrisa que pone de manifiesto veinticuatro años de amor y orgullo paternal.

Caray, me desarma.

—Hijo —saluda.

—Pasa. ¿Puedo ofrecerte algo? —pregunto mientras intento mantener a raya mis sentimientos, que de pronto son hostiles.

¿Ha venido buscando pelea? ¿A hacer las paces? ¿A qué?

—Ya lo ha hecho Andrea —dice—. No quiero nada, no me quedaré mucho rato.

Entra en mi despacho y contempla la sala unos instantes mientras yo cierro la puerta.

—Hacía bastante que no venía por aquí.

—Sí —mascullo.

—Qué retrato más bonito de Ana.

En la pared que hay frente al escritorio, una deslumbrante Ana en blanco y negro nos observa con una sonrisa dulce y tímida que deja entrever su diversión y oculta su verdadera fuerza. Me gusta pensar que se está riendo de mí de esa forma tan suya, esa que me hace reír a mí también.

—Lo he comprado hace poco. Se lo hizo su amigo de la Universidad Estatal de Washington, José Rodríguez. Montó una exposición en Portland. Lo conociste en mi casa, la noche que cayó el *Charlie Tango*. Forma parte de una serie, son siete en total. Mandé que colgaran este esta misma semana. Tiene una sonrisa preciosa —añado en un murmullo.

La mirada de Carrick es cálida pero cauta, se pasa una mano por el pelo.

—Christian, verás… —Se detiene como si acabara de recordar algo especialmente doloroso.

—¿Qué ocurre? —pregunto.

—He venido a disculparme.

Al oír eso, de repente me desinflo y me quedo inmóvil y perdido como un náufrago.

—Lo que dije estuvo mal. Estaba enfadado. Conmigo mismo. —Clava sus ojos en los míos mientras sus dedos siguen aferrando con fuerza el asa de ese viejo maletín que tiene desde hace años.

Siento que la garganta se me tensa y me arde mientras busco algo que decir, y entonces recuerdo que mi padre siempre tenía ese maletín en un sillón ajado de su estudio.

—*Christian, este es el segundo colegio que se ha visto obligado a expulsarte por tu mal comportamiento.* —*Papá está fuera de sí. Se ha puesto en modo «cabrón total»*—. *Esto es completamente inaceptable. Tu madre y yo ya no sabemos qué hacer.* —*Camina de un lado a otro frente a su escritorio, con las manos en la espalda.*

Yo estoy delante de él, tengo los nudillos en carne viva, siento que me laten. Me duelen los costados del cuerpo por la paliza que me han dado, pero me importa una mierda. Wilde se lo merecía. Ese capullo, abusón de mierda. Le encanta meterse con los que son más pequeños que él. Más pobres que él. Es una basura, y al muy imbécil lo han expulsado también.

—*Hijo, nos estamos quedando sin opciones.*

Mis padres tienen contactos. Sé que podrán encontrar algún otro centro. A la mierda, tampoco me hace falta seguir adelante con mi educación.

—*Incluso hemos hablado de enviarte a una escuela militar.*

Se quita las gafas como si estuviera en una película y me mira, esperando una reacción por mi parte pero sin encontrarla. Que le den. Y que le den también a la escuela militar. Si eso es lo que quieren hacer para librarse de mí, que se jodan todos. Adelante. Bajo la vista y me quedo mirando esa estúpida cartera que lleva a todas partes mientras intento ignorar el fuego que me arde en la garganta.

¿Por qué no se pone de mi parte?

Nunca.

Ese tío se me echó encima.

Yo me defendí.

Que se joda.

Ahora tiene arrugas más profundas alrededor de los ojos, los cristales de sus gafas son más gruesos, y me está mirando mientras espera con su talante calmado y paciente una contestación a su disculpa.

Papá…

Asiento con la cabeza.

—Yo también —murmuro.

—Bueno. —Carraspea y vuelve a mirar a la Ana de la pared—. Es una chica preciosa.

—Lo es. En todos los sentidos.

Su mirada se suaviza.

—En fin, no te entretengo más.

—Muy bien.

Me lanza una breve sonrisa y, antes de que pueda tomar aire de nuevo, ya se ha ido y ha cerrado la puerta al salir.

Exhalo. El nudo que noto en el fondo de la garganta se tensa aún más y tira de mi corazón.

Joder. Una disculpa. De mi padre. Eso sí que es una primera vez. Casi no puedo creerlo. Miro a Ana con su sonrisa misteriosa, y es como si ella supiera que iba a ocurrir. «Christian, es tu padre. Solo quiere protegerte.» Oigo su voz en mi cabeza y comprendo que necesito oírla en la realidad. Ya.

Vuelvo al escritorio y cojo el teléfono.

Ana contesta al primer tono, como si hubiera estado esperando mi llamada.

—Hola. —Su voz es suave y entrecortada, un dulce bálsamo para mi alma harapienta.

—Hola —susurro—. Te echo de menos.

Casi puedo oír su sonrisa.

—Yo también te echo de menos, Christian.

—¿Lista para esta noche?

—Sí.

—¿Consejo de guerra?

—Sí —dice con una risita.

Esta noche. Acabaremos de decidir sobre la boda. En su casa.

Cuando Ana me abre la puerta del piso, su silueta se recorta contra la luz de la cocina. Lleva puesto un vestido de flores ligero que no le había visto nunca y que se transparenta al trasluz. Todas sus líneas, su planos y sus curvas, resaltan cinceladas como en una delicada escultura, perfilada solo para mis ojos. Está espectacular.

—Hola —dice.

—Hola. Bonito vestido.

—¿Este trapo viejo? —Da una vuelta rápida y la falda se le pega a las piernas. Sé que se lo ha puesto especialmente para mí.

—Estoy deseando arrancártelo después. —Le acerco el ramo de peonías rosadas que le he comprado en Pike Place Market.

—¿Flores? —Se le ilumina el rostro cuando las coge y hunde la nariz en el ramo.

—¿No puedo comprarle flores a mi prometida?

—Puedes y lo haces. Aunque creo que esta es la primera vez que he disfrutado de una entrega en persona.

—Me parece que tienes razón. ¿Puedo pasar?

Se echa a reír y abre los brazos. Entro y la estrecho con fuerza contra mí. Le acaricio el pelo e inspiro su aroma embriagador.

El hogar. Es. Ana.

Ella es mi vida.

—¿Estás bien? —Me cubre una mejilla con la palma de la mano y busca mi mirada con esos ojos de un azul tan intenso.

—Ahora sí. —Me inclino para darle un beso rápido.

Sus labios rozan los míos, y lo que yo pretendía que fuera un besito de gratitud, un beso de «me alegro de verte»... se convierte en algo más. En mucho más. Los dedos de la mano que tiene libre se enredan en mi nuca y Ana se abre para mí como una flor exótica, con una boca cálida y acogedora. Ahoga un suspiro cuando deslizo la mano por la suave tela que se adhiere a su cuerpo y le aprieto el culo. Su lengua saluda a la mía en todos los idiomas, hasta que ambos jadeamos y el deseo me recorre las venas en busca de una válvula de escape.

Gimo y me aparto para bajar la mirada hacia su bello rostro aturdido.

—Muy bien, Taylor, puedes irte —digo.

—Gracias, señor.

Detrás de mí, Taylor sale de las sombras de la escalera, deja junto al umbral la bolsa de cuero que he preparado para pasar la noche, se despide de nosotros con un gesto de cabeza y da la vuelta para bajar los escalones.

Ana suelta una risita.

—No sabía que estuviera ahí.

—A mí también se me había olvidado. —Sonrío.

Para mi gran decepción, Ana me suelta.

—Tengo que poner en agua estas flores tan maravillosas.

La miro mientras va a la isla de cemento de la cocina y recuerdo la última vez que estuve aquí, cuando Ana se enfrentó a una Leila trastornada y armada. Siento un escalofrío en la espalda. Ese encuentro podría haber terminado de una forma muy trágica. No me extraña que Ana haya insistido en que pasáramos una noche más en su piso los dos juntos. Seguro que lo que quiere es sustituir el último recuerdo de ambos en este lugar. Por suerte, Leila se está recuperando y se encuentra en la otra punta del país, en Connecticut, en casa de sus padres.

—¿Dónde está Kate? —pregunto al recordar que no vive sola.

—Ha salido con tu hermano. —Ana llena un jarrón con agua.

—O sea que tenemos el piso para nosotros solos... —Me quito la americana con desenvoltura, me aflojo la corbata y me desabrocho los dos últimos botones de la camisa.

—En efecto. —Ana levanta una libreta—. Y he hecho una lista con todo lo que tenemos que hablar para la boda.

—¿No podemos dejarlo para otro momento?

—No. Ya sé lo que implican tus «dejarlo para otro momento». Tenemos que acabar esto, Christian. Consejo de guerra, ¿recuerdas? —Enarbola la libreta a la vez que levanta la barbilla Steele con decisión.

Le sienta bien esa expresión.

Sé que la boda la está estresando, aunque no entiendo por qué. La señorita Gutiérrez parece competente y se está encargando de todos los preparativos con una eficiencia imperturbable; la discusión no debería llevarnos mucho tiempo.

—No hagas mohínes —añade Ana con su habitual sonrisa divertida.

Me echo a reír.

—Está bien. Vamos allá.

Una hora después, estamos sentados en los taburetes de la encimera de la cocina y hemos terminado con la solicitud de la licencia matrimonial. Hemos llegado a un acuerdo sobre las invitaciones, el patrón de colores, los menús, el diseño del pastel... y las figuritas.

¡Figuritas!

—Christian, no creo que debamos tener una lista.

—¿Una lista?

—De bodas.

—Dios, no.

—Pero si la gente quiere hacernos algún regalo, tal vez podrían contribuir con algún donativo a la organización benéfica de tus padres, Afrontarlo Juntos, ¿no?

Clavo la mirada en ella, asombrado y humilde de pronto.

—Es una idea genial.

Ana asiente.

—Me alegra que te guste.

Me inclino hacia delante y la beso.

—Por eso me caso contigo.

—Pensaba que era por mis habilidades culinarias.

Asiento con la cabeza.

—Eso también.

Se ríe y es un sonido maravilloso.

—Vale, le he pedido a Kate que sea mi dama de honor principal —dice Ana.

—Tiene sentido. —Intento disimular mi disgusto; Katherine es la mujer más irritante que conozco, pero también es la mejor amiga de Ana, así que...

A tragar, Grey.

—Y le pediré a Mia que sea otra dama.

—A Mia le encantará, seguro.

—Tú tendrás que encontrar padrino.

—¿Padrino?

—Sí.

Bueno, solo puede ser Elliot. Tendré que pedírselo, y se descojonará de mí.

—Todo esto no te hace ninguna gracia, ¿verdad?

—Pero estar casado contigo, sí.

Ana ladea la cabeza y sé que no está contenta con mi respuesta. Suspiro.

—No, no me gusta esto. Nunca me ha gustado ser el centro de atención, y ese es uno de los motivos por los que me caso contigo.

Ella arruga la frente y le acaricio la mejilla con un nudillo, porque hace varios minutos que no la toco.

—Tú serás el centro de atención.

Ana pone los ojos en blanco.

—Eso ya lo veremos. Seguro que estará usted despampanante con el traje de gala para la boda, señor Grey.

—¿Ya tienes vestido?

—La madre de Kate me lo está diseñando. —Baja la mirada a sus manos y añade—: Le he pedido a mi padre que lo pague él.

—¿Y le parece bien?

Ana asiente con la cabeza.

—Creo que está aliviado de no tener que hacerse cargo de toda la factura de la boda, pero le encanta poder contribuir con algo.

Sonrío.

—Anastasia Steele, eres brillante. Sabía que encontrarías una buena solución. Eres una negociadora fantástica. —Me inclino y le doy un beso rápido en los labios.

—¿Tienes hambre? —pregunta.

—Sí.

—Pues prepararé unos filetes.

—Bueno, y las habitaciones del pánico… ¿cómo funcionarán? —pregunta mientras corta su solomillo.

—Una estará en el despacho de Taylor, y el armario de nuestro dormitorio se reconvertirá también en otra. Aprietas un botón y las puertas se cierran y se hacen inexpugnables. Así se gana tiempo suficiente para que llegue ayuda. O ese es el plan, al menos.

—Ah. —Ana palidece.

Le cojo la mano.

—Es una mera precaución. Por que nunca tengamos que utilizarlas… —Levanto la copa de pinot noir y le suelto los dedos.

—Brindo por eso. —Ana entrechoca su copa con la mía.

—No pongas esa cara de preocupación. Haré todo lo que esté en mi mano para que estés segura.

—No me preocupo por mí, Christian, ya lo sabes. ¿Cómo…? ¿Cómo va la investigación?

—No avanza muy deprisa, lo cual resulta frustrante. Pero no pienses en eso. Mi equipo está en ello. —No me apetece inquietar a Ana con la falta de progresos—. El solomillo estaba delicioso. —Dejo el cuchillo y el tenedor.

—Gracias —dice, y aparta su plato vacío.

—¿Qué quieres que hagamos ahora? —pregunto con una voz grave que espero que deje muy claras mis intenciones.

Tenemos todo el piso para nosotros solos, algo que nunca sucede en mi casa.

Ana me lanza una mirada intensa por entre sus pestañas.

—Tengo una idea. —Su voz es suave y seductora. Me excita.

Se pasa la lengua por el labio superior y posa una mano en mi rodilla. El aire casi crepita de deseo entre nosotros.

Ana…

Se inclina hacia mí y me ofrece una vista maravillosa de su escote mientras susurra a mi oído:

—Tendremos que mojarnos.

Oh… Desliza el pulgar por la cara interior de mi muslo.

Joder.

—Sí. —Se inclina algo más, su aliento me cosquillea la oreja—. Podríamos… fregar los platos.

¿Qué?

¡Cómo juega conmigo!

Bueno, esto sí que no lo esperaba. Y es un reto.

Contengo una sonrisa y, sin apartar los ojos de los suyos, deslizo el índice por su mejilla hasta llegar al mentón, y luego bajo por el cuello y el esternón hasta la uve que forma su escote. Ella entreabre los labios y su respiración se vuelve más profunda. Cojo la suave tela de su vestido con el pulgar y el índice y tiro de ella para acercarla a mí.

—Yo tengo una idea mejor.

Ana ahoga un gemido.

—Una idea mucho mejor —sigo diciendo.

—¿Cuál?

—Podríamos follar.

—¡Christian Grey!

Sonrío de oreja a oreja. Me encanta escandalizarla.

—O hacer el amor —añado.

Suave, Grey. Suave.

—Me gustan más tus ideas que las mías. —Su voz es grave y seductora, esta vez de verdad.

—¿Ah, sí?

—Ajá. Me quedo con la opción número uno. —Sus ojos adquieren un tono turbio.

Ana, eres una diosa…

—Buena elección. Quítate ese vestido, ya. Despacio.

Se incorpora y queda atrapada entre mis muslos. Creo que va a hacer lo que le he ordenado, pero inclina la cabeza, apoya las manos en mis piernas y entonces me acaricia la comisura de la boca con los labios.

—Hazlo tú —susurra contra mi piel, y se me eriza el vello por todo el cuerpo porque la pasión hace que me hierva la sangre.

—Como desee, señorita Steele.

Alcanzo el lazo que ata su vestido cruzado y lo deshago con delicadeza, de manera que la prenda se abre.

Ana no lleva sujetador. Qué delicia…

Recorro su espalda con las manos mientras ella me toma el rostro en las suyas y empieza a besarme. Sus labios son imperiosos, y su lengua, exigente. Gimo y cierro los ojos mientras nos deleitamos uno en el beso del otro. Noto su piel suave bajo mis dedos cuando la atraigo hacia mí y la aprieto contra mi pecho. Ana enreda las manos en mi pelo. Y entonces estira para obligarme a levantar la cabeza.

Joder.

Aprisiona mi labio inferior con los dientes y tira.

Au.

¡Ana!

Echo la cabeza hacia atrás y la agarro de las muñecas.

—Estás un poco desatada —susurro, algo turbado.

Ella se mueve entre mis piernas, sus pezones me rozan la camisa y se endurecen mientras los observo. El pelo le cae sobre los hombros, envuelve sus pechos, y yo noto que mis pantalones están más tensos a cada segundo que pasa.

¿Qué le ha dado?

Está excitante. Juguetona.

—¿Pretendes provocarme? —pregunto.

—Sí. Tómame.

—Claro que sí. Aquí mismo. En cuanto esté listo.

Ella ahoga un gemido con una mirada sensual y cargada de invitación; debe de haber bebido más pinot del que creía. La empujo hacia atrás con cuidado guiándola de las muñecas y se las suelto al levantarme del taburete. Bajo la mirada hasta ella, que me observa desde sus largas pestañas.

—¿Qué te parece aquí mismo? —Doy unas palmaditas en lo alto del taburete.

Ella parpadea un par de veces y abre los labios con sorpresa.

—Inclínate —murmuro.

Sus dientes se hunden en ese labio carnoso, dejan unas pequeñas marcas, y sé que lo hace a propósito.

—Me parece que habías elegido la opción uno —le recuerdo.

—Sí.

—No te lo pediré otra vez. —Me desabrocho los pantalones y bajo la cremallera despacio para darle a mi erección el espacio que tanto necesita.

Ana se me queda mirando, licenciosa y encantadora, cubierta solo por su precioso vestido abierto, unas braguitas blancas y las sandalias de tacón alto. Levanta las manos y creo que va a quitarse el vestido.

—Déjatelo puesto —pido. Me meto la mano en los pantalones y saco la polla—. ¿Lista? —pregunto, y empiezo a deslizar la mano arriba y abajo para darme placer.

Su mirada oscura se desplaza de mi mano a mi cara y, con una sonrisa de complicidad, se da la vuelta y se tumba boca abajo sobre el taburete.

—Agárrate a las patas —ordeno, y ella obedece y aferra las varas metálicas con las manos.

Su melena roza el suelo, y aparto el vestido de manera que queda colgando a su izquierda y me deja ver todo su glorioso trasero.

—Vamos a deshacernos de esto —susurro, y paso un dedo por su piel, sobre la goma de las bragas.

Me arrodillo y se las bajo despacio por las piernas hasta quitárselas por encima de los zapatos. Las tiro al suelo, le agarro el culo con ambas manos y aprieto.

—Está usted imponente desde este ángulo, señorita Steele —susurro, y le beso una nalga.

Ella se retuerce, tal como esperaba, y ya no puedo resistirme más. Le doy un azote, fuerte, así que suelta un gritito y entonces deslizo un dedo en su interior. Su gemido es potente. Tensa el cuerpo y empuja hacia mi mano.

Lo desea.

Está mojada.

Muy mojada.

Ana. Nunca decepcionas.

Vuelvo a besarle el trasero y me pongo de pie sin dejar de mover el dedo en su interior. Fuera. Dentro. Fuera.

—Las piernas. Sepáralas —ordeno mientras le acaricio el culo. Ella mueve los pies—. Más.

Los arrastra hacia los lados hasta que me doy por satisfecho.

Perfecto.

—Aguanta ahí, cariño. —Retiro la mano y, con un cuidado infinito, me introduzco despacio en su interior.

Ella gime.

Joder. Esto es el cielo.

Le pongo una mano en la espalda y con la otra me agarro al borde de la encimera. No quiero hacernos caer a ambos.

—Aguanta —digo otra vez, y salgo para luego empotrarla bien.

—¡Ah! —grita.

—¿Demasiado fuerte?

—No. ¡Sigue! —gimotea.

Y sus deseos son órdenes. Empiezo a follármela. Duro. Cada embestida… cada empujón… me aleja de todo, de todos mis conflictos, de todas mis preocupaciones. Solo existe Ana. Mi chica. Mi amante. Mi luz.

Ana grita. Una, dos, tres veces. Está suplicando más. Y yo no paro, la llevo conmigo. Cada vez más alto. Más y más, hasta que grita una versión ahogada y potente de mi nombre. Y se corre, una y otra vez, con la fuerza de una marea viva.

—¡Ana! —exclamo, y me uno a su éxtasis.

Me desplomo sobre ella, luego me dejo caer al suelo arrastrándola conmigo y la mezo en mis brazos. Le beso los párpados, la nariz, la boca, y ella me rodea el cuello con los brazos.

—¿Qué te ha parecido la opción uno? —pregunto.

—Mmm… —susurra con una sonrisa aturdida.

Sonrío.

—Yo igual.

—Querría un poco más.

—¿Más? Joder, Ana.

Me da un beso en el pecho, donde tengo la camisa abierta, y entonces reparo en que todavía estoy vestido.

—Probemos en la cama esta vez —susurro contra su pelo.

Ana gime.

—¡Por favor!

Tiene las manos atadas a los barrotes del cabecero de la cama por obra y gracia del cinturón de su bata. Está desnuda, tiene los pezones erguidos y duros, y apuntan al cielo por obra y gracia de mis labios y mi lengua. Sostengo sus pies con una mano por encima de la cama y cerca de su trasero, de manera que tiene las piernas en jarras mientras intenta liberarse. Meto y saco el índice en su sexo, despacio, mientras con el pulgar le acaricio el clítoris en círculos.

No puede moverse.

—¿Qué tal? —pregunto.

—¡Por favor! —Tiene la voz ronca.

—¿Te gusta que te provoque?

—Sí —gime.

—¿Te gusta provocarme?

—Sí.

—A mí también. —Detengo el pulgar y dejo la mano quieta con el dedo todavía dentro de ella.

—¡Christian! ¡No pares!

—Donde las dan las toman, Anastasia. —Se muere por empujar las caderas hacia mi mano para poder correrse—. Quieta —susurro—. Estate quieta.

Tiene la boca abierta sin fuerza, sus ojos oscuros rebosan lujuria, ansia y todo lo que un hombre podría desear.

—Por favor —suplica casi sin voz, y ya no soy capaz de seguir torturándola.

Libero sus pies y retiro la mano. Le agarro una rodilla y recorro su muslo con la nariz y los labios hasta llegar a mi objetivo final.

—¡Ah! —grita cuando hago girar la lengua sobre su clítoris turgente.

Le meto dos dedos dentro, empujo una, dos veces, y ella profiere un grito embravecido en un orgasmo que me arrastra consigo. Le beso el vientre, la tripa, entre los pechos, y entonces me hundo despacio en ella, justo cuando su clímax empieza a decrecer.

—Te quiero, Ana —susurro, y empiezo a moverme en su interior.

Ana duerme apaciblemente a mi lado mientras, por encima de nosotros, el cinturón de su bata sigue atado a los barrotes de la cama. Sopeso la idea de despertarla y someterla una tercera vez a mis caprichos, maravillado de desear más aún. ¿Me cansaré algún día de Anastasia Steele? Pero le hace falta dormir. Mañana saldremos a navegar. Solos ella y yo, y el *Grace*. Necesitará toda la energía posible para ayudarme a bordo. Estaremos lejos de todo durante tres días enteros, disfrutando de nuestra propia celebración del Cuatro de Julio particular, y tengo la esperanza de poder relajarme al fin, al menos durante unos días.

Mis pensamientos empiezan a girar en torno a mi padre y su disculpa sorpresa, los menús y las figuritas, el accidente y el saboteador desconocido. Espero que Reynolds y Ryan estén bien ahí fuera. Están montando guardia.

Ana está a salvo.

Los dos estamos a salvo.

Martes, 5 de julio de 2011

Sentado a mi escritorio mientras contemplo el Sound a lo lejos, no puedo evitar fijarme en el brillo reconfortante que emana de mi piel o de algún lugar enterrado en mi pecho. Podría ser una combinación del mar, el sol y el viento después de haber estado a bordo del *Grace* el fin de semana largo, o podría ser porque he pasado tres días seguidos con Anastasia, sin interrupciones. A pesar de todos los asuntos irritantes de los que he tenido que encargarme estas últimas semanas, nunca me había sentido tan relajado como a bordo de mi catamarán con ella. Ana es alimento para mi alma.

Anastasia está profundamente dormida. Los reflejos de la luz del alba entran por las portillas y rozan su pelo alborotado, que reluce, bruñido y hermoso. Sentado al borde de la cama, dejo una taza de té en la mesilla mientras el Grace *se mece con suavidad en las aguas de Bowman Bay. Me inclino y le planto un beso lleno de ternura en la mejilla.*

—Despierta, dormilona. Me siento solo.

Ella gime, pero suaviza la expresión de su rostro. Le doy otro beso y abre los ojos parpadeando antes de regalarme una sonrisa arrebatadora que le ilumina la cara. Alza una mano y me acaricia la mejilla.

—Buenos días, futuro marido.

—Buenos días, futura esposa. Te he traído un té.

Ana suelta una suave risotada, creo que de incredulidad.

—Qué hombre más estupendo —dice—. ¡Esto hay que anotarlo en la lista de primeras veces!

—Me parece que sí.

—Ya veo que estás muy ufano. —Su sonrisa es un reflejo de la mía.

—Lo estoy, señorita Steele. Preparo un té excelente.

Se sienta en la cama y me decepciona al tirar de la sábana para cubrir sus pechos desnudos. No puede dejar de sonreír.

—Estoy impresionada. Es un procedimiento muy complicado...

—En efecto, lo es —replico—. He tenido que hervir el agua y todo.

—Y dejar caer la bolsita. Señor Grey, es usted muy competente.

Me río y entorno los ojos.

—¿*Estás menospreciando mis habilidades teteras?*
Ahoga un grito de fingido horror y se aferra a un collar de perlas imaginario.
—*Jamás me atrevería a hacer algo así* —*dice antes de alargar el brazo hacia la* taza.
—*Ah, pensaba…*

Los golpes con que llaman a la puerta de mi despacho me devuelven al presente. Andrea asoma la cabeza.
—Señor Grey, ha llegado su sastre.
—Ah, fantástico. Que pase.
Necesito un traje nuevo para la boda.

Marco lleva la cartera de acciones de la empresa además del departamento de adquisiciones y fusiones. Esta mañana está presentando ante el equipo sénior de Grey Enterprises Holdings las últimas adquisiciones de nuestro accionariado.
—Ahora poseemos el veinticinco por ciento de Blue Cee Tech, el treinta y cuatro por ciento de FifteenGenFour, y el sesenta y seis por ciento de Lincoln Timber.
He estado escuchando solo a medias, pero esa última información consigue captar mi atención por unos segundos. Se trata de un proyecto personal desde hace mucho, así que me siento satisfecho al saber que por fin contamos con una participación mayoritaria en Lincoln Timber a través de una de nuestras empresas fantasma. Linc debía de necesitar ese dinero de verdad. Qué interesante.
La venganza es un plato que…
Para, Grey. Concéntrate.
Marco pasa a su última lista de posibles adquisiciones. Hay dos empresas que está especialmente empeñado en conseguir. Está repasando los pros cuando mi cabeza vuelve de nuevo al fin de semana y a Ana.

Ana va al timón del Grace *mientras nos deslizamos sobre el reluciente océano y pasamos junto a* Admiralty Head, *en Whidbey Island. Su melena ondea al viento y brilla bajo el sol. Tiene una sonrisa capaz de derretir hasta el corazón más gélido.*
Ha fundido el mío.
Está preciosa. Relajada. Libre.
—*Mantenlo firme* —*grito por encima del rumor del mar.*
—*A sus órdenes, capitán. Señor, quiero decir.* —*Ana se muerde el labio y sé que lo hace para jugar conmigo, como de costumbre.*
Me ofrece un saludo marcial cuando la miro con fingido reproche, y entonces me doy la vuelta para seguir tensando la bolina, incapaz de ocultar mi sonrisa.

Marco menciona una empresa de energía solar a la que le está costando encontrar inversores.

Un apetecible aroma a beicon y masa frita me recibe con los brazos abiertos cuando bajo a la cocina. Mi chica está preparando tortitas. Va vestida con una camiseta y unos shorts vaqueros demasiado cortos, y se ha recogido el pelo en dos trenzas.

—Buenos días. —La envuelvo con los brazos, pegando su espalda a mi pecho, y le acaricio la nuca con los labios. Qué bien huele; a jabón, a calidez, a la dulce, dulce Ana.

—Buenos días, señor Grey. —Ladea la cabeza para dejarme llegar mejor a su cuello.

—Esto me recuerda a otro día —murmuro junto a su piel, y le tiro de una trenza. Ana suelta una risita.

—Parece que fuera en una vida diferente. Sin embargo, estas tortitas no son las de la desflorada por el futuro Amo. Estas son tortitas del Día de la Independencia. Feliz Cuatro de Julio.

—No querría celebrarlo de ninguna manera que no fuera con tortitas. —Le planto un beso justo bajo el lóbulo de la oreja—. Bueno, sí, se me ocurre una forma. —Vuelvo a tirarle con delicadeza de la trenza—. Siempre sacas buena nota.

—Christian —dice Ros con brusquedad.

Siete pares de ojos, todos clavados en mí. Mierda. Me la quedo mirando sin saber qué decir, hago caso omiso de los demás y ladeo un poco la cabeza.

—¿Qué te parece? —Apenas se esfuerza por ocultar que está molesta, así que imagino que no es la primera vez que pregunta.

Confiesa, Grey.

—Lo siento, estaba a kilómetros de aquí.

Sus labios forman una línea tensa cuando mira a Marco, que me ofrece una cálida sonrisa y procede a hacer un resumen ejecutivo de lo que acaba de exponer.

—Vale —digo cuando termina—. Vayamos a por Geolumara. Podría ser una adquisición valiosa para el departamento energético. Necesitamos ampliar nuestro perfil en energía verde.

—¿Y las demás?

Niego con la cabeza.

—Deberíamos consolidarnos. Concentrémonos en Geolumara. Envíame todos los detalles.

—Lo haré.

—Tenemos que tomar una decisión en cuanto al astillero de Taiwan. Están impacientes por recibir nuestra respuesta. —Ros me mira con insistencia.

—He leído la valoración de impacto.

—¿Y bien?

—Es un poco arriesgado.

—Lo es —reconoce.

—Pero todo en mi vida es arriesgado, y al menos como *joint venture* compartiremos el riesgo. Podría asegurar el futuro del astillero de aquí.

Ros y Marco asienten con la cabeza.

—Pongámoslo en marcha.

—Me ocuparé de que el equipo se encargue —dice Marco.

—Bien. Pues creo que con eso ya está. Gracias a todos.

Los asistentes se levantan, salvo Ros.

—¿Podemos hablar un momento? —pide.

—Claro.

Aguarda hasta que todos han salido.

—Dime. —Y espero que me reprenda por haber estado tan distraído.

—Woods ha retirado sus amenazas legales. Hemos salido bien parados.

—No era eso lo que pensaba que me dirías.

—Lo sé. Sinceramente, Christian, es como si ya estuvieras de luna de miel.

—¿Luna de miel? Ni siquiera había pensado en la luna de miel.

Mierda. Otra cosa que organizar.

Ros me mira con mala cara.

—Pues será mejor que te pongas cuanto antes. —Sacude la cabeza—. Yo, si pudiera, me llevaría a Gwen a Europa.

Me sorprende esa franqueza de Ros; rara vez comenta nada sobre su vida privada, aunque sé que convive con su compañera, Gwen. Hasta el momento, los frecuentes intentos de legalizar el matrimonio gay en Washington no han salido bien. Me pongo una nota mental para hablar con la senadora Blandino sobre ello la próxima vez que la vea. Seguro que ella puede presionar un poco al gobernador y, así, ayudar a conseguir algún avance en el tema.

—Pensaba que Ana y yo nos quedaríamos a pasar la noche en algún sitio cerca de Bellevue. Los dos trabajamos.

—Grey, se te puede ocurrir algo mejor. —Ros retuerce la cara con fingida indignación mientras empieza a recoger sus papeles.

Me río.

—Sí, es verdad. Es más, me lo pasaré bien planeando algo. ¿Europa, dices?

Ana siempre ha querido visitar Europa. Sobre todo Inglaterra.

Los labios de Ros se curvan en una sonrisa benévola cuando se pone de pie.

—Buena suerte con eso.

Su palabras de despedida resuenan en la sala vacía y me dejan dándole vueltas a dónde demonios voy a llevar a la futura señora Grey de luna de miel.

Espero que tenga pasaporte.

De vuelta en mi despacho, compruebo el ordenador y veo que hay un correo que Ana envió hace una hora.

De: Anastasia Steele
Fecha: 5 de julio de 2011 09:54
Para: Christian Grey
Asunto: Foques y focas. Bolinas y drizas.

Querido señor Grey:
¡Qué fin de semana más espectacular! El mejor Cuatro de Julio de la historia.
Gracias.
También te aviso con antelación de que el viernes estaré en mi piso con Kate.
Me dedicaré a hacer cajas para poder mudarme a tu ático el sábado. Pero
debería advertirte de que va a ser una noche de chicas, así que no se requerirá
tu presencia, aunque sí será muy añorada. ¿Tal vez podrías aprovechar
para redactar tus votos?
Solo es una idea.

Hasta luego, nene.
A xxx

De: Christian Grey
Fecha: 5 de julio de 2011 11:03
Para: Anastasia Steele
Asunto: Abandonen el barco.

Mi querida prometida:
Gracias a ti por el Cuatro de Julio más relajante que he tenido en la vida.
Te echaré de menos el viernes.
Pero te ayudaré con el traslado el sábado.
Consigues que todos mis sueños se hagan realidad.
Pensaré en mis votos y quizá escriba algo de verdad…
¡No pretendía que eso rimara!

Christian Grey
Presidente y poeta de Grey Enterprises Holdings, Inc.

P.D.: ¿Tienes pasaporte?

De: Anastasia Steele
Fecha: 5 de julio de 2011 11:14
Para: Christian Grey
Asunto: Ciudadana estadounidense

Querido poeta:
Yo que tú a las altas finanzas me limitaría.
Aunque ver cumplidos tus sueños me da alegría.
Es un honor y un placer informar
de que mi pasaporte acaba de llegar.
Ahora me tienes intrigada pensando
si a algún lugar me vas a llevar volando.
Me encantaría descubrir el mundo contigo.
No yo sola, sino con mi gran amigo.

Curiosa de Seattle xxx
(¡Y terrible poeta, como puedes ver!)

¡A mi futura esposa se le da fatal la poesía! Sonriendo aún a causa de su respuesta, cojo la bolsa del gimnasio, salgo del despacho y bajo al sótano para medirme con Bastille.

Recién salido del gimnasio, me termino el sándwich de ensalada de pollo sentado a mi escritorio y levanto el teléfono. Es hora de llamar a Elliot. He estado retrasando este momento porque sé que mi hermano me dará por culo.

—Campeón. ¿Qué hay?

—Hola, Elliot. ¿Cómo estás?

Se echa a reír.

—¡Joder, tío, se te oye la hostia de aburrido!

¿Por qué me resulta tan difícil?

—No estoy aburrido. Estoy trabajando y he encontrado un momento para hablar contigo.

—Ahora pareces cabreado.

—Lo estoy.

—¿Es por algo que haya dicho?

Oigo cómo se descojona y estoy tentado de colgar y volver a intentarlo más tarde.

Respiro hondo.

—Tengo que pedirte una cosa.

—¿De la casa nueva?

—No.

Venga, Grey. Suéltaselo de una vez.

—Escúpelo, tío —dice al ver que sigo callado—. Esto es como esperar a que el hormigón fragüe.

—¿Querrías ser mi padrino?

Bueno, ya está. Y salvo por un brusco suspiro, al otro lado de la línea se oye un silencio ensordecedor. Mierda. ¿Me va a decir que no?

—¿Elliot?

—Claro —contesta con una parquedad muy poco propia de él—. Mmm... Será un honor.

Parece desconcertado. ¿Por qué? ¿Acaso no se lo había visto venir?

—Bien. Gracias. —El alivio se me nota en la voz.

Elliot ríe, y entonces sé que mi hermano ha recuperado su sentido del humor capullo.

—¡Por supuesto, eso significa que me tocará organizarte la puta despedida de soltero! —Y se pone a chillar como un gorila perturbado.

¿Cómo que despedida de soltero? Tiene que estar de broma.

—Lo que tú digas, Elliot. —Se me ocurre una idea—. Vente el viernes. Podemos jugar al billar. Ana pasará la noche con Kate.

—Sí, eso me han dicho. Claro. ¡Podemos hablar de *strippers* y de dónde te dejaremos esposado y borracho al final de la noche!

Me río porque no tiene ni idea.

—¿Dejaremos, en plural? —pregunto.

—Sé muy bien que tú no tienes amigos, maldito ermitaño. Ya buscaré yo a una pandilla que sepa salir de fiesta.

Oh, no.

—El viernes lo hablamos —replico.

—Estoy impaciente. Por cierto, ¿te has puesto en contacto con Gia?

—Sí. Ana y yo le echamos un vistazo a la carpeta de proyectos de su página web. A los dos nos gustó lo que vimos. La señorita Matteo iba a visitar la propiedad con el agente inmobiliario para inspeccionarla y así, cuando nos reunamos, saber de qué estamos hablando.

—Tengo que ver ese sitio yo también, campeón.

—Lo sé. Lo haremos el viernes. Después del trabajo.

—De puta madre. Suena bien.

—Vale. Nos vemos, Elliot. —Una inesperada oleada de calidez me llena el pecho—. Y, mmm... gracias.

—¿Para qué están los hermanos?

—O sea que este es tu nuevo despacho, campeón. —Elliot cruza la puerta con tanta despreocupación como denota su tono.

—¿Tienes que llamarme así, Lelliot? —Hago hincapié en su apodo y le indico con un gesto que se siente en el sofá blanco de piel.

—Es lo que eres. Mira este sitio. —Señala con la mano el resto de mi despacho.

Lleva vaqueros, una camiseta y su cazadora de los Aztecs de San Diego; se le ve totalmente fuera de su elemento.

Me siento frente a él y me fijo en que la rodilla le rebota a un ritmo enloquecido y evita mirarme a los ojos.

¿Qué narices pasa? Está nervioso.

Creo que nunca lo había visto así.

—¿Qué te ocurre? —pregunto.

Se remueve en el asiento y junta las dos manos.

—Quiero fundar mi propia empresa de construcción —suelta del tirón.

¡Ah, era eso!

—Buscas un inversor.

Sus vivos ojos azules se cruzan por fin con los míos.

—Sí —dice con una dureza que me sorprende.

—¿Cuánto necesitas?

—Unos cien mil.

Sonrío con suficiencia. Qué ironía. Es la misma cantidad que usé yo para empezar mi negocio.

—Son tuyos.

Elliot parece receloso.

—¿No vas a pedirme un plan de negocio? ¿Que te venda la moto?

—No. Puede que a veces seas un capullo integral, pero te entregas al trabajo. Lo sé. Pones pasión en lo que haces. Esto es tu sueño, y yo también creo en él. Todos deberíamos trabajar hacia una forma de vida sostenible. Además, eres mi hermano, y ¿para qué están los hermanos?

Cuando Elliot sonríe, ilumina la habitación entera.

Me siento incómodo con esa repentina oleada de calidez hacia mi hermano, así que marco el número de Welch para que me ponga al día de su investigación.

La noche envuelve mi estudio en el Escala. He estado leyendo los documentos que me envió Marco sobre Geolumara. Con base en Nevada, sus granjas solares ya producen suficientes kilovatios para iluminar dos de las localidades colindantes, y cuentan con la experiencia necesaria para llevar energía renovable más barata a otras partes de Estados Unidos. Creo que tienen mucho potencial. Estoy impaciente por adquirir la empresa y ver cómo podemos contribuir a mejorar el modelo de negocio. Le envío un correo a Marco para confirmarle que estoy muy interesado y luego voy a buscar a Ana.

Está en la biblioteca, acomodada en su sillón con el portátil en las rodillas y los Snow Patrol sonando a un volumen agradable en el equipo de sonido. Deduzco que está trabajando en un libro que van a publicar, y se me ocurre que tendríamos que instalarle un escritorio y una silla aquí.

—Hola —digo cuando alza la mirada.

—Hola. —Sonríe.

—¿Estás leyendo otro manuscrito?

—No, redactando el primer borrador de mis votos.

—Ah. —Entro en la sala con paso lento—. ¿Y qué tal vas?

—Resulta intimidante, señor Grey. Un poco como usted.

—¿Intimidante? *Moi?* —Me llevo una mano al pecho con fingida sorpresa.

Ella frunce los labios para ocultar una sonrisa.

—Es tu especialidad.

Me acomodo en el sillón que hay al lado del suyo y me inclino hacia Ana apoyando los codos en las rodillas.

—Ah. Pensaba que tenía otras especialidades… —Incluso a esta distancia percibo un atisbo de su fragancia.

Pura Ana. Es embriagadora.

Un precioso rubor rosado le tiñe las mejillas.

—Bueno, sí. Estás bendecido con otras especialidades, eso es cierto. —Cierra el portátil, esconde los pies bajo las piernas y levanta la barbilla en un gesto que recuerda a una antigua maestra de escuela remilgada.

Me echo a reír. Sé que es pura fachada. Ana tiene un lado oscuro.

—Mientras prometas amarme, honrarme y obedecerme, seguro que tus votos serán perfectos.

Ana ríe.

—Christian, no voy a prometer obedecerte.

—¿Cómo?

¿Piensa que lo digo en broma?

—Ni hablar —se limita a contestar.

—¿Qué quiere decir eso de que no vas a obedecerme? —Me da un vuelco el estómago, como si hubiera caído desde seis metros de altura. He soltado el comentario como una ocurrencia divertida, pero su respuesta me ha dejado hecho polvo.

Ana se aparta el pelo tras el hombro, y la luz de la lamparita lo ilumina y realza sus mechones rojizos y dorados; es precioso, me distrae. Pero entonces centro la atención en su boca. Sus labios forman una línea recta y obstinada mientras se cruza de brazos y yergue los hombros como hace siempre que se prepara para pelear.

Mierda. ¿Va a discutir conmigo?

—¿No lo dirás en serio? Te amaré y te honraré siempre, Christian. Pero ¿obedecerte? Ni hablar.

—¿Por qué no? —Lo digo muy en serio, ya lo creo.

—¡Porque estamos en el siglo veintiuno!

—¿Y qué? —¿Cómo puede llevarme la contraria en esto? La conversación no está yendo como yo imaginaba.

—Bueno, esperaba que pudiéramos hablar sobre ciertos temas de nuestro matrimonio para llegar a algún tipo de consenso. Ya sabes… comunicándonos como dos personas —añade.

—Yo también lo espero. Pero si no lo conseguimos y llegamos a un punto muerto, y tú te largas y te pones en peligro sin ninguna necesidad… —Se me pasan por la cabeza toda clase de posibilidades terroríficas, y la inquietud que siento en las tripas se multiplica exponencialmente.

Su expresión se vuelve más dulce y se relaja, le brillan los ojos porque me entiende.

—Christian, siempre piensas lo peor. Te preocupas demasiado.

Alarga un brazo para acariciarme la cara, noto sus dedos suaves y delicados contra mi piel.

—Ana. Necesito esto —susurro.

Aparta la mano con un hondo suspiro y se me queda mirando como si intentara transmitirme un mensaje por telepatía.

—Christian, no soy religiosa, pero nuestros votos matrimoniales serán sagrados y no estoy dispuesta a hacer ninguna promesa que pueda romper.

Su respuesta es un puñetazo en el estómago, casi creo oír las palabras de Carrick cuando me dio el sermón sobre Elena: «Estamos hablando de la sagrada institución del matrimonio, y si no sientes respeto por esa institución, entonces no deberías casarte».

Clavo la mirada en ella mientras mi ansiedad hierve y se convierte en frustración.

—Anastasia, sé razonable.

Niega con la cabeza.

—Christian, eres tú quien debe ser razonable. Sabes que tienes tendencia a exagerar tus reacciones. La respuesta es no.

¿Exagerar mis reacciones? ¿Yo?

La miro con ojos fulminantes y, por primera vez en mucho tiempo, no sé qué decir.

—Solo estás tenso por la boda —añade con delicadeza—. Ambos lo estamos.

—Estoy mil veces más tenso ahora que sé que no piensas obedecer, joder. Ana, recapacita. Por favor. —Me paso la mano por el pelo y miro sus grandes ojos azules, pero no veo nada más que determinación y valentía. No piensa cambiar de opinión.

Mierda.

Esto no nos lleva a ninguna parte y estoy empezando a perder los nervios. Es el momento de dar marcha atrás, antes de que diga algo de lo que luego vaya a arrepentirme. Me levanto y lo intento una última vez.

—Piénsatelo. Dejémoslo por ahora, aún tengo trabajo que acabar.

Antes de que Ana pueda detenerme, salgo de la biblioteca y regreso a mi estudio intentando pensar en algún modo de hacerla entrar en razón.

Uno de los dos tiene que estar al mando. No me jodas.

Me acerco al escritorio con paso contundente y me dejo caer en la silla como si Ana acabara de traicionar mi confianza con su actitud. Me duele no haber descubierto hasta ahora que no piensa obedecer.

A la mierda.

Tendré que hacerla entrar en vereda.

Pero ¿cómo?

Joder.

Estoy demasiado exaltado para pensar con claridad, así que aparco mi frustración y enciendo el ordenador para comprobar los e-mails. La buena noticia es que el nuevo planeador llegará de Alemania la semana que viene. Lo enviarán a mi hangar del Aeropuerto Municipal de Ephrata. Me concedo unos instantes de entusiasmo; un planeador construido para dos. Me entran ganas de ir corriendo a contárselo a Ana, pero ahora mismo estoy cabreado con ella.

Mierda.

Qué deprimente. Para animarme un poco, repaso los detalles técnicos de la nueva nave y cuando he acabado con todo el material de lectura regreso a mis informes financieros.

Unos golpes inseguros en la puerta me interrumpen.

—Adelante.

Ana asoma la cabeza por la puerta.

—Es casi medianoche —dice con una sonrisa encantadora.

Abre la puerta del todo y se queda en el umbral. Lleva uno de sus camisones de raso. El suave tejido acaricia su cuerpo y se moldea para adaptarse a todas sus curvas y recovecos, de modo que no deja nada a la imaginación. Se me seca la boca y mi cuerpo responde, caliente y cargado de deseo.

—¿No vienes a la cama? —susurra.

Intento no dejarme llevar por la excitación.

—Aún tengo cosas que hacer.

—Muy bien. —Sonríe.

Le devuelvo la sonrisa a medias, porque la amo, pero no pienso ceder en esto. Tiene que entrar en razón. Ana da media vuelta para marcharse, aunque me lanza una rauda mirada provocativa por encima del hombro antes de cerrar la puerta y desaparecer.

De nuevo estoy solo.

Maldita sea.

Cómo la deseo.

Pero no quiere obedecer y eso me tiene cabreado. Mucho.

Vuelvo a centrarme en los últimos números del departamento de Barney en Grey Enterprises Holdings. No son ni por asomo tan seductores y deliciosos, ni tan desobedientes, señorita Steele.

Miércoles, 6 de julio de 2011

Ana duerme profundamente cuando me meto en la cama a su lado sin molestarla. Ha sido tan considerada como siempre y ha dejado la lamparita de mi lado encendida para que no me pierda en la oscuridad. Sin embargo, justo así es como me siento. Perdido. Y si soy sincero, también desanimado. ¿Por qué no es capaz de entenderlo? Tampoco es para tanto, ¿no? ¿O sí?

Al mirar su precioso rostro sereno y ver cómo sus pechos suben y bajan acompasados con la respiración regular del sueño, una desagradable corriente recorre mi fuero interno: es envidia. Yo estoy aquí tumbado, debatiéndome entre la perplejidad y la tristeza, y ella duerme como si no tuviera una sola preocupación.

Pero ¿la querría si fuera de cualquier otra forma?

Por supuesto que no. La quiero feliz y deseo protegerla. Aunque ¿cómo voy a hacerlo si no está dispuesta a obedecerme?

Supéralo, Grey.

Suspiro y me inclino para acariciar su pelo con los labios; es un roce levísimo, no quiero despertarla, pero en silencio le imploro que cambie de opinión.

Por favor, Ana. Concédeme esto.

Apago la luz y me quedo mirando la oscuridad, impasible. De repente el silencio de la habitación resulta ensordecedor y opresivo. El ritmo cardíaco se me acelera y me veo arrastrado a una ciénaga de desesperación. Esto me supera. Puede que sea un grandísimo error. Nuestro matrimonio nunca irá bien si no es capaz de darme eso.

¿En qué estaba pensando?

Tal vez quiera —quiera no, necesite— a alguien más sumiso.

Necesito tener el control.

Siempre.

Sin control, solo hay caos. E ira. Y dolor, y miedo… y sufrimiento.

Mierda. ¿Qué voy a hacer?

Este obstáculo es imposible de salvar.

¿Verdad?

Pero vivir sin Ana sería insoportable. Ahora sé lo que es bañarme en su luz. Ella es calidez, es vida, es el hogar. Lo es todo. La quiero a mi lado. La amo.

¿Cómo puedo hacer que cambie de opinión?

Me froto la cara intentando apartar ideas lóbregas.

Contrólate, Grey. Lo reconsiderará.

Cierro los ojos e intento poner en práctica los ejercicios de *mindfulness* del doctor Flynn y buscar un lugar donde me sienta feliz. Tal vez un emparrado lleno de flores en la casita de un embarcadero...

Camino por el aire, en las alturas del cielo sobre Ephrata. El paisaje de Washington conforma un tapiz por debajo de mí. Viro y me maravillo ante ese puzle de piezas marrones, azules y verdes, cruzado de carreteras y canales de riego. Atrapo una corriente térmica y me elevo por encima de una cresta de las colinas de Beezley. El cielo está despejado, es de un azul deslumbrante, reluciente, y me siento en paz. El viento es mi compañero, incondicional, susurrante. El único sonido. Estoy solo. Solo. Solo. Vuelvo a virar. Mi mundo vuelto del revés. Y Ana va delante, en la cabina, con las manos estiradas hacia la cubierta, gritando de emoción. Fascinada. Mi corazón rebosa de alegría. Esto es la felicidad. Esto es amor. Esto es lo que se siente. Ladeo la aeronave y de pronto entro en barrena. Ana ha desaparecido. Presiono con los pies haciendo fuerza, pero el timón no está. Lucho con la palanca de mandos, pero los alerones no responden. He perdido el control. Lo único que oigo es el rugido del viento y a alguien que chilla. Caemos. ¡Joder! Damos vueltas y más vueltas. Abajo. Cada vez más abajo. Mierda. Voy a estrellarme contra el suelo. No. ¡No!

Me despierto sobresaltado.

Joder.

Estoy abrazado a Ana, que me pasa los dedos por el pelo. Su aroma me tranquiliza y llena el desesperado vacío que se abre en las profundidades de mi alma.

—Buenos días —dice.

Me calmo enseguida. Vuelvo a tener los pies en el suelo.

—Buenos días —susurro, desconcertado. Normalmente me despierto antes que ella.

—Tenías una pesadilla.

—¿Qué hora es?

—Las siete y media pasadas.

—Mierda. Llego tarde.

Le doy un beso rápido y casto y me levanto de la cama.

—Christian —me llama.

—No puedo entretenerme, voy tarde —murmuro mientras me meto en el cuarto de baño y recuerdo cómo me desafió anoche.

Todavía estoy cabreado.

En mi escritorio, observo la maqueta del planeador que Anastasia me regaló cuando se fue. Tardé un día entero en montarla. La inquietud me remueve las entrañas; tal vez sea el eco de ese sueño, o un recordatorio de la desolación que sentí cuando se marchó. Toco la punta del ala y sostengo el plástico frío entre el pulgar y el índice. No quiero volver a sentirme así nunca.

Jamás.

Olvido esa sensación, doy un sorbo del expreso que me ha preparado Andrea y luego un mordisco a un cruasán recién hecho. Miro el iMac y veo que me ha llegado un correo electrónico de Ana.

De: Anastasia Steele
Fecha: 6 de julio de 2011 09:22
Para: Christian Grey
Asunto: ¡Come!

Queridísimo futuro marido:
No es propio de ti saltarte el desayuno. Te he echado de menos.
Espero que no tengas hambre. Sé lo mucho que te molesta eso.
También espero que tengas un buen día.

A xxx

Me reconforta la cantidad de pequeñas «x» al final del mensaje, pero miro el retrato de Ana que hay en la pared de mi despacho, cierro el e-mail y le pido a Andrea que venga para repasar la agenda.

Todavía sigo cabreado.

Después de comer, estoy en el ascensor, volviendo de una reunión externa con Eamon Kavanagh, cuando compruebo la BlackBerry. Hay otro correo de Ana.

De: Anastasia Steele
Fecha: 6 de julio de 2011 14:27
Para: Christian Grey
Asunto: ¿Estás bien?

Queridísimo futuro marido:
No es propio de ti no contestar.

La última vez que no contestaste... tu helicóptero se había perdido.
Dime si estás bien.

Ana
Preocupada de SIP.

Mierda. Un hormigueo de culpabilidad se despierta en mi estómago, sobre todo porque llama la atención la ausencia de besos al final de este mensaje. Venga, no me jodas.

Estoy muy enfadado contigo, Anastasia.

Aun así, no quiero que se preocupe. Redacto una respuesta breve.

De: Christian Grey
Fecha: 6 de julio de 2011 14:32
Para: Anastasia Steele
Asunto: ¿Estás bien?

Estoy bien.
Ocupado.

Christian Grey
Presidente de Grey Enterprises Holdings, Inc.

Le doy a «Enviar» y espero que mi respuesta calme su inquietud. Andrea me mira con aprensión cuando salgo del ascensor y voy hacia mi despacho.

—¿Sí? —pregunto con brusquedad.

—No es nada, señor Grey. Solo quería saber si deseaba un poco más de café.

—¿Dónde está Sarah?

—Haciendo fotocopias de los informes que ha solicitado usted.

—Bien. Y no, gracias, no quiero café —añado en un tono más benévolo. ¿Por qué me porto como un capullo con mis empleados?—. Ponme al teléfono con Welch.

Ella asiente y levanta el auricular.

—Gracias —murmuro, y desaparezco en mi despacho.

Me dejo caer en la silla y me pongo a mirar por la ventana, abatido. El día está espléndido, muy al contrario que mi estado de ánimo.

Suena el teléfono.

—Grey.

—Tengo a Anastasia Steele en espera, pregunta por usted.

Mierda. ¿Estará bien?

—Pásamela.

—Hola. —Le tiembla la voz, suave y entrecortada. Parece insegura y triste, y una gelidez me atenaza el corazón.

—¿Qué ocurre? ¿Estás bien? —pregunto.

—Estoy bien. Eres tú quien me preocupa.

El alivio enseguida se convierte en irritación. Mi preocupación era infundada.

—Estoy bien, pero ocupado.

—Pues hablemos cuando vuelvas a casa.

—Vale —respondo, consciente de que estoy siendo cortante.

Ella no añade nada más, pero la oigo respirar al otro lado de la línea. Parece agitada, y el frío que he sentido hace unos instantes queda desbancado por la habitual añoranza.

¿Qué ocurre, Ana? ¿Qué es lo que quieres decirme? El silencio se interpone entre nosotros, lleno de recriminaciones y verdades sin decir.

—Christian —musita por fin.

—Anastasia, tengo cosas que hacer. Debo colgar.

—Esta noche —susurra.

—Esta noche. —Cuelgo y miro el teléfono frunciendo el ceño.

No es tanto pedir, Anastasia.

—¿A casa? —pregunta Taylor cuando se sienta al volante del Audi.

—Claro —murmuro distraído.

Parte de mí no quiere ir allí. Todavía no he pensado un argumento consistente para convencer a Ana de que cambie de opinión. Y tengo trabajo que hacer esta noche. Una sesión de lectura: dos informes de peso del departamento de ciencias medioambientales de la Universidad Estatal de Washington, los resultados de los terrenos de prueba en África y el artículo de la profesora Gravett sobre los microbios responsables de la fijación del nitrógeno en la tierra. Por lo visto, los microbios son esenciales para la regeneración del suelo, y esa regeneración es clave para el secuestro de carbono. Esta misma semana reconsideraré mi financiación a su departamento.

Tal vez debería llevar a Ana a cenar a algún sitio, y hablar allí sobre sus votos. Quizá logre convencerla con la ayuda de una copa de vino. Recuerdo la cena en la que discutimos el contrato de Amo y sumisa.

Mierda. Eso tampoco salió como lo había planeado.

Me siento apesadumbrado. A través del cristal polarizado veo a los turistas y a los oficinistas que se empujan por la calle y me invade un sentimiento de justa indignación. Tampoco estoy pidiendo tanto, joder. Es lo único que quiero. Ella puede tener todo lo que le apetezca. Saber que me obedecerá me daría sensación de seguridad. ¿Es que no lo entiende?

En la acera, un joven con gafas de sol y unos pantalones cortos floreados y muy chabacanos discute con una mujer vestida con la misma extravagancia. Su pelea atrae miradas de desconcierto de quienes pasan por su lado.

Esos seremos Ana y yo esta noche. Lo sé. Y la idea me deprime más aún.

Tendré que decirle lo que representa para mí y punto. Necesito mantenerla a salvo.

Sí. Lo entenderá.

La mujer da media vuelta y levanta los brazos en un gesto teatral antes de largarse y dejar al hombre plantado y perplejo en mitad de la calle. Creo que está borracho.

Qué capullo.

A lo mejor podría follarme a Ana hasta conseguir que diga que sí. Eso podría funcionar. La idea me transmite un ápice de esperanza, así que me reclino en el asiento durante el resto del trayecto hasta el Escala.

—Buenas tardes, señor Grey —saluda la señora Jones cuando entro en el salón.

Por lo bien que huele, sé que hay una olla de su deliciosa salsa boloñesa cocinándose en los fogones. Se me hace la boca agua.

—Hola, Gail. Eso huele que alimenta. ¿Dónde está Ana?

—Creo que en la biblioteca, señor.

—Gracias.

—¿Sirvo la cena dentro de media hora?

—Por mí, perfecto. Gracias. —Tendré tiempo de correr un poco en la cinta, ya que esta mañana me he saltado el entrenamiento.

Voy al dormitorio para cambiarme de ropa, y así evitar la biblioteca.

The Boss atruena en mis oídos mientras llevo el cuerpo hasta sus límites. Corro cinco kilómetros en veinte minutos y, para cuando bajo de la cinta, estoy hecho un guiñapo, acalorado y sin aliento. Mientras meto aire en los pulmones y me seco el sudor de la frente con el dorso de la mano, me inclino para recuperarme un poco y estirar las corvas.

Me sienta bien.

Cuando me incorporo, Anastasia está apoyada en el marco de la puerta, mirándome con los ojos muy abiertos y expresión precavida. Lleva un top gris claro sin mangas y una falda gris ajustada. Es la viva imagen de una ejecutiva de publicidad. Pero joven. Qué joven. Y triste.

Mierda.

—Hola —dice.

—Hola —contesto mientras recobro la respiración.

—No has pasado a saludar cuando has llegado. ¿Estás evitándome?

No se anda con rodeos. En ese mismo instante quiero hacer desaparecer de su rostro esa expresión triste y cautelosa.

—Necesitaba hacer ejercicio —digo, resollando aún—. Ahora ya puedo saludarte.

Extiendo los brazos y doy unos pasos hacia ella, muy consciente de que estoy empapado en sudor.

Ana ríe, hace una mueca y levanta las palmas de las manos.

—Mejor en otro momento.

Me acerco a ella con un par de saltos y la estrecho entre mis brazos antes de que pueda escapar. Ana suelta un grito e intenta zafarse de mí, pero también se está riendo. Y es como si me hubieran quitado un peso del alma.

Me encanta hacerla reír.

—Oh, nena. Te he echado de menos.

La beso, no me importa si en este momento no soy apto para el consumo humano, y para mi deleite, ella me besa también. Hunde los dedos en mis hombros y clava las uñas cada vez más en mi piel mientras nuestras lenguas bailan esa danza que tan bien conocen.

A ambos nos falta la respiración cuando emergemos a tomar aire. Cojo su rostro con las manos y le paso el pulgar por los labios, turgentes, sin dejar de contemplar sus preciosos ojos turbados.

—Ana —susurro implorante—. Cambia tus votos. Obedece. No discutas conmigo. Detesto que discutamos. Por favor.

Mis labios se ciernen sobre los suyos esperando una respuesta, pero Ana parpadea varias veces, como si intentara deshacerse de una neblina, y luego me aparta y escapa de mi abrazo.

—No. Christian. No —dice, condensando su frustración en cuatro sílabas.

Dejo caer las manos porque sus palabras me han supuesto un jarro de agua fría de realidad.

—Si esto es motivo de ruptura para ti, dímelo, por favor —continúa, levantando la voz cada vez más—. Porque para mí lo es, y puedo dejar de organizar la boda, volver a mi piso y emborracharme con Kate.

—¿Te marcharías? —Apenas se me oye. Su afirmación ha desbaratado mi mundo.

—Ahora mismo. Sí. Te comportas como un adolescente mimado.

—Eso no es justo —replico—. Lo necesito.

—No, no es verdad. Solo lo crees. Se supone que somos adultos, por el amor de Dios. Lo solucionaremos hablando, como hacen los adultos.

Nos miramos, cada uno desde su lado del abismo.

No quiere dar su brazo a torcer.

Mierda.

—Necesito una ducha —mascullo, y ella se aparta para dejarme pasar.

Cuando entro en el salón, Ana está sentada junto a la encimera de la cocina, donde hay dos sitios puestos para la cena. Gail está ocupada en los fogones.

—No tengo hambre —anuncio—. Y aún he de terminar el trabajo.

Ana frunce el ceño y abre la boca como para decir algo, pero la vuelve a cerrar cuando paso de largo junto a ella. No se me escapa la miradita que cruza con la señora Jones.

¿Están compinchadas?

Esa idea hace que me hierva la sangre, así que voy directo a mi estudio y cierro de un portazo.

Mierda.

El ruido me sobresalta y me hace reaccionar de forma abrupta.

Sí que me comporto como un adolescente mimado.

Ana tiene razón. Joder.

Y sí que tengo hambre.

Detesto tener hambre.

Un oscuro y retorcido recuerdo del miedo y el hambre que pasé antes de ser Christian Grey amenaza con salir a la superficie, pero lo contengo.

No vayas por ahí, Grey.

Los informes están en el escritorio, donde los ha dejado Taylor. Me siento, cojo el primero y empiezo a leer.

Unos suaves golpes hacen que desvíe mi atención de las múltiples rotaciones de cultivos que estamos probando en Ghana. Me da un vuelco el corazón.

Ana.

—Pasa.

Gail abre la puerta.

La decepción que siento es brutal, mi momentánea ilusión ha quedado reducida a un globo triste y desinflado que ha perdido el helio. La parte positiva es que me trae una bandeja con un cuenco de pasta humeante.

No dice nada cuando lo deja en la mesa.

—Gracias.

—Ha sido idea de Ana. Sabe que le encantan los espaguetis a la boloñesa. —Habla en un tono cortante y, antes de que pueda responder nada, da media vuelta y se va, llevándose consigo su desaprobación.

Fulmino su espalda con la mirada. Por supuesto que ha sido idea de Ana. Y, una vez más, me rindo ante su detallismo. ¿Por qué no tengo suficiente con esto? Dice que me ama. Entonces, ¿por qué quiero, o necesito, su obediencia?

Con un ánimo más taciturno aún, contemplo las largas sombras y los matices dorados y rosados con los que el sol pinta las paredes de mi estudio mientras se hunde en el horizonte.

¿Por qué me desafía así?

Levanto el tenedor y ataco la cena. Enredo los espaguetis en un enorme y contundente bocado de felicidad. Están deliciosos.

Ana ha vuelto a dejarme la lamparita encendida. Está muy dormida, y cuando me meto en la cama a su lado mi cuerpo cobra vida. Tengo hambre de ella.

Sopeso mi plan de follarla hasta que acepte, pero en el fondo sé que ya está decidida. Podría decirme que no, y ahora no sobreviviría a ese rechazo.

Me vuelvo de lado, de espaldas a ella, y apago la luz. La habitación se hunde en la oscuridad y refleja mi estado de ánimo; me siento más desgraciado ahora que esta mañana.

Maldita sea. ¿Cómo he dejado que esto se me fuera tanto de las manos?

Cierro los ojos.

—*¡Mami! ¡Mami!*

Mami está dormida en el suelo. Lleva mucho tiempo dormida. Le cepillo el pelo porque sé que le gusta. No se despierta. La sacudo.

—*¡Mami!*

Me duele la tripa. Tengo hambre. Él no está aquí. Y también tengo sed. En la cocina acerco una silla al fregadero y bebo. El agua me salpica el jersey azul. Mami sigue dormida.

—*¡Mami, despierta!*

Está muy quieta. Y fría. Cojo mi mantita y la tapo. Yo me tumbo en la alfombra verde y pegajosa a su lado. Mami sigue durmiendo. Tengo dos coches de juguete y hago carreras con ellos por el suelo en el que está mami durmiendo. Creo que mami está enferma. Busco algo para comer. Encuentro guisantes en el congelador. Están fríos. Me los como muy despacio. Hacen que me duela el estómago. Me echo a dormir al lado de mami. Ya no hay guisantes. En el congelador hay algo más. Huele raro. Lo pruebo con la lengua y se me queda pegada. Me lo como lentamente. Sabe mal. Bebo agua. Juego con los coches y me duermo al lado de mami. Mami está muy fría y no se despierta. La puerta se abre con un estruendo. Tapo a mami con la mantita. Él está aquí.

—*Joder. ¿Qué coño ha pasado aquí? Puta descerebrada... Mierda. Joder. Quita de mi vista, niño de mierda.*

Me da una patada y yo me golpeo la cabeza con el suelo. Me duele. Llama a alguien y se va. Cierra con llave. Me tumbo al lado de mami. Me duele la cabeza. Ha venido una señora policía.

—*No. No. No. No me toques. No me toques. No me toques.*

Quiero quedarme con mami.

—*No. Aléjate de mí.*

La señora policía coge mi mantita y me lleva. Grito.

—*¡Mami! ¡Mami!*

Quiero a mami. Las palabras se van. No puedo decirlas. Mami no puede oírme. No tengo palabras.

—¡Christian! ¡Christian! —El tono de ella es urgente y me arranca de las profundidades de mi pesadilla, de mi desesperación—. Estoy aquí. Estoy aquí.

Me despierto y Ana está inclinada sobre mí, agarrándome los hombros y sacudiéndome, con el rostro angustiado, los ojos azules como platos y llenos de lágrimas.

—Ana. —Mi voz es solo un susurro entrecortado. El sabor del miedo me llena la boca—. Estás aquí.

—Claro que estoy aquí.

—He tenido un sueño…

—Lo sé. Estoy aquí, estoy aquí.

—Ana. —Su nombre es como un conjuro en mis labios, un talismán contra el pánico oscuro y asfixiante que recorre mi cuerpo.

—Chis, estoy aquí. —Se acurruca a mi lado, envolviéndome, transmitiéndome su calor para que las sombras se alejen y el miedo desaparezca. Ella es el sol, la luz… y es mía.

—No quiero que volvamos a pelearnos, por favor. —La rodeo con los brazos.

—Está bien.

—Los votos. No obedecerme. Puedo hacerlo. Encontraremos la manera. —Las palabras salen apresuradamente de mi boca en una mezcla de emoción, confusión y ansiedad.

—Sí, la encontraremos. Siempre encontraremos la manera —susurra Ana, y me cubre los labios con los suyos, silenciándome y devolviéndome al presente.

Viernes, 8 de julio de 2011

El doctor Flynn se frota la barbilla y no sé si está ganando tiempo o si está realmente intrigado.

—¿Te amenazó con marcharse?

—Sí.

—¿En serio?

—Sí.

—¿Y por eso te rendiste?

—No tenía muchas más opciones.

—Christian, tú siempre tienes opciones. ¿Crees que Anastasia estaba comportándose de forma irracional?

Lo miro fijamente y deseo gritarle que sí, pero en el fondo sé que Ana no es una persona irracional.

El irracional eres tú, Grey.

«Irracional podría ser perfectamente tu segundo nombre.» Las palabras de Ana me obsesionan. Eso fue lo que me dijo hace ya tiempo.

Por el amor de Dios, mi negatividad puede ser un auténtico grano en el culo algunas veces.

—¿Cómo te sientes ahora? —me pregunta Flynn.

—Inquieto —digo entre susurros, y reconocerlo es como recibir un puñetazo en el plexo solar que casi me deja doblado.

Ella podría dejarme.

—Vaya… tus sentimientos de inseguridad y abandono vuelven a aflorar.

Permanezco en silencio, distraído por un haz de luz vespertina que realza el ramillete de miniorquídeas sobre la mesita de café. ¿Qué puedo decir? No quiero reconocerlo en voz alta. Mis miedos se harían realidad. Detesto sentirme tan vulnerable. Tan expuesto. Ana tiene el poder de herirme y asestarme un golpe mortal.

—¿Esto hace que te replantees la boda? —me pregunta John.

No. A lo mejor.

Tengo miedo de que ella me haga daño.

Como ya lo hizo… cuando se marchó.

—No —respondo, porque no quiero perderla.

Flynn asiente, como si fuera eso lo que quiere oír.

—Has renunciado a muchas cosas por ella.

—Sí, así es. —Reprimo una sonrisa autocomplaciente—. Es una buena negociadora.

Flynn vuelve a frotarse la barbilla.

—¿Te arrepientes de haberlo hecho?

—Sí. En parte. Yo he cedido en muchas cosas, y ella no quiere ceder en esto.

—Pareces enfadado con ella.

—Lo estoy.

—¿Te has planteado decírselo?

—¿Lo enfadado que estoy? No.

—¿Por qué no?

—Me preocupa decirle algo de lo que me arrepentiré y que ella me deje. Ya me ha dejado antes.

—Pero en esa ocasión le habías hecho daño.

—Es verdad.

Siempre tengo presente el recuerdo de su rostro lloroso y sus amargos reproches. «Eres un maldito hijo de puta.»

Me estremezco, pero se lo oculto a Flynn. Siempre que pienso en esa vez, la vergüenza me tortura.

—No quiero volver a hacerle daño. Nunca más.

—Ese es un buen objetivo por el que trabajar —comenta John—. Pero debes dar con una forma saludable de expresar y canalizar la rabia. Llevas demasiado tiempo quedándotela dentro. Demasiado tiempo. —Hace una pausa—. Pero ya conoces mi opinión al respecto. No voy a volver a ese tema ahora, Christian. Tienes una resiliencia increíble y muchos recursos. Ya tenías la solución para este trance desde el principio; te has rendido. Problema resuelto. La vida no siempre se te pondrá de cara. La clave está en reconocer esos momentos. Algunas veces es mejor ceder en una batalla para ganar la guerra. Comunicación y compromiso, en eso consiste el matrimonio.

Me río al recordar un e-mail que Ana me envió hace ya una eternidad.

—¿Qué te ha hecho tanta gracia?

—Nada. —Niego con la cabeza.

—Ten un poco de fe en ti mismo y en ella.

—El matrimonio es un gran salto de fe —mascullo.

—Sí que lo es. Para todo el mundo. Pero tú estás más que preparado para enfrentarte a él. Necesitas centrarte en dónde quieres estar. En cómo quieres estar. Creo que lo has hecho durante estas últimas semanas. Parecías más feliz.

Lo miro fijamente.

—Esto no es más que un pequeño revés —añade.

Eso espero.

—Nos vemos la semana que viene.

Está anocheciendo, y Elliot y yo nos encontramos en la terraza de la casa nueva contemplando las vistas.

—Ya entiendo por qué has comprado esta casa.

Elliot silba entre dientes para expresar su admiración. Ambos permanecemos en silencio durante un rato, asimilando la majestuosidad del crepúsculo sobre el Sound: el cielo de ópalo, la bruma anaranjada en la distancia, el agua de color morado oscuro. La belleza. La calma.

—Impresionante, ¿verdad? —murmuro.

—Sí. Es un lugar maravilloso para una casa preciosa.

—Que tú vas a reformar.

Sonrío y Elliot me pega un puñetazo amistoso en el brazo.

—Me alegro de poder ayudar. Va a hacer falta mucho trabajo y no va a ser barato hacer que este lugar sea más sostenible. Pero, oye, tú puedes permitírtelo. Hablaré con Gia la semana que viene y veré qué tiene pensado, y si es viable.

—Cerraré este tema en algún momento de finales de julio. Creo que Ana, tú, Gia y yo deberíamos reunirnos en cuanto esté firmado el contrato.

—Hazlo antes. No parece que los resultados de ningún estudio topográfico vayan a impedirte comprar este lugar.

—Tienes razón. Consultaré mi agenda. ¿Cuándo crees que tendrás tiempo?

—¿Para qué?

—Para la reforma, tío. Para la reforma.

—Ah. Bueno, si el proyecto de Spokani Eden va tal como está planeado, puede que... ¿a principios de otoño? —Se encoge de hombros.

—¿Eso va bien?

—Sí.

Elliot parece satisfecho consigo mismo.

Y ya puede estarlo. Es un proyecto ambicioso y, en cuanto esté terminado, será un escaparate para sus métodos de construcción sostenible. Se echa la gorra de los Seahawks hacia atrás y da una palmada.

—Por fin es viernes, campeón. Venga, volvamos a tu casa y nos tomamos unas birras.

Entorno los ojos y sigo a mi hermano mayor hasta la fachada lateral de la casa donde tengo aparcado el coche en el camino de entrada.

—Me pregunto qué estarán haciendo nuestras mujeres —dice Elliot durante el trayecto de regreso al Escala.

—Espero que embalando las cosas de Ana.

Miro a mi hermano. Tiene un pie sobre el salpicadero de mi coche y está mirando el paisaje por la ventanilla como si todo le importara una mierda.

Por el amor de Dios, cómo lo envidio.

—Seguramente están comiéndose una pizza, bebiendo demasiado vino y hablando sobre nosotros —bromea.

¡Espero que no estén hablando sobre nosotros!

—O a lo mejor están viendo el partido. —Suelta una risotada.

—¿A Kate le gusta el béisbol?

—Sí. Le gustan todos los deportes.

Por supuesto que sí. Una vez más sigo sin entender por qué Ana y ella son amigas. A Ana no le interesan los deportes en absoluto. Aunque hace poco lo pasamos muy bien juntos viendo a los Mariners.

—¿Así que consideras a Kate tu chica? —pregunto por curiosidad.

—Sí. De momento.

—¿Lo vuestro no va en serio?

Él se encoge de hombros.

—Kate mola. Ya veremos. No me da la tabarra. ¿Sabes lo que te quiero decir?

—No lo sé, gracias a Dios —mascullo para mí mismo y niego con la cabeza.

Puede que esta sea la «relación» más larga que Elliot ha tenido jamás.

—Vamos a parar en un bar —sugiere.

—No. No pienso beber y conducir.

—Tío, ya conduces como papá.

—Vete a la mierda, gilipollas.

Piso el acelerador a fondo, el R8 sube por la rampa de incorporación a la interestatal 5 haciendo chirriar las ruedas, y nos dirigimos a toda velocidad hacia la ciudad.

—¿Has encontrado al capullo que te destrozó el pájaro?

Lanzo un suspiro.

—El helicóptero, Elliot. Y no. Y eso me tiene cabreadísimo.

—Tío, ¿quién puede haber sido?

—No lo sé. Mi equipo no ha averiguado nada. Estoy esperando el informe de la NTSB. Se están tomando su tiempo. He tenido que aumentar la seguridad. Tengo a dos hombres vigilando la casa de Ana y Kate esta noche.

—¡No me digas! Aunque no te culpo, tío. El mundo está lleno de psicópatas.

Lo fulmino con la mirada.

—¿Qué? Solo digo lo que hay. Me alegro de que las chicas estén a salvo —añade, y empiezo a creer que Kavanagh le importa de verdad—. ¿Qué quieres hacer para tu despedida de soltero? —me pregunta cuando salimos de la interestatal 5.

—Elliot, ni quiero ni necesito una despedida de soltero.

—Tío, de pronto vas y te casas con la primera chica que te ha hecho caso de verdad. Pues claro que necesitas una despedida de soltero.

Me río. Tío, no tienes ni idea.

—Creía que la habías dejado preñada.

Me pongo serio.

—Vete a la mierda, hermanito. No soy tan descuidado. Ana es demasiado joven para tener hijos. Tenemos que vivir la vida antes de meternos en ese follón.

Elliot se ríe.

—Tú con hijos… Eso sí que te relajará.

Lo ignoro.

—¿Sabes algo de Mia?

—Está a la caza de una polla.

—¿Cómo?

—El hermano de Kate. No creo que él esté interesado.

—No me gusta escuchar las palabras «polla» y «Mia» en la misma frase.

—Ya no es una niña, campeón. Ya sabes que es solo un poco más joven que Ana y Kate.

Preferiría no tener que pensarlo.

—¿Vamos a jugar al billar o vemos el partido? —Tiene la inteligencia de cambiar de tema.

—Lo que tú quieras, hermanito, lo que tú quieras.

Entramos en el aparcamiento subterráneo del Escala mientras yo sigo intentando no pensar en Mia y Ethan Kavanagh.

Elliot está roncando delante de la tele. Se deja la piel trabajando y jugando, pero dormirá la mona de cerveza en el dormitorio libre. Hemos pasado una noche de desconexión; hemos visto las mejores jugadas del partido entre los Mariners y los Angels —los Mariners han perdido—, me ha dado una paliza al *Call of Duty*, pero yo le he ganado al billar, para variar. Mañana por la mañana estaré en el apartamento de Ana para ayudarla a trasladar el resto de sus cosas hasta aquí. Ya ha pasado bastante tiempo. Miro el reloj mientras me pregunto qué estará haciendo. Me vibra el móvil, y parece que Ana me hubiera leído la mente.

> ANA
>
> Todo embalado. Te echo de menos.
> Que duermas bien. Sin pesadillas.
> No es una petición.
> No estoy allí para abrazarte.
> Te quiero. ♥

Sus palabras me enternecen. Flynn dijo que nuestra última discusión no ha sido más que un revés; espero que tenga razón. Contesto el mensaje.

Sueña conmigo.
Espero soñar contigo.
Sin pesadillas.

ANA

¿Me lo prometes?

Nada de promesas.
Solo esperanza.
Y sueños.
Y amor. Por ti.

ANA

Una vez me dijiste que no te interesaban las historias de amor.
Me alegro mucho de que te equivocaras.
¡Estoy a punto de desmayarme!
Te quiero, Christian.
Buenas noches xxx.

Buenas noches, Ana.
Me gusta hacer que te desmayes.
Te quiero.
Para siempre. x

Lunes, 11 de julio de 2011

Leo el comunicado de prensa que he reescrito para Sam.

Para su publicación inmediata

GREY ENTERPRISES HOLDINGS INC.
ABSORBE SEATTLE INDEPENDENT PUBLISHING

Seattle, Washington, 11 de julio de 2011. Grey Enterprises Holdings, Inc. (GEH), anuncia la absorción de Seattle Independent Publishing (SIP) de Seattle, Washington, por quince millones de dólares.

Un portavoz de GEH ha declarado: «GEH está encantado de incluir a SIP en su cartera de empresas locales». El presidente Christian Grey afirmó: «Estoy entusiasmado con nuestra entrada en el mundo editorial y con la posibilidad de aprovechar la experiencia tecnológica de GEH para el crecimiento de SIP y potenciar el desarrollo de una plataforma editorial sólida que ofrezca una voz a los autores residentes en la costa noroeste del Pacífico».

Seattle Independent Publishing fue fundada hace treinta y dos años por Jeremy Roach, quien seguirá siendo su presidente. SIP ha tenido un éxito considerable en la representación de los autores locales, entre los que se incluyen Bea Edmonston, nombrada superventas en tres ocasiones por *USA Today*, y el poeta y artista de performance Keon Kinger, cuya última colección, *Por el Sound*, fue finalista del prestigioso premio de poesía Arthur Rense de 2010.

SIP seguirá operando de forma independiente y conservará a sus treinta y dos empleados. Roach declaró: «Esta es una oportunidad magnífica para todo el personal y los autores de SIP, y estamos tremendamente emocionados ante la expectativa de ver hasta dónde nos llevará nuestra asociación con GEH durante la próxima década y más allá».

Remitir todas las consultas a Sam Saster
Vicepresidente, responsable de publicidad, Grey Enterprises Holdings, Inc.

Recuerdo las palabras de Ana. «Sí. Claro que estoy enfadada contigo. Quiero decir, ¿qué clase de ejecutivo responsable toma decisiones basadas en la persona a la que se esté follando en este momento?»

Yo lo hago, Ana.

Pero solo porque estoy follándote a ti.

De pronto se me vienen a la memoria los recuerdos de ella atada a su pequeña cama blanca, resbaladiza y pegajosa por el helado, me veo a mí intentando cortar pimientos y a ella llamándome gilipollas. Me quedo mirando mi planeador. A lo mejor esa es la razón por la que Ana no quiere obedecer, porque cree que soy un gilipollas.

Grey. Ya basta.

La duda es un sentimiento feo, inútil.

Este es mi nuevo mantra. Flynn dijo que nuestra discusión era un pequeño revés. Pasa en todas las relaciones. Ahora Ana se ha mudado a mi casa y vamos a casarnos en menos de tres semanas. ¿Qué más quiero?

Maldita sea. Me gustaría que ya estuviéramos casados. La espera está poniéndome de los nervios. No quiero que ella se arrepienta. Este fin de semana no ha dicho nada. Hemos estado ocupados llevando sus cosas al piso, y está totalmente volcada en los preparativos de la boda.

Lo único que ocurre es que está cansada.

Para ya con la negatividad, Grey.

Céntrate en lo que tienes entre manos.

Cojo el teléfono y llamo a Sam.

—Christian.

Algunas veces me saca de quicio que me llame por mi nombre de pila. Le informo con un tono gélido.

—Te he enviado un comunicado de prensa revisado y menos grandilocuente. La brevedad lo es todo. Intenta recordarlo.

—Como usted ordene, señor Grey.

Bien. Ha captado el mensaje.

—Y, Sam, borra el precio y pon «por una cantidad que no ha trascendido».

—De acuerdo.

Cuelgo y me vuelvo hacia el ordenador. Espero que un intercambio de e-mails distendidos con mi prometida mejore mi ánimo y el suyo.

De: Christian Grey
Fecha: 11 de julio 2011 08:43
Para: Anastasia Steele
Asunto: El paradigma del consumidor. Consumiendo.

Mi querida Anastasia:
Estaba recordando el día en que descubriste que había comprado SIP. Creo que

me llamaste gilipollas cuando lo único que hice fue ejercer mis derechos como ciudadano de nuestro bonito país de comprar lo que me plazca. Como paradigma del consumidor (una vez más, una expresión tuya) te informo de que mi adquisición más reciente ya puede hacerse pública y hoy saldrá un comunicado de prensa.
Me alegro mucho de que te hayas mudado.
Anoche dormí bien sabiendo que estabas allí.
Te quiero.

Christian Grey
Presidente de Grey Enterprises Holdings, Inc.

De: Anastasia Steele
Fecha: 11 de julio 2011 08:56
Para: Christian Grey
Asunto: Jefe o mandón

Queridísimo futuro marido:
Eras un gilipollas (sostengo ese apelativo) y el jefe del jefe de mi jefe. Recuerdo que disfrutamos de una noche muy divertida y pegajosa. ¿Te apetece un helado esta noche? Hace tanto calor...
Yo también te quiero. Muchísimo.
Estoy preparándolo todo para nuestra reunión de esta tarde con Alondra ¡para los últimos preparativos!
¿Alguna petición de última hora?
¿Todavía te gusta la idea de que la cena de ensayo se celebre en el Escala?

Anastasia Steele
Editora en funciones, Ficción, SIP

De: Christian Grey
Fecha: 11 de julio 2011 08:59
Para: Anastasia Steele
Asunto: ¡Cuántas veces!

Mi querida Anastasia:
Que sea una ceremonia corta.
Me muero de ganas de que seas mía.
Sí, en el Escala. Habrá menos fisgones.
¡¡¡Ah, y la BLACKBERRY!!!
Y BEN & JERRY'S con Ana.
Mi postre favorito.

Christian Grey
Presidente mandón de Grey Enterprises Holdings, Inc.

Sonrío. Ahora le da por citar *Lo que el viento se llevó*. Parece bastante contenta. Sacudo la cabeza y llamo a Andrea, con un ánimo bastante mejorado.

Gracias, señorita Steele.

Es media mañana, y Andrea me pasa la llamada de Darius Jackson del Aeropuerto Municipal de Ephrata.

—Buenos días, Christian.

—Darius, me alegra oírte. ¿Ya ha llegado?

De pronto vuelvo a tener diez años y es Navidad. Me cuesta reprimir la emoción.

—Sí ha llegado, y es precioso.

—¿Ya lo has montado?

—Estoy trabajando en ello ahora mismo. Te enviaré unas fotos cuando esté listo.

—Me muero por verlo.

—Tengo la matrícula lista y me preguntaba si quieres que salga a realizar un vuelo de prueba o si te gustaría hacerlo tú.

—No. Pruébalo tú. Y cuéntame cómo va.

—Será un placer. ¿Para cuándo te esperamos?

—Intentaré ir este fin de semana. Ya te avisaré.

—Está bien. Vuelvo a trabajar con el montaje. No me gusta hacer esperar a una preciosidad así.

Suelta una risotada, cuelga y me río.

A mí tampoco, Darius, a menos que esa preciosidad se haya portado mal…

Lanzo un suspiro. A lo mejor Ana y yo podemos volar este fin de semana.

Ana está ausente durante la cena, juguetea con el tenedor separando los granos de risotto.

¿Estará replanteándose la boda?

—¿Qué te pasa? —le pregunto.

—Nada. Es que ha sido un día largo.

Mi ansiedad se acrecienta. Hay algo que no está contándome.

—Sawyer me ha dicho que había unos paparazzi en la entrada de tu edificio —insisto.

—Hemos salido por la puerta de carga y descarga. Les hemos dado esquinazo.

Bueno, entonces no es el acoso continuo del cuarto poder lo que le fastidia. ¿Qué es? Intento una estrategia diferente.

—¿Qué has hecho hoy?

Resopla.

—Me he pasado casi todo el día al teléfono con autores intentando aplacar el varapalo de la noticia.

Estoy a punto de escupir la comida que tengo en la boca. ¡Qué narices!

Ella se ríe de mi expresión, y su reacción me levanta el ánimo enseguida.

—Sí, por el tema de que una gran empresa vaya a aprovecharse del esfuerzo artístico —me aclara.

—Ah.

—Roach ha reunido al equipo directivo editorial esta mañana para darnos la noticia de tu absorción. Claro que yo ya lo sabía mientras que los demás no tenían ni idea. Ha sido raro. Me ha hecho sentir diferente al resto… ya me entiendes.

—Entiendo.

Eso es algo bueno, sin duda; el conocimiento es poder.

—Christian. —Su mirada es un mar de dudas y sus palabras salen como un torrente incontenible—. Mi prometido es el dueño de la empresa para la que trabajo. Roach se ha quedado mirándome unos minutos durante la reunión y yo no sabía qué estaba pensando. Recuerdo que perdió un poco los nervios cuando se enteró de que íbamos a casarnos. Toda la reunión ha sido rara. Me he sentido incómoda y cohibida.

¡Mierda!

—No me habías contado que había perdido los nervios.

Imbécil.

—Fue hace ya tiempo, cuando se enteró de que estábamos prometidos.

—¿Te hizo sentir incómoda?

Si lo hizo, lo despediré.

Ella se queda mirándome con expresión seria, como si estuviera sopesando mi pregunta.

—Un poco. Puede que sí. O puede que no. A lo mejor son solo imaginaciones mías. No lo sé. En cualquier caso, ha confirmado mi cargo de editora.

—¿Hoy?

—Esta tarde.

Mmm… Todavía no he levantado la moratoria sobre contratación de personal nuevo.

Qué cabronazo tan astuto.

Me acerco a ella y la agarro de la mano.

—Felicidades. Deberíamos celebrarlo. ¿Estabas preocupada por tener que contármelo?

—Pensaba que ya lo sabías y que no me habías dicho nada —dice con un hilillo de voz.

Me río.

—No, no lo sabía. Es una gran noticia.

Parece aliviada. ¿Por eso estaba tan callada?

—No sufras por ello, Ana. Al diablo con lo que piensen tus compañeros y Roach. Esperaba que todos los trabajadores de la empresa se sintieran más seguros con el comunicado de prensa. No tengo pensado ningún cambio en un futuro próximo. Y estoy seguro de que los autores han estado encantados de hablar contigo.

—Algunos sí y otros no. Hay unos pocos que todavía echan de menos a Jack.

—¿De veras? Me sorprende mucho.

—Jack apostó fuerte por un par de ellos. Son leales. Sospecho que se irán con él cuando Jack encuentre otro empleo.

No va a encontrar otro empleo si yo puedo evitarlo.

Ana aprieta sus dedos entrelazados con los míos.

—De todas formas, gracias —dice.

—¿Por qué?

—Por escuchar.

Frunce el ceño una vez más y me pregunto si quiere añadir algo.

¿Qué, Ana? Dime.

—¿Estás listo para la reunión con la organizadora de la boda? —me pregunta.

—Claro que sí. Mejor acabar ya.

Me quedo mirando fijamente su plato. Y me siento aliviado cuando ella carga el tenedor de risotto y se lo lleva a la boca. Voy relajándome poco a poco; Ana solo quería contarme lo de su ascenso y esperaba que yo ya lo supiera.

Por el amor de Dios, Grey.

Relájate.

—Lo único que queda es decidir qué harán después del convite de boda —dice Alondra Gutiérrez con una sonrisa simpática.

—Todavía no lo hemos hablado.

Ana se vuelve hacia mí.

—Yo me encargo de eso —le digo a la señorita Gutiérrez, y Ana parece sorprendida.

Oh, nena. Lo tengo controlado.

—Hablaré de esto contigo aparte, Alondra.

—Muy bien, señor Grey. ¡Estoy impaciente por escucharlo!

—Y yo también —comenta Ana.

—Tendrás que esperar al gran día. —Sonrío.

Espero que te guste lo que tengo planeado.

Ana frunce el labio inferior, pero su expresión es divertida y algo más… algo más oscuro, más sensual, que se comunica directamente con mi polla.

Joder.

Alondra recoge sus cosas y nos hace saber que podemos decidir cambios de última hora, y le damos las gracias por todo lo que ha hecho.

Todos nos levantamos cuando Taylor aparece en la entrada del salón y Alondra se marcha. Ambos nos quedamos mirando cómo se va y, en cuanto estoy seguro de que no puede oírnos, me vuelvo hacia Ana.

—Lo tiene todo bajo control.

—Alondra es buena en su trabajo —dice ella.

—Sí que lo es —reconozco—. ¿Qué quieres hacer ahora? —añado susurrando.

Ana me mira de golpe y separa los labios mientras sigue mirándome. Estamos a solo unos centímetros de distancia. Sin tocarnos. Pero la siento. En toda su plenitud. El silencio entre ambos es atronador y crece hasta envolver el espacio que nos rodea mientras nos comemos con los ojos.

De pronto, el vasto espacio se queda sin oxígeno. Estamos solo nosotros, solo nuestro deseo, crepitando invisible entre los dos. Lo veo en sus ojos como el cielo de verano. Sus pupilas se dilatan. Se oscurecen. Son un reflejo de mi ansia. De mi amor. Nuestro amor.

—Has estado muy distante. —Su voz es casi inaudible—. Toda la semana.

—No. Distante no. Asustado.

—¡No! —exclama con un suave tono de ternura.

Acorta la distancia entre ambos sin moverse. Se acerca y me acaricia la barba incipiente con las yemas de los dedos; y su tacto retumba en todos mis huesos y tendones.

Cierro los ojos para sentir la reacción de mi cuerpo.

Ana.

Ella tiene los dedos en mi camisa y me desabrocha los botones.

—No tengas miedo —me dice susurrando y me besa una de las cicatrices situadas sobre mi corazón desbocado.

Ya no lo aguanto más: le sujeto la cara entre las manos, acerco sus labios a los míos y la beso con avidez. Ana es un banquete para un hombre hambriento. Sabe a amor y a lujuria y a Ana.

—Vámonos. Ahora. A Las Vegas. A casarnos —le suplico hablando sobre sus labios ardientes—. Les diremos a todos que no podíamos esperar.

Ella gime y vuelvo a besarla, y atrapo todo cuanto me da, me sumerjo en su deseo, en su amor, me duele desearla tanto, estoy loco por poseerla.

Cuando Ana se separa un poco de mí, ambos inspiramos con fuerza para recuperar el aliento y ella me mira, deslumbrada.

—Si eso es lo que quieres… —dice, jadeante y llena de compasión.

La aprieto contra mi cuerpo.

Ella lo haría por mí.

No obedecerá… pero sí hará esto.

Maldita sea.

Y yo sé que tengo que darle la boda que se merece. No un trámite a toda prisa en una capilla para bodas de Las Vegas. Mi chica se merece lo mejor.

—Vamos a la cama —le susurro al oído, y ella hunde los dedos en mi pelo mientras la tomo en brazos.

—Creía que no ibas a pedírmelo nunca —dice, y la llevo hasta la habitación.

Sábado, 16 de julio de 2011

Despierta, bella durmiente.

Suavemente, tiro del lóbulo de la oreja de Ana con los dientes.

—Mmm... —gime ella, pero se resiste a abrir los ojos.

Vuelvo a tirar.

—¡Ah! —se queja, y parpadea varias veces hasta que se despierta.

—Buenos días, señorita Steele.

—Buenos días.

Estira el brazo para acariciarme la cara. Yo estoy vestido de pies a cabeza, tumbado a su lado.

—¿Has dormido bien? —Le beso la palma de la mano.

Ella asiente, adormilada.

—Tengo una sorpresa.

—¿Ah, sí?

—¡Arriba!

Me deslizo por la cama para levantarme.

—¿Qué sorpresa?

—Si te lo dijera...

Ella vuelve la cabeza a un lado, indiferente. Necesita una respuesta.

—¿Flotar sobre el noroeste del Pacífico?

Ella ahoga un grito y se incorpora de inmediato.

—¿Vamos a volar?

—Exactamente.

—¿Vamos a perseguir... —mira por la ventana— la lluvia? —pregunta con aire alicaído.

—Donde vamos hace más sol.

—¡Entonces perseguiremos el sol de mediodía!

—Sí. ¡Si te levantas ya!

Da un gritito de placer y se levanta de la cama a toda prisa exhibiendo sus largas piernas. Se detiene un instante para darme un beso casto antes de correr al cuarto de baño.

—Creo que hará buen día —le digo con una amplia sonrisa.

Me parece que está contenta.

A medida que avanzamos a toda velocidad por la interestatal 90 en el Audi R8, huyendo de un tiempo de perros, me permito el lujo de vivir el momento. Tengo al lado a mi chica, por el altavoz suenan The Killers y nos disponemos a disfrutar de un vuelo en mi nuevo planeador. Todo ocupa su lugar en el mundo.

Flynn estaría orgulloso.

Claro que Sawyer y Reynolds estarán vigilándonos, pero no se puede tener todo.

—¿Adónde vamos? —pregunta Ana tratando de aguzar la vista entre la llovizna.

—A Ephrata.

Con el rabillo del ojo, observo que está confusa.

—Se tardan unas dos horas y media. Es donde tengo los planeadores.

—¿Tienes más de uno?

—Tengo dos. Por el momento.

—¿El Blanik? —pregunta, y al ver que frunzo la frente, prosigue con menos convencimiento—. Le hablaste de él al piloto cuando estuvimos planeando en Georgia. —Baja la vista a sus manos y empieza a darle vueltas al anillo de compromiso—. Por eso te compré la maqueta.

Habla con un hilo de voz y tengo que esforzarme para entender lo que dice.

—El único Blanik que tengo es esa pequeña maqueta. Tiene reservado un lugar de honor en el escritorio de mi estudio. —Estiro el brazo y le aferro la rodilla mientras rememoro unos instantes el momento en que me regaló el pequeño planeador.

No te dejes llevar, Grey.

—Aprendí a volar con un Blanik. Ahora tengo un ASH 30 nuevecito, último modelo. Uno de los primeros del mundo. Este será mi... nuestro vuelo inaugural. —Le dirijo una breve sonrisa.

La cara de Ana se ilumina, sonriente, y sacude la cabeza con gesto cariñoso.

—¿Qué pasa? —le pregunto.

—Tú.

—¿Yo?

—Sí. Tú y tus juguetitos.

—Todo hombre necesita sus pasatiempos para relajarse, Ana.

Le guiño un ojo y ella se ruboriza.

—Nunca dejarás de recordármelo, ¿verdad?

—Ni la pregunta sobre si soy gay.

Ana se echa a reír.

—Te van los placeres caros.

—Menudo descubrimiento.

Reprime la sonrisa y vuelve a sacudir la cabeza, y no sé si se está riendo de mí o si se trata de un gesto de complicidad.

Plus ça change, Anastasia.

Entramos en el aparcamiento del Aeropuerto Municipal de Ephrata justo antes de las once. La promesa de un cielo soleado se ha hecho realidad, los nubarrones se han dispersado y han dado paso a unos bellos cúmulos blancos perfectos para el vuelo libre. Me muero de ganas de ver mi nuevo planeador y estrenarlo.

—¿Preparada? —le pregunto a Ana.

—¡Sí!

Le brillan los ojos, se palpa lo emocionada que está. Igual que yo.

—Hace tanto sol que vamos a necesitar gafas.

Saco de la guantera mis gafas de sol de aviador y le paso a Ana unas Wayfarer. Luego cojo las dos gorras de marinero.

—Gracias. Me he olvidado mis gafas de sol.

Mientras salgo del coche, Sawyer se acerca con el Q7 y lo aparca junto al R8. Lo saludo con la mano y él baja la ventanilla.

—Hay una sala para pilotos. Si queréis, podéis esperar allí, chicos —les propongo—. Seguidnos.

—Señor Grey, por favor.

El tono de Sawyer hace que me detenga. Comprendo que quiere echar un vistazo al edificio antes de que entremos Ana y yo, y me hago a un lado para que Sawyer y Reynolds puedan pasar.

Esto empieza a ser cansino.

Doy un suspiro. No permitiré que toda esta vigilancia me ponga de mal humor. A fin de cuentas, les pago para eso. Le doy la mano a Ana y sigo a los guardias de seguridad hasta el despacho, donde me espera Darius Jackson.

—Christian Grey —me saluda, y me da un caluroso apretón de manos. Me alegro mucho de verlo. Es un tipo corpulento, alto, pero está un poco más gordo que la última vez que lo vi—. Te conservas bien —comenta.

—Tú también, Darius. Esta es mi prometida, Anastasia Steele.

—Señorita Steele. —Darius le dirige una sonrisa amplia y radiante.

—Ana —nos corrige ella a ambos, pero sonríe y le da la mano.

—Darius fue mi instructor de vuelo —le explico a Ana.

—Y tú fuiste mi alumno más brillante, Christian —dice Darius—. Es algo innato.

Ana me mira, y creo que es orgullo lo que tiene grabado en su bello semblante.

—Felicidades por lo de la boda —prosigue Darius.

—Gracias. ¿Lo tienes a punto? —pregunto, porque me cuesta asimilar el orgullo que observo en Ana, y, por supuesto, porque estoy impaciente por ver mi nuevo planeador.

—Claro que sí. Está todo preparado para ti. Mi hijo Marlon se ocupará del ala.

—¡Uau! Marlon —exclamo. Marlon está en plena adolescencia, lleva el pelo cortado al rape, y su sonrisa y su apretón de manos son iguales que los de su padre—. ¡Cómo has crecido!

—Críos… Se hacen mayores.

Los oscuros ojos de Darius rebosan de amor paternal.

—Gracias por colaborar, Marlon.

—No hay de qué, señor Grey.

Una vez en la pista, el N88765CG está esperando. Es, sin duda, el planeador más elegante del planeta: un Schleicher ASH 30, de un blanco prístino, con una envergadura de veintiséis metros y una gran cubierta. Incluso desde esta distancia salta a la vista que se trata de una maravilla de la ingeniería moderna.

Qué ágil parece.

Darius me detalla los pormenores del primer vuelo, y el recuerdo le ilumina la cara mientras los tres paseamos alrededor del planeador y admiramos su belleza y su elegancia.

—Lo tiene todo, Christian. Es como andar en el aire —comenta, y el respeto reverencial de su tono es digno de la elegancia y la modernidad de la aeronave.

—Tiene muy buena pinta —convengo con él.

Abro la cubierta y Darius me explica cómo funciona cada uno de los mandos.

—He puesto más lastre. —Mira a Ana—. Vais a necesitarlo.

—Lo comprendo.

—Voy a por los paracaídas.

—¡Uau! —exclama Ana, y echa un vistazo al interior de la cabina—. Tiene más esferas y chismes que la otra aeronave.

Me echo a reír.

—Ya lo creo. Es una buena compañera.

—¿Compañera?

—Sí, pero esta es más dócil —añado con una sonrisita.

Ana ladea la cabeza y me mira entornando los ojos mientras intenta, sin éxito, ocultar su regocijo.

—Conque más dócil, ¿eh?

La miro con gesto desafiante.

—Es fácil de manejar. Hace lo que le ordenan…

Darius regresa y me da los paracaídas antes de regresar al despacho. Me agacho junto a Ana para ayudarla a ponerse el suyo y le ciño las correas a los muslos.

—Ya sabe, señorita Steele, me gusta que mis chicas sean dóciles.

—Hasta cierto punto, señor Grey —dice cuando me pongo de pie—. A veces le gusta que le lleven la contraria.

—Solo tú. —Sonrío. Le abrocho las hebillas de los hombros y tenso las correas hacia arriba.

—Te encanta hacer eso, ¿verdad? —susurra.

—Más de lo que te imaginas.

—Creo que tengo una ligera idea. Podríamos probarlo después.

Hago una pausa y atraigo a Ana hacia mí hasta que puedo notar su olor.

—A lo mejor sí —musito—. Me encantaría.

Ella me mira con los ojos entornados.

—A mí también.

Sus palabras son tan suaves como la brisa de verano, y se pone de puntillas para besarme. Me quedo unos instantes sin respiración cuando sus labios rozan los míos, y de repente noto que el deseo me recorre el cuerpo como un fogonazo. Pero antes de que pueda reaccionar, ella se aparta y me deja espacio para que me ponga el paracaídas.

Está jugando.

Con la mirada encendida, me observa ceñirme el paracaídas. Pongo especial énfasis cuando me ajusto el arnés.

—Te estás poniendo provocativo —susurra.

Me entra la risa, y antes de dejarme llevar y ponernos a los dos en un compromiso, doy otra vuelta para contemplar mi nuevo planeador. Esta vez presto atención por si hay cualquier cosa suelta o fuera de su sitio. Son las comprobaciones previas al vuelo. Darius, que me enseñó a volar, no esperaría menos de mí.

Está en perfecta forma.

Como mi prometida.

Ana sigue observándome cuando paso la mano por la punta del ala.

—Está muy bien —comento cuando regreso a su lado. Ella se coloca la gorra y pasa la coleta por la abertura trasera—. Y a usted también se la ve bastante bien, señorita Steele —susurro mientras me coloco las gafas de aviador.

Darius y Marlon se unen a nosotros, y juntos empujamos el ASH 30 hasta la pista.

Cuando está en posición, ayudo a Ana a subir al asiento delantero de la cabina y tengo el placer de volver a atarla con el cinturón de seguridad.

—Esto te mantendrá en tu sitio —digo con una sonrisa pícara, y a continuación me subo detrás de un salto y cierro la cubierta de la cabina.

Darius ata la soga de remolque y levanta los pulgares para indicar que todo está correcto mientras se dirige al Cessna Skyhawk de un solo motor que está aguardándolo.

—¿Preparada? —le pregunto a Ana.

—¡Por supuesto!

—No toques nada.

—Espera.

—¿Qué?

—Nunca has volado con esto.

Me echo a reír.

—No. Tampoco había volado con el Blanik L23, pero sobrevivimos.

Se queda en silencio.

—Ana, en realidad todos los planeadores son iguales. Además, llevas el paracaídas. No te preocupes.

—De acuerdo.

Suena un poco dubitativa.

—En serio, todo irá bien. Confía en mí.

Compruebo con detalle los dispositivos de control para orientarme: el elevador, los alerones, la palanca de mando; todo perfecto. Los cinturones están bien. El freno también, y ahora está puesto. La cubierta de la cabina está cerrada. El instrumental de vuelo está bien; no hay ningún cristal roto, y no sería lógico que lo hubiera, ya que el planeador es nuevo.

Se oye crepitar la voz de Darius por la radio y le hago saber que estamos preparados. Echo un rápido vistazo a estribor y compruebo que Marlon está allí, sujetando la punta del ala mientras Darius pone en marcha el Skyhawk.

—¡Allá vamos! ¡A por las térmicas y el sol de mediodía! —grito venciendo la estridencia del motor del Cessna.

Darius acompaña el ala hacia delante, y de pronto nos encontramos avanzando por la pista. Uso los pedales bajo mis pies y la palanca de mando que tengo delante, y ascendemos en el aire antes de que el Cessna se separe del asfalto.

¡Con qué rapidez sube!

Nos elevamos más y más. El edificio de oficinas de Ephrata parece hecho de juguete mientras va desapareciendo en la distancia. Darius inclina el avión y nos dirigimos hacia las colinas de Beezley, donde seguro que hallaremos alguna corriente ascendente.

—Qué suave ha sido —dice Ana con voz queda y algo asombrada.

—Mucho más que con el Blanik —convengo.

El ASH es una aeronave impresionante. Ligera y sensible.

Alcanzamos los tres mil pies y me comunico con Darius para hacerle saber que estoy soltando la soga. Nos ha llevado hasta una térmica, y cuando empieza a alejarse, me mantengo volando en un amplio círculo con una posición constante mientras ascendemos más y más. Washington, con su espléndida orografía, se va perdiendo hacia abajo en la distancia.

—Uau —exclama Ana con un suspiro.

—A babor se ve la cordillera de las Cascadas.

—¿A babor?

—A la izquierda.

—Ah, ya.

Todavía se observa un poco de nieve en la cima de las montañas, a pesar de que estamos en julio.

—¿Qué es esa masa de agua de ahí?

—El lago Banks.

—Christian, esto es precioso.

Nos hallamos a siete mil pies, y sé que podemos ascender más. Podríamos recorrer millas y millas y aterrizar en algún campo a varias leguas de distancia. La idea me atrae: Ana y yo solos en mitad de algún paraje natural... Pero no creo que a Sawyer y a Reynolds les hiciese gracia, ni a Ana tampoco.

—¡Mira! —exclama Ana.

Por debajo de nosotros se eleva un remolino de polvo de tamaño considerable.

¡Una corriente ascendente!

Voy directamente hacia ella y nos elevamos más, y más rápido.

—¡Uau! —grita Ana, eufórica—. ¿Hoy no hay acrobacias? —pregunta.

—Primero estoy cogiéndole el tranquillo.

¡A la mierda! Me encanta hacer chillar a Ana. Aumento la velocidad y ella grita de placer, con las manos extendidas y la coleta medio deshecha, mientras nos hallamos suspendidos sobre la tierra, sobre las llanuras de Washington.

—¡Joder! —exclama, y yo vuelvo a inclinar la aeronave hacia arriba y Ana ríe más y más.

Ese sonido me llena el alma y hace que me sienta como si me encontrara a mil pies de altura. Pilotar el ASH es un sueño, nos ha trasladado a la cima del mundo, donde el sol reina sobre las nubes. Infunde tranquilidad, y nos rodean unas vistas impresionantes. El amor de mi vida está delante de mí, sobrevolando la tierra, feliz y libre. Y por primera vez en mucho tiempo me invade una sensación de paz. Estamos juntos, rodeados por el cielo, y siento que tengo el corazón rebosante de tanta plenitud.

No quiero que esta sensación desaparezca jamás.

Qué altura. Es embriagador.

«Necesitas centrarte en dónde quieres estar. En cómo quieres estar. Creo que lo has hecho durante estas últimas semanas. Parecías más feliz.»

Las palabras de Flynn regresan a mi mente.

Ana es mi felicidad. Ella tiene la llave.

Es una idea demasiado apabullante, demasiado decisiva. Sé que si lo permito, se me tragará entero. Para distraerme, le pregunto a Ana si quiere probar.

—No. Este es tu primer vuelo. Disfrútalo, Christian. Yo ya estoy muy contenta de acompañarte.

Sonrío.

—Lo he comprado para ti.

—¿En serio?

—Sí. Yo tengo un monoplaza del mismo fabricante alemán, pero no se puede volar acompañado, claro. Este planeador es un sueño. Es fantástico.

—Sí que lo es. —Ana mira a lo lejos, hacia el horizonte—. Estamos flotando en el aire —dice con voz dulce y sutil.

—Eso es, nena... Eso es.

Tomamos tierra al cabo de una hora, y el aterrizaje resulta igual de sencillo que el despegue. Estoy entusiasmado con el nuevo planeador. Es tan bueno como imaginaba e incluso más. Un día me encantaría probar hasta dónde nos lleva. Tal vez más entrado el verano.

Darius se precipita hacia nosotros mientras yo retiro los cierres de la cubierta.

—¿Qué tal ha ido? —pregunta con tono efusivo cuando llega a nuestra altura.

—Ha sido increíble. Este trasto es una maravilla.

Todavía siento la adrenalina recorriéndome el cuerpo.

—¿Ana? —Darius dirige su atención hacia ella.

—Estoy de acuerdo con Christian. Ha sido increíble.

Me desabrocho el cinturón de seguridad, salgo del aparato y me estiro para relajar los músculos. Luego me acerco para desabrocharle el cinturón a Ana.

—Ha sido una experiencia muy inspiradora —susurro, y le doy un beso fugaz mientras la suelto.

Ella abre la boca, sorprendida, pero yo me vuelvo hacia Darius, que todavía está con nosotros.

—Vamos a llevarlo al hangar.

Camino detrás de Ana de regreso al coche, acompañados por Sawyer y Reynolds. La coleta se balancea con gracia sobre su espalda. Todavía lleva puesta la gorra, y por debajo de la cazadora de béisbol azul marino se le ve el culo cubierto por unos vaqueros ajustados. Mueve las caderas adelante y atrás con la precisión de un metrónomo, y ese ritmo obra en mí una especie de hipnosis. Qué sexy está, joder. Avivo el paso para rodear el coche y abrirle la puerta.

—Tienes un aspecto fenomenal. Creo que esta mañana no te lo he dicho.

—Creo que sí —responde ella con una dulce sonrisa.

—Bueno, pues me apetece volver a decírtelo.

—Contente, Christian Grey. —Me pasa los dedos por la camiseta blanca y la sensación se propaga por mi pecho y el resto de mi cuerpo.

Tengo que llevarla a casa.

Pero antes... a comer. Hoy comeremos tarde. Cierro la puerta del acompañante y me dirijo al asiento del conductor.

Hacemos una parada en Ephrata para comer una pizza.

—¿Te importa si la pedimos para llevar? —le pregunto cuando entramos en el pequeño restaurante.

—¿Quieres comértela en el coche?

—Sí.

—¿En tu R8 impecable?

—El mismo.

—Vale.

Ana parece perpleja.

—Estoy impaciente por llegar a casa.

—¿Por qué?

Me la quedo mirando, y arqueo una ceja con una sola idea en mente. ¿Tú qué crees, Ana?

—Ah… —exclama, y clava los dientes en su labio inferior para reprimir una sonrisa mientras sus mejillas se encienden adquiriendo ese tono sonrosado que tanto me gusta—. Vale… Sí… Para llevar —suelta, y no me queda más remedio que echarme a reír.

—Esta pizza está de muerte —dice Ana con la boca llena.

Me alegro de haber cogido suficientes servilletas de papel.

—Más —le pido, y ella sostiene el pedazo en alto para que lo muerda.

Cuando abro la boca, ella lo retira y da otro bocado.

—¡Eh!

Ana suelta una risita.

—¡Es mi pizza!

Hago un mohín porque estoy conduciendo y no puedo hacer otra cosa.

—Toma —dice, y esta vez me deja dar un bocado.

—Sabes que voy a vengarme.

—¿Ah, sí? —me provoca—. Hazlo, Grey.

—Lo haré, lo haré… —Y empiezo a imaginarme varios escenarios, lo cual tiene una repercusión inmediata en mi cuerpo. Me remuevo en el asiento—. Más pizza, por favor.

Ana continúa dándome de comer. Y provocándome. Lo está disfrutando mucho, y yo también.

Tendríamos que hacer esto más a menudo.

—Se ha acabado —anuncia, y deja la caja de la pizza junto a sus pies.

No podría sentirme mejor. Estoy con mi chica en mi coche favorito, suena Radiohead y avanzamos a toda velocidad entre el espectacular paisaje que rodea al río Columbia en dirección al puente Vantage. Me invade un sentimiento de estar hechos el uno para el otro.

Antes de Ana, ¿cómo pasaba los fines de semana?

Volando, navegando, follando…

Me echo a reír. Aparentemente las cosas no han cambiado mucho, pero en realidad no es cierto. Todo ha cambiado, y todo se lo debo a la mujer que está sentada a mi lado. No sabía que me sentía tan solo hasta que la conocí a ella. No sabía que la necesitaba, y ahora está aquí, junto a mí. Miro a Ana, que se está chupando la punta del dedo índice. Esa imagen me altera, y me viene a la cabeza el comentario que ha hecho cuando le he puesto el arnés.

«Te encanta hacer eso, ¿verdad?»

«Más de lo que te imaginas.»

«Creo que tengo una ligera idea. Podríamos probarlo después.»

«A lo mejor sí.»

La idea me vuelve loco. Aprieto el pedal y pongo el R8 a ciento cincuenta. Quiero llegar a casa.

Mi deseo está al límite cuando por fin entro en el aparcamiento del Escala.

—De nuevo en casa.

Ana suspira cuando apago el motor. Su voz es queda y ronca, y capta toda mi atención. Sus ojos se cruzan con los míos y nos quedamos mirándonos el uno al otro mientras poco a poco, dentro del R8, el ambiente se vuelve cada vez más sensual.

Está aquí. Entre los dos. Nuestro deseo.

Casi tiene vida propia; así de intenso es.

Nos une.

Me abrasa por dentro. Nos abrasa a los dos.

—Gracias —dice Ana.

—Gracias a ti.

Ana me observa con los ojos entornados y la mirada turbia y llena de una sensualidad prometedora. Tiene un gran poder de atracción sobre mí, no puedo apartar los ojos. Estoy bajo su poderoso hechizo. Sawyer y Reynolds aparcan el Q7 a nuestro lado, se apean y cierran el vehículo con llave. Se dirigen al ascensor del servicio, y no sé si nos están esperando o no. No me queda claro, pero me da igual. Ana y yo hacemos caso omiso, estamos concentrados el uno en el otro. Dentro del coche, el silencio es embriagador y en él resuenan los pensamientos no expresados.

—Lo del nuevo planeador ha sido impresionante.

—Me gusta impresionarte.

Una sonrisa seductora se dibuja lentamente en sus labios.

—A mí también me gusta.

—Tengo un plan.

—¿En serio?

Asiento con la cabeza, y contengo el aliento mientras por mi mente cruza una multitud de imágenes de Ana suspendida del techo del cuarto de juegos.

—¿El cuarto rojo? —pregunta con cautela.

Vuelvo a asentir con la cabeza.

Sus pupilas se dilatan y se enturbian, y sus pechos suben cuando toma aire.

—Lánzate.

Salgo del coche de inmediato. Cuando llego al lado del acompañante, Ana ya se ha bajado.

—Ven.

Le doy la mano y me dirijo a buen paso hacia el ascensor. Por suerte, está esperándonos, y entramos a toda prisa. Le estrecho la mano mientras subimos apoyados contra la pared del fondo. Se me acerca un poco, y no disimula su intención cuando aproxima su cara a la mía.

—No. Espera.

Le suelto la mano y me alejo un paso mientras el ascensor sigue subiendo.

—Christian —susurra con la mirada ardiente.

Niego con la cabeza.

Pienso hacerte esperar, nena.

Ana frunce los labios con evidente contrariedad, pero en sus ojos observo un destello de determinación. Mi chica no se acobarda ante ningún desafío.

El juego ha empezado.

Las puertas del ascensor se abren y yo doy un paso atrás mientras le dirijo a Ana un ademán de cortesía.

—Las damas primero.

Con una sonrisita de suficiencia y la cabeza bien alta, avanza contoneándose para salir del ascensor, pero se detiene en el vestíbulo.

Sawyer nos está esperando.

Vaya, qué inoportuno.

—Señor Grey, ¿desea algo más?

Sawyer sabe que Taylor se ha marchado a ver a su hija, y creo que intenta ocupar su lugar. Posa la mirada expectante en mí y en Ana, y ella baja la vista al suelo, muy concentrada, mientras trata de no echarse a reír.

Intento disimular lo mucho que me divierte la situación y le respondo.

—No, nada más. Gracias. —Y por pura malicia añado—: ¿Ana?

—No, nada.

Ella me dirige una mirada como diciendo «qué coño estás haciendo», y yo tengo que valerme de todo mi autocontrol para no estallar en carcajadas delante de Sawyer. A continuación se escabulle y desaparece del vestíbulo.

—Reynolds y tú podéis retiraros. Esta noche no vamos a salir. Anastasia saldrá por la mañana. Os enviaré un mensaje a primera hora para que sepáis cuándo.

Tiene una prueba del vestido de novia.

—Muy bien, señor.

Sawyer da media vuelta y yo lo sigo hasta el pasillo. Echo un rápido vistazo al salón y descubro que Ana no está allí. Sawyer se dirige al despacho de

Taylor mientras yo voy en busca de la señorita Steele. La encuentro en el dormitorio, desabrochándose las botas.

Levanta la cabeza para mirarme.

—Señor Grey, es usted muy perverso.

—Hago lo que puedo. En el cuarto de juegos. Dentro de diez minutos.

Doy media vuelta y la dejo boquiabierta en mi... nuestro dormitorio.

El cuarto de juegos tiene una iluminación tenue que se refleja en las paredes rojas. De nuevo tengo la sensación de que es mi remanso de paz. Hace ya unas cuantas semanas de la última vez que estuvimos aquí. ¿Cómo es eso? ¿En qué invertimos el tiempo? Me echo a reír; hablo igual que mi padre. Me quito la chaqueta y luego los zapatos y los calcetines, contento de notar la calidez de la tarima de madera en las plantas de los pies. Del fondo de la cómoda de los juguetes saco un arnés de cuero. Será divertido sujetar a Ana con esto. Apenas puedo contenerme. No la dejaré suspendida del todo, de modo que creo que estará dentro de sus límites. Coloco el arnés sobre la cama y saco unos cuantos artículos más. Me guardo algunos en el bolsillo trasero de los vaqueros y dejo el resto sobre la cómoda. A continuación me dirijo a la puerta contigua y entro en el cuarto de baño de la habitación de las sumisas.

Al salir hago una pausa. La habitación no ha cambiado nada desde que se marchó Susannah. Ana nunca llegó a ocupar del todo este espacio; tiene un aire vacío, abandonado. La decoración sigue siendo neutra. Blanca. Fría. Susannah nunca quiso decorarlo.

Grey, para.

No quiero caer al fondo del agujero ahora. Mi chica me estará esperando.

Cuando entro en la habitación, Ana se encuentra descalza junto a la cama, observando el arnés. Al verla me detengo en seco. Se ha cambiado y se ha puesto lencería de blonda. Resaltan sus brazos y sus piernas esbeltas, la blonda negra y las medias finas y transparentes.

La tengo para mí solo.

Lo veo todo.

Todo.

Semioculto tras la blonda.

Se me seca la boca cuando se acerca a mí, con el pelo suelto cayéndole sobre los pechos y enroscándose por debajo de estos.

—Señor Grey, le sobra ropa.

Puedo disfrutar de esto de dos maneras. Todavía nos estamos acostumbrando a ello. Hoy gana el dominante.

—¿Quieres jugar?

—Sí.

—¿Sí, qué?

Ana se queda boquiabierta de la sorpresa.

—Señor.

—En ese caso, date la vuelta.

Ella pestañea, creo que asombrada por mi tono de voz, y en su frente se forman unas arrugas cuando frunce el ceño.

—No pongas mala cara.

—¿Vas a colgarme del techo?

—No del todo, no. Tocarás al suelo con los dedos de los pies. Será intenso.

—Vamos, Ana, no pierdas la calma—. Pero no tenemos por qué hacerlo —susurro.

Su boca se retuerce en una mueca desafiante que conozco bien, y creo que está sopesando los pros y los contras. Ladeo la cabeza mientras ella desvía la mirada hasta el arnés que hay sobre la cama. Se lo queda mirando; está intrigada, lo noto. Le levanto la barbilla y le rozo los labios con los míos.

—¿Quieres ponerte el arnés o no?

—¿Qué me harás?

Lo pregunta con voz jadeante y apenas audible. Está excitada. Con solo verlo.

—Lo que me apetezca.

Ella ahoga un grito y su actitud cambia de inmediato.

¡Sí!

De encima de la cómoda, cojo el coletero, sostengo su pelo entre mis manos y empiezo a trenzárselo.

No consentiré que ninguno de sus seductores mechones quede atrapado en las cuerdas.

Rápidamente termino de trenzarle el pelo, y después de sujetárselo con el coletero le doy un tirón. Ella retrocede hasta apoyarse en mis brazos.

—Tiene un aspecto estupendo, señorita Steele —le susurro al oído—. Me encanta la lencería. Recuerda que no tienes que hacer nada que no desees. Tan solo tienes que pedirme que pare. Ahora ve y ocupa tu posición junto a la puerta.

Me dirige una mirada que no tiene nada de sumisa y que en otros tiempos le habría costado unos buenos azotes, pero se dirige a la puerta y se arrodilla con las palmas de las manos sobre los muslos y las piernas separadas.

Esta es mi chica.

Está preciosa. Podría correrme solo mirándola.

Tranquilo, Grey. Contrólate.

Hago caso omiso de lo excitado que estoy, regreso junto a la cómoda, saco el iPod y lo coloco en la base. Enciendo el equipo de música, elijo una canción y acciono la tecla de repetición.

«Sinnerman». Nina Simone. Perfecto.

Ana me está observando.

—Baja la cabeza —le advierto.

Ella, obediente, clava la mirada en el suelo.

Cierro los ojos. Cada vez que hace lo que le ordeno es música para mi alma. No puedo obligarla a obedecerme fuera de esta habitación, pero aquí pienso sacarle el máximo partido. Me acerco otra vez a ella y me planto justo delante.

—Las piernas. Más abiertas.

Ella se remueve y separa los muslos. Gimo en señal de aprobación, me quito la camiseta y la arrojo al suelo. Despacio, me desabrocho el cinturón y lo saco de las trabillas de los pantalones. Ana crispa los dedos sobre los muslos.

¿Se estará preguntando qué pienso hacer con el cinturón?

Eso eran otros tiempos, Ana.

Sin embargo, para conseguir un golpe de efecto, lo suelto y este hace ruido cuando cae al suelo. Ana se estremece.

Mierda.

Me agacho y le acaricio el pelo.

—Eh, no te preocupes, Ana.

Ella levanta la cabeza para mirarme; cada gesto es el sueño lascivo de todo dominante, y noto que mi polla se está poniendo a tono ante la expectativa. Disfruto de ese dulce momento tomándome mi tiempo. Me desabrocho el botón del pantalón y bajo la cremallera de la bragueta a la vez que le tiro del pelo con más fuerza. Mis intenciones están claras, y ella me mira con una expresión capaz de encender mi deseo de pies a cabeza; e interpreto que es algo bueno, porque abre la boca, preparada para recibirme.

—No, todavía no —susurro, y, sin soltarle el pelo, saco mi tiesa polla de los vaqueros y la recorro de arriba abajo con la mano.

Ella no separa sus ojos de los míos. Con el pulgar, extiendo la gota que asoma en la punta de mi miembro y vuelvo a recorrerlo con la mano una vez más. No hay nada que desee más que meterme en su boca. Pero quiero que este momento dure.

—Bésame —musito. Los pechos de Ana suben y bajan más y más deprisa, y sus pezones se endurecen ante mis ojos. Está excitada. Frunce los labios y los aprieta contra mi polla—. Abre la boca para mí.

Ella separa los labios y me deslizo dentro de su boca cálida, húmeda y dispuesta.

Mierda.

Me retiro, y luego entro una vez más. Esta vez ha escondido los dientes, de modo que el efecto es inmediato cuando me succiona.

Oh, sí.

Con un gemido de aprobación, le agarro el pelo y la muevo. Atrás. Adelante. Le follo la boca, y ella me acoge como la diosa que es.

Me acoge entero.

Una y otra vez. Más y más. Más y más adentro.

Sigue y sigue. Me pierdo en su maravillosa boca.

Joder. Estoy a punto de correrme. Pero me da igual. Le suelto la cabeza y apoyo una mano en la pared para mantenerme erguido mientras me dejo ir.

Grito cuando el orgasmo me recorre todo el cuerpo rápidamente y me abrasa por dentro mientras Ana se mueve, sujetándose a mis muslos y tomando todo cuanto tengo que ofrecerle.

«I need you.» El equipo de música deja oír la grave voz de Nina mientras me aparto de la boca de Ana y me apoyo en la pared para recuperar el equilibrio.

Ana me observa desde el suelo con una mirada triunfal. Se seca la boca con el dorso de la mano y luego se lame los labios mientras yo me recompongo y me subo la cremallera de los pantalones.

—Un diez —susurro, y ella sonríe. Le doy la mano—. Levántate. —La atraigo hacia mis brazos y la beso empujándola contra la pared y vertiendo toda mi gratitud en ese beso. Sabe a mí y a la dulce Ana, una mezcla potente y provocativa.

Cuando me aparto, ella está sin aliento y tiene los labios un poco hinchados.

—Así está mejor.

—Mmm… —responde con un sonido gutural, profundo y sexy.

Sonrío.

—Ahora vamos a pasarlo bien de verdad.

La llevo hasta la cama, donde está el arnés. Como ya me he corrido, estoy más tranquilo y preparado para la segunda parte. Bajo la cabeza para mirar a Ana, que me observa expectante.

—Aunque me encanta lo que llevas puesto, necesito que te desnudes.

Ella introduce los dedos en la cinturilla de mis vaqueros.

—¿Y tú qué?

—Todo a su debido tiempo, señorita Steele.

Hace sobresalir el labio inferior en un mohín, y yo lo tomo con suavidad entre los dientes.

—Nada de pucheros —le susurro, y empiezo a desabrocharle el corpiño para dejar al aire sus bonitos pechos.

Se lo quito poco a poco y después lo deposito al lado del arnés.

—Ahora esto.

Me arrodillo y le bajo las bragas por las piernas con suavidad, asegurándome de que las puntas de mis dedos se deslicen por su piel. Cuando llego a los tobillos, me detengo y le doy tiempo para que saque los pies. Coloco las bragas encima del corpiño.

—Hola, ¿qué tal? —saludo a su vulva, y le planto un beso justo por encima del clítoris.

Ella esboza una sonrisita, y me acuerdo de la época en que darle un beso en esa parte del cuerpo la hacía sentirse incómoda y sonrojarse.

Oh, Ana. Cuánto camino hemos andado.

Me pongo de pie y cojo el arnés.

—Hay que hacer lo mismo que has hecho con el paracaídas.

—¿De dónde has sacado la idea?

—Sí, bueno, me la diste tú. Así que mete las piernas, por aquí.

Sostengo abiertas las tiras de sujeción de los muslos, y Ana se agarra a mis brazos y pasa una pierna y luego la otra. Cuando termina, le deslizo las correas por encima de los hombros y me dispongo a abrochar todos los cierres, que incluyen uno en el pecho, otro en la espalda, otro en la cintura y uno para cada brazo.

Retrocedo un poco para admirar mi trabajo y a mi futura esposa.

Qué sexy está, tío.

«Oh, Sinnerman», canta Nina.

—¿Estás bien? —le pregunto.

Ella hace un breve gesto afirmativo con la cabeza. Tiene la mirada turbia y llena de curiosidad carnal.

Oh, Ana. Esto se está poniendo cada vez más interesante.

Cojo las muñequeras de cuero de la cómoda, se las ajusto a las muñecas y abrocho los mosquetones a las anillas metálicas sujetas a los manguitos de la parte superior de los brazos. Ana tiene las manos atadas a la altura de los hombros y está inmovilizada como es debido.

—¿Todo bien? —le pregunto.

—Sí —dice ella con un suspiro.

Poco a poco, tiro de uno de los ganchos insertados en la correa del pecho y guio a Ana hasta el sistema de sujeción que cuelga del techo del cuarto de juegos. Desengancho el trapecio y lo bajo para que quede justo encima de Ana. En cada extremo del trapecio hay una cuerda corta con un mosquetón en la punta. Los abrocho a los ganchos de las cintas de los hombros. Ella me observa atentamente mientras acabo el trabajo.

Está atada e inmóvil. Tiene los pies en el suelo, de momento.

—Lo más interesante de este chisme es que puedo hacer esto.

Me aparto para acercarme al gran soporte metálico sujeto a la pared y empiezo a desenredar las cuerdas atadas al trapecio mediante el sistema de sujeción. Tiro con ambas manos, y de repente Ana queda suspendida en el aire tocando al suelo tan solo con la base de los dedos de los pies. Da un grito ahogado y se tambalea de lado a lado y de atrás adelante intentando recuperar el equilibrio. Doy otra vuelta a las cuerdas y dejo a Ana balanceándose sobre las puntas de los pies.

Está indefensa, completamente sujeta a mi voluntad.

La idea y la visión me llenan de entusiasmo.

—¿Qué piensas hacer? —pregunta.

—Tal como te he dicho, lo que me dé la gana. Soy un hombre de palabra.

—¿No pensarás dejarme así? —Parece aterrada.

Le sujeto la barbilla.

—No. Nunca. Regla número uno: Nunca dejes solo a alguien que está atado. Jamás. —Le doy un beso fugaz—. ¿Estás bien? —Respira de forma entrecortada, está excitada, y creo que tiene un poco de miedo, pero asiente. Le doy otro beso, esta vez con una ternura infinita, acariciándole los labios con los míos—. Muy bien. Ya has visto bastante.

Del bolsillo trasero de mis pantalones, saco un antifaz y se lo paso por la cabeza para taparle los ojos.

—Qué sexy estás, Ana, joder.

Retrocedo un poco hasta la cómoda, saco el chisme que necesito y me lo guardo en el bolsillo trasero de los pantalones. Doy una vuelta alrededor de Ana, admirando mi trabajo, hasta que vuelvo a situarme cara a cara frente a ella. Le deslizo el pulgar por los labios, por la barbilla, por el centro del pecho.

«Power», brama Nina en el cuarto de juegos.

—¿Piensas obedecerme aquí? —pregunto en voz baja.

—¿Quieres que lo haga? —pregunta Ana con la voz entrecortada y llena de deseo.

Le paso suavemente las manos por los pechos y sus pezones crecen bajo mis pulgares. Se los estiro. Con fuerza.

—¡Ah! —grita—. Sí, sí —se apresura a responder.

—Buena chica.

Continúo acariciándole los pezones con los dedos pulgar e índice. Ella gime, echa atrás la cabeza y se tambalea sobre las puntas de los pies.

—Oh, nena, siéntelo. ¿Quieres correrte así?

—Sí. No. No lo sé.

—Creo que no. Tengo otro plan para ti.

Su gemido hace eco en la habitación. Coloco mis manos en su cintura y bajo la cabeza para succionarle un pezón, y la provoco jugueteando con la lengua y con los labios. Ana grita, y yo me desplazo al otro pecho y le prodigo las mismas atenciones, hasta que noto que está llegando al límite.

Cuando me parece que no va a aguantar mucho más, me arrodillo a sus pies y empiezo a recorrerle a besos el vientre, rodeándole el ombligo con la lengua, y continúo hacia abajo. La agarro por los muslos para pasarle las piernas por encima de mis hombros y me acerco su sexo a la boca. Ella se inclina hacia atrás, sujeta por el arnés, y profiere un grito gutural cuando mis labios y mi lengua entran en contacto con su clítoris, dilatado y listo para recibir mis atenciones. Me pongo manos a la obra, completamente dedicado al pequeño y poderoso punto situado en el vértice de sus muslos.

La provoco. La pongo a prueba. La torturo con la boca.

—Christian —jadea, y sé que está casi a punto.

Paro y le bajo las piernas. Quiero que se corra balanceándose sobre las puntas de los pies. Será intenso. Me pongo de pie y la ayudo a recuperar el equilibrio, y del bolsillo trasero de los pantalones saco el consolador de cristal con surcos y se lo paso por el vientre.

—¿Notas esto?

—Sí, sí, está frío —dice entre jadeos.

—Frío, sí, muy bien. Te lo voy a meter. Y después te correrás, y yo te penetraré.

Ella da un gemido ahogado.

—Separa las piernas —le ordeno.

Ana no me hace caso.

—¡Ana!

Ella mueve los pies con cautela y yo le deslizo la punta del consolador por el muslo y lo introduzco en su interior con gran parsimonia.

—¡Ah! —gime— ¡Está frío!

Para empezar, muevo la mano arriba y abajo suavemente, consciente de que esa varita mágica de cristal está diseñada para alcanzar ese punto potente y tan tan dulce de su interior. No tardará mucho. Con la otra mano le rodeo la cintura, la atraigo hacia mí y le beso el cuello mientras aspiro su estimulante olor.

Ana, desmorónate en mis brazos.

Está cerca, muy cerca. Continúo moviendo la mano arriba y abajo, más fuerte, más deprisa. La excito más y más. Se le tensan las piernas y, de pronto, se queda rígida y grita, y el clímax se abre paso en su cuerpo. Da sacudidas contra las cuerdas que la sujetan mientras yo empujo el consolador en su interior y la obligo a aguantar el orgasmo. Cuando echa hacia atrás la cabeza y relaja la boca, le saco el consolador y lo arrojo en la cama. Le desabrocho un mosquetón y luego el otro de las tiras de los hombros y la llevo hasta la cama.

La tumbo sin quitarle el arnés. Sigue teniendo las manos atadas. Le retiro el antifaz. Tiene los ojos cerrados. Me desabrocho los pantalones y, con un gesto ágil, me los quito junto con los boxers. De pie sobre ella, le agarro los muslos, los coloco a ambos lados de mis caderas y la penetro de golpe. Luego me quedo quieto.

Ella grita y abre los ojos.

Está húmeda, muy húmeda.

Y es mía.

Nos quedamos mirándonos el uno al otro. Ella tiene la mirada aturdida y llena de pasión. Y de deseo. Y de anhelo.

—Por favor —susurra, y yo bajo el culo y empiezo a moverme.

Entro hasta el fondo. Le aferro los muslos con los dedos y ella cruza las piernas por detrás de mí. Me sujeta. Yo me muevo en su interior, adelante y atrás, adelante y atrás. Cuando me siento cerca del límite, le suelto las piernas y ella las tensa a mi alrededor, y yo me tumbo sobre ella y coloco las manos al lado de sus hombros mientras me agarro con fuerza a las sábanas rojas de raso.

—Vamos, nena, otra vez —grito, y casi no reconozco mi propia voz.

Ana se deja ir, y me arrastra consigo. Me corro en un orgasmo potente y prolongado a la vez que grito; y grito su nombre.

Ana.

Me dejo caer a su lado. Totalmente. Agotado.

Cuando recobro la capacidad de pensar, me inclino sobre ella y le desato las sujeciones de las muñecas, y luego la abrazo.

—¿Qué tal? —musito.

Creo que ella responde «impresionante» antes de cerrar los ojos y acurrucarse entre mis brazos. Sonrío y la estrecho con más fuerza.

Nina sigue cantando a toda voz. Tanteo la cama en busca del mando a distancia y apago el equipo de música mientras dejo que el silencio llene el cuarto de juegos y nos invada a Ana y a mí.

—Bien hecho, Ana Steele. Me tienes admirado —susurro, pero ella se ha quedado dormida... con el arnés puesto.

Sonrío y le beso la coronilla.

Ana, te amo, y también amo tu lado oscuro.

Lunes, 18 de julio de 2011

Es temprano, y Bastille desprende su típico humor tiránico durante el precalentamiento.

—Buen directo. Otra vez —grita, y las palabras suenan entrecortadas.

Le asesto un directo de izquierda en la palma de la mano cubierta con la protección.

—Otra vez. Directo de izquierda. Directo.

Hago lo que me dice.

—Cambio de lado. La pierna hacia atrás.

Tengo la pierna derecha hacia atrás y me hallo en posición de combate.

—Vamos.

Transfiero todo el peso a mi guante derecho, y el sonido del cuero contra el cuero hace eco en el gimnasio del sótano de las oficinas de Grey Enterprises.

—Bien. Otra vez. Continúa. Tenemos que conseguir ponerte en forma, Grey. Tienes que estar perfecto de camino al altar —dice con tono burlón.

Hago caso omiso de su provocación y empiezo a asestar golpes contra las protecciones de sus manos.

—Genial. Bien. Ya es suficiente.

Paro y recobro el aliento. Estoy como una moto. Me siento en forma mientras me balanceo dando saltitos sobre las puntas de los pies. La adrenalina corre por mis venas. Estoy listo para la pelea. Me siento en la puta cima del mundo.

—Creo que ya ha habido bastante precalentamiento. Te voy a dejar tan reventado que no tendrás fuerzas ni para pensar en la empresa.

—Estás muy subidito, tío. Voy a bajarte los humos.

Él me lanza una sonrisa amplia y radiante mientras se enfunda los guantes en las manos protegidas por la venda.

—Eso no es más que palabrería, Grey. Ya sabes que tu chica está haciendo muchos progresos. Ella te pondrá a raya. Será una oponente dura de pelar.

Ya es dura de pelar.

Y ya me tiene a raya.

Y yo a ella.

¡No pienses en eso ahora!

Bastille levanta los puños.

—¿Estás listo, vejestorio?

¡¿Qué?! Soy diez años más joven que él.

—Conque vejestorio, ¿no? Ya te daré yo vejestorio, Bastille.

Y arremeto contra él.

Me siento como nuevo y a punto para empezar el día. Ocupo mi silla detrás del escritorio y enciendo el iMac. Ana me espera al inicio de la bandeja de entrada.

De: Anastasia Steele
Fecha: 18 de julio de 2011 09:32
Para: Christian Grey
Asunto: Volar, dentro y fuera del cuarto rojo.

Queridísimo señor Grey:

Me cuesta decidir qué prefiero, si navegar, volar o el cuarto rojo del ~~dolor~~ placer.

Gracias por ofrecerme un fin de semana inolvidable una vez más.

Me gusta volar muy alto contigo, en todos los sentidos.

Como siempre, me tienes asombrada con tus habilidades; todas ellas. ;)

La que muy pronto será tu esposa xxxx

Se me escapa una sonrisa burlona en respuesta al e-mail de Ana, pero me da igual. Levanto la cabeza cuando Andrea me deja una taza de café en el escritorio, y la veo un poco desconcertada.

—Gracias, Andrea.

—¿Le pido a Ros que suba? —pregunta Andrea recobrando la compostura.

—Sí, por favor.

Me aclaro la garganta mientras me pregunto qué es lo que tiene preocupada a mi secretaria personal. Tecleo una respuesta rápida para Ana.

De: Christian Grey
Fecha: 18 de julio de 2011 09:58
Para: Anastasia Steele
Asunto: Actividades físicas

Mi querida Anastasia:
Me encanta volar contigo.
Me encanta jugar contigo.
Me encanta el sexo contigo.
Te amo.
Para siempre.

Christian Grey
Presidente de Grey Enterprises Holdings, Inc.

P.D.: ¿Qué habilidad prefieres? Las mentes inquietas necesitan respuestas.

Ros llama a la puerta y entra en mi despacho.

—Buenos días, Christian —saluda a la vez que le doy a «Enviar».

Se la ve de un buen humor poco habitual. Me pongo de pie y le hago una señal para que se acerque a la mesa.

—Buenos días.

—¿A qué viene esa cara? —me pregunta mientras toma asiento.

—Creo que no te había visto nunca tan animada —digo.

Su sonrisa podría hacerle sombra a la mismísima Esfinge de Giza.

—A veces los astros se alinean.

Arqueo las cejas. Este comportamiento es muy poco propio de Ros. Me siento frente a ella y espero pacientemente a que me dé una explicación. Ella revuelve entre los papeles y me tiende el orden del día de la reunión. Es obvio que no piensa aclararme nada, y yo no quiero entrometerme. Echo un vistazo al punto número uno.

—¿El astillero de Taiwan?

—Nos ofrecen transparencia absoluta con respecto al balance de ganancias y pérdidas, el activo y el pasivo. Quieren asociarse con una empresa norteamericana. Les gustaría presentar el proyecto.

—Parecen muy interesados.

—Lo están —confirma Ros.

—Creo que podemos aceptar su oferta y hacer una valoración general. A partir de ahí decidiremos qué hacer. ¿De acuerdo?

—Me parece bien. A estas alturas no tenemos nada que perder.

—Muy bien, pues eso haremos.

—Me ocuparé de la documentación.

Ros toma unas anotaciones y continúa con el siguiente punto del orden del día.

Cuando termino la reunión con Ros, hay un e-mail de Ana esperándome.

De: Anastasia Steele
Fecha: 18 de julio de 2011 10:01
Para: Christian Grey
Asunto: Tus actividades físicas

Bueno, señor Grey... ¡Tan grosero y tan modesto! Creo que ya te lo imaginas; tu experiencia en asuntos sexuales no conoce límites.
Estoy impaciente por volver a ver la casa esta tarde.
Estoy en una reunión que termina a las cinco. ¿Nos encontramos cuando acabe?

A x

Descuelgo el teléfono y marco su número directo.

—Ana Steele —contesta con su conciso tono de ejecutiva.

—Ana Steele, Christian Grey.

—Ah, mi habilidoso prometido. ¿Cómo estás?

—Muy bien, gracias. Taylor y yo iremos a buscarte a las cinco.

—Estupendo. Ahora tengo que volver a los sueños... digo, al trabajo. No quiero que el jefe del jefe de mi jefe me pille zafándome de mis responsabilidades.

—¿Qué crees que haría si se enterara?

Ella ahoga un grito y el sonido hace que todo mi cuerpo se estremezca.

—Algo que no puede decirse en voz alta —susurra.

—Podemos arreglarlo.

—¿Con esa mano tan larga?

—Siempre la tengo dispuesta, ya lo sabes, y hace tiempo que no la uso como es debido.

—Para. Me estoy poniendo húmeda.

¡¿Qué?!

—Húmeda. —Me aclaro la garganta—. Señorita Steele. A mí me gustas mojada.

—Me gusta gustarte mojada.

Habla con apenas un hilo de voz.

Me remuevo en la silla.

—A las cinco —susurro.

—¿Cómo consigues que tres palabras suenen tan seductoras?

—Es una pesadilla.

—Es un don —dice con voz gutural.

Mierda, tiene respuesta para todo.

—Te veo a las cinco, Ana. Hasta luego, nena.

Me siento como si estuviera en la cima del mundo. Ella suelta una risita de las suyas, y necesito hacer acopio de toda mi fuerza de voluntad para colgar.

Me levanto de la silla de un brinco. Estoy eufórico. Siempre es muy divertido flirtear con Ana. Y también hablar con Fred y Barney del último prototipo de la tableta solar de Grey Enterprises Holdings, Inc. Salgo de mi despacho mientras me pregunto si debería haber estudiado ingeniería.

Mientras estoy comiendo, el teléfono se enciende y en la pantalla aparece la cara de bobalicón de Elliot.

—¿Hermanito?

—Eh, tío. ¿Sigue en pie lo de esta tarde?

—Sí. Ana y yo nos morimos de ganas.

—Genial.

Hace una pausa.

—¿Qué pasa? —pregunto—. ¿Gia? También vendrá.

Él suelta una risa burlona.

—Y a mí qué me cuentas. Te llamo por la despedida de soltero del sábado, campeón.

—Elliot…

—Joder, no seas tan estirado —me interrumpe—. Habrá despedida. Aunque tenga que secuestrarte.

—Mierda…

—Nada de excusas, hermanito. Tengo a la brigada de obras preparada con cinta americana y una furgoneta. Chúpate esa.

Doy un suspiro con toda la exageración de que soy capaz.

Elliot se echa a reír.

—¿Qué es lo peor que podría pasar?

—No lo sé, Elliot. Depende de lo que tengas planeado.

—Voy a quitarte todos los problemas de la cabeza.

¿Problemas? ¿Qué problemas?

—¿A qué coño te refieres?

—Pues no sé… ¿Alguien quiere matarte, tal vez?

Ah, claro. Era eso.

—Qué bruto eres. Me cuesta creer que nos hayan educado las mismas personas.

Él se echa a reír.

—Hasta luego, tío.

Y cuelga el teléfono.

Imbécil.

Pero tiene parte de razón. Welch no ha hecho progresos en cuanto a descubrir quién saboteó el *Charlie Tango*. He despedido a todo el equipo responsable de su cuidado y mantenimiento, y todavía espero el informe de la Junta Nacional de Seguridad en el Transporte. Empiezo a preguntarme si la valoración inicial de la Administración Federal de Aviación fue precipitada al sospechar que había habido daño intencionado, o los daños fueron consecuencia de un mero acto de vandalismo. Caben las dos posibilidades, y eso me deja un resquicio de esperanza, pero no quiero bajar la guardia todavía. Lo único que me preocupa es que Ana esté a salvo. He aumentado las medidas de seguridad del Gulfstream de Grey Enterprises, y ya ha superado dos vuelos de prueba desde que el *Charlie Tango* pasó a mejor vida. Nos llevará de viaje por Europa en nuestra luna de miel.

Sigo esperando noticias de Burgess con respecto al yate, pero cruzo los dedos y pienso que tendré el que yo quiero. Me imagino a Ana tumbada sobre la cubierta en biquini.

Un momento. ¿Tiene biquini?

No recuerdo haber incluido ningún traje de baño para Ana en la lista de la *personal shopper* de Neiman Marcus. Hace siglos de eso. Puesto que será mi esposa, Ana necesitará más ropa; para las vacaciones, para las reuniones sociales, para el trabajo... Busco entre mis contactos, y cuando doy con el nombre de Caroline Acton pulso la tecla de llamada.

De: Christian Grey
Fecha: 18 de julio de 2011 15:22
Para: Anastasia Steele
Asunto: Mi fiel seguidora de la moda

Anastasia, cariño mío:
He concertado una cita con Caroline Acton el sábado a las diez y media de la mañana para que te ayude a renovar el vestuario de cara a la luna de miel.
No discutas.
Por favor.

Christian Grey
Presidente de Grey Enterprises Holdings, Inc.

De: Anastasia Steele
Fecha: 18 de julio de 2011 15:27
Para: Christian Grey
Asunto: Cabos sueltos

¿Discutir? ¿Yo?
¿Necesito renovar el vestuario?
No me lo parece. Tengo muchísima ropa.
Nos vemos a las cinco.

A x

Pongo mala cara. Esto no va a ser fácil.

De: Christian Grey
Fecha: 18 de julio de 2011 15:29
Para: Anastasia Steele
Asunto: Más cabos sueltos

Sí. Sí que la necesitas.

Christian Grey
Presidente de Grey Enterprises Holdings, Inc.

De: Anastasia Steele
Fecha: 18 de julio de 2011 15:32
Para: Christian Grey
Asunto: Hombres con más dinero que cabeza...

¿Acaso la brevedad es el alma del ingenio?

Ana

De: Christian Grey
Fecha: 18 de julio de 2011 15:33
Para: Anastasia Steele
Asunto: Ese soy yo.

Sí. ;)

Christian Grey
Presidente de Grey Enterprises Holdings, Inc.

De: Anastasia Steele
Fecha: 18 de julio de 2011 15:34
Para: Christian Grey
Asunto: Grrr...

Llego tarde a la reunión.
Deja de hacerme reír.
Hasta luego. Nene.

A xx

Me vibra el teléfono.

—Dime, Sam.

—Christian, la revista *Star* se ha hecho con unas fotos de Anastasia y quieren publicar un artículo sobre ella; una especie de historia del estilo «de pobretona a multimillonaria».

—Menuda mierda.

—Ya lo sé.

—¿Qué clase de fotos son?

—Nada obsceno.

Menos mal, joder.

Un momento. No debería existir ninguna foto obscena de Ana, ¿no?

—Diles que se metan el artículo por el culo. Implica a Ros. Amenázalos con emprender acciones legales.

Sam da un suspiro.

—Lo sacarán durante la luna de miel. Las fotos están bien. Si quieres un consejo, deja que las publiquen y pasa de ellos. Si no, la historia cobrará más importancia.

Casi puedo oír su voz al teléfono repitiendo «ya te lo dije». Quería que posáramos para una sesión de fotos. A lo mejor debería haber accedido.

Mierda.

—Envíame lo que tienes.

Cuelgo.

¡Putos paparazzi!

Al cabo de un instante me salta su e-mail en la bandeja de entrada, y de inmediato leo el archivo adjunto. Aunque a regañadientes, reconozco que puede que tenga razón. No está tan mal, y las fotografías de Ana son aceptables, aunque de mala calidad. Pero también tienen la foto de su anuario. Está muy mona. Y se la ve muy joven. Llamo a Sam.

—Deja que me lo piense.

Cuando llegamos a la casa nueva, recorremos todas las habitaciones detrás de Gia Matteo.

—Me encanta la escalera —comenta ella con entusiasmo—. No me extraña que quieran quedársela.

Me mira con una sonrisa, como si hubiera sido idea mía.

Pero cariño, si yo quería tirarla al suelo y construir otra nueva. Es Ana quien se ha enamorado de esta vieja casa.

—Me encanta el estilo de la época —afirma Ana.

Gia le dirige una sonrisa.

—Claro —dice.

La seguimos hasta el salón principal. Elliot se queda un poco atrás. Se mantiene mucho más callado de lo habitual, y me pregunto si será porque está liado con la señora Matteo. No lo sé. Es una mujer vehemente, con algunas ideas realmente buenas, y recuerdo nuestro breve encuentro el día que la conocí cuando estaba a cargo de la reforma de mi casa de Aspen. Hizo un trabajo excelente.

—Me encanta esta habitación —dice Gia cuando entramos en el salón principal—. Es aireada y espaciosa, y eso es algo que creo que deberíamos conservar.

Se acerca y me da unas palmadas en el brazo.

Maldita sea.

Llevo toda la vida ideando sutiles artimañas para rehuir el contacto físico con la gente. Es un mecanismo de defensa que me he construido a lo largo de los años para mantener a todo el mundo alejado de mi espacio personal y obligarlos a apartarse. Un paso aquí, un movimiento lateral allá, una inclinación de hombros a derecha o izquierda para evitar el contacto. Lo he convertido en todo un arte. Detesto que me toquen, joder. No; más bien lo temo. Excepto con Ana, claro. El kickboxing me ha ayudado; puedo soportar el contacto y los golpes de un combate, y un firme apretón de manos… o la vara, o el látigo.

No pienses en eso.

Pero es lo único que soporto.

Además, he aprendido a mirar a la gente de una manera como diciendo:

«¡Eh! ¡Atrás! ¡Ni se te ocurra tocarme!», que ha demostrado ser muy efectiva.

Aunque no con Gia Matteo.

Es una puta sobona.

Me pone los nervios de punta.

Y no lo hace solo conmigo. También coge a Elliot del brazo cuando este entra en el salón y le dirige una sonrisa que solo puede calificarse de lasciva. Elliot mira boquiabierto su pronunciado escote, que deja el inicio de sus pechos a la vista de todos. Ana se da cuenta, y observo que una expresión ceñuda cruza momentáneamente su semblante. Me pregunto si será verdad lo que mi hermano cuenta de la señora Matteo. Es una mujer que no acepta un no por respuesta, una de esas mujeres que declaran abiertamente su adoración por el sexo y el contacto físico y que hacen caso omiso de cualquier límite.

Más o menos como Elena.

Esa desagradable idea surge en mi cabeza y me obliga a detenerme un instante. No recuerdo que Gia se comportara así cuando la conocí hace unos años.

Deja de darle vueltas a eso, Grey.

Pero, mientras caminamos por la casa, me descubro manteniéndome lo más alejado posible de ella.

—Una pared de cristal quedaría de maravilla en este extremo de la habitación —dice Gia—. Serviría para crear un espacio completamente diáfano.

Ana sonríe, pero se muestra discreta y me toma de la mano.

Taylor sortea el tráfico de última hora de la tarde cuando regresamos al Escala.

—¿Qué te ha parecido, Ana?

—¿Te refieres a Gia?

Hago un gesto afirmativo.

—Gia y su visita teatralizada —dice ella.

—Sí. Tiene mucha personalidad. Pero también tiene muy buenas ideas, y hemos visto una muestra de su labor. Es impresionante.

Ana estalla en carcajadas.

—Sí, muy buena labor lo de dejarlo todo a la vista.

Me echo a reír.

—No sé de qué me estás hablando.

Ana arquea una ceja. Y yo vuelvo a reírme y le doy la mano.

—Gracias por ser tan divertida —susurro, y le beso los nudillos—. ¿Qué opinas? ¿Deberíamos buscar a otra persona?

—Gia tiene muy buenas ideas, es cierto. —Lo dice en un tono que casi parece que le tenga envidia, pero sonríe—. A ver con qué nos sorprende.

—Estoy de acuerdo. ¿Salimos a comer fuera? Ya hemos estado bastante encerrados en el Escala.

—¿Te parece prudente?

—Creo que sí.

Me vuelvo y cruzo la mirada con Taylor por el retrovisor.

—A la Columbia Tower, por favor, Taylor.

—Sí, señor.

—¿Vamos al Mile High Club? —le propongo a Ana.

—Me parece bien.

Le estrecho la mano.

—Me ha gustado la idea de abrir la parte trasera para tener vistas —comenta ella.

—Sí, a mí también, pero no tenemos prisa.

Ella vuelve a sonreír.

—Me encanta tu torre de marfil.

—Y a mí me encanta que tú estés allí conmigo.

Nuestras miradas se cruzan y, de pronto, la expresión de Ana se vuelve grave.

—Me alegro, porque estás a punto de comprometerte a tenerme allí toda la vida.

Uf. Trago saliva.

Es una cosa muy seria.

Toda una vida con Anastasia… ¿Me bastará?

—Buena observación, bien hecho, señorita Steele.

Y, de no sé dónde, me invade una sensación profunda que me resulta ya muy familiar pero que a la vez es nueva, y estimulante, y aterradora. Soy más feliz de lo que lo he sido nunca; pero también tengo miedo.

Todo podría acabar.

Todo podría desmoronarse.

La vida es efímera.

Lo sé. Lo he experimentado.

De la nada, en mi mente aparece la imagen de una joven mujer, pálida e inmóvil. Está tumbada sobre una alfombra mugrienta en una habitación aún más mugrienta mientras un niño pequeño trata en vano de despertarla.

Mierda.

La puta adicta al crack.

No. ¡No pienses en ella!

Estiro los brazos y tomo la cara de Ana entre mis manos, y empiezo a memorizar cada detalle: la forma de su nariz, su labio inferior carnoso, sus ojos deslumbrantes. Quiero tenerla a mi lado toda la vida. Cierro los ojos y la beso, vertiendo en ella todo mi temor.

No me dejes nunca.

No te mueras.

Sábado, 23 de julio de 2011

Qué crees que habrá planeado Elliot?

Ana está tendida encima de mí, trazando pequeños círculos con el dedo sobre mi vello pectoral. Es una sensación rara, con la que no acabo de sentirme cómodo del todo.

No sigas.

Le cojo la mano, entrelazando los dedos con los suyos, y le planto un beso en la yema del dedo culpable de la ofensa.

—¿Es demasiado? —susurra.

Me meto su dedo en la boca y le hinco los dientes con delicadeza alrededor del nudillo mientras le hago cosquillas con la punta de la lengua.

—¡Ah! —exclama, arqueando la pelvis contra mi muslo al tiempo que una chispa sensual llamea en sus ojos.

Nena…

Tira de la mano hacia atrás y relajo la mandíbula, pero cierro los labios mientras saca el dedo de la boca.

Qué bien sabe…

Besa con ternura el punto en mi pecho que ha estado recorriendo con el dedo mientras le acaricio el pelo y atesoro ese momento. Es temprano, y las únicas tareas en la agenda del día son mi «despedida de soltero», la despedida de soltera de Ana y una salida para ir de compras con Caroline Acton.

Ana levanta la cabeza.

—¿Crees que te va a llevar a un… a un… club de estriptís?

Una risa me reverbera en el pecho.

—¿Un club de estriptís?

Ana se ríe.

—No sé cómo se llaman.

Lanzo un suspiro y cierro los ojos, visualizando el infierno que sin duda Elliot me tiene preparado.

—Conociendo a Elliot, es una opción muy posible.

—No estoy segura de qué me parece eso —responde Ana con brusquedad.

Sonrío y, rodando para situarme encima de ella, la presiono contra el colchón.

—Vaya, señorita Steele, ¿le parece reprobable? —Le recorro la nariz con la mía y ella se retuerce.

—Mucho.

—¿Celosa?

Hace una mueca.

—Preferiría quedarme aquí contigo —le aseguro.

—La verdad es que no te van mucho las fiestas, ¿verdad que no? —dice.

—No. Soy más bien un ser solitario.

—Ya me lo figuraba. —Me roza el mentón con los dientes.

—Podría decir lo mismo de ti —murmuro.

—Yo soy más bien de las que se pasan todo el día con la nariz metida en los libros.

Recorro con los labios la línea que va de su oreja a la garganta.

—Eres demasiado guapa para tener la cara escondida en los libros.

Lanza un gemido y me acaricia los omóplatos con los dedos mientras arquea el cuerpo para dar cobijo al mío. Aún está húmeda y lubricada de antes, y la penetro y nos movemos juntos, más despacio y con más delicadeza esta vez. Me clava las uñas en la espalda y envuelve las piernas alrededor de las mías mientras levanta las caderas para acudir a mi encuentro. Una y otra vez. Despacio y con delicadeza. Está a punto.

Me paro.

—Christian, no pares. Por favor —me suplica.

Me encanta cuando me suplicas, nena.

Me muevo despacio y le agarro el pelo en la nuca con ambas manos, para que no pueda volver la cabeza. La miro, maravillándome con el intrincado color del iris de sus ojos. Me muevo de nuevo. Despacio. Más adentro. Fuera. Y luego me paro de nuevo.

—Christian, por favor... —jadea.

—Para mí solo existirás tú, Ana. Siempre.

No sientas celos.

—Te quiero.

Empiezo de nuevo. Cierra los ojos, echa la cabeza hacia atrás y se corre conmigo, desencadenando mi propio orgasmo. Con un grito, me desplomo a su lado para recobrar el aliento. Cuando me recupero, me vuelvo y la atraigo hacia mí para besarle el pelo.

Me encanta despertarme con Ana.

Cerrando los ojos, me imagino que todos los sábados podrían ser como este. Anastasia Steele me ha brindado un futuro cargado de sentido, algo a lo que nunca antes había prestado ninguna atención seria. Y el próximo sábado, obtendré el papel que lo demuestra.

Será mía.

Hasta que la muerte nos separe.

La imagen de Ana tumbada en el suelo frío y duro se materializa ante mis ojos.

¡No!

Me froto la cara.

Para. Grey. Para.

Le beso el pelo, inhalando su fragancia revitalizante, y me tranquilizo de inmediato.

Deben de ser las nueve de la mañana. Cojo el teléfono de la mesilla de noche y miro la hora. Hay un mensaje de texto de Elliot.

> **ELLIOT**
> Buenos días, gilipollas.
> Estoy sentado en tu salón gigante esperando a que muevas el culo y salgas aquí fuera.
> Deja lo que estés haciendo.
> Ahora mismo.
> Sucio cabrón.

Pero ¿qué narices…?

—¿Qué pasa? —pregunta Ana, con aire desmadejado y follable.

—Elliot está aquí.

—¿Fuera? —parece perpleja.

Dejo de abrazarla y la suelto.

—No, aquí en el salón.

Frunce el ceño.

—Sí, yo tampoco lo entiendo.

Me levanto, entro en el vestidor y me pongo unos vaqueros.

Elliot está despatarrado en mi sofá, mirando su teléfono.

—Buenos días, campeón. ¡Ya era hora! —exclama—. Me alegro de que te hayas vestido para la ocasión. —Me repasa de arriba abajo, desde el torso desnudo hasta los pies, con una mueca entre divertida y desdeñosa.

—Pero ¿se puede saber qué haces aquí, tío? Son las nueve de la mañana.

—Pues sí. ¡Sorpresa! Mueve el culo: tengo todo el día planeado para ti.

¿Qué?

—Iba a ir de compras con Ana.

Suelta un bufido, con expresión de asco.

—Es una mujer adulta. Joder, puede ir ella solita de compras, ¿no?

—Pero…

—Tío. Te vas a librar de una buena gracias a mí. Ir de compras con las mujeres es un suplicio. Anda, ponte algo de ropa, pervertido. Y haz el puto favor de darte una ducha, que se huele el olor a sexo desde aquí.

—Vete a la mierda —replico sin acritud.

La verdad es que a veces es un capullo integral.

—Vas a necesitar botas de montaña y zapatillas de deporte —me dice.

¿Las dos cosas?

—¿Cómo has entrado? —le pregunto cuando bajamos al garaje en el ascensor.

—Taylor.

—Ah, por eso no nos sigue nadie de seguridad.

—Sí. He pensado que, como te venías conmigo, no vas a correr ningún peligro. A tu hombre, Taylor, no le ha hecho mucha gracia, pero al final le he convencido.

Asiento con la cabeza, conforme. El hecho de tener siempre encima al equipo de guardaespaldas ha sido agotador. Ana y yo llevamos encerrados en el Escala lo que parece una eternidad. Aunque hoy Sawyer y Reynolds se encargarán de vigilarla. Eso no es negociable.

—Ha sido de mucha ayuda —comenta Elliot.

—¿Quién?

—Taylor.

Y una vez dicho eso, sofoca una sonrisa maliciosa y se calla.

¿Qué habrá planeado?

Elliot está eufórico. Su estado de ánimo es contagioso. Vamos conduciendo con su camioneta por la interestatal 5.

—¿Adónde vamos exactamente? —le pregunto a voz en grito, para que me oiga a pesar del *yacht-rock* atronador e infernal que suena en el interior del vehículo.

—¡Sorpresa! —grita—. Tranquilo. Lo vas a pasar bien.

Es demasiado tarde para decirle que no me gustan las sorpresas, así que me recuesto hacia atrás y disfruto del paisaje urbano mientras salimos de Seattle. No hemos pasado mucho tiempo juntos desde la excursión con la bici de montaña cerca de Portland. Aquella fue una noche muy interesante… la primera noche que dormí con Ana. ¡La primera noche que dormí con alguien! Y Elliot se folló a la mejor amiga de Ana… aunque también es verdad que Elliot se ha follado a muchas de las mujeres con las que ha entrado en contacto. La verdad es que no me extraña, porque es una compañía fantástica. Un hombre simpático, guapo, supongo… Las mujeres caen todas rendidas a sus pies, eso hay que reconocerlo. Hace que se sientan a gusto con él.

Siempre ha sabido ganarse a mi madre. Sabe cómo tratar a Grace. Solía envidiarle aquella facilidad con la que la cogía en brazos y le hacía dar vueltas en el suelo de la cocina o la abrazaba o le daba un beso rápido en la mejilla.

Elliot hace que eso parezca fácil.

De momento, no da señales de sentar la cabeza.

Y si lo hace, espero y deseo que no sea con Kavanagh.

Le envío un mensaje rápido a Ana.

No tengo ni idea de qué se trae Elliot entre manos.

No era así como había planeado pasar el día.

Que disfrutes de las compras con Caroline Acton.

Te echo de menos. x

ANA

Yo también te echo de menos.

Te quiero,

A x

Elliot sale de la interestatal 5 para tomar la 532.

—¿Vamos a la isla de Caamaño? —pregunto.

Me guiña un ojo, lo que me resulta irritante. Miro la hora y luego mi teléfono.

—¡Tío! ¿Qué pasa? Te digo que va a estar perfectamente sin ti, joder. Ten un poco de dignidad. He traído algo de picar. Ya sé lo gruñón que te pones cuando no comes.

—¿Algo de picar? ¿Dónde está?

Abre el compartimento del medio y me enseña unos bocadillos, bolsas de patatas fritas y latas de Coca-Cola. Ah, todos los placeres de la vida... si eres Elliot.

—Qué nutritivo todo... —murmuro.

—Todo está buenísimo, tío. Deja ya de quejarte. Es tu despedida de soltero.

Me río porque las bolsas de patatas fritas y la Coca-Cola no se ajustan a mi idea de pasarlo bien, pero... Me río y saco una lata de Coca-Cola de todos modos.

Cuando llevamos recorridos unos ocho kilómetros de la isla de Caamaño, Elliot dobla a la derecha. Atravesamos la puerta de una granja y nos adentramos en un prado, enfilando un camino de tierra, hasta llegar a un establo, donde mi hermano aparca el coche.

—Ya estamos aquí.

—¿Y qué es «aquí»?

—La casa de un amigo. No ha abierto para el público de momento, pero abrirá pronto. Somos sus conejillos de Indias.

—¿Qué?

—Bueno, tengo entendido que el matrimonio es una actividad con la que se segrega mucha adrenalina, así que he pensado que deberías practicar un poco.

—¿De qué estás hablando?

—Vamos a lanzarnos en tirolina. —Sonríe y se baja del coche.

¿En serio? ¿Esto es mi despedida de soltero? No es lo que esperaba, pero tirarse en tirolina podría estar muy bien.

Elliot saluda a los encargados y nos indican que vayamos al establo, donde vemos el equipo de seguridad colgado de unos ganchos: cascos, arneses, correas y mosquetones. Todo me resulta confortablemente familiar.

—Eh, campeón, estos arneses son la hostia. Se me ocurre algún rollo sucio y pervertido para el que nos podrían venir muy bien —suelta Elliot mientras se pone el suyo y, por una vez, me quedo sin palabras.

¿Lo sabe?

¿Se me han puesto rojas las orejas?

¡Mierda! ¿Habrá hablado Ana con Kate?

Elliot parece tan ingenuo como de costumbre, así que supongo que no, porque si lo supiera, se estaría descojonando de mí.

—Eres idiota. Esto es como un paracaídas —le contesto. La distracción es siempre la mejor maniobra—. La semana pasada me compré un planeador nuevo. Deberías venir a Ephrata un día de estos y así lo pruebas.

—¿Para dos?

—Sí.

—Eso sería una pasada.

Estamos en la primera plataforma, rodeados de pinos.

—¡Hasta el infinito y más allá! —grita Elliot, y se tira, con toda la valentía que asocio con su actitud despreocupada ante la vida. Grita como un gorila en celo mientras se desliza por la cuerda, y su euforia es contagiosa. Aterriza con asombrosa elegancia en la siguiente plataforma, a unos treinta metros de distancia.

Danielle, una de nuestras guías, anuncia por su radio que estoy listo y conecta mi cuerda de seguridad a la polea de la tirolina.

—¿Estás listo, Christian? —pregunta con una sonrisa increíblemente entusiasta.

—Ahora o nunca.

—Adelante.

Inspiro hondo, agarro el mosquetón de debajo de la polea con una mano y la cuerda de seguridad con la otra y salto hacia delante. Vuelo a través del bosque de un verde exuberante mientras la polea silba encima de mi cabeza y el viento estival me sopla en la cara. Estoy en una montaña rusa sin vagoneta, surcando el aire entre pinos de Oregón bajo un cielo azul brillante, y es una experiencia excitante y liberadora a partes iguales. Aterrizo sin incidencias en la plataforma junto a Elliot y el otro guía.

—¿Qué te parece? —Elliot me da una palmadita en la espalda.

Sonrío.

—Joder, ha sido alucinante.

Danielle es la última en aterrizar en la plataforma.

—Esa ha sido la primera. Ahora cada vez iremos más alto y más rápido.

—¡Venga! —exclamo.

Dos horas más tarde, exultantes por toda la adrenalina que aún nos corre por las venas, estamos de vuelta en la carretera, con Elliot al volante.

—Hermano, en cuanto a experiencias, esa está en la primera posición en el ranking —admito.

—¿Mejor que el sexo? —suelta Elliot—. Acabas de descubrir lo que es eso, así que… probablemente no.

—Solo soy un poco más selectivo que tú, colega.

—A mí es que me gusta ir propagando amor por el mundo. Además, cuando la Bestia se despierta… hay que darle lo que quiere.

Sacudo la cabeza con aire burlón. No quiero pensar en «la Bestia».

—¿Podemos comer comida de verdad ahora?

Elliot sonríe.

—No, lo siento, hermano. No querrás tener el estómago lleno para lo que vamos a hacer ahora. Cómete un bocadillo.

—¿Ahora? Elliot, lo de la tirolina ha estado genial. ¿Aún hay más?

—Oh, sí. Prepárate, pequeño.

Cojo uno de los bocadillos con cierto reparo.

—Los he preparado yo con estas manitas.

—Me vas a quitar el hambre.

—En esos bocadillos están la mortadela más selecta y los mejores tomates y queso provolone a este lado de las Rocosas.

—Confío en tu palabra.

—Tienes que ampliar tus horizontes culinarios.

—¿Con la mortadela?

—Con lo que haga falta. Ábreme el mío, anda.

Retiro el envoltorio y le doy su creación, cuyo aspecto no es muy apetitoso. Se lo mete en la boca y empieza a zampárselo. No es un espectáculo apto para estómagos delicados, y me doy cuenta de que no tengo elección: o la mortadela, o morirme de hambre.

Mientras como, le envío un mensaje a Ana:

> Tirolinas.
> Eso es lo que Elliot había planeado.
> Y bocadillos de mortadela.
> Esto es como un sueño para mí.

ANA

Ja, ja, ja.

Me estoy gastando un montón de tu dinero.

No del todo de forma consensuada.

Caroline Acton es una mujer de armas tomar.

Me recuerda a ti.

¡Ten cuidado con lo que sea que Elliot te tenga reservado!

Te quiero y te echo de menos.

xxx

Me encanta que te gastes mi dinero.

Pronto también será el tuyo.

Seguiré informando sobre la siguiente «sorpresa» de Elliot.

xxx

Elliot sale de la interestatal 5 hacia la 2. ¿Adónde coño vamos? Creía que íbamos a volver a Seattle.

—Sorpresa —responde cuando le interrogo con la mirada.

Esa parece ser su palabra del día.

Al cabo de quince minutos entra en el aparcamiento del aeródromo de Harvey.

—Oye, aquí hay un restaurante de carne… podríamos comer comida de verdad —mascullo.

—Luego tal vez: tenemos que ir a una clase.

—¿Una clase?

—Vamos, campeón, ¿no lo has adivinado todavía?

Deja atrás el restaurante.

—No.

—Vamos a dar el salto porque tú vas a dar el gran salto.

¿Qué narices…?

Elliot me saca de mi confusión.

—Paracaidismo.

—Ah, vale.

¡Mierda!

—Va a ser una pasada. Yo ya me he tirado en tándem antes. Es alucinante.

Pues claro que lo ha hecho.

—Te va a encantar.

—Sí. Seguro.

—Escucha, vas a casarte y las mujeres no te dejan hacer estas cosas. Vamos.

Atravesamos andando el aparcamiento en dirección a la escuela de paracaidismo, y se me acelera el corazón. Me gusta tener el control de la situación, y saltar en tándem significa que es otra persona la que tiene el control… y yo voy atado a esa persona.

Y la persona me está tocando. A mucha altura del suelo.

Joder.

He llegado a volar a cuatro mil quinientos metros de altura en el planeador y hasta los seis mil metros en el *Charlie Tango*, aunque, claro, esas veces iba sentado y pilotando un aparato que podía volar. Pero ¿saltar de un avión? ¿En el aire? ¿Desde esa altura?

Eso nunca.

Mierda.

Pero no puedo rajarme delante de Elliot; sencillamente no puedo. Me trago mi aprensión cuando entramos en el edificio.

Mi hermano nos ha reservado un salto exclusivo. Tras un breve vídeo informativo, Ben, nuestro instructor, nos ofrece una charla explicativa, y doy gracias de que solo estemos Elliot y yo en la clase. Aprendí cómo funciona un paracaídas como parte de mi entrenamiento para pilotar el planeador, pero nunca he llegado a saltar de verdad. Mientras Ben nos explica lo que tenemos que hacer y qué podemos esperar, se me ocurre que no le he procurado esa clase de formación a Ana. Tiene que aprender antes de volver a subirse en el ASH 30.

Cuando Ben, que parece más joven que yo, termina nuestra instrucción, nos da a cada uno un documento de exención de responsabilidad. Elliot lo firma inmediatamente mientras yo lo leo. Empiezo a sentir un nudo de ansiedad en el estómago. Estoy a punto de saltar en caída libre desde un avión a gran altura.

Respira hondo, Grey.

Caigo en la cuenta de que, si me pasara algo, Ana se quedaría sin nada.

A la mierda eso.

Una vez he firmado el documento, escribo en el dorso:

Estas son mis últimas voluntades y testamento. En la eventualidad de mi fallecimiento, dejo todas mis posesiones a mi amada prometida, Anastasia Steele, para que disponga de ellas de la forma que considere oportuna.

Firmado: Christian Grey
Fecha: 23/07/2011

Saco una foto rápida con mi teléfono y se la envío a Ros antes de devolverle el documento firmado a Ben, que se ríe.

—No te va a pasar nada, Christian.

—Solo me preparo para cualquier contingencia —le digo con una sonrisa breve y forzada.

Se ríe otra vez.

—Vale. Vamos a equiparos.

Salimos del edificio y atravesamos la pista en dirección a un hangar a la intemperie donde guardan todo el equipo de seguridad: paracaídas, cascos y arneses.

Empiezo a ver un patrón.

Elliot entra en el hangar como si tal cosa; su actitud me resulta exasperante y ahora mismo le tengo más envidia que nunca. Ben nos da un mono a cada uno.

Un mono. Para que nos lo pongamos.

Esto va en serio.

—Eh, campeón. ¡Más juguetitos eróticos! —grita Elliot mientras se coloca el arnés de seguridad.

Pongo los ojos en blanco y miro a Ben.

—Te pido disculpas por Elliot. No dice más que gilipolleces.

—¿Vosotros dos sois familia? —pregunta Ben.

Elliot y yo nos miramos.

Sí. Pero no. Pero sí.

—Hermanos —responde Elliot, mirándome, y ambos esbozamos esa sonrisa secreta que solo comparten los hermanos adoptados. Ben sabe que se le escapa algo, pero no dice nada y ayuda a Elliot primero y después a mí a colocarnos los arneses.

Hemos decidido que yo saltaré en tándem con Ben, así que Matt se suma a nosotros, ya que él saltará con Elliot. Nos acompaña otra instructora, Sandra, equipada con una GoPro para grabar toda la experiencia.

—Hola —dice Matt al estrecharnos la mano—. ¿Una ocasión especial?

—La despedida de soltero de mi hermano. Está disfrutando de los últimos coletazos de libertad —dice Elliot.

—Enhorabuena —me felicita Matt.

—Gracias —respondo—. Esto ha sido una sorpresa.

—¿Una buena sorpresa?

—Eso aún está por ver.

Matt se ríe.

—Te encantará. Vamos, el piloto está listo.

Los cinco atravesamos la pista de despegue hacia el Cessna de un solo motor que nos está esperando.

Tu última oportunidad para echarte atrás, Grey.

Solo hay dos asientos en la parte delantera de la avioneta, detrás del piloto, pero Matt y Ben se sientan en el suelo y nos hacen señas para que nos sentemos delante de ellos. Hacemos lo que nos dicen y empieza el procedimiento de conectarnos a sus arneses. Mientras maneja las correas, me doy cuenta de que el contacto físico con Ben no me pone nervioso; va a tener mi vida en sus manos.

—¿Has volado antes en avioneta? —pregunta, levantando la voz para que lo oiga pese al ruido del motor.

—Tengo licencia de piloto comercial —respondo—. Helicópteros. Y tengo un par de planeadores.

—Esto te resultará muy fácil.

Me río sin ganas.

Sí. No. Soy piloto por una razón.

Soy yo quien tiene el control.

Inspiro hondo mientras la avioneta abandona la pista de despegue y empieza a tomar altura. El valle de Snohomish desaparece a lo lejos mientras nos remontamos en el cielo despejado.

Matt y Elliot están hablando de chorradas. Ben se suma a ellos. Me aíslo de la conversación y pienso en Ana.

¿Qué estará haciendo? ¿Habrá completado ya su fondo de armario? Pienso en cuando la tenía en mis brazos esta mañana, enredada en mi cuerpo. Me llevo la mano al pecho, donde trazaba pequeños círculos con el dedo.

Tranquilo, Grey. Tranquilo.

Cuando estamos a punto de alcanzar los tres mil quinientos metros de altura, Ben me da una gorra de aviador de cuero con banda de sujeción en la barbilla y unas gafas. Mientras me las coloco me da un repaso breve de las instrucciones que debo seguir. El otro instructor abre la compuerta trasera; el ruido del viento es ensordecedor.

Mierda. Voy a saltar de verdad.

—¿Lo has entendido todo? —me grita Ben, después de darme las últimas instrucciones.

—Sí.

Ben consulta el altímetro que lleva en la muñeca derecha.

—Ha llegado el momento. ¿Nervioso? ¡Vamos!

Nos dirigimos a la puerta abierta, y el ruido del motor y del viento es aún más atronador. Miro a Elliot, que levanta el pulgar y me dedica una sonrisa burlona, como diciendo «Te vas a cagar».

—¡Eres un cabrón! —le grito y se ríe. Cruzo los brazos y me agarro al arnés como si me fuera la vida en ello… porque me va la vida en ello. Cuando me quiero dar cuenta, estoy colgando, atado a un hombre al que no conozco, encima del puto estado de Washington y el valle de Snohomish. Cierro los ojos con fuerza y, por primera vez en tropecientos años, rezo al Dios que me abandonó hace siglos. Luego los abro de nuevo.

Uau. Veo la cordillera de las Cascadas, el Possession Sound, las islas San Juan… y nada más que aire bajo mis pies.

—¡Allá vamos! —suelta Ben, y saltamos de la avioneta.

—¡Jooodeeerrr! —grito con todas mis fuerzas.

Y estoy volando.

Volando de verdad, sobrevolando la tierra. O no tengo tiempo para sentir miedo o la adrenalina que me corre por las venas lo ha bloqueado. Es una sensación increíble. Veo kilómetros y kilómetros de paisaje, y como no hay ningún cristal ni plástico de por medio, es todo hiperreal. Estoy en el cielo, completamente envuelto en él. Me sostiene. El ruido acelerado del aire mientras seguimos bajando en picado hacia el suelo me resulta familiar, como si fuera un viejo amigo. Suelto las manos y las extiendo hacia fuera para notar el viento colándose entre mis dedos. Ben levanta el pulgar delante de mi cara y le devuelvo el gesto.

Esto es más que increíble.

Miro arriba y veo a Elliot y Matt. Entonces Sandra pasa a toda velocidad por nuestro lado, enfocándonos con la cámara a Ben y a mí. Sonrío como un tonto.

—¡Esto es una pasada! —le grito a Ben mientras surfeamos el cielo.

Veo a Ben levantar la muñeca. Estamos a mil quinientos metros de altura. Tira de la anilla y frenamos el descenso inmediatamente mientras una tela multicolor se despliega sobre nuestras cabezas. La experiencia pasa de la velocidad límite al movimiento a cámara lenta, y todo está en silencio mientras planeamos en el aire. Mi ansiedad desaparece, reemplazada por una paz interior que me sorprende. Estoy en lo más alto del mundo, caminado literalmente por el aire. Ben lo tiene todo controlado; sabe lo que se hace. Y desde un pequeño rincón de mi cerebro, se materializa el siguiente pensamiento: espero que mi matrimonio con Ana sea igual de emocionante e igual de fácil.

La vista es espectacular.

Ojalá estuviera Ana aquí.

Aunque me daría un ataque al corazón al verla saltar de una avioneta.

—¿Quieres dirigir tú? —pregunta Ben.

—Vale.

Me pasa las bandas; tiro de la banda izquierda y giramos, despacio y con elegancia, en un amplio círculo.

—Tío, ya le has cogido el tranquillo —dice Ben, dándome una palmadita en el brazo.

Trazamos otro círculo antes de que Ben retome las bandas para dirigirnos hacia la zona de aterrizaje. El suelo se aproxima a gran velocidad y sigo las instrucciones de levantar las rodillas mientras Ben nos deposita sanos y salvos en el suelo. Ambos aterrizamos sobre el trasero, y el equipo de tierra está allí para recibirnos.

Ben suelta su arnés del mío y me pongo de pie, un poco mareado tras el chute de adrenalina. Elliot y Matt aterrizan detrás de nosotros, Elliot otra vez gritando como un gorila, su manera favorita de expresar entusiasmo.

Me paro a recobrar el aliento.

—¿Qué te ha parecido? —pregunta Ben.

—Tío, ha sido espectacular. Gracias.

—¡Genial! —Me ofrece el puño y yo lo choco con el mío.

Elliot viene corriendo hasta nosotros.

—¡Qué fuerte, tío! —exclamo.

—Ha estado de puta madre, ¿verdad?

—Me he cagado en los pantalones.

—¡Lo sabía! Me alegro de verte perder la puta calma. Eso ocurre rara vez, hermano. —Elliot se ríe, pero su sonrisa es un reflejo de la mía—. ¿Mejor que el sexo? —pregunta.

—No… pero casi.

Al cabo de quince minutos volvemos a estar dentro de su camioneta.

—Joder, no me vendría nada mal un trago después de eso —digo, sin poder quitarme la sonrisa de satisfacción.

—A mí tampoco. Bueno, ahora vamos a por la tercera parte de tu despedida de soltero.

—¡Joder! ¿Aún hay más?

Elliot se calla como un muerto. Maldito cabrón. No me lo piensa decir. Miro mi teléfono.

ANA

Estoy en casa.

Hemos comprado la tienda entera.

Voy a darme un baño.

Luego quedaré con Kate.

No sé nada de ti.

Ya sabes que me preocupo.

A xxx

¡Hemos SALTADO EN PARACAÍDAS!

Desde 3.500 metros de altura.

Tenías razones para estar preocupada.

Pero ha sido increíble!!!

Lo que me recuerda.

Tienes que ir a un curso tú también.

Si no te veo…

Que lo pases bien esta noche.

Pero no demasiado.

ANA

Salto en paracaídas. ¡Uau!

Me alegro de que estés entero.

¿Un curso de salto en paracaídas?

¿No hicimos eso el fin de semana pasado en el cuarto rojo? ;)

Me río a carcajadas.

—¿Qué pasa? —dice Elliot.

Niego con la cabeza.

—Nada.

Elliot conduce de vuelta al Escala, aunque esta vez me deja poner algo de música decente de su teléfono. Mientras subimos al apartamento en el ascensor, me dice:

—Tienes que cambiarte. Ponte algo más elegante.

—¿Qué has planeado?

Me guiña un ojo.

—Cabrón.

—Eso seguro. —Sonríe.

Se abren las puertas del ascensor y tengo la esperanza de ver a Ana.

—Tengo mis cosas en tu cuarto de invitados. Nos vemos abajo en media hora. Luego nos iremos.

—Vale. —Espero poder pillar a Ana en la bañera.

No está en el salón y temo que se haya ido ya, pero la encuentro en el dormitorio. Me paro en la puerta y la observo en silencio mientras se da los últimos retoques en el maquillaje.

¡Uau! Ana está espectacular. Se ha recogido el pelo en un elegante moño. Lleva tacones y un vestido negro y brillante con los hombros al descubierto. Se vuelve y se sobresalta al verme. Me roba el aliento. Lleva los pendientes de la segunda oportunidad en las orejas.

—No quería asustarte —susurro—. Estás preciosa.

Me regala su sonrisa cálida y afable, llena de amor; siento cómo me hincha el corazón mientras se dirige hacia mí.

—Christian, qué maravillosa sorpresa. No esperaba verte.

Acerca los labios a los míos y le doy un beso rápido antes de apartarme. Huele a gloria y a hogar.

—Si te beso como es debido, te estropearé el maquillaje y te arrancaré ese bonito vestido.

—Oh, eso no puede ser. —Se ríe y da una vuelta rápida con el vestido. La falda se le sube un poco, dejando al descubierto unos centímetros más de pierna—. ¿Te gusta? —pregunta.

Me apoyo en el marco de la puerta y me cruzo de brazos.

—No es demasiado corto. Doy mi aprobación. Estás preciosa, Ana. ¿Con quién has quedado? —Entrecierro los ojos, sintiéndome increíblemente orgulloso de que sea mía, pero posesivo a la vez… es mía.

—Con Kate, con Mia, con algunas amigas de la WSU. Nos lo pasaremos bien. Empezaremos con unos cócteles.

—¿Con Mia?

Ana asiente.

—Hace tiempo que no la veo. Dale recuerdos de mi parte. Espero que haya comida en vuestro itinerario. —Arqueo una ceja con gesto de advertencia—. La regla número uno para beber alcohol.

Se ríe.

—Bah, no sufras, Christian. Comeremos algo.

—Bien. —No quiero que se emborrache.

Mira su reloj.

—Será mejor que me vaya, no quiero llegar tarde. Me alegro de que hayas vuelto enterito. Si te pasara algo, nunca se lo perdonaría a Elliot.

Me ofrece sus labios una vez más y le doy otro beso rápido.

—Estás espectacular, Anastasia.

Coge su bolso de la cama.

—Hasta luego, nene —dice con una sonrisa coqueta, y pasa por mi lado para atravesar la habitación, absolutamente radiante.

La sigo y la veo reunirse con Sawyer y Reynolds en el vestíbulo. Los saludo y los tres se meten en el ascensor.

Vuelvo a mi baño para darme una ducha rápida.

Al cabo de veinte minutos, vestido con un traje azul marino y una camisa blanca recién planchada, estoy en la cocina, esperando a Elliot. Encuentro unos *pretzels* en la nevera.

Joder, qué hambre tengo...

Elliot asoma por la puerta. Lleva un traje oscuro, camisa gris y corbata.

Mierda.

—¿Necesito corbata?

¿Adónde diablos vamos?

—No.

—¿Estás seguro?

—Sí.

—¿Y por qué llevas tú una entonces?

—Tú siempre vas vestido así, pero yo no. Para mí es una novedad. Además, el traje y la corbata son como un imán con las mujeres.

¿Y qué hay de Kavanagh?

Elliot sonríe ante mi expresión inquisitiva y Taylor aparece por la puerta.

—¿Listos, señor? —le pregunta a Elliot.

Taylor conduce por la interestatal 5.

—¿Adónde coño vamos, Elliot? —pregunto.

—Tranquilízate, Christian. No pasa nada. —Mira por la ventanilla, aparentemente tranquilo, mientras yo tamborileo con los dedos en la rodilla. No soporto estar en la inopia.

Taylor toma el desvío de Boeing Field y me pregunto si habrá algún tugurio de estriptís por allí. Miro el reloj. Son las 18.20. Entra en la terminal de Signature Flight Support del aeropuerto y, detrás de ella, en la pista, está el Gulfstream de GEH.

—¡¿Qué?! —exclamo mirando a Elliot.

Mi hermano se saca un pasaporte del bolsillo de la chaqueta.

—Vas a necesitar esto.

—¿Vamos a salir del país?

Taylor nos deja en la entrada de la terminal y sigo a Elliot al interior del edificio, desconcertado.

—¡Elliot! —El hermano surfista y rubio de Kavanagh se acerca a mi hermano y le estrecha la mano. El traje claro le sienta bien. Me fijo en que él tampoco lleva corbata.

—Ethan, qué alegría verte —responde Elliot, y le da una palmada en la espalda.

—Christian. —Ethan me estrecha la mano.

—Hola —respondo.

—¡Mac! —exclama Elliot, y Liam McConnell, que trabaja en el astillero de Grey Enterprises Holdings y se encarga del mantenimiento de mi yate, el *Grace*, se dirige hacia nosotros.

¡Mac! Nos estrechamos la mano.

—Me alegro de verte —le digo—. Solo quiero que sepas que no tengo ni idea de qué narices pasa aquí.

Se ríe.

—Ni yo tampoco.

Todos nos reímos y me vuelvo hacia Elliot mientras Taylor se suma a nosotros.

—¿Tú estabas al tanto de esto? —le digo a Taylor.

—Sí, señor —contesta con una mezcla de tono serio y expresión divertida.

Me río y niego con la cabeza.

—¿Nos vamos? —sugiere Elliot.

—¿Canadá? —me aventuro a decir.

—Correcto —responde Elliot.

Estamos instalados en los cuatro asientos de mi G550, tomando champán Cristal y comiendo los canapés que Sara, nuestra auxiliar de vuelo, nos repartió mientras rodábamos por la pista de despegue. Taylor está en la parte de atrás, leyendo una novela de Lee Child. Stephan y el primer oficial Beighley se hallan a los controles.

—A ver si lo adivino: Vancouver —le digo a Elliot.

—¡Bingo! He pensado que habría menos posibilidades de que la gente te reconozca si te portas mal en la Columbia Británica.

—¿Qué narices has planeado?

—Tranquilo, fiera —responde Elliot, y levanta su copa.

Una vez en el aire, Sara nos sirve cerveza y pizza picante de pepperoni, de una pizzería local de Georgetown. Creo que esta es la primera vez que se sirve pizza en mi jet privado, pero esta es la idea que tiene de Elliot de pasar un día de lujo. Francamente, tengo tanta hambre que ahora pienso lo mismo. Mac, que está sentado enfrente de mí, y yo devoramos la pizza.

—Te lo has zampado en un suspiro —dice Mac con su acento irlandés.

—Hoy Elliot ya me ha hecho lanzarme en tirolina y saltar en paracaídas.

—¡Joder! No me extraña que estés muerto de hambre…

El tiempo de vuelo es de menos de quince minutos. Cuando aterrizamos en la Signature Flight Support de Vancouver, Taylor es el primero en salir del avión con nuestros pasaportes para enseñárselos al agente de Inmigración que ha acudido al pie de la escalerilla.

—¿Estás listo? —dice Elliot, levantándose para estirar las piernas después de desabrocharse el cinturón de seguridad.

Taylor se pone al volante del Suburban en la pista. Todos nos subimos al vehículo, que arranca en dirección a las luces de neón del centro de Vancouver. Llevamos una nevera llena de cervezas. Mis tres compañeros se lanzan a por ellas, pero yo opto por no beber.

—Tío, esta noche no puedes mantenerte sobrio, ni hablar —suelta Elliot con cara de fastidio, y me da una cerveza.

Mierda. No soporto estar borracho. Pongo los ojos en blanco y cojo la botella a regañadientes. Aún es temprano. Vamos a seguir bebiendo; tengo que tomármelo con calma. Choco mi botellín de cerveza con el suyo y con los de Ethan y Mac, que van sentados detrás.

—Salud, caballeros. —Tomo un sorbo y sujeto la cerveza con la mano.

Nuestra primera parada es el bar del hotel Rosewood Georgia. Yo ya había estado antes, por negocios, pero nunca por la noche. Tiene las paredes revestidas de madera y los sillones de cuero le dan un aire antiguo y señorial, y esta noche está abarrotado con lo mejorcito de la sociedad de Vancouver. Hombres trajeados, mujeres vestidas con suma elegancia… Se respira un ambiente muy animado. Elliot pide una ronda, ocupamos una mesa reservada y nuestra conversación gira en torno a los intentos de Ethan de entrar en la Universidad de Seattle para hacer un máster en psicología. Como Ana se ha ido, ahora vive con Kate, en la antigua habitación de Ana. Creo que vivir con su hermana puede ser todo un reto, no me sorprendería nada… tal vez por eso nos está dejando a todos atrás con la bebida. Ya se ha acabado su cerveza y se ofrece voluntario a invitar a la segunda ronda.

Mac nos habla del *Grace*. Él fue uno de los encargados de su construcción, pero parece ser que se va a dedicar al diseño de barcos y tiene algunas ideas para hacer más aerodinámico el catamarán que mandamos construir por encargo.

Es raro, pero nunca hago esto. Solo cuando Elliot me saca, normalmente con sus amigos —que son legión—, es cuando disfruto de la compañía de hombres de mi edad. Elliot actúa como un pegamento social, uniéndonos a todos sin permitir que decaiga la conversación. Es increíblemente sociable. Pasamos a hablar, de manera inevitable, de los Mariners, y luego de los Seahawks. Por lo visto, todos somos seguidores de ambos equipos. Para cuando acabamos la segunda ronda, ya estamos todos muy relajados y estoy disfrutando del momento.

—Vale. Terminaos la ronda. Siguiente parada —anuncia Elliot.

Taylor nos espera fuera, en el SUV.

Ethan ya va muy perjudicado. Esto se puede poner interesante. Tengo la tentación de preguntarle por Mia, pero una parte de mí no quiere saberlo.

El siguiente local está en Yaletown, un barrio famoso por sus viejas naves industriales reconvertidas en centros de ocio nocturno, con bares y restaurantes de moda. Taylor nos deja en una discoteca donde la música se oye desde la calle a pesar de que aún es relativamente temprano. En el oscuro interior industrial, la barra está repleta de gente y nos dan una mesa en la zona VIP. Yo sigo con cerveza y, mientras Ethan y Mac se dan una vuelta por el local, se me ocurre echar un vistazo a la clientela femenina.

—¿A ti te interesa? —le pregunto a Elliot.

Se ríe.

—Esta noche no, campeón. —Mira a Ethan de reojo y me pregunto si no se estará conteniendo porque el hermano de Kate está aquí.

Miro mi reloj, sintiendo curiosidad por saber qué estará haciendo Ana, y tengo la tentación de llamar a Sawyer. Sinceramente, mi aguante para la vida social tiene un límite, pero entonces nos ponemos a hablar de la casa.

Después de otras dos rondas más, Elliot nos hace ponernos en marcha de nuevo.

Taylor está listo con el SUV y nos lleva al siguiente local.

Un club de estriptís.

Mierda.

—Tío, no estés tan tenso. Esta es una parada obligatoria en todos los manuales de despedidas de soltero. —Ethan da una palmada, pero su sonrisa no le alcanza los ojos. Creo que en realidad está tan incómodo como yo.

—No se te ocurra, bajo ninguna circunstancia, contratarme un baile erótico o algo así —le advierto a Elliot, y entonces me acuerdo de una vez, no hace tanto tiempo, que estuve en un club privado de Seattle.

Donde todo vale.

Eso fue en otra vida.

Elliot se ríe.

—Lo que pasa en Vancouver se queda en Vancouver.

Me guiña un ojo mientras nos llevan a otra mesa VIP. Esta vez mi hermano ha pedido una botella de vodka, que llega acompañada de toda su ceremonia: bengalas y un coro de chicas con faldas rojas muy cortas y partes superiores de biquini que apenas les tapan los pezones; las chicas lanzan gritos de entusiasmo y no dejan de aplaudir. Por un momento temo que se sienten con nosotros, pero una vez que han dejado preparados los vasos de chupito, desaparecen.

Estamos rodeados de mujeres guapas por todas partes. Me fijo en una de ellas, una chica rubia y ágil de ojos oscuros. Empieza a quitarse la ropa con aire atlético al tiempo que realiza movimientos gimnásticos y adopta distintas posturas en la barra. No puedo evitar pensar que si fuera un hombre, eso sería un deporte olímpico.

Mac está embobado y me pregunto si tendrá pareja.

—No, no tengo novia. Estoy buscando —contesta cuando le pregunto.

Vuelve a centrar la mirada en la rubia atlética. Asiento, pero no sé qué decir, porque no estoy en situación de dar consejos sobre relaciones amorosas. Aún no me puedo creer que Ana haya accedido a ser mía. De hecho, ha accedido a muchas cosas.

Sonrío y mi cabeza se lanza catapultada a los recuerdos del fin de semana pasado en el cuarto rojo.

Sí.

El recuerdo tiene un efecto excitante sobre mi cuerpo. Saco mi teléfono.

—No —dice Elliot—. No te lo saques.

—¿El teléfono?

Ambos nos echamos a reír y me tomo un chupito de vodka de golpe.

—Vámonos a otro sitio —propongo.

—¿No estás a gusto aquí?

—No.

—Joder, qué estirado eres.

Tío, este no es el tipo de local que suelo frecuentar.

—Está bien. Solo nos queda otra parada. Esta de aquí era la parte tradicional de tu despedida de soltero, no podía faltar. Ya sabes, una especie de ley no escrita.

—Me parece que a Ana no le va a gustar demasiado.

Ethan me da una palmada en la espalda y me quedo paralizado.

—Pues no se lo digas.

Y hay algo en su tono de voz que me hace saltar:

—¿Te estás tirando a mi hermana?

Ethan echa la cabeza hacia atrás como si acabara de darle un puñetazo. Levanta ambas manos en el aire con estupor.

—No, no. Tío, no te ofendas. Es atractiva y todo eso, pero solo es una amiga.

—Bien. Pues que siga siendo solo eso.

Se ríe con nerviosismo, creo, y se toma dos chupitos de vodka.

Aquí yo ya he cumplido mi objetivo.

—¿Es que piensas espantar a todos sus novios potenciales? —pregunta Elliot.

—Puede que sí.

Pone los ojos en blanco.

—Vamos a sacarte de aquí. Este sitio te está poniendo de los nervios.

—Vale.

Nos olvidamos del vodka y dejamos una cantidad obscena de propina encima de la mesa.

De nuevo en el SUV, vuelvo a recobrar el buen humor. Taylor va al volante y salimos del centro de Vancouver en dirección al aeropuerto.

Sin embargo, no volvemos al avión. Taylor aparca en la puerta de un frío complejo de casino-hotel de aspecto anodino junto a la orilla del río Fraser.

—El matrimonio es una apuesta —comenta Elliot con una sonrisa.

—La vida es una apuesta, tío. Pero esto es más mi rollo.

—Ya me lo imaginaba. Siempre me ganas a las cartas —responde—. ¿Cómo puedes estar aún sobrio?

—Solo son matemáticas, Elliot. No he bebido tanto, y ahora mismo lo agradezco.

Ethan y Elliot se dirigen a las mesas de ruleta y de dados, mientras Mac opta por el blackjack y yo por la mesa de póquer.

Hay un silencio expectante pero respetuoso en la sala. He acumulado un total de 118.000 dólares, y esta es la última partida que voy a jugar. Se está haciendo tarde. Elliot está detrás de mí, observando la partida. No sé dónde están Ethan y Mac. Estamos jugando la última mano, y los dos jugadores a mi lado se retiran, uno detrás de otro. Llevo dos jotas, y como es la última partida y estoy en racha, subo y lanzo 16.000 dólares en fichas al bote. Mi contrincante de la izquierda, una mujer de unos cincuenta y tantos años, se retira inmediatamente.

—No llevo nada —masculla.

Mi único rival —que me recuerda a mi padre— me mira, mira sus cartas de nuevo y con sumo cuidado, contando las fichas, iguala mi apuesta.

Es hora de jugar, Grey.

El crupier recoge los naipes descartados por los jugadores y descubre las cartas rápidamente.

¡Aleluya!

Una jota y una pareja de nueves. Yo llevo un *full*.

Miro impasiblemente a mi contrincante mientras examina una vez más sus cartas con gesto nervioso, alternando los ojos oscuros y vivaces entre mi cara y sus naipes. Traga saliva.

No tiene una mierda.

—Paso —dice mi oponente.

Empieza el espectáculo. Grey.

Muy despacio, para darle aún más dramatismo, doy un golpecito con el dedo sobre el tapete verde, junto mis fichas y coloco 50.000 dólares en el bote.

—Subo —digo.

—Sube cincuenta mil dólares —constata el crupier.

Mi rival resopla, recoge sus cartas y las lanza con indignación al centro de la mesa. Yo estoy eufórico por dentro. He ganado 134.000 dólares. No está mal para una partida de cuarenta y cinco minutos.

—Yo ya no juego más —dice la señora sentada a mi lado, y se despide de mí con un saludo con la cabeza.

—Gracias por la partida. Yo también tengo que irme.

Le lanzo una generosa ficha al crupier como propina, recojo el resto de mis ganancias y me pongo de pie.

—Buenas noches.

Elliot da un paso adelante y me ayuda con las fichas.

—Qué suerte tienes, hijo de puta —dice.

Embarcamos en el avión justo antes de la medianoche.

—Tomaré un armañac, Sara, gracias.

—¡Ahora empiezas a beber! —exclama Elliot.

—Todos hemos ganado en el casino —señala Mac—. Debe de ser tu suerte, que nos la has pegado, Christian.

—Brindo por eso —dice Ethan.

Sonrío, arrellanándome en la comodidad del lujoso asiento de cuero. Sí. Haber ganado es una buena señal. Qué forma más estupenda de poner punto final a una noche entrañable.

Domingo, 24 de julio de 2011

Cuando iniciamos nuestro descenso sobre Boeing Field busco el cinturón de seguridad y me río para mis adentros. Me he pasado casi todo el día abrochándome y desabrochándome dispositivos de seguridad.

Elliot, sentado delante de mí, levanta la vista.

—¿Qué te hace tanta gracia?

—Nada. Solo quería darte las gracias. Por lo de hoy. Ha sido increíble.

Elliot se mira el reloj.

—Técnicamente, fue ayer.

—Lo he pasado bomba. Te has ganado a pulso el puesto de padrino de la boda. Ahora tu único deber es preparar un discurso. No hace falta que sea muy largo.

Elliot se pone pálido.

—Tío, no me lo recuerdes.

—Sí. —Hago una mueca—. Yo todavía tengo que redactar mis votos.

—Mierda. Eso es muy grave. —Está horrorizado—. Pero la semana que viene a estas horas ya habrá acabado todo. Estarás casado.

—Sí. Y a bordo de este avión.

—Qué guay. ¿Adónde vas a llevar a Ana?

—A Europa. Pero es una sorpresa. Nunca ha salido de Estados Unidos.

—Uau.

—Lo sé. Nunca creí que yo, que... Que podría... —Se me quiebra la voz cuando un inesperado arranque de emoción se apodera de mi cuerpo. ¿Será miedo, euforia, ansiedad o... felicidad? No lo sé, pero es una sensación abrumadora.

Joder. Que voy a casarme...

Elliot frunce el ceño.

—Hombre, pero ¿por qué? Eres un tío guapo. Eres un cabroncete, pero eso es porque eres el puto amo del universo y te paseas por ahí con la chorra fuera. —Sacude la cabeza—. Nunca he entendido por qué no te interesaba ninguna de las amigas de Mia. Andaban todas loquitas por ti, tío. Joder, si hasta creía que eras gay. —Se encoge de hombros.

Sonrío, consciente de que toda mi familia creía que era gay.

—Estaba esperando a la mujer adecuada.

—Pues creo que la has encontrado. —Su expresión se dulcifica, pero aún hay un deje de nostalgia en sus ojos azul intenso.

—Creo que sí.

—El amor te sienta bien —dice Elliot, y pongo los ojos en blanco, porque puede que sea la cosa más cursi que me ha dicho en la vida.

—Buscaos un hotel, tíos —nos suelta Mac, y aterrizamos en la pista.

—Pienso recordarte toda la vida que eres el único hombre del noroeste del Pacífico que no se emborrachó en su propia despedida de soltero.

Me río.

—Bueno, pues yo me alegro de no haber acabado desnudo y esposado a una farola de Las Vegas.

—Tío, si me caso algún día, ¡así es justo como quiero acabar yo mi despedida de soltero! —dice Elliot.

—Tomaré nota mental de eso.

Elliot se ríe.

—Es hora de despertar a Ethan.

Taylor está al volante del Q7, llevándonos a Elliot y a mí de vuelta al Escala. Ethan y Mac, después de las despedidas de rigor, con palmaditas en la espalda incluidas, ya se han ido en un taxi.

—Gracias por esta noche, Taylor —digo desperezándome en la parte de atrás. Elliot parece dormido.

—Ha sido un placer, señor. —Nuestras miradas se cruzan en el retrovisor y, a pesar de la oscuridad, percibo las arrugas de sus ojos al sonreír.

Saco el teléfono del bolsillo de la chaqueta.

Ningún mensaje.

—¿Sabes algo de Sawyer o Reynolds?

—Sí, señor —responde Taylor—. La señorita Steele y la señorita Kavanagh aún no han vuelto.

¿Qué? Miro mi reloj. Es más de la una de la madrugada.

—¿Dónde está? —reprimo mi nerviosismo y miro a Elliot, que sigue en estado comatoso.

—En una discoteca.

—¿Cuál?

—El Trinity.

—¿En Pioneer Square?

—Sí, señor.

—Llévame allí.

Taylor me mira con expresión vacilante.

—¿No te parece buena idea? —le pregunto.

—No, señor.

Maldita sea.

Cuenta hasta diez, Grey.

Recuerdo que la única vez que estuve en una discoteca con Ana fue en aquel club de Portland, donde estaba celebrando que había terminado los exámenes finales.

Se emborrachó tanto que se quedó inconsciente.

En mis brazos.

Mierda.

—Señor, Sawyer y Reynolds están con ella.

Eso es verdad.

Recuerdo las palabras de Flynn: «Ponte en su lugar».

Esta es su noche. Con sus amigas.

Grey, déjala en paz.

—Vale, llévanos de vuelta al Escala.

—Sí, señor.

Espero haber tomado la decisión acertada.

Despierto a Elliot cuando entramos en el garaje subterráneo del Escala.

—Despierta, ya hemos llegado.

—Quiero irme a casa, pero si te apetece tomar la última o algo, cuenta conmigo. —Apenas puede abrir los ojos.

—Taylor te llevará a casa, Elliot.

—Antes me gustaría acompañarlo al apartamento, señor Grey —dice Taylor.

—Está bien —digo lanzando un suspiro, consciente de que sigue en modo protector, preocupado por mi seguridad.

Aparca junto al ascensor y sale del coche.

Elliot abre los ojos.

—Me quedaré en el coche —murmura. Le tiendo el brazo para estrecharle la mano, pero me la agarra con fuerza—. Vete a la mierda con tus putos apretones de manos —masculla, y me estruja en un abrazo incómodo que me resulta torpe, masculino y... agradable.

—No me arrugues el traje —le advierto, sintiéndome extrañamente conmovido por su gesto. Me suelta.

—Buenas noches, hermano.

Le doy una palmada en la rodilla.

—Gracias otra vez. ¿Necesitas las cosas que te dejaste arriba?

—Volveré el viernes por la noche para la cena del ensayo.

—Vale. Buenas noches, Lelliot.

Sonríe y cierra los ojos.

Taylor me acompaña al apartamento.

—Ya sabes que no tienes por qué hacer esto, Taylor.

—Es mi trabajo, señor. —Tiene la vista fija al frente.

—¿Vas armado?

Taylor mira un momento en mi dirección.

—Sí, señor.

Detesto las armas de fuego; me pregunto si se habrá llevado el arma a Canadá y, si es así, cómo ha pasado el control de seguridad, pero no quiero saber todos los detalles.

Negación plausible.

—¿Por qué no le pides a Ryan que lleve a Elliot a casa? Debes de estar agotado.

—Estoy bien, señor Grey.

—Gracias otra vez por participar en la organización de lo de hoy.

Se vuelve hacia mí con una cálida sonrisa.

—Ha sido un placer.

Se abren las puertas del apartamento y accedo al interior. Ryan está esperándome.

—Buenas noches, señor Grey.

—Ryan, hola. ¿Todo tranquilo por aquí?

—Sí, señor. Ninguna incidencia. ¿Necesita algo?

—No, no me hace falta nada. Buenas noches.

Lo dejo en el vestíbulo y entro en la cocina. Saco una botella de agua mineral con gas de la nevera, desenrosco el tapón y me pongo a beber directamente a morro.

El apartamento está en silencio. Los únicos ruidos que oigo son el zumbido ronco de la nevera y el rumor lejano del tráfico. Todo el espacio parece muy vacío.

Porque Ana no está aquí.

Mis pasos retumban por la habitación cuando me acerco a la ventana. La luna está encaramada en lo alto del cielo y brilla en la bóveda nocturna y despejada de nubes con la promesa de otro día lleno de felicidad, como el de hoy. Ana está cerca, bajo la misma luna. Llegará pronto a casa. Seguro que sí. Apoyo la frente en el cristal. Está fresco al tacto, pero no frío. Cuando dejo escapar un largo suspiro, se empaña el cristal.

Mierda.

La vi hace solo unas horas y, aun así, la echo de menos.

Joder, Grey. Estás muy mal. Haz el puto favor de espabilar.

He pasado un día maravilloso. Sin preocupaciones de ninguna clase. Lleno de aventura. De vida social.

Flynn estaría orgulloso. Recuerdo que la primera vez que navegamos en el *Grace*, Ana me preguntó si tenía amigos. Bueno, ahora puedo decir que sí. Tal vez.

No entiendo por qué estoy tan deprimido de repente; una sensación de soledad que me resulta familiar se está apoderando de mi cabeza. Reconozco sus ingredientes clave: el vacío, la nostalgia... como si echara algo en falta. No me sentía así desde que era adolescente.

Joder.

Hacía años que no me sentía solo. Tenía a mi familia, aunque siempre los he mantenido a distancia. Y también estaba Elena, por supuesto, y me daba por satisfecho con mi propia compañía y la compañía ocasional de mis sumisas.

Pero ahora, sin Ana aquí, estoy perdido.

Su ausencia es un tormento... una cicatriz en mi alma.

El silencio se me hace insoportable.

Creía que después de todo el barullo de esta noche —los bares, el club, el casino— agradecería un poco de silencio al fin.

Pero no.

El silencio es opresivo.

Y me pone melancólico.

A la mierda con esto.

Me acerco al piano, abro la tapa y me siento en el banco. Me paro un momento a poner en orden mis pensamientos y apoyo las manos en las teclas, disfrutando del tacto sólido del marfil bajo las yemas de mis dedos. Empiezo a tocar la primera pieza que me viene a la mente, el Bach-Marcello, y no tardo en perderme en la hosca melodía que tan bien refleja mi estado de ánimo. La segunda vez que la toco, un ruido me distrae.

—Chisss...

Levanto la vista y Ana está junto a la encimera de la cocina, tambaleándose ligeramente. Lleva las sandalias de tacón en la mano y luce lo que parece una tiara de plástico que, en un momento dado, debe de haber llevado en lo alto de la cabeza, pero que ahora está decididamente torcida en un lado. Una banda con la palabra NOVIA escrita en una elaborada caligrafía le cruza el vestido negro. Se lleva el dedo índice a los labios.

Es, sin ninguna duda, la mujer más guapa del mundo.

Y estoy encantado de que haya vuelto a casa.

A su espalda, Sawyer y Reynolds permanecen impertérritos. Me levanto del banco y les hago un gesto con el mentón para darles las gracias. Sonríen al unísono y nos dejan solos.

Ana tropieza un poco al volverse para verlos marcharse.

—¡Adiós! —dice, casi gritando, y se despide de ellos con un amplio gesto con la mano.

Es evidente que está ebria.

Volviéndose para mirarme, me recompensa con la mejor, la más cálida y la más embriagada de sus sonrisas y se acerca con paso tambaleante hacia mí.

—¡El señor Christian Grey!

La atrapo justo antes de que se caiga y la abrazo, y ella me mira con ojos desenfocados y felices. Su mirada colma mi alma de alegría.

—Señorita Anastasia Steele. Qué placer verla. ¿Lo ha pasado bien?

—¡Súper!

—Por favor, dime que has comido algo.

—¡Sí! Hemos comido algo.

Suelta los zapatos, que caen estrepitosamente en el suelo mientras me arroja los brazos al cuello.

—¿Puedo arreglarte la corona? —digo, intentando enderezarle la tiara.

—Me arreglaste la corona hace mucho tiempo —murmura con voz pastosa.

¿Qué?

—Tienes una boca muy bonita. —Me recorre los labios con un dedo índice tembloroso.

—¿Ah, sí?

—Mmm… sí. Me haces cosas con esa boca.

—Me gusta hacerte cosas con la boca.

—¿Las hacemos ahora? —Su mirada desenfocada se desplaza de mi boca a mis ojos.

—Por muy tentador que me resulte, no estoy seguro de que sea buena idea ahora mismo.

Se tambalea un poco y la agarro con más fuerza.

—Baila conmigo —murmura, sonriéndome. Desliza las manos por las solapas de mi chaqueta y me atrae hacia sí de modo que percibo su cuerpo pegado al mío.

—Habría que meterte en la cama.

—Quiero bailar… contigo —susurra, ofreciéndome sus labios.

—Ana —le advierto, tentado de llevarla a la cama, pero estoy disfrutando de la sensación de tenerla en mis brazos y de la forma en que me implora con esos grandes ojos azules—. Vale. ¿Qué canción quieres bailar?

—Músicaaa.

Me río, un poco impaciente, y nos trasladamos a la encimera de la cocina, donde cojo el mando y aprieto el botón de «Play». La canción «Bodyrock», de Moby, empieza a sonar por el sistema de sonido. Es una de las canciones favoritas de mi juventud, pero un poco frenética para este momento. Paso a la siguiente y el «My Baby Just Cares For Me» de Nina Simone resuena en la habitación.

—¿Esta? —digo en respuesta a la sonrisa ebria de Ana.

—Sí. —Echa la cabeza y los brazos hacia atrás con tanto entusiasmo que casi se me escurre entre los brazos.

—Mierda. ¡Ana! —Me alegro de rodearle la cintura con el brazo porque, de lo contrario, estaría desparramada en el suelo. Empieza a tambalearse y me pregunto si no irá a desmayarse, pero entonces me doy cuenta de que está intentando bailar.

Vaya.

La agarro con fuerza. Nunca había bailado con una mujer tan borracha como Ana. Es una maraña de brazos y piernas y giros impredecibles.

Es todo un aprendizaje.

Intento cogerle las manos y llevarla por la sala en una especie de danza —que parece más bien una giga—, por lo que no tengo éxito del todo. Es desconcertante.

De pronto, se para y se agarra la cabeza.

—Ay. La habitación me da vueltas.

Oh, no.

—Creo que deberíamos irnos a la cama.

Me mira por entre los dedos.

—¿Por qué? ¿Qué vas a hacer?

¿Está flirteando o habla en serio?

—Dejarte dormir —contesto muy serio.

Hace una mueca, que interpreto como de decepción, pero la cojo de la mano y la llevo de nuevo a la encimera de la cocina. Saco un vaso del armario y lo lleno con agua.

—Bébetelo. —Se lo doy y hace lo que le digo—. Entero.

Entrecierra los ojos, sospecho que para poder enfocarme con la mirada.

—Tú has hecho esto antes.

—Sí. Contigo. La última vez que te emborrachaste.

Apura el vaso y se seca la boca con el dorso de la mano.

—¿Vas a follarme?

—No, esta noche no.

Frunce el ceño.

—Ven. —La guío hasta nuestro dormitorio, enciendo las luces de la mesilla de noche desde la pared y la suelto junto a la cama—. ¿Te encuentras mal?

—¡No! —contesta con vehemencia.

Es un alivio.

—¿Necesitas usar el baño?

—¡No!

—Date la vuelta —le ordeno.

Me lanza una sonrisa torcida y le quito la tiara.

—Date la vuelta, deja que te baje la cremallera del vestido. —Le saco la ridícula banda por la cabeza.

—Eres tan bueno conmigo... —Apoya la mano en mi pecho, extendiendo los dedos.

—Ya basta. Date la vuelta. No te lo voy a repetir.

Sonríe.

—Ahí está...

Oh, nena...

La sujeto por los hombros y le hago volverse con delicadeza para poder quitarle el vestido, que se desliza hacia abajo inmediatamente y le cae a los pies. Lleva un sujetador de encaje negro, bragas a juego y un liguero blanco. Le desabrocho el sujetador, doy un paso adelante, acercando su cuerpo al mío, y le bajo las tiras por los brazos. Ella restriega el culo contra mí y mueve la mano hacia atrás para acariciarme la polla, más que receptiva al contacto con su piel.

¡Ana!

Me permito un breve instante de puro placer y empujo las caderas hacia delante mientras ella sigue acariciándome, y se me pone cada vez más dura.

¡Sí!

Dejo caer el sujetador al suelo, le aparto el pelo y deslizo los labios por su cuello.

—Para —susurro.

Ella sigue tocándome. Lanzo un gemido y retrocedo un paso. Arrodillándome, le bajo el liguero —que sospecho que venía con la banda y la tiara— y las bragas por las piernas y le beso el trasero.

—Apártate. —Hace lo que le digo y recojo su ropa interior y el vestido antes de retirar el edredón—. Métete en la cama.

Se vuelve en ese momento.

—Ven conmigo —dice con una sonrisa provocativa. Está desnuda, preciosa, irresistible y dispuesta.

También está completamente borracha.

—Métete en la cama. Ahora vuelvo.

Da media vuelta, se sienta, se echa hacia atrás en la cama y yo le subo los pies al colchón y la arropo.

—¿Vas a castigarme? —dice, arrastrando las palabras.

—¿Castigarte?

—Por emborracharme tanto. Un polvo de castigo. Puedes hacerme todo lo que quieras —murmura, y extiende los brazos.

Oh, Dios.

Se me pasan por la cabeza un millón de pensamientos eróticos, y tengo que hacer uso de toda mi fuerza de voluntad para inclinarme, darle un beso en la frente y marcharme.

En el vestidor, que está lleno de bolsas con las compras del día, meto sus cosas en el cesto de la ropa sucia y me quito el traje y la camisa.

Me pongo el pantalón del pijama y una camiseta y entro en el baño.

Mientras me cepillo los dientes, pienso en lo que podría hacerle a Ana estando borracha. ¿Quiere un castigo? Mis pensamientos no contribuyen a mitigar mi erección.

—Pervertido —le digo a mi reflejo.

Apago las luces y vuelvo al dormitorio. Como sospechaba, Ana se ha quedado frita, con el pelo alborotado encima de la almohada. Está preciosa. Me meto en la cama con ella y me pongo de lado para observarla mientras duerme.

Mañana por la mañana tendrá una resaca de campeonato.

Me acerco y le beso el pelo.

—Te quiero, Anastasia —murmuro, y me tumbo de espaldas con la mirada fija en el techo. Me sorprende no estar furioso con ella. No, me ha resultado graciosa y encantadora.

Tal vez estoy madurando. Por fin.

Eso espero. La semana que viene a estas horas seré un hombre casado.

Martes, 26 de julio de 2011

Cuelgo la llamada con Troy Whelan, mi banquero. He abierto una cuenta conjunta con Ana que estará activa en cuanto ella se convierta en la señora Anastasia Grey. No estoy seguro de para qué podrá necesitarla, pero si me ocurriera algo... Dios. Si le ocurre algo a ella...

Suena el teléfono y me distrae de ese torbellino de pensamientos negativos.

—Señor Grey, su madre al teléfono —dice Andrea.

Reprimo un gruñido.

—Pásamela.

—Está bien. Ya está, señor.

—Grace.

—Cariño. ¿Cómo estás?

—Estoy bien. ¿Qué quieres?

—Siempre tan brusco. Solo llamo para saber cómo estás, eso es todo. Últimamente hablo más con Ana que contigo.

—Bueno, estoy bien. Sigo aquí. Todavía preparándome para casarme. Gracias por todo lo que has hecho. ¿Querías algo en concreto?

Ella lanza un suspiro.

—No, cariño, estoy deseando celebrar la cena de ensayo y que Ana se quede a pasar la noche con nosotros la víspera de la boda. Y por supuesto también su madre y su padrastro, Bob. Me alegro de poder conocerlos antes del gran día. ¿Tienen buena relación con el padre?

—¿Con Ray? Eso creo. Pero no lo sé, tendrás que preguntárselo a Ana.

—Eso haré. Me alegro de que su padre se aloje en tu casa.

No fue idea mía.

—Ana cree que así estrecharemos lazos.

Sinceramente, Raymond Steele me intimida.

Grace hace una pausa.

—Estoy segura de que así será. ¿Tenéis la licencia matrimonial?

Suelto una risita burlona.

—Pues claro que la tenemos. Fuimos a recogerla la semana pasada.

—¿Y la luna de miel?

—Está todo preparado.

—¿Y tu traje?

Miro el teléfono con los ojos entornados.

—Me lo han entregado hoy. Y me va bien.

—¿Los anillos?

¿Los anillos?

Mierda.

¡Los anillos!

¿Cómo narices hemos olvidado los anillos?

—Controlado —mascullo, y me río porque tanto a Ana como a mí se nos han pasado por alto.

—¿Qué tiene tanta gracia?

—Nada, mamá. ¿Algo más?

—¿Habéis olvidado los anillos?

Lanzo un suspiro. Me ha pillado.

—¿Cómo lo has sabido?

—Soy tu madre... y me has llamado «mamá». Casi nunca me llamas así. —El tono divertido y cálido con que lo dice resulta tranquilizador.

—Muy perspicaz, doctora Grey.

Ella se ríe.

—Oh, Christian, te quiero mucho. Si no tenéis los anillos, será mejor que vayáis a comprarlos. Aquí está todo encarrilado; mañana montarán la carpa y luego vendrán los decoradores.

—Gracias, mamá. Gracias por todo.

—Nos vemos el viernes.

Cuelga y yo me quedo contemplando la línea del horizonte de Seattle, agradecido por todo lo que es sagrado, por la doctora Grace Trevelyan-Grey.

Mamá.

Llamo a Ana.

—Anastasia Steele. —Parece ausente.

—Hemos olvidado los anillos.

—¿Los anillos? ¡Oh! ¡Los anillos!

Me río porque reacciona igual que yo y la imagino abriendo los ojos como platos al recibir la impactante noticia.

—¡Ya lo sé! ¿Cómo hemos podido olvidarlos?

—Mi madre siempre dice que la importancia está en los detalles —concede Ana.

—Pues no se equivoca. ¿Qué tipo de anillo te gustaría?

—Oh... mmm...

—Había pensado en una sortija de platino para que haga juego con tu anillo de compromiso, ¿qué te parece?

—Christian, eso sería... eh... mmm... eso sería más que tremendamente maravilloso —lo dice con un hilillo de voz.

Sonrío.

—Compraré dos a juego.

Ana lanza un suspiro ahogado.

—¿Tú también llevarás un anillo?

—¿Por qué no iba a llevarlo? —Me sorprende su pregunta.

—No lo sé. Me emociona que quieras hacerlo.

—Ana, soy tuyo. Quiero que el mundo entero lo sepa.

—Me encanta oírlo.

—A estas alturas ya deberías saberlo.

—Ya lo sé —susurra—. Pero sigo sintiendo un escalofrío cuando lo dices.

—¿Un escalofrío?

—Sí, un escalofrío.

—Suena a algo desagradable.

—Para nada. Es lo contrario a desagradable.

El corazón va a estallarme de felicidad. Algunas veces, Ana me deja sin respiración. Inspiro para tomar aire en un intento de contener el éxtasis.

—Será mejor que me encargue de esto ahora mismo.

—¡Más te vale!

—Hasta luego, nena.

—Hasta luego, Christian. Te quiero.

Permito que sus palabras se aposenten en mi corazón.

Ana me quiere.

—¿Vas a colgar? —me pregunta.

—No.

Se ríe.

—Tengo que colgar. Tengo una reunión y el jefe del jefe de mi jefe... bueno, ya sabes.

—Sí. Puede ser un gilipollas.

—Sí que lo es... pero también puede ser el mejor de los hombres.

Me quedo mirando el retrato de Ana que tengo en la pared del despacho; su sonrisa tímida y juguetona dirigida a mí. Me estremezco en cuerpo y alma. Tiene que ser una de las cosas más tiernas que me ha dicho jamás.

—Te veré esta noche —me dice, y cuelga antes de que pueda responder.

Anastasia Steele, eres la mujer más arrebatadora que conozco. Me quedo mirando su fotografía, digiriendo sus palabras, y sé que mi sonrisa podría iluminar una noche oscura y desalmada.

Movido por la inspiración, localizo el teléfono de Astoria Alta Joyería y pulso el botón de llamada. No solo necesito unos anillos, sino también un regalo de bodas para mi futura esposa.

Mi reunión con Welch no lleva a ningún sitio: sigue sin haber pistas de quién lo hizo y empiezo a creer que lo del sabotaje es una ilusión de mi imaginación desbocada. El equipo de Welch está investigando a fondo todos los historiales de los ex trabajadores de las empresas que GEH ha absorbido para ver si encuentran algo, pero este ya es terreno trillado y creo que Welch está agarrándose a un clavo ardiendo. Si los únicos sospechosos posibles fueran Hyde y Woods, estaría bien, pero Hyde ha sido descartado, y ha estado en Florida desde que fue despedido, y todavía no hay ninguna prueba que relacione a Woods con el accidente.

—Entiendo lo exasperante que es esto, Grey —dice Welch con un tono tan hosco como siempre—. Estamos vigilando el Gulfstream con especial atención.

—Me pregunto si habremos reaccionado de forma exagerada ante el informe de la FAA.

—No. No ha sido exagerado. No si su seguridad está en juego. Tendremos que ser pacientes con la espera del informe de la NTSB. Espero que llegue cualquier día de estos.

—En cuanto lo tengas… —Dejo la frase inconclusa, pues cae por su propio peso.

—Sí, señor.

—Mientras tanto, por favor, colabora con Taylor. Nos acompañará para supervisar la seguridad mientras estamos de luna de miel.

—Está bien. Y felicidades una vez más.

Asiento con la cabeza para agradecérselo.

—Vale. Esto es todo. Gracias por venir.

Welch se levanta y nos damos un apretón de manos.

De regreso a mi mesa, reviso los e-mails.

De: Doctor John Flynn
Fecha: 26 de julio 2011 14:53
Para: Christian Grey
Asunto: RV: Para Christian Grey

Christian:
He recibido el mensaje que te adjunto de Leila Williams. Podemos hablarlo cuando te vea el jueves.

JF

De: Leila Williams
Fecha: 26 de julio 2011 06:32
Para: Doctor John Flynn
Asunto: Para Christian Grey

Querido John:
Gracias por tu apoyo constante. No puedes ni imaginarte lo que ha supuesto para mí. Mis padres han vuelto a acogerme en su seno. Me cuesta creer lo considerados que han sido, teniendo en cuenta todos los problemas que les he causado. Mi divorcio será definitivo el mes que viene. Por fin podré seguir adelante con mi vida.
Lo único que lamento es no haber podido dar las gracias al señor Grey en persona. Por favor, reenvíale este mensaje. Me gustaría muchísimo agradecerle todo personalmente. Mi vida podría haber seguido por muy mal camino de no ser por la intervención del señor Grey y la tuya.
Muchas gracias,

Leila

Ni hablar, joder. Leila es la última persona en el mundo a la que quiero ver ahora. Pero me alegro de que esté en un lugar mejor y curándose, y de que se vaya a divorciar del mal bicho con el que se casó. Borro el e-mail y decido dejar de pensar en ella.

Llamo a Andrea. Necesito un café. Ya.

Es tarde. El sol se ha puesto en el horizonte y estoy mirando una pantalla en blanco en mi estudio.

Los votos.

Escribir el borrador es más difícil de lo que imaginaba. Todo lo que escriba será leído en voz alta delante de nuestros seres más próximos y queridos, e intento dar con las palabras para expresar a Ana lo que siento por ella, lo emocionado que estoy por compartir una vida juntos y lo honrado que me siento de que me haya escogido a mí.

Maldita sea. Qué difícil es esto.

De pronto me pongo a pensar en lo ocurrido a primera hora de esta tarde, cuando Ana y yo nos hemos reunido con Gia Matteo. Gia quería que le diéramos nuestra opinión sobre un par de ideas para la casa nueva. Su visión es atrevida: me gusta el enfoque, pero no estoy seguro de que Ana esté muy convencida. Cuando por fin veamos los planos dibujados de Gia podremos valorarlo.

Por suerte, la reunión ha sido breve. Y ella solo me ha tocado una vez, nada más.

Desde entonces he estado intentando escribir mis votos mientras Ana está ocupada con una llamada de Alondra Gutiérrez. Ambas han trabajado sin descanso para esta boda.

Solo espero que todo salga como desea Ana. Y, sinceramente, mientras ella esté contenta, yo estoy contento.

Pero, por encima de todo, quiero mantenerla a salvo.

La vida sin Ana sería insoportable.

Un torbellino de imágenes indeseadas me nubla la mente: Ana encañonada en su antiguo piso; Ana, no Ros, sentada junto a mí mientras el *Charlie Tango* cae en picado; Ana tendida, pálida e inmóvil, sobre la que fuera una delgada alfombra verde...

Grey, para. Para ya.

Necesito controlar mis pensamientos mórbidos.

Concéntrate, Grey. Céntrate en dónde quieres estar.

Con Ana.

Quiero poner el mundo a sus pies.

Me vuelvo hacia la pantalla, hacia mis votos y empiezo a teclear.

Ana levanta la vista cuando entro en la biblioteca y me mira con una sonrisa tierna aunque cansada. Ha estado leyendo un manuscrito.

—Hola.

—Hola —me responde mientras me siento en el sofá a su lado y separo los brazos.

Ella no lo duda; descruza las piernas, sobre las que está sentada, sube de un salto a mi regazo y se acomoda con manuscrito y todo. La envuelvo en un abrazo, le doy un beso en la coronilla e inspiro su perfume. Es el paraíso.

Ana deja escapar un leve suspiro de satisfacción.

Es tan bueno abrazarla.

Es un bálsamo para mis sentidos.

Mi Ana.

Permanecemos sentados en un cómodo silencio amigable. No podía imaginarme estar haciendo algo así ni siquiera hace tres meses. No. Ni hace dos meses. He cambiado tanto que ni yo mismo me reconozco. El último residuo de las dudas y los miedos que sentía se esfuma. Ella está a salvo entre mis brazos.

Y yo estoy a salvo... con ella.

Jueves, 28 de julio de 2011

La reunión con el equipo directivo ha ido bien; todo el mundo está de acuerdo con acelerar el ritmo en el trabajo de todas las divisiones y en los pasos que debemos dar a continuación. Dejo la empresa en buenas manos, aunque no lo he dudado nunca. Sin embargo, para ser sincero, todavía me pone nervioso. Es la primera vez que me voy de vacaciones durante más de un par de días. A medida que los presentes van saliendo de la sala de juntas, me estrechan la mano y me desean suerte.

—Estaré aquí mañana —le recuerdo a Marco.

—Christian, te mereces un descanso —me dice—. Disfruta de tu luna de miel.

—Gracias.

Resoplo y me paso los dedos por el pelo. ¿Por qué narices soy tan aprensivo? Ros me aborda cuando todos los demás ya se han ido.

—La casa. Es tuya.

—¿Ya está?

—Firmado y sellado.

—Genial. Gracias por organizarlo todo. ¿Y las llaves?

—Las trae un mensajero.

—Se las daré a mi hermano. Va a supervisar la reforma.

Ros abre los ojos como platos.

—¿También vas a reformarla? Tienes muchos frentes abiertos, Christian. Creo que ya es hora de que te tomes unas vacaciones.

—Bueno, la verdad es que estoy deseando hacerlo.

—¿Dónde iréis?

—He seguido tu consejo. A Europa.

A Ros se le ilumina la expresión.

—Gwen y yo tenemos muchas ganas de que llegue el sábado.

—Yo me alegraré cuando todo haya terminado.

La miro con una sonrisa tensa.

—¡Christian! —Ros parece atónita—. ¡Tienes que disfrutar de tu día!

—Lo que quiero es que Ana disfrute de ese día.

La actitud de Ros se suaviza de inmediato.

—Sí que te ha pegado fuerte…

Me río porque ella jamás me había hecho un comentario tan personal.

—Culpable del cargo que se me imputa.

Ella sonríe de oreja a oreja, con mirada cálida. Esa mirada le sienta bien.

—Tengo muy claro que podré disfrutar de mi luna de miel sabiendo que tú diriges este lugar y que mantienes en marcha los engranajes de GEH.

Su sonrisa se amplía aún más.

—No estés tan ansioso. Te vas a Europa, no a Marte. Si te necesito, te llamaré.

—Gracias, Ros.

—Bueno, ahora perdóname, tengo que ponerme con los asuntos de hoy.

Me aparto y ella se aleja pavoneándose. En ese instante, me siento muy agradecido de tenerla en mi equipo.

—Christian, pareces un león enjaulado. ¿Qué te pasa? —me pregunta Flynn.

Está sentado en su sillón habitual, mirándome con su acostumbrado desapego profesional, mientras yo me paseo de un lado al otro de su despacho y dejo la estela de mis pasos sobre el mullido pelo de la alfombra. Me paro en seco al oír su pregunta y me quedo mirando por la ventana al exterior, donde se encuentra Taylor esperándome en el coche. Está mirando a la calle con sus gafas de aviador con cristales de espejo.

—¿Serán los nervios? —Aventuro una pregunta y, tras regresar al diván, me dejo caer en él.

—Es una reacción lógica al hecho de que vas a casarte dentro de un par de días.

—¿Es normal?

—Claro que lo es. Es totalmente natural estar nervioso. Vas a declarar públicamente qué significa Anastasia para ti. Eso hará que todo sea real.

Sí. Es real.

—Pero es que nos ha costado tanto llegar hasta este punto y a última hora se nos han olvidado los anillos… —Levanto las manos en el aire, con gesto de desesperación—. ¿Qué dice eso de nosotros?

—¿Que ambos sois personas muy ocupadas? —sugiere en tono tranquilizador.

Pero su observación no me tranquiliza.

—Todo el mundo insiste en que lo disfrute.

Frunzo el ceño.

Flynn parece pensativo, pero se queda callado, esperando a que yo discurra.

—¡Yo solo quiero que se acabe!

—¿De verdad? ¿Estás seguro de que quieres seguir con esto?

¡Qué! Me quedo mirándolo como si le hubiera salido una segunda cabeza.

—¿Con la boda? ¡Por supuesto que quiero!

—Eso pensaba.

—Entonces ¿por qué me preguntas si tengo dudas? —espeto.

—Christian, intento llegar al origen de tu inquietud.

—Yo solo quiero que acabe.

Le escupo las palabras, exasperado. Pero Flynn no dice nada y sigue mirándome con tranquilidad y expresión comedida mientras yo espero a que me ofrezca algún punto de vista. Como no lo hace, sé que está analizándome.

Maldita sea.

—Ha pasado demasiado tiempo. No soy un hombre paciente —mascullo.

—Solo han pasado un par de semanas, no es tanto tiempo.

Resoplo y lucho por dilucidar mis sentimientos.

—Espero que Ana no haya cambiado de parecer.

—Creo que, a estas alturas, es muy poco probable que cambie de parecer. ¿Por qué iba a hacerlo? Te quiere.

Se queda mirándome.

Yo lo miro, en silencio, incapaz de verbalizar lo que quiero decir. Resulta frustrante.

—¿Lo único que quieres es estar casado? —insiste Flynn.

—¡Sí! Y entonces ella será mía. Y podré protegerla. Como es debido.

—Ah. —Flynn asiente y lanza un ligero suspiro—. Entonces no son solo los nervios, Christian. Cuéntame.

Empieza el espectáculo, Grey.

Trago saliva y desde lo más profundo de mi alma confieso mi miedo más oscuro.

—La vida sería insoportable sin ella —digo en un tono casi inaudible—. Me asaltan pensamientos mórbidos y espantosos.

Flynn asiente y se golpetea el labio con un dedo, y yo me doy cuenta de que es eso lo que esperaba que yo dijera.

—¿Quieres hablar de ellos? —me pregunta.

—No.

Si hablo de ellos, los convertiré en realidad.

—¿Por qué no?

Niego con la cabeza porque me siento expuesto, vulnerable, como si estuviera desnudo en la cima de una colina sin árboles, con el viento aullando en torno a mí.

John se frota la barbilla.

—Christian, tus miedos son totalmente comprensibles. Pero proceden del recuerdo de un niño maltratado y rechazado que fue abandonado tras la muerte de su madre.

Cierro los ojos y veo a la puta adicta al crack muerta en el suelo.

Solo que es Ana.

Joder.

—Ahora eres un hombre adulto. Y bastante exitoso, por cierto —prosigue John—. Ninguno de nosotros tiene ninguna garantía en la vida, pero es tremendamente improbable que le ocurra nada a Ana, teniendo en cuenta todo lo que tú has hecho para que así sea.

Abro los ojos y me topo con la mirada de Flynn, y veo que quiere más.

—Temo más por ella que por mí mismo —susurro.

La expresión del doctor se suaviza.

—Lo entiendo, Christian. La amas. Pero lo que tienes que hacer es ver ese miedo con perspectiva y mantenerlo bajo control. Es irracional. Y en el fondo tú lo sabes.

Lanzo un largo suspiro.

—Lo sé. Lo sé.

Él arruga la frente frunciendo el ceño fugazmente y dirige la mirada hacia su regazo.

—Solo quiero prevenirte sobre algo. —Se queda mirándome para asegurarse de que le presto total atención—. No quiero que sabotees tu felicidad, Christian.

—¿Qué?

—Sé que sientes que no te lo mereces y es un concepto relativamente nuevo para ti, pero deberías alimentarlo y atesorarlo.

¿Adónde narices quiere llegar con esto?

—Ya lo hago —intento confirmárselo—. Pero me pone nervioso.

—Ya lo sé. Solo quiero que seas consciente.

Asiento en silencio.

—Tienes las herramientas para superar la ansiedad. Úsalas. Libera tu mente racional.

Vale. Vale.

Estoy cansándome de este sermón que ya he escuchado otras veces.

—Vamos a seguir.

Aprieta los labios.

—¿Estás seguro?

—Sí.

Cambia de tema.

—Bien, hablando de sabotaje, ¿tienes alguna noticia del saboteador?

—¡No! —La palabra suena a improperio. Ojalá tuviera una respuesta—. Estoy empezando a preguntarme si no habrán sido imaginaciones mías.

—No sería la primera vez.

Esbozo una sonrisa de medio lado.

—Es lo que dijo Ana.

—Te conoce bien.

—Sí, es verdad. Mejor que nadie. Aparte de ti.

—Me halagas, Christian. Pero estoy seguro de que ella te conoce mejor que yo. Cada uno escoge qué cara enseñar a los demás. Es parte de lo que nos hace humanos. Creo que Ana ha visto lo mejor y lo peor de ti.

Eso es cierto.

—Ella saca lo peor y lo mejor de mí.

—Si lo piensas, puedes concentrarte en lo mejor. No te regodees en los pensamientos negativos y sé consciente. Usa todo lo que has aprendido aquí —afirma.

—Puedo intentarlo.

—No lo intentes. Hazlo. Eres más que capaz de conseguirlo, Christian. —Cruza las piernas y prosigue—: ¿Cómo va la relación con tus padres?

—Mucho mejor. —Y le hablo sobre mi última conversación con Grace.

—Eso suena genial. ¿Y con tu padre?

—Ninguna novedad desde su disculpa sorpresa.

—Bien. —Hace una pausa—. ¿Has recibido el e-mail que te reenvié de parte de Leila?

—Sí. No quiero verla.

—Seguramente sea la opción más sabia. Ya se lo diré yo.

—Gracias.

Sonríe.

—¿Sabes? A lo mejor tú no tienes muchas ganas de que sea el día de tu boda, pero mi mujer está emocionadísima.

Me río.

—Vamos a llevar a los chicos. Espero que lo tengas todo bien atornillado.

—Creo que Ros, la directora general de mi empresa, también traerá a sus hijos.

—¿Habéis hablado Ana y tú sobre el tema de tener hijos?

—Solo por encima. Tenemos años para planteárnoslo. Somos jóvenes los dos. De hecho, a veces olvido lo joven que es ella.

Sí, soy el adolescente enfurruñado.

—Los dos sois jóvenes. —Se queda mirando el reloj de pared que tengo detrás—. Creo que hemos terminado, a menos que quieras hablar de algo más… No volveré a verte de forma profesional durante un tiempo.

—Eso es todo. Gracias por escucharme.

—Es mi trabajo. Y recuerda: no te regodees en los pensamientos negativos. Céntrate en lo positivo.

Asiento con la cabeza y me levanto.

—Y un consejo, a nivel personal —dice John—. Esposa feliz, vida feliz. Hazme caso en esto.

Me río y él sonríe.

—Me gusta verte reír, Christian.

Ana y yo estamos mirándonos. Nos encontramos tumbados en mi cama... en nuestra cama, con las narices pegadas, ambos adormilados, pero ninguno de los dos dormido.

—Ha sido agradable —susurra Ana.

Yo entrecierro los ojos.

—Ya estás con esa palabra otra vez.

Ella sonríe y me acaricia la mejilla con los dedos. Su sonrisa se esfuma.

—¿Qué ocurre? —le pregunto, y ella desvía la mirada hacia abajo, para no mirarme—. ¿Ana?

Me mira directamente a los ojos con intensidad.

—No nos habremos precipitado demasiado, ¿verdad? —me pregunta enseguida, con un tono ahogado y en voz baja.

Todos mis sentidos se ponen de pronto en alerta.

¿Adónde coño quiere ir a parar con esto?

—¡No! ¿Por qué piensas eso?

—Es que estoy tan feliz ahora que no sé si podría ser más feliz. No quiero cambiar nada.

Cierro los ojos, deleitándome con el alivio que siento. Ella me posa la mano en la mejilla.

—¿Tú eres feliz? —me pregunta.

Abro los ojos y me quedo mirándola con toda la honestidad que soy capaz de reunir, extraída de hasta la última fibra de mi ser.

—Por supuesto que soy feliz. No tienes ni idea de lo mucho que ha cambiado mi vida para mejor. Pero seré más feliz en cuanto estemos casados.

—Estás ansioso. Te lo veo en la mirada.

Me acaricia la barbilla con los dedos.

—Estoy ansioso por hacerte mía.

—Ya soy tuya —murmura, y sus palabras me esbozan una sonrisa.

Mía.

—Y todavía nos quedan dos días de socializar por obligación —añado.

Ella suelta una risita nerviosa.

—Sí. Todavía nos queda eso.

—Me muero de ganas de escaparme contigo.

—Yo también me muero de ganas. ¿Adónde vamos a ir?

—Es una sorpresa.

—Me gustan las sorpresas.

—A mí me gustas tú.

—Tú también me gustas, Christian.

Se echa hacia delante y me besa la punta de la nariz.

—¿Tienes sueño? —le pregunto.

—No.

Bien.

—Yo tampoco. Todavía no he terminado contigo.

Sábado, 30 de julio de 2011

Elliot bebe un trago de Macallan. Son poco más de las doce y está tirado en mi sofá, con los pies en alto, ocupando todo el espacio que puede. Ese hombre no tiene el menor sentido del decoro.

—Tío, cómo está este whisky escocés.

—Ya puede estarlo.

Con lo caro que es.

—¿Qué te ha regalado? —pregunta.

Saco del bolsillo la cajita de color turquesa de Tiffany que contiene el regalo de boda que me ha hecho Ana. Es la segunda vez que la abro, y estudio los gemelos de platino grabados con una «C» y una «A» entrelazadas. Nunca me ha comprado nada similar, y me encantan. Los llevaré mañana, cuando nos casemos.

Se los tiendo a Elliot, que hace un gesto de aprobación con la cabeza mientras les echa un vistazo.

—Bonito regalo.

—Sí. Son perfectos.

—Es tarde, hermanito. —Bosteza—. Habría que irse yendo a la piltra. Por si se te había olvidado, mañana por la mañana te echan el lazo.

—Tienes razón. —El sorbo de armañac me atempera el paladar antes de deslizarse con suavidad por mi garganta—. Será raro dormir solo.

Mira, una frase que nunca creí que pronunciaría.

—Esta noche ha estado bien —dice, ignorándome—. Me gustan los padres de Ana. Bob no ha hablado mucho. Pensándolo bien, el padre de Ana tampoco.

—Los dos son muy reservados. —Enarco una ceja—. Está visto que a Carla le va cierto tipo de hombre.

Elliot se echa a reír.

—Es lo que tienen los calladitos. Como tú, campeón.

Alza el vaso y me sonríe.

Que te den, Elliot. Lo miro frunciendo el ceño.

—¿Como yo? No sé lo que insinúas y no quiero saberlo. Que son mis suegros, no me jodas.

—No sé, la madre de Ana está buena. Igual ahora me da por las mujeres mayores.

¡No pienso comentar ese tema con Elliot!

—¡Tío! ¿Y Kavanagh?

Me mira con una sonrisa avergonzada, pero creo que está tomándome el pelo.

—Fijo que te alegras de que los padres se lleven bien —dice, desviando la conversación hacia terrenos menos pantanosos—. Y Ray es fan de los Mariners, así que algo bueno tiene, aunque lo del Sounders es discutible. No me va mucho el fútbol.

Asiento con la cabeza. Es un alivio, incluso Raymond Steele se ha relajado ante la amable y constante atención de Grace. Y no hay animosidad entre la madre de Ana y él, lo cual es una buena noticia. Ray ya se ha ido a la cama. Qué irónico que esté durmiendo en el dormitorio que había reservado para Ana, si hubiera aceptado ser mi sumisa.

Mejor me guardo esa información para mí.

—Y la señora Jones te ha dejado en buen lugar —prosigue Elliot.

—Pues sí. Gail es una magnífica cocinera. Creo que le gusta lucir sus artes culinarias de vez en cuando.

Elliot apura su copa y chasquea los labios en señal de aprobación.

Pero qué basto eres, hermanito.

—Este whisky es la hostia, campeón. Yo me voy a la piltra. ¿Y tú?

—Tengo unos asuntos que atender.

Elliot le echa un vistazo al reloj.

—¿Ahora? Es tarde.

—Tengo que contestar un correo que me ha llegado antes de cenar. No tardaré nada.

De todas maneras, tampoco sé si seré capaz de pegar ojo.

—Mañana te cazan… Perdón, te casas. —Sonríe y se levanta del sofá con esa energía repentina tan suya—. Buenas noches. Intenta dormir un rato, ¿vale?

Me da un puñetazo en el brazo y se retira.

—Buenas noches —le digo mientras se aleja—. ¡No olvides los anillos!

Me responde con una peineta. Muy a mi pesar, me arranca una sonrisa. Me levanto y devuelvo la cajita de Tiffany al bolsillo.

Ya en el estudio, abro el correo electrónico que me ha tenido inquieto desde que lo he recibido esta noche. Es de Welch y contiene el informe de la Junta Nacional de Seguridad en el Transporte sobre el accidente del *Charlie Tango*.

De: Welch, H. C.
Fecha: 29 de julio de 2011 18:57
Para: Christian Grey
Cc: J. B. Taylor
Asunto: Informe de la NTSB

Señor Grey

Le adjunto el informe detallado de la Junta Nacional de Seguridad en el Transporte. Han sido muy exhaustivos y confirman que se trata de un sabotaje. Alguien había cortado los conductos del combustible, por lo que el queroseno se filtró en los motores.

El informe se ha enviado al FBI, que lo adjuntará a la investigación criminal en curso. Por suerte, la NTSB los ha mantenido informados y el FBI buscó huellas la semana pasada para adjuntarlas a su expediente. Ahora mismo están en proceso de descartar a los ingenieros y al personal de tierra de la investigación, aunque por el momento no han encontrado a ningún sospechoso.

Mañana me gustaría trasladar el Gulfstream al Sea-Tac para que despeguen desde allí en lugar de Boeing Field. Lo dispondré todo para que les dejen en el lado aire.

He añadido cuatro agentes más al personal de seguridad de la boda. Le adjunto los currículos. Taylor los ha aprobado. Dos de ellos están destinados esta noche al lugar del enlace para que lleven a cabo su labor de vigilancia.

Disculpe que esto le llegue la víspera de su casamiento.

Déjelo todo en nuestras manos y procure disfrutar del gran día.

Welch

Joder. Al final la corazonada era cierta.
Pero ¿quién quiere matarme? ¿Quién?
Le escribo una respuesta rápida a Welch.

De: Christian Grey
Fecha: 30 de julio de 2011 00:23
Para: Welch, H. C.
Cc: J. B. Taylor
Asunto: Informe de la NTSB

De acuerdo. Y gracias.

Christian Grey
Presidente de Grey Enterprises Holdings, Inc.

Apuro el armañac y decido leer el informe completo en la cama. Estoy solo porque Ana se ha ido con mis padres y pasará la noche en su casa.

A la mierda con las malditas tradiciones.

Ana debería estar aquí. Conmigo. La echo de menos.

Al menos Sawyer está con ella. Él cuidará de Ana.

Noto que aumenta mi mal humor a medida que recojo las páginas de la Junta Nacional de Seguridad en el Transporte de la impresora. Estoy harto de este asunto.

El informe es extenso y bastante aburrido, pero a pesar de que se me cierran los ojos, consigo terminarlo. Ahora lo que hay que hacer es entregar el *Charlie Tango* al FBI y, una vez que ellos hayan acabado, se lo devolverán a Eurocopter para que estos lleven a cabo su propia evaluación. Espero que tenga reparación y que GEH no tenga problemas con los peritos del seguro.

Apago la lamparita y me quedo mirando el techo.

¿Por qué justo la víspera de mi boda?

Me envuelve la oscuridad y empiezo a notar esa sensación de vacío que me invade el pecho poco a poco, aunque esta vez sé ponerle nombre: se trata de soledad. A mi corazón le falta una pieza cuando Ana no está a mi lado. Aunque, en sentido estricto, no estoy solo. Mi futuro suegro debe de estar durmiendo en la habitación de arriba, Elliot se encuentra en la habitación de invitados de al lado y casi todos los cuartos del servicio están ocupados. Pero Anastasia Steele se hace notar hasta en su ausencia. Ojalá estuviera aquí; la rodearía con mis brazos y me perdería en ella. Siento la tentación de enviarle un mensaje, pero a lo mejor la despierto. Joder. Sin ella estoy perdido. Y por si fuera poco, ahí fuera hay alguien que me quiere ver muerto y no sabemos quién es.

Mierda. No pienses más en eso, Grey.

Cierro los ojos.

Respira, Grey. Respira.

Empiezo a contar ovejas.

Estamos planeando. Ana va delante, en la cabina, con las manos estiradas hacia la cubierta, gritando de emoción, fascinada. Tengo el corazón a punto de estallar. Esto es la felicidad. Esto es amor. Esto es lo que se siente. Estamos en lo alto del mundo. Nuestra vida se extiende en coloridos retazos verdes y pardos a nuestros pies. Ladeo la aeronave y de pronto entro en barrena. Ana chilla. Continúa chillando. Estamos en el Charlie Tango y perdemos altura. Huelo a humo. Lucho con los controles para mantener el helicóptero derecho. Tengo que encontrar un lugar donde aterrizar. Lo único que oigo es el rugido de los motores y a Ana chillando. Caemos. ¡Joder! Damos vueltas y más vueltas. Abajo. Cada vez más abajo. ¡Mierda! Voy a estrellarme contra el suelo. No. ¡No! Ana está tumbada en una alfombra verde y pegajosa. La zarandeo. No se despierta. Ana. Ana. ¡Ana! Se oye un estruendo. Y él llena el hueco de la puerta.

—¡Ahí estás, mierdecilla!

No. ¡No! Ana. Ana. ¡Ana!

Me despierto con un sobresalto. Una fina capa de sudor me cubre el pecho y el estómago bajo el primer atisbo del amanecer.

Es muy temprano.

Me froto la cara mientras trato de recuperar la respiración y contengo el pánico, luego cierro los ojos y me doy la vuelta. Alargo la mano hacia la almohada de Ana para acercármela. Me sumerjo en su perfume. Ah...

El abuelo Theodore me ofrece una manzana. Es de un rojo vivo. Y dulce. Siento una brisa ligera en la cara. Es refrescante bajo el sol. Estamos en el huerto de manzanos. Me da la mano. Es áspera, por los callos. Mamá, papá y Elliot vienen hacia aquí. Llevan una cesta de picnic. Papá extiende la manta. Y Ana se sienta en ella.

Ana. Está aquí. Conmigo. Con nosotros. Ríe. Yo también río. Ana me acaricia la cara.

—Toma —dice, y me tiende a la pequeña Mia.

Y de pronto vuelvo a tener seis años.

—Mi-a —susurro.

Mamá me mira.

—¿Qué has dicho?

—Mi-a.

—Sí, sí, cariño mío. Pero si hablas. Mia. Se llama Mia.

Y mamá se pone a llorar de alegría.

Abro los ojos, turbado con algo de lo que soñaba que no acabo de entender.

¿Qué era?

El sol ya ha salido, anunciando que es una hora más aceptable para levantarse.

Sacudo la cabeza para espabilarme y entonces me acuerdo: hoy haré a Ana mi esposa.

Hoy a las doce.

¡Sí!

Y luego pasaré tres semanas con ella en Europa. No puedo esperar a enseñarle todos los lugares a los que quiero llevarla. Sigo tumbado en la cama, emocionado con lo que he planeado, cuando tengo una idea.

Mmm... Meteré en la maleta varios juguetes del cuarto de juegos, así será más divertido.

Sí.

Salgo de la cama de un salto, cojo una camiseta y me dirijo a la cocina. Oigo voces desde el pasillo. Ray está sentado a la encimera, poniéndose las botas a base de beicon, huevos, croquetas de patata y salchichas. Está charlando con la señora Jones. A diferencia de mí, ya lleva puestos los pantalones y la camisa del traje.

—Buenos días —lo saludo.

—Buenos días, Christian. ¿Cómo va eso?

—Bien.

—Buenos días, señor Grey —dice Gail con efusión—. ¿Café?

—Por favor.

—Menuda chabola que te has montado —comenta Ray señalando el techo con el cuchillo.

—Gracias.

—Ana dice que has comprado una casa.

—Sí. En la costa, al norte.

Ray asiente.

—Dice que también tienes más casas, en Aspen y en Nueva York.

—Eh… sí. Ya sabes, propiedades. Ah… Por diversificar la cartera.

Asiente con la cabeza, pero su rostro no delata nada.

—Un montón de casas de las que ocuparse una sola persona.

—Bueno, después de hoy, habrá dos ocupándose de ellas.

Enarca las cejas de manera evidente, y una lenta sonrisa, ya sea de admiración o incredulidad, se dibuja en su rostro. Espero que sea admiración.

—Supongo que tienes razón —dice.

Me gustaría cambiar de tema.

—¿Has dormido bien?

—Ya lo creo. Esa habitación es probablemente una de las más lujosas en las que haya estado. Y menudas vistas.

—Me alegro de que hayas podido descansar.

—Aquí tiene, señor Grey.

La señora Jones coloca una taza de café solo en la encimera, delante de mí.

—Gracias, Gail.

—¿Qué querrá de desayuno?

—Lo mismo que Ray.

—Enseguida, señor —dice con una sonrisa.

Ocupo el taburete que hay junto a Ray y le pregunto si ha ido de pesca últimamente. Se le ilumina la mirada.

Incluso yo debo reconocer que Elliot tiene buen aspecto vestido de esmoquin. Vamos en la parte trasera del Q7, de camino a la casa de Bellevue de nuestros padres.

—¿Cómo lo llevas? —pregunta.

—Ojalá la gente dejara de preguntarme eso.

—¿Tú? ¿Nervioso tú? Eres el tío más tranquilo que conozco. ¿Qué pasa? ¿Es porque vas a atarte a la misma mujer para siempre? Yo también estaría nervioso.

Pongo los ojos en blanco.

—Tu promiscuidad no tiene límites, Elliot. Un día de estos alguien pondrá tu mundo del revés. Yo creía que eso no me ocurriría nunca, y aquí estamos.

Se le enturbia la mirada y se vuelve hacia la ventanilla cuando nos detenemos frente a la casa de nuestros padres. Hay varios coches haciendo cola en el servicio de aparcacoches, y los invitados, vestidos con sus mejores galas, recorren la pálida alfombra rosa que conduce a la parte trasera de la casa. Cuando Taylor tuerce hacia el camino de entrada, dos tipos vestidos con trajes oscuros y provistos de auriculares discretos y las gafas de aviador de rigor se acercan a nosotros y nos abren la puerta. Son la seguridad adicional.

—¿Listo? —pregunta Elliot, lanzándome una mirada fugaz para cerciorarse de que todo está bien—. Si quieres echarte atrás, aún estás a tiempo.

—Vete a la mierda.

Sonríe y sale del coche.

Respiro hondo.

Allá vamos.

Comienza el espectáculo, Grey.

Mi teléfono vibra y le echo un vistazo.

Joder. Se me eriza la piel. Es un mensaje de Elena.

> **ELENA**
> Estás cometiendo un gran error. Te conozco. Pero aquí estaré cuando tu vida se haga trizas. Que lo hará. Aquí estaré porque a pesar de lo que dije te quiero. Siempre te querré.

¿Qué putísima mierda es esto?

—Christian —me distrae Elliot—. ¿Vienes o qué?

Está esperando.

—Sí —digo sin más.

Me apresuro a borrar el mensaje de texto y salgo del coche.

Que le den.

—¿Estás bien?

Elliot frunce el ceño cuando me reúno con él.

—Sí. Vamos allá.

Echo a andar con paso decidido, tratando de controlar la rabia. ¡¿Cómo se atreve Elena a intentar sabotear el día de mi boda?! Ni siquiera presto atención a la joven que nos espera a medio camino, toda sonrisas. Lleva una tablilla con sujetapapeles, pero paso por su lado como una exhalación dejando a Elliot para que se las entienda con ella y entro en la casa, donde me encuentro con Grace.

—Cariño, ya has llegado.

—Mamá.

—Estás guapísimo, Christian.

Me rodea con sus brazos para darme un abrazo breve y contenido e inclina la cabeza hacia mí, presentándome la mejilla.

—Mamá —susurro, y retrocede, con evidente preocupación.

—¿Estás bien?

Asiento con la cabeza, temiendo que se me rompa la voz.

—Ana está arriba, pero no puedes verla hasta la boda. Anoche durmió en tu habitación. Ven conmigo.

Me toma de la mano y me lleva por el pasillo hasta el salón del sótano.

—¿Son los nervios, cariño? Te habría abrazado como es debido, pero no quiero mancharte el traje con el maquillaje —se disculpa Grace—. La maquilladora ha hecho un buen trabajo de albañilería, voy a tardar meses en quitármelo.

Me echo a reír; cuánto me alegro de haberme topado primero con Grace.

—Estoy bien, mamá.

Me toma las manos.

—¿Estás seguro?

—Sí.

Mi rabia se ha disipado, la ha hecho retroceder la mujer a la que llamo «mamá», y tomo la determinación de que a partir de hoy no volveré a pensar en la señora Lincoln.

—Estoy tan emocionada por ti, cariño —añade Grace con una sonrisa radiante.

—Estás muy guapa, mamá. Con el maquillaje y todo lo demás.

—Gracias, cariño. Ah, Afrontarlo Juntos ha recibido una donación sin precedentes. No sé cómo agradecértelo. Es muy generoso de tu parte.

Me río entre dientes.

—Fue idea de Ana, no mía.

—Qué encanto —comenta, tratando de disimular su sorpresa.

—Te lo dije, no es codiciosa.

—Claro que no. Es un gesto precioso por parte de ambos. ¿Estás seguro de que estás bien?

—Sí. Acabo de recibir un mensaje inoportuno de un antiguo socio.

Grace entorna los ojos; me temo que he hablado más de la cuenta, pero decide aceptar mi explicación y mira la hora.

—Quedan quince minutos para el inicio. Tengo tu flor para el ojal. Bueno, ¿quieres esperar aquí o prefieres ir a la carpa?

—Creo que Elliot y yo deberíamos esperar en nuestros asientos.

Mi madre me prende la rosa blanca en la solapa y retrocede para admirar su trabajo.

—Ay, cariño.

Se detiene y se lleva los dedos a los labios. Me temo que va a echarse a llorar.

Mierda. Mamá.

Se me hace un nudo en la garganta, pero Elliot entra en la habitación y salva la situación.

—¿Y yo qué? ¿A mí nadie me quiere? —le echa en cara a Grace con un brillo travieso en la mirada.

—Ay, cariño, tú también estás muy guapo.

Mi madre recupera la compostura, le cubre la cara con las manos y le pellizca las mejillas. Esa relación tan íntima que tienen me produce una momentánea punzada de envidia.

—Mamá, pareces una reina.

Mi hermano, adulador como siempre, la besa en la frente. Ella ríe con jovialidad, está adorable, y se da unos toquecitos en el pelo.

—Venga, chicos, será mejor que vayáis tirando —nos advierte—. Los acomodadores os acompañarán a vuestros sitios. Pero deja que te prenda la flor primero, Elliot.

Taylor me intercepta camino de la carpa.

—Señor, he recogido la maleta de la señorita Steele, y todo lo demás ya se ha enviado al Sea-Tac.

—Excelente. Gracias, Taylor.

Contrae los labios en una sonrisa.

—Buena suerte, señor.

Se lo agradezco con una leve inclinación de cabeza y prosigo hacia el bucólico pabellón acompañado de Elliot.

Un cuarteto de cuerdas interpreta «Halo», de Beyoncé, mientras espero a la señorita Anastasia Steele. Mis padres han tirado la casa por la ventana: la carpa es todo lujo y ostentación. Elliot y yo estamos sentados en la primera de varias hileras de sillas doradas, que van llenándose rápidamente. Contemplo la actividad que se desarrolla a mi alrededor reparando en todos los detalles con la esperanza de distraerme y templar los nervios. Una alfombra de color rosa claro conduce hasta una impresionante pérgola en forma de arco plantada junto a la orilla y cubierta de flores: rosas blancas y rosáceas entrelazadas con hiedra y diminutas peonías rosas que me recuerdan las mejillas arreboladas de Ana. El reverendo Michael Walsh, amigo de mi madre y capellán del hospital, oficiará la ceremonia. Está esperando pacientemente en el sitio que tiene asignado, igual que nosotros. Nos guiña un ojo. Tras el arco de flores, el sol se mece sobre las deslumbrantes aguas de la bahía Meydenbauer. Hace un bonito día para casarse. Uno de los fotógrafos oficiales se ha colocado junto a Walsh con el objetivo dirigido hacia mí. Desvío la mirada y me vuelvo hacia Elliot.

—¿Tienes los anillos? —pregunto, probablemente por décima vez.

—Que sí —bufa.

—¡Tío! Por si acaso.

Me giro y paseo la mirada entre los invitados que van llegando mientras saludo con la cabeza y la mano a los que conozco. Bastille y su mujer ya están aquí; igual que Flynn y su esposa, Rhian, cada uno de la mano de uno de sus hijos. Taylor y Gail se sientan juntos. El fotógrafo José Rodríguez y su padre. Ros aparece con su pareja, Gwen, y acompañan a sus hijas a sus asientos. Eamon Kavanagh y su mujer, Britt, y Ethan. Mia estará contenta. Mac me saluda, está sentado con una joven rubia a la que no había visto nunca. Los acomodadores conducen a los abuelos Trevelyan hasta sus asientos, cerca de nosotros. La abuela nos saluda con entusiasmo a mi hermano y a mí. Alondra Gutiérrez se sitúa al fondo, desde donde dirige a su pequeño equipo. Hay varios invitados que no conozco; deben de ser amigos de mis padres o de los padres de Ana, a quienes veo avanzar hasta el frente para ocupar sus sillas. Mi padre se salta el protocolo y se acerca corriendo a nosotros. No cabe en sí de orgullo. Elliot y yo nos levantamos para saludarlo.

—Papá.

Le tiendo la mano para estrecharle la suya, pero él la toma y tira de mí hacia sí para envolverme en un abrazo de oso.

—Buena suerte, hijo —dice entusiasmado—. Estoy muy orgulloso de ti.

—Gracias, papá.

A duras penas consigo deslizar las palabras a través del repentino nudo que se me ha formado en la garganta de la emoción.

—Elliot.

Carrick también lo abraza.

El rumor general se convierte en un silencio expectante. Mi padre regresa corriendo a su asiento, detrás de nosotros, cuando el cuarteto de cuerdas interpreta «Chasing Cars».

Claro, los Snow Patrol. Uno de los grupos favoritos de Ana.

Le encanta esa canción.

Mia avanza por el pasillo central envuelta en una explosión de tul de color rosa claro. Detrás de ella, Kate Kavanagh aparece con un elegante y sofisticado vestido de seda del mismo tono.

Ana.

Se me seca la boca.

Está deslumbrante.

Luce un vestido blanco y entallado de encaje, con los hombros al aire, sobre los que cae un delicado velo. Lleva el pelo recogido, y unos mechones sueltos y ondulados enmarcan su bello rostro. El elaborado ramo de novia se compone de rosas blancas y rosáceas entremezcladas. Ray camina a su lado, cubriendo la mano con la que su hija se aferra a su brazo. Es evidente que el hombre intenta contener las lágrimas.

Oh, mierda. El nudo me atenaza la garganta con más fuerza.

La mirada de Ana y la mía coinciden, y su rostro se ilumina debajo del velo como un día de verano; su sonrisa es electrizante.

Oh, nena.

Llegan a nuestra altura y Ana le tiende el ramo a Kate, que está a un lado, con Mia. Ray le levanta el velo y la besa en la mejilla.

—Te quiero, Annie —le oigo decir con voz ronca y, volviéndose hacia mí, me entrega la mano de Ana.

Nuestros ojos coinciden un momento, los suyos vidriosos, y tengo que apartar los míos porque su expresión podría ser mi ruina.

—Hola —le digo a mi futura esposa, lo único que soy capaz de pronunciar en estos momentos.

—Hola —contesta, y me aprieta la mano.

—Estás preciosa.

—Tú también estás muy guapo.

Sonríe y todos mis nervios se disipan, como la música, y solo existimos el reverendo Michael, Ana y yo. El hombre carraspea, reclamando la atención de los presentes, e inicia la ceremonia.

—Queridos hermanos, estamos hoy aquí reunidos para celebrar la unión en matrimonio de Christian Trevelyan-Grey y Anastasia Rose Steele.

El buen reverendo nos sonríe con benevolencia y aprieto con más fuerza la mano de Ana.

El hombre pregunta a los presentes que si alguien conoce algún impedimento para que se celebre nuestro enlace. El mensaje de Elena pasa fugazmente por mi cabeza y me reprendo por no detenerlo a tiempo. Por fortuna, Ana me distrae al volverse hacia los invitados. Al ver que nadie dice nada, un suspiro de alivio recorre la multitud, seguido por risitas nerviosas y sofocadas. Ana me lanza una mirada fugaz, con un brillo divertido en los ojos.

—Uf —musito.

Ana reprime una sonrisa.

Por turno, el reverendo Michael nos pide que prestemos testimonio de que no existe ningún motivo legal que impida nuestro matrimonio.

Cuando nos dirige un discurso sobre la seriedad del compromiso mutuo que estamos a punto de adquirir, el nudo regresa a mi garganta. Ana me mira, ensimismada, y advierto que lleva unos elegantes pendientes de perlas que no había visto nunca. Me pregunto si serán un regalo de sus padres.

—Y ahora os invito a que intercambiéis vuestros votos. —Me mira, animándome a empezar—. ¿Christian?

Inspiro hondo y, mirando al amor de mi vida, los recito de memoria, tratando de que mis palabras lleguen a la multitud.

—Yo, Christian Trevelyan-Grey, te tomo a ti, Anastasia Rose Steele, como mi legítima esposa. Prometo solemnemente cuidarte y mantener en lo más profundo de mi corazón esta unión y a ti. Prometo amarte fielmente, renunciando a cualquier otra, en lo bueno y en lo malo, en la salud y en la enfermedad, nos lleve la vida donde nos lleve. Te protegeré, confiaré en ti y te guardaré respeto.

Las lágrimas asoman en los ojos de Ana y la punta de su nariz adopta un rosa encantador.

—Compartiré contigo las alegrías y las penas y te consolaré en tiempos de necesidad. Prometo que te amaré y animaré tus esperanzas y tus sueños y procuraré que estés segura a mi lado. Todo lo que era mío es tuyo ahora. Te doy mi mano, mi corazón y mi amor desde este momento y hasta que la muerte nos separe.

Ana se seca una lágrima y respiro hondo, aliviado de haberlo recordado todo.

—¿Ana? —la anima el buen reverendo.

Ella saca un trocito de papel rosa de debajo de la manga y lee:

—«Yo, Anastasia Rose Steele, te tomo a ti, Christian Trevelyan-Grey, como mi legítimo esposo. Prometo solemnemente ser tu fiel compañera en la salud y en la enfermedad, en lo bueno y en lo malo y en las alegrías y en las penas». —Me mira y continúa recitando sus votos sin leer, y se me corta la respiración—. Prometo quererte incondicionalmente, apoyarte para que consigas tus objetivos y tus sueños, honrarte y respetarte, reír y llorar contigo, compartir tus esperanzas y tus sueños y darte consuelo en momentos de necesidad. Y amarte hasta que la muerte nos separe.

Pestañea tratando de contener las lágrimas mientras yo lucho por reprimir las mías.

—Ahora intercambiaréis las alianzas como señal de vuestro amor mutuo y duradero. Una alianza es un círculo constante. Es inquebrantable y eterno, un símbolo de unidad perpetua. Así también será vuestro compromiso mutuo y con este matrimonio desde este mismo momento y hasta que la muerte os separe. Christian, ponle el anillo a Anastasia. —Elliot me tiende la alianza de Ana y la coloco en la punta del dedo anular izquierdo de Ana—. Repite después de mí —dice el reverendo Michael—: Anastasia, te entrego esta alianza en señal de nuestra fidelidad mutua y duradera, nuestra unión y nuestro amor eterno.

Repito sus palabras, altas y claras, y deslizo la alianza en el dedo de Ana.

—Anastasia, ponle el anillo a Christian —le indica el reverendo Michael. Elliot sonríe a Ana y se lo tiende—. Repite después de mí —prosigue el reverendo—: Christian, te entrego esta alianza como señal de nuestra fidelidad mutua y duradera, nuestra unión y nuestro amor eterno.

Las palabras de Ana resuenan con delicadeza ante todos los presentes y desliza el anillo en mi dedo.

El reverendo Michael une nuestras manos entre las suyas y se dirige a los invitados con voz estentórea:

—El amor es lo que nos ha reunido hoy aquí. El matrimonio se basa en el amor, y estos dos jóvenes se han prometido amor eterno. Nosotros honramos su unión y les deseamos fuerza, coraje y confianza para crecer juntos, para aprender el uno del otro y para mantener las promesas que se han hecho a lo largo de este camino que emprenden juntos. Christian y Anastasia, habéis acordado casaros y vivir juntos en matrimonio. Habéis proclamado vuestro mutuo amor y habéis prometido honrar ese amor con vuestros votos. Por el poder que me ha sido otorgado por el estado de Washington, yo os declaro marido y mujer.

Nos suelta las manos y Ana me mira con una sonrisa radiante.

Mi mujer.

Mía.

Creo que mi corazón está a punto de estallar.

—Ya puedes besar a la novia —dice el reverendo Michael con una amplia sonrisa.

—Al fin eres mía —susurro cuando la atraigo hacia mí, de un tirón, y la beso con delicadeza en los labios. La espalda del vestido está recorrida de botoncitos y fantaseo con desabrochárselos lentamente. Mi cuerpo reacciona, ajeno a los gritos de alegría y los aplausos de los invitados—. Estás preciosa, Ana. —Le acaricio la cara—. No dejes que nadie que no sea yo te quite ese vestido, ¿entendido?

La miro, tratando de transmitirle una promesa cargada de sensualidad. Ella asiente, y los ojos se le nublan de deseo.

Oh, Ana.

Ojalá pudiera cogerla en brazos, llevarla a la habitación de mi infancia y consumar nuestro matrimonio. Ahora. Sin embargo, estoy seguro de que esta vez no voy a poder salirme con la mía.

Contrólate, Grey.

—¿Preparada para la fiesta, señora Grey? —Sonrío a mi mujer.

—Preparadísima.

Me deleito en la calidez de su sonrisa. La tomo de la mano y le tiendo la otra al reverendo Michael.

—Gracias, reverendo. Una ceremonia muy bonita. Y breve.

—Tenía órdenes —dice, y me estrecha la mano—. Enhorabuena a los dos.

Me veo obligado a soltar a Ana cuando Kate la atrae hacia sí para abrazarla, momento que Elliot aprovecha para hacer otro tanto conmigo.

—Tío, lo has hecho. Felicidades.

—¡Christian! —grita Mia como una loca, y se echa a mis brazos—. ¡Os quiero! ¡A Ana y a ti! —anuncia con toda efusividad, y me estruja con fuerza.

—Mia. Calma. Me gustaría conservar las costillas intactas.

De esa manera empieza una ronda interminable de felicitaciones, besos y abrazos. Me preparo mentalmente para tolerar todo el contacto físico innecesario que estoy a punto de sufrir, aunque estar exultante ayuda. Cuando me vuelvo hacia mi madre, veo que está llorando. Le doy un breve abrazo, pensando en el maquillaje, mientras Carrick me propina una palmada en la espalda. Carla y Bob son los siguientes. Ray Steele me estrecha la mano y la aprieta cada vez más fuerte.

—Felicidades, Christian. Una cosa: si le haces daño, te mato.

—No esperaría menos de ti, Ray.

—Me alegro de que nos entendamos.

Sonríe cuando me suelta la mano, que me palpita, y él también me da una palmada en la espalda. Flexiono los dedos recordándome que Raymond Steele ha sido marine.

Disfruto de una copa de Grande Année Rosé añejo cuando veo que mi bella esposa se dirige hacia mí. Por fin hemos terminado lo que se me ha hecho una sesión de fotos interminable con los fotógrafos, y me encuentro junto a nuestra mesa con la esperanza de poder llevarme algo a la boca. Casarse me ha abierto el apetito. Ana se detiene de vez en cuando a hablar con los invitados, les agradece que hayan venido y recibe amablemente su enhorabuena.

Es una persona extraordinaria. Una mujer imponente.

Y es mía.

Cuando por fin llega a mi altura, le tomo la mano y me la llevo a los labios.

—Hola —susurro—. Te he echado de menos.

—Hola, yo también te he echado de menos.

—Te has quitado el velo. Era muy bonito.

—Sí, ¡pero la gente no paraba de pisarlo!

Lo siento por ella.

—Menuda lata ha debido de ser.

—Un poco sí.

Mi padre se hace con el micrófono.

—Buenas tardes a todos —dice—. Bienvenidos a nuestra casa, aquí en Bellevue, y al enlace de Christian y Ana. Para los que no me conozcáis, soy el orgulloso padre de Christian, Carrick. Espero poder dirigirme a todos vosotros en algún momento a lo largo de la tarde o de la noche. Mientras tanto, ¿qué os parece si cogemos una copa de ese magnífico champán y hacemos un brindis por Christian y su bella esposa, Ana? Enhorabuena a los dos. Bienvenida a la familia, Ana. Y vosotros dos, cuidad el uno del otro. ¡Por Christian y Ana!

Mi padre me dedica una sonrisa cálida y tierna, que siento hasta en lo más hondo de mi ser. Alzo mi copa hacia él al tiempo que los demás levantan la suya, y las palabras «Por Christian y Ana» resuenan a nuestro alrededor.

—Por favor, acercaos a vuestras mesas. El almuerzo está a punto de servirse —prosigue mi padre.

Retiro la silla para Ana. Ella se sienta y yo ocupo la que hay a su lado.

Desde aquí, disfrutamos de las mejores vistas de toda la carpa. Qué alivio poder sentarme al fin, me muero de hambre. La mesa está preciosa, con el mantel blanco de lino y los arreglos florales de rosas blancas y rosáceas. Nuestros padres se reúnen con nosotros, junto con Elliot, Kate, Mia y Bob.

Ana y mi madre han optado por un bufet, pero como cortejo nupcial a nosotros nos sirven los aperitivos mientras los invitados buscan su mesa. Hay pan de masa madre recién horneado, mantequilla de hierbas y un delicioso suflé de queso con una delicada ensalada verde. Mi mujer y yo comemos con apetito.

Elliot va a decir unas palabras. Lleva varias copas de champán, así que puede ocurrir cualquier cosa. Hemos acabado el plato principal, salmón real *en croûte*, por lo que bebo un sorbo de Bollinger y me preparo para lo que sea.

Elliot me guiña un ojo y se levanta.

—Buenas tardes a todo el mundo. Bienvenidos. He sacado la pajita más corta… Perdón, me siento muy honrado de ser el padrino de Christian, y su hermano, y de que me hayan pedido que diga unas palabras. Aunque espero que sepáis disculparme porque no me va mucho hablar en público. Crecer con Christian Grey tampoco. Menuda pesadilla. Preguntadles a mis padres.

¡Joder! ¿Elliot? Pero arranca unas risas. Ana me aprieta la mano.

—Este tipo es capaz de inflarme a hostias, cosa que hacía, y con frecuencia. Cualquiera de vosotros que haya hecho kickboxing con él alguna vez lo sabe: es mejor no meterse con él. Menudo cabrón. Es un tipo solitario. De más joven, prefería tener la cabeza metida en un libro que ir a liarla a la ciudad con gente como yo. Todos habréis oído cómo le fue en el colegio, así que correremos un tupido velo sobre ese tema… Pero a saber cómo, seguramente de chiripa, no porque sea listo y esas cosas, logró sacarse los estudios e incluso consiguió meterse en Harvard.

»No obstante, al final resultó que Harvard tampoco estaba hecha para él. Quería lanzarse al mundo de los negocios y las altas finanzas. Así que eso hizo… Y parece que va tirando.

Elliot se encoge de hombros, como si no estuviera nada impresionado, y los invitados ríen de nuevo.

—Durante todo ese tiempo, no mostró ni una sola vez interés en el sexo opuesto. Ni una sola. En fin, ya supondréis lo que todos pensábamos.

Venga ya, no me jodas. Pongo los ojos en blanco y Elliot sonríe.

—Así que imaginad nuestra sorpresa y alegría cuando no hace mucho aparece con esta bella joven, Anastasia Steele. Desde el primer momento estuvo claro que le había robado el corazón. Y por alguna extraña razón, igual se cayó de cabeza de pequeña —vuelve a encogerse de hombros—, ella se enamoró de él.

¡Y la gente vuelve a reírse!

—Hoy se han dado el sí, y solo quiero decir: Christian, Ana, felicidades. Estamos con vosotros. ¡Y no, no está embarazada!

Un grito ahogado recorre las mesas.

—¡Por los novios, Ana y Christian!

Alza la copa. Quiero matarlo y, a juzgar por la expresión de Ray Steele, él también.

Ana se ha ruborizado y parece un poco azorada.

—Gracias, Elliot —dice, aun así riendo.

Le lanzo la servilleta a mi hermano y me vuelvo hacia Ana.

—¿Cortamos la tarta?

—Claro.

El disc-jockey está preparado cuando Ana y yo nos dirigimos a la pista de baile. La atraigo hacia mí mientras la gente forma un corro a nuestro alrededor, y Ana me rodea el cuello con los brazos. La sentida y evocadora letra de la canción resuena en la carpa, y veo de reojo que Carla se lleva la mano al cuello al reconocerla. Después, solo tengo ojos para mi esposa mientras Corinne Bailey Rae interpreta «Like a Star».

El mundo entero se desvanece y solo existimos nosotros dos, deslizándonos sobre la pista de baile.

—«Como una estrella en mi cielo» —susurra Ana.

Acerca sus labios a los míos y estoy perdido… y hallado.

—Mamá, gracias por no insistir en lo de la boda católica.

—No seas tonto, Christian. ¿Cómo iba a obligarte? Creo que Michael ha oficiado una ceremonia muy bonita.

—Sí, desde luego.

Me inclino y beso a mi madre en la frente. Ella cierra los ojos y cuando vuelve a abrirlos están colmados de una emoción sorprendente.

—Pareces tan feliz, cariño. Me alegro tanto por los dos.

—Gracias, mamá.

Busco a Ana, que está enfrascada en una conversación con Kate. Elliot está mirándolas. No. Elliot está mirando a Kate. No puede quitarle los ojos de encima. Tal vez le importa más de lo que quiere admitir.

No cabe un alfiler en la pista de baile; Ray y Carla están dando un giro. Parece que se llevan bien de verdad. Echo un vistazo al reloj: son las cinco, hora de que empecemos a pensar en irnos, así que me acerco sin prisa a mi mujer. Kate la abraza, con fuerza, y luego me sonríe. Creo que hoy me cae un poquito mejor de lo habitual.

—Hola, nena. —Rodeo a Ana con los brazos y la beso en la sien—. Kate —la saludo.

—Hola otra vez, Christian. Voy a buscar al padrino, que es tu hombre preferido y también el mío.

Se despide con una sonrisa y se aleja en dirección a Elliot, que está bebiendo con Ethan y José.

—Es hora de irse —le susurro.

Estoy harto de la fiesta. Quiero estar a solas con mi mujer.

—¿Ya? —dice Ana—. Es la primera fiesta a la que asisto en la que no me importa ser el centro de atención.

Se vuelve en mis brazos y me sonríe.

—Mereces serlo. Estás impresionante, Anastasia.

—Y tú también.

—Ese vestido tan bonito te sienta bien.

Me encanta que deje a la vista sus seductores hombros.

—¿Este trapo viejo?

Me mira de esa manera suya, tímida y cautivadora a través de las pestañas. Es irresistible. Me inclino y la beso.

—Vámonos. No quiero compartirte con toda esta gente ni un minuto más.

—¿Podemos irnos de nuestra propia boda?

—Nena, es nuestra fiesta y podemos hacer lo que queramos. Hemos cortado la tarta. Y ahora mismo lo que quiero es raptarte para tenerte toda para mí.

Ríe con nerviosismo.

—Me tiene para toda la vida, señor Grey.

—Me alegro mucho de oír eso, señora Grey.

—¡Oh, ahí estáis! Qué dos tortolitos.

Oh, mierda. La abuela Trevelyan al ataque.

—Christian, querido… ¿Otro baile con tu abuela?

—Claro, abuela.

Reprimo un suspiro.

—Y tú, preciosa Anastasia, ve y haz feliz a un anciano: baila con Theo.

—¿Con quién, señora Trevelyan?

—Con el abuelo Trevelyan. Y creo que ya puedes llamarme abuela. Vosotros dos tenéis que poneros cuanto antes manos a la obra en el asunto de darme bisnietos. No voy a durar mucho ya.

Su sonrisa raya en lo lascivo.

¡Abuela! ¡Madre mía!

—Vamos, abuela —me apresuro a decir.

Quedan años antes de ponernos a pensar en tener niños.

La acompaño despacio a la pista de baile y vuelvo la cabeza poniendo los ojos en blanco con gesto compungido para disculparme con Ana.

—¡Hasta luego, cariño!

Ana me dice adiós con la mano.

—Ay, querido niño, qué guapo estás con este traje. ¡Y la novia! Despampanante. Tendréis unos hijos guapísimos.

—Algún día, abuela. ¿Te lo estás pasando bien?

Tengo que hacerla cambiar de tema.

—Tus padres sí que saben dar fiestas. Está claro que tu madre lo ha heredado de mí. Theo habría preferido quedarse enredando en la granja, ya lo conoces.

—Sí. —Conservo muchos y buenos recuerdos de cuando ayudaba al abuelo en el huerto de manzanos. Es uno de mis lugares preferidos—. Tengo que llevar a Ana un día de estos.

—Debes. Prométemelo, ahora.

—Te lo prometo.

Nos desplazamos por la pista de baile mientras suena «Just the Way You Are», una canción de Bruno Mars, que poco a poco se convierte en «Moves Like Jagger», de Maroon 5. A mi abuela le encanta. Creo que lleva algunas copas de Bollinger de más. Pero cuando los primeros compases de «Sex on Fire» empiezan a sonar a todo volumen por los altavoces, decido que ha llegado el momento de acompañar a mi abuela de vuelta a su mesa.

No veo a Ana. Me siento con el abuelo Trevelyan, quien me cuenta que este otoño esperan una buena cosecha.

—¡Esas manzanas van a ser las más dulces que hayas comido nunca!

—Qué ganas tengo de probar una —grito, porque está un poco duro de oído.

—¿Estás contento, muchacho? —pregunta.

—Mucho.

—Sí, tienes toda la pinta. —Me da unas palmaditas en la rodilla—. Me alegra ver que eres feliz. Qué chica tan guapa tu mujer. Hazme caso: cuídala mucho y ella también te cuidará a ti.

—Eso es exactamente lo que voy a hacer. Y empezaré ahora mismo; voy a buscarla. Me alegro de verte, abuelo.

—Creo que ha ido al baño.

Me levanto y Flynn se acerca con uno de sus hijos dormido en el hombro. Rhian, su mujer, lleva cogido al otro, que también está fuera de combate.

—¡John!

—Christian, enhorabuena. Una boda preciosa. —Me estrecha la mano—. En fin, te abrazaría, pero llevo un niño a cuestas, y además creo que sería saltarse la ética profesional médico-paciente.

Me echo a reír.

—No pasa nada. Gracias por venir.

—Un día muy bonito, Christian —dice Rhian—. Y una boda preciosa. Tenemos que llevar a estos dos granujas a casa.

—Pero si se han portado muy bien.

—Porque los hemos drogado —dice guiñándome un ojo.

No puedo disimular mi sorpresa.

—Es broma. —John reprende a su mujer con la mirada—. Por tentador que sea a veces, aún no hemos tenido que recurrir a eso.

Ella se echa a reír.

—Están agotados de tanto correr por el jardín. Tus padres tienen muchísimo espacio aquí.

—Disfruta de la luna de miel —dice Flynn, y toma a Rhian de la mano.

—Gracias, adiós.

Los sigo con la mirada mientras se alejan tranquilamente por el jardín en dirección a la casa, cargados con sus responsabilidades.

A cada uno lo suyo.

Veo a Ana en la terraza, junto a las cristaleras, y le envío un mensaje a Taylor para decirle que querríamos irnos. Meto las manos en los bolsillos de los pantalones y cruzo el jardín con paso tranquilo en dirección a mi mujer. Está pensativa, contemplando la pista de baile y el resplandeciente atardecer sobre el lejano Seattle.

Me pregunto qué estará pensando.

—Hola —la saludo cuando llego a su altura.

—Hola.

Sonríe.

—Vamos.

Estoy un poco impaciente por estar a solas con mi mujer.

—Tengo que cambiarme. —Alarga la mano hacia la mía y creo que pretende arrastrarme dentro, pero me resisto. Frunce el ceño, confusa—. Creía que querías ser tú el que me quitara el vestido —comenta.

—Cierto. —Le aprieto la mano—. Pero no te voy a desnudar aquí. Entonces no nos iríamos hasta… no sé…

Agito la mano, esperando que baste con eso.

Se ruboriza y me suelta.

Por mucho que desee arrancarle el vestido, tenemos un jet esperándonos con una hora de despegue asignada.

—Y no te sueltes el pelo —murmuro, tratando de disimular mi deseo en vano.

—Pero…

Frunce el ceño.

—Nada de «peros», Anastasia. Estás preciosa. Y quiero ser yo el que te desnude. Guarda en tu bolsa de mano la ropa que te ibas a poner. La vas a necesitar. —Para cuando lleguemos a nuestro destino—. Taylor ya tiene tu maleta.

—Está bien.

Me sonríe con dulzura y la dejo para ir en busca de mi madre y Alondra e informarles de que nos vamos. La organizadora de la boda es a la primera que encuentro.

—Gracias. —Le estrecho la mano—. Todo ha ido muy bien.

—No hay de qué, señor Grey. Voy a reunir a todo el mundo.

—Perfecto. Gracias de nuevo.

Una Carla de ojos llorosos contempla cómo su hija y su ex marido intercambian un torpe abrazo mientras Ana sujeta el ramo de novia con fuerza. Ana tiene la mirada vidriosa.

—Y vas a ser una esposa sensacional también —murmura Ray, y las lágrimas brillan en sus ojos una vez más. Repara en mí y sacude la cabeza antes de estrecharme la mano con verdadero afecto—. Cuida de mi niña, Christian.

—Eso es lo que pretendo hacer, Ray. Carla.

Beso a la madre de Ana en la mejilla.

Los invitados que aún no se han ido se han congregado junto a las cristaleras y han formado un pasillo que parte desde la terraza y rodea el lateral de la casa hasta la salida.

Miro a Ana para saber cómo está. Ha recuperado la sonrisa.

—¿Lista? —pregunto.

—Sí.

De la mano, nos agachamos para pasar por debajo de los brazos estirados y cruzamos el arco a la carrera, bajo una lluvia de arroz, mientras nos desean suerte, amor y lo mejor. Mis padres nos esperan al final del pasillo.

—Gracias, mamá —murmuro mientras me abraza con fuerza, ya sin preocuparse por si me mancha el traje de maquillaje. Mi padre me atrae hacia sí y me estrecha entre sus brazos.

—Bien hecho, hijo. Que tengáis una maravillosa luna de miel.

Los dos besan y abrazan a Ana, y Grace empieza a llorar de nuevo.

¡Mamá! Serénate.

Taylor, que espera junto a la puerta del conductor, se acerca para abrir la trasera, pero sacudo la cabeza y se la abro yo a Ana, quien se vuelve de pronto y lanza el ramo hacia la multitud que espera. Mia lo atrapa con un grito exagerado de alegría que resuena por encima de los silbidos y las felicitaciones de todos los que se han reunido para despedirnos.

Ayudo a Ana a subir al Audi recogiéndole el vestido para que no se enganche con la puerta. Me vuelvo un segundo para saludar con la mano y corro hasta el otro lado del vehículo, donde Taylor me sujeta la puerta.

—Felicidades, señor —dice con afecto.

—Gracias, Taylor.

Me siento junto a mi mujer.

¡Gracias a Dios! Por fin nos vamos. Creía que nunca saldríamos de allí.

Taylor enfila el Audi hacia la salida seguido por los gritos entusiastas y el arroz que rebota contra el coche mientras le tomo la mano a Ana y me llevo los nudillos a los labios para besárselos uno por uno.

—¿Todo bien por ahora, señora Grey?

—Por ahora todo fantástico, señor Grey. ¿Adónde vamos?

—Al aeropuerto.

Ana pone cara de desconcierto, y le acaricio los labios con el pulgar.

—¿Confías en mí?

—Ciegamente —murmura.

—¿Qué tal tu boda?

—Preciosa. ¿Y la tuya?

—Maravillosa.

Y nos sonreímos como tontos.

Atravesamos las puertas de seguridad del Sea-Tac que dan acceso al lado aire y Taylor acerca el coche al Gulfstream de GEH.

—¡No me digas que vas a volver a hacer un uso personal de los bienes de la empresa! —exclama Ana en cuanto ve el avión.

Los ojos le brillan cuando me toma la mano, radiante de emoción.

—Oh, eso espero, Anastasia —respondo con una sonrisa pícara.

Taylor detiene el vehículo al pie de la escalerilla que conduce al avión, se apea y me abre la puerta para que pueda salir.

—Gracias de nuevo, Taylor. Nos vemos en Londres —le susurro para que Ana no me oiga.

—Eso espero, señor. Buen viaje.

—Lo mismo digo.

—Me ocuparé del equipaje de la señora Grey —dice, y me reconforta oír el nuevo apelativo con el que se dirige a Ana.

Rodeo el coche hasta la puerta de Ana, la abro de par en par y me inclino hacia el interior para sacarla en volandas.

—¿Qué haces? —chilla.

—Cogerte en brazos para cruzar el umbral.

Ríe con nerviosismo mientras me rodea el cuello con los brazos, y la subo por la escalerilla del avión, al final de la cual nos recibe el comandante Stephan.

—Bienvenido a bordo, señor. Señora Grey —nos saluda con una acentuada sonrisa.

Dejo a Ana en el suelo y le estrecho la mano.

—Felicidades a los dos —añade.

—Gracias, Stephan. Anastasia, ya conoces a Stephan. Va a ser nuestro comandante hoy. Y esta es la primera oficial Beighley.

—Encantada de conocerla —la saluda Beighley.

Ana parece un poco aturdida, pero corresponde a sus saludos con la misma atención.

—¿Todo listo? —le pregunto a Beighley.

—Sí, señor —contesta ella con su seguridad habitual.

—Ya nos han dado todos los permisos —nos informa Stephan—. El tiempo va a ser bueno desde aquí hasta Boston.

—¿Turbulencias?

—Antes de llegar a Boston no. Pero hay un frente sobre Shannon que puede que nos dé algún sobresalto.

—Ya veo. Bien, espero dormir durante el trayecto.

—Bien, vamos a prepararnos para despegar, señor —dice Stephan—. Les dejo en las capaces manos de Natalia, nuestra azafata.

¿Natalia?

¿Dónde está Sara?

Natalia me resulta vagamente familiar.

Decido no darle mayor importancia.

—Excelente —le digo a Stephan y, cogiendo a Ana de la mano, la llevo hasta una de las butacas—. Siéntate.

Me hace caso y se desliza en el asiento con una elegancia sorprendente mientras yo me quito la chaqueta, me desabrocho el chaleco y me acomodo frente a ella.

—Bienvenidos a bordo, señor, señora. Y felicidades. —Natalia nos da la bienvenida ofreciéndonos una copa de champán rosado.

—Gracias.

Tomo las dos y le tiendo una a Ana, mientras Natalia desaparece en la cocina.

—Por una feliz vida de casados, Anastasia.

Acerco mi copa a la de Ana y las entrechocamos.

—¿Bollinger? —pregunta.

—El mismo.

Es lo que llevamos bebiendo casi toda la tarde.

—La primera vez que lo probé lo bebí en tazas de té.

Tiene la mirada ausente.

—Recuerdo perfectamente ese día. Tu graduación.

Como para no recordarlo… Creo que hubo algún azote. Mmm… y una discusión sobre límites tolerables e infranqueables.

Me remuevo en el asiento.

—¿Adónde vamos? —pregunta Ana, arrastrándome de vuelta al presente.

—A Shannon.

—¿Irlanda? —exclama.

—Para repostar combustible.

—¿Y después?

Me mira con ojos desorbitados; su emoción es contagiosa, pero decido torturarla un poco más y sonrío, negando con la cabeza.

—¡Christian!

—A Londres —claudico, acabando con su agonía.

Ahoga un grito, sorprendida e impresionada al mismo tiempo, pero al instante recupera esa sonrisa capaz de iluminar todo Seattle.

—Después París. Y finalmente el sur de Francia —prosigo.

Creo que Ana está a punto de explotar.

—Sé que siempre has soñado con ir a Europa. Quiero hacer que tus sueños se conviertan en realidad, Anastasia.

—Tú eres mi sueño hecho realidad, Christian.

—Lo mismo digo, señora Grey. —Sus palabras me conmueven, y bebo otro sorbo de champán—. Abróchate el cinturón.

Ana sonríe. Creo que está encantada. Igual que yo. Atravesamos la puesta de sol persiguiendo el amanecer del otro lado del Atlántico.

Una vez que hemos despegado, Natalia nos sirve la cena. Vuelvo a estar hambriento.

¿Por qué?

Casarse lo deja a uno para el arrastre. Ana y yo comentamos los mejores momentos de la boda. El mío ha sido cuando la he visto aparecer con ese bonito vestido.

—El mío ha sido verte a ti —confiesa Ana—. ¡Y que estuvieras allí!

—¿Cómo que estuviera?

—Parte de mí se preguntaba si no sería todo un sueño y temía que no te presentaras.

—Ana, no podrían haberme arrancado de allí ni a la fuerza.

—¿Quiere postre, señor Grey? —pregunta Natalia.

Declino la oferta y me vuelvo para contemplar a mi mujer. La observo mientras me acaricio el labio inferior, esperando a que responda.

—No, gracias —le dice a Natalia, sin apartar la mirada de mí.

Natalia se retira.

· Oh, por todos los cielos. Voy a hacer mía a mi esposa.

—Bien —murmuro—. La verdad es que había planeado que el postre fueras tú.

Su mirada se enturbia, todavía sin apartarse de mí, mientras se muerde el labio.

Me levanto y le tiendo la mano.

—Vamos.

Nos dirigimos al fondo de la carlinga, lejos de la cocina y la cabina de mando. Le indico la última puerta.

—Hay un baño ahí.

Cruzamos un corto pasillo y entramos en el camarote de popa, donde nos espera la cama de matrimonio extragrande.

Atraigo a Ana hacia mí.

—Vamos a pasar nuestra noche de bodas a diez mil metros de altitud. Es algo que no he hecho nunca.

Noto que se queda sin aliento y el leve jadeo galvaniza mi entrepierna.

—Pero primero tengo que quitarte ese vestido tan fabuloso.

Su respiración se vuelve más entrecortada. Ella también lo desea.

—Vuélvete —susurro.

Obedece al instante, y examino el recogido. Todas las horquillas tienen una perlita, son exquisitas. Como Ana. Con delicadeza, empiezo a sacar una tras otra, dejando caer cada mechón sobre los hombros. Le recorro la sien, el cuello, el lóbulo de la oreja con la punta de los dedos, una caricia que apenas es un roce. Quiero provocar y atormentar a mi mujer hasta que no pueda más. Y está funcionando. Cambia el peso de un pie al otro de manera subrepticia. Está inquieta. Impaciente. Su respiración es cada vez más agitada.

Está excitada.

Solo con tocarla. Y para mí, su respuesta resulta igual de excitante.

—Tienes un pelo precioso, Ana —le susurro junto a la sien, disfrutando de su deliciosa fragancia, y sus labios emiten un leve suspiro.

Después de quitarle las horquillas, introduzco los dedos en su pelo y empiezo a masajearle lentamente la cabeza, ante lo que Ana deja escapar un profundo gemido de placer y se reclina contra mí. Mis dedos recorren el cuero cabelludo hasta la nuca, donde la agarro por el pelo y tiro hacia atrás, lo que me deja vía libre a su cuello.

. —Eres mía.

Le mordisqueo el lóbulo de la oreja.

Gime.

—Silencio.

Le aparto el pelo sobre el hombro y acaricio el borde de encaje del vestido con un dedo. Un estremecimiento le recorre el cuerpo cuando deposito los labios sobre su piel, justo encima del primer botón.

—Eres tan guapa... —susurro, y lo desabrocho—. Hoy me has hecho el hombre más feliz del mundo. —Sin prisa, prosigo con el resto de los delicados botones y el vestido se abre por fin, dejando a la vista el corsé de color rosa claro con diminutos corchetes a la espalda.

Mi polla le da el aprobado. Matrícula de honor.

—Te quiero muchísimo. —Mis labios apenas rozan su piel, desde la nuca al hombro, mientras murmuro entre beso y beso—: Te. Deseo. Mucho. Quiero. Estar. Dentro. De. Ti. Eres. Mía.

Ladea la cabeza, ofreciéndome el cuello.

—Mía —musito sin apartar la boca, y le deslizo las mangas por los brazos hasta que el traje de novia cae a sus pies formando una delicada nube de seda y encaje y se queda en corsé, que lleva incorporado un liguero al que se sujetan las medias.

Oh, Dios. Medias. Toda la sangre de mi cuerpo se dirige al sur.

—Vuélvete —le pido con voz ronca.

Contemplo a mi mujer con la respiración entrecortada. Tan recatada y tan rematadamente sexy, con los pechos constreñidos y a punto de desbordarse del corsé y esa exuberante y alborotada melena castaña.

—¿Te gusta? —pregunta. Sus mejillas se tiñen de un rosa cautivador a juego con la seductora ropa interior.

—Más que eso, nena. Estás sensacional. Ven. —Le tiendo la mano y sale del vestido—. No te muevas —le advierto clavando mis ojos en los suyos mientras recorro con un dedo los suaves pechos protuberantes, que se estremecen con la cadencia de su respiración, cada vez más acelerada... y superficial.

Me encanta excitar a mi mujer.

A regañadientes, aparto el dedo de su piel y lo giro en el aire.

Date la vuelta para mí.

Ana me da la espalda y le pido que se detenga cuando está de cara a la cama. Le rodeo la cintura y la atraigo hacia mi pecho para besarla en el cuello. Desde este ángulo, dispongo de una magnífica visión de sus pechos constreñidos. Se los cubro con las manos y empiezo a mover los pulgares sobre la suave protuberancia de los pezones, dibujando círculos una y otra vez. Ana gime.

—Mía —jadeo.

—Tuya —susurra.

Empuja su trasero hacia mí y tengo que luchar contra el deseo de apretarme contra ella. Apoya la cabeza en mi hombro cuando mis manos recorren la suave seda que cubre su estómago, su vientre, y rozan fugazmente su vulva con los pulgares en el descenso hacia los muslos. Ana gime, con los ojos cerrados. Mis dedos tropiezan con las tiras del liguero y las suelto a la vez, tras lo que dirijo las manos hacia su precioso culo.

—Mía —repito con voz susurrante mientras le acaricio el trasero y deslizo la punta de los dedos bajo las bragas.

—Ah —gime.

Está mojada.

Joder. Ana. Mi sirena.

—Chis. —Suelto las tiras posteriores del liguero, me inclino y aparto la colcha de la cama—. Siéntate.

Cuando obedece, me arrodillo a sus pies para quitarle los zapatos, uno tras otro, y los dejo junto al vestido. Soy consciente de su mirada ardiente mientras le deslizo la media izquierda por la pierna, despacio, recorriendo su piel con los pulgares. Procedo de la misma manera con la otra.

—Esto es como desenvolver los regalos de Navidad —susurro, y la miro.

—Un regalo que ya tenías... —dice en voz baja.

¿Qué? Su comentario me coge por sorpresa.

—Oh, no, nena. Ahora eres mía de verdad —le aseguro, creyendo que es lo que necesita oír.

—Christian, he sido tuya desde que te dije que sí. —Se inclina hacia mí y me rodea la cara con las manos—. Soy tuya. Siempre seré tuya, esposo mío.

Esposo. Es la primera vez que lo ha dicho desde la ceremonia.

—Pero ahora mismo creo que llevas demasiada ropa —prosigue con voz suave, pegada a mis labios. Se inclina todavía más para besarme, pero la palabra «esposo» resuena en mi corazón.

Soy suyo. Completamente suyo.

Me incorporo y la beso, le cojo la cabeza con ambas manos, enredando los dedos en su pelo.

—Ana —jadeo—. Mi Ana.

Y la beso una vez más. Con furia. Mi lengua se abre paso en su boca y se deleita con su sabor. El sabor de mi mujer. Ana responde a una pasión que soy incapaz de expresar con palabras y su lengua se une a la mía con el mismo frenesí.

—La ropa —jadea cuando volvemos a la superficie en busca de aire e intenta quitarme el chaleco.

La suelto para desprenderme de él mientras ella me observa con esos bellos ojos azules, que se nublan de deseo.

—Déjame, por favor —ruega.

Ana se inclina hacia mí cuando me siento sobre los talones, y coge la corbata.

Esa corbata.

Mi favorita.

Deshace el nudo lentamente y tira de ella.

Levanto la barbilla para que me desabroche el botón superior y luego pasa a los puños y me quita los gemelos, uno detrás de otro. Alargo la mano para que los deposite en mi palma y cierro el puño sobre ellos, lo beso y los guardo en el bolsillo de los pantalones.

—Qué romántico, señor Grey.

—Para usted, señora Grey, solo flores y corazones. Siempre.

Me coge la mano y, mirándome a través de las largas y oscuras pestañas, besa la alianza.

Oh, Dios. Cierro los ojos y gimo.

—Ana.

Empieza a desabrocharme la camisa, y cada vez que libera un botón, deposita un suave beso sobre mi pecho y lo acompaña de una palabra.

—Tú. Me. Haces. Muy. Feliz. Te. Quiero —dice entre susurros.

Es demasiado. La deseo.

Joder, cómo la deseo.

Me quito la camisa con un gemido, subo a Ana a la cama y la tiendo debajo de mí. Mis labios buscan los suyos y le sujeto la cabeza para que no la mueva mientras compartimos nuestro primer beso horizontal como marido y mujer.

Ana.

Los pantalones cada vez me aprietan más. Me incorporo de rodillas entre sus piernas. Ana jadea, con los labios hinchados por la pasión con que nos besamos, contemplándome con deseo.

Joder.

—Eres tan preciosa… esposa mía. —Recorro sus piernas con las manos y le agarro el pie izquierdo—. Tienes unas piernas espectaculares. Quiero besar cada centímetro de ellas. Empezando por aquí.

Poso los labios sobre el pulgar y le rozo la yema con los dientes.

—¡Ah! —balbucea Ana, cerrando los ojos.

Le lamo el empeine y deslizo la lengua hasta el talón, que le mordisqueo, y continúo ascendiendo hasta el tobillo. Recorro el interior de la pantorrilla con besos suaves y húmedos y Ana se retuerce.

—Quieta, señora Grey —le advierto, y me deleito un instante contemplando el ascenso y descenso de sus pechos, constreñidos por el corsé.

Una prenda verdaderamente hermosa.

Ya es suficiente. Fuera.

La giro boca abajo y retomo el caminito de besos a lo largo de su cuerpo: la parte posterior de las piernas, los muslos, el trasero… Y por un momento me regodeo pensando en todo lo que quiero hacerle a su culo.

Ana protesta.

—Por favor…

—Te quiero desnuda —murmuro mientras voy soltando el corsé, un corchete tras otro, sin prisa.

Una vez que se ha desprendido de él, deposito un beso suave y húmedo en la base de la columna y deslizo la lengua por su espalda.

Ana se retuerce.

—Christian, por favor.

Estoy inclinado sobre ella, con la polla constreñida apoyada sobre su culo, mientras continúa frotándose contra mí.

—¿Qué quiere, señora Grey? —le pregunto pegado a su oreja.

—A ti.

—Y yo a ti, mi amor, mi vida.

Me desabrocho los pantalones. Me incorporo de rodillas a su lado y le doy la vuelta boca arriba. Me levanto para quitarme los pantalones y los calzoncillos mientras Ana me mira, con los ojos muy abiertos y colmados de deseo. Le agarro las bragas, se las quito de un tirón y se queda desnuda en toda su gloria debajo de mí.

—Mía —musito.

—Por favor —ruega Ana.

No puedo reprimir una sonrisa. Ay, nena, me encanta cuando suplicas.

Me encaramo a la cama y voy ascendiendo por la otra pierna, dejando un caminito de besos húmedos, cada vez más cerca del lugar donde confluyen sus muslos. De mi objetivo. De la cúspide sagrada. Cuando alcanzo mi meta, le separo aún más las piernas. Está húmeda y anhelante. Como me gusta.

—Ah… esposa mía —susurro, y la recorro con la lengua, saboreándola, buscando el clítoris.

Mmm… Despacio, empiezo a torturarla con la boca. Mi lengua rodea una y otra vez su sensibilísimo botón, martirizándola. Ana me agarra del pelo y se retuerce debajo de mí moviendo las caderas con una cadencia que conozco muy bien. Arquea la espalda. Pero la sujeto con fuerza y continúo con mi deliciosa tortura.

—Christian… —suplica, y me tira del pelo.

Está cerca.

—Todavía no.

Asciendo por su cuerpo y hundo la lengua en su ombligo.

—¡No! —grita, frustrada, y sonrío sobre su vientre.

Todo a su tiempo, mi amor.

Le beso la suave barriga.

—Qué impaciente, señora Grey. Tenemos hasta que aterricemos en la isla Esmeralda.

Cuando llego a sus pechos, los colmo de besos delicados, atrapo un pezón entre los labios y tiro de él. La observo mientras me regodeo en el pezón; tiene la mirada enturbiada y la boca abierta.

—Te deseo, esposo. Por favor.

Y yo a ti.

La cubro con mi cuerpo, descansando el peso en los codos, y le acaricio la nariz con la mía mientras ella recorre mi cuerpo con las manos.

Los hombros.

La espalda.

El culo.

—Señora Grey… esposa. Nos proponemos complacer. —Le rozo los labios con los míos—. Te quiero.

—Yo también te quiero.

Alza las caderas hacia mí.

—Abre los ojos. Quiero verte.

Tiene unos ojos de un azul deslumbrante.

—¡Christian… ah…! —grita cuando la hago mía, lentamente, centímetro a centímetro.

—Ana, oh, Ana… —jadeo.

Su nombre es como una oración.

Es el paraíso. Mi paraíso.

Empiezo a moverme, disfrutando de ella.

Me clava las uñas en el culo y eso me empuja a seguir.

Y seguir.

Y seguir.

Es mía.

Mía de verdad.

Finalmente, grita mi nombre y se deshace debajo de mí, su clímax desencadena el mío, y me corro dentro de mi amor. Mi vida. Mi esposa.

Martes, 16 de agosto de 2011

Me despierta el sonido de las olas lamiendo el casco del *M. Y. Fair Lady.* La tripulación está en cubierta; los oigo, sin duda abrillantando los metales y encargándose de los preparativos del día. Estamos anclados en la bahía que hay saliendo del puerto de Montecarlo. Hace una espléndida mañana de verano en el Mediterráneo, y a mi lado la señora Anastasia Grey está profundamente dormida. Me vuelvo de lado para contemplarla, como he hecho la mayoría de las mañanas desde que empezamos la luna de miel. El sol la ha bronceado con sus besos. Tiene el pelo algo más claro. Duerme con los labios entreabiertos, plácida.

Lo necesita.

Esbozo una sonrisa al recordarlo.

La noche ha sido larga, y ella se ha corrido una y otra y otra vez.

Se la ve serena. Eso es algo que le envidio.

Aunque debo confesar que también yo me he relajado un poco.

He recibido alguna que otra llamada de Ros y de Marco después del drama del «lunes negro» bursátil de la semana pasada. Marco y yo evitamos pérdidas considerables reposicionando algunos activos en el último momento para defendernos. Los dos seguimos el mercado con ojo atento y estamos en contacto para mantener una estrategia que nos permita sobrevivir al desplome de las bolsas.

Pero, en general, esto de olvidar la obligación y dedicarse a la devoción ha sido revitalizante.

Sonrío con cariño a Ana, que sigue muy dormida.

He descubierto nuevas facetas de mi mujer.

Adora Londres.

Le encanta tomar el té en el hotel Brown.

Le encantan los pubs y el hecho de que los londinenses salgan a la calle para beberse allí sus pintas y fumar en la acera.

Le encanta Borough Market, sobre todo los huevos a la escocesa.

No le entusiasma ir de compras, salvo si es en Harrods.

No es muy fan de la cerveza tradicional inglesa, pero yo tampoco. Te la sirven tibia.

¿Quién se bebe la cerveza tibia?

No le entusiasma afeitarse... pero está dispuesta a que se lo haga yo.

Vaya, ese sí que es un recuerdo que atesoraré.

Le encanta París.

Le encanta el Louvre.

Le encanta el Pont des Arts, y dejamos allí un candado que da fe de ello.

Le encanta la Galería de los Espejos de Versalles.

«Señor Grey, aquí no cuesta nada verlo desde todos los ángulos.»

Le encanto yo... Parece que me ama.

Estoy tentado de despertarla, pero anoche estuvimos ocupados hasta tarde. Vimos *Le Songe*, un ballet basado en *El sueño de una noche de verano* de Shakespeare, en la Ópera de Montecarlo, y después fuimos al casino, donde Ana ganó varios cientos de euros en la mesa de la ruleta. Estaba emocionadísima.

Se le abren los ojos, como si la hubiera despertado solo con desearlo. Sonríe.

—Hola.

—Hola, señora Grey, buenos días. ¿Has dormido bien?

Se despereza.

—He dormido estupendamente y he tenido unos sueños maravillosos.

—Tú sí que eres un sueño maravilloso. —Le doy un beso en la frente—. ¿Sexo, o un chapuzón matutino junto al yate?

Sonríe con esa sonrisa suya tan sexy.

—Las dos cosas —pide moviendo los labios casi sin emitir ningún sonido.

Ana está envuelta en un albornoz, recién salida de su chapuzón, y sorbe un té mientras lee uno de sus manuscritos de SIP y nos sirven el desayuno en cubierta.

—Podría acostumbrarme a esto —dice con aire soñador.

—Sí. Es una embarcación de primera. —Fijo la mirada en ella y apuro la taza de expreso.

Ana levanta una ceja, pero antes de que pueda decir nada, nuestra camarera, Rebecca, deja un plato de huevos revueltos y salmón ahumado delante de cada uno.

—El desayuno —anuncia la joven con una cálida sonrisa—. ¿Puedo traerles algo más?

—Así está genial. —Le devuelvo la sonrisa.

—Yo estoy bien, gracias —dice Ana.

—Vayamos a la playa hoy —propongo.

Rara vez tengo ocasión de leer tanto, pero en mi luna de miel he devorado dos *thrillers*, dos libros sobre el cambio climático y ahora estoy con el volumen de Morgenson y Rosner sobre cómo la codicia y la corrupción desembocaron en la crisis financiera de 2008, mientras Ana se echa una siesta bajo una sombrilla del hotel Beach Plaza Monte Carlo. Está estirada en una tumbona al sol de la tarde y lleva un biquini azul turquesa bastante seductor que deja muy poco a la imaginación.

No estoy seguro de que me parezca bien.

Le he pedido a Taylor y a sus dos adláteres franceses, los gemelos Ferreux, que estén atentos por si ven a algún fotógrafo. Los paparazzi son unos parásitos que no se detienen ante nada para invadir nuestra intimidad. Por algún extraño motivo, quizá desde que *Star* publicó su reportaje amarillista sobre Ana, la prensa está ávida por conseguir fotografías nuestras. No entiendo por qué; tampoco es que seamos famosos, y me saca de quicio. No quiero que mi mujer aparezca en la web de Page Six llevando prácticamente nada encima solo porque el día va flojo de noticias.

El sol se ha movido, Ana está expuesta a todo su fulgor y ya hace un buen rato que le puse la protección solar. Me inclino y le susurro al oído:

—Te vas a quemar.

Se sobresalta al despertar y sonríe.

—Solo de deseo por ti.

Se me acelera un poco el corazón.

¿Cómo consigue provocarme esto con solo unas palabras y una sonrisa?

Tiro con ímpetu de la tumbona y la arrastro a la sombra.

—Mejor lejos de este sol mediterráneo, señora Grey.

—Gracias por su altruismo, señor Grey.

—Un placer, señora Grey, pero no estoy siendo altruista en absoluto. Si te quemas, no voy a poder tocarte.

Ana curva los labios en una sonrisita y yo entorno los ojos.

—Pero sospecho que ya lo sabes y que te estás riendo de mí.

—¿Tú crees? —Pestañea con la intención de parecer inocente, aunque, francamente, no lo consigue.

—Sí, eso creo. Lo haces a menudo. —La beso—. Es una de las muchas cosas que adoro de ti. —Le mordisqueo el labio inferior.

—Tenía la esperanza de que quisieras darme más crema solar.

Placer infinito.

—Me está usted proponiendo algo sucio... pero no puedo negarme. Incorpórate.

Me encanta esto. Tocarla. Aquí fuera. En público.

Me ofrece su torso y yo me pongo un poco de protección solar en los dedos. Después, despacio y a conciencia para no dejarme ningún rincón, se la aplico en la piel con un masaje.

—Eres preciosa. Soy un hombre con suerte.

—Sí, cierto. Es usted un hombre afortunado, señor Grey.

Su coqueta timidez me altera la sangre.

—La modestia le sienta bien, señora Grey. Vuélvete. Voy a darte crema en la espalda.

Se tumba boca abajo y le desato la tira del biquini.

—¿Qué te parecería si hiciera topless como las demás mujeres de la playa? —me pregunta con una voz suave y lánguida, como el día.

Me pongo algo más de crema en la mano y la froto contra su piel.

—No me gustaría nada. Ni siquiera me gusta que lleves tan poca cosa como ahora. —No quiero que ningún tiparraco de mierda se coma con los ojos a mi mujer a través de unos prismáticos mientras ella se relaja en la playa. Están por todas partes. Son unas alimañas.

Ana me reta con la mirada.

Me inclino y le susurro al oído:

—No tientes a la suerte.

—¿Me está desafiando, señor Grey?

—No. Estoy enunciando un hecho, señora Grey.

Esto no es un juego, Ana.

Ya he terminado con la espalda y las piernas, y le doy una palmada en el culo.

—Ya está, señorita.

Me vibra el teléfono. Miro la pantalla y veo que es Ros con su informe matutino.

En Seattle es temprano. Espero que esté bien.

—Solo para mis ojos —le advierto medio en broma, y vuelvo a darle una palmada en la nalga antes de contestar la llamada.

Ana menea la espalda de forma provocativa y cierra los ojos mientras yo hablo con Ros.

—Hola, Ros, ¿cómo llamas tan temprano? —pregunto.

—No podía dormir, y cuando la casa está en silencio consigo adelantar trabajo.

—¿Algo va mal?

—No, todo bien. Ayer, después de que habláramos, recibí una llamada de Bill. La Autoridad para la Remodelación de las Zonas Industriales de Detroit nos está presionando. Tienes que tomar una decisión ya.

Se me para un momento el corazón.

Detroit. Mierda.

—Vale, vale. De las tres localizaciones que ha enviado Bill, la segunda era la mejor.

—¿La de Schaefer Road? —pregunta.

—Esa misma.

—Bien. Presionaré por esa. Hay una cosa más. Woods.

Joder. Sigue en nuestra lista de sospechosos.

—¿Qué ha hecho ahora ese capullo?

Ros finge no haber oído mi epíteto.

—Está poniendo nerviosos a sus antiguos empleados.

—¿Envenenando el pozo?

—Sí. Creo que les hace falta una visita.

—Será mejor que vayas.

—Yo no, tú.

—Mmm… Algo que sopesar para cuando vuelva.

—Creo que sí.

—Me apetece un viaje a Nueva York. Me llevaré a mi mujer.

Casi la oigo sonreír.

—¿Qué tal la Costa Azul?

Mi mirada se entretiene en mi esposa, que vuelve a dormir… y en su culito respingón.

—Preciosa. Sobre todo las vistas que tengo desde aquí.

—Genial. Disfrútalo. Yo me pongo con esto.

—Sí, hazlo, Ros.

—¿Sabes? Creo que cuando no estás me invade el entusiasmo.

Me río.

—No te acostumbres demasiado. Volveré.

—Lo creas o no, te echo de menos.

Abro la boca para contestar, pero de pronto no sé qué decirle.

—Hasta pronto, Christian —dice, y cuelga.

Me quedo mirando el teléfono, preguntándome si Ros está bien.

Grey, no le pasa nada. Es una de las personas más competentes que conoces.

Vuelvo a mi libro.

Hacia la tarde, el calor ya es abrasador. Le pido algo de beber a la camarera del hotel porque estoy seco. Ana se despierta y se vuelve hacia mí.

—¿Tienes sed?

—Sí —contesta medio dormida.

Es una preciosidad.

—Podría pasarme todo el día mirándote. ¿Estás cansada?

Veo que se sonroja bajo la sombrilla.

—Es que anoche no dormí mucho.

—Yo tampoco.

Recuerdo una visión de la noche anterior: Ana montándome a lo salvaje.

Mi cuerpo se estremece. Mierda.

Necesito enfriarme. Y ya. Me levanto y me quito los vaqueros cortos a toda prisa.

—Ven a nadar conmigo. —Alargo una mano hacia ella, que parpadea algo aturdida—. ¿Nadamos? —insisto. Como no contesta, la levanto en brazos—. Creo que necesitas algo para despertarte.

Se pone a chillar y a reír a la vez.

—¡Christian! ¡Bájame!

—Solo cuando lleguemos al mar, nena.

Río y la llevo en brazos por la arena, que quema como un demonio. Agradezco llegar a la zona más fresca y húmeda de la orilla. Ana me rodea el cuello con los brazos, sus ojos brillan divertidos mientras me meto en el Mediterráneo.

He conseguido despertarla del todo. Se aferra a mí como una lapa.

—No te atreverás —dice casi sin aliento.

No puedo evitar sonreír.

—Oh, Ana, nena, ¿es que no has aprendido nada en el poco tiempo que hace que me conoces?

Me inclino y la beso, y ella me agarra de la cabeza y pasa los dedos por mi pelo. Me devuelve el beso con ansia, con una pasión que me pilla desprevenido y me deja sin respiración.

Ana…

Menos mal que el agua me llega hasta la cintura.

—Ya me conozco tu juego —susurro junto a sus labios, y me hundo poco a poco en el mar mientras la beso de nuevo.

El agua fría y su boca caliente y húmeda contra la mía me excitan. Ana me envuelve con todo su cuerpo, cálido y mojado, y me atrapa con sus largas y preciosas extremidades.

Estoy en el cielo.

La devoro, nuestra pasión no deja de crecer mientras mi mente se vacía.

Solo existimos Ana, mi chica preciosa, y yo. En el mar.

La deseo.

Aquí. Ahora.

—Creía que te apetecía nadar —susurra cuando paramos para tomar aire.

—Me has distraído… —Tiro de su labio inferior con los dientes y lo chupo—. Pero no sé si quiero que la buena gente de Montecarlo vea cómo mi esposa se abandona a la pasión.

Me roza la mandíbula con los dientes.

Quiere más.

—Ana —le advierto mientras enrosco su coleta en la muñeca y tiro de ella con suavidad para poder acceder a su cuello. Sabe a agua salada, a crema de coco, a sudor y, lo mejor de todo, a Ana—. ¿Quieres que vayamos más adentro?

—Sí. —Su respuesta es un susurro que enciende mi libido.

Joder. Ya basta.

Esto se me está yendo de las manos.

—Señora Grey, es usted una mujer insaciable y una descarada. ¿Qué clase de monstruo he creado?

—Un monstruo hecho a tu medida. ¿Me querrías de alguna otra forma?

—Te querría de cualquier forma en que pudiera tenerte, ya lo sabes. Pero ahora mismo no. No con público. —Ladeo la cabeza señalando la orilla.

Ana mira hacia la gente de la playa y se interesa por sus actividades con descaro.

Ya vale, Grey.

La agarro de la cintura, la lanzo al aire y acaba cayendo con una gratificante zambullida en el agua. Cuando sale a la superficie, ríe y resopla fingiendo indignación.

—¡Christian! —me riñe, y pasa deprisa la mano por la superficie del agua para salpicarme.

Yo le devuelvo el ataque y sonrío al ver lo decepcionada que está.

¡No pienso exponerla al público mientras follamos!

—Tenemos toda la noche —explico, encantado con su reacción. Antes de que pueda cambiar de opinión y acabar haciendo que nos arresten (aunque esto es Francia, así que ¿quién sabe?), me preparo para zambullirme—. Hasta luego, nena —me despido, y me hundo bajo las aguas limpias y tranquilas para alejarme nadando.

Con unas brazadas de crol a buen ritmo me bajará el calentón y gastaré parte de este exceso de energía.

Algo después, sintiéndome ya más sereno y refrescado, salgo a la orilla y me pregunto cómo le estará yendo a mi mujer.

Pero ¡¿qué cojones…?!

Ana está haciendo topless en la tumbona.

Aprieto el paso y estudio toda la playa con la mirada mientras avanzo. Veo a Taylor, que está sentado en el bar, bebiendo una Perrier con nuestros agentes de seguridad franceses, que resultan ser hermanos gemelos. Entre los tres vigilan nuestro entorno. Taylor niega con la cabeza, me parece que me dice que no ha localizado a ningún fotógrafo.

Me importa una mierda, joder. Creo que me va a dar un infarto.

—¿Qué diablos crees que estás haciendo? —grito cuando llego junto a Ana, furioso.

Abre los ojos.

¿Fingía estar dormida? ¡¿Boca arriba?!

Mira a su alrededor, presa del pánico.

—Oh, estaba boca abajo… Debo de haberme girado mientras dormía —susurra.

Cojo el sujetador del biquini, que está en mi tumbona, y se lo lanzo.

—¡Póntelo! —ordeno en un gruñido.

No me jodas. Te había pedido explícitamente que no hicieras esto.

Y no por capricho, joder, ¡es por tu intimidad!

—Christian, nadie me está mirando.

—Créeme. Te están mirando. ¡Y seguro que Taylor y los de seguridad están disfrutando mucho del espectáculo!

Se tapa los pechos con las manos.

—Sí —susurro con rabia—. Y algún asqueroso paparazzi podría haberte hecho una foto. ¿Quieres salir en la portada de la revista *Star*, esta vez desnuda?

Ana parece horrorizada y se pone la parte de arriba a toda prisa.

¡Claro! ¿Por qué pensabas que te lo había prohibido?

—*L'addition!* —le grito a la camarera que pasa—. Nos vamos —le digo a Ana.

—¿Ahora?

—Sí. Ahora.

No discutas conmigo, Ana.

Estoy tan cabreado que ni me molesto en secarme. Me pongo los pantalones y la camiseta y, cuando la camarera regresa, firmo el recibo de la tarjeta. Ana se viste atropelladamente a mi lado mientras le hago una señal a Taylor para indicarle que nos vamos. Él saca el teléfono, supongo que para llamar al *Fair Lady* y pedir la lancha motora. Recojo mi libro y el teléfono y me pongo las gafas de sol de aviador.

¿En qué diablos estaba pensando?

—Por favor, no te enfades conmigo —dice Ana en voz baja mientras coge mis cosas y las mete en su mochila.

—Ya es demasiado tarde —mascullo. Intento controlar la ira, pero no lo consigo en absoluto—. Vamos.

La cojo de la mano y hago una señal a Taylor y a los hermanos Ferreux, que nos siguen mientras cruzamos el vestíbulo del hotel hacia la entrada.

—¿Adónde vamos? —pregunta.

—Volvemos al barco.

Me tranquiliza ver que la lancha ya está en el muelle con la moto acuática. Ana le da a Taylor la mochila y él le pasa un chaleco salvavidas. Taylor me mira esperanzado, pero niego con la cabeza. Suelta un breve soplido de frustración. Ya sé que quiere que yo también me ponga un chaleco, pero estoy demasiado cabreado. No le hago caso, solo compruebo que Ana lleve bien atadas las correas del suyo.

—Así está mejor —murmuro, y me subo a la moto acuática. Luego le ofrezco una mano. En cuanto está sentada detrás de mí, empujo con el pie para separar la moto del muelle y me engancho el cable de parada del motor al dobladillo de la camiseta—. Agárrate —digo de mal humor, y ella me rodea con los brazos y se sostiene con fuerza. Me tenso cuando me roza la espalda porque… me trae viejos recuerdos, y además estoy furioso con ella. Pero la verdad es que me encanta que me abrace—. Prepárate —refunfuño, y acciono la llave de encendido para poner el motor en marcha.

La moto cobra vida, y giro despacio el acelerador para salir hacia el *Fair Lady* a toda velocidad.

Mientras nos deslizamos sobre el agua me voy poniendo de mejor humor.

Cuando la lancha nos alcanza, Ana me estrecha con más fuerza y yo pongo el acelerador al máximo para volver a sacarles ventaja.

¡Ja! ¡Me encanta esto!

Es divertido.

Muy divertido.

Disfruta del momento, Grey.

El Mediterráneo está tranquilo y sin olas, así que es fácil volar sobre sus aguas. Pasamos el yate de largo y nos dirigimos a mar abierto. Ana sigue aferrada a mí; qué emocionante. Trazo un arco con la moto para regresar a la embarcación... pero quiero más.

—¿Otra vez? —le pregunto a gritos.

Su enorme sonrisa es todo lo que necesito para animarme, y doy una vuelta alrededor del *Fair Lady* antes de salir de nuevo hacia mar abierto. Ana me abraza con fuerza.

Quiero gritar de felicidad.

Aunque... sigo un poco cabreado con ella.

Uno de los jóvenes camareros, Gerard, ayuda a Ana a bajar de la moto a la pequeña plataforma del *Fair Lady*. Ella sube a toda prisa la escalera de madera y me espera en cubierta.

—Señor Grey —dice Gerard, y me ofrece el brazo.

Le indico que no me hace falta y desmonto de la moto para seguir a mi mujer.

Está preciosa, aunque quizá algo angustiada. La piel le brilla a causa del aire fresco y el beso del sol.

—Te ha cogido el sol —digo, distraído, y le desabrocho el chaleco. Se lo paso a Greg, otro de los camareros.

—¿Necesita algo más, señor? —pregunta este.

—¿Quieres algo de beber? —le digo yo a Ana.

—¿Lo necesito?

Frunzo el ceño.

—¿Por qué me preguntas eso?

—Ya sabes por qué.

Sí, Ana. Estoy furioso contigo.

—Dos gin-tonics, por favor. Y frutos secos y aceitunas.

Greg toma nota de mi petición con un gesto de cabeza. Cuando se va, me doy cuenta de lo que implicaba la respuesta de Ana.

—¿Crees que te voy a castigar? —digo.

—¿Quieres castigarme?

—Sí —contesto sin dudar, y me sorprendo a mí mismo.

Abre más los ojos.

—¿Cómo?

Oh, Ana. Se te ve interesada.

—Ya pensaré algo. Tal vez después de tomarnos esas copas. —Dejo pasear la mirada por el horizonte mientras diversas imágenes eróticas cruzan mi mente—. ¿Quieres que te castigue?

Su mirada se oscurece.

—Depende. —El rubor de sus mejillas delata su interés.

Ay, nena.

—¿De qué?

—De si quieres hacerme daño o no.

No me jodas. Pensaba que ya habíamos superado eso.

Su respuesta me fastidia, pero me inclino para darle un beso en la frente.

—Anastasia, eres mi mujer, no mi sumisa. Nunca voy a querer hacerte daño. Deberías saberlo a estas alturas. —Suspiro—. Pero… no te quites la ropa en público. No quiero verte desnuda en la prensa amarilla. Y tú tampoco quieres. Además, estoy seguro de que a tu madre y a Ray tampoco les haría gracia.

Ana palidece.

Sí, Ana. Te morirías de vergüenza. Ray se enfadaría, ¡y es muy probable que me echara la culpa a mí!

Greg llega con las copas y las deja en la mesa.

—Siéntate —ordeno, y Ana toma asiento en una de las sillas de tijera.

Despido al camarero con una sonrisa, me acomodo junto a ella, le paso un gin-tonic y cojo el mío—. Salud, señora Grey.

—Salud, señor Grey. —Da un sorbo mientras me observa con atención.

¿Qué voy a hacer con ella?

Algo de sexo pervertido. Creo.

Hace mucho desde la última vez.

—¿De quién es este barco? —pregunta, y me distrae de mis planes lascivos.

—De un noble británico. Sir no sé qué. Su bisabuelo empezó con una tienda de comestibles. Su hija está casada con uno de los príncipes herederos de Europa.

—¡Uau! —Ana solo mueve los labios—. ¿Inmensamente rico?

—Sí.

—Como tú.

—Sí. Y como tú. —Cojo una aceituna.

—Es raro —dice—. Pasar de nada a… —Hace un gesto con la mano que abarca la cubierta y la fabulosa vista de Montecarlo—. A todo.

—Te acostumbrarás. —Yo lo he hecho.

—No creo que me acostumbre nunca —responde en voz baja.

Taylor aparece a mi derecha.

—Señor, tiene una llamada. —Y me pasa el teléfono.

—Grey —digo, sucinto, mientras me levanto de donde estoy sentado y me acerco a la barandilla.

Es Ros.

¿Otra vez?

Está haciendo el seguimiento de la reunión que tuve en Londres con la GNSS, la agencia europea para Sistemas de Navegación por Satélite, sobre su programa Galileo. Espero que podamos incorporar su servicio a la tableta de energía solar de Barney. Respondo a sus preguntas, sorprendido de que no me haya planteado nada de todo esto antes.

—Gracias. Se lo haré llegar a Marco —dice.

—Podrías haberme enviado un correo electrónico, ¿sabes?

—La próxima vez lo haré. Barney es insistente. Acaba de enviarme otro e-mail sobre esto. Ya sabes. —Ríe, algo avergonzada, me parece.

Respondo con una risa entre dientes.

—Es muy entusiasta, ya lo sé. Por eso trabaja con nosotros, y menos mal. ¿Algo más? Porque la verdad es que me gustaría regresar con mi mujer.

—Ve, Christian. Gracias. Intentaré no volver a molestarte. Adiós.

Me giro hacia Ana, que está bebiendo sorbos de su gin-tonic mientras contempla la costa con la mirada perdida. Está muy ensimismada.

¿En qué estará pensando? ¿En lo de ponerse en topless? ¿En los polvos de castigo? ¿En mi fortuna? ¡Nuestra fortuna!

Me aventuro a adivinarlo:

—Te acostumbrarás —digo mientras vuelvo a sentarme a su lado.

—¿Me acostumbraré a qué?

—Al dinero.

Me lanza una mirada indescifrable y empuja el plato de almendras y ana-cardos hacia mí.

—Su aperitivo, señor.

Me percato de su media sonrisa. Intenta no reírse. De mí. Otra vez.

Un plan cobra forma en mi mente.

—Me gustaría que el aperitivo fueras tú.

Y no miento.

Cojo un anacardo mientras recuerdo la noche siguiente a su despedida de soltera: Ana en la cama, desnuda, con las manos tendidas hacia mí.

«¿Vas a castigarme?»

«¿Castigarte?»

«Por emborracharme tanto. Un polvo de castigo. Puedes hacerme todo lo que quieras.»

Solo con pensarlo se me acelera el pulso. Desea que la castigue. Sería un maleducado si no le diera lo que quiere.

—Bebe. Nos vamos a la cama.

Se me queda mirando boquiabierta.

—Bebe —repito en voz baja.

Ana se lleva la copa a los labios y la vacía de un largo trago.

Uau. Mi chica valiente ha recogido el guante sin pensárselo dos veces. Nunca se acobarda.

Empieza el juego, Grey.

Me levanto, me inclino y apoyo las manos en los brazos de su silla para susurrarle al oído:

—Te voy a convertir en un ejemplo. Vamos. No vayas al baño a hacer pis.

Su suspiro ahogado me resulta gratificante, su expresión es la viva imagen de la conmoción.

Sonrío con suficiencia porque sé qué rumbo han tomado sus pensamientos.

No, Ana, tranquila, a mí eso no me va.

—No es lo que piensas. —Le ofrezco una mano—. Confía en mí.

Sus labios se curvan en una sonrisa insinuante.

—Está bien.

Pone la mano en la mía y nos vamos juntos al camarote principal.

Una vez dentro, la suelto y cierro con llave. No vaya a ser que nos interrumpan. Me quito toda la ropa, deprisa, y también las chanclas, que de todas formas no debería llevar puestas, pero la tripulación es demasiado educada para decírmelo.

Ana me mira con los ojos como platos y se muerde el labio inferior sin darse cuenta. Le cojo la barbilla para liberar su carnoso labio y recorro con el pulgar las pequeñas marcas que le han dejado los dientes.

—Mejor así.

Saco del armario la bolsa de mis juguetes y escojo dos pares de esposas para tobillos y muñecas, también busco la llave y un antifaz. Ana no se ha movido. Tiene la mirada más turbia que antes.

Está excitada, Grey.

Vamos a hacerle perder el sentido.

—Estas pueden hacerte daño. —Levanto un par para que las vea mejor—. Se clavan en la piel si tiras con demasiada fuerza, pero tengo ganas de usarlas contigo ahora. Toma. —Me acerco a ella y le doy uno de los pares—. ¿Quieres probártelas primero? —pregunto en tono amable mientras intento contener mi libido.

Cómo deseo esto...

Más que ninguna otra cosa.

Ana examina las esposas y da vueltas al frío metal en sus manos. Solo el verla manipularlas me resulta muy erótico.

—¿Dónde están las llaves? —pregunta con voz temblorosa.

Abro la palma de la mano y le dejo verla.

—Es la misma para los dos juegos. Bueno, de hecho, para todos los juegos.

Su mirada va de mi mano a mi cara, en sus ojos se adivinan muchas preguntas, está llena de curiosidad... y de anhelo. Le acaricio la mejilla con el índice y voy bajando hasta su boca, lo deslizo por sus labios. Me inclino como para besarla.

—¿Quieres jugar? —susurro.

—Sí. —Su respuesta apenas se oye.

—Bien. —Respiro hondo, inhalando su aroma único: Ana y un atisbo de excitación.

¡Tan pronto!

Cierro los ojos y vierto mi gratitud en el suave beso que le doy en la frente.

Gracias por esto, amor mío.

—Vamos a necesitar una palabra de seguridad.

Ana enseguida levanta la mirada hacia mis ojos.

—«Para» no nos sirve —añado enseguida— porque seguramente lo dirás varias veces pero en realidad no querrás que lo haga. —Le acaricio la nariz con la mía.

Confía en mí, Ana.

—Esto no va a doler. Pero va a ser intenso. Muy intenso, porque no te voy a dejar moverte. ¿Vale?

Inhala con brusquedad, le cuesta más respirar a medida que se excita.

Me encanta ponerte a cien, nena.

Baja la mirada a mi erección.

Sí, nena. Estoy a punto.

—Vale —susurra.

—Elige una palabra, Ana.

Una suave arruga cruza su frente.

—Una palabra de seguridad —aclaro.

—Pirulí —suelta, jadeante y aturullada.

—¿Pirulí? —Casi me da la risa.

—Sí.

—Interesante elección. Levanta los brazos.

Obedece, cosa que me excita más aún, y le levanto el vestido para quitárselo por la cabeza y tirarlo al suelo. Le tiendo la mano abierta, ella me entrega las esposas y yo las dejo en la mesita de noche junto al otro par, la llave y el antifaz. Le doy un tirón a la colcha y la dejo caer al suelo.

—Vuélvete —ordeno.

Ella lo hace al instante. Le desato la parte de arriba del biquini y la tiro al suelo también.

—Mañana te voy a grapar esto a la piel —masculo, y en mi mente nace el embrión de una idea.

Chupetones.

Le suelto la coleta y recojo su pelo en mi mano antes de tirar de él con suavidad para obligarla a retroceder un paso y pegarse a mi cuerpo. Le ladeo la cabeza y deslizo los labios desde su hombro hasta su oreja.

—Has sido muy desobediente.

—Sí —dice, como si estuviera orgullosa.

—Mmm. ¿Y qué vamos a hacer con eso?

Tiene un sabor delicioso.

—Aprender a vivir con ello —replica, y sonrío junto a ese punto bajo la oreja donde se le nota el pulso.

Esta es mi chica y no hay vuelta atrás.

Dios, qué sexy es.

—Ah, señora Grey. Siempre tan optimista. —Le beso el cuello una vez más, luego empiezo a hacerle una trenza. Cuando termino, uso su goma de pelo para atarla. Vuelvo a tirar de su cabeza hacia un lado y susurro—: Te voy a dar una lección.

La cojo de la cintura con brusquedad y la siento en la cama, donde la tumbo sobre mis rodillas. Le doy un azote en ese culo precioso que tiene. Uno solo. Fuerte. Después la lanzo en la cama boca arriba. Me inclino sobre ella y asciendo por su muslo, acariciándola con las yemas de los dedos mientras nos miramos intensamente.

—¿Sabes lo preciosa que eres? —susurro mientras ella se menea en la cama, jadeando.

Aguardando.

La pasión le ha oscurecido la mirada.

Sin apartar los ojos de ella, me levanto y alcanzo las esposas. Le agarro el tobillo izquierdo y lo ato con uno de los juegos. Cojo el otro y le ato el tobillo derecho.

—Siéntate.

Ella obedece.

—Ahora abrázate las rodillas.

Me mira intrigada, dobla las piernas y se rodea las rodillas con los brazos. Bajo la mano y le levanto la barbilla para rozar sus labios con un beso suave y húmedo antes de cubrirle los ojos con el antifaz.

—¿Cuál es la palabra de seguridad, Anastasia?

—Pirulí.

—Bien.

Cierro la esposa de la izquierda en su muñeca izquierda, y la que tiene atada al tobillo derecho, en la derecha. Ella tira de ambas y se da cuenta de que no puede estirar las piernas.

Esto va a ser intenso.

Para ti, y para mí también.

—Ahora —susurro— te voy a follar hasta que grites.

No puedo esperar más.

Ana suspira con brusquedad, y yo la agarro de los talones y le levanto los pies hasta que cae de espaldas en la cama. Le separo un poco los tobillos y por un momento disfruto de verla así, abierta e indefensa ante mí. Francamente, podría lanzarme sobre ella ahora mismo. Estoy tentado de hacerlo, pero me arrodillo ante su altar y asciendo por el interior de su muslo dejando un rastro de besos. Ella gime y tira de las esposas.

Cuidado, Ana. Se te clavarán en la piel.

—Tendrás que absorber todo el placer, Anastasia. No te muevas. —Cambio de posición para llegar a las bragas del biquini y acaricio su vientre tenso. Los nudos de los cordones de ambos lados se deshacen con un simple tirón, y las bragas ya no están.

Le beso el vientre, meto la lengua en su ombligo.

—Ah —jadea.

Sus pechos suben y bajan deprisa al respirar mientras yo sigo trazando un camino de besos húmedos por su barriga.

—Chis… —murmuro—. Eres preciosa, Ana.

Ella gime, esta vez con más fuerza, y tira de las ataduras metálicas

—¡Ah! —grita al sentir el dolor de las esposas que se le clavan.

Y yo sigo conquistando su cuerpo, la beso, rozo su piel fragante con los dientes.

—Me vuelves loco —susurro—. Así que te voy a volver loca yo a ti.

Le beso los pechos. Mi lengua, mis labios y mis dientes le arrancan gritos de placer y hacen que respire cada vez con más pesadez y vuelva la cabeza hacia uno y otro lado. Le aprisiono los dos pezones entre el pulgar y el índice y siento cómo se endurecen y se yerguen bajo mis atenciones, no especialmente delicadas. Chupo con fuerza alrededor de cada pezón y dejo en ellos marcas delatoras.

Ya está sin aliento.

Intenta moverse.

Pero no puede.

Es mía.

Y no paro.

—Christian… —suplica, y sé que la estoy volviendo loca.

—¿Quieres que te haga correrte así? —Le soplo el pezón al hablar—. Sabes que puedo. —Me lo meto en la boca y succiono. Con fuerza.

—Sí —gimotea.

—Oh, nena, eso sería demasiado fácil.

—Oh… por favor.

—Chis.

Le rozo la barbilla con los dientes, luego atrapo su boca con la mía e introduzco la lengua entre sus labios, en busca de la suya. Sabe a Ana y al gin-tonic de hace un rato, con un poco de limón.

Deliciosa.

Pero está ávida. Me devuelve el beso. Quiere más. Y más.

Joder. Qué bien sabe. Es tan buena dando como recibiendo. Levanta la cabeza de la sábana.

Oh, nena.

Le suelto los labios y la agarro de la barbilla.

—Quieta, nena. Quiero que estés quieta —susurro.

—Quiero verte —pide en un aliento, desesperada, necesitada.

—Oh, no, Ana. Sentirás más así. —Adelanto la cadera un poco, consciente de que estamos bien alineados, y me introduzco en su interior, solo un poco.

No puede moverse.

Salgo de ella, provocándola.

—¡Oh! ¡Christian, por favor!

—¿Otra vez? —pregunto, y no reconozco mi propia voz.

—¡Christian!

Vuelvo a penetrarla, un poco más esta vez, pero me retiro y mis dedos juguetean con su pezón derecho.

—¡No! —protesta, decepcionada. No quiere que salga de ella.

—¿Me deseas, Anastasia?

—Sí —grita.

—Dímelo. —Tengo la voz ronca. Necesito oír cómo lo dice, y la provoco una vez más con mi polla. Dentro. Fuera.

—Te deseo —gimotea—. Por favor.

Me encanta que suplique.

—Y me vas a tener, Anastasia.

Entro con brusquedad en ella, que grita y tira de las esposas.

Sé que está indefensa.

Y me aprovecho al máximo. Me quedo quieto, sintiéndola a mi alrededor, y luego empiezo a girar las caderas. Ana gime.

—¿Por qué me desafías, Ana?

—Christian, para…

Esa no es la palabra de seguridad. Vuelvo a mover las caderas en círculo, estoy dentro de ella, muy adentro. Entonces salgo y me meto otra vez con una embestida.

¡No te corras aún!, me advierto a mí mismo.

—Dime por qué. —Necesito saberlo.

Ana grita, y su placer es mi placer.

—Dímelo —le ruego.

—Christian…

—Ana, necesito saberlo. —Vuelvo a penetrarla con fuerza.

Dímelo, por favor.

—¡No lo sé! —chilla—. ¡Porque puedo! ¡Porque te quiero! Por favor, Christian.

Suelto un gruñido y por fin me permito amarla, y le sostengo la cabeza con las manos mientras la reclamo para mí. Le doy placer y me doy placer. Ana lucha con las esposas. Da bocanadas de aire. Se lamenta. Va creciendo debajo de mí.

Está cerca. Lo noto.

Suelta un grito.

—Eso es —consigo decir con los dientes apretados—. ¡Siéntelo, nena!

Ana grita cuando se corre. Y se corre. Y se corre más. Se hace pedazos debajo de mí. Echa la cabeza hacia atrás, tiene la boca abierta, la cara contorsionada. Me pongo de rodillas y, alzándola conmigo, tiro de ella hacia mi sexo. Monto la ola de su clímax. La agarro con fuerza y hundo la cabeza en su cuello cuando me dejo ir.

¡JODER!

Mi orgasmo es implacable.

Cuando por fin me he vaciado, le quito el antifaz y beso a mi mujer.

En los párpados. En la nariz. En las mejillas.

Gracias, Ana.

Está llorando. Beso los regueros de sus lágrimas mientras le tomo la cara entre las manos.

—Te quiero, señora Grey —susurro—. Aunque me pongas hecho una furia, me siento tan vivo contigo…

Está agotada, lánguida entre mis brazos, así que la tumbo en la cama y salgo de ella.

—No —masculla, creo, al sentir que perdemos el contacto.

Oh, nena.

Estás hecha polvo.

Cojo la llave de la mesita de noche y le quito todas las esposas frotándole las muñecas y los tobillos mientras la libero. Me tumbo a su lado y ella estira las piernas y se deja abrazar. Suspira con una leve sonrisa de satisfacción en los labios, su respiración se calma. Se ha quedado dormida. Le beso el pelo y nos tapo a ambos.

Caray, para mí también ha sido muy intenso.

Ana. ¿Qué me haces?

Me despierto de un sueño poco profundo quince minutos después. Ana sigue en mis brazos, muy dormida. Le doy un beso en la frente, me desenredo de sus piernas y me levanto para ir al baño. Ella sigue fuera de combate cuando vuelvo después de darme una ducha. Me visto deprisa, abro la puerta del camarote y subo a cubierta, donde busco al capitán para hablar de quedarnos a bordo esta noche.

Aún duerme cuando regreso al camarote. Guardo las esposas y enciendo el portátil para ver si tengo e-mails, también compruebo las zonas industriales en recalificación de Detroit, solo para asegurarme de que antes le he dado a Ros la información correcta.

En cubierta y por todo el yate, la tripulación prepara el *Fair Lady*. Oigo los fuertes golpes metálicos del ancla cuando la izan y el lejano rumor de los motores que se ponen en marcha. Estamos zarpando.

El crepúsculo ha pasado y la oscuridad ya ha caído cuando Ana se mueve.

—Hola —susurro, ansioso por estar con ella.

Te he echado de menos mientras dormías.

—Hola. —Percibo una duda en su voz, y se tapa la barbilla con la sábana. ¿Se ha vuelto tímida de repente?

—¿Cuánto tiempo llevo dormida? —pregunta.

—Una hora más o menos.

—¿Nos movemos?

—He pensado que como ayer salimos a cenar y fuimos al ballet y al casino, esta noche podíamos cenar a bordo. Una noche tranquila *à deux*.

Sonríe... agradecida, me parece, de pasar la velada a bordo.

—¿Y adónde vamos?

—A Cannes.

—Vale. —Se despereza a mi lado. Después se levanta, coge la bata y se la pone.

Mierda.

Tiene unos cuantos chupetones. Es lo que había planeado, pero ahora, al ver las marcas moradas en su piel, no estoy seguro de que haya sido tan buena idea.

Esto podría acabar mal.

Entra tranquila en el baño del camarote y cierra la puerta.

Horas. Minutos. Segundos. No sé cuánto tiempo pasa ahí dentro, pero a mí me parece una eternidad. Por fin sale, pero evita el contacto visual conmigo —o eso creo— y se va directa al vestidor.

Esto no pinta nada bien.

A lo mejor solo está cansada.

Espero. Otra vez.

Hace demasiado que está ahí dentro.

No lo soporto más.

—Anastasia, ¿estás bien?

No hay respuesta.

Maldita sea.

De repente sale del vestidor hecha una furia, moviendo los brazos y con el pelo alborotado, y me lanza un cepillo. Mierda. Levanto un brazo para protegerme la cabeza y el cepillo me da justo debajo de la muñeca. Ana sale corriendo del dormitorio y cierra de un portazo.

Joder.

No está nada contenta.

Me parece que nunca la había visto tan enfadada. Ni siquiera por lo de los votos, cuando amenazó con cancelar la boda.

Grey, pero ¿qué has hecho?

Mi buen humor se evapora y queda reemplazado por una angustia que no sentía desde antes de que nos casáramos. Me levanto con cautela, dejo el portátil en la mesita de noche y salgo en busca de mi furiosa mujer.

La encuentro apoyada en la barandilla de proa, mirando hacia la orilla lejana. Hace una noche estupenda y el *Fair Lady*, como la reina de los mares que es, bordea la costa mediterránea sin ningún esfuerzo.

Ana parece desolada. Eso me sirve de escarmiento.

—Estás enfadada conmigo —susurro.

—No me digas, Sherlock —sisea, aunque sin volverse hacia mí.

—¿Muy enfadada?

—De uno a diez, estoy un cincuenta. Muy apropiado, ¿verdad?

Uau.

—Oh, tanto…

—Sí. A punto de llegar a la violencia —me suelta entre dientes.

Por fin me mira. Tiene una expresión cruda y furiosa… y sé que me ve. Ve quién soy en realidad. «Eres un maldito hijo de puta.» Esa recriminación de hace meses resuena en mi cabeza.

Mierda. Hacía semanas que no me sentía tan jodido.

Las palabras de Flynn regresan flotando hasta mí: «Comunicación y compromiso».

Ana inspira hondo y se yergue todo lo alta que es, cuadrándose de hombros.

—Christian, tienes que dejar de intentar meterme en vereda por tu cuenta. Ya dejaste claro cuál era el problema en la playa. Y de una forma muy eficaz, si no recuerdo mal.

—Bueno, así seguro que no vuelves a quitarte la parte de arriba del biquini —digo casi en un gruñido, e incluso a mis oídos parezco un adolescente caprichoso.

Me fulmina con la mirada.

—No me gusta que me dejes marcas. No tantas, por lo menos. ¡Eso es un límite infranqueable! —me escupe como una gatita arrinconada.

—Y a mí no me gusta que te quites la ropa en público. Eso es un límite infranqueable para mí —replico.

Te lo había advertido, Ana.

—Creo que eso ya había quedado claro —continúa en el mismo tono—. ¡Mírame! —Se tira del cuello de la camiseta para que vea los chupetones que le he dejado.

Cuento seis. No sabía que mi plan iba a ser tan eficaz.

Pero no quiero pelearme con ella, así que levanto las manos mostrando las palmas en señal de rendición.

—Vale, lo entiendo.

Tal vez haya exagerado.

—¡Bien! —suelta.

Me paso los dedos por el pelo sintiéndome desamparado.

Estoy perdido. ¿Qué más puedo hacer?

—Lo siento. Por favor, no te enfades conmigo.

No quiero pelear. Ana. Por favor.

—A veces eres como un adolescente. —Mueve la cabeza a un lado y a otro, pero parece más resignada que severa.

Doy un paso hacia ella y le recojo un mechón suelto tras la oreja.

—Lo sé. Tengo mucho que aprender.

—Los dos tenemos mucho que aprender. —Suspira y, despacio, levanta una mano que posa encima de mi corazón.

Ana.

Pongo una mano sobre la suya y le ofrezco una sonrisa para disculparme.

—Yo he aprendido que tiene usted un buen brazo y mejor puntería, señora Grey. Si no lo veo no lo creo. Te subestimo constantemente y tú siempre me sorprendes.

Sus labios forman media sonrisa y enarca una ceja.

—Eso es por las prácticas de lanzamientos con Ray. Sé lanzar y disparar directa a la diana, señor Grey. Más vale que lo tenga en cuenta.

—Intentaré no olvidarlo, señora Grey, o me ocuparé de que todos los objetos susceptibles de convertirse en proyectiles estén clavados y de que no tenga acceso a ningún arma.

Entorna los ojos.

—Soy una chica con recursos.

Oh, Ana. No me cabe la menor duda.

—Cierto —susurro, y le suelto la mano para estrecharla entre mis brazos.

Sus manos se desplazan hasta mi espalda y me corresponde el abrazo. Hundo la nariz en su pelo para inhalar su sedante aroma.

—¿Me has perdonado? —pregunto en voz baja.

—¿Y tú a mí?

—Sí —contesto.

—Ídem.

Estamos de pie en la proa, con la Riviera francesa pasando ante nosotros y… sencillamente estamos ahí.

Por un instante, es la mejor sensación del mundo.

—¿Tienes hambre? —pregunto.

—Sí. Estoy muerta de hambre. Toda esa… eh… actividad me ha abierto el apetito. Pero no voy vestida para cenar.

—A mí me parece que vas bien, Anastasia. Además, el barco es nuestro toda la semana. Podemos vestirnos como nos dé la gana. Digamos que hoy es el martes informal en la Costa Azul. De todas formas, he pensado que podíamos cenar en cubierta.

—Sí, me apetece.

Le pongo la mano bajo la barbilla y alzo sus labios hacia los míos para besarla. Lenta, suavemente.

Perdóname, Ana.

Me sonríe y volvemos cogidos de la mano a donde nos espera la cena.

—¿Por qué siempre me trenzas el pelo? —pregunta Ana cuando estoy a punto de atacar mi *crème brûlée*.

Frunzo el ceño porque la respuesta es evidente.

—Porque no quiero que el pelo se te quede enganchado en nada. —Siempre lo he hecho así. El pelo y los juguetes no se llevan bien—. Es una costumbre, supongo —añado.

Y en mi mente aparece como salida de la nada la visión de una mujer joven que canta una canción pop de los ochenta mientras se peina la larga melena oscura. Se vuelve y me sonríe, las motas de polvo danzan dando vueltas en el aire a su alrededor.

«Eh, renacuajo. ¿Quieres cepillarme el pelo?»

Y he vuelto a ese barrio de mala muerte de Detroit, en otra vida. Ana me acaricia la barbilla, me pasa el dedo por los labios y así me trae de vuelta al *Fair Lady*.

¿Por qué me persigue ahora la puta adicta al crack?

—No importa —susurra Ana—. No necesito saberlo. Solo tenía curiosidad.

Sonríe y se inclina hacia delante para darme un beso en la comisura de la boca.

—Te quiero —dice a media voz—. Siempre te querré, Christian.

—Y yo a ti. —Me siento agradecido de tenerla aquí para que me mantenga alejado de ese oscuro abismo que fue mi primera infancia.

—¿A pesar de que sea desobediente? —Pone una sonrisita, y el ambiente se relaja al instante.

Río entre dientes, ya me siento mejor.

—Precisamente porque lo eres, Anastasia.

Rompe la capa de azúcar caramelizado de su postre, se lleva una cucharada a la boca y todos los recuerdos de la puta adicta al crack se desvanecen.

Cuando Rebecca ha retirado nuestros platos, le ofrezco a Ana un poco más de rosado. Ella mira alrededor para comprobar si estamos solos, luego se inclina hacia delante en actitud conspiradora.

—¿De qué iba eso de no ir al baño? —pregunta.

Siempre tiene curiosidad.

—¿De verdad quieres saberlo?

—¿Quiero?

Sonrío.

—Cuanto más llena tengas la vejiga, más intenso será el orgasmo, Ana.

—Ya veo. —Un tierno rubor tiñe sus mejillas, y sé que se avergüenza.

No lo hagas, nena.

—Eh, bueno… —Da un rápido trago de vino.

—¿Qué quieres hacer el resto de la noche? —pregunto para llevar la conversación hacia un terreno más cómodo.

Ella levanta el hombro derecho en un gesto indefinido, un gesto sugerente, creo.

¿Otra vez, Ana?

Y sé que podría compensarla por mi transgresión en la cama. Pero deseo más.

—Yo sé lo que quiero hacer. —Cojo la copa de vino, me pongo de pie y tiendo una mano hacia ella—. Ven.

Entramos en el salón principal y la llevo al aparador, donde tengo el iPod conectado a unos altavoces impresionantes. Selecciono una canción, algo dulce y romántico para mi chica.

—Baila conmigo —le pido, y la estrecho entre mis brazos.

—Si insistes…

—Insisto, señora Grey.

Michael Bublé canta el clásico de Lou Rawls «You'll Never Find Another Love Like Mine».

Empezamos a movernos, Ana se deja llevar. La inclino bastante hacia atrás y se echa a reír. La incorporo de nuevo y luego la hago girar debajo de mi brazo. Ríe más.

—Bailas tan bien… —Tiene la voz seductora—. Haces que parezca que yo sé bailar.

Me encanta bailar contigo, nena.

Elena se cuela en mi pensamiento sin que nadie la haya invitado y, aunque le agradezco que me enseñara a bailar, no me alegra precisamente tenerla en la cabeza.

No vayas por ahí, Grey.

Ella es historia.

Disfruta de esto y ya está.

Vuelvo a inclinar a Ana, y luego, cuando la enderezo de nuevo, la beso.

—«Echaré de menos tu amor…» —susurra tarareando la letra.

—Yo haría más que echar de menos tu amor —digo, y canto los siguientes versos susurrándole al oído.

La canción termina, dejamos de movernos y nos quedamos mirándonos con intensidad.

Veo que sus pupilas se dilatan y los ojos se le oscurecen.

Es algo mágico. Una alquimia especial que burbujea entre nosotros.

—¿Quieres venir a la cama conmigo? —le suplico.

Una tímida sonrisa le ilumina la cara, y me pone una mano sobre el corazón. En el interior de mi pecho empiezo a sentir fuertes latidos de amor por ella, por mi esposa, una mujer bella que sabe cómo perdonarme.

Miércoles, 17 de agosto de 2011

*H*oy mami está muy guapa. Se ríe mientras está sentada en la cama. Hace sol y a su alrededor flotan muchos copos pequeños, como si fuera una princesa.

—Eh, renacuajo, cepíllame el pelo.

Le paso el cepillo por su largo pelo. Me cuesta porque lo tiene enredado. Pero a mami le gusta. Canta. «What's love got to do, got to do with it.» Pone esa sonrisa especial. La sonrisa especial que tiene para mí. Solo para mí. Se sacude el pelo y le cae por la espalda como si fuera de seda. Se lo acaricio. Huele a limpio. Ella lo divide en tres tiras largas. Luego se las ata juntas formando una tira abultada.

—Vamos, renacuajo, ya está.

Coge el cepillo y me cepilla el pelo a mí.

—¡No! Mami.

Me hace daño. Lo tengo demasiado enredado.

—No pelees, renacuajo.

—¡No! Mami.

Intento que pare.

Se oye un ruido fuerte. Algo se ha roto. Es él, ha vuelto. ¡No!

—¿Dónde coño estás, puta? He traído a un amigo. Tiene pasta.

Mami se pone de pie, me coge de la mano y me empuja dentro del armario. Me siento sobre sus zapatos y procuro estar callado. Como un ratón. Me tapo las orejas y cierro los ojos con fuerza. Si soy pequeño, no me verá. La ropa huele a mami. Me gusta su olor. Me gusta estar aquí. A salvo de él. Está gritando.

—¿Dónde está ese puto mequetrefe?

Me ha cogido del pelo y me saca del armario. Agita el cepillo mirando a mami.

—No quiero que este gilipollas estropee la fiesta.

Le pega fuerte a mami en la cara con el cepillo.

—Ponte esos jodidos zapatos de tacón, házselo bien a mi amigo y te conseguiré un pico, puta.

Mami me mira con lágrimas en los ojos. No llores, mami. Otro hombre entra en la habitación. Un hombre grande con un mono de trabajo sucio. Un mono azul. El hombre grande le sonríe a mami. Me llevan a otra habitación. Él me tira al suelo de un empujón y me hago daño en las rodillas. Ahora agita el cepillo mirándome a mí.

—¿Qué voy a hacer contigo, mocoso de mierda?
Huele mal. Huele a cerveza y está fumando un cigarrillo.

Me despierto de golpe, y el miedo me atenaza la garganta.

¿Dónde estoy?

Con un jadeo, lleno mis pulmones de este aire tan valioso y trato de aplacar mi corazón desbocado. Tardo unos instantes en orientarme.

Estoy en el *Fair Lady*. Con mi bella dama. Miro desesperado hacia mi derecha y veo a Ana profundamente dormida en las sombras junto a mí.

Gracias a Dios.

Me tranquilizo de inmediato tan solo con verla. Doy un suspiro profundo y purificador.

¿Por qué tengo pesadillas?

¿Por haber discutido con Ana?

Detesto discutir con ella.

A juzgar por la luz que se filtra por las cortinas de los ojos de buey, acaba de despuntar el alba. Debería dormir un poco más. Me acurruco contra Ana y la rodeo con el brazo mientras aspiro su fragancia única y tranquilizadora… Y me quedo dormido.

En el camarote entra mucha más luz cuando me despierto mientras Ana todavía duerme profundamente a mi lado. La observo unos instantes, disfrutando de estos momentos de quietud.

¿Sabrá alguna vez lo que de verdad significa para mí?

Le beso el pelo, me levanto y me pongo un bañador. Voy a nadar un poco alrededor del barco. Tal vez consiga quitarme de encima la inquietud que todavía siento.

La pesadilla sigue resonando en mi cabeza mientras me afeito.

¿Por qué? No lo entiendo.

Ya he tenido antes esos sueños.

La puerta del baño se abre y Ana aparece frente a mí como un rayo de luz; y acallo mis pensamientos sombríos.

—Buenos días, señora Grey.

La saludo con una alegre sonrisa.

—Buenos días tenga usted.

Ella sonríe y se apoya en la pared. Levanta la cabeza y me imita mientras yo me afeito por debajo de la barbilla. Con el rabillo del ojo, la observo repetir mis movimientos.

—¿Disfrutando del espectáculo? —le pregunto.

—Es uno de mis favoritos.

Me ha perdonado. Me inclino para darle un beso, agradecido de que esté a mi lado, y le dejo una pequeña mancha de jabón de afeitar en la cara.

—¿Quieres que vuelva a hacértelo? —susurro alzando la maquinilla mientras recuerdo el día que la afeité en la suite del Brown's Hotel.

Ana frunce los labios.

—No. La próxima vez me haré la cera.

—Fue divertido.

Me cautivaste, Ana.

—Tal vez para ti.

Me mira con un mohín pero en sus ojos observo un destello de diversión y puede que de agradecimiento carnal.

Ya veo, Ana.

—Me parece recordar que lo que pasó después fue muy satisfactorio. —Continúo afeitándome, pero Ana se ha quedado muy callada—. Oye, que te estaba tomando el pelo. ¿No es eso lo que hacen los maridos cuando están perdidamente enamorados de sus mujeres?

Le levanto la barbilla y escruto su semblante. Tal vez sí que sigue enfadada conmigo.

Ella se pone muy erguida.

Oh, oh…

—Siéntate —me ordena.

¡¿Qué?!

Extiende las manos sobre mi pecho desnudo y me empuja suavemente hacia un taburete que hay en el baño.

De acuerdo, jugaremos.

Me siento y ella me quita la maquinilla de afeitar.

—Ana… —le advierto, pero ella me ignora, se inclina y me da un beso.

—Echa atrás la cabeza —musita contra mis labios.

Como me ve dudar, ladea la cabeza.

—Donde las dan las toman, señor Grey.

Y comprendo que me está provocando. ¿Cómo puedo acobardarme ante un desafío cuando mi esposa nunca lo hace?

—¿Sabes lo que haces? —le pregunto.

Ella niega con la cabeza.

Bueno, ¿qué va a hacerte, Grey? ¿Rebanarte el pescuezo?

Doy un hondo suspiro, cierro los ojos y levanto la barbilla, ofreciéndome a ella. Ella desliza los dedos por mi pelo y lo aferra mientras yo cierro los ojos con más fuerza. Está de pie muy cerca de mí. Noto su olor. El mar. El sol. Sexo. Dulzura. Ana.

Es embriagador.

Con la mayor ternura, ella desliza la maquinilla por mi cuello hacia la barbilla y me afeita. Suelto el aire que estaba reteniendo.

—¿Creías que te iba a hacer daño?

Oigo un temblor en su voz.

—Nunca sé lo que vas a hacer, Ana, pero no... No intencionadamente al menos.

Vuelve a pasarme la maquinilla por la piel y añade en voz baja:

—Nunca te haría daño intencionadamente, Christian.

Lo dice en un tono muy sincero. Abro los ojos y la rodeo con los brazos mientras me afeita la mejilla.

—Lo sé —susurro.

Me hizo daño cuando se marchó aquella vez. Y me lo merecía. Yo también le hice daño.

¡Eres un puto cabrón!

Grey, no vayas por ahí.

Giro la cara para que pueda continuar con mayor facilidad, y tras dos pasadas más termina de afeitarme.

—Se acabó, y no he derramado ni una gota de sangre —me dice con una sonrisa de oreja a oreja.

Subo las manos por su pierna y la atraigo hacia mí de modo que queda sentada a horcajadas sobre mi regazo.

—¿Quieres que te lleve a alguna parte hoy?

—A tomar el sol no, ¿verdad?

El tono de Ana es sarcástico, pero yo lo ignoro.

—No, hoy no tomamos el sol. Tal vez te apetezca hacer otra cosa.

—Bueno, como estoy llena de los chupetones que tú me has hecho, lo que me impide absolutamente cualquier actividad con poca ropa, ¿por qué no?

¿Chupetones? ¡No estamos en el instituto!

«Jamás tuviste una auténtica adolescencia, desde un punto de vista emocional. Creo que estás experimentándola ahora.»

Joder.

Hago caso omiso de las palabras de Flynn y del comentario de Ana sobre mi mala conducta, y prosigo:

—Hay que conducir un buen trecho, pero por lo que he leído, merece la pena visitarlo. Mi padre también me recomendó que fuéramos. Es un pueblecito en lo alto de una colina que se llama Saint-Paul-de-Vence. Hay unas cuantas galerías en el pueblo. He pensado que podríamos comprar algún cuadro o alguna escultura para la casa nueva, si encontramos algo que nos guste.

Ella aprieta los labios y se inclina hacia atrás para examinarme.

—¿Qué? —le pregunto, alarmado por su expresión.

—Yo no sé nada de arte, Christian.

Me encojo de hombros.

—Solo vamos a comprar algo que nos guste. No estamos hablando de inversiones.

Parece un poco menos asustada, pero sí que está preocupada.

—¿Qué? —vuelvo a preguntarle—. Ya sé que solo hemos visto los dibujos de la arquitecta... Pero no pasa nada por mirar, y además parece que es un pueblo medieval con mucho encanto.

Su expresión no cambia.

—¿Qué te pasa ahora? —le pregunto.

Joder, Ana. ¿Aún sigues enfadada por lo de ayer?

Ella niega con la cabeza.

—Dímelo —le ruego, pero ella no suelta prenda—. ¿No seguirás enfadada por lo que hice ayer?

No consigo que me mire a los ojos. En vez de eso, entierro la cabeza entre sus pechos y le acaricio la piel con la nariz.

—No. Tengo hambre —contesta.

—¿Y por qué no me lo has dicho antes?

La bajo de mi regazo.

Ana y yo sucumbimos al hechizo de Saint-Paul-de-Vence. Paseamos por las estrechas calles adoquinadas y aspiramos todo su encanto típicamente francés, seguidos a una distancia prudencial por Taylor y Philippe Ferreux. Ana se acurruca bajo mi brazo, donde encaja perfectamente.

—¿Cómo te enteraste de que existía este lugar? —pregunta.

—Mi padre me envió un e-mail cuando estábamos en Londres. Mi madre y él volvieron aquí ese mismo día.

—Es muy bonito.

Ana mueve la mano con reverencia para señalar el espectacular paisaje que nos rodea.

Nos detenemos frente a una pequeña galería en cuyo escaparate hay unas cuantas obras abstractas que resultan impactantes, y decidimos entrar. Me llaman la atención unas fotografías eróticas expuestas en el interior. Están muy bien hechas.

—No es lo que tenía en mente —dice Ana en tono irónico.

La miro y le sonrío.

—Yo tampoco.

Busco con mi mano la suya mientras contemplamos unos cuadros de naturalezas muertas: verduras y frutas. Son muy buenos.

—Me gustan esos. —Ana señala unos pimientos—. Me recuerdan a ti cortando verduras en mi apartamento.

Se echa a reír, y sus ojos cobran vida llenos de picardía y de recuerdos. ¿De nuestra reconciliación, tal vez?

—Creo que lo hice bastante bien. Solo soy un poco lento, eso es todo. —La abrazo y le acaricio la oreja con la nariz—. Además, me estabas distrayendo. ¿Y dónde los pondrías?

Ana coge aire de golpe, turbada por mis labios juguetones.

—¿Qué?

—Los cuadros… ¿Dónde los pondrías?

Le aprisiono el lóbulo de la oreja con los dientes.

—En la cocina —musita.

—Mmm. Buena idea, señora Grey.

—¡Son carísimos!

—¿Y qué? —La beso detrás de la oreja—. Acostúmbrate, Ana.

Tras separarme de ella, me acerco a la dependienta para comprar los tres cuadros y le doy mi tarjeta de crédito y nuestra dirección en el Escala para el envío.

—*Merci, monsieur* —me contesta con una sonrisa insinuante.

Cariño, estoy casado.

Levanto la mano izquierda para acariciarme la barbilla y dejar a la vista el anillo, y luego vuelvo junto a Ana, que está contemplando los desnudos.

—¿Has cambiado de idea? —le pregunto.

Ella se echa a reír.

—No. Pero son muy buenos. Y la fotógrafa es una mujer.

Vuelvo a echarles un vistazo. Uno capta mi atención: una mujer arrodillada sobre una silla, de espaldas a la cámara. Está desnuda salvo por los zapatos de tacón alto, y el pelo, largo y oscuro, le cae suelto. Algo que no deseo recordar se abre paso en el fondo de mi mente y me viene a la cabeza la triste fotografía en blanco y negro de mi panel de corcho.

La puta adicta al crack. Mierda.

Aparto la mirada y tomo a Ana de la mano.

—Vámonos. ¿Tienes hambre?

—Claro —dice con cierta inquietud en la mirada mientras yo abro la puerta y salgo a tomar aire fresco. Me alegro de volver a estar en el exterior, donde puedo respirar.

¿Qué narices me pasa?

Nos sentamos bajo unas sombrillas de un rojo vivo en una terraza de piedra con sabor de época del restaurante de un hotel, a salvo del implacable sol mediterráneo. Estamos rodeados de geranios y de antiguos muros cubiertos de hiedra. Resulta verdaderamente impresionante. La comida también es excepcional. Joder, cómo cocinan los franceses. Espero que Mia haya aprendido alguna de estas habilidades. Un día tengo que convencerla de que nos prepare una cena.

Al pagar la cuenta, le doy una suculenta propina al camarero.

Ana está tomándose el café mientras contempla las vistas. Se ha mostrado muy callada, y de nuevo me pregunto en qué estará pensando.

¿En ayer?

Me remuevo en el asiento.

Todavía intento quitarme de la cabeza la pesadilla. Siguen asaltándome fragmentos de ella, y me resulta muy inquietante. Me acuerdo de la pregunta que Ana me hizo ayer por la noche sobre las trenzas. ¿Removió algo en mi subconsciente?

«Comunicación y compromiso.» Las palabras de Flynn dan vueltas en mi cabeza. Tal vez debería hablar con Ana. Contarle la verdad. Quizá sea por eso por lo que estoy reviviendo esas nítidas escenas del pasado. Doy un hondo suspiro.

—Me preguntaste por qué te trenzo el pelo.

Ana levanta la cabeza, expectante.

—Sí.

—La puta adicta al crack me dejaba jugar con su pelo, creo. Pero no sé si es un recuerdo o un sueño.

Ana pestañea de la forma en que suele hacerlo cuando está asimilando información, pero tiene la mirada muy despierta, y en ella solo veo compasión.

—Me gusta que juegues con mi pelo —dice, pero le tiembla la voz y creo que lo dice para tranquilizarme.

—¿Ah, sí?

—Sí.

La vehemencia de su tono me sorprende. Me aferra la mano.

—Creo que querías a tu madre biológica, Christian.

El tiempo se detiene y me siento como si acabara de pegarme un puñetazo en el estómago.

Caigo al vacío.

¿Por qué dice esas mierdas?

Dice que no quiere hacerme daño, pero…

Tengo la mirada fija en ella porque, a pesar de lo que acaba de decir, Ana es mi salvavidas y me estoy ahogando en un mar de dudas que no comprendo ni sé cómo asimilar.

No puedo hacerlo.

No quiero pensar en el pasado.

Ya es pasado. Ya está hecho. Duele demasiado.

Poso la mirada en su mano sobre la mía y en la marca roja de su muñeca. Es un crudo recuerdo de lo que le hice ayer.

Le hice daño.

—Di algo —susurra.

Necesito marcharme de aquí.

—Vámonos.

Ya en la calle, desorientado y poco seguro de mí mismo, vuelvo a cogerla de la mano.

—¿Adónde quieres ir? —le pregunto, pero lo hago más por distraerme de lo que permanece en el fondo de mi mente. Sea lo que sea, está desenterrando esos indeseados e incómodos… sentimientos.

Ella sonríe.

—Me alegro de que todavía me hables.

Y tienes motivos para alegrarte. Has mezclado «querer» y a la puta adicta al crack en la misma frase.

—Ya sabes que no me gusta hablar de toda esa mierda. Pasó. Se acabó.

Imagino que va a enfadarse o a reñirme, pero al mirarla veo un caleidoscopio de emociones cruzando su semblante, y lo que se asienta en sus ojos es amor.

Su amor.

Por mí.

Creo.

Todo lo que está torcido se endereza, y mi mundo vuelve a girar sobre su eje. La rodeo con el brazo y ella desliza la mano en el bolsillo trasero de mis pantalones, tocándome el culo. Es un gesto posesivo, y vivo por él.

Bajamos paseando por una de las calles adoquinadas, seguidos por el equipo de seguridad, cuando una joyería selecta capta mi atención. Nos paramos delante, y siento la apremiante necesidad de comprarle algo a Ana. Le cojo la otra mano y le paso el pulgar por la marca roja que le dejaron ayer las esposas.

—No me duele —dice Ana tras haber interpretado bien mi mirada de preocupación.

Cambio de posición, de manera que Ana no tiene más remedio que sacar la mano del bolsillo de mis pantalones. Es en esa muñeca donde lleva mi regalo de bodas, el que le compré cuando acudí desesperado a Astoria Alta Joyería en busca de los anillos. Es un reloj Omega De Ville de platino con diamantes. Tiene una inscripción.

Anastasia
Tú eres mi «más»
Mi amor, mi vida
Christian

Y eso jamás fue más cierto que ahora.

Sin embargo, bajo la correa sigue teniendo una marca roja.

Que le hice yo.

Y también están los chupetones.

Porque estaba cabreado con ella.

Mierda. Me separo de ella, le cojo la barbilla con suavidad y le levanto la cabeza para que me mire a los ojos. Ella lo hace, tan cándida como siempre, y con la misma expresión de amor.

—No me duelen —musita, y vuelvo a cogerle la mano y le planto un delicado beso en la muñeca.

Lo siento, Ana.

—Ven.

Entramos en la tienda porque en el escaparate he visto una pulsera de Chanel que me ha llamado la atención. Una vez dentro, se la compro sin perder tiempo. Sé que si le pregunto a Ana, ella se negaría amablemente. Es bonita, de platino con pequeños diamantes, y le queda de maravilla.

—Póntela. —Se la pongo en la muñeca y se la abrocho. Oculta la marca roja—. Así está mejor —musito.

—¿Mejor?

Ana frunce un poco el ceño.

—Ya sabes por qué lo digo.

—No necesito esto.

Mueve la muñeca, y los diamantes de la pulsera brillan con la luz del sol y proyectan pequeños arcoíris en la tienda.

—Yo sí —susurro.

Es una disculpa. No tengo ni idea de cómo hacerlo, Ana.

—No, Christian, tú tampoco lo necesitas. Ya me has dado tantas cosas… Esta luna de miel tan mágica: Londres, París, la Costa Azul… Y a ti. Soy una chica con mucha suerte.

—No, Anastasia. Yo soy el hombre afortunado.

—Gracias.

Se pone de puntillas, me rodea el cuello con los brazos y me da un beso; un beso apasionado. Delante de todo el mundo.

Oh, nena.

Te amo.

—Ven. Tenemos que volver —susurro contra sus labios, y ella mete de nuevo la mano en el bolsillo de mis pantalones y regresamos juntos al coche.

El Mercedes emprende el rumbo a Cannes. Taylor ocupa el asiento del acompañante y Ferreux conduce, pero el tráfico obstaculiza la circulación. Miro por la ventanilla, intentando adivinar por qué estoy tan inquieto.

No puede ser solo por el sueño.

¿Será por la discusión de ayer con Ana?

¿Por haberle dejado esas marcas?

No sé por qué se me hace tan raro. Les he dejado marcas a otras mujeres, aunque nunca de forma permanente. Joder, eso no, ¡nunca! No es mi estilo. Dos de mis sumisas odiaban las marcas, de modo que lo acepté y no pasó nada. Y, claro, a Elena jamás le hice marcas. Era imposible. Estaba casada. Luego vino Susannah. A ella le encantaba toda esa mierda. Siempre que le dejaba marcas, quería que después le hiciera fotos.

Ana me aferra la mano y me distrae de mis pensamientos. Lleva una falda corta que deja sus piernas al descubierto. La miro y le acaricio la rodilla. Tiene unas piernas adorables.

¡Los tobillos!

Seguramente también tiene marcas en los tobillos.

Mierda.

Bajo la mano por su pierna, le cojo el tobillo y lo pongo en mi regazo. Ella gira sobre el asiento y se pone de cara a mí.

—Quiero el otro también.

Necesito verlo con mis propios ojos. Ella mira hacia Taylor y Ferreux.

¿Le da vergüenza?

¿Qué cree que voy a hacerle?

Pulso el botón de la pantalla tintada y, poco a poco, sale del panel que tenemos delante hasta que quedamos separados de ellos.

—Quiero verte los tobillos.

Ana pone mala cara pero coloca el otro pie en mi regazo. Le paso el pulgar por el empeine y ella se remueve.

Tiene cosquillas. No sé por qué no me he dado cuenta antes.

Le desabrocho la tira de la sandalia. Ahí está. Otra marca roja.

Más intensa que la de las muñecas.

—No me duelen —dice.

Soy un cabrón desconsiderado.

Le froto la marca con la esperanza de que desaparezca mientras me vuelvo hacia la ventanilla del coche y miro el paisaje campestre. Ana sacude el pie y la sandalia cae al suelo, pero yo lo ignoro.

—Oye, ¿qué esperabas? —pregunta.

Me observa como si viera en mí a alguien que acaba de aterrizar de Marte.

Encojo los hombros.

—No esperaba sentirme como me siento cuando veo esas marcas.

—¿Y cómo te sientes?

Como una mierda.

—Incómodo —musito.

Y no acabo de entender por qué.

De pronto, Ana se desabrocha el cinturón de seguridad, se acerca a mí y me coge las dos manos.

—Lo que no me gusta son los chupetones —dice con un hilo de voz—. Todo lo demás… lo que hiciste… —baja la voz todavía más— con las esposas, eso me gustó. Bueno, algo más que gustarme. Fue alucinante. Puedes volver a hacérmelo cuando quieras.

Oh.

—¿Alucinante?

Sus palabras me suben un poco el estado de ánimo y la libido.

—Sí.

Ana sonríe y flexiona los dedos de los pies sobre mi polla, que siente algo más que simple interés.

—Debería ponerse el cinturón, señora Grey.

Ella vuelve a provocarme con los dedos de los pies.

Miro el cristal tintado. ¿Podríamos...? Pero mis pensamientos lascivos se ven interrumpidos por la vibración de mi teléfono móvil. Mierda. Lo saco del bolsillo de la camisa.

Se trata del trabajo. Miro el reloj. En Seattle es muy temprano.

—Barney —contesto mientras Ana intenta retirar el pie para apartarlo un poco de mi polla. Pero yo le agarro los tobillos con más fuerza.

—Señor Grey, se ha producido un incendio en la sala del servidor.

¡¿Qué?!

—¿En la sala del servidor?

¿Cómo narices ha podido ocurrir?

—Sí, señor.

¿El servidor? ¡Mierda!

—¿Se ha activado el sistema de supresión de incendios?

Ana aparta los pies de mi regazo, y esta vez se lo permito.

—Sí, señor. Sí que se ha activado.

Acciono el botón para bajar el cristal tintado y que Taylor pueda oírme.

—¿Hay alguien herido?

—No, señor —responde Barney.

—¿Daños?

—Muy pocos, según me han dicho.

—Ya veo...

—El equipo de seguridad ha sido muy rápido a la hora de avisar.

—¿Cuándo?

Vuelvo a mirar el reloj.

—Ahora mismo. El fuego ya se ha extinguido, pero quieren saber si tienen que venir los bomberos.

—No. Ni los bomberos ni la policía. Todavía no, al menos.

Necesito pensar.

—Welch me acaba de llamar por la otra línea —dice Barney.

—¿Eso ha hecho?

—Seguramente intenta ponerse en contacto con usted. Le enviaré un mensaje.

—Bien.

—Ahora voy camino de Grey House.

—Vale. Quiero un informe detallado de daños. Y una lista de todos los que hayan entrado en los últimos cinco días, incluyendo el personal de limpieza.

—Sí, señor.

—Localiza a Andrea y que me llame.

—De acuerdo. Fue buena idea cambiar el antiguo sistema de supresión de incendios —opina Barney a la vez que exhala un suspiro.

—Sí, parece que el argón ha sido eficaz. Vale su peso en oro.

—Sí, señor.

—Ya me hago a la idea de que es pronto.

—Estaba despierto. Ahora no habrá tráfico —prosigue Barney—. Me personaré allí dentro de nada y veré qué es lo que ocurre.

—Infórmame por correo electrónico dentro de dos horas.

—Espero que no le moleste que le haya llamado.

—No, necesito saberlo. Gracias por llamar.

Cuelgo y marco el número de Welch, que va camino de Grey House mientras hablamos. Durante la breve conversación, acordamos aumentar las medidas de seguridad del almacenamiento de datos externo por precaución, y quedamos en volver a llamarnos dentro de una hora. Cuando termino de hablar con él, le digo a Philippe que necesitamos estar a bordo lo antes posible.

—Sí, monsieur.

Ferreux aprieta el acelerador.

Me pregunto qué problema ha habido en la sala del servidor. ¿Un fallo eléctrico? ¿Algo que se ha sobrecalentado? ¿Ha sido provocado?

Ana parece preocupada.

—¿Hay alguien herido? —me pregunta.

Niego con la cabeza.

—Muy pocos daños. —Aunque todavía no conozco el detalle de los daños, prefiero tranquilizarla. Acerco la mano para coger la suya y se la estrecho para reconfortarla—. No te preocupes por eso. Mi equipo se está ocupando de ello.

—¿Dónde ha sido el incendio?

—En la sala del servidor.

—¿En las oficinas de Grey Enterprises?

—Sí.

—¿Por qué ha habido tan pocos daños?

—La sala del servidor tiene un sistema de supresión de incendios muy sofisticado. Ana, por favor… no te preocupes.

—No estoy preocupada —musita ella, pero no me quedo convencido.

—No estamos seguros de que haya sido provocado.

Eso es lo que me da más miedo.

Me hallo en el pequeño estudio del *Fair Lady*. Welch y Barney están en Grey Enterprises y Andrea va camino del despacho a pesar de que es muy temprano. Después de evaluar los daños, Welch me ha aconsejado que avisemos a los bomberos para que un experto investigue cómo se ha iniciado el incendio. No quiere que empiece a pasar gente por la sala del servidor y contaminen las posibles pruebas. Revisamos la lista de protocolos y, tal como me temía, Welch no descarta que haya sido provocado. A la espera de disponer del informe de los bomberos, está elaborando una lista de todas las personas que han tenido acceso a la sala.

Andrea me telefonea en cuanto llega al despacho, y me pongo a caminar de un lado a otro mientras hablamos de lo que ha ocurrido. Estoy apoyado en el escritorio cuando oigo que llaman a la puerta. Es mi esposa.

—Andrea, ¿puedes esperar un momento, por favor?

Ana me mira con expresión decidida. Conozco bien esa mirada, la misma que pone cada vez que estamos a punto de discutir. Tenso los hombros a la espera del numerito.

—Me voy de compras. Me llevaré a alguien de seguridad conmigo.

¿Eso es todo?

—Bien, llévate a uno de los gemelos y también a Taylor —respondo, pero no se marcha—. ¿Algo más?

—¿Necesitas que te traiga algo?

—No, cariño, estoy bien. La tripulación se ocupará de mí.

—Vale.

Duda un momento, pero luego se acerca a mí con decisión, apoya las manos en mi pecho y me da un breve beso en los labios.

—Andrea, te llamo luego.

—Sí, señor Grey —contesta Andrea, y no me cabe duda de que está sonriendo al otro lado de la línea.

Cuelgo, dejo el teléfono sobre el escritorio, atraigo a Ana hacia mí para abrazarla y la beso. Con pasión. Tiene la boca dulce, húmeda y cálida, y me ofrece un buen pasatiempo. Cuando termino, ella está sin aliento.

—Me distraes —susurro mirando directamente a sus ojos aturdidos—. Necesito solucionar esto para poder volver a mi luna de miel.

Le deslizo un dedo por la cara hasta la barbilla y la cojo para levantarle la cabeza.

—Vale, perdona.

—No se disculpe, señora Grey. Me encanta que me distraigas. —Le doy un beso en la comisura de los labios—. Vete a gastar dinero.

Retrocedo y la suelto.

—Lo haré.

Con una sonrisa aniñada, se dirige a la puerta contoneándose y se marcha, aunque hay algo en su comportamiento que me da que pensar.

¿Qué será lo que no me está contando?

Aparto ese pensamiento de mi cabeza y vuelvo a llamar a Andrea.

—Señor Grey, mientras estábamos al teléfono, Ros me ha dicho que puede que la semana que viene esté usted en Nueva York. Si es así, me gustaría recordarle que el acto para recaudar fondos de la Organización para la Alianza de las Telecomunicaciones será el jueves en Manhattan. Tienen mucho interés en que asista.

—El viaje aún no está confirmado, pero diles que lo pensaré; y si acepto la invitación, seremos dos. Estaría bien que nos planteáramos a qué otras reuniones puedo asistir mientras esté en Nueva York.

—Sí, señor.

—Creo que eso es todo por el momento. ¿Puedes pasarme con Ros?

—Ahora mismo.

Pongo a Ros al corriente y le pido que colabore con Barney y Welch.

En ese momento, el sonido de una moto de agua arrancando cerca del yate me aparta de la conversación. El motor se cala. Arranca y se cala otra vez. Miro por la ventanilla de estribor y veo a Ana montada en una moto acuática, vestida de pies a cabeza.

Creía que pensaba ir de compras.

—¡Ros, ya te llamaré!

Cuelgo y salgo corriendo del estudio hacia la pasarela de estribor, pero Ana no está. Me apresuro hacia babor y la veo montada en la moto surcando el agua, con la lancha siguiéndola a toda velocidad. Me saluda con la mano.

¡No, Ana! No te sueltes.

Tengo el corazón desbocado.

Con cierta vacilación, levanto la mano y le devuelvo el saludo.

¿Este era su plan?

La observo aproximarse a toda marcha hacia el puerto deportivo con la lancha detrás. Saco el teléfono y llamo a Taylor.

—Señor.

—¿A qué narices estáis jugando Anastasia y tú? —le grito.

—Señor Grey, la señora Grey quería probar la moto de agua.

—Pero podría caerse. Ahogarse y... ¡Mierda! —Me fallan las palabras.

—Se le da bastante bien, señor.

—¡A la vuelta no dejes que se monte, joder!

Oigo el suspiro de Taylor, pero me importa una mierda.

—Sí, señor.

—¡Gracias!

Aprieto la tecla de colgar.

En el salón, cojo los prismáticos y observo a Ana acercarse a la lancha. Taylor la ayuda a subir y luego a apearse en el muelle.

Marco su número y la observo rebuscar el teléfono en el bolso.

—Hola —contesta un poco jadeante.

—Hola.

—Volveré en la lancha. No te enfades.

Vaya. Me esperaba pelea.

—Mmm...

—Pero ha sido divertido —susurra con la voz llena de entusiasmo.

Y su imagen aparece de nuevo en mi mente, pasando junto al barco a toda velocidad con la melena al viento y una amplísima sonrisa en el rostro.

Suspiro.

—Bueno, no quisiera estropearle la diversión, señora Grey. Pero ten cuidado. Por favor.

—Lo tendré. ¿Quieres algo de la ciudad?

—Solo a ti entera.

—Haré todo lo que pueda para conseguirlo, señor Grey.

—Me alegra oír eso, señora Grey.

—Nos proponemos complacer.

Suelta una risita, y el dulce sonido me hace sonreír.

Oigo que vuelven a llamarme al móvil.

—Tengo otra llamada. Hasta luego, nena.

—Hasta luego, Christian.

Cuelgo y entra una llamada de Grace.

—Hola, cariño. ¿Cómo estás?

—Estoy bien, mamá.

—Solo te llamo para asegurarme de que todo va bien.

—¿Por qué no iba a ir bien?

Mierda. A lo mejor se ha enterado.

—¿Llamas por lo del incendio?

—¿Qué incendio? —pregunta de repente en tono cortante.

—No es nada, mamá.

—¿Qué… incendio, Christian?

Su tono amedrenta.

Suspiro y enseguida la pongo al corriente de lo que ha ocurrido en Grey House, ahorrándole los detalles.

—Mamá, no es nada grave. No ha habido daños.

Lo último que deseo es preocupar a Grace.

—¿Volverás a casa?

—No veo ningún motivo para interrumpir la luna de miel. El incendio se ha extinguido y no ha habido daños. —Ella se queda callada un momento—. Grace, todo va bien.

Grace suspira.

—Si tú lo dices, cariño. ¿Qué tal va la luna de miel?

—Bueno, hasta este percance… todo ha sido fantástico. A Ana le encanta Londres, y París, y el yate. Responde muy bien.

—Suena de maravilla. ¿Habéis ido a Saint-Paul-de-Vence?

—Sí. Hoy. Ha sido mágico.

—Yo me enamoré de ese lugar. Pero no te entretengo más, que sé que tienes muchas cosas que hacer y que pensar. Te he llamado porque quería invitaros a Ana y a ti a comer el domingo, cuando hayáis vuelto.

—Claro. Me parece fenomenal.

—Estupendo, pues nos vemos el domingo. Ah… Christian… Recuerda que te queremos.

—Sí, mamá. Gracias por llamar.

Cuando cuelgo, tengo un e-mail de Ana.

De: Anastasia Grey
Fecha: 17 de agosto de 2011 16:55
Para: Christian Grey
Asunto: Gracias...

Por no ser demasiado cascarrabias.

Tu esposa que te quiere.
xxx

Tecleo una respuesta.

De: Christian Grey
Fecha: 17 de agosto de 2011 16:59
Para: Anastasia Grey
Asunto: Intentando mantener la calma

De nada.
Vuelve entera.
Y no te lo estoy pidiendo.
x

Christian Grey
Marido sobreprotector y presidente de Grey Enterprises Holdings, Inc.

Un par de horas más tarde, me hallo sentado tras el pequeño escritorio del estudio y recibo la llamada que tanto temía.

—Ha sido provocado —anuncia Welch.

—Mierda.

Se me cae el alma a los pies.

¿Quién narices me está haciendo esto? ¿Qué quieren?

—Exacto. Habían colocado un pequeño artefacto incendiario junto a uno de los armarios del servidor. Lo más interesante es que estaba diseñado solo para soltar humo, nada más. Creo que ha sido una advertencia.

¿Una advertencia?

—¿Tienes idea de cuándo lo han colocado? —pregunto.

—Todavía no disponemos de la información. Ya hemos duplicado las medidas de seguridad. Habrá un vigilante en la puerta del cuarto del servidor las veinticuatro horas del día, todos los días. Sé que es el órgano vital de la empresa.

—Buena idea.

—¿Regresará pronto?

—¿Es necesario?

No quiero poner fin a la luna de miel.

—No, creo que no. Creo que lo más importante para mí ahora es saber si esto guarda alguna relación con lo del EC135.

—Vamos a suponer que sí. Es el peor escenario posible.

—Sí. Me parece lo más prudente —responde Welch.

—No hay nada que pueda hacer ahí de lo que no pueda ocuparme desde aquí. Además, estamos más seguros en el barco.

—Eso es —conviene, y hace una pausa—. Sé que ninguno de los intentos por encontrar a un potencial sospechoso ha dado fruto. Pero volveremos a comprobar todas las grabaciones de Grey House, tanto del interior como de los alrededores. Daremos con la persona.

—Hacedlo. Coged a ese cabrón.

—Ahora mismo el equipo de la policía forense está en la sala del servidor buscando huellas.

—Seguro que Barney está entusiasmado.

Welch suelta una carcajada irónica.

—Para nada.

—Joder, esto es muy frustrante —mascullo al teléfono.

—Ya lo sé, Christian. Hace unas semanas el FBI estuvo buscando huellas en el EC135, y aún estamos esperando para ver si dan con algún sospechoso. Ahora el helicóptero está en manos de Eurocopter. Están evaluando los daños para ver si pueden repararlo.

—De acuerdo.

—Le llamaré si hay novedades.

—Gracias.

Cuelgo y contemplo la costa, donde las luces de la ciudad de Cannes empiezan a despertarse para dar la bienvenida al anochecer.

¿Qué narices voy a hacer?

¿Qué he hecho yo para merecer esto?

Grey, no vayas por ahí.

Están subiendo la lancha a la cubierta de mando, lo que significa que Ana ya ha vuelto.

Ana. Mi chica.

Podría salir mal parada en esta batalla. Entierro la cara en las manos en un intento por borrar de mi mente la imagen de Ana tumbada en el suelo, inmóvil.

Si le pasara algo…

Esa idea me tortura. Necesito comprobar que ha vuelto y está entera. Ahora mismo.

Acallo mis lúgubres pensamientos y voy en su busca. Me detengo en la puerta del camarote, doy un suspiro hondo para calmar mi ansiedad y entro. Ana está sentada en la cama con un paquete al lado.

—Has estado fuera un buen rato.

Ella, sorprendida, levanta la cabeza y me mira con recelo.

—¿Todo está controlado en la oficina?

—Más o menos.

No le cuento nada más, no quiero preocuparla.

—He estado haciendo compras —dice ella con una dulce sonrisa.

—¿Qué has comprado?

—Esto.

Pone el pie encima de la cama y veo que lleva una pulsera de tobillo de plata.

—Muy bonita.

Rozo con los dedos las campanitas que cuelgan de la cadena. Tienen un sonido dulce y delicado, pero la cadena no logra ocultar la ligera marca roja de las esposas de ayer.

La marca que yo le hice.

Joder.

—Y esto.

Sostiene en alto una caja envuelta con papel de regalo. Muestra un exceso de entusiasmo; tal vez para distraerme, pienso. Es evidente que me ha comprado algo, y mi humor se tiñe de alegre curiosidad.

—¿Es para mí? —Me sorprende lo mucho que pesa el paquete. Me siento al lado de Ana y lo agito un poco. Sonriente, le cojo la barbilla y le doy un beso—. Gracias.

—Pero si todavía no lo has abierto...

—Seguro que me encanta, sea lo que sea. No me hacen muchos regalos, ¿sabes?

—Es difícil comprarte algo, porque ya lo tienes todo.

—Te tengo a ti.

—Es verdad.

Ana me sonríe.

Desenvuelvo el regalo y descubro una cámara digital réflex.

—¿Una Nikon?

—Sé que tienes una cámara digital pequeña, pero esta es para... eh... retratos y esas cosas. Tiene dos lentes.

¿Retratos?

¿Adónde quiere ir a parar?

La ansiedad regresa con todo su impacto y empieza a picarme el cuero cabelludo.

—Hoy en la galería te han gustado mucho las fotos de Florence D'Elle. Y me he acordado de lo que me dijiste en el Louvre. Y, bueno, también están esas otras fotografías…

Baja la voz.

Oh, Dios. ¡No quiero hablar de eso!

—He pensado que tal vez… eh… te gustaría hacer fotos… de mi cuerpo.

—¿Fotos? ¿Tuyas?

Ana asiente y pestañea; su inseguridad es patente. Yo, mientras, examino la caja en un intento por ganar tiempo. Es una cámara de último modelo; todo un detalle de mi detallista esposa, pero me incomoda. Me incomoda mucho.

¿Por qué creerá que quiero fotografiarla desnuda?

Esa etapa de mi vida quedó atrás.

Levanto la cabeza y la miro.

—¿Por qué has pensado que podría querer algo así? —susurro.

Un atisbo de pánico cubre momentáneamente su expresión.

—¿No lo quieres? —pregunta.

No, Ana. Lo has entendido todo mal.

De repente, lo veo todo claro: mi antigua vida y mi nueva vida topan como dos coches en un accidente y provocan un daño incalculable. Esas fotografías eran sobre todo para protegerme, para proteger mi posición y a mi familia. Tengo que conseguir que Ana comprenda que no necesito esto de ella… pero no quiero herir sus sentimientos.

Inténtalo con la verdad, Grey. Comunicación.

—Para mí esas fotos eran como una póliza de seguros, Ana.

Y puro placer, Grey.

Sí, parecen muy íntimas, pero en el fondo sabía que estaba a salvo porque veía a la persona a través del objetivo. Siempre me mantenía a distancia; la cámara levantaba un muro entre mis sumisas y yo, aunque me excitara captar imágenes de ellas en las posturas más íntimas.

Mierda. La vergüenza me invade y me siento como si estuviera en el confesonario descargándome de mis más oscuros secretos.

—He convertido a las mujeres en objetos durante mucho tiempo.

Ana se recoge el pelo detrás de la oreja y me mira tan confusa como lo estoy yo.

—¿Y te parece que hacerme fotos sería… convertirme en un objeto a mí también? —susurra.

Cierro los ojos. ¿Qué está pasando aquí?

¿Por qué a ella no quiero hacerle fotos?

—Estoy muy confundido —musito.

—¿Por qué dices eso? —me pregunta con delicadeza.

Abro los ojos y le miro la muñeca, donde todavía se ven las marcas que le hice. Intento protegerla de mi antigua vida, ¿y en cambio le hago esto?

¿Cómo puedo conseguir que Ana esté a salvo si ni siquiera puedo mantenerla a salvo de mí mismo?

—Christian, estas marcas no importan. —Levanta la mano para mostrarme la rojez—. Me diste una palabra de seguridad. Mierda… Lo de ayer fue divertido. Disfruté. No te machaques con eso. Me gusta el sexo duro, ya te lo he dicho. —Parece aterrada—. ¿Es por el incendio? ¿Crees que hay alguna conexión con lo del *Charlie Tango*? ¿Por eso estás tan preocupado? Habla conmigo, Christian, por favor.

No la asustes más, Grey.

Ana frunce el ceño.

—No le des más vueltas a esto, Christian.

Alcanza la caja, la abre y saca la cámara. La enciende, retira la tapa del objetivo y la sitúa a la altura de su cara, apuntándome a mí.

Odio que me hagan fotos. La última vez que accedí con gusto fue en la boda, y antes lo hice por ella, no hace tanto tiempo, en el Heathman. Eso fue antes de que mi vida diera un vuelco definitivo. Antes de conocerla a ella. Pulsa el botón y lo mantiene presionado, disparando una ráfaga de fotos.

—Voy a convertirte en objeto —murmura, y de nuevo sé que se está riendo de mí en lugar de tragarse mi mierda. Se acerca más sin dejar de mirarme a través de la cámara. Una, dos, tres… Me hace varias fotos. Cada vez que dispara, su lengua asoma entre los dientes, pero sé que lo hace sin pensar y me fascina. Sonríe y capta la sonrisa con que yo le respondo.

Solo tú, Ana.

Solo tú puedes arrastrarme de nuevo a la luz.

Poso para ella, y frunzo los labios con un gesto exagerado.

Su sonrisa se ensancha y al final se ríe, y es un sonido maravilloso.

—Creía que era un regalo para mí —masculло.

—Bueno, se suponía que tenía que ser algo divertido, pero parece que es un símbolo de la opresión de la mujer.

Sigue haciéndome fotos.

¡Se está riendo de mí!

Pues que empiece el juego, Ana.

—¿Quieres sentirte oprimida?

En mi mente toma forma una deliciosa imagen de Ana arrodillada frente a mí con las manos atadas mientras le hace un trabajito a mi polla.

—No. Oprimida no… —susurra mientras sigue haciendo fotos.

—Yo podría oprimirla muy bien, señora Grey.

—Sé que puede, señor Grey. Y lo hace con frecuencia.

Joder. ¡Habla en serio!

Baja la cámara y se me queda mirando.

—¿Qué pasa, Christian?

Yo solo quiero que estés a salvo.

Ana pone mala cara y coloca de nuevo la cámara a la altura de sus ojos.

—Dímelo —insiste.

Contrólate, Grey.

Hago un esfuerzo por calmarme. En este momento no puedo enfrentarme a mis sentimientos.

—No pasa nada —respondo, y desaparezco de su ángulo de visión, quito la caja de la cámara de encima de la cama, agarro a Ana y la tumbo encima del edredón para sentarme a horcajadas sobre ella.

—¡Oye! —protesta, y hace más fotos de mi cara mientras le sonrío, hasta que le quito la cámara de las manos y encuadro su bello rostro en el visor. Presiono el obturador y capto sus encantos para la posteridad.

—¿Así que quiere que le haga fotos, señora Grey? —Se la ve muy seria desde el otro lado del objetivo—. Bueno, pues para empezar, creo que deberías estar riéndote.

Bajo la mano que tengo libre y empiezo a hacerle cosquillas. Ella se retuerce y se resiste debajo de mí, y yo le hago una foto tras otra.

Qué divertido.

Ana ríe y ríe.

—¡No! ¡Para!

—¿Estás de broma?

Nunca le he hecho cosquillas a nadie y su reacción es especialmente gratificante. Dejo la cámara y sigo con las dos manos.

—¡Christian! —grita, y se revuelve bajo mi cuerpo—. ¡Christian, para! —me suplica, y me apiado de ella.

Le cojo las dos manos y se las sujeto a ambos lados de la cabeza. Está roja y sin aliento, tiene la mirada turbia y el pelo enmarañado. Está imponente. Me deja sin respiración.

—Eres. Tan. Hermosa —susurro.

No la merezco.

Me inclino, cierro los ojos y le doy un beso. Tiene los labios suaves y su boca me acoge. Le rodeo la cabeza con las manos, entrelazo los dedos en su pelo y la beso con más pasión, con más deseo; deseo perderme en ella. Ella responde a mi beso y su cuerpo se eleva. Sube las manos por mis brazos y se agarra a mis bíceps.

Su respuesta es puro fuego para mi excitación.

No; es más que eso.

La deseo, sí, pero sobre todo la necesito.

Mi cuerpo se pone en alerta, ávido de ella. Es mi salvavidas mientras yo voy a la deriva intentando encontrar el sentido a lo que me está ocurriendo. Cuando estoy con ella, dentro de ella, todo ocupa su lugar en el mundo.

—Oh, pero qué haces conmigo… —gimo con anhelo.

Cambio rápidamente de posición para tumbarme encima de Ana, y siento todo su cuerpo pegado al mío. Deslizo la mano bajándola hasta su pecho, su cintura, su cadera y su trasero, palpando su piel al mismo tiempo. Vuelvo a besarla mientras hago presión con la rodilla entre sus piernas, rodeo su muslo con la mano y lo coloco sobre mi cadera. Me remuevo contra ella, lleno de deseo. Ella introduce los dedos en mi pelo y tira y me retiene contra su boca mientras yo tomo todo lo que anhelo.

Creo que la llama de mi propio deseo va a devorarme.

Joder.

Me interrumpo de golpe. La necesito, ahora mismo.

Me pongo de pie, la arranco de la cama y le desabrocho los pantalones cortos. Me arrodillo y los deslizo por sus piernas junto con las bragas, y enseguida volvemos a estar tumbados en la cama, ella debajo de mí. Me apresuro a desabrocharme la bragueta y libero mi polla impaciente.

Con un movimiento, me introduzco en ella. De golpe. Hasta el fondo.

—Sssí —susurro cuando ella grita.

Me detengo y observo su rostro. Tiene los ojos cerrados, la cabeza hacia atrás y la boca abierta. Giro las caderas y me introduzco más en ella.

Ella gime y me rodea con los brazos.

—Te necesito —gruño, y le mordisqueo la barbilla hasta que vuelvo a besarla, tomando su boca y todo lo que tiene que ofrecerme mientras ella se ciñe a mi cuerpo, rodeándome con las piernas y con los brazos. Estoy desbocado. La necesito más de lo que jamás habría imaginado. Quiero introducirme debajo de su piel para que pueda ayudarme a conservarme entero, íntegro. Ella responde a cada embestida y me anima con sus suaves gemidos anhelantes. Su pasión, intensa y sexy junto a mi oído.

La siento. Está cerca, muy cerca. Está llegando. A la vez que yo. Y la excito más y más, a la vez que ella me excita más y más.

—Córrete conmigo —jadeo, y me separo un poco de ella—. Abre los ojos. Necesito verte.

Ella me mira con la expresión aturdida por el deseo, y se deja ir, echando atrás la cabeza y gritando su orgasmo al mundo entero.

Me empuja hasta el límite, y alcanzo el clímax mientras me introduzco más en ella y pronuncio su nombre. Caigo a su lado y la arrastro conmigo de manera que ahora es ella quien está tumbada sobre mí. Lleno mis pulmones de un aire muy preciado mientras sigo dentro de ella, aferrándola con fuerza.

Mi faro. Mi atrapasueños. Mi amor. Mi vida.

Alguien quiere matarnos. Al infierno con él.

Ella me besa el pecho, con suavidad, con besos dulces.

—Dime, Christian, ¿qué ocurre?

La abrazo más fuerte y cierro los ojos.

No quiero perderte.

—Prometo serte fiel en la salud y en la enfermedad, en lo bueno y en lo malo y en las alegrías y en las penas —susurra.

Me quedo petrificado. Está recitando en voz alta los votos matrimoniales.

Abro los ojos. Su semblante es la viva estampa de la sinceridad y su bello rostro desprende el brillo intensísimo de la luz de su amor.

—Y prometo quererte incondicionalmente, apoyarte para que consigas tus objetivos y tus sueños, honrarte y respetarte, reír y llorar contigo, compartir tus esperanzas y tus sueños, darte consuelo en momentos de necesidad. Y amarte hasta que la muerte nos separe.

Ana suspira con los ojos clavados en mí, animándome a que hable.

—Oh, Ana —musito, y me muevo para separarme de ella de modo que quedamos tumbados el uno al lado del otro, perdidos en nuestras respectivas miradas.

Le acaricio la cara con los nudillos y con el pulgar. De memoria, recito mis votos, con la voz enronquecida al tratar de contener la emoción.

—Prometo cuidarte y mantener en lo más profundo de mi corazón esta unión a ti. Prometo amarte fielmente, renunciando a cualquier otra, en lo bueno y en lo malo, en la salud y en la enfermedad, nos lleve la vida donde nos lleve. Te protegeré, confiaré en ti y te guardaré respeto. Compartiré contigo las alegrías y las penas y te consolaré en tiempos de necesidad. Prometo que te amaré y animaré tus esperanzas y tus sueños y procuraré que estés segura a mi lado. Todo lo que era mío es nuestro ahora. Te doy mi mano, mi corazón y mi amor desde este momento y hasta que la muerte nos separe.

A Ana se le llenan los ojos de lágrimas.

—No llores —susurro, enjugándole una lágrima con el pulgar.

—¿Por qué no hablas conmigo? Por favor, Christian.

Cierro los ojos.

Porque hablar de ello lo convierte en real, Ana.

—Prometí darte consuelo en momentos de necesidad. Por favor, no me hagas romper mis votos —me ruega.

No tengo defensa posible contra ella.

La amo.

Antes de Ana, no sentía nada en absoluto. Y ahora, lo siento todo con mucha intensidad. Tengo todas las emociones a flor de piel. Cuesta asimilarlo. Cuesta entenderlo.

Su expresión no ha cambiado. Es una súplica.

Suspiro y me doy por vencido.

—Ha sido provocado —susurro, como si eso supusiera un gran fallo por mi parte—. Y mi principal preocupación es que haya alguien por ahí que va a por mí. Y si va a por mí…

La siguiente idea me resulta insoportable.

—Puede que me haga daño a mí. —Ana termina la frase con un hilo de voz y me acaricia la cara a la vez que su mirada se suaviza—. Gracias.

—¿Por qué?

—Por decírmelo.

Niego con la cabeza.

—Puede ser muy persuasiva, señora Grey.

—Y tú puedes estar rumiando y tragándote todos tus sentimientos y preocupaciones hasta que revientes. Si sigues así, seguro que te mueres de un infarto antes de cumplir los cuarenta, y yo te quiero a mi lado mucho más tiempo.

—Tú sí que me vas a matar. Al verte en la moto de agua… Casi me da un ataque al corazón.

Me dejo caer en la cama y me tapo los ojos con el dorso de la mano para apartar el recuerdo, pero no funciona. En mi mente la veo tumbada sobre el duro y frío suelo. Me estremezco.

—Christian, es solo una moto de agua. Hasta los niños montan en esas motos. Y cuando vayamos a tu casa de Aspen y empiece a esquiar por primera vez, ¿cómo te vas a poner?

Ahogo un grito y me vuelvo a mirarla, alarmado. Esquiar. ¡No!

—Nuestra casa —le recuerdo.

Ana pone esa sonrisa, la que contemplo todos los días en mi despacho. ¿Se está riendo de mí? No, no lo creo. Es compasión.

—Soy adulta, Christian, y mucho más dura de lo que crees. ¿Cuándo vas a aprender eso?

Me encojo de hombros. A mí no me parece dura; sobre todo cuando la veo inconsciente sobre la mugrienta alfombra verde.

—¿Sabe la policía lo del incendio provocado?

—Sí —respondo.

—Bien.

—Vamos a reforzar la seguridad —le explico.

—Lo entiendo.

Pasea la mirada por mi cuerpo, y de repente sus labios esbozan una sonrisa.

—¿Qué?

—Tú.

—¿Yo?

—Sí, tú. Todavía estás vestido.

—Oh.

Me miro. Todavía estoy vestido. Sonrío cuando vuelvo a mirar a Ana y le digo lo mucho que me cuesta mantener las manos alejadas de ella, sobre todo cuando se ríe como una niña.

Su mirada se ilumina de inmediato y, rápidamente, cambia de posición para sentarse a horcajadas sobre mí.

Mierda. Le cojo las muñecas porque adivino lo que está a punto de hacer.

—No —le digo con voz queda cuando siento que la temida oscuridad vuelve a instalarse en mi pecho, dispuesta a abrirse paso—. No, por favor —le ruego—. No puedo soportarlo. Nunca me hicieron cosquillas cuando era pequeño.

Ana baja las manos y prosigo.

—Veía a Carrick con Elliot y Mia, haciéndoles cosquillas, y parecía muy divertido, pero yo... yo...

Ella me pone un dedo sobre los labios.

—Chis, lo sé.

Retira el dedo y lo sustituye por un dulce beso. Al momento, posa la mejilla en mi pecho, y yo la abrazo con la nariz apretada contra su pelo. Su aroma es tranquilizador y se mezcla con el intenso olor del sexo. Permanecemos así un rato; es nuestra calma después de la tormenta. Hasta que ella rompe este silencio sereno y confortable.

—¿Cuál ha sido la temporada más larga que has pasado sin ver al doctor Flynn?

—Dos semanas. ¿Por qué? ¿Sientes una necesidad irreprimible de hacerme cosquillas?

—No. —Ríe—. Creo que te ayuda.

Suelta una risa burlona.

—Más le vale. Le pago una buena suma de dinero para que lo haga. —Le acaricio el pelo y ella se vuelve a mirarme—. ¿Está preocupada por mi bienestar, señora Grey?

—Una buena esposa se preocupa por el bienestar de su amado esposo, señor Grey.

—¿Amado? —susurro porque quiero decir la palabra en voz alta para oír cómo suena entre los dos, con todo lo que implica.

—Muy amado.

Se inclina para besarme.

Es un alivio que Ana sepa la verdad y aun así me ame. Mi ansiedad se ha desvanecido y el hambre ocupa su lugar. Le sonrío.

—¿Quieres bajar a tierra a comer?

—Quiero comer donde tú prefieras.

—Bien. Pues a bordo es donde puedo mantenerte segura. Gracias por el regalo.

Alcanzo la cámara, le doy la vuelta y extiendo el brazo para hacer una foto de nosotros dos abrazados.

Después de cenar tomamos café en el impresionante comedor del *Fair Lady*.

—¿En qué piensas? —le pregunto a Ana al ver que mira por la ventana con aire nostálgico.

—En Versalles.

—Un poco ostentoso, ¿no?

Ana pasea la mirada a nuestro alrededor.

—Esto no es nada ostentoso —observo.

—Lo sé. Es precioso. Es la mejor luna de miel que una chica podría desear.

—¿De verdad? —Sonrío. Complacido.

—Por supuesto que sí.

—Solo nos quedan dos días. ¿Hay algo que quieras ver o hacer?

—Únicamente estar contigo —responde.

Me levanto, rodeo la mesa y le planto un beso en la frente.

—¿Y vas a poder estar sin mí una hora? Tengo que mirar mi correo para ver qué está pasando en casa.

—Claro —dice.

—Gracias por la cámara.

Cuando me dirijo al estudio reparo en que, por algún motivo, me siento mucho más sosegado. ¿Será la deliciosa cena, el sexo o el hecho de haberle contado a Ana que el incendio fue provocado? Podría ser una combinación de las tres cosas. Saco el teléfono del bolsillo y veo una llamada perdida de mi padre.

—Hijo —me saluda cuando contesta.

—Hola, papá.

—¿Qué tal el sur de Francia?

—Es maravilloso.

—¿Y Ana?

—También es maravillosa.

No puedo evitar sonreír.

—Se te oye contento.

—Sí. La única pega es lo del incendio.

—Tu madre me lo ha contado. Pero no ha habido grandes daños, por lo que sé.

—No.

—¿Qué ocurre, Christian?

Su tono se vuelve serio, seguramente como reacción a mi lacónica respuesta.

—Fue provocado.

—Mierda. ¿Lo sabe la policía?

—Sí.

—Bien. Entre esto y lo del helicóptero... Son muchas cosas.

—Welch se está ocupando de todo. Pero no tenemos ni idea de quién puede andar detrás. ¿Has notado algo raro?

—No, no me he dado cuenta de nada. Pero estaré pendiente.

—Sí, estate pendiente —insisto.

—¿El avión es seguro? —pregunta.

—¿El Gulfstream? Sí, creo que sí.

—Tal vez deberíais volver en un vuelo comercial.

¿Por qué?

—Es solo una idea, no quiero preocuparte. Te dejo.

—Gracias por llamar, papá.

—Christian, aquí me tienes. Y me tendrás siempre. Pásalo bien lo que queda de noche.

Cuelga, y me pregunto qué piensa hacer con la información que acabo de compartir con él. Decido no darle vueltas, pero llamo a Ros para que me ponga al corriente.

Sigo estando al teléfono cuando, al cabo de un rato, Ana asoma la cabeza por la puerta. Me lanza un beso y me deja hablando con Andrea, que nos está buscando un vuelo de vuelta a Seattle.

Ana está durmiendo hecha un ovillo cuando regreso al camarote. Me deslizo en la cama a su lado y la atraigo hacia mis brazos sin despertarla. Le beso el pelo y cierro los ojos.

Tengo que mantenerla a salvo. Tengo que mantenerla a salvo.

Sábado, 20 de agosto de 2011

A través del objetivo, observo a mi esposa dormir profundamente, por fin. Hace un rato, Ana hablaba en sueños, suplicándole a alguien que no se marchara. Me pregunto a quién. ¿A mí? ¿Adónde podría ir sin ella? Desde que nos confirmaron que el incendio de Grey House fue provocado, la asaltan las pesadillas. De vez en cuando incluso le da por chuparse el pulgar mientras duerme. Me pregunto si habría sido mejor volver antes a casa. Pero me resistía a dejar atrás la tranquilidad del *Fair Lady*, y a Ana le ocurría lo mismo. Por lo menos he sido capaz de tranquilizarla tras los terrores nocturnos. La he abrazado. La he calmado. Como ella me abraza cuando me pasa a mí.

Tenemos que dar con ese cabrón.

¿Cómo se atreve a aterrar a mi esposa?

He hecho caso de los consejos de mi padre y vamos a coger un vuelo comercial. Hace mucho tiempo que no vuelo en un avión de pasajeros, pero para Ana es el primer vuelo internacional en primera clase, así que representará una experiencia nueva. Vamos a volar desde Londres, y he dejado el jet en Niza para que lo inspeccionen con detalle. No pienso correr riesgos, ni por la tripulación ni por mi esposa.

Dejando aparte las pesadillas, los últimos días de la luna de miel han sido una delicia. Leer. Comer. Nadar. Tomar el sol en el barco. Hacer el amor. Han sido unos días mágicos. Solo hay una cosa que me falta por hacer antes de que nos marchemos.

Presiono el obturador con la esperanza de que el ruido no la despierte. La cámara ha resultado ser un regalo muy acertado y he vuelto a descubrir mi pasión por la fotografía. La verdad es que aquí el panorama es espléndido, digno de fotografiarse. El *Fair Lady* es una maravilla.

Ana se remueve y extiende la mano hacia mi lado de la cama, buscándome. Ese gesto me enternece.

No estoy lejos, nena.

Abre los ojos. Me parece que está sobresaltada, de modo que dejo la cámara en el suelo y me tumbo a su lado de inmediato.

—No te asustes. Todo está bien —susurro. Detesto esa mirada de preocupación. Le retiro el pelo de la cara—. Has estado tan nerviosa estos últimos días...

—Estoy bien, Christian —miente. Sonríe, pero es de modo forzado y lo hace por mí—. ¿Estabas observándome mientras dormía?

—Sí. Estabas hablando.

—¿Ah, sí?

Abre mucho los ojos.

—Estás preocupada. —Para tranquilizarla, le beso el suave punto donde empieza su nariz—. Cuando frunces el ceño, te sale una uve justo aquí. Es un sitio suave para darte un beso. No te preocupes, nena, yo te cuidaré.

—No estoy preocupada por mí. Es por ti —gruñe—. ¿Quién te cuida a ti?

—Yo soy lo bastante mayor y lo bastante feo para cuidarme solo. Ven. Levántate. Hay algo que quiero que hagamos antes de volver a casa. Algo muy divertido.

Le doy una palmada en el culo y me recompensa con un quejido gratificante.

Salto de la cama y ella me sigue.

—Ya te ducharás luego. Ponte el traje de baño.

—Vale.

La tripulación ha bajado la moto al agua. Llevo puesto el chaleco salvavidas y estoy ayudando a Ana a ponerse el suyo. Le ato a la muñeca la llave y el cable de parada de emergencia.

—¿Quieres que conduzca yo? —me pregunta sin dar crédito.

—Sí. —Sonrío—. ¿Te la he apretado demasiado?

—No, está bien. ¿Por eso llevas chaleco salvavidas? —Arquea una ceja sin dejarse impresionar.

—Sí.

—Veo que tiene mucha confianza en mis habilidades como conductora, señor Grey.

—La misma de siempre, señora Grey.

—Vale, no me des lecciones —me advierte, y sé que se refiere a una amarga experiencia.

Levanto las manos en señal de rendición.

—No me atrevería.

—Sí, sí te atreverías y sí lo haces. Y aquí no podemos aparcar y ponernos a discutir en la acera.

—Cuánta razón tiene, señora Grey. ¿Nos vamos a quedar aquí todo el día hablando de tus buenas dotes para la conducción o nos vamos a divertir un rato?

—Cuánta razón tiene, señor Grey.

Ana sube al vehículo y yo me coloco detrás ella, y al levantar la cabeza descubro que desde el muelle nos observa un pequeño grupo de personas: la tripulación, los miembros del equipo de seguridad francés y Taylor. Doy una patada para apartarnos del pequeño pontón, rodeo a Ana con los brazos y la aprieto con los muslos. Ella introduce la llave en el contacto, pulsa el botón de encendido y el motor cobra vida con un sonido vigoroso.

—¿Preparado? —grita.

—Todo lo preparado que puedo.

Despacio, aprieta el acelerador y la moto acuática se desliza alejándose del barco.

Con cuidado, Ana.

La aferro con más fuerza cuando acelera y salimos disparados por el agua.

—¡Uau! —grito, pero eso no la detiene.

Ana se inclina hacia delante y me arrastra consigo, y avanzamos a toda velocidad hacia mar abierto para luego virar hacia la orilla, donde la pista del aeropuerto de Niza se extiende en el interior del Mediterráneo.

—La próxima vez que hagamos esto, tendremos dos motos de agua —exclamo.

Será divertido hacer carreras con ella.

Ana se eleva sobre las olas. Cabeceamos un poco ya que hoy el mar está más picado debido a la fuerte brisa de verano. Cuando se aproxima a la orilla, oímos el estruendo de un avión que sobrevuela la pista. El ruido es ensordecedor.

Mierda.

Ana da un viraje brusco. Grito para avisarla, pero es demasiado tarde y los dos salimos disparados de la moto y caemos al mar. El agua me cubre la cabeza y me entra en los ojos y en la boca, pero doy una patada y salgo a la superficie de inmediato, donde sacudo la cabeza y busco a Ana con la mirada. La moto se halla no muy lejos, flotando inofensiva y en silencio, y Ana se está enjugando el agua de los ojos. Nado hasta ella, aliviado de ver que ha salido a la superficie.

—¿Estás bien? —le pregunto tras acercarme.

—Sí —responde con la voz enronquecida. Y está sonriendo de oreja a oreja.

¿Por qué sonríe? Acaba de catapultarnos a ambos dentro de las frías aguas del mar.

La pego a mi cuerpo mojado para abrazarla y le sostengo la cara entre las manos mientras compruebo que la moto no le ha hecho daño.

—¿Ves? No ha sido para tanto —exclama, eufórica, y me doy cuenta de que está bien.

—No, supongo que no. Pero estoy mojado.

—Yo también estoy mojada.

—A mí me gustas mojada —le digo en tono pícaro.

—¡Christian! —me riñe al ver mi mirada lujuriosa, y la beso sin poder contenerme.

No.

La devoro. Cuando me separo de ella, los dos estamos sin aliento.

—Vamos. Volvamos. Ahora tenemos que ducharnos. Esta vez conduzco yo.

Nado hasta la moto de agua, me subo de un salto y ayudo a Ana a sentarse detrás.

—¿Lo ha pasado bien, señora Grey?

—Muy bien. Gracias.

—No, gracias a ti. ¿Volvemos a casa?

—Sí, por favor.

Anastasia da sorbos de champán y lee en el iPad mientras aguardamos en la sala de espera del Concorde del aeropuerto de Heathrow el vuelo de conexión con destino a Seattle. Es una de las cosas que detesto de tomar un vuelo regular: la espera. Ana, sin embargo, parece bastante feliz. De vez en cuando, con el rabillo del ojo, veo que me dirige miradas furtivas.

Por dentro doy saltos de alegría. Me encanta que me mire.

Estoy leyendo *The Financial Times*. Me ayuda a serenarme. Los mercados globales todavía fluctúan como consecuencia de los recientes problemas de déficit presupuestario y el «lunes negro». El dólar ha caído en picado. También hay un artículo sobre si los ricos deberíamos pagar más impuestos; al parecer Warren Buffet cree que sí, y puede que tenga razón.

Ana me hace una foto con flash y me pilla por sorpresa. Parpadeo para borrar los destellos de mis ojos y la observo mientras apaga el flash.

—¿Qué tal está, señora Grey? —le pregunto.

—Triste por volver a casa —dice con un mohín—. Me gusta tenerte para mí sola.

Le cojo la mano y le beso los nudillos uno a uno.

—A mí también —susurro.

—¿Pero? —pregunta.

Joder. Me ha leído el «pero» en el pensamiento.

Ana entorna los ojos con gesto interrogativo y perspicaz. No piensa parar hasta que se lo cuente.

Exhalo un suspiro.

—Quiero que cojan a ese pirómano para que podamos vivir nuestra vida en paz.

—Ah.

Exacto.

—Voy a hacer que me traigan las pelotas de Welch en una bandeja si permite que vuelva a pasar algo como esto.

Mi tono de voz suena frío y siniestro; incluso a mí me lo parece.

Pero todo esto está durando demasiado. Tenemos que coger a ese cabrón.

Ana me mira boquiabierta, y entonces levanta la cámara y, rápidamente, me hace una foto.

—Te tengo.

Sonrío, aliviado de que esté de mejor humor.

—Me parece que ya podemos embarcar. Vamos.

—Sawyer, ¿podemos entrar por delante? —le pido, y él acerca el Audi a la acera frente al Escala. Taylor se apea y me abre la puerta. Ana está profundamente dormida—. Gracias, Taylor —digo estirando las piernas—. Es una alegría estar de vuelta.

—Lo es, señor.

—Voy a despertar a Ana. —Abro la puerta de su lado y me inclino sobre ella—. Vamos, bella durmiente, ya hemos llegado.

Le desabrocho el cinturón de seguridad.

—Mmm… —murmura, y la tomo en brazos—. Oye, que puedo andar —refunfuña con voz adormilada.

Oh, no, nena.

—Tengo que cruzar el umbral contigo en brazos.

Ella me rodea el cuello con los suyos.

—¿Y me vas a subir en brazos los treinta pisos?

—Señora Grey, me alegra comunicarle que ha engordado un poco.

—¿Qué?

—Así que, si no le importa, cogeremos el ascensor.

Taylor abre la puerta del vestíbulo del Escala y sonríe.

—Bienvenidos a casa, señor y señora Grey.

—Gracias, Taylor —respondo.

Entramos en el vestíbulo.

—¿Dices en serio lo de que he engordado?

Ana me fulmina con la mirada. Está cabreada.

—Un poco, pero no mucho. —Sonrío para tranquilizarla.

De camino al ascensor, la acerco a mí abrazándola con más fuerza mientras recuerdo el aspecto que tenía cuando fui a buscarla a SIP, después de que rompiéramos. Lo delgada y lo triste que estaba. El recuerdo me da qué pensar.

—¿Qué pasa? —pregunta.

—Has recuperado el peso que perdiste cuando me dejaste. —Le respondo en tono quedo.

Fue por mi culpa. Yo era el responsable de su tristeza.

No quiero volver a verla así nunca más.

Pulso el botón del ascensor.

—Oye… —Ana me acaricia la cara y entrelaza los dedos en mi pelo—. Si no me hubiera ido, ¿estarías aquí, así, ahora?

Y con esas palabras convierte en una balsa de aceite mis aguas agitadas.

—No. —Sonrío, porque es cierto. Entro en el ascensor con mi esposa en brazos y le rozo delicadamente los labios con los míos—. No, señora Grey, no. Pero sabría que puedo mantenerte segura porque tú no me desafiarías.

—Me gusta desafiarte —confiesa con su sonrisa coqueta.

Suelto una risita.

—Lo sé. Y eso me hace sentir tan… feliz.

—¿Aunque esté gorda? —dice con un mohín.

Me echo a reír.

—Aunque estés gorda.

Vuelvo a tomar sus labios entre los míos, y ella me coge del pelo con más fuerza mientras nos entregamos el uno al otro.

Suena el timbre del ascensor y nos hallamos de nuevo en el Escala, por primera vez como marido y mujer.

—Muy feliz —susurro con el cuerpo excitado.

Entro con ella en el recibidor y deseo pasar de largo de todo y de todos para llevarla a la cama.

—Bienvenida a casa, señora Grey.

La beso una vez más.

—Bienvenido a casa, señor Grey.

La alegría le ilumina el rostro.

La llevo hasta el salón, y después la siento sobre la isla de la cocina. Saco del armario dos copas altas de champán, y de la nevera, una botella fría de Grand Année Bollinger, nuestro rosado favorito. Con un gesto rápido, descorcho la botella y vierto la burbujeante bebida de color pálido en cada una de las copas. Le ofrezco una a Ana, que sigue sentada sobre la encimera, y yo me quedo de pie, entre sus piernas.

—Por nosotros, señora Grey.

—Por nosotros, señor Grey —responde con una sonrisa tímida.

Brindamos y damos sendos sorbos de champán.

—Sé que estás cansada. —Le acaricio la nariz con la mía—. Pero tengo muchas ganas de ir a la cama… y no para dormir. —Beso la comisura de su dulce boca—. Es nuestra primera noche de vuelta a casa, y ahora eres mía de verdad…

Ella gime, cierra los ojos y levanta la cabeza, concediéndome acceso a su cuello.

Ana. Mi diosa.

Mi amor.

Mi vida.

Mi esposa.

Domingo, 21 de agosto de 2011

Estoy esperando sentir en cualquier momento el balanceo del *Fair Lady* sobre el Mediterráneo, así como el trajín de la tripulación mientras preparan el barco para la jornada. Sin embargo, cuando abro los ojos, descubro que estoy en casa. Fuera, el despuntar dorado del alba anuncia una mañana gloriosa, y Ana se tensa bajo mi abrazo. Está mirando al techo, tratando de permanecer quieta.

—¿Qué ocurre?

—Nada. —Su rostro se dulcifica al sonreír—. Vuelve a dormirte.

Mi polla reacciona de forma entusiasta a su sonrisa, mucho más despierta que yo. Pestañeando, me froto la cara y estiro los brazos y las piernas en un intento de despertar mi cerebro y el resto de mi cuerpo.

—¿Jet lag? —le pregunto.

—¿Eso es lo que me pasa? No puedo dormir.

—Tengo el remedio universal justo aquí y solo para ti, nena. —Sonriendo, le rozo la cadera con mi erección.

Ella se ríe, poniendo los ojos en blanco, y hunde los dientes en el lóbulo de mi oreja mientras desliza la mano hacia abajo hasta llegar a mi polla expectante.

Cuando me despierto, al cabo de una hora o así, ya ha salido el sol. He dormido bien y Ana sigue durmiendo a mi lado. La dejo descansar y me levanto sin hacer ruido; lo que necesito es correr un poco en el gimnasio. Mientras estoy en la cinta, con la música de Four Tet tronando en mis oídos, repaso la situación en los mercados y echo un vistazo a las noticias. Volver a mi rutina va a suponer todo un esfuerzo. Ana y yo hemos pasado las últimas semanas en una burbuja de felicidad, pero ahora estoy listo para volver al trabajo. Encaro el futuro con entusiasmo. Mi mujer y yo vamos a emprender esta nueva vida juntos, y todavía no tengo ni idea de qué es lo que implicará eso. Tal vez podríamos viajar; podría llevar a Ana a ver la Gran Muralla China, las pirámides de Egipto... joder, todas las maravillas del mundo. Yo podría tomarme las cosas con más calma en la oficina —Ros lo ha manejado todo estupendamente el tiempo que he estado fuera— y Ana podría dejar de trabajar. Al fin y al cabo, no va a necesitar el dinero.

Aunque le encanta su trabajo, y se le da muy bien.

Tal vez tiene grandes ambiciones en la industria editorial.

Niego con la cabeza; estaría más segura si se quedara en casa.

Maldita sea. No te obsesiones mirando el lado negativo, Grey.

Ana está en la ducha cuando entro en el baño y no puedo resistirme. Me meto dentro con ella.

—Buenos días. Deje que le enjabone la espalda, señora Grey.

Me da la esponja y el gel de ducha sonriéndome con aire distraído. Hago espuma con la esponja y empiezo a enjabonarle el cuello.

—No te olvides de que hoy vamos a comer a casa de mis padres. Espero que no te importe. Kate estará allí. —La beso en la oreja.

—Mmm… —murmura, con los ojos cerrados.

—¿Estás bien? —le pregunto—. Estás muy callada.

—Estoy bien, Christian. Se me están quedando las manos arrugadas como pasas. —Agita los dedos.

—Vale, dejaré que salgas.

Sonríe, sale de la cabina de la ducha y recoge el albornoz al salir. Parece contenta, pero creo que mi chica está preocupada. Le pasa algo.

Cuando entro en la cocina, Ana está preparando el desayuno. Está preciosa, con un top negro de tirantes y la misma falda que llevaba en nuestro paseo por Saint-Paul-de-Vence.

—¿Café? —me ofrece.

—Por favor.

—¿Pan tostado?

—Por favor.

—¿Mermelada?

—De albaricoque. Gracias. —Le doy un beso en la mejilla—. Tengo que ocuparme de unas cosas antes de irnos a almorzar.

—Vale, te llevaré el desayuno.

En mi estudio, encuentro encima del escritorio los planos más recientes de Gia Matteo para la casa, donde debe de haberlos dejado Gail. Apartándolos a un lado para inspeccionarlos más tarde, enciendo mi iMac y me pongo a trabajar. Welch y Barney están revisando todas las imágenes de la semana pasada de las cámaras de seguridad de Grey House, pero aún no hay ninguna novedad sobre el autor del incendio. Welch ha desplegado equipos de seguridad adicionales en cada una de las sedes de Grey Enterprises Holdings. Repaso la planificación para nuestra protección personal y descubro el nombre de un nuevo miembro del equipo: Belinda Prescott. Sin embargo, hoy serán Ryan y Sawyer quienes nos acompañarán a casa de mis padres; Taylor, muy merecidamente, ha ido a visitar a su hija después de tantas semanas fuera.

Ana abre la puerta del estudio empujándola con la espalda y deja el café y las tostadas en mi escritorio.

—Gracias, esposa mía.

—De nada, maridito. —Sonríe levemente—. Me voy a deshacer las maletas.

—No hace falta que lo hagas, Gail puede encargarse de eso.

—No pasa nada. Quiero mantenerme ocupada.

—Oye. —Me levanto y la cojo de la mano antes de que se vaya, escudriñando su rostro—. ¿Te pasa algo?

—No, no me pasa nada. —Sube la cabeza para besarme en la mejilla—. Estaré lista para irnos a mediodía.

Arrugo la frente y la suelto.

—Vale.

Algo le pasa.

Pero no tengo ni idea de qué puede ser.

Resulta inquietante.

Tal vez Ana necesita tiempo para adaptarse a esta zona horaria. Se marcha y centro mi atención en el trabajo, aparcando de momento mi preocupación. He recibido un e-mail de Gia Matteo, que quiere vernos mañana para hablar de las últimas modificaciones en los planos. Le contesto que me parece perfecto y le propongo una reunión por la tarde.

Hay buenas noticias de Eurocopter: pueden sustituir los dos motores del *Charlie Tango*, por lo que debería estar operativo de nuevo, funcionando a pleno rendimiento, dentro de un par de semanas; sin embargo, todavía no hay ningún avance en la investigación del FBI acerca del sabotaje. Es exasperante.

¿Por qué tardan tanto?

Sigo adelante y leo los últimos correos de Ros; cuanto antes deje todo eso solucionado, antes podré volver con mi mujer.

El trayecto en coche a casa de mis padres es fantástico. Hacía semanas que no conducía mi R8 y con mi esposa a mi lado estoy disfrutando del verde exuberante del entorno urbano de Seattle. Tras el encanto del viejo mundo del sur de Francia, el paisaje me resulta plácidamente familiar. Sienta bien estar en casa. Echaba de menos conducir, este coche en especial. Miro por el retrovisor y, efectivamente, Sawyer y Ryan nos siguen de cerca.

Ana permanece en silencio a mi lado, contemplando el paisaje bañado por el sol de verano mientras vamos a toda velocidad, con la capota bajada, por la interestatal 5.

—¿Me dejarías conducir este coche? —me pregunta, de repente.

¿En eso es en lo que ha estado pensando?

—Claro. Lo mío es tuyo. Pero como le hagas una abolladura, te las verás conmigo en el cuarto rojo del dolor. —Le lanzo una sonrisa lobuna, consciente de haber utilizado el sobrenombre con el que ella, y no yo, llama al cuarto de juegos.

Me mira boquiabierta.

—Bromeas... No me castigarías por abollar tu coche, ¿verdad? ¿Quieres más al coche que a mí? —Parece incrédula.

—Casi casi —bromeo, extendiendo la mano para apretarle la rodilla—. Pero el coche no me calienta la cama por las noches.

—Estoy segura de que eso se puede arreglar; podrías dormir en el coche —me suelta.

Me río, me encanta su sentido del humor.

—¿No llevamos en casa ni un día y ya me estás echando?

—¿Por qué estás tan contento?

Le sonrío rápidamente, sin apartar los ojos de la carretera.

—Porque esta conversación es tan... normal.

¿No es de eso de lo que se trata en el matrimonio? ¿Del toma y daca entre nosotros?

—¡Normal! —exclama en tono burlón—. ¡No después de tres semanas de matrimonio! Vaya... —¿Qué? Mi sonrisa desaparece. ¿Lo decía en serio? ¿Va a echarme?— Era broma, Christian.

Mierda. ¡Yo también hablaba en broma!

Aprieta los labios con aire sombrío y murmura:

—No te preocupes, seguiré con el Saab. —Se vuelve para seguir contemplando el paisaje.

Pues vaya con las bromas y el sentido del humor entre marido y mujer.

—Oye, ¿qué te pasa? —le pregunto.

—Nada.

—A veces eres tan exasperante, Ana... Dímelo.

Vuelve la cabeza hacia mí y sus labios dibujan una sonrisa satisfecha.

—Lo mismo se puede decir de usted, señor Grey.

¿Yo soy el problema? ¿Yo?

Mierda.

—Lo estoy intentando —respondo.

—Lo sé. Yo también.

Sonríe y tengo la sensación de que ya está todo bien. Pero no estoy seguro. Tal vez su corazón sigue aún en la Costa Azul.

¿O tal vez está preocupada por el incendio provocado?

¿O por la ampliación en los efectivos de seguridad?

Joder, ojalá lo supiera.

—¡Hermano! —Es Elliot quien acude a abrir la puerta en casa de mis padres—. ¿Cómo andas?

Me tira de la mano y se funde conmigo en un intenso abrazo.

—Con las piernas —murmuro—. ¿Cómo estás tú, Elliot?

—Me alegro mucho de verte, campeón. Tienes muy buen aspecto. Te ha dado un poco el sol. —A continuación dirige su atención a Ana—: ¡Hermana! —exclama, y levanta a mi mujer en el aire.

—Hola, Elliot —dice ella, riéndose, y es un alivio oírla reír.

Mi hermano la deja en el suelo y la suelta.

—Qué guapa estás, Ana. ¿Christian te trata bien?

—Casi siempre.

—Vamos, pasad. —Elliot se aparta a un lado—. Papá se encarga de la barbacoa.

Mis padres son unos anfitriones magníficos y les encanta tener gente en casa. Estamos en la terraza del jardín de atrás, sentados en torno a la mesa. Al otro lado del césped, vemos las vistas familiares de la bahía y la silueta de Seattle a lo lejos. Sigue siendo una imagen espectacular. Grace, como siempre, no ha reparado en gastos, así que hay un montón de comida. Carrick nos entretiene con sus anécdotas sobre las acampadas familiares y sus habilidades al frente de la barbacoa, y estamos sentados con Elliot, Kate, Ethan y Mia. Es una sensación rara, porque siempre me he sentido un poco ajeno a mi familia, no porque me excluyesen, sino porque yo mismo me aislaba de ellos, para protegerme. En ese momento, allí sentado, viéndolos a todos reír, metiéndose en plan broma unos con otros —y conmigo— e interesándose tantísimo por mi mujer y por los detalles de nuestra luna de miel, me arrepiento un poco de haberme mostrado siempre tan reservado con ellos. Pensar en todos esos años que me he perdido encerrado en la torre de marfil que yo mismo me construí… una acusación que Ana me lanza con frecuencia.

Tal vez tiene razón.

Nuestras manos están entrelazadas, y jugueteo con los anillos de su dedo, reacio a soltarla. Por la forma en que se ríe con Kate, parece más animada, como si ya hubiera olvidado lo que fuera que estaba reconcomiéndola… o al menos eso espero.

Elliot está hablando de la casa nueva:

—Si consigues finalizar los detalles de los planos con Gia, tengo un hueco desde septiembre hasta mediados de noviembre. Puedo traer a todo el equipo y ponernos a ello. —Elliot estira el brazo y rodea los hombros de Kate. Le acaricia ligeramente la piel con el pulgar. Creo que le gusta de verdad. Esto sí tiene que ser toda una novedad.

—Gia tiene que venir mañana por la tarde para hablar de los planos —respondo—. Espero que podamos terminar con eso entonces. —Miro a Ana.

—Claro. —Sonríe, pero una parte de la luz que le iluminaba los ojos se apaga.

¿Qué le pasa?

Me está volviendo loco.

—Por la feliz pareja. —Papá levanta su copa y sonríe, y todos nos unimos al brindis.

—Y felicidades a Ethan por haber entrado en el programa de psicología en Seattle —interviene Mia con un deje de orgullo en la voz. Es evidente que está loca por él, y me pregunto si se lo habrá llevado ya al huerto. Es difícil saberlo por la sonrisa que le dedica Ethan.

Mi familia está ansiosa por conocer todos los detalles de nuestra luna de miel, así que les hago un resumen de estas últimas tres semanas.

Ana permanece en silencio.

¿Se estará arrepintiendo de todo esto?

No, no puedo permitirme ir por ahí.

Grey, contrólate.

Elliot cuenta uno de sus chistes verdes y, al estirar los brazos, tira su copa al suelo, donde se hace añicos muy estrepitosamente. Mi madre se levanta de golpe, igual que Mia y Kate, mientras Elliot sigue sentado como un pasmarote y como el zoquete que es.

Aprovechando la ocasión que me brinda esta distracción, me inclino y le hablo a Ana al oído:

—Te voy a llevar a la casita del embarcadero a darte unos azotes si no dejas ya ese mal humor y te animas un poco.

Da un respingo y se asegura de que no nos oye nadie.

—¡No te atreverás! —me desafía, hablándome con voz ronca.

Levanto una ceja.

Lánzate, Ana.

—Tendrás que cogerme primero... y hoy no llevo tacones —me dice entre dientes, solo para mis oídos.

—Seguro que me lo paso bien intentándolo.

La cara de Ana se tiñe de un delicioso y familiar tono rosado y sofoca una sonrisa.

Ahí está, mi chica.

Mamá nos sirve fresas con nata, lo que me recuerda a Londres; ese y el *Eton mess* con merengue eran los postres veraniegos característicos allí. Cuando estamos terminando, nos sorprende un brusco chaparrón.

—¡Ah! Todo el mundo para dentro... —exclama Grace mientras recoge la fuente de servir.

Todos recogemos los platos, los cubiertos y los vasos y entramos corriendo en la cocina.

Ana parece más contenta mientras, con el pelo un poco mojado, se ríe con Mia. Es reconfortante verla con mi familia: todos se han enamorado de ella, como yo. Tal vez Mia le cuente qué pasa con Ethan. Sonrío; las mentes curiosas necesitamos saberlo todo.

Nos metemos en la habitación de atrás para refugiarnos de la lluvia y me siento al piano de pared. Es un Steinway viejo y muy usado, pero muy querido también, con un timbre cálido e intenso. Presiono la tecla del do central y el sonido resuena por toda la habitación, perfectamente afinado. Sonrío, pensando en Grace. Sospecho que lo mantiene siempre afinado, ya que lo toca de vez en cuando, aunque hace años que no la he oído hacerlo. Y hace tanto que yo no lo toco aquí... ni siquiera me acuerdo de cuándo fue la última vez. De niño, la música era mi refugio; era el lugar al que podía escaparme y perder el mundo de vista, al principio con las tediosas repeticiones de las escalas y los arpegios y luego con cada una de las piezas que aprendía.

La música y la literatura me ayudaron a superar la pubertad.

Hay una hoja de partitura en el soporte, y me pregunto de quién será, de Grace tal vez, o puede que de su ama de llaves... creo que ella también lo toca. Conozco la canción: es «Wherever You Will Go» de The Calling. Mi familia sigue charlando mientras leo la partitura. Flexiono los dedos, siguiendo la canción de forma instintiva.

Podría tocarla perfectamente.

Y cuando me quiero dar cuenta, he empezado a tocar. La partitura incluye la letra y me pongo a cantarla. Al cabo de un par de compases, me abandono a la melodía y a la emotiva letra, y solo estamos el piano, la música y yo.

Es una canción muy bonita. Sobre la pérdida... y el amor.

—«Allá donde tú vayas, iré yo...»

Poco a poco, el silencio sepulcral de la habitación se cuela en mi consciencia.

Todos han dejado de hablar. Dejo de tocar y me vuelvo en la banqueta para ver qué es lo que los ha hecho callar. Todas las miradas están fijas en mí.

Pero ¡qué diablos...!

—Sigue —me anima Grace, con la voz impregnada de emoción—. Nunca te había oído cantar, Christian. Nunca.

Su voz es casi inaudible, pero la oigo a pesar de ello por el silencio opresivo que reina en la habitación. Su rostro resplandece de orgullo, asombro y amor.

Es un puñetazo en el estómago.

Mamá.

Un pozo de emoción desborda mi corazón y se derrama en mi pecho, inundándome y amenazando con ahogarme.

No puedo respirar.

No. No puedo hacer esto.

Me encojo de hombros e, inspirando hondo, miro de soslayo a mi mujer, mi ancla. Parece desconcertada, posiblemente por la extraña reacción de mi familia. En un intento de permanecer ajeno a ellos un momento, desvío la mirada hacia las cristaleras.

Por esto es por lo que me aíslo de ellos.

Por esto.

Para escapar de estos… sentimientos.

Se produce un estallido repentino y casi espontáneo de conversación, y me levanto para dirigirme a las cristaleras. Con el rabillo del ojo, veo a Grace abrazar a mi mujer con un entusiasmo desbocado que coge a Ana por sorpresa. Mi madre le susurra algo al oído y la garganta me quema con la misma emoción desbordante de hace un momento. Con expresión conmovida, Grace besa a Ana en la mejilla y luego anuncia con voz ronca:

—Voy a preparar un té.

Ana se apiada de mí y acude en mi auxilio.

—Hola —dice.

—Hola. —Le rodeo la cintura con el brazo y la atraigo hacia mí, hallando consuelo en el calor de su cuerpo.

Desliza la mano en el bolsillo de atrás de mis vaqueros. Juntos contemplamos la lluvia a través de las cristaleras; el sol aún se ve a lo lejos. En alguna parte debe de haber salido un arcoíris.

—¿Te encuentras mejor? —le pregunto.

Asiente con la cabeza.

—Bien.

—Realmente sabes cómo provocar el silencio en una habitación —dice.

—Es que lo hago muy a menudo. —Le sonrío.

—En el trabajo sí, pero no aquí.

—Cierto, aquí no.

—¿No te habían oído cantar nunca? ¿Jamás?

—Parece que no. —Mi tono es cortante.

Me mira como tratando de resolver un enigma.

Solo soy yo, Ana.

—¿Nos vamos?

—¿Me vas a azotar? —me susurra.

¿Qué?

Como siempre, Ana es una caja de sorpresas. Sus palabras serpentean y me remueven por dentro, despertando mi deseo.

—No quiero hacerte daño, pero no me importa jugar.

Ana mira nerviosamente a nuestro alrededor.

Nena, nadie puede oírnos. Inclino la cabeza y le susurro al oído:

—Solo si se porta usted mal, señora Grey.

Se retuerce en mis brazos y su rostro se contrae en una sonrisa traviesa.

—Ya se me ocurrirá algo.

¿Sabe acaso lo perdido que me sentía hace solo un momento?

¿Dice todo esto para traerme de vuelta?

No lo sé, pero ahora mismo tengo el corazón henchido de amor por ella.

Mi sonrisa de respuesta es casi tan ancha.

—Vamos.

—Me alegro tanto de verte tan feliz, cariño... —dice Grace, mirándome a los ojos y presionándome la mejilla con la palma de la mano.

—Gracias por el almuerzo. —Le doy un beso rápido.

—No tienes por qué dar las gracias, Christian. Nunca. Esta también es tu casa.

—Gracias, mamá. —La abrazo impulsivamente.

Ella me sonríe de oreja a oreja y luego traslada su atención a Ana, abrazándola con fuerza. Cuando consigo arrancar a Ana de las garras de mi madre, nos despedimos del resto y nos dirigimos al coche. Mientras caminamos, se me ocurre que su destartalado Escarabajo también debía de tener el cambio de marchas manual.

Vamos, Grey, hagámoslo.

—Toma. —Le tiro a Anastasia las llaves del R8. Las atrapa con una sola mano—. No me lo abolles o me voy a cabrear mucho.

—¿Estás seguro? —Su voz está impregnada de entusiasmo.

—Sí. Y aprovecha antes de que cambie de idea.

Lo que es mío es tuyo, nena. Incluso esto... creo.

Toda ella se ilumina como un árbol de Navidad y, poniendo los ojos en blanco al ver tanta euforia, le abro la puerta del conductor para que entre. Arranca el motor antes siquiera de que me dé tiempo a subirme al coche.

—Ansiosa, ¿eh, señora Grey? —pregunto mientras me abrocho el cinturón.

—Mucho. —Me deslumbra con una sonrisa desencajada y me pregunto si no habré cometido un error. No baja la capota; mi chica no pierde el tiempo.

Lentamente, da marcha atrás para salir del aparcamiento y enfilar la salida de la casa. Miro atrás y veo que Sawyer y Ryan están subiendo al SUV.

¿Dónde estaban?

Ana llega al final de la salida de la casa y me mira con nerviosismo.

Su fanfarronería de antes se ha disipado un poco.

—¿Estás seguro de verdad?

—Sí —miento.

Se incorpora despacio a la carretera y me preparo para lo que va a ocurrir. En cuanto toca la calzada, pisa el acelerador a fondo y salimos disparados calle abajo.

¡Joder...!

—¡Hey! ¡Ana! Frena un poco... Nos vas a matar.

Suelta el acelerador.

—Perdón —murmura, pero por su tono sé que no siente haberse embalado así, y me recuerda a nuestro viaje en la moto acuática, del que solo hace un día.

Le sonrío.

—Bueno, eso cuenta como mal comportamiento.

Ana reduce un poco más la velocidad.

Bien. Eso ha captado su atención.

Conduce a velocidad constante por el Lake Washington Boulevard y atraviesa la intersección con la calle Diez. Me suena el teléfono.

—Mierda.

Me cuesta sacármelo de los vaqueros. Es Sawyer.

—¿Qué? —suelto.

—Lamento molestarle, señor Grey. ¿Se ha percatado de que hay un Dodge negro siguiéndolos?

—No. —Me vuelvo y examino la calle a través del parabrisas trasero del R8, atestado de cosas, pero acabamos de doblar una curva y no veo ningún coche.

—¿La señora Grey va conduciendo?

—Sí, conduce ella.

Ana tuerce hacia la avenida Ochenta y cuatro.

—El Dodge salió justo después de que salieran ustedes. El conductor esperaba en el interior del coche. Hemos comprobado la matrícula: es falsa. No queremos correr ningún riesgo. Puede que no sea nada. O puede que sea algo.

—Vale. —Un aluvión de pensamientos se agolpan en mi mente. Tal vez solo sea una coincidencia. No. Después de todo lo que ha pasado últimamente, esto no puede ser una coincidencia. Y quienquiera que esté siguiéndonos, podría ir armado. Siento una quemazón en el cuero cabelludo, por lo alarmante de la situación. ¿Cómo puede haber pasado esto? Sawyer y Ryan estaban ahí fuera todo el tiempo, ¿verdad? ¿Y no les pareció raro ver a alguien sentado esperando en el interior de un coche? ¿Nos siguió hasta la casa de mis padres?

—¿Quiere intentar quitárselos de encima? —pregunta Sawyer.

—Sí…

—¿Y la señora Grey podrá hacerlo?

—No sé.

¿Cuándo me ha decepcionado?

Ana tiene la vista concentrada en la carretera, pero su euforia anterior se ha desvanecido y ahora agarra con fuerza el volante; ya ha deducido que pasa algo.

—No pasa nada. Sigue adelante —le digo con el tono más tranquilizador posible.

Abre mucho los ojos y sé que no he conseguido tranquilizarla.

Mierda. Vuelvo a coger el teléfono. Sawyer está hablando.

—Todavía no hemos podido ver de cerca al conductor. El puente de la 520 probablemente es la mejor opción. La señora Grey podría intentar perderlo allí. El Dodge no tiene ni mucho menos la potencia del R8.

—Bien, en el puente. En cuanto lleguemos... —digo.

Maldita sea, ojalá condujese yo.

—Estaremos justo detrás del Dodge. Trataremos de ponernos a su misma altura. ¿Le parece bien?

—Sí...

—¿Quiere poner el manos libres para que nos oiga la señora Grey?

—Ahora lo pongo.

Coloco el teléfono en el soporte para el altavoz.

—¿Qué ocurre, Christian?

—Tú concéntrate en la carretera, nena —murmuro en voz baja—. No quiero que te entre el pánico, pero en cuanto estemos en el puente de la 520, quiero que aprietes el acelerador. Nos están siguiendo.

Ana parpadea varias veces tratando de asimilar la información y se pone muy pálida.

Mierda.

Endereza la espalda y mira por el retrovisor, sin duda para tratar de identificar a nuestro perseguidor.

—Mantén la vista en la carretera, nena —le digo suavemente. Con calma. No quiero asustar a Ana más de lo que ya lo está. Solo tenemos que volver al Escala lo antes posible y perder de vista a ese desgraciado.

—¿Cómo sabes que nos están siguiendo? —Habla con voz entrecortada y aguda.

—El Dodge que tenemos detrás lleva matrículas falsas.

Cruza con cuidado la intersección con la Veintiocho, rodea la rotonda y enfila hacia la rampa de incorporación a la 520. Por suerte el tráfico es bastante fluido, así que al menos eso es bueno. Ana echa un vistazo al retrovisor y a continuación inspira hondo y reduce la velocidad de golpe.

Ana, ¿qué haces?

Estudia el tráfico y, de pronto, cambia de marcha y pisa el acelerador a fondo, de forma que salimos disparados hacia delante y nos incorporamos a la autopista en una pausa en el tráfico. El Dodge tiene que reducir la velocidad y parar para esperar un hueco en el tráfico antes de seguirnos.

Uau. ¡Ana! ¡Qué chica más lista! ¡Pero vamos demasiado rápido!

—Tranquila, nena. —Mantengo un tono de voz sereno, a pesar de que tengo un nudo de nervios en el estómago.

Reduce la velocidad y empieza a alternar entre las dos hileras de tráfico. Junto las manos en el regazo para no distraerla.

—Muy bien. —Miro atrás—. Ya no veo el Dodge.

—Estamos justo detrás del Sudes, señor Grey. —La voz de Sawyer se oye a través del manos libres—. Está haciendo todo lo posible por recuperar su posición detrás de ustedes, señor. Vamos a intentar adelantar y colocarnos entre su coche y el Dodge.

—De acuerdo. La señora Grey lo está haciendo muy bien. A esta velocidad, y si el tráfico sigue siendo fluido (y por lo que veo lo es), saldremos del puente dentro de unos pocos minutos.

—Bien, señor.

Pasamos como una exhalación junto a la torre de control del puente. Ya estamos en la mitad del trayecto. Ana conduce muy rápido, pero lo hace con suavidad y mucha seguridad. Lo tiene dominado.

—Lo estás haciendo muy bien.

—¿Hacia dónde voy?

—Diríjase a la interestatal 5, señora Grey, y después al sur. Queremos comprobar si el Dodge les sigue durante todo el camino.

El semáforo del puente está verde, por suerte, y Ana sigue adelante a toda velocidad.

—¡Mierda!

Hay un atasco al salir del puente. Ana aminora y mira ansiosa por el espejo retrovisor, buscando el Dodge.

—¿Unos diez coches por detrás más o menos? —dice.

Vuelvo la vista y lo localizo.

—Sí, lo veo. Me pregunto quién demonios será...

—Yo también. ¿Sabemos si el que conduce es un hombre? —Ana dirige su comentario a mi teléfono.

—No, señora Grey. Puede ser un hombre o una mujer. Los cristales son demasiado oscuros.

—¿Una mujer? —pregunto.

Ana se encoge de hombros.

—¿Tu señora Robinson?

¿Qué? ¡No!

No he sabido nada de Elena desde... bueno, desde la boda, cuando envió ese puto mensaje de texto. Cojo mi teléfono y lo retiro del soporte para silenciarlo.

—No es mi señora Robinson —digo con un gruñido—. No he hablado con ella desde mi cumpleaños.

Eso no es verdad, Grey. La llamé cuando le regalé el negocio de los salones de belleza, pero ahora no es momento de mencionarlo.

—Y Elena no haría algo así; no es su estilo.

—¿Leila?

—Está en Connecticut con sus padres. Ya te lo he dicho.

—¿Estás seguro?

Se queda pensando un momento.

—No, pero si hubiera huido, seguro que su familia se lo habría dicho al doctor Flynn. Ya hablaremos de esto cuando lleguemos a casa. Concéntrate en lo que estás haciendo.

—Puede que solo sea una casualidad.

—No voy a correr riesgos por si acaso. Y aún menos estando contigo —digo con voz brusca, pero no me importa. Ana, como siempre, resulta muy desafiante. Desactivo el modo silencio de mi BlackBerry y la vuelvo a colocar en el soporte.

El tráfico empieza a menguar y Ana puede acelerar hacia la intersección.

—¿Y si nos para la policía? —pregunta.

—Eso sería algo conveniente.

—Para mi carnet no.

—No te preocupes por eso. —El incendio provocado y el sabotaje del *Charlie Tango* están siendo objeto de una investigación policial. Estoy seguro de que cualquier agente de policía estaría más interesado en nuestro perseguidor.

—Ha evitado el tráfico y cogido velocidad. —La voz incorpórea de Sawyer habla en tono tranquilo e informativo—. Va a ciento cuarenta.

Ana acelera y mi precioso coche responde como la máquina de precisión que es, alcanzando los ciento cincuenta kilómetros por hora sin problemas.

—Mantén la velocidad, Ana —le digo.

Ana se incorpora a la interestatal 5 y cruza varios carriles para colocarse en el carril rápido.

Con suavidad, nena, con suavidad.

—Ya va a ciento sesenta, señor.

Mierda.

—Sigue tras él, Luke —le ordeno a Sawyer.

Un camión aparece en el carril rápido y Ana pisa el freno, de modo que salimos catapultados hacia delante en los asientos.

—¡Maldito idiota! —grito.

¡Dios! ¡Podría habernos matado!

—Adelanta, nena —le digo con los dientes apretados.

Ana maniobra para atravesar tres carriles, adelanta a varios coches y al puto camión, y vuelve a cruzar hacia el carril rápido y deja atrás al gilipollas.

—Muy bonito, señora Grey. ¿Dónde está la policía cuando la necesitas?

—No quiero que me pongan una multa, Christian —dice con serenidad—. ¿Te han puesto alguna multa por exceso de velocidad conduciendo este coche?

—No. —Pero casi.

—¿Te han parado?

—Sí.

—Oh.

—Encanto. Todo se basa en el encanto.

Sí, señora Grey. Lo creas o no, puedo ser encantador.

—Ahora concéntrate. ¿Cómo va el Dodge, Sawyer? —pregunto.

—Acaba de alcanzar los ciento setenta y cinco, señor —contesta Sawyer.

Ana da un respingo y pisa a fondo el acelerador de manera que el Audi coge velocidad.

Tenemos delante un Ford Mustang.

Joder, mierda.

—Hazle una señal con las luces —le ordeno.

—Pero eso solo lo hacen los gilipollas.

—¡Pues sé un poco gilipollas! —exclamo entre dientes, tratando de mantener a raya mi cabreo con el Mustang y mi ansiedad, cada vez más disparada.

—Eh... ¿dónde están las luces? —pregunta Ana.

—El indicador. Tira hacia ti.

El capullo capta el mensaje y se aparta, enseñándonos el dedo.

—Él es el gilipollas —masculla—. Sal por Stewart —le digo a Ana—. Vamos a tomar la salida de Stewart Street —informo a Sawyer.

—Vayan directamente al Escala, señor.

Ana mira por el retrovisor, frunciendo el ceño. Pone el intermitente y cruza cuatro carriles de la autopista para tomar la rampa de la vía de salida, reduce la velocidad y luego gira con suavidad hacia Stewart Street.

Es maravillosa.

—Hemos tenido mucha suerte con el tráfico. Pero también el Dodge la ha tenido. No reduzcas la velocidad, Ana. Quiero llegar a casa.

—No recuerdo el camino —dice con un chillido.

—Continúa hacia el sur por Stewart. Hasta que te diga que gires.

Sigue avanzando calle abajo.

Mierda, el semáforo de Yale está en ámbar.

—¡Sáltatelo, Ana! —le grito.

Ana se pasa con el acelerador, por lo que nos lanzamos de nuevo contra los asientos mientras atravesamos el cruce a toda velocidad. El semáforo ya está en rojo.

—Está enfilando Stewart —dice Sawyer.

—No lo pierdas, Luke.

—¿Luke?

—Se llama así.

¿No lo sabías?

Me mira.

—¡La vista en la carretera! —exclamo.

—¿Luke Sawyer?

—¡Sí! —¿Por qué estamos hablando de esto ahora?

—Ah.

—Así me llamo, señora —dice Sawyer—. El Sudes está bajando por Stewart, señor. Vuelve a aumentar la velocidad.

—Vamos, Ana. Menos charla.

—Estamos parados en el primer semáforo de Stewart —nos informa Sawyer.

—Ana, rápido, por aquí. —Señalo el aparcamiento del lado sur de Boren Avenue. Gira bruscamente, sujetando con fuerza el volante, y las carísimas ruedas de mi magnífico R8 protestan con un chirrido, pero Ana aguanta y entra en el aparcamiento abarrotado.

Mierda. Debe de haberse comido casi un centímetro de banda de rodadura.

—Da una vuelta, rápido.

Ana se dirige hacia el fondo del aparcamiento.

—¡Ahí! —Señalo una plaza libre. Ana me mira con cara de pánico—. Hazlo, joder —digo con un gruñido. Y aparca. Perfectamente. Como si llevara toda la vida conduciendo mi coche.

Bien hecho, Ana.

—Estamos escondidos en un aparcamiento entre Stewart y Boren —le digo a Sawyer.

—Bien, señor. Quédense donde están. Nosotros seguiremos al Sudes. —Suena un poco irritado.

Mala suerte.

Me vuelvo hacia Ana.

—¿Estás bien?

—Sí. —Habla en voz muy baja, y sé que está conmocionada.

Intento aportar un poco de humor a la situación, para calmar los nervios de ambos:

—El que conduce el Dodge no puede oírnos, ¿sabes?

Ana se ríe. A carcajada limpia. Demasiado exagerada. Está disimulando el miedo que siente.

—Estamos pasando por la intersección de Stewart y Boren, señor. Veo el aparcamiento. El Sudes ha pasado por delante y ha continuado, señor.

Gracias a Dios. El alivio es instantáneo, también para Ana. Lanzo un profundo suspiro.

—Muy bien, señora Grey. Has conducido genial. —Levanto el brazo y la sobresalto cuando le acaricio la cara con las yemas de los dedos. Inspira una enorme bocanada de aire.

—¿Eso significa que vas a dejar de quejarte de mi forma de conducir? —me pregunta.

Me río, y la risa es una catarsis.

—No será para tanto.

—Gracias por dejarme conducir tu coche. Sobre todo en unas circunstancias tan emocionantes. —Intenta parecer alegre y despreocupada, pero su tono es de fragilidad, como si estuviera a punto de quebrársele la voz.

Apago el motor, ya que ella no parece tener intención de hacerlo.

—Tal vez debería conducir yo ahora —le ofrezco.

—La verdad es que ahora mismo no creo que sea capaz de salir del coche para dejar que te sientes aquí. Mis piernas se han convertido en gelatina. —Le tiemblan las manos.

—Es la adrenalina, nena. Lo has hecho increíblemente bien, como de costumbre. Me has dejado sin palabras, Ana. Nunca me decepcionas. —Le acaricio la mejilla de nuevo con el dorso de la mano porque necesito tocarla y asegurarle, tanto a ella como a mí mismo, que estamos a salvo. Se le humedecen los ojos y su sollozo entrecortado nos sorprende a ambos mientras las lágrimas empiezan a resbalarle por el rostro—. No, nena, no. Por favor, no llores. —No soporto verla llorar. Estiro el brazo para desabrocharle el cinturón de seguridad, agarrarla de la cintura y atraerla hacia mí para colocarla sobre mi regazo, por encima del compartimento central; sus pies siguen en el asiento del conductor. Le aparto el pelo de la cara para besarle los ojos y las mejillas y luego entierro la nariz en su pelo mientras ella enrosca los brazos alrededor de mi cuello y sigue llorando sobre mi garganta. Abrazándola, dejo que se desahogue.

Ana. Ana. Ana. Lo has hecho tan bien.

La voz de Sawyer nos sobresalta.

—El Sudes ha reducido la velocidad delante del Escala. Está examinando la intersección.

—Síguele —le ordeno.

Ana se limpia la nariz con el dorso de la mano, se sorbe la nariz e inspira hondo.

—Utiliza mi camisa para limpiarte —le ofrezco, y la beso en la sien.

—Lo siento —dice.

—¿Por qué? No tienes nada que sentir.

Vuelve a limpiarse la nariz y le cojo la barbilla para levantarla y darle un beso con ternura.

—Cuando lloras tienes los labios muy suaves. Mi chica, tan bella y tan valiente… —Hablo en un susurro, consciente de que el equipo de seguridad nos está escuchando al otro lado de la línea.

—Bésame otra vez —murmura, y lo único que oigo es la urgencia en su voz. Prende una llama en mi alma—. Bésame. —Su voz es ronca e insistente.

Retiro la BlackBerry del soporte, cuelgo el aparato y lo tiro al asiento del conductor, junto a sus pies. Entierro los dedos en su pelo, sujetándola mientras mis labios exploran los suyos y mi lengua invade la suya. Ella lo agradece, acariciándome la lengua con la suya y devolviéndome el beso con una intensidad que me roba el aliento. Me sujeta el rostro para pasarme los dedos sobre la barba incipiente mientras saca de mí todo cuanto tengo para ofrecerle.

Lanzo un gruñido y mi cuerpo responde. Toda la adrenalina se desplaza hacia abajo.

Joder. La deseo.

Deslizo la mano por su cuerpo, acariciándola, rozándole el pecho y la cintura hasta detenerme en su trasero. Se mueve para colocarse encima de mi polla, aprisionada entre mis piernas.

—¡Ah! —Me aparto, sin aliento.

—¿Qué? —susurra junto a mis labios.

—Ana, estamos en un aparcamiento en medio de Seattle.

—¿Y qué?

—Que ahora mismo tengo muchas ganas de follarte y tú estás intentando encontrar postura encima de mí… Es incómodo.

—Entonces, fóllame. —Me besa la comisura de la boca, cuando sus palabras ya me han pillado desprevenido.

La miro a sus ojos oscuros, de una oscuridad insondable, unos que son prácticamente todo pupila. Todo lujuria. Todo necesidad.

—¿Aquí? —exclamo con voz entrecortada, escandalizado.

—Sí. Te deseo. Ahora.

No me puedo creer que haya dicho eso.

—Señora Grey, es usted una descarada. —Miro alrededor. Estamos muy escondidos. Aquí no hay nadie. Nadie va a vernos. Podemos hacerlo. El hambre que siento de ella se me hace insoportable. Le sujeto el pelo con más fuerza para retenerla donde quiero y la beso de nuevo. Con más fuerza. Más intensamente. Muy adentro. Muy adentro. Más y más.

Con la otra mano le acaricio el cuerpo hasta llegar al muslo.

Me agarra el pelo.

—Cómo me alegro de que lleves falda. —Desplazo la mano por el muslo hacia arriba. Ella se revuelve en mi regazo.

¡Ah!

—Quieta —gruño, sujetándole el pelo en la nuca con más fuerza.

Va a conseguir intimidarme.

Le toco el sexo a través de las bragas de encaje; ya están mojadas.

Oh, nena.

Le rozo el clítoris trazando círculos con el pulgar, una, dos veces, y ella gime y todo su cuerpo se estremece con mis caricias.

—Quieta —susurro, y apreso sus labios con los míos mientras sigo presionando con el pulgar el botón hinchado bajo el encaje húmedo. Aparto la tela a un lado y hundo dos dedos en su interior.

Gime y mueve las caderas para acudir al encuentro de mi mano.

Oh, mi niña codiciosa.

—Por favor… —susurra.

—Oh, ya estás preparada —murmuro con admiración, y deslizo los dedos despacio. Metiéndolos. Y sacándolos. Metiéndolos. Y sacándolos—. ¿Te ha excitado la persecución en el coche?

—Me excitas tú.

Sus palabras alimentan mi apetito y retiro la mano y coloco el brazo por debajo de sus rodillas y la levanto en el aire para situarla completamente encima de mi regazo, mirando al parabrisas.

Da un respingo, pero empieza a restregarse hacia abajo contra mí.

Lanzo un gemido.

—Pon una pierna a cada lado de las mías —le ordeno, pasándole las manos por los muslos para volverlas a subir y así apartarle la falda—. Pon las manos en mis rodillas, nena, e inclínate hacia delante. Levanta ese bonito culo que tienes. Cuidado con la cabeza. —Levanta su precioso culo y me bajo la cremallera de los vaqueros para liberar mi polla ansiosa. Le rodeo la cintura con un brazo, le aparto las bragas con la otra mano y, levantando las caderas, tiro de ella hacia abajo y la penetro hasta el fondo con un solo movimiento rápido.

Dejo escapar el aliento sibilante por entre los labios. ¡Sí!

—¡Ah! —grita Ana, completamente desinhibida, y se deja caer sobre mí. Lanzo un gemido con los dientes apretados. Es como si esta mujer no fuera de este mundo. Le extiendo la mano sobre la mandíbula y le empujo la cabeza hacia atrás para poder besarle la garganta. La agarro por la cadera con la otra mano para mantenerla firme, me muevo y la penetro hasta el fondo. Ella se levanta y empieza a cabalgarme. Con fuerza. Rápido. Con frenesí.

Ah... Le muerdo el lóbulo de la oreja.

Ella gime y se mueve y juntos conseguimos establecer un ritmo desesperado y enloquecedor.

Sube y baja, una y otra vez. Y yo la ensarto, una y otra vez.

Deslizo los dedos hacia su clítoris y empiezo a torturarla a través de las bragas.

Ana lanza un grito entrecortado y el sonido no hace sino intensificar mi ritmo.

Mierda. Voy a correrme.

—¡Rápido, Ana! —jadeo junto a su oído—. Tenemos que acabar con esto rápido, Ana.

El sudor me resbala por la frente y aumento la presión sobre el clítoris, trazando un círculo tras otro con los dedos.

—¡Ah! —grita Ana.

—Vamos, nena. Quiero oírte.

Seguimos moviéndonos, y moviéndonos más y más. Y entonces la siento. Al borde. A punto.

Oh, gracias a Dios. La embisto una vez más y ella echa la cabeza hacia atrás sobre mi hombro, mirando al techo del coche.

—Sí... —jadeo, apretando los dientes, y se corre. Muy ruidosamente—. Oh, Ana. —La rodeo con los brazos y alcanzo el clímax en lo más profundo de su interior.

Cuando vuelvo a la realidad, tengo la cabeza apoyada en su cuello y ella está desmadejada encima de mí. Le recorro la barbilla con la nariz y le beso la garganta, la mejilla y la sien.

—¿Ha aliviado ya toda la tensión, señora Grey? —Le muerdo el lóbulo de la oreja. Ella suelta un gimoteo de satisfacción, y sonrío. Es un sonido maravilloso—. Yo, desde luego, me he liberado de la mía —murmuro, levantándola de mi regazo y apartándome de ella—. ¿Te has quedado sin palabras?

—Sí —responde con un hilo de voz.

—Eres una criatura lujuriosa… No tenía ni idea de que fueras tan exhibicionista.

Se incorpora inmediatamente, alarmada y alerta. Su cansancio es solo un recuerdo.

—No nos está mirando nadie, ¿verdad? —Examina el aparcamiento.

—¿Crees que iba a dejar que alguien viera cómo se corre mi mujer? —Le acaricio la espalda con la mano y se calma, volviéndose para sonreírme con picardía.

—¡Sexo en el coche! —exclama, y los ojos le llamean con una expresión de deseo cumplido, creo.

Sonrío. Sí. También es la primera vez para mí, Ana. Le coloco un mechón de pelo detrás de la oreja.

—Vamos a casa. Yo conduzco.

Me inclino hacia delante para abrir la puerta y Ana se baja de mi regazo para que pueda abrocharme la bragueta.

Cuando vuelvo a ocupar el asiento del conductor, llamo a nuestro equipo de seguridad.

—Señor Grey, soy Ryan.

—¿Dónde está Sawyer? —pregunto.

—En el Escala.

—¿Y el Dodge?

—Voy siguiendo al Dodge por la interestatal 5 en dirección sur.

—¿Cómo es que no está Sawyer contigo?

—Consideró que era mejor quedarse en el Escala cuando la vimos a ella…

—¿Ella? —exclamo.

—Sí, la conductora es una mujer —dice Ryan—. Iba a seguirla para ver si podemos identificarla.

—Seguidla.

—Eso haremos.

Cuelgo y miro a Ana.

—¿El Dodge lo conducía una mujer? —Parece conmocionada.

—Eso parece. —No tengo ni idea de quién puede ser. No puede ser Elena, y desde luego no es Leila. No después de todo el trabajo que ha hecho con ella el doctor Flynn—. Voy a llevarte a casa.

El motor del R8 cobra vida con un rugido y doy marcha atrás para salir de la plaza de aparcamiento en dirección a casa.

—¿Dónde está la… Sudes? ¿Y qué significa eso, por cierto? Suena muy BDSM…

—Sudes significa «sujeto desconocido». Ryan antes era agente del FBI.

—¿Del FBI?

—No preguntes.

Es una larga historia que tiene que ver con hacer lo correcto, proteger a una persona inocente y que te despidan por ello. Se lo contaré más tarde, cuando estemos cenando. Seguramente gracias a él es por lo que sabemos que la matrícula del Dodge era falsa. Tiene muchos contactos.

—Bueno, pues ¿dónde está la Sudes femenina? —insiste Ana.

—En la interestatal 5, dirección sur. —Quienquiera que sea, pasó de largo por nuestra casa, echó un vistazo y se fue. ¿Quién diablos es?

Ana extiende la mano y me acaricia la parte interna del muslo con los dedos.

Uau.

Nos paramos en un semáforo en rojo. Le cojo la mano para detener el ascenso hacia mi polla.

—No. Hemos llegado hasta aquí sanos y salvos. No querrás que tenga un accidente a tres manzanas de casa... —Le beso el dedo índice, la suelto y me concentro en llevarnos a casa sanos y salvos. Necesito que Sawyer me haga un informe completo. Me cabrea que hubiera alguien esperándonos en la casa de mis padres. Mis hombres tendrían que haber visto el Dodge.

¿Para qué narices les pago si no?

Ana permanece en silencio hasta que llegamos al garaje del Escala.

—¿Una mujer? —dice, sin venir a cuento. Su tono es de incredulidad.

—Eso dicen. —Suspiro y pulso los botones del código de acceso para abrir la puerta del garaje.

Sí, ojalá supiese quién es. Welch ha investigado a todas mis ex sumisas, incluso a las del club privado que solía frecuentar. Todas están limpias, tal como yo sabía que estarían. Haré averiguaciones sobre Leila a través de Flynn, pero lo último que supe de ella es que estaba feliz y tranquila, arropada por su familia.

Aparco el R8 en su plaza.

—Me gusta mucho este coche —dice Ana, procurándome un respiro de mis negros pensamientos, cosa que agradezco.

—A mí también. Y me gusta cómo lo conduces... Y también cómo has logrado no hacerle ningún daño.

Sonríe.

—Puedes regalarme uno para mi cumpleaños.

¡Anastasia Ste..! ¡Grey! La miro boquiabierto, con cara de shock. Me parece que es la primera vez que me pide algo, pero sale del coche antes de que pueda responderle. Estoy tan perplejo que no sé qué decir. Una vez fuera, antes de cerrar la puerta del coche, se agacha y me dedica una sonrisa impertinente.

—Uno blanco, creo.

Me río. Blanco. Sabia elección. Ella es la luz que ilumina mi oscuridad.

—Anastasia Grey, nunca dejas de sorprenderme.

Cierra la puerta y salgo tras ella. Está esperándome junto al maletero, con el aspecto de la diosa recién follada que quiere un coche de doscientos mil dólares.

Nunca me ha pedido nada.

¿Por qué me resulta eso tan sexy?

Me inclino y le susurro:

—A ti te gusta el coche. A mí me gusta el coche. Te he follado dentro... Tal vez debería follarte también encima.

Da un respingo y sus mejillas se tiñen de rosa de esa forma que tan deliciosa me resulta. El ruido de un coche entrando en el garaje me distrae. Es un BMW Serie 3 plateado.

Cortarrollos.

—Pero parece que tenemos compañía. Vamos. —La cojo de la mano y la llevo hacia el ascensor. Por desgracia, tenemos que esperar y el señor BMW Cortarrollos nos alcanza. Parece de mi edad. Más joven tal vez.

—Hola —dice, con una sonrisa de admiración dirigida a mi mujer.

La rodeo con el brazo.

Apártate de ella, colega.

—Acabo de mudarme. Apartamento dieciséis —dice mirándola con entusiasmo.

—Hola —le responde Ana, en un tono más bien amable.

Nos salva el ascensor. Una vez dentro, me mantengo pegado a Ana. La miro dándole a entender que no quiero que fraternice con este desconocido.

—Tú eres Christian Grey —dice.

Sí, ese soy yo.

—Noah Logan. —Me tiende la mano. Se la estrecho a regañadientes y me da un apretón exageradamente efusivo, con la palma húmeda—. ¿Qué piso? —pregunta.

—Tengo que introducir un código.

—Oh.

—El ático.

—Oh. Por supuesto. —Pulsa el botón de su piso y las puertas se cierran—. La señora Grey, supongo. —Sonríe como un quinceañero enamorado.

—Sí. —Ella le dedica una sonrisa cortés, se estrechan la mano y el muy gilipollas se sonroja.

¡Se sonroja!

—¿Cuándo te has mudado? —le pregunta Ana, y la aprieto contra mí.

¡No le des conversación!

—El fin de semana pasado. Me encanta este sitio.

Ella le sonríe. ¡Otra vez!

Por suerte, el ascensor se detiene en su piso.

—Ha sido un placer conoceros a los dos —dice con tono de alivio, y sale.

Las puertas se cierran a su espalda e introduzco el código del ático en el teclado numérico.

—Parece agradable —dice Ana—. No conocía a ninguno de los vecinos.

Arrugo la frente.

—Yo lo prefiero así.

—Pero tú eres un ermitaño. Me ha parecido simpático.

—¿Un ermitaño?

—Ermitaño, sí. Encerrado en tu torre de marfil —dice Ana en tono inexpresivo.

Hago un gran esfuerzo por contener la sonrisa.

—Nuestra torre de marfil —la corrijo—. Y creo que tenemos otro nombre para añadir a su lista de admiradores, señora Grey.

Pone los ojos en blanco.

—Christian, tú crees que todo el mundo es un admirador.

Oh. Dulce. Dicha.

—¿Acabas de ponerme los ojos en blanco?

Me mira por debajo de sus pestañas.

—Claro que sí —murmura.

Oh, señora Grey…

Ladeo la cabeza. El día acaba de mejorar un mil por ciento.

—¿Y qué voy a hacer al respecto?

—Tienes que ser duro.

Joder. Sus palabras me excitan.

—¿Duro? —Trago saliva.

—Por favor.

—¿Quieres más?

Asiente, sin apartar los ojos de mí. Es increíblemente sexy.

Las puertas del ascensor se abren, pero ninguno de los dos sale. Nos quedamos mirándonos fijamente el uno al otro, mientras nuestra atracción, nuestra ansia, chisporrotea entre nosotros como si fuera electricidad estática. Los ojos de Ana se oscurecen, como los míos, estoy seguro.

—¿Cómo de duro? —pregunto.

Ana se clava los dientes en el labio inferior, pero no dice nada.

Oh. Dios. Santo.

Cierro los ojos para paladear este momento tan sensual y después le cojo la mano y tiro de ella a través de las puertas dobles del vestíbulo. Sawyer nos está esperando.

Mierda.

—Sawyer, quiero un informe dentro de una hora —digo, deseando que desaparezca.

—Sí, señor. —Se dirige al despacho de Taylor.

Bien. Miro a mi esposa.

—¿Duro?

Asiente con la cabeza, con el gesto serio.

—Bien, señora Grey. Creo que está de suerte. Hoy estoy atendiendo peticiones. —Mil y una posibilidades desfilan por mi cabeza—. ¿Tienes algo en mente?

Encoge el hombro izquierdo con un movimiento coqueto.

¿Qué significa eso?

—¿Un polvo pervertido? —le pregunto, para que quede claro.

Asiente enfáticamente, pero se pone roja.

—¿Tengo carta blanca? —pregunto.

Me mira a los ojos rápidamente, con un brillo que combina curiosidad y sensualidad.

—Sí. —La voz ronca de su afirmación aviva la llama de mi deseo.

—Ven. —Vamos arriba en dirección al cuarto de juegos—. Después de usted, señora Grey. —Abro la puerta, me aparto a un lado y Ana entra en mi habitación favorita. La sigo y enciendo las luces. Ana se vuelve, mirándome mientras cierro la puerta con llave.

Respira hondo, Grey.

Me encanta este momento.

La expectación creciente.

Es excitante.

Ana está ahí de pie, expectante. Deseosa. Mía.

La última vez que estuvimos aquí, le puse el arnés.

El recuerdo de aquel día desfila por mi mente. Aquello fue divertido.

—¿Qué quieres, Anastasia?

—A ti.

—Ya me tienes. Me tienes desde el mismo momento en que te caíste al entrar en mi despacho.

—Sorpréndame, señor Grey.

Es tan atrevida…

—Como usted quiera, señora Grey. —Cruzo los brazos y me llevo el dedo índice a los labios.

Ya sé lo que quiero hacer con ella.

Llevo mucho mucho tiempo queriendo hacerlo.

Pero lo primero es lo primero.

—Creo que vamos a empezar despojándote de tu ropa. —Doy un paso adelante, cojo su chaqueta vaquera, se la quito por los hombros y cae al suelo; a continuación viene su camisola—. Levanta los brazos. —Hace lo que le digo y la deslizo por su precioso cuerpo para quitársela. Le doy un suave beso y luego la camisola acaba en el suelo, junto a la chaqueta. Lleva un sujetador de encaje negro y se le transparentan los pezones, que presionan la tela con fuerza.

Tengo una esposa muy sexy.

—Toma —dice y, para mi sorpresa, me tiende una goma del pelo.

Mi oscura confesión de Saint-Paul-de-Vence no ha conseguido disuadir-la ni alejarla de mí.

No le des más vueltas, Grey.

Cojo la goma de pelo que me ofrece.

—Vuélvete.

Obedece, con una sonrisa íntima y leve, y me pregunto qué estará pensando.

No vayas por ahí tampoco, Grey.

Rápidamente le recojo el pelo en una trenza y se lo sujeto con la goma. Le tiro de la cabeza hacia atrás.

—Bien pensado, señora Grey —murmuro, rozándole la oreja con los labios, y le muerdo el lóbulo—. Ahora gírate y quítate la falda. Deja que caiga al suelo.

Da un paso adelante, se vuelve y, sin apartar los ojos de los míos, se desabrocha la falda y baja la cremallera, despacio. El vuelo de la falda se abre como una sombrilla y cae al suelo junto a sus pies.

Es Afrodita.

—Sal de la falda.

Hace lo que le digo y yo me arrodillo y le agarro el tobillo para quitarle una sandalia primero y luego la otra. Una vez descalza, me siento sobre los talones y contemplo a mi esposa. Con la ropa interior de encaje negro está espectacular.

—Es usted un paisaje que merece la pena admirar, señora Grey. —Me arrodillo, le agarro las caderas y la atraigo hacia mí, hundiendo la nariz en la bendita unión de sus muslos.

Da un respingo mientras inspiro hondo.

—Y hueles a ti, a mí y a sexo. Es embriagador. —Le doy un beso en lo alto de su dulce hendidura por encima del encaje y luego la suelto y recojo su ropa y sus sandalias antes de ponerme de pie. Con las manos ocupadas, señalo con la barbilla—. Ve y quédate de pie junto a la mesa.

Me dirijo hacia la cómoda. Cuando vuelvo a mirar a Ana, me observa con mirada de halcón.

Eso no puede ser.

—Cara a la pared. Así no sabrás lo que estoy planeando. Nos proponemos complacer, señora Grey, y ha pedido usted una sorpresa.

Ana obedece y dejo sus sandalias junto a la puerta y deposito su ropa en la cómoda. Me quito la camisa y mis propios zapatos y luego la miro. Aún está de cara a la pared. Bien. Abro el cajón de los juguetes anales para sacar lo que necesito y dejo los artículos en la cómoda mientras busco algo de música en el iPod: «The Great Gig in the Sky», de Pink Floyd.

Vale. A ver si se atreve con esto.

Vuelvo a acercarme a Ana y dejo mi botín en la mesa, fuera del alcance de su vista.

—¿Ha pedido usted algo duro, señora Grey? —le susurro al oído.

—Mmm...

—Pídeme que pare si es demasiado. Si me dices que pare, pararé inmediatamente. ¿Entendido?

—Sí.

—Necesito que me lo prometas.

—Lo prometo —susurra, con voz ronca de deseo.

—Muy bien. —La beso en el hombro, meto un dedo bajo la tira del sujetador que le cruza la espalda y lo deslizo muy despacio por su piel—. Quítatelo —le ordeno.

La quiero desnuda.

Se lo desabrocha apresuradamente y deja caer el sujetador al suelo. Deslizando las manos por su espalda hacia las caderas, introduzco los dos pulgares bajo la cintura de sus bragas y se las bajo por sus maravillosas piernas. Al llegar a los tobillos, le pido que salga de las bragas y así lo hace.

Con los ojos a la altura de su magnífico culo, le beso una nalga, consciente de que estamos a punto de conocernos aún mejor, y me pongo de pie. Un estremecimiento me recorre todo el cuerpo; llevaba tiempo esperando este momento.

—Te voy a tapar los ojos para que todo sea más intenso —murmuro, y le coloco un antifaz en los ojos. A nuestro alrededor, la música se hace más intensa y el cantante da rienda suelta a toda su expresividad, como si acabara de alcanzar el clímax.

Muy apropiado.

—Inclínate y túmbate sobre la mesa. Ahora.

Los hombros de Ana se mueven rápidamente hacia arriba y hacia abajo mientras se le acelera la respiración, pero hace lo que le digo y se tumba sobre la mesa.

—Estira los brazos y agárrate al borde.

Estira los brazos y se agarra al borde más alejado de la mesa. Es bastante ancha, así que tiene los brazos estirados al máximo.

—Si te sueltas, te azoto, ¿entendido?

—Sí.

—¿Quieres que te azote, Anastasia?

Separa los labios mientras toma aire.

—Sí —susurra, con la voz ronca.

—¿Por qué?

No responde, aunque creo que intenta encogerse de hombros.

—Dime —insisto.

—Mmm...

Le doy un azote con fuerza en el culo, y el sonido retumba por encima de la música y en toda la habitación.

—¡Ah! —grita.

Para mí, ambos sonidos son extremadamente satisfactorios.

—¡Silencio!

Le froto suavemente el culo. De pie detrás de ella, me inclino, con la polla reventándome los vaqueros, e hinco mi erección en la suave curva de su culo mientras le planto un beso entre los omóplatos. Despacio, dejo un reguero de besos húmedos por su espalda. Cuando me incorporo, mi saliva reluce en puntitos dispersos sobre su piel.

—Abre las piernas.

Separa los pies.

—Más.

Gime y hace lo que le digo.

—Muy bien —susurro, y deslizo el dedo índice por su espalda, hasta su coxis y por encima del ano. Se encoge y se aprieta al notar mi contacto—. Nos vamos a divertir un rato con esto.

Se tensa, pero no me obliga a detenerme, por lo que sigo bajando el dedo por su perineo y lo introduzco lentamente en su vagina.

Dulce. Gloria.

—Veo que estás muy mojada, Anastasia. ¿Por lo de antes o por lo de ahora?

Gime y meto y saco el dedo, una y otra vez, mientras ella empuja contra mi mano, con ganas de más.

—Oh, Ana, creo que es por las dos cosas. Creo que te encanta estar aquí, así. Toda mía.

Gime de nuevo, cerrando los ojos, y le doy otro azote en su precioso culo.

—Ah.

—Dímelo. —Mi voz está ronca de pasión.

—Sí, me encanta —susurra.

Vuelvo a darle otro azote y grita; luego le deslizo dos dedos en su interior y los retuerzo para lubricarlos. Cuando los retiro, extiendo sus fluidos por encima y por toda la zona de alrededor del ano.

Se tensa un poco, una vez más.

—¿Qué vas a hacer?

—No voy a hacer lo que tú crees —la tranquilizo—. Ya te he dicho que vamos a avanzar un paso cada vez, nena. —Cojo el lubricante, distribuyo una cantidad generosa entre mis dedos y luego le masajeo el orificio, pequeño y contraído. Ella se retuerce, subiendo y bajando la espalda cada vez más rápido por su respiración acelerada. Separa los labios. Está excitada. Le doy otro fuerte azote, un poco más abajo, de forma que le alcanzo con los dedos los labios vaginales, empapados de su pasión.

Gime y menea el culo, suplicando más.

—Quieta —le ordeno—. Y no te sueltes. —Me pongo otro chorro de lubricante en los dedos.

—Ah.

—Esto es lubricante. —Extiendo un poco más en la zona del ano—. Llevo un tiempo queriendo hacer esto contigo, Ana. —Cojo el pequeño dilatador anal metálico.

Lanza un gemido y le deslizo el dilatador lentamente por la espalda.

—Tengo un regalito para ti —susurro, y lo hundo en la hendidura entre sus nalgas—. Voy a introducir esto dentro de ti muy lentamente…

Da un respingo, sin resuello.

—¿Me va a doler?

—No, nena. Es pequeño. Y cuando lo tengas dentro te voy a follar muy fuerte.

Separa los labios y se estremece. Me inclino y la beso de nuevo entre los omóplatos.

—¿Preparada?

Porque yo sí estoy preparado.

Tengo la polla a punto de reventar.

—Sí —murmura.

Sujetando el dilatador con la mano izquierda, lo recubro de lubricante rápidamente y luego le paso el pulgar por entre las nalgas y por encima del ano, y se lo introduzco en la vagina, trazando círculos en su interior. Le acaricio el clítoris despacio, tanteando metódicamente con los dedos la protuberancia ávida, sin dejar de mover el pulgar. Lanza un fuerte gemido de placer... Y esa es la señal que estaba esperando. Muy despacio, le meto el dilatador en el culo.

—¡Ah! —gimo.

Me topo con cierta resistencia, de modo que sigo trazando círculos con el pulgar en la vagina, estimulando el punto más dulce de su interior con la yema del dedo, y empujo el dilatador con más fuerza. Maravilla de maravillas, se desliza en su interior. Con suma facilidad.

—Oh, nena... —Muevo el pulgar dentro de ella de nuevo y noto el peso del dilatador dentro de su culo. Poco a poco, voy girando el dilatador y Ana lanza un gimoteo, un extraño sonido de puro placer.

Uau.

—Christian... —murmura, lasciva y ansiosa, y retiro el pulgar.

Se ha quedado sin aliento.

—Muy bien —susurro. Sin mover el dilatador, le recorro el costado con los dedos hasta llegar a la cadera. Me abro la bragueta y me saco la polla; le agarro la cadera con ambas manos y tiro de su culo hacia mí. Le abro las piernas empujándolas con el pie—. No sueltes la mesa, Ana.

—No —jadea.

—Duro, ¿eh? Dime si soy demasiado duro, ¿entendido?

—Sí —susurra.

Y con un movimiento rápido y brusco, la atraigo hacia mí y la embisto hasta el fondo.

—¡Joder! —chilla.

Y me quedo quieto, disfrutando de la sensación de tener ahí a mi chica.

Lo está llevando bien, con la respiración tan trabajosa como la mía. Bajo la mano y tiro suavemente del dilatador.

Deja escapar un impresionante gemido de placer.

Por poco pierdo el sentido.

—¿Otra vez? —susurro.

—Sí —dice, y su voz es de desesperación, suplicando más.

—Sigue tumbada —insisto, y salgo para volver a embestirla con fuerza.

—¡Sí! —exclama entre dientes, con un potente gemido sibilante y lleno de ardor.

Empiezo a establecer un ritmo, arremetiendo una y otra vez en su interior con salvaje abandono, una sensación brutalmente excitante.

Nunca había sentido nada parecido.

Llevar a Ana a un lado más oscuro.

Joder, me encanta...

—Oh, Ana —gimo, y vuelvo a hacer girar el dilatador.

Sigue gimiendo mientras sigo ensartándola. Reclamándola. Consumiéndola. Haciéndola mía.

—Oh, joder... —grita.

Y sé que está a punto.

—Sí, nena —murmuro.

—Por favor... —me suplica.

—Eso es.

Eres una diosa, Ana.

Le doy un fuerte azote en la nalga y se corre, gritando y gimiendo con un fuerte alarido orgulloso mientras el orgasmo se apodera de todo su cuerpo. Saco el dilatador y lo dejo en el cuenco.

—¡Joder! —grita, y le agarro las caderas y me corro, sujetándola con fuerza y entregándome al abandono del orgasmo.

Me desplomo encima de ella, exhausto pero eufórico a la vez. Abrazándola, la arrastro conmigo al suelo, acurrucándola contra mi cuerpo mientras recobro el aliento. Está jadeando, con la cabeza apoyada en mi pecho.

—Bienvenida de vuelta —le digo, quitándole el antifaz. Parpadea, un poco mareada, mientras sus ojos se adaptan a la tenue luz. Parece estar bien. Le inclino la cabeza hacia atrás y presiono los labios contra los suyos, escudriñando su rostro con ansia para tratar de averiguar cómo se siente.

Estira la mano y me acaricia la cara.

Sonrío aliviado.

—Bueno, ¿he cumplido el encargo? —pregunto.

Frunce el ceño.

—¿Encargo?

—Querías que fuera duro. —Mi tono es de cautela.

Su rostro se ilumina.

—Sí, creo que sí...

Sus palabras me envuelven el alma.

—Me alegro mucho de oírlo. Ahora mismo se te ve muy bien follada y preciosa. —Le acaricio la mejilla.

—Así me siento —ronronea.

Le sujeto la cara y la beso con toda la ternura que merece. Porque la amo.

—Nunca me decepcionas. —Nunca—. ¿Cómo te encuentras? —digo, conteniendo la respiración.

—Bien —murmura, y un rubor muy revelador le tiñe la cara—. Muy bien follada. —Sonríe con timidez, con una sonrisa dulce y elocuente. Y que contrasta absolutamente con su lenguaje procaz.

—Vaya, señora Grey, tiene una boca muy muy sucia.

—Eso es porque estoy casada con un hombre muy muy sucio, señor Grey.

Eso no se lo puedo discutir.

Estoy pletórico, sonrío sin parar. Debo de parecer el gato de Cheshire.

—Me alegro de que estés casada con él. —Le cojo la trenza y me llevo la punta a los labios para besarla. Te quiero, Ana. No me dejes nunca.

Busca mi mano izquierda para llevársela a los labios y besar mi alianza.

—Mío —susurra.

—Tuyo —respondo, y la abrazo con más fuerza y hundo la nariz en su pelo—. ¿Quieres que te prepare un baño?

—Mmm… Solo si tú te metes en la bañera conmigo.

—Vale. —Ayudo a Ana a ponerse de pie y me levanto.

Señala los vaqueros que aún llevo puestos.

—¿Por qué no te pones… eh… los otros vaqueros?

—¿Qué otros vaqueros?

—Los que te ponías antes, cuando veníamos aquí.

—¿Esos? —Mis vaqueros de dominante. Mis DJ.

—Me pones mucho con ellos.

—¿Ah, sí?

—Sí… Mucho, mucho…

¿Cómo voy a negarme? Quiero estar sexy para mi esposa.

—Por usted, señora Grey, tal vez me los ponga. —Le beso y cojo el pequeño cuenco que contiene los artilugios con los que hemos amenizado nuestra tarde y me dirijo a la cómoda para apagar la música.

—¿Quién limpia estos juguetes? —pregunta Ana.

Oh. Ah.

—Yo. O la señora Jones.

—¿Ah, sí? —exclama Ana, escandalizada.

Sí. Gail lo sabe todo de mí, conoce todos mis sucios secretillos, y sigue trabajando para mí.

Ana sigue mirándome boquiabierta, como esperando más información. Apago el iPod.

—Bueno… eh…

—¿Antes lo hacían tus sumisas? —dice Ana, sumando dos y dos al fin.

Solo acierto a encogerme de hombros con aire de disculpa.

—Toma. —Le doy mi camisa, se la pone rápidamente y no dice nada más sobre la limpieza de los juguetes. Dejo nuestros cacharros sobre la cómoda y, cogiendo la mano de Ana, abro la puerta del cuarto de juegos y bajamos hacia nuestro baño.

Ana se para en el umbral, bosteza con fuerza y se estira, con una enigmática sonrisa dibujada en el rostro.

—¿Qué? —pregunto mientras abro el grifo.

Ana niega con la cabeza, evitando mirarme a la cara.

¿De pronto se le ha comido la lengua el gato?

—Dímelo —insisto mientras vierto aceite de baño en el agua.

Sus mejillas se tiñen de un rojo encendido.

—Es que me siento mejor.

—Sí, ha tenido un humor extraño todo el día, señora Grey. —La abrazo—. Sé que estás preocupada por las cosas que han ocurrido recientemente. Siento que te hayas visto envuelta en todo esto. No sé si es una venganza, un antiguo empleado descontento o un rival en los negocios. Pero si algo te pasara por mi culpa... —La terrorífica imagen de ella tendida en el suelo en lugar de la puta adicta al crack vuelve a atormentarme.

Para, Grey. Para.

Me abraza.

—¿Y si te pasa algo a ti, Christian? —dice con voz frágil.

—Ya lo arreglaremos. Ahora quítate la camisa y métete en el baño.

—¿No tienes que hablar con Sawyer?

—Puede esperar. —Mi tono es cortante. Tengo que cruzar unas palabras con él.

Le quito a Ana mi camisa.

Mierda. Las marcas que le dejé en su cuerpo siguen ahí. Desvaídas, pero aún visibles, para recordarme lo capullo que llego a ser.

—Me pregunto si Ryan habrá conseguido seguir al Dodge... —dice Ana, y me doy cuenta de que está ignorando mi reacción.

—Ya nos enteraremos después del baño. Entra. —Le tiendo la mano y entra en la bañera llena de espuma. Se sienta con cuidado.

—Ay. —Se estremece al sumergir el culo en el agua caliente.

—Con cuidado, nena —murmuro, pero sonríe cuando se sienta, con el cuerpo sumergido en el agua. Me quito los vaqueros y me meto con ella, hundiéndome en el agua por detrás de su espalda y atrayéndola hacia mi pecho.

Despacio, empiezo a relajarme.

Vive el momento, Grey.

Eso ha sido increíble.

Ana lo ha hecho muy bien. Le acaricio el pelo y me maravilla lo fácil que resulta estar en su compañía, simplemente. No tengo necesidad de hablar; ella no tiene necesidad de hablar. Podemos quedarnos allí tumbados y disfrutar de un baño juntos.

Cierro los ojos y repaso los acontecimientos del día.

Qué locura de final para nuestra luna de miel.

Una persecución en coche, en la que Ana supo desenvolverse de maravilla, como una profesional.

Le acaricio el extremo de la trenza con aire ausente.

Y me ha dejado divertirme en el cuarto de juegos, haciendo algo que siempre he querido hacer con ella, y que ella no había hecho nunca antes.

Mi chica. Mi chica preciosa.

Al cabo de un momento me acuerdo de que tenemos una reunión con Gia Matteo mañana por la tarde. Interrumpo el cómodo silencio en el que estamos instalados.

—Tenemos que revisar los planos de la casa nueva. ¿Más tarde?

—Sí —responde Ana, y parece resignada—. Debería preparar las cosas del trabajo —añade.

Su trenza me resbala entre los dedos.

—Sabes que no tienes que volver a trabajar si no quieres.

Los hombros de Ana se tensan.

—Christian, ya hemos hablado de esto. Por favor, no resucites aquella discusión.

Está bien. Le tiro de la trenza con suavidad para que vuelva la cabeza en mi dirección.

—Solo lo digo por si acaso… —Le doy un suave beso en los labios.

Dejo a Ana en la bañera un rato más, me visto y me dirijo a mi estudio para que Sawyer me dé su informe. La señora Jones está en la cocina.

—Buenas noches, Gail.

—Señor Grey. Bienvenido a casa, y enhorabuena de nuevo.

—Gracias. ¿Tu hermana está bien?

—Todo perfecto, señor. ¿Necesita algo?

—No, gracias. Tengo algo de trabajo pendiente.

—¿La señora Grey?

Sonrío.

—Está en la bañera.

Gail sonríe y asiente con la cabeza.

—Le preguntaré si necesita algo cuando salga, señor.

Una vez sentado a mi escritorio, leo mis e-mails. Luego llamo a Sawyer. Al cabo de un momento, llaman a la puerta.

—Pasa.

Sawyer entra y se sitúa delante de mí con aire sereno, relajado y profesional, vestido con traje y corbata. Su actitud me cabrea mucho. Me levanto del escritorio despacio y, apoyando las dos manos encima de la superficie, me inclino hacia delante y lo miro fijamente:

—¿Dónde cojones estabas? —le grito.

Da un paso hacia atrás, sorprendido por mi arranque de mal humor.

—¿Qué narices hacíais que no estabais listos para salir cuando nosotros salimos de la casa? —Me cruzo de brazos, dominando mi mal genio.

—Señor Grey. —Levanta las palmas de las manos—. Estábamos inspeccionando el terreno, tal como usted nos pidió. Y no sabíamos que se iban a marchar de la casa.

Oh.

—Además —añade, cogiendo carrerilla—, ya me había percatado de la presencia del Sudes. Llegó mientras estábamos inspeccionando la zona y me disponía a acercarme a investigar cuando ustedes salieron de la casa.

Ah.

Lanzo un suspiro, apaciguándome un poco.

—Entiendo. De acuerdo. —Debería haberles dicho que nos íbamos. Y sé que si Taylor hubiese estado con nosotros, habría dejado a su compañero en el coche.

—Y la señora Grey salió con el coche zumbando a toda velocidad. —Arquea una ceja con expresión de censura.

Me dan ganas de reír al ver su reacción. Le entiendo perfectamente, pero permanezco impasible.

—Eso es verdad —admito—. Aunque deberíais haber podido darnos alcance. Los dos estáis entrenados en conducción defensiva.

—Sí, señor.

—Que no vuelva a suceder.

—Sí, señor Grey. —Parece un poco arrepentido—. Señor —dice—, el Sudes no nos siguió. Él o ella llegó poco antes de que se fueran. Registré la hora exacta en que advertí la presencia del coche. Eran las 14.53 y nadie salió del vehículo. Sabía dónde estaban ustedes.

Empiezo a palidecer.

—¿Qué significa eso?

—Que alguien podría estar vigilando la casa de sus padres, señor. O vigilándonos a nosotros aquí, aunque creo que, si alguien nos hubiera seguido a Bellevue, nos habríamos dado cuenta.

—Mierda.

—Exacto. He redactado un informe para usted y se lo he reenviado a Taylor y al señor Welch.

—Lo leeré. ¿Dónde está Ryan?

—Sigue en la carretera a Portland.

—¿Todavía?

—Sí. Esperemos que la Sudes se quede sin gasolina —dice Sawyer.

—¿Por qué crees que la conductora es una mujer? —pregunto.

—Por el breve instante en que pude ver el interior del vehículo, me pareció que llevaba el pelo recogido.

—Eso no es concluyente.

—No, señor.

—Mantenme informado.

—Lo haré.

—Gracias, Luke. Puedes irte.

Se vuelve sin decir una palabra y sale de mi estudio mientras yo vuelvo a sentarme al escritorio, sintiendo un gran alivio por no tener que despedirlos, ni a él ni a Ryan, aunque me alegraré mucho de tener a Taylor de vuelta mañana por la noche. Pienso en la teoría de Sawyer: tal vez hay alguien vigilando la casa de mis padres. Pero ¿por qué? Debería llamar a mi padre, pero no quiero que se preocupe, ni preocupar a mi madre.

Mierda. ¿Qué hago?

Mi iMac lleva varios días incordiándome para que instale la última actualización del sistema operativo, así que decido hacerlo y abro el portátil para leer mis correos y el informe de Sawyer.

Estoy leyéndolo cuando me suena el teléfono.

—Barney —respondo, sorprendido de que me esté llamando en domingo.

—Bienvenido a casa, señor Grey.

—Gracias. ¿Qué ocurre?

—He estado revisando las imágenes de las cámaras de seguridad de la sala del servidor y he descubierto algo.

—¿De veras?

—Sí, señor. No podía esperar a mañana para comunicárselo. Espero que no le importe, pero he pensado que querría saberlo. Le enviaré un enlace por correo electrónico y podrá verlo por sí mismo.

—Has pensado bien. Envíamelo ya.

—Lo estoy haciendo.

—¿Te mantienes a la espera?

—Sí, señor. Estoy ansioso por que lo vea.

Sonrío. Barney se toma muy en serio su labor de proteger la sala del servidor. Estoy seguro de que está tan cabreado como yo por la desagradable brecha de seguridad. Su e-mail aparece en mi bandeja de entrada; lo abro y hago clic en el enlace, que me lleva a una web que no había visto nunca. Hay cuatro recuadros distintos que parecen vistas monocromáticas de mi sala del servidor en Grey House.

—Barney, ¿estás ahí?

—Sí, señor Grey.

—¿Qué estoy viendo?

—Es el *hub* de seguridad de GEH. Si hace clic en el botón de reproducción de la esquina superior izquierda de la pantalla, se reproducirán las imágenes de todas las cámaras de la sala del servidor.

Hago lo que me dice y aparecen las imágenes de las cuatro vistas de la sala. En el centro de cada una de las grabaciones se ve el tiempo de metraje, y hay una lectura con la fecha y la hora exactas. La lectura dice: 10/08/11 07:03:10:05 y los milisegundos del reloj van pasando. En las cuatro vistas, veo a un hombre alto y delgado entrar en la sala. Tiene el pelo oscuro y despeinado, y lleva un mono de trabajo claro, posiblemente blanco. Se acerca a uno de los servidores, se agacha en el suelo y coloca un pequeño dispositivo negro que resulta difícil de identificar entre dos de los armarios del servidor. Se levanta, observa el resultado de su trabajo y a continuación, con la cara mirando a la puerta, se marcha.

—¿Es él?

—Estoy seguro, señor. No hemos podido identificarlo. Y fue ahí donde se halló el artefacto incendiario.

—De eso hace más de una semana. ¿Cómo cojones entró ahí?

—El pase relacionado con la hora de entrada en la sala del servidor se emitió a nombre de los servicios de limpieza, señor.

—¿Qué? —¿Cómo narices consiguió ese pase?

—Así es. Mañana tendremos que comprobar eso.

La imagen se congela.

—¿Acabas de congelar la imagen? —le pregunto.

—Sí, señor.

—¿Puedes ponerlas en una sola secuencia?

—Sí, señor.

—¿Rápidamente?

—Puedo hacerlo ahora.

—¿Esto lo ha visto Welch?

—Ha sido su equipo el que me lo ha notificado. Han estado examinando las grabaciones.

—Bien.

Al cabo de un momento, la imagen de mi pantalla cambia y se ve una única secuencia. Vuelvo a pulsar el botón de reproducción y esta vez es una secuencia más larga, con cortes entre una vista y la siguiente. Cada vez que termina la reproducción de una vista, pulso el botón para ver la siguiente.

—Puedo intentar aumentar la resolución de la imagen —dice Barney con entusiasmo. Él también quiere trincar a este hijo de puta.

—Hazlo.

La imagen de la pantalla cambia. Ahora es más nítida.

La puerta de mi estudio se abre de improviso. Levanto la vista, sorprendido, listo para reprender al intruso. Es Ana.

—¿Y no se puede mejorar más la imagen? —le pregunto a Barney.

—Deje que pruebe una cosa. —Se queda en silencio mientras Ana camina hacia mí con una mirada de firme determinación, y antes de que pueda hacer o decir algo, se encarama a mi regazo.

—Creo que esto es lo máximo que se puede hacer —dice Barney.

Ana me rodea el cuello con los brazos, se acurruca en el hueco debajo de mi barbilla y yo la estrecho con fuerza en mis brazos.

¿Pasa algo?

—Mmm… Sí, Barney. ¿Puedes esperar un momento?

—Sí, señor.

Tapo el teléfono con el hombro.

—Ana, ¿qué pasa?

Sacude la cabeza, negándose a contestarme. La cojo de la barbilla para escrutar su rostro, pero su expresión es indescifrable. Aparta la barbilla de mis dedos y se acurruca en mi cuerpo. No tengo ni idea de qué le pasa y, francamente, estoy demasiado enfrascado en las novedades de Barney. La beso en la cabeza.

—Ya he vuelto, Barney, ¿qué me estabas diciendo?

—Puedo mejorar la imagen un poco más.

Pulso el botón de reproducción. La imagen en blanco y negro y con mucho grano del autor del incendio aparece en la pantalla. Pulso el botón otra vez, el hombre se acerca a la cámara y congelo la imagen.

—Una vez más, Barney.

—A ver qué puedo hacer.

Aparece un recuadro con los bordes formados por una línea discontinua alrededor de la cabeza del hombre y de repente la imagen se acerca con un zoom.

Ana se incorpora y mira la imagen fijamente.

—¿Es Barney el que hace eso? —pregunta.

—Sí. —Y sé que sueno tan maravillado como ella por la pericia técnica de Barney—. ¿Puedes enfocar un poco mejor la imagen? —le pido.

La imagen se vuelve borrosa, pero después vuelve a enfocarse un poco mejor y se ve al cabrón con más claridad. Está mirando al suelo.

Ana se pone tensa y entrecierra los ojos para mirar a la pantalla.

—Christian —susurra—. ¡Es Jack Hyde!

¿Qué?

—¿Tú crees? —Entrecierro los ojos para estudiar la imagen.

—Fíjate en el perfil de la mandíbula. —Ana señala la pantalla siguiendo la línea monocroma de su barbilla—. El pendiente y la forma de los hombros. También tiene su complexión. Debe de llevar una peluca, o eso o se ha cortado y teñido el pelo…

Siento cómo voy palideciendo. Hyde. ¡El puto Jack Hyde!

—Barney, ¿lo has oído? —Pongo el teléfono sobre la mesa y activo el manos libres antes de decirle a Ana—: Parece que has estudiado muy bien a tu ex jefe, señora Grey.

Ana hace una mueca y se estremece mientras la ira se apodera de mi cuerpo como si fuera ácido sulfúrico.

—Sí, he oído a la señora Grey. Estoy pasando el software de reconocimiento facial por todo el metraje digitalizado de las cámaras de seguridad. Vamos a ver en qué otros sitios de la empresa ha estado este cabrón… perdón, señora… este individuo.

—¿Y por qué haría algo así? —pregunta Ana.

Me encojo de hombros, tratando de disimular mi enfado.

Puto Hyde.

Puse fin a esa puta mierda. Lo eché. Le di un puñetazo y le rompí la nariz.

—Venganza, tal vez —me aventuro a decir, en tono hosco—. No lo sé. Nunca se sabe por qué la gente hace lo que hace. Lo que no me gusta es que hayas trabajado tan cerca de ese tipo.

Tenemos que hacer llegar esta información a la policía, al FBI y a Welch, aunque este tendrá que dar algunas explicaciones. Es evidente que Hyde no está en Florida. ¿Por qué diablos pensaba Welch que lo estaba? Necesito hablar con él. Y tal vez, teniendo en cuenta todo este tiempo, puede que Hyde haya vuelto a esconderse en su apartamento, aquí en Seattle. Welch debe encontrarlo cuanto antes, y si lo hace, espero poder dejar a ese hijo de puta fuera de combate otra vez. Pero una cosa está muy clara: necesito mantenerlo alejado de mi mujer, mantenerla a salvo. Le rodeo la cintura con el brazo.

—Tenemos también el contenido de su disco duro, señor —añade Barney.

Interrumpo a Barney con el primer pensamiento que me viene a la cabeza.

—Sí, lo recuerdo. ¿Tenemos una dirección del señor Hyde? —No quiero alarmar a Ana con los detalles de lo que hay en el viejo ordenador de Hyde.

—Sí, señor —dice Barney.

—Avisa a Welch. —Welch tiene que asegurarse de que Hyde no está en su casa.

—Ahora mismo. Además, voy a examinar el circuito cerrado de la ciudad para intentar rastrear sus movimientos.

—Averigua qué vehículo tiene.

—Sí, señor.

—¿Barney puede hacer todo eso? —murmura Ana, a todas luces impresionada.

Asiento, sintiéndome satisfecho de que trabaje para mí.

—¿Qué había en su disco duro? —me pregunta.

Niego con la cabeza.

—Poca cosa.

—Dímelo.

—No.

—¿Es sobre ti o sobre mí?

No lo va a dejar así como así.

—Sobre mí. —Suspiro.

—¿Qué tipo de cosas? ¿Sobre tu estilo de vida?

No. Niego con la cabeza y le pongo el índice sobre los labios.

No estamos solos, Ana.

Me mira con el ceño fruncido, pero se queda callada.

—Un Camaro de 2006 —dice Barney, con voz animada—. Le mando los detalles de la matrícula a Welch.

Estoy seguro de que ya tiene esa información, pero no está de más confirmarlo.

—Bien. Descubre en qué otras partes de mi edificio ha estado ese hijo de puta. Y compara su imagen con la de su archivo personal de Seattle Independent Publishing. Quiero estar seguro de que tenemos la identificación correcta.

—Ya lo he hecho, señor, y la señora Grey tiene razón. Es Jack Hyde.

Ana sonríe, prácticamente hinchándose como un pavo; está muy satisfecha consigo misma.

Y debería estarlo.

Le froto la espalda con la mano, orgulloso de ella.

—Muy bien, señora Grey. —Me dirijo a Barney—: Avísame cuando hayas rastreado todos sus movimientos dentro del edificio. Comprueba también si ha tenido acceso a alguna otra propiedad de Grey Enterprises Holdings y avisa a los equipos de seguridad para que vuelvan a examinar todos esos edificios.

—Sí, señor.

—Gracias, Barney. —Cuelgo el teléfono—. Bien, señora Grey, parece que no solo es usted decorativa, sino que también resulta útil —bromeo.

—¿Decorativa?

—Muy decorativa. —Le doy un beso suave en los labios.

—Usted es mucho más decorativo que yo, señor Grey.

Le enrosco la trenza alrededor de mi muñeca y la abrazo, ilustrando mi gratitud con un beso tierno y profundo. Ha hecho tantas cosas hoy... ¡Y ha identificado al autor del incendio!

Se aparta de mí.

—¿Tienes hambre? —pregunto.

—No.

—Pues yo sí.

—¿Hambre de qué?

Me mira con recelo.

—De comida, la verdad.

Se ríe.

—Te prepararé algo.

—Me encanta ese sonido.

—¿El de mis palabras?

—El de tu risita.

La beso en la cabeza y se levanta de mi regazo.

—¿Qué le apetece comer, señor? —me pregunta con falsa dulzura.

Se está burlando de mí. Otra vez.

—¿Está intentando ser adorable, señora Grey?

—Siempre, señor Grey...

Ya veo de qué va esto.

—Todavía puedo volver a ponerte sobre mis rodillas —murmuro. Francamente, pocas cosas me procurarían más placer.

—Lo sé. —Ana sonríe y coloca las manos en los brazos de mi silla de oficina. Se agacha y me besa—. Esa es una de las cosas que me encantan de ti. Pero guárdate esa mano demasiado larga. Has dicho que tenías hambre...

—Oh, señora Grey, ¿qué voy a hacer con usted?

—Me vas a contestar a la pregunta. ¿Qué quieres comer?

—Algo ligero. Sorpréndame, señora Grey.

—Veré qué puedo hacer. —Se vuelve y sale contoneándose del estudio, como si fuera la dueña del lugar, lo cual, por supuesto, tratándose de mi mujer, es absolutamente así.

Llamo a Welch para interrogarle sobre lo que Barney y Ana han descubierto.

—¿Hyde? —Aunque normalmente su voz es áspera, esta vez es aguda y transmite absoluta incredulidad.

—Sí. En mi puta sala de servidores.

—Rastreamos su teléfono hasta Orlando. Lleva allí desde entonces. Suponíamos que estaría en casa de su madre, puesto que la localización del teléfono nos llevó hasta el apartamento de ella allí. No hay datos que indiquen que haya viajado a otro lugar.

—Bueno, pues está aquí. —Inspiro hondo, tratando de contener mi frustración.

Lanza un suspiro, a todas luces enfadado.

—Eso parece. Pondré al equipo a investigarlo inmediatamente. No sé cómo ha podido escabullirse de esa manera. Haré algunas pesquisas y averiguaré dónde hemos fallado.

—Hazlo. Quiero saberlo.

—Es una lástima que no haya dejado ni una maldita huella en la sala del servidor —dice.

—¿Ninguna?

—No.

—Mierda. Seguramente llevaba guantes, aunque es difícil distinguir eso en las imágenes de las cámaras —me pongo a especular—. Tal vez las huellas de Hyde estén archivadas en alguna parte.

—Es una idea interesante. De hecho, el FBI recuperó una huella parcial, pero no han hallado ninguna coincidencia.

—¿Del *Charlie Tango*? —pregunto.

—Sí.

—¿Y por qué no me lo dijiste?

—No tenían ninguna coincidencia, y solo es una huella parcial —me explica Welch.

—¿Podría estar Hyde detrás del sabotaje de mi EC135?

—Ante la ausencia de otros sospechosos, es una posibilidad —resuena la voz grave de Welch al teléfono.

—Lo teníamos en nuestra lista de sospechosos y ha estado delante de nuestras narices todo el tiempo.

No me lo puedo creer.

—Lo descartamos por tres motivos —aclara Welch—. En primer lugar, pensábamos que estaba en Florida. Llevaba algún tiempo sin aparecer por su apartamento de Seattle, pero eso lo comprobaremos ahora. En segundo lugar, no ha sacado dinero en efectivo de ningún cajero de la zona de Seattle, y en tercer lugar, hasta ahora sus fechorías se limitaban a los episodios de acoso a sus colegas femeninas.

—Deberías informar al FBI de todo esto —le digo.

—Lo haré —contesta, y cambia de tema—. Sawyer me ha informado sobre la persecución en coche.

—Cree que alguien estaba vigilando la casa de mis padres.

—Es una posibilidad. Tendremos que investigarlo. Habrá que seguir el rastro del Dodge para estar seguros.

—El conductor podría haber sido Hyde.

—Sí. A la luz de lo que han descubierto, bien podría ser.

—Teniendo en cuenta que sigue siendo una amenaza, creo que deberíamos proporcionar seguridad para todos los miembros de mi familia.

—Es una buena idea. Había mucha información sobre cada uno de ellos en el ordenador de Hyde. Debería plantearse contárselo a sus padres.

Lanzo un suspiro. No quiero alarmar a mi familia.

—Concentraremos nuestros esfuerzos en localizar a Hyde.

—Encontradlo.

—Redoblaremos nuestros esfuerzos.

—Más te vale —le advierto—. Barney se pondrá en contacto contigo y podrás enviar las imágenes de la sala del servidor a la policía. Yo hablaré con mi padre y te llamaré.

—Sí, señor. Nos ponemos ahora mismo con ello. —Cuelga el teléfono.

Llamo a mis padres al fijo, pero salta el contestador. Pruebo con el móvil de mi padre, pero la llamada se va directa al buzón de voz también. Deben de estar en misa de tarde. Le dejo un mensaje pidiéndole que me llame por la mañana.

Recojo los planos de Gia Matteo y salgo en busca de mi esposa y de algo de comida.

Deposito los planos en la isla de la cocina y me acerco a Ana, que debo decir que está guapa hasta con los pantalones de chándal y con la camisola. Está preparando algo de comida; el puré de aguacate tiene buena pinta. La abrazo por detrás y le beso el cuello.

—Descalza y en la cocina —le susurro en la piel fragante.

—¿No debería ser descalza, embarazada y en la cocina?

¡Embarazada! Me pongo tenso. Mierda. Niños. No. Joder, no.

—Todavía no… —digo mientras trato de calmar mi corazón, que se ha acelerado de repente.

—¡No! ¡Todavía no! —exclama Ana, con tanto pánico como yo.

Inspiro hondo.

—Veo que estamos de acuerdo en eso, señora Grey.

Deja de machacar el aguacate.

—Pero quieres tener hijos, ¿no?

—Sí, claro. En algún momento. Pero todavía no estoy preparado para compartirte. —Le beso el cuello.

Algún día. Claro.

—¿Qué estás preparando? Tiene buena pinta. —Hundo los labios detrás de su oreja. Ella se estremece y me lanza una sonrisa traviesa.

—Bocadillos. —Me sonríe.

Dios, me encanta el sentido del humor de esta mujer.

Le muerdo el lóbulo de la oreja.

—Mmm… Mis favoritos —le susurro, y me responde con un codazo en el costado—. Señora Grey, acaba de herirme. —Me llevo las manos al costado en una interpretación digna de un Óscar.

—Estás hecho de mantequilla… —se burla Ana.

—¿De mantequilla? —Le doy un azote juguetón en el culo—. Date prisa con mi comida, muchacha. Y después ya te enseñaré yo si estoy hecho de mantequilla o no. —Vuelvo a darle otro azote y me acerco al frigorífico—. ¿Quieres una copa de vino?

Ana me sonríe.

—Sí, por favor.

Ana prepara unos bocadillos estupendos. ¿Qué puedo decir?

Cojo nuestros platos y los dejo en el fregadero para Gail. Lleno nuestras copas y extiendo los planos de Gia sobre la barra del desayuno. Examinamos los bocetos; la arquitecta ha trabajado mucho y ha creado unos alzados estupendos y muy detallados. Sus diseños son impresionantes, pero ¿qué opina mi mujer?

Ana me mira.

—Me encanta su propuesta de hacer toda la pared del piso de abajo de cristal, pero…

—¿Pero? —pregunto.

Suspira.

—Es que no quiero quitarle toda la personalidad a la casa.

—¿Personalidad?

—Sí. Lo que Gia propone es muy radical pero… bueno… Yo me enamoré de la casa como está… con todas sus imperfecciones.

Oh. Pues yo creo que esta casa necesita una reforma muy seria.

—Me gusta como está —susurra, con expresión solemne.

En ese momento, lo veo con toda claridad.

—Quiero que la casa sea como tú desees. Lo que tú desees. Es tuya.

Frunce el ceño.

—Pero yo también quiero que te guste a ti. Que también tú seas feliz en ella.

—Yo seré feliz donde tú estés. Es así de simple, Ana. —Lo digo en serio. Tú eres la que hará que esta casa sea un hogar, y quiero hacerte feliz. Siempre.

—Bueno —la voz se le quiebra en la garganta—, me gusta la pared de cristal. Quizá podríamos pedirle que la incorpore a la casa de una forma más comprensiva.

—Claro. Lo que tú digas. ¿Y lo que ha propuesto para el piso de arriba y el sótano?

—Eso me parece bien.

—Perfecto.

Se muerde el labio.

—¿Vas a querer poner allí también un cuarto de juegos? —me suelta, y su pregunta me pilla completamente desprevenido. Se ruboriza.

Ana, Ana, Ana... Incluso después de lo de hoy, ¿todavía te da vergüenza lo que hacemos?

Disimulo mi sonrisa.

—¿Tú quieres? —pregunto.

Encoge un hombro, tratando de aparentar despreocupación.

—Mmm... Si tú quieres...

Yo creo que ella sí.

—Dejemos todas las opciones abiertas por el momento. Después de todo, va a ser una casa para criar niños. Además, podemos improvisar.

—Me gusta improvisar —murmura.

A mí también, nena.

—Hay algo que me gustaría hablar contigo. —No quiero baños separados. Me gusta demasiado ducharme con Ana.

Por suerte, ella está de acuerdo.

—¿Tienes que volver a trabajar? —pregunta mientras enrollo los planos.

—No si tú no quieres. ¿Qué te apetece hacer?

—Podríamos ver un poco la tele.

—Vale. —Deposito los planos en la mesa del comedor y los dos nos dirigimos a la sala de la televisión.

En el sofá, cojo el mando a distancia, enciendo el televisor y empiezo a cambiar de canal mientras Ana se acurruca a mi lado y apoya la cabeza en mi hombro.

—¿Hay alguna chorrada en particular que te apetezca ver? —le pregunto.

—No te gusta mucho la televisión, ¿verdad? —dice Ana.

Niego con la cabeza.

—Es una pérdida de tiempo, pero no me importa ver algo contigo.

—Podríamos meternos mano.

—¿Meternos mano? —Dejo de cambiar de canal y la miro, sorprendido.

—Sí... —Ana frunce el ceño.

—Podemos irnos a la cama a meternos mano.

—Eso es lo que hacemos siempre. ¿Cuándo fue la última vez que lo hiciste sentado delante de la tele? —me pregunta con una tímida sonrisa.

Mmm... ¿Nunca?

Me encojo de hombros y niego con la cabeza; me da vergüenza contestar. Yo no hice lo de meterse mano. Me habría gustad. Recuerdo cuando Elliot traía a casa a una chica tras otra para enrollarse con ellas y meterse mano.

Yo me moría de envidia.

Pero no soportaba que me tocasen.

¿Cómo puedes besarte y enrollarte con alguien cuando no soportas que te pongan las manos encima?

Mierda. Esos fueron años muy duros.

Voy pasando canales hasta que aparece un episodio antiguo de *Expediente X*.

¡Ja! Scully, mi primer amor adolescente.

—¿Christian? —me pregunta Ana, devolviéndome al presente desde mi atormentado y jodido pasado.

—Yo nunca he hecho algo así —respondo rápidamente. ¿Podemos cambiar de tema?

—¿Nunca?

—No.

—¿Ni con la señora Robinson?

Me río.

—Nena, hice un montón de cosas con la señora Robinson, pero meternos mano no fue una de ellas. —Ana parece horrorizada, y me dan ganas de pegarme por permitir que Elena se cuele en nuestra conversación. Y entonces se me ocurre que tal vez Ana sí se ha metido mano con multitud de chicos. Entrecierro los ojos—: ¿Y tú?

—Claro que sí. —Está escandalizada de que pueda pensar otra cosa.

—¿Qué? ¿Con quién?

Ana se calla.

¿Qué coño? ¿Es que acaso tiene un gran primer amor? No sé nada de su vida sentimental. Di por sentado, como un idiota, que no había tenido vida amorosa porque era virgen.

—Dímelo —insisto.

Se mira las manos, entrelazadas en el regazo. Pongo mi mano sobre las suyas y levanta la vista para mirarme a los ojos.

Solo tengo curiosidad, Ana.

—Quiero saberlo. Para poder romperle todos los huesos.

Se ríe.

—Bueno, la primera vez…

—¿La primera vez? ¿Es que lo has hecho con más de un tío?

—¿Por qué se sorprende tanto, señor Grey?

Me paso una mano por el pelo. La idea de alguien tocando a Ana me resulta… molesta.

—Me sorprende… quiero decir, dada tu falta de experiencia.

—Creo que ya he compensado eso desde que te conocí.

—Cierto. —Sonrío—. Dímelo, quiero saberlo.

—¿De verdad quieres que te lo cuente?

Me interesa todo sobre ti, Ana.

Inspira hondo.

—Estaba pasando una temporada en Texas con mi madre y su marido número tres. Iba a mi instituto. Se llamaba Bradley y era mi compañero de laboratorio en física.

—¿Cuántos años tenías?

—Quince.

—¿Y qué hace él ahora?

—No lo sé.

—¿Hasta dónde llegó?

—¡Christian! —me regaña, y nos miramos fijamente.

A la mierda ese Bradley. Además, ¿qué clase de nombre es ese?

La agarro de las rodillas, después de los tobillos y la empujo de forma que cae sobre el sofá y me tumbo encima de ella.

—¡Ay! —grita.

Le agarro las manos y se las sujeto por encima de la cabeza.

—Vamos a ver, este Bradley ¿superó la primera base? —murmuro, acariciándole la nariz con la mía y dándole besos suaves en la comisura de la boca.

—Sí —susurra.

Le suelto una de las manos, le agarro la barbilla y la beso de verdad, acariciándole la lengua con la mía, y arquea el cuerpo para acudir a mi encuentro, explorando mi boca con su lengua.

—¿Así? —murmuro.

—No… Nada parecido —dice Ana sin aliento.

Le suelto la barbilla y le acaricio todo el cuerpo con la mano para volver de nuevo hasta su pecho.

—¿Y te hizo esto? ¿Te tocó así? —Por encima de la suave tela de su camisola, le paso el pulgar repetidas veces por el pezón, y este se endurece con el contacto.

—No. —Se retuerce bajo mi cuerpo.

—¿Y llegó a la segunda base? —Le soplo las palabras con delicadeza al oído mientras deslizo la mano por su cadera. Le succiono el lóbulo de la oreja con suavidad antes de tirar del él con mis dientes.

—No. —La palabra es un susurro ronco.

Pulso el botón para silenciar el televisor. *Expediente X* puede esperar. Miro a Ana, que me mira, aturdida y alborotada, con esos enormes ojos azules en los que podría perderme para siempre.

—¿Y qué pasó con el segundo? ¿Pasó él de la segunda base?

Me muevo junto a su costado y deslizo la mano por debajo de sus pantalones, sin dejar de mirarla a los ojos.

—No.

—Bien. —Le cubro el sexo con la palma de la mano, a las puertas del cielo—. No lleva bragas, señora Grey. Me gusta. —La beso y le acaricio el clítoris con el pulgar, con un ritmo regular, al tiempo que le introduzco el dedo índice.

—Se supone que solo íbamos a meternos mano —murmura con un gemido.

Me quedo quieto.

—Creía que eso estábamos haciendo.

—No. Meterse mano no implica sexo.

—¿Qué?

—Nada de sexo…

—Ah, nada de sexo… —Retiro el dedo despacio y saco la mano de sus pantalones—. Vale. —Recorro el óvalo de su boca con el dedo y luego se lo introduzco en la boca, entre los labios. Una, dos veces. Y otra vez.

¿Te gusta cómo sabes, Ana?

Me muevo para situarme encima de ella, entre sus piernas, y me aprieto contra ella, procurándole un poco de alivio a mi polla.

Gime.

Oh, uau.

Me restriego contra ella.

—¿Esto es lo que quieres? —Y repito el mismo movimiento, golpeándole el punto estratégico con mi erección.

—Sí.

Le estimulo el pezón con los dedos, tirando suavemente y notando cómo se alarga bajo mi piel. Le acaricio la mandíbula con los dientes. Huele a Ana, a jazmín y a excitación.

—¿Sabes lo excitante que eres, Ana?

Abre la boca, ávida y deseosa, y sigo torturándola, empujando el vértice entre sus muslos. Deja escapar un fuerte gemido y aprovecho el momento para tirarle del labio inferior y luego invadir su boca con mi lengua, saboreando su ansia en la mía.

Es tan increíblemente sexy…

Le suelto la otra mano y sus dedos suben ansiosos por mi bíceps y luego mis hombros hasta mi pelo. Me tira de él, gruño y la miro.

—¿Te gusta que te toque? —me pregunta.

¿Por qué me pregunta eso ahora?

Dejo de frotarme contra ella.

—Claro que sí —respondo jadeando—. Me encanta que me toques, Ana.

En lo que respecta a tu contacto, soy como un hombre hambriento delante de un banquete. —Me arrodillo entre sus piernas y la obligo a incorporarse para quitarle la camisola con un solo movimiento rápido. Hago lo mismo con mi camisa, quitándomela por la cabeza, y tiro nuestra ropa al suelo. Aún de rodillas, la siento en mi regazo y le coloco las manos en el culo—. Tócame —le susurro.

Reacciona inmediatamente, rozándome el esternón y las cicatrices con la punta de los dedos. Inspiro bruscamente mientras el contacto de su piel se irradia por todo mi cuerpo con la promesa del éxtasis inminente. La miro a los ojos mientras desliza los dedos por mi piel hasta alcanzar primero una tetilla y después la otra, que se endurecen al sentir su contacto, completamente erectas, reflejando el movimiento de otra parte de mi anatomía. Se inclina hacia delante y deja un reguero de besos suaves en la línea que me atraviesa el pecho. Me sujeta los hombros con las manos y aprieta, y siento cómo sus uñas se me clavan en la piel.

Es una sensación embriagadora.

Y pensar que hace unos meses habría dicho que esto era imposible...

Y pese a todo, ahí está ella. Tocándome. Amándome.

Y yo lo acepto con gusto. Todo ello.

—Te deseo —susurro, y desplaza las manos hasta mi cabeza y hunde los dedos en mi pelo. Tira de mi cabeza hacia atrás y me atrapa la boca con la suya, reclamando mi lengua con la suya.

Joder. Lanzo un fuerte gruñido y empujo a Ana al sofá, le arranco los pantalones con un rápido movimiento y libero mi erección al mismo tiempo. Me sitúo encima de ella.

—Último nivel —murmuro, y la penetro con un movimiento certero.

Deja escapar un grito intenso y gutural y me quedo quieto, sujetándole la cara entre las manos.

—Te quiero, señora Grey. —Y muy despacio, le hago el amor a mi mujer, con delicadeza, hasta que estalla y se deshace en mis brazos, llevándome consigo y envolviéndome con sus brazos y sus piernas para protegerme.

Ana está tumbada sobre mi pecho. Creo que *Expediente X* ha terminado.

—Sabes que te has saltado totalmente el tercer nivel, ¿no? —Dibuja con los dedos una figura en mis pectorales.

Me río.

—La próxima vez. —Entierro la nariz en su pelo, inhalando su aroma mágico, y le beso la cabeza. Han aparecido los créditos finales de *Expediente X* y vuelvo a encender el sonido con el mando a distancia.

—¿Te gustaba esa serie? —me pregunta.

—Sí, cuando era pequeño.

Ana se queda callada.

—¿Y a ti? —le pregunto.

—Es anterior a mi época.

—Eres tan joven… —La abrazo con fuerza—. Me gusta esto de meternos mano en el sofá, señora Grey.

—A mí también, señor Grey. —Me besa en el pecho mientras en la televisión empiezan los anuncios.

¿Por qué estamos viendo esto?

Porque me gusta estar aquí, con ella tendida encima de mí.

Esta es la vida de una pareja de casados.

Podría acostumbrarme a esta vida…

—Han sido tres semanas perfectas, Christian —dice con aire despreocupado—. A pesar de las persecuciones, los incendios y los ex jefes psicópatas, ha sido como estar en nuestra propia burbuja privada.

—Mmm… —La estrecho con más fuerza entre mis brazos—. No sé si estoy preparado para compartirte con el resto del mundo.

—Mañana vuelta a la realidad. —Parece un poco triste.

—Hay que aumentar la seguridad…

Ana me acalla poniéndome el dedo índice sobre los labios.

—Lo sé. Y seré buena. Lo prometo. —Se incorpora sobre un codo y me mira escrutándome—. ¿Por qué le estabas gritando a Sawyer?

—Porque nos han seguido.

—Eso no es culpa de Sawyer.

—No deben permitir que haya tanta distancia entre ellos y nosotros. Y lo saben.

—Eso no es…

—¡Basta! —Sawyer la cagó y lo sabe—. Esto está fuera de toda discusión, Anastasia. Es un hecho, y así seguro que no permiten que se vuelva a repetir.

—Vale —dice—. ¿Consiguió Ryan alcanzar a la mujer del Dodge?

—No. Y no estoy convencido de que fuera una mujer.

—¿Ah, no?

—Sawyer vio a alguien con el pelo recogido, pero solo fue un momento. Dio por hecho que era una mujer. Pero ahora que has identificado a ese hijo de puta, tal vez fuera él. Solía llevar el pelo así.

Como encuentre a ese pedazo de mierda, es hombre muerto.

Deslizo la mano por la espalda de Ana, acariciándole la piel. Eso me devuelve al presente. Me calma.

—Si te pasara algo… —La sola idea es insoportable.

—Lo sé. A mí me pasa lo mismo contigo. —Se estremece.

—Ven. Vas a coger frío. —Me incorporo, arrastrándola conmigo—. Vamos a la cama. Podemos ocuparnos del tercer nivel allí.

Lunes, 22 de agosto de 2011

Resulta un alivio ver que no hay fotógrafos frente a SIP cuando llegamos con el Q7. Espero que el intenso escrutinio y la intrusión de la prensa en nuestra vida privada disminuyan a partir de ahora. Ana coge su maletín en cuanto Ryan detiene el coche, pero no puedo resistirme a intentarlo una vez más.

—Sabes que no hace falta que vayas, ¿verdad?

—Lo sé —responde en voz baja para que ni Ryan ni Sawyer la oigan—. Pero quiero hacerlo. Ya lo sabes.

Su dulce beso no consigue aplacarme demasiado, pero ambos tenemos que regresar a la realidad. ¿Verdad?

—¿Qué te ocurre? —pregunta, y me doy cuenta de que estoy frunciendo el ceño.

No voy a verla hasta la noche. Hemos pasado más o menos las últimas tres semanas sin separarnos en ningún momento, y ha sido la mejor época de mi vida. Sawyer baja del coche para abrirle la puerta y yo aprovecho la oportunidad.

—Voy a echar de menos tenerte para mí solo.

Me cubre la mejilla con la palma de la mano.

—Yo también. —Sus labios rozan los míos—. Ha sido una luna de miel preciosa. Gracias.

Para mí también lo ha sido, Ana.

—A trabajar, señora Grey.

—Y usted también, señor Grey.

Sawyer le abre la puerta, ella me aprieta la mano y yo los miro mientras se dirigen al edificio.

—Llévame a Grey House —le pido a Ryan, y me pongo a mirar por la ventanilla.

El día está algo más frío y nublado, lo cual le va que ni pintado a mi estado de ánimo. Me encuentro algo extraño. Tal vez era esto lo que Ana sentía ayer, aunque no fuera capaz de expresarlo.

Si era esto lo que te ocurría, Ana, ahora lo entiendo. Es un caso de depresión post luna de miel.

Cuando Ryan y yo nos acercamos a la entrada de Grey House, me fijo en que Barry y otro guardia de seguridad al que no conozco están al otro lado de las puertas de cristal. Barry suele apostarse junto al ascensor, y normalmente es el único agente de seguridad que hay en recepción.

—Buenos días, señor Grey. Bienvenido —dice mientras me sostiene la puerta abierta.

—Gracias, Barry. Buenos días.

Comprueban que todo el personal de Grey Enterprises Holdings lleve su pase. Yo no tengo el mío, pero, bueno, soy la única excepción a la regla. Welch no mentía cuando dijo que iba a doblar todas las medidas de seguridad.

Saludo a las dos recepcionistas con un gesto y me dirijo a los ascensores. Ambas me contestan con la mano, y me fijo en que también ellas llevan los pases. Resulta tranquilizador.

Andrea y Sarah levantan la mirada cuando las puertas del ascensor se abren; las dos llevan su identificación colgada de un cordón.

—Bienvenido de vuelta, señor Grey —dice Andrea.

—Buenos días. ¿Cómo estás? Ah, esto es para Sarah y para ti.

Dejo en su mesa una bolsa que contiene una gran caja de bombones (de Ladurée, cerca del Jardín de las Tullerías, en París) que Ana insistió en comprarles. Andrea se sonroja, se ha quedado sin habla.

Sí. No la culpo. Salvo por el regalo de bodas que le hice, es la primera vez que le traigo nada.

—Gracias —consigue decir mirando la bolsa con gran interés.

—De nada. Habría comprado también sus famosos *macarons*, pero me recomendaron los bombones porque tienen una caducidad más larga.

—Gracias, señor Grey —dice Andrea cuando recupera la compostura—. ¿Un café?

—Sí, por favor. Solo.

—Enseguida.

Entro en mi despacho y dejo atrás las risitas de Sarah y los leves susurros de Andrea haciéndola callar. Pongo los ojos en blanco, cierro la puerta y me aíslo de su cháchara.

Ya en el escritorio, llamo a Welch para que me ponga al día sobre Jack Hyde.

Cuando terminamos de hablar, me pregunto cómo se estará adaptando Ana al volver a SIP, así que le escribo un correo.

De: Christian Grey
Fecha: 22 de agosto de 2011 09:32
Para: Anastasia Grey
Asunto: Burbuja

Señora Grey:

El amor cubre todos los niveles con usted.

Que tenga un buen primer día tras la vuelta.

Ya echo de menos nuestra burbuja.

x

Christian Grey
De vuelta al mundo real y presidente de Grey Enterprises Holdings, Inc.

Me vibra el teléfono.

—Señor Grey, tengo a su padre en espera —informa Andrea.

—Pásamelo.

—Christian, ¿has llamado?

—Papá. —Le cuento todo lo ocurrido con Jack Hyde desde que lo despedí a mediados de junio—. Su venganza contra mí está descontrolada. Vamos a entregar las filmaciones de la sala del servidor al FBI y a la policía. Ellos pueden presentar cargos, solo que primero tienen que dar con él. Aun así, teniendo en cuenta lo que encontramos en su disco duro, creo que también deberíamos hacer extensibles los protocolos de seguridad a ti, mamá, Mia y Elliot.

—Me parece excesivo.

—Papá, es un tipo listo. Yo no lo subestimaría.

Carrick suelta un soplido.

—Bueno, si te parece necesario.

—Me lo parece, sí. Ayer nos siguieron desde vuestra casa. Sabe dónde vivís.

—¡Joder!

—¡Papá!

Mi padre suspira.

—Encárgate de ello. Yo hablaré con mamá y con Mia.

—Y yo se lo cuento a Elliot.

—Gracias, Christian. Siento que esto haya llegado tan lejos.

—Yo también.

Ahora que me he asegurado el beneplácito de mi padre, aunque sea a regañadientes, llamo otra vez a Welch para que ponga en marcha las medidas de seguridad ampliadas a mi familia.

Solo me falta decírselo a Elliot, y no sé cómo se tomará la noticia.

Compruebo mis e-mails y veo que el que le he enviado a Ana ha rebotado. A lo mejor aún no ha tenido ocasión de cambiar su dirección del trabajo.

Vamos a divertirnos un poco con esto.

Le reenvío el correo de hace un rato.

De: Christian Grey
Fecha: 22 de agosto de 2011 09:56
Para: Anastasia Grey
Asunto: Esposas descarriadas

Esposa:
Te he enviado el correo que encontrarás más abajo y me ha venido devuelto.
Y eso es porque no te has cambiado el apellido.
¿Hay algo que quieras decirme?

Christian Grey
Presidente de Grey Enterprises Holdings, Inc.

Andrea llama a la puerta y me trae el café.

—Gracias, Andrea. ¿Te parece que repasemos la agenda?

Se sienta en la silla que hay al otro lado de mi mesa y discutimos mis citas de la semana y del próximo mes.

—... El miércoles por la noche va usted a la Gala por la Esperanza, del Sindicato de Asistencia Social de Seattle. Ya tengo las dos entradas. Su madre colabora con ese organismo benéfico —dice.

—Muy bien.

—Y el acto para recaudar fondos de la Organización para la Alianza de las Telecomunicaciones es el martes por la noche en Nueva York —sigue informando Andrea—. Tengo una entrada para dos. El Gulfstream ya estará listo. Lo han comprobado todo. Stephan lo traerá mañana desde Maine.

—Aún no he decidido lo que voy a hacer. Hablaré con Ros para ver si todavía hace falta esa visita a GEH Fibra Óptica.

—De acuerdo. Stephan estará en espera por si al final decide ir. Y haré que preparen también su apartamento de Tribeca, a menos que prefiera que reserve en el Lowell.

Mi cabeza no descansa.

—Si al final voy a Nueva York, podría regresar vía Washington D.C. Hay dos reuniones que podríamos programar para el viernes, una con la Comisión de Bolsa y Valores, y la otra con la senadora Blandino.

—¿Quiere que las concierte?

—Hablaré con Vanessa sobre la Comisión de Bolsa y Valores, pero de momento la de Blandino sí.

—Muy bien.

—Vale. Debería reunirme con Ros, y ¿podrías ponerme al teléfono con Flynn? Ah, y búscame un hueco para Bastille mañana, por favor.

—Lo haré. —Se levanta y se marcha, así que dirijo mi atención al ordenador.

Hace un rato que ha llegado un e-mail de Ana.

De: Anastasia Steele
Fecha: 22 de agosto de 2011 09:58
Para: Christian Grey
Asunto: No explotes la burbuja

Esposo:

Me encanta su metáfora de los niveles, señor Grey.

Quiero seguir manteniendo mi apellido de soltera aquí.

Se lo explicaré esta noche.

Ahora tengo que irme a una reunión.

Yo también echo de menos nuestra burbuja...

P.D.: Creía que debía utilizar la BlackBerry para esto...

Anastasia Steele
Editora de SIP

No puedo apartar los ojos de su correo.

No va a usar mi apellido.

No. Va. A. Usar. Mi. Apellido.

¿Por qué no?

No quiere mi apellido.

«Ahora no, renacuajo.»

Es como un puñetazo en el estómago.

Sigo mirando la pantalla como un bobo, momentáneamente conmocionado, paralizado.

«¡No pelees, renacuajo!»

¿Por qué no me lo había dicho? ¿Tengo que enterarme así?

Maldita sea. A la mierda.

Conseguiré hacer que cambie de opinión.

¿Igual que hiciste con lo de la obediencia, Grey?

Me vibra el móvil. Es Andrea.

—Ros está subiendo.

—Gracias. Hazla pasar en cuanto llegue.

No sé qué decirle a Ana, así que dejo el e-mail para después y me preparo para la reunión con la directora general de mi empresa.

Ros está en plena forma. Repasa el conciso orden del día y me pone al tanto de todo en una hora.

—Has hecho un gran trabajo —le digo.

—Christian, me ha encantado. Pero, con total sinceridad, te he echado de menos.

Sonrío porque no sé cómo reaccionar a eso. No estoy acostumbrado a recibir cumplidos de mis empleados.

—Pues, con total sinceridad también, yo no puedo decir lo mismo —replico.

Ros sonríe de oreja a oreja.

—Y así debería ser. Estoy segura de que te lo has pasado en grande.

—Pues sí, gracias.

Solo que mi mujer no quiere mi apellido.

Me dirige una fugaz mirada interrogante, pero yo fuerzo una sonrisa.

—Me pondré en contacto con la gente de Detroit —dice— y llamaré a Hassan para ver si hace falta que visites la sede de Nueva York esta semana.

—El jueves me iría bien, si quieren que vaya.

—Ya te diré algo.

Cuando se marcha, releo el correo de Ana. Me parece igual de desalentador que la primera vez. Mientras sopeso qué contestarle, Andrea me pasa con Flynn.

—Christian. Bienvenido de vuelta. ¿Qué tal ha ido la luna de miel? —Su tono es potente y campechano, y muy británico. Debe de haber regresado al Reino Unido hace poco.

—Bien. Gracias.

Titubea, y sé que ha notado que algo va mal.

—¿Puedo pasar a verte? —pregunto.

—Lo siento, pero hoy tengo la agenda llena.

Al ver que no digo nada, suspira.

—Janet, mi secretaria, me matará, pero puedo hacerte un hueco a la hora del almuerzo. Aunque tendrás que ver cómo engullo mis sándwiches de queso y pepinillos.

—De acuerdo. ¿A qué hora es eso?

—A las doce y media.

—Nos vemos entonces.

Cuelgo y llamo a Elliot para hacerle un informe completo de lo de Hyde e informarle de las medidas de seguridad.

—¡Menudo cabrón! —suelta mi hermano.

—Sí. Ese es él, en una palabra. No se lo cuentes a Kate. Sé lo mucho que le van las noticias bomba.

—Tío… —protesta él, pero lo interrumpo.

—Elliot, no quiero discutir. Esa chica es muy tenaz. Conocí a mi mujer porque Kate no dejaba de darme la lata, y no quiero que se cargue la investigación de la policía metiendo las narices.

Elliot guarda silencio.

—No pretendía faltarle al respeto —añado.

Suspira.

—Vale, tío. Espero que la policía atrape a ese hijo de puta.

—Yo también.

—Tengo que irme a la obra, pero dime cómo va tu reunión con Gia esta tarde. Estoy impaciente por ver los planos y que empecemos a encargar los materiales que vamos a necesitar.

—Lo haré.

—Solo tengo media hora, Christian —dice Flynn cuando entro desfilando en su despacho.

—No quiere usar mi apellido.

—¿Qué?

—Anastasia.

—¿No quiere usar tu apellido? —Parece confuso unos instantes—. ¿Anastasia Grey?

—Sí. Me ha enviado un e-mail esta mañana para comunicármelo.

—Siéntate —dice señalando el diván, y en lugar de tomar asiento donde siempre, lo hace en el diván de enfrente. En la mesita de café que tiene delante hay una bandeja con sándwiches, todos sin corteza, y lo que parece un vaso de refresco de cola—. El almuerzo —dice.

—Adelante, por favor. Por mí no te cortes.

—Bueno, Christian, recapitulemos un poco. La última vez que te vi fue el día de tu boda. Fue una ocasión feliz. ¿Qué tal la luna de miel? —Le da un buen mordisco a un sándwich mientras mi mente retrocede a unos días antes.

Me relajo un poco al recordar las aguas tranquilas y el intenso azul del Mediterráneo; el aroma de la buganvilla, lo acogedora y eficiente que fue la tripulación del *Fair Lady*… y lo mucho que me gustó estar en compañía de Anastasia.

—Ha sido sublime.

John sonríe.

—Bien. ¿Algún problema?

—Ninguno que quiera comentar. —Aún no estoy preparado para hablarle del incidente de los chupetones.

Me dirige una mirada directa y sobria.

—Puesto que estás invadiendo mi hora del almuerzo, voy a decirte que eso no me resulta muy útil.

Suspiro.

—Nada grave. Tuvimos una discusión.

—¿Sobre tu apellido?

Me ruborizo.

—Mmm… No.

—Bien. Cuando quieras hablar de ello, si es que quieres, lo haremos. Bueno, ¿qué ha ocurrido desde entonces?

Le cuento en detalle lo de Hyde: que lo despedí, lo del artefacto incendiario, y el hecho de que tenía información sobre mí, mi familia y Ana en su disco duro de SIP. Le hablo de la persecución en el coche.

—¡Caramba! —exclama Flynn cuando termino.

—Ahora es el sospechoso principal del sabotaje de mi helicóptero.

—Madre mía —dice a media voz, y le da otro mordisco al sándwich.

—Pero no he venido por nada de eso. Esta mañana he recibido un e-mail de Ana diciéndome que no quiere cambiarse el apellido. Yo había esperado que por lo menos lo habláramos, no que me enviara un correo electrónico y ya está.

—Comprendo. —Se pone pensativo—. Descubrir que el antiguo jefe de tu esposa ha intentado incendiar tu edificio y que tal vez sea el responsable de un accidente casi mortal con tu helicóptero es algo grave, Christian. Y una persecución en coche, además. ¿Te has planteado que podrías estar canalizando el estrés causado por todos esos sucesos en tu reacción a ese e-mail que te ha enviado tu mujer?

Arrugo la frente.

—Creo que no.

Se frota la barbilla.

—Sabiendo lo mucho que te angustia la seguridad de Ana, todos esos acontecimientos han tenido que afectarte mucho. Por lo que sé de estos últimos meses, ella es tu principal preocupación. Siempre.

—Cierto.

—Haces muchas cosas por ella —añade con cautela.

Sí que las hago.

—Y has abandonado muchas otras.

No digo nada. ¿Adónde quiere ir a parar con esto?

—De modo que podrías estar interpretando su mensaje como un rechazo, en especial después de todo lo que te has esforzado por ella, y eso te duele.

Respiro hondo.

Sí, es verdad.

—Es que no me puedo creer que no me hablara de esto. Es como si me despreciara, a mí y todo aquello que tanto esfuerzo me ha costado alcanzar. No nací siendo Grey.

Flynn frunce el ceño.

—Hay mucho que analizar en esa frase, Christian. Y, tristemente, ahora mismo no dispongo de tiempo para hacerlo. Detesto ser yo quien te lo diga, pero el hecho de que Anastasia conserve su apellido podría tener más que ver con cómo se siente consigo misma, y tal vez nada contigo.

¿Cómo no va a estar relacionado conmigo? Se trata de mi apellido. Es el único que tengo... El único que reconozco.

«Ahí estás, renacuajo.»

Me lo quedo mirando, impasible.

—Lo mejor que puedes hacer es hablar con ella. Dile cómo te sientes —añade Flynn—. Ya hemos abordado esto antes. Ana es una persona razonable.

Lo es. Salvo con lo del voto de obediencia.

—Es evidente que esto significa mucho para ti. Habla con ella. Creo que tenemos cita el miércoles, así que podremos debatirlo en más detalle. Y tal vez de aquí a entonces ya hayáis llegado a alguna solución intermedia.

—¿Intermedia?

O acepta mi apellido o no. ¿Dónde está ahí el término medio?

—Pregúntale por qué, Christian —dice con afabilidad—. Comunicación y compromiso.

—Ya, ya... «Es mejor ceder en una batalla para ganar la guerra» —digo, repitiendo las palabras que me dedicó en una de las sesiones anteriores.

—Justamente.

Me levanto.

—Gracias por recibirme con tan poca antelación.

—Bueno, espero que te haya servido.

—Creo que sí. —Voy a hablar con Ana ahora mismo.

—Nos vemos el miércoles.

—Una cosa más. Leila Williams... ¿está en Connecticut? —pregunto.

—Me parece que sí. Hoy empieza las clases en Hamden. Anoche recibí un e-mail suyo. Está entusiasmada con los estudios. —Ladea la cabeza en un «¿Por qué?» mudo.

—No es nada. Hasta el miércoles.

—Ryan, llévame a SIP.

—Sí, señor.

En el corto trayecto hasta el trabajo de Ana, sopeso lo que voy a decirle. Hemos tenido tres semanas para hablar del tema de su apellido mientras estábamos de luna de miel. ¿Por qué no lo sacó entonces? No he hecho más que llamarla «señora Grey» y ella nunca ha puesto ninguna objeción. Tal vez fui un idiota al dar por sentado que se cambiaría el apellido, pero sabe que tengo... problemas. Le he pedido que tenga en cuenta mis expectativas.

Quiero que la gente sepa que es mi esposa, incluso en su trabajo. Eso es lo que hace mi apellido. Representa todo lo que es bueno en mi vida.

Mis padres. Mi padre, en especial.

Representa todo lo que él ha hecho por mí. Y también por Elliot y Mia.

Aunque a veces sea un gilipollas.

Sigo queriendo emularlo.

De más joven, cada vez que me encontraba de pie ante su escritorio mientras él me echaba un sermón, sabía que le había fallado, que lo había decepcionado.

Él me ha empujado a ser una persona mejor, un hombre mejor.

Lo admiro.

Le quiero.

Joder.

Tal vez debería esperar a esta noche.

No. No puedo esperar. Me reventará una vena.

Esto es demasiado importante para mí.

Mientras miro por la ventanilla del coche y veo a la gente dedicarse a sus cosas, hiervo por dentro. ¿Por qué narices no me dijo nada?

Para cuando entro en SIP con paso decidido, mi calma pende de un hilo. La primera persona con la que me encuentro es Jerry Roach, que está en la zona de recepción hablando con una mujer esbelta cuya larga melena oscura está fuera de control.

—Christian Grey —dice como si le costara creerlo.

—Jerry. ¿Cómo estás?

—Mmm. Bien. Esta es Elizabeth Morgan, nuestra jefa de recursos humanos.

—Hola —mascullo, tenso, cuando nos damos la mano.

—Señor Grey. He oído hablar mucho de usted. —Su sonrisa no se refleja en su mirada, y dudo que Ana le haya hecho ninguna confidencia sobre mí, así que no sé quién le habrá hablado de mi persona, pero ahora mismo no tengo tiempo para especular sobre eso.

—¿Qué podemos hacer por usted? —pregunta Roach con amabilidad.

—Necesito hablar un momento con la señorita Steele.

—¿Con Ana? Por supuesto. Le acompañaré, sígame.

Sus aduladoras frases de cortesía dejan mucho que desear, y lo escucho solo a medias mientras cruzamos la puerta doble que hay detrás de recepción para ir al despacho de Ana. Recuerdo que ella me dijo que a Roach casi le dio un ataque cuando descubrió que estábamos prometidos. Eso no hace que lo vea con buenos ojos. Casi sin darme cuenta, me pregunto cómo le sentaría trabajar para mi mujer. Seguro que eso sí le provocaría un ataque.

No es mala idea. Así aprendería.

Ana ocupa el antiguo despacho de Hyde. Asiento en dirección a Sawyer para indicarle que espere fuera mientras Roach llama a la puerta con varios golpes rápidos.

—Adelante —dice Ana.

El despacho es tan pequeño y cutre como lo recordaba. Todavía le hace falta una reforma y una mano de pintura, aunque hay flores en el escritorio de Ana, y las estanterías están limpias y ordenadas. Ella está comiendo con una joven que supongo que será su ayudante. Ambas se me quedan mirando boquiabiertas.

—Hola, tú debes de ser Hannah —le digo a su ayudante personal—. Yo soy Christian Grey.

A Hannah le falta tiempo para ponerse de pie y ofrecerme una mano.

—Hola, señor Grey. Es un placer conocerle —balbucea mientras me estrecha la mano—. ¿Quiere que le traiga un café?

—Sí, por favor. —Le dirijo una sonrisa educada y ella se apresura a salir del despacho. Entonces me vuelvo hacia Roach—. Si nos disculpas, Roach, me gustaría hablar con la «señorita» Steele.

—Por supuesto, señor Grey. Ana. —Roach se va y cierra la puerta al salir.

Entonces me vuelvo hacia mi esposa, que tiene una expresión de culpabilidad, como si la hubiera pillado haciendo algo ilícito… aunque está tan preciosa como siempre.

Algo pálida, quizá.

Algo hostil, tal vez.

Mierda. Mi ira se aplaca y en su lugar aparece la angustia al ver que Ana se cuadra.

—Señor Grey, qué alegría verle. —Me dedica una sonrisa edulcorada, y sé que nuestra luna de miel se ha terminado y tengo una pelea entre manos.

Mi ánimo vuelve a caer en picado.

—«Señorita» Steele, ¿puedo sentarme? —Señalo con la cabeza la silla de piel que hay delante del escritorio de Ana, la que Hannah ha dejado libre.

—La empresa es tuya. —Ana me ofrece asiento con un gesto desdeñoso de la mano.

—Sí. —Sonrío con la misma dulzura exagerada que ella.

Sí, nena. Mía.

Es como si diéramos vueltas uno alrededor del otro, igual que dos boxeadores en el ring, midiendo nuestras fuerzas. Intento aplacar mi ira y me preparo para la batalla inminente. Este tema me resulta importante.

—Tienes un despacho muy pequeño —comento al sentarme.

—Está bien para mí. —Su tono es cortante, está molesta. No, furiosa—. ¿Y qué puedo hacer por ti, Christian?

—Estoy examinando mis activos.

—¿Tus activos? —Pone mala cara—. ¿Todos?

—Todos. Algunos necesitan un cambio de nombre.

—¿Cambio de nombre? —Levanta las cejas al instante—. ¿Qué quieres decir con eso?

—Creo que ya sabes a qué me refiero.

Ana suspira.

—No me digas que has interrumpido tu trabajo después de tres semanas fuera para venir a pelear conmigo por mi apellido.

Eso es justo lo que he hecho.

Cruzo las piernas y me quito una mota de polvo de los pantalones, solo para ganar tiempo.

Tranquilo, Grey.

—No a pelear exactamente. No.

—Christian, estoy trabajando.

—A mí me ha parecido que estabas cotilleando con tu ayudante.

—Estábamos repasando los horarios —dice entre dientes y con las mejillas coloradas—. Y no has contestado a mi pregunta.

Llaman a la puerta.

—¡Adelante! —exclama a un volumen que nos sobresalta a ambos.

Hannah entra llevando una pequeña bandeja con café y la deja en la mesa de su jefa.

—Gracias, Hannah —murmura Ana, algo abochornada.

—¿Necesita algo más, señor Grey? —pregunta ella.

—No, gracias, eso es todo. —Con toda la intención, le ofrezco mi sonrisa más deslumbrante. Tiene el efecto deseado: se escabulle ruborizada—. Vamos a ver, «señorita» Steele, ¿dónde estábamos?

—Estabas interrumpiendo mi trabajo de una forma muy maleducada para pelear por mi apellido. —Ana me escupe las palabras, y su vehemencia me pilla desprevenido.

Sí que está cabreada.

Igual. Que. Yo.

Tendría que habérmelo dicho.

—Me gusta hacer visitas sorpresa. Mantiene a la dirección siempre alerta y a las esposas en su lugar. Ya sabes…

—No sabía que tuvieras tiempo para eso —replica.

—¿Por qué no quieres cambiarte el apellido aquí?

—Christian, ¿tenemos que discutir eso ahora?

—Ya que estoy aquí, no veo por qué no. —Esto es importante para mí, Ana.

—Tengo una tonelada de trabajo que hacer tras tres semanas de vacaciones.

—¿Te avergüenzas de mí? —Mi pregunta me sorprende incluso a mí mismo, y de forma involuntaria saca a relucir la oscuridad que se agazapa en mi alma.

No era mi intención ir por ahí.

Contengo la respiración.

«No pelees, renacuajo.»

—¡No! Christian, claro que no. —Tuerce el gesto, consternada—. Esto tiene que ver conmigo, no contigo.

—¿Cómo puede no tener que ver conmigo? —Ladeo la cabeza esperando que me dé una explicación.

Por supuesto que tiene que ver conmigo; se trata de mi apellido.

Ella relaja la expresión.

—Christian, cuando acepté este trabajo acababa de conocerte. —Parece que le hable a un niño pequeño—. No sabía que ibas a comprar la empresa... —Cierra los ojos como si fuera un recuerdo especialmente doloroso y se sostiene la cabeza con las manos—. ¿Por qué es tan importante para ti? —pregunta, y levanta la mirada, implorándome.

—Quiero que todo el mundo sepa que eres mía.

—Soy tuya, mira. —Alza la mano en la que lleva la alianza y el anillo de compromiso.

—Eso no es suficiente —murmuro.

—¿No es suficiente que me haya casado contigo? —pregunta casi sin voz mientras abre mucho los ojos.

—No quería decir eso. —Ana, no tergiverses lo que intento hacerte ver.

—¿Y qué querías decir? —exige saber.

—Quiero que tu mundo empiece y acabe conmigo.

Tiene los ojos de un azul increíble.

—Pero si así es... —dice, y no sé si jamás he oído cuatro palabras tan llenas de esa pasión serena; absorben todo el aire de la habitación y me dejan sin aliento—. Pero intento forjarme una carrera —sigue arguyendo— y no quiero utilizar tu nombre para eso. Tengo que hacer algo, Christian.

Me trago mi creciente exaltación y presto atención mientras habla.

—No puedo quedarme encerrada en el Escala o en la casa nueva sin nada que hacer. Me volvería loca. Me asfixiaría. He trabajado toda mi vida y esto me gusta. Es el trabajo con el que soñaba, el que siempre había deseado. Pero que mantenga este trabajo no significa que te quiera menos. Tú eres lo más importante para mí. —Se le quiebra la voz y tiene los ojos vidriosos, llenos de lágrimas sin derramar.

Nos sostenemos la mirada poniendo a prueba el silencio entre ambos.

Eres mi mundo, Ana.

Pero te quiero atada a mí de todas las formas posibles.

Lo necesito.

Te necesito... quizá demasiado.

—¿Yo te asfixio? —susurro.

—No... sí... no. —Parece exasperada. Cierra los ojos y se frota la frente—. Estamos hablando de mi apellido. Quiero mantener mi apellido porque quiero marcar una distancia entre tú y yo... Pero solo en el trabajo, solo aquí. Ya sabes que todo el mundo cree que he conseguido el empleo por ti, cuando en realidad no es... —Se interrumpe y se yergue en el asiento al ver mi cara de conmoción.

Mierda. ¿Cómo es capaz de saber tan bien lo que pienso?

Desembucha, Grey.

—¿Quieres saber por qué conseguiste el trabajo, Anastasia?

—¿Qué? ¿Qué quieres decir?

—La dirección te dio el puesto de Hyde temporalmente. No querían contratar a un ejecutivo con experiencia teniendo en cuenta que se estaba negociando la venta de la empresa. No tenían ni idea de lo que iba a hacer el nuevo dueño cuando la empresa cambiara de manos. Por eso, con buen criterio, decidieron no hacer un gasto más. Así que te dieron a ti el puesto de Hyde, para que te ocuparas de todo hasta que el nuevo dueño, es decir, yo, se hiciera cargo.

Esa es la verdad.

—¿Qué quieres decir? —Parece ofendida y horrorizada.

Nena. No le des más vueltas a esto.

—Relájate. Has estado más que a la altura del desafío. Lo has hecho muy bien.

Eres muy buena en lo que haces, Anastasia Steele.

—Oh —dice, aunque parece perdida.

Y entonces lo veo todo clarísimo.

Esto es lo que quiere.

Este es su sueño y yo puedo hacer que se cumpla.

En la boda prometí que alentaría sus sueños.

No quiero ahogarla; quiero ayudarla a desarrollar todo su potencial. Quiero que eche a volar... solo que no muy lejos de mí.

—No quiero asfixiarte, Ana. Ni meterte en una jaula de oro. Bueno... Bueno, mi parte racional no quiere.

Es un riesgo, pero decido jugar mi mano más ambiciosa hasta el momento y compartir con ella la idea que se me acaba de ocurrir sobre la marcha.

—Pero una de las razones por las que estoy aquí, aparte de tratar algunas cosas con mi esposa descarriada... es para hablar de lo que voy a hacer con esta empresa.

Frunce el ceño.

—¿Y cuáles son tus planes? —Cada una de sus palabras está cargada de sarcasmo, y ladea la cabeza como hago yo... imitándome, riéndose de mí, sospecho.

Dios, cómo la amo; ya ha recuperado la entereza.

—Voy a cambiar el nombre de la empresa... La voy a llamar Grey Publishing.

Ana parpadea.

—Y dentro de un año será tuya.

Se queda boquiabierta.

—Es mi regalo de boda para ti.

Cierra la boca, vuelve a abrirla, la cierra otra vez. Está paralizada.

—¿O te gusta más Steele Publishing?

—Christian, ya me regalaste el reloj… Y yo no sé llevar una empresa.

—Yo llevo mis negocios desde que tenía veintiún años.

—Pero tú eres… tú. Un obseso del control y un genio extraordinario. Por Dios, Christian, pero si te especializaste en economía en Harvard antes de dejar la carrera… Tienes cierta idea de lo que haces. Yo he vendido pinturas y bridas para cables a tiempo parcial durante tres años. Por favor… He visto tan poco del mundo que prácticamente no sé nada.

Bueno, eso no es cierto.

—Eres la persona que más ha leído de todas las que conozco. —Tengo que venderle la idea—. Te vuelven loca los buenos libros. No podías dejar tu trabajo ni cuando estábamos de luna de miel. ¿Cuántos manuscritos leíste? ¿Cuatro?

—Cinco —susurra.

—Y has escrito informes completos de todos ellos. Eres una mujer brillante, Anastasia. Estoy seguro de que puedes hacerlo.

—¿Estás loco?

—Loco por ti. —Siempre.

Suelta un soplido para intentar no reírse.

—Todo el mundo se va a mofar de ti, Christian. Has comprado una empresa para una mujer que en su vida adulta solo ha tenido un trabajo a tiempo completo durante unos pocos meses.

Desestimo sus objeciones con un gesto de la mano.

—¿Crees que me importa una mierda lo que piense la gente? Además, no estarás sola.

—Christian, yo… —Se interrumpe porque no encuentra las palabras, y a mí me encanta este momento; no sucede a menudo. Vuelve a apoyar la cabeza en sus manos. Cuando alza la mirada, está intentando no reír.

—¿Hay algo que le divierta, señorita Steele?

—Sí. Tú.

Su risa es contagiosa, así que me sorprendo sonriendo también. Esto es lo que consigue conmigo. Me desarma.

En cada ocasión.

—¿Te estás riendo de tu marido? No deberías.

Hunde los dientes en su precioso labio inferior.

—Y te estás mordiendo el labio —murmuro en tono misterioso; es una visión excitante.

Ella se yergue en el asiento.

—Ni se te ocurra —me advierte.

—¿Que ni se me ocurra qué, Anastasia?

¿Follarte en tu despacho? El deseo corre por mis venas como si fuera un relámpago.

—Conozco esa mirada. Estamos en el trabajo… —susurra.

¿Es que no sientes esto, Ana? La magia que hay entre nosotros es potente.

Cruda. Me inclino hacia delante para acercarme a ella, captar su aroma, tocarla.

—Estamos en un despacho pequeño, razonablemente insonorizado y con una puerta que se puede cerrar con llave —musito.

Quiero seducir a mi mujer.

—Conducta inmoral grave. —Cada una de sus palabras es una bala que la protege como un escudo.

—No si es con tu marido.

—Con el jefe del jefe de mi jefe —sisea.

—Eres mi mujer.

—Christian, no. Lo digo en serio. Esta noche puedes follarme mil veces peor que el domingo. Pero ahora no. ¡Aquí no!

Mierda. Respiro hondo mientras recupero el sentido y la temperatura de la sala vuelve a bajar hasta niveles normales. Río para descargar tensión.

—¿Mil veces peor que el domingo? —Levanto una ceja, intrigado—. Puede que luego utilice esas palabras en su contra, señorita Steele.

—¡Oh, deja ya lo de señorita Steele! —me suelta, y da un golpe con la mano en la mesa que nos sobresalta a los dos—. Por el amor de Dios, Christian. ¡Si eso significa tanto para ti, me cambiaré el apellido!

¿Qué?

¿Está accediendo?

Siento una repentina oleada de alivio.

Una enorme sonrisa ilumina mi rostro. He tenido éxito negociando con mi mujer. Creo que esto podría ser una primera vez.

Gracias, Ana.

—Bien —digo mientras junto las manos y me pongo de pie—. Misión cumplida. Ahora tengo trabajo. Si me disculpa, señora Grey.

Me mira sin poder creerlo.

—Pero…

—¿Pero qué, señora Grey?

Sacude la cabeza y cierra los ojos con pinta de estar más que exasperada.

—Nada. Vete.

—Eso iba a hacer. Te veo esta noche. Estoy deseando poner en práctica lo de mil veces peor que el domingo. —Paso por alto su mueca—. Ah, y en los próximos días tengo un montón de compromisos sociales relacionados con los negocios y quiero que me acompañes.

Frunce el ceño.

—Le diré a Andrea que llame a Hannah para que ponga las citas en tu agenda. Hay algunas personas a las que tienes que conocer. Deberías hacer que Hannah se ocupara de tus citas de ahora en adelante.

—Vale —mascula, aunque parece desconcertada.

Me inclino sobre el escritorio y la miro directamente a esos asombrados ojos azules.

—Me encanta hacer negocios con usted, señora Grey. —No se mueve, y le planto un suave beso en los labios—. Hasta luego, nena —susurro.

Doy media vuelta y me voy.

Al salir de SIP, me dejo caer sobre la lujosa piel de los asientos traseros del Audi que me está esperando y le pido a Ryan que me lleve de vuelta a Grey House.

Menos mal.

Mi alivio es comparable a la angustia que sentía antes de entrar en el edificio. Por lo visto, mi mujer es capaz de entrar en razón. Alcanzo el teléfono y le envío un correo electrónico, pero descubro que ella se me ha adelantado.

De: Anastasia Steele
Fecha: 22 de agosto de 2011 14:23
Para: Christian Grey
Asunto: ¡YO NO SOY UNO DE SUS ACTIVOS!

Señor Grey:
La siguiente vez que venga a verme, pida una cita para que al menos pueda prepararme con antelación para su megalomanía dominante de adolescente.
Tuya

Anastasia Grey ← fíjate en el nombre.
Editora de SIP

Conque megalomanía dominante, ¿eh?
Mi esposa sí que domina las palabras.

De: Christian Grey
Fecha: 22 de agosto de 2011 14:34
Para: Anastasia Steele
Asunto: Mil veces peor que el domingo

Mi querida señora Grey (con énfasis en el «mi»):
¿Qué puedo decir en mi defensa? Pasaba por allí...
Y no, usted no es uno de mis activos, es mi amada esposa.
Como siempre, me ha alegrado el día.

Christian Grey
Megalómano dominante y presidente de Grey Enterprises Holdings, Inc.

Regreso a mi despacho con un ánimo más calmado. Necesito comer algo.

A lo largo de la tarde, compruebo los e-mails para ver si Ana me ha contestado. No lo ha hecho, y supongo que ahí ha quedado la cosa. O eso espero.

Al final del día, estoy sentado en el coche esperando a Ana frente a SIP. Ryan no para de tamborilear con los dedos índice en el volante y me está volviendo loco.

Hay que joderse.

Taylor volverá esta noche, así que me esfuerzo por conservar la calma. No dejo de mirar hacia la puerta para ver si Ana baja ya. Según mi reloj, son las 17.35 en punto. Va con cinco minutos de retraso. Tenemos una reunión con Gia algo después; espero que no se le haya olvidado.

Pero ¿dónde está?

Aparece Sawyer, que le abre la puerta de la oficina a Ana. Ryan sale y rodea el coche hasta la puerta de atrás.

¿A qué está jugando mi mujer?

Con la cabeza gacha, Ana camina deprisa hacia nosotros seguida de Sawyer, que se dirige al asiento del conductor mientras Ana sube al coche. Ryan se pone de copiloto.

—Hola —dice Ana, evitando mirarme.

—Hola.

—¿Has interrumpido el trabajo de alguien más hoy? —Su tono es más gélido que una noche ártica.

—Solo el de Flynn.

Parpadea sorprendida hacia mí, pero sigue mirando al frente.

—La próxima vez que vayas a verle, te haré una lista de temas que quiero que trates con él.

Está erizada como una gatita fiera a mi lado.

Sigue cabreada.

Me aclaro la garganta.

—Parece un poco tensa, señora Grey.

No responde. Solo mira adelante sin hacerme caso. Me acerco un poco a ella y le cojo la mano.

—Oye… —susurro, pero ella la aparta—. ¿Estás enfadada conmigo?

—Sí —escupe, y cruza los brazos mientras se gira hacia el otro lado y se pone a mirar por la ventanilla.

Maldita sea.

Veo pasar Seattle por mi ventanilla mientras también yo miro fuera, aunque sin asimilar nada, sintiéndome desgraciado e inseguro. Pensaba que lo habíamos resuelto.

Sawyer se detiene frente al Escala y Ana ya ha cogido su maletín y ha salido del coche antes de que ninguno de nosotros esté preparado.

—¡Ana! —exclamo.

—Ya voy yo —dice Ryan, y sale para darle alcance.

Sin esperar a que Sawyer me abra la puerta, también yo me apresuro a seguirlos. Llego justo a tiempo de ver cómo Ana entra a grandes zancadas en el edificio con Ryan pegado a sus talones.

Yo estoy justo detrás cuando él se adelanta corriendo para llegar al ascensor antes que ella y apretar el botón.

—¿Qué? —le espeta Ana.

Ryan se sonroja, desconcertado, creo que por su tono.

—Mis disculpas, señora —dice, y se aparta cuando los alcanzo.

—Así que no solo estás enfadada conmigo… —comento con ironía.

—¿Te estás riendo de mí? —dice con los dientes apretados y entornando los ojos.

—No me atrevería. —Levanto las manos en señal de rendición. No soy rival para el malhumor de mi esposa.

—Tienes que cortarte el pelo. —Tuerce el gesto y entra en el ascensor.

—¿Ah, sí? —Decido jugarme la vida; me aparto un mechón de la frente y la sigo.

—Sí. —Pulsa el código de nuestro piso en la consola.

—Veo que ahora me hablas…

—Lo justo.

—¿Y por qué estás enfadada exactamente? Necesito alguna pista. —Para estar seguro.

Me fulmina con una mirada de horror.

—¿De verdad no tienes ni idea? Alguien tan inteligente como tú debería tener algún indicio. Me niego a creer que seas tan obtuso.

Uau.

Retrocedo un paso.

—Estás muy enfadada, ya veo. Pensé que lo habíamos aclarado cuando estuve en tu despacho.

—Christian, solo he capitulado ante tus demandas presuntuosas. Eso es todo lo que ha pasado.

No tengo contestación para eso.

Las puertas del ascensor se abren y Ana sale disparada.

—Hola, Taylor —la oigo decir.

La sigo al vestíbulo.

—Hola, señora Grey —responde él, y me mira a mí levantando las cejas.

Ana deja tirado el maletín en el pasillo.

—Me alegro de verte —le digo a Taylor en voz baja.

—Señor —dice él.

Sigo a mi mujer al salón.

—Hola, señora Jones —dice Ana, y se va directa a la nevera.

Saludo con un gesto a Gail, que está en los fogones preparando la cena. Ana saca una botella de vino y una copa del armario mientras yo me quito la americana y pienso en qué decirle.

—¿Quieres una copa? —me ofrece en un tono almibarado.

—No, gracias.

La miro mientras me quito la corbata y me desabrocho el cuello de la camisa. Ana se sirve una copa generosa y la señora Jones, dirigiéndome una mirada fugaz e inescrutable, sale de la cocina.

Parece que Ana ha espantado a todo el personal.

Yo soy el último que queda en pie.

Me paso una mano por el pelo sintiéndome impotente mientras ella da un sorbo de vino, cierra los ojos y disfruta de su sabor, o eso da a entender.

Ya basta.

—Deja de hacer esto —susurro acercándome a ella.

Le retiro el pelo tras la oreja y luego tiro con suavidad del lóbulo porque quiero tocarla. Ella inspira hondo y luego me aparta.

—Háblame —susurro de nuevo.

—¿Y para qué? Si no me escuchas...

—Sí que te escucho. Eres una de las pocas personas a las que escucho.

Sus ojos no se separan de los míos mientras da otro sorbo de vino.

—¿Es por lo de tu apellido? —pregunto.

—Sí y no. Es por cómo te has enfrentado al hecho de que discrepara contigo. —Su tono es hosco.

—Ana, ya sabes que tengo... problemas. No me resulta fácil soltarme en las cosas que tienen que ver contigo. Ya lo sabes.

—Pero yo no soy una niña ni uno de tus activos.

—Lo sé. —Suspiro.

—Entonces deja de tratarme como si lo fuera —ruega con una fortaleza tranquila.

No soporto no tocarla. Le acaricio la mejilla con los dedos y luego recorro su labio inferior con la yema del pulgar.

—No te enfades. Eres muy valiosa para mí. Como un activo que no tiene precio, como un niño.

—Pero no soy ninguna de esas cosas, Christian. Soy tu esposa. Si te sentías dolido porque no iba a utilizar tu apellido, deberías habérmelo dicho.

—¿Dolido? —Frunzo el ceño. ¿Dolido? Sí. Claro que lo estoy. Lo estaba... Mierda.

Esto es desconcertante. Se trata de lo que me ha dicho Flynn. Miro el reloj.

—La arquitecta llegará en menos de una hora. Deberíamos cenar.

Ana parece consternada. La arruga que hay entre sus cejas está más profunda que de costumbre.

—Esta discusión no ha acabado.

—¿Qué más tenemos que discutir?

—Podrías vender la empresa.

—¿Venderla? —pregunto burlándome.

—Sí.

¿Por qué iba a hacer eso?

—¿Crees que encontraría un comprador en el mercado actual?

—¿Cuánto te costó?

—Fue relativamente barata.

—¿Y si se hunde?

—Sobreviviremos. Pero no dejaré que se hunda, Anastasia. No mientras tú trabajes allí.

—¿Y si lo dejo?

—¿Para hacer qué?

—No lo sé. Otra cosa.

—Me has dicho que este es el trabajo de tus sueños. Y corrígeme si me equivoco, pero he prometido ante Dios, el reverendo Walsh y una reunión de tus más allegados y queridos que alentaré tus esperanzas y tus sueños y procuraré que estés segura a mi lado.

—Citar tus votos matrimoniales es juego sucio.

—Nunca te prometí juego limpio en lo que a ti respecta. Además, tú has utilizado tus votos como arma en algún momento.

Tuerce el gesto.

—Anastasia, si sigues enfadada conmigo, házmelo pagar luego, en la cama.

De pronto se le abre la boca, y sé muy bien cómo me gustaría llenarla.

Ahora mismo.

Aquí.

Entonces recuerdo lo que me ha dicho antes.

—Mil veces peor que el domingo —susurro—. Lo estoy deseando.

Cierra la boca y vuelve a abrirla.

Oh, nena. Lo que me gustaría hacer con esa boca.

Para, Grey.

—¡Gail! —llamo, e instantes después la señora Jones regresa a la cocina.

—¿Señor Grey? —dice.

—Queremos cenar ahora, por favor.

—Muy bien, señor.

Miro a Ana, que se ha quedado preocupantemente callada y da otro sorbo de vino.

—Creo que me voy a tomar una copa contigo —murmuro, y me paso una mano por el pelo.

Tiene razón, lo llevo demasiado largo, pero no creo que le haga mucha gracia que vaya al Esclava a cortármelo.

Mientras cenamos, Ana solo me contesta con monosílabos. Bueno, yo ceno, ella pasea la comida por el plato, pero teniendo en cuenta lo enfadada que está, decido no reñirla.

Resulta frustrante.

A la mierda. No puedo estarme callado.

—¿No te lo vas a acabar?

—No.

No sé si lo estará haciendo aposta, pero antes de que pueda preguntárselo, se levanta y retira mi plato vacío y el suyo de la mesa.

—Gia vendrá dentro de poco —señala.

—Yo me ocupo de esto, señora Grey —dice la señora Jones.

—Gracias.

—¿No le han gustado? —pregunta Gail, preocupada.

—Estaban buenos. Pero es que no tengo hambre.

La señora Jones mira a Ana con una sonrisa compasiva y yo intento no poner los ojos en blanco.

—Voy a hacer un par de llamadas —mascullo para escapar de ambas.

La espectacular puesta de sol sobre el lejano Sound no consigue mejorar mi humor. Por un instante desearía que Ana y yo estuviéramos otra vez en el *Grace*, o en el *Fair Lady*. Allí no discutimos. Bueno, salvo por lo del incidente de los chupetones.

Recuerdo las palabras de Flynn. «El matrimonio es algo muy serio.»

Ya lo creo que lo es.

A veces demasiado, sobre todo si tu esposa no está de acuerdo contigo.

«Comunicación y compromiso.»

Ese debería ser mi nuevo mantra.

¿Por qué me cuesta tanto?

«No quiero que sabotees tu felicidad, Christian.»

Flynn sigue en mi cabeza.

Mierda, ¿es eso lo que estoy haciendo?

Levanto el teléfono de mala gana y llamo a mi padre para informarle de que ya están listos todos los preparativos para la seguridad adicional. La conversación es breve, y al terminar reúno los diseños de Gia Matteo y regreso al salón.

No hay ni rastro de Ana por ninguna parte, tampoco de la señora Jones, que ha recogido la cocina y la zona del comedor. Extiendo los planos en la mesa y luego, con el mando a distancia, voy pasando una lista de canciones. Por casualidad me topo con el *Réquiem* de Fauré.

Eso serenará mi alma.

Y tal vez a Ana también.

Le doy al «Play» y espero. Las notas de un órgano de iglesia resuenan por todo el salón, y enseguida se les une el canto celestial del coro, cuyas voces suben y bajan en su lamento.

Es impresionante.

Tranquilo.

Te eleva.

Es perfecto.

Ana aparece en el umbral, donde se detiene e inclina la cabeza mientras escucha la música. Está distinta; vestida de un gris plateado, con el pelo iluminado desde atrás y brillante a causa de las luces del vestíbulo. Parece un ángel.

—Señora Grey.

—¿Qué es eso? —pregunta.

—El *Réquiem* de Fauré. Te veo diferente.

—Oh. Nunca lo había oído.

—Es muy tranquilo y relajante. ¿Te has hecho algo en el pelo?

—Me lo he cepillado —dice, y hay demasiada distancia entre ambos. Transportado por mi espectacular mujer y por la música, me dirijo hacia ella—. ¿Bailas conmigo? —susurro.

—¿Con esto? Es un réquiem… —se escandaliza.

—Sí. —¿Y qué?

La atraigo hacia mis brazos y la estrecho, hundo la nariz en su pelo e inhalo su dulce pero excitante fragancia. Ana me abraza y me acaricia el pecho con la nariz, y empezamos a balancearnos juntos. Despacio. De un lado a otro.

Ana. Esto es lo que echaba de menos. A ti. En mis brazos.

—Odio pelear contigo —susurro.

—Bueno, pues deja de ser tan irritante.

Suelto una risa y la estrecho más aún.

—¿Irritante?

—Imbécil.

—Prefiero irritante.

—Es normal. Te pega.

Río de nuevo y le doy un beso en la cabeza al recordar lo mucho que le gustó esa palabra cuando la oyó estando en Harrods.

Londres. Días felices.

—¿Un réquiem? —Percibo un deje de reprobación en su murmullo.

Me encojo de hombros.

—Es una música preciosa, Ana.

Y así puedo abrazarte.

Taylor tose y yo suelto a mi mujer a regañadientes.

—Ha llegado la señorita Matteo —anuncia.

—Que pase.

Le doy la mano a Ana mientras la arquitecta entra en la habitación.

—Christian. Ana.

Nos dedica una sonrisa, y ambos le estrechamos la mano.

—Gia —saludo educadamente.

—Qué bien se os ve después de la luna de miel —dice con voz melosa.

Estrecho a Ana para tenerla más cerca.

—Lo hemos pasado de maravilla, gracias.

Le poso un beso fugaz en la sien y ella mete la mano en el bolsillo trasero de mis pantalones y me aprieta el culo, para mi deleite.

La sonrisa de Gia flaquea un poco.

—¿Habéis podido echarles un vistazo a los planos? —pregunta con alegría.

—Sí —contesta Ana mirándome un instante.

No puedo evitar sonreír. Mi mujer se ha puesto territorial y está reclamándome como suyo. Me gusta.

—Acompáñanos, por favor. Tenemos aquí los planos. —Señalo la mesa del comedor.

Me separo de Ana a regañadientes, pero la llevo de la mano.

—¿Te apetece algo de beber? —le ofrece Ana a Gia—. ¿Una copa de vino?

—Oh, sí, fantástico. Blanco seco, si tienes —responde ella.

Apago la música mientras Gia se une a mí junto a la mesa.

—¿Tú quieres más vino, Christian? —exclama Ana.

—Sí, por favor, nena. —La miro mientras prepara las copas.

Gia está de pie a mi lado.

—Has hecho muy buen trabajo, Gia —le digo, y ella se acerca a mí, quizá demasiado—. Esto en especial. —Señalo la elevación posterior de su diseño CAD—. Creo que Ana tiene alguna objeción acerca de la pared de cristal, pero en general los dos estamos encantados con las ideas que nos has presentado.

—Oh, me alegro —dice Gia, exultante, y me da unas palmaditas en el brazo.

Mantén la distancia, joder.

Lleva un perfume intenso y empalagoso que casi resulta asfixiante.

Doy un paso a un lado para apartarme de ella y llamo a Ana.

—Por aquí empezamos a tener sed…

—Ya voy —contesta mi mujer.

Un instante después, regresa con una copa de vino para cada uno y se coloca entre Gia y yo… aposta, creo. ¿Se ha dado cuenta de que Gia es incapaz de tener las manos quietas?

—Salud —brindo levantando mi copa hacia Ana con gratitud, y doy un sorbo de vino.

—Ana, ¿tienes objeciones sobre la pared de cristal? —pregunta Gia.

—Sí. Me encanta, no me malinterpretes. Pero prefiero que la incorporemos de una forma más orgánica a la casa. Yo me enamoré de la casa como estaba y no quiero hacer cambios radicales.

—Ya veo. —Gia me dirige una breve mirada, y yo miro a Ana.

Ella sigue hablando:

—Quiero que el diseño sea algo armonioso… Más en consonancia con la casa original. —Ana me mira.

—¿Sin grandes reformas? —digo.

—Exacto.

—¿Te gusta como está?

—En su mayor parte sí. En el fondo siempre he sabido que solo necesitaba unos toques de calor humano.

A Ana le brillan los ojos, y estoy seguro de que reflejan la expresión de los míos.

¿Estamos hablando de la casa o de mí?

—Está bien. —Gia nos observa un instante a ambos antes de presentarnos una revisión de su plan—. Creo que sé lo que quieres decir, Ana. ¿Y si dejamos la pared de cristal, pero la ponemos mirando a un porche más grande, para seguir manteniendo el estilo mediterráneo? Ya tenemos la terraza de piedra. Podemos poner pilares de la misma piedra, muy separados para que no se pierda la vista. Y añadir un techo de cristal o azulejos como los del resto de la casa. Así conseguiríamos una zona techada y abierta donde comer o sentarse.

Ana parece impresionada.

—O en vez del porche —continúa Gia—, podemos incorporar unas contraventanas de madera del color que elijáis a las puertas de cristal. Eso también ayudaría a mantener el espíritu mediterráneo.

—Como los postigos azules que vimos en el sur de Francia —dice Ana, mirándome a mí.

La idea no me entusiasma, pero no voy a desautorizarla delante de la señorita Matteo. Además, si es lo que quiere Ana, que lo tenga. Aprenderé a vivir con ello. No hago caso de Gia, que se atusa a mi lado.

—Ana, ¿qué quieres tú? —le pregunto.

—Me gusta la idea del porche.

—A mí también.

Se vuelve para mirar a Gia.

—Me gustaría ver unos dibujos con los cambios incorporados, con lo del porche más grande y los pilares a juego con el resto de la casa.

—Claro —accede Gia—. ¿Alguna otra cosa?

—Christian quiere remodelar la suite principal —dice Ana.

Otra tos discreta nos interrumpe.

—¿Qué quieres, Taylor? —Está de pie en la puerta.

—Necesito tratar con usted un asunto urgente, señor Grey.

Aferro los hombros de Ana desde atrás y me dirijo a Gia:

—La señora Grey está a cargo de este proyecto. Tiene carta blanca. Haz lo que ella quiera. Confío completamente en su instinto. Es muy lista.

Ana alza una mano para dar unas palmaditas en una de las mías.

—Disculpadme. —Las dejo solas y sigo a Taylor a su despacho.

Prescott está allí, sentada ante los monitores de las cámaras de seguridad. Por encima de su hombro veo las imágenes de todo el apartamento y también del perímetro del Escala y el garaje.

—Señor Grey —me saluda Prescott.

—Buenas noches. ¿Qué ocurre?

Taylor acerca una silla de su pequeña mesa de reuniones y la coloca junto a Prescott. Me indica que me siente. Lo hago y los miro lleno de expectación.

—Prescott ha estado repasando todas las cintas del fin de semana de la planta baja y de la calle, y ha encontrado esto.

Taylor le hace una señal y ella mueve el ratón y hace clic en el «Play» de una de las pantallas.

Una imagen granulada empieza a moverse. En ella se ve a un hombre vestido con un mono que camina hacia la entrada principal del edificio e inspecciona la cámara misma. Prescott congela la imagen cuando el tipo mira directamente a cámara.

Joder.

—Es Jack Hyde —murmuro. Lleva el pelo recogido hacia atrás—. ¿De cuándo es eso?

—Del sábado, el 20 de agosto, sobre las nueve cuarenta y cinco de la mañana.

Aquí el pelo se le ve más claro; en la sala del servidor de Grey House debía de llevar peluca.

—Señor, he aislado las tomas que he podido encontrar de él sobre esa hora —informa Prescott.

—Interesante. ¿Qué más tienes?

Me pasa varios fragmentos de Hyde; en la puerta principal, en la entrada del garaje, en las salidas de incendios. Lleva una escoba que usa de vez en cuando para hacerse pasar por barrendero.

Qué hijo de puta más ingenioso.

Mirarlo resulta extrañamente fascinante.

—¿Se lo habéis enviado a Welch?

—Aún no —dice Taylor—. He pensado que debía verlo usted primero.

—Envíaselo. Tal vez pueda averiguar adónde fue después de aquí.

—Ahora mismo. Esta podría ser la pista que necesitan. Aunque hoy me he enterado de que todavía no han dado con él. Sigue sin volver a su apartamento, señor.

—Vaya, no tenía ni idea.

—He hablado con Welch para que me pusiera al día hará una hora —aclara Taylor.

—Seguro que me informará de todo mañana. Habéis hecho un buen trabajo. Excelente, Prescott. —Le dirijo una breve sonrisa.

—Gracias, señor.

—Habrá que tener más cuidado que de costumbre ahora que sabemos que está rondando por el edificio.

—Así es —coincide Taylor conmigo.

—Será mejor que regrese. Gracias. A los dos.

Parece que Ana y Gia ya están terminando cuando entro en el salón.

—¿Ya está? —pregunto mientras rodeo a Ana con un brazo.

—Sí, señor Grey. —Gia sonríe mucho, aunque su expresión parece forzada—. Volveré a enviarle los planos modificados dentro de un par de días.

Vaya. Ahora soy el señor Grey...

Qué interesante.

—Excelente. ¿Estás contenta? —le pregunto a Ana, y me muero por saber qué le ha dicho a Gia.

Ella asiente con la cabeza. Se la ve bastante satisfecha consigo misma.

—Tengo que irme —dice Gia, de nuevo con un entusiasmo exagerado. Le ofrece una mano a mi mujer, después estrecha la mía.

—Hasta la próxima, Gia —se despide Ana con una sonrisa encantadora.

—Sí, señora Grey. Señor Grey.

Taylor aparece en la entrada del salón.

—Taylor te acompañará a la salida —dice Ana.

Cogidos del brazo, observamos cómo la arquitecta se reúne con Taylor en el vestíbulo.

Cuando ya no puede oírnos, miro a mi esposa.

—Estaba bastante más fría.

—¿Ah, sí? No me he dado cuenta. —Se encoge de hombros intentando parecer indiferente, aunque fracasa estrepitosamente. Mi mujer miente fatal—. ¿Qué quería Taylor? —Está cambiando de tema.

La suelto, doy media vuelta y me pongo a enrollar los planos.

—Era sobre Hyde.

—¿Qué pasa con él? —Palidece.

Mierda. No quiero darle más material para sus pesadillas.

—Nada de lo que preocuparse, Ana. —Dejo los planos y la abrazo—. Por lo que parece no ha pasado por su apartamento en semanas, eso es todo. —Le beso el pelo y sigo enrollando los diseños de Gia—. ¿Qué habéis decidido?

—Lo que tú y yo hablamos. Creo que le gustas —añade en voz baja.

¡Yo también lo creo!

—¿Le has dicho algo?

Ana baja la mirada hasta sus manos. No deja de entrelazar los dedos.

—Éramos Christian y Ana cuando ha entrado y señor y señora Grey cuando se ha ido —señalo.

—Es posible que le haya dicho algo —reconoce.

Oh, nena, ¿ahora te peleas por mí?

Ya he conocido antes a otras como Gia. Siempre en un contexto profesional.

—Solo reacciona ante esta cara.

Ana me mira alarmada.

—¿Qué? No estarás celosa, ¿verdad? —Me sorprende que haya podido planteárselo siquiera.

Se ruboriza y, en lugar de contestar, vuelve a mirarse las manos; así sé que ya tengo mi respuesta. Recuerdo que Elliot me insinuó algo sobre el carácter de Gia que me hizo pensar en Elena: una mujer que no acepta un no por respuesta. Una mujer que consigue todo lo que quiere.

—Ana, es una depredadora sexual. No es mi tipo. ¿Cómo puedes estar celosa de ella? ¿De cualquiera? Nada de lo que ella tiene me interesa. —Me paso una mano por el pelo, no sé qué más decir—. Solo existes tú, Ana. Siempre existirás solo tú.

Dejo los planos otra vez y me acerco enseguida a ella para cogerle la barbilla.

—¿Cómo has podido pensar otra cosa? ¿Te he dado alguna vez señales de que podía estar remotamente interesado en otra persona?

—No —susurra—. Me estoy comportando como una tonta. Es que hoy... tú... —Se interrumpe.

—¿Qué pasa conmigo?

—Oh, Christian. —Los ojos se le llenan de lágrimas—. Estoy intentando adaptarme a esta nueva vida que nunca había imaginado que llegaría a vivir. Todo me lo has puesto en bandeja: el trabajo, a ti... Tengo un marido guapísimo al que nunca, nunca habría creído que podría querer de un modo tan fuerte, tan rápido, tan... indeleble.

Me la quedo mirando, paralizado, mientras inspira hondo.

—Pero eres como un tren de mercancías y no quiero que me arrolles, porque entonces la chica de la que te enamoraste acabará desapareciendo, aplastada. ¿Y qué quedará? Una radiografía social vacía que va de una organización benéfica a otra.

¡Uau! ¡Ana!

—Y ahora quieres que sea la presidenta de una empresa, algo que nunca ha pasado por mi cabeza. Voy rebotando de una cosa a otra, sin comprender, pasándolo mal. Primero me quieres en casa. Después quieres que dirija una empresa. Es todo muy confuso. —Intenta contener un sollozo—. Tienes que dejarme tomar mis propias decisiones, asumir mis propios riesgos y cometer mis propios errores y aprender de ellos. Tengo que aprender a andar antes de correr, Christian, ¿no te das cuenta? Necesito un poco de independencia. Eso es lo que significa mi nombre para mí.

¡Sí que se trata de ella!

Mierda.

—¿Sientes que te voy a arrollar? —susurro.

Ana asiente y yo cierro los ojos.

—Solo quiero darte todo lo del mundo, Ana, cualquier cosa, todo lo que quieras. Y salvarte de todo también. Mantenerte a salvo. Pero también quiero que todo el mundo sepa que eres mía. Me ha entrado el pánico cuando he visto tu correo. ¿Por qué no habías hablado conmigo de lo de tu apellido?

Se ruboriza.

—Lo pensé cuando estábamos de luna de miel, y, bueno... no quería pinchar la burbuja. Y después se me olvidó. Me acordé ayer por la noche, pero pasó lo de Jack… Me distraje. Lo siento, debería haberlo hablado contigo, pero no conseguí encontrar un buen momento.

La observo con una mirada intensa mientras sopeso sus palabras. Sí. Habríamos terminado discutiendo en nuestra luna de miel.

—¿Por qué te entró el pánico? —me pregunta.

—No quiero que te escapes entre mis dedos.

—Por Dios, Christian, no voy a ir a ninguna parte. ¿Cuándo te vas a meter eso en tu dura mollera? Te. Quiero. —Agita una mano en el aire, como buscando inspiración… igual que hago yo a veces—. Más que… «a la luz, al espacio y a la libertad».

¿Shakespeare?

—¿Con el amor de una hija? —¡Espero que no!

—No. —Se echa a reír—. Es que es la única cita que se me ha ocurrido.

—¿La del loco rey Lear?

—El muy amado y loco rey Lear. —Levanta una mano para acariciarme la mejilla, y yo me inclino hacia ella y me derrito al notar su roce—. ¿Te cambiarías tú el apellido y te pondrías Christian Steele para que todo el mundo supiera que eres mío?

Abro los ojos y me la quedo mirando.

—¿Que soy tuyo?

—Mío —dice.

—Tuyo —repito—. Sí, lo haría. Si eso significara tanto para ti.

Recuerdo haberme rendido ante ella aquí, antes de casarnos, cuando pensaba que se marchaba.

—¿Tanto significa para ti? —pregunta.

—Sí.

—Está bien —dice.

—Creía que ya me habías dicho que sí.

—Sí, lo hice, pero ahora lo hemos hablado mejor y estoy más contenta con mi decisión.

—Oh.

Flynn tenía razón. Esto estaba relacionado con ella y con sus sentimientos. Pero me alegro de que se haya dejado convencer. Es un alivio; nuestra contienda ha terminado. La miro con una sonrisa enorme y Ana me la devuelve, así que me lanzo hacia ella, la agarro de la cintura y la levanto por los aires.

Gracias, Anastasia.

Suelta una risita y entonces la dejo en el suelo.

—Señora Grey, ¿sabe lo que esto significa para mí?

—Ahora sí lo sé.

Le doy un beso mientras enredo los dedos en su suave pelo y susurro junto a sus labios:

—Significa mil veces peor que el domingo. —Le acaricio la nariz con la mía.

—¿Tú crees? —Se inclina hacia atrás entornando los ojos, pero intenta reprimir una sonrisa.

—Has hecho ciertas promesas... Si se hace una oferta, después hay que aceptar el trato —susurro.

Y te deseo.

Después de esta pelea, necesito saber que todo va bien entre nosotros.

—Mmm... —Ana me mira como si me hubiera vuelto loco.

Maldita sea, se está echando atrás.

—No tendrás intención de faltar a una promesa que me has hecho... —Un plan bien formado surge en mi mente—. Tengo una idea. Hay un asunto importante del que tenemos que ocuparnos.

La expresión de Ana se intensifica; cree que he perdido la cabeza.

—Sí, señora Grey, un asunto de gran importancia.

Seguro que se percibe un brillo travieso en mi mirada. Esto es el medio para llegar a cierto fin.

Ana vuelve a entornar los ojos.

—¿Qué? —me pregunta.

—Necesito que me cortes el pelo. Por lo visto lo llevo demasiado largo y a mi mujer no le gusta.

—¡Yo no puedo cortarte el pelo! —exclama, divertida y sin creer que le haya pedido esto.

—Sí que puedes. —Sacudo a cabeza y el pelo me cae sobre los ojos.

¿Cómo no me había dado cuenta de que lo llevaba tan largo?

—Bueno, creo que la señora Jones tiene unos tazones... —Suelta una risita.

También yo me río.

—Vale, entendido. Ya me lo cortará Franco.

Su risa se transforma en una mueca y, tras un momento de vacilación, me coge de la mano con una fuerza sorprendente.

—Vamos.

Me lleva hasta el baño y allí me suelta.

Parece que sí va a cortarme el pelo.

Espero mientras observo cómo arrastra la silla del baño para colocarla delante del lavabo. Los tacones altos le realzan las piernas, y la estrecha falda de tubo esculpe su precioso trasero. Es un espectáculo digno de contemplar.

Se vuelve y señala la silla.

—Siéntate.

—¿Me vas a lavar el pelo?

Dice que sí con la cabeza.

Uau. No recuerdo que nadie me haya lavado el pelo. Nunca.

—Vale.

Sin apartar los ojos de los suyos, me desabotono la camisa despacio y, cuando termino, le ofrezco la muñeca derecha. El puño está sujeto por uno de mis gemelos.

Quítamelo, nena.

Ana tiene la mirada turbia. Me suelta primero el gemelo derecho, luego el izquierdo, y las yemas de sus dedos atormentan mi piel con un suave roce o dos en ese punto donde late el pulso. Su blusa tiene un botón de más desabrochado y me permite contemplar los delicados montículos de sus pechos cubiertos de fino encaje.

Es una imagen de lo más inspiradora. Se acerca a mí y percibo un atisbo de su deliciosa fragancia mientras me baja la camisa por los hombros y la deja caer en el suelo.

—¿Listo? —susurra, y esa sola palabra contiene una enorme promesa. Es seductora. Me excita mucho.

—Para lo que tú quieras, Ana.

Sus ojos bajan hasta mis labios entreabiertos y se inclina para besarme.

—No —digo a media voz, y en un monumental acto de sacrificio, la sujeto de los hombros—. Si sigues por ahí, no llegarás a cortarme el pelo.

Su boca forma una «o» perfecta.

—Quiero que lo hagas —susurro, y me sorprendo a mí mismo.

—¿Por qué?

Porque nadie me había lavado el pelo… nunca.

—Porque hace que me sienta querido.

Ahoga un suspiro al oír mi confesión musitada y, antes de que pueda parpadear, me abraza y me estrecha con fuerza. Me cubre el pecho de besos suaves y delicados, justo donde dos meses antes no podía soportar que me tocaran.

—Ana. Mi Ana. —Cierro los ojos y la envuelvo con los brazos mientras mi corazón se desborda de amor.

Creo que me ha perdonado por arrollarla.

Me parece que todo va bien entre nosotros.

Seguimos abrazados de pie en mitad del baño durante una eternidad, mientras su calidez y su amor calan en mi cuerpo.

Al cabo de un rato, Ana se echa atrás y veo el brillo del amor iluminando su mirada.

—¿De verdad quieres que lo haga?

Asiento, y ella sonríe igual que yo. Se aleja de mis brazos y vuelve a señalarme la silla.

—Entonces siéntate.

Hago lo que me pide mientras ella se quita los zapatos y coge mi champú de la ducha.

—¿Le gusta al señor este champú? —Lo sostiene en alto como si estuviera vendiéndomelo en un canal cutre de teletienda—. Traído personalmente desde el sur de Francia. Me gusta cómo huele… —Abre el tapón—. Huele a ti.

—Sigue, por favor.

Deja el champú en el lavabo, luego alcanza una toalla pequeña.

—Échate hacia delante —ordena, y me cubre los hombros con la toalla antes de abrir los grifos, detrás de mí—. Ahora échate para atrás.

Está mandona.

Me gusta.

Intento reclinarme en el lavabo, pero no lo consigo porque soy demasiado alto. Muevo la silla hacia delante y luego la inclino para que quede apoyada en la porcelana.

Éxito. Echo la cabeza hacia atrás y miro a Ana.

Cerniéndose sobre mí y usando un vaso para recoger agua tibia, despacio, me unge la cabeza.

—Huele muy bien, señora Grey. —Cierro los ojos y disfruto al notar sus manos en mi cabeza mientras me moja el pelo.

De pronto me vierte agua por la frente y se me mete en los ojos.

—¡Perdón! —exclama.

Me echo a reír y me seco un poco con una esquina de la toalla.

—Oye, ya sé que soy irritante, pero no intentes ahogarme.

Suelta una risita y me posa un beso tierno en la frente.

—No me tientes —susurra.

Levanto la mano para cogerla de la nuca y guiar sus labios hacia los míos. Su aliento es dulce; sabe a Ana y a sauvignon blanc. Una combinación muy tentadora.

—Mmm… —murmuro, saboreándola.

La suelto y me echo hacia atrás, listo para dejar que continúe. Ana me sonríe desde lo alto, y oigo el sonido del champú saliendo del bote cuando ella lo aprieta para ponerse un poco en la mano. Con delicadeza, empieza a aplicármelo en el cuero cabelludo con un masaje; va avanzando desde las sienes hasta lo alto de la cabeza… y yo cierro los ojos y disfruto de sus caricias.

Madre mía.

¿Quién iba a decir que el cielo estaba en los dedos de mi mujer?

Cuando Franco me corta el pelo, siempre usa un pulverizador. Nunca me lo habían lavado.

¿Por qué no, Grey? Es muy relajante.

Aunque quizá solo sea porque se trata de Ana. Soy intensamente consciente de su presencia. Su pierna rozando la mía, su brazo pasando junto a mi mejilla, su contacto, su aroma…

—Qué gusto… —murmuro.

—¿A que sí? —Sus labios rozan mi frente.

—Me gusta que me rasques con las uñas.

—Levanta la cabeza —dice, y lo hago para que pueda enjabonarme la parte de atrás empleándose a fondo con las uñas.

Qué delicia.

—Atrás otra vez.

La obedezco y entonces vuelve a verterme agua por encima para quitarme la espuma.

—¿Otra vez? —pregunta.

—Por favor. —Cuando abro los ojos, la encuentro mirándome con una sonrisa.

—Ahora mismo, señor Grey. —Me suelta y llena el lavabo—. Para aclararte —explica.

Cierro los ojos y me rindo a sus cuidados. Vuelve a lavarme el pelo, mojándome con más agua, masajeándome otra vez la cabeza con el champú y haciendo uso de las uñas.

He encontrado el nirvana. Esto es un auténtico paraíso.

Me acaricia la mejilla con los dedos y abro los párpados, que siento pesados, para contemplarla. Me besa, y su beso es suave, dulce, casto.

Suspiro. Mi satisfacción es completa.

Se inclina sobre mí y sus pechos me rozan la cara.

Joder...

¡Hola, nena!

Detrás, el agua suena mientras desaparece por el desagüe, pero levanto una mano con los ojos cerrados, cojo a Ana de las caderas y deslizo los dedos hasta su magnífico culo.

—No se manosea al servicio —me advierte.

—No te olvides de que estoy sordo.

Poco a poco, empiezo a subirle la falda, pero ella me da un manotazo en el brazo. Sonrío sintiéndome como si me hubieran pillado con la mano dentro del bote de las galletas. Imagino que estoy tocando el «Claro de luna» al piano en su trasero, mis dedos se flexionan en cada nota. Ella se menea contra mis dedos, deliciosa, y yo gruño en agradecimiento.

—Ya está. Todo aclarado —anuncia.

—Bien.

Mis dedos se cierran sobre sus caderas y me incorporo salpicando agua por todas partes mientras coloco a Ana sentada de lado en mi regazo. Le rodeo la nuca con los dedos y con la otra mano le sostengo la mandíbula. Ella suspira y yo aprovecho la oportunidad y presiono mis labios contra los suyos para besarla. Mi lengua quiere más.

Está caliente. Ávida. Preparada.

No me importa dejar el baño perdido de agua ni empapar a mi mujer. Los dedos de Ana se enredan en mi pelo mojado cuando me devuelve el beso con una ferocidad inigualable.

El deseo me recorre las venas.

Busca una válvula de escape.

Estoy tentado de arrancarle la blusa, pero tiro del primer botón.

—Ya vale de tanto acicalamiento. Quiero follarte mil veces peor que el domingo y podemos hacerlo aquí o en el dormitorio. Tú decides.

La expresión de Ana es de aturdimiento.

—¿Dónde va a ser, Anastasia?

—Estás mojado —susurra.

Sosteniendo sus caderas, inclino la cabeza hacia delante y froto mi pelo húmedo contra la parte delantera de su blusa. Ella suelta otro gritito e intenta apartarse, pero la tengo agarrada con fuerza.

—Oh, no, no te escaparás, nena.

Cuando levanto la mirada, veo que tiene la blusa pegada al cuerpo como una segunda piel. Se le ve el encaje del sujetador y tiene los pezones erectos bajo la tela. Está espléndida, pero también indignada, divertida y excitada a la vez.

—Me encanta esta vista —susurro, y me agacho para frotar la nariz contra uno de sus pezones mojados, que están esperándome. Ana gime y se menea encima de mí—. Respóndeme, Ana. ¿Aquí o en el dormitorio?

—Aquí —musita.

—Buena elección, señora Grey —murmuro en la comisura de su boca, y deslizo la mano de su mandíbula a su pierna.

Paso los dedos por encima de sus pantis en dirección al mulso, le levanto la falda cada vez más, y mientras tanto voy dejando un rastro de besos a lo largo de su mandíbula.

—Vamos a ver, ¿qué te voy a hacer? —susurro.

Oh. Mis dedos se topan con la carne firme de sus muslos.

¡Se ha puesto medias! Qué delicia.

—Me gusta esto. —Deslizo un dedo bajo el borde de la media y desciendo por la suave piel de la parte superior del muslo.

Ana se retuerce de placer y yo suelto un gruñido grave.

—Te voy a follar mil veces peor que el domingo. Pero tienes que quedarte quieta.

—Oblígame —exige, y el reto que percibo en su mirada va directo a mi polla.

—Oh, señora Grey, solo tiene que pedirlo. —Sigo subiendo con la mano hasta sus bragas, encantado de que las lleve por encima del liguero—. Vamos a quitarte esto. —Tiro con delicadeza, y ella se mueve encima de mi erección.

Joder. Tengo que soltar aire con los dientes apretados.

—Quieta —la riño.

—Te estoy ayudando… —protesta con un mohín.

Le atrapo el labio inferior con los dientes y succiono.

—Quieta —advierto una vez más, luego le suelto el labio y tiro de las bragas para bajárselas por las piernas.

Las arrugo en mi mano; tengo un plan para ellas. Levanto la falda de Ana hasta que le queda recogida alrededor de las caderas y me tomo un momento para admirar lo imponentes que están sus piernas vestidas en esas medias con borde de encaje. La levanto.

—Siéntate. A horcajadas.

Obedece sin apartar sus ojos sombríos de los míos, pero levanta un poco la barbilla con una expresión que dice «Dámelo todo».

Oh, Ana.

—Señora Grey, ¿pretende incitarme? —Podríamos divertirnos un poco con esto.

Noto los pantalones como si fueran dos tallas más pequeños.

—Sí, ¿qué vas a hacer al respecto?

Dios, cómo me gustan los desafíos.

—Junta las manos detrás de la espalda.

Hace lo que le digo, y le ato las muñecas con sus bragas, apretando bien. Ahora está indefensa.

—¡Son mis bragas! Señor Grey, no tiene vergüenza —me riñe sin aliento.

—No en lo que respecta a usted, señora Grey, pero seguro que ya lo sabía…

Me encanta lo provocativa que es su mirada turbia. Me pone muchísimo. La empujo un poco hacia atrás sobre mi regazo para tener algo más de espacio de maniobra. Ana se muerde el labio sin apartar los ojos de mí, y yo voy deslizando las manos con suavidad hasta sus rodillas y le separo más las piernas. Después separo también las mías para darle a mi polla algo de sitio y tener a Ana más accesible aún.

Además, así para ella será más intenso.

Mis dedos alcanzan los botones de su blusa mojada.

—No creo que vayamos a necesitar esto.

Despacio, voy desabrochando botón a botón hasta que descubro sus pechos, todavía algo resbaladizos de cuando se los he mojado. Ascienden y descienden deprisa porque se le ha acelerado la respiración, y le dejo la blusa bien abierta.

El deseo brilla en su mirada, clavada en mis ojos.

Le acaricio la cara, deslizo el pulgar por su labio inferior y entonces se lo meto en la boca con brusquedad.

—Chupa.

Cierra la boca a mi alrededor y hace exactamente lo que le he ordenado.

Con fuerza.

Mi chica no se acobarda.

Lo sé muy bien.

Me roza la piel con los dientes, aunque no muy fuerte, y luego me muerde la yema.

Gimo, saco el dedo de su boca y le pinto la barbilla, el cuello y el esternón con su propia saliva. Engancho el pulgar en una copa del sujetador y tiro de ella hacia abajo para liberar un pezón, luego la coloco debajo, de manera que su pecho queda elevado y listo para recibir mis atenciones. Nos miramos con intensidad, ella abre y cierra la boca, su mirada rezuma pasión. Me encanta observar cómo reacciona a todo lo que le hago. Se muerde el labio cuando le libero el otro pecho, de modo que también este queda a merced de lo que quiera hacerle. Resultan demasiado tentadores. Los cojo ambos y deslizo los pulgares lentamente sobre sus pezones en un círculo contenido, torturándolos hasta que se yerguen orgullosos bajo mis caricias. Ana empieza a jadear y a arquear la espalda, apretando sus pechos contra mis manos. Pero yo no me detengo, sino que continúo provocándola hasta que echa la cabeza hacia atrás y profiere un largo y grave gemido de placer.

—Chis… —susurro sin dejar el ritmo lento y dulce que impuse a mis pulgares. Ana mueve las caderas—. Quieta, nena, quieta…

Levanto una mano hasta su nuca, le agarro bien la melena y le sujeto el cuello.

Quiero que esté inmóvil.

Me inclino un poco y le atormento el pezón derecho con los labios, luego succiono con fuerza mientras mis dedos siguen moviéndose para hostigar a su gemelo, tirando y retorciéndolo con suavidad.

—¡Ah! ¡Christian! —gime, y lanza las caderas hacia delante en mi regazo.

Oh, no, nena.

No voy a aflojar. Mis labios saborean y torturan, mis dedos retuercen y tiran.

—Christian, por favor —dice entre jadeos.

—Mmm… Quiero que te corras así —susurro junto al pezón cautivo, y vuelvo a centrarme en él, pero esta vez lo apreso con los dientes y tiro con delicadeza y cuidado.

—¡Ah! —exclama ella, y se retuerce encima de mí, pero la sujeto para tenerla quieta y no paro—. Por favor… —suplica sin aliento.

La miro. Tiene los labios flácidos y la cabeza echada hacia atrás porque no le queda otra que absorber todo el placer.

Sé que está cerca.

—Tienes unos pechos preciosos, Ana. Algún día te los tengo que follar.

Arquea la espalda del todo, rindiéndose a mí con la respiración agitada. Sus muslos aprietan contra los míos.

Está cerca.

A punto.

—Déjate ir —susurro, y ella lo hace, cierra los ojos con fuerza mientras grita y su cuerpo se estremece a causa del orgasmo.

La agarro con más firmeza mientras baja de su ola.

Abre los ojos y parpadea, desconcertada y hermosa.

—Dios, cómo me gusta ver cómo te corres, Ana.

—Eso ha sido… —No acaba la frase. Creo que no encuentra las palabras.

—Lo sé.

Le doy un beso mientras le inclino la cabeza para poder llegar bien y decirle con la lengua que ella lo es todo para mí.

Me mira turbada cuando me separo de su boca.

—Ahora te voy a follar duro.

La cojo de la cintura y la deslizo hacia atrás sobre mi regazo. Tengo una mano en su muslo, con la otra me abro la bragueta de los pantalones para liberar mi polla impaciente. La mirada de Ana se oscurece, se le dilatan las pupilas.

—¿Te gusta? —susurro.

—Ajá. —Contesta con un delicioso sonido de aprobación que le sale desde la garganta.

Me agarro la erección con la mano y empiezo a moverla arriba y abajo mientras ella me mira.

—Se está mordiendo el labio, señora Grey.

—Eso es porque tengo hambre.

—¿Hambre?

Anastasia Grey, mi día acaba de mejorar mil veces.

Vuelve a hacer ese ruido desde el fondo de la garganta, ese tan grave y sexy, y se lame los labios mientras yo sigo dándome placer.

—Ya veo. Deberías haber cenado. —Casi estoy tentado de azotarla, aunque no estoy seguro de cómo se lo tomaría—. Pero tal vez yo pueda hacer algo... —Le pongo las manos en la cintura para que no pierda el equilibrio—. Ponte de pie —le ordeno.

Lo hace con una rapidez indecente. Está ansiosa.

—Y ahora de rodillas —murmuro sin dejar de observarla.

Sus ojos buscan los míos con ese brillo de placer sensual, y me obedece con una habilidad sorprendente teniendo en cuenta que le he atado las manos. Me deslizo un poco hacia delante en el asiento sin soltar mi erección.

—Bésame —ordeno ofreciéndole la polla.

Ella la mira, luego me mira a la cara, y yo me paso la lengua por los dientes. Vamos, nena.

Se inclina hacia delante y posa un suave beso en la punta. Sus ojos no se apartan de los míos. Qué excitante es esto, joder. Podría correrme encima de ella ahora mismo.

Le pongo una mano en la mejilla y ella recorre con la lengua todo lo alto de mi erección. Ahogo un gemido, y de pronto Ana se lanza, se mete toda mi polla en la boca y empieza a chupar con fuerza.

—Ah... —Su boca es el cielo.

Inclino la cadera hacia delante para introducirme hasta el fondo de su garganta, y ella me acepta, por entero.

Joder.

Mueve la cabeza, arriba y abajo, devorándome.

Ah... Qué bien se le da esto.

Pero no quiero correrme en su boca. Le sostengo la cabeza con ambas manos para que pare un poco y controlar el ritmo.

Despacio, nena.

Jadeando con fuerza, guío su boca. Abajo. Arriba. Sobre. Mí. Su lengua es mágica.

—Dios, Ana —susurro, y aprieto los ojos para perderme en su ritmo.

Ella retira los labios y me hace sentir sus dientes.

Joder. Me detengo, la cojo y la subo a mi regazo.

—¡Para! —gruño.

Le quito las bragas de las muñecas de un tirón. Ana parece estar más que satisfecha consigo misma, joder. Y bien que hace. Es una diosa que me mira con una expresión sensual desde sus largas pestañas. Se lame los labios, me coge la polla con la mano, se acerca más a mí y desciende sobre mi erección con una lentitud gloriosa.

Oh, cómo la noto...

Con un gruñido que solo le debo a ella, le arranco la blusa y la tiro al suelo. La cojo de las caderas y hago que pare.

—Quieta —ordeno—. Déjame saborear esto, por favor. Saborearte...

Deja de moverse, y sus ojos sombríos relucen de amor y una sensualidad innata; tiene los labios entreabiertos, el inferior algo húmedo porque acaba de mordérselo.

Ella es mi vida.

Empujo hacia arriba para penetrarla más, y Ana gime y cierra los ojos.

—Este es mi lugar favorito —murmuro—. Dentro de ti. Dentro de mi mujer.

Sus dedos se agarran a mi pelo mojado, sus labios encuentran los míos, y su lengua mi lengua mientras ella empieza a moverse, arriba y abajo, cabalgándome.

Me monta deprisa. A un ritmo frenético.

También yo gimo mientras entrelazo las manos en su pelo y mi lengua recibe la suya, y ambas danzan una coreografía que conocen muy bien.

Está ávida de placer. Igual que yo.

Demasiado deprisa, nena.

Bajo las manos hasta su culo y la guío una vez más para coger un ritmo rápido pero regular.

—¡Ah! —grita.

—Sí, Ana, sí... —siseo entre dientes mientras intento prolongar este placer exquisito—. Nena... —jadeo mientras mi pasión va en aumento, y vuelvo a atrapar su boca.

Ana. Ana. ¿Será siempre así?

Tan. Excitante.

Tan. Elemental.

Tan. Extremo.

—Oh, Christian, te quiero. Siempre te querré.

Sus palabras son mi perdición. Después de toda la tensión que ha habido hoy entre los dos, no puedo aguantar más. Me aferro a ella y me dejo llevar, gritando al correrme deprisa y con fuerza, y así desencadeno también su clímax. Ana grita y se rinde a mí, me rodea con los brazos hasta que ambos quedamos inmóviles.

Juntos, volvemos a emerger a la superficie.

Está llorando.

—Oye… —Le levanto la barbilla—. ¿Por qué lloras? ¿Te he hecho daño?

—No —dice con un jadeo precipitado.

Le aparto el pelo de la cara y seco con el pulgar la lágrima que le resbala por la mejilla. Luego la beso. Me muevo para salir de su interior y ella se estremece al dejar de sentirme.

—¿Qué te pasa, Ana? Dímelo.

Sus ojos llorosos se clavan en los míos.

—Es que… Es solo que a veces me abruma darme cuenta de cuánto te quiero —susurra.

El corazón se me derrite y cierra un enorme agujero.

—Tú tienes el mismo efecto en mí. —Rozo apenas sus labios con los míos en un delicado beso.

—¿Ah, sí?

Ana.

—Sabes que sí.

—A veces sí lo sé. Pero no todo el tiempo.

—Ídem, señora Grey.

Menuda pareja hacemos, Anastasia.

Su sonrisa ilumina una senda para mi alma oscura mientras va dejando un rastro de besos suaves y dulces por mi pecho. Se acurruca contra mí y posa la mejilla sobre mi corazón. Le acaricio el pelo y deslizo los dedos por su espalda. Todavía lleva el sujetador puesto. No debe de ser muy cómodo; se lo desabrocho y le quito los tirantes para dejarlo caer al suelo, donde se reúne con su blusa.

—Mmm… Piel contra piel. —La estrecho entre mis brazos, le acaricio el hombro con los labios y subo hasta la oreja—. Huele divinamente, señora Grey.

—Y usted, señor Grey. —Me besa el pecho otra vez y se relaja apoyada en mi cuerpo mientras suelta lo que creo que es un suspiro de satisfacción.

No sé cuánto tiempo estamos así sentados, abrazados el uno al otro, pero es un bálsamo para el alma. Somos un solo ser. La tensión entre nosotros ha desaparecido. Le doy un beso en el pelo, inhalo el aroma de mi mujer y todo vuelve a estar bien en mi mundo.

—Es tarde. —Le acaricio la espalda y no quiero moverme de aquí.

—Y tú sigues necesitando un corte de pelo.

Río.

—Cierto, señora Grey. ¿Tiene energía suficiente para acabar lo que ha empezado?

—Por usted, señor Grey, cualquier cosa. —Posa otro beso en mi pecho y se levanta.

—Un momento. —La atrapo por las caderas y la giro. Le desabrocho deprisa la falda, que cae al suelo, y le ofrezco una mano para que salga del interior del círculo que dibuja. Me tomo un momento para disfrutar de la imagen de mi esposa, que no lleva nada más que las medias y el liguero—. Es usted una visión espectacular, señora Grey. —Vuelvo a reclinarme en la silla y cruzo los brazos mientras la contemplo.

Ella extiende los suyos y da una vuelta para mí.

—Dios, soy un hijo de puta con suerte —susurro, maravillado.

—Sí que lo eres.

—Ponte mi camisa para cortarme el pelo. Así como estás ahora me distraes y no conseguiríamos llegar a la cama hoy.

Su sonrisa traviesa es muy sexy. ¿Qué está tramando? Me subo la cremallera de los pantalones mientras Ana se acerca pavoneándose a mi camisa, que está en el suelo, balanceando las caderas a un ritmo sensual. Se agacha flexionando solo la cintura en una pose digna de la revista *Penthouse* que no deja nada a mi imaginación, recoge la prenda, la huele y, luego, lanzándome una mirada cohibida, se la pone.

No te emociones, chico.

—Menudo espectáculo, señora Grey.

—¿Tenemos tijeras? —pregunta luciendo mi camisa y una sonrisa descarada.

—En mi estudio —digo con voz ronca.

—Voy a buscarlas. —Sale brincando del baño y me deja con una erección incipiente.

Señora Grey, señora Grey, señora Grey...

Mientras Ana busca las tijeras, recojo su ropa, la doblo y la dejo en el lavabo. Me miro en el espejo y me cuesta reconocer al hombre que me devuelve la mirada.

Ceder un poco el control en cuestiones sexuales con Ana resulta extremadamente satisfactorio.

Me gusta esa Ana frenética. Esa Ana ansiosa.

Me encanta que le guste tanto mi polla.

Sí. Sobre todo eso.

Y ha accedido a ser la «señora Grey» también de nombre.

Yo a eso lo llamaría un buen resultado.

Solo tenemos que mejorar la comunicación entre ambos.

Comunicación y compromiso.

Ana regresa corriendo al baño, sin aliento.

—¿Qué pasa? —pregunto.

—Me acabo de encontrar con Taylor.

—Oh. —Frunzo el ceño—. ¿Así vestida?

Abre mucho los ojos, alarmada al ver mi expresión.

—No ha sido culpa de Taylor —dice enseguida.

—No, pero aun así...

No me apetece que nadie vea a mi mujer medio desnuda.

—Estoy vestida.

—Muy poco vestida.

—No sé a quién le ha dado más vergüenza, si a él o a mí.

Seguro que sí. Pobre Taylor. O suerte para él. No estoy seguro de cómo me hace sentir eso. Recuerdo el incidente de la parte de arriba del biquini y enseguida me obligo a pensar en otra cosa.

—¿Tú sabías que él y Gail están... bueno... juntos? —dice, con voz de estar algo sorprendida.

Me echo a reír.

—Sí, claro que lo sabía.

—¿Y por qué no me lo habías dicho?

—Pensé que tú también lo sabías.

—Pues no.

—Ana, son adultos. Viven bajo el mismo techo. Ninguno tiene compromiso y los dos son atractivos.

Se sonroja, aunque no sé por qué. Me alegro de que se tengan el uno al otro.

—Bueno, dicho así... —murmura—. Yo creía que Gail era mayor que Taylor.

—Lo es, pero no mucho. A algunos hombres les gustan las mujeres mayores...

Mierda.

—Ya... —espeta en respuesta con mala cara.

Mierda, ¿por qué he dicho eso? ¿Estará siempre el fantasma de Elena interponiéndose entre nosotros?

—Eso me recuerda algo —digo para cambiar de tema.

—¿Qué? —Ana parece de mal humor. Coge una silla y la coloca de manera que mira al lavabo—. Siéntate —me ordena.

Mi mujer mandona.

Hago lo que me ha dicho, intentando ocultar lo mucho que me divierte esto.

¿Lo ves? También sé portarme bien.

—He estado pensando que podríamos reformar las habitaciones que hay encima del garaje en la casa nueva para que vivan ellos —explico—. Convertirlo en un hogar. Así tal vez la hija de Taylor podría venir a quedarse con él más a menudo. —Observo su reacción en el espejo mientras me peina el pelo.

Ana frunce el ceño.

—¿Y por qué no se queda aquí?

—Taylor nunca me lo ha pedido.

—Tal vez deberías sugerírselo tú. Pero nosotros tendríamos que tener más cuidado.

—No se me había ocurrido. —Niños. Acaban con toda la diversión.

—Tal vez por eso Taylor no te lo ha pedido. ¿La conoces?

—Sí, es una niña muy dulce. Tímida. Muy guapa. Yo le pago el colegio.

Ana para de peinarme y nuestras miradas se encuentran en el espejo.

—No tenía ni idea.

Me encojo de hombros.

—Era lo menos que podía hacer. Además, así su padre no deja el trabajo.

—Estoy segura de que le gusta trabajar para ti.

—No lo sé.

—Creo que te tiene mucho cariño, Christian. —Vuelve a pasarme el peine por el pelo. Es muy agradable.

—¿Tú crees? —pregunto. Nunca me había parado a pensarlo.

—Sí.

Vaya, ¿qué te parece? Siento un respeto enorme hacia Taylor. Me gustaría que siguiera trabajando para mí... para nosotros, indefinidamente. Confío en él.

—Entonces, ¿le dirás a Gia lo de las habitaciones sobre el garaje?

—Sí, claro. —Sus labios se curvan formando una sonrisa contenida, y me pregunto qué estará pensando. Ana me mira por el espejo—. ¿Estás seguro? Es tu última oportunidad de echarte atrás.

—Hágalo lo peor que sepa, señora Grey. Yo no tengo que verme; usted sí.

Su sonrisa ilumina todo el espacio.

—Christian, yo podría pasarme el día mirándote.

Sacudo la cabeza.

—Solo es una cara bonita, nena.

—Y detrás de esa cara hay un hombre muy bonito también. —Me da un beso en la sien—. Mi hombre.

Su hombre. Me gusta eso.

Me quedo muy quieto y la dejo trabajar. Su lengua asoma entre los labios cuando se concentra. Es una monada, y muy excitante, así que cierro los ojos y pienso en nuestra luna de miel para disfrutar de los recuerdos que forjamos en ella. De vez en cuando entreabro un párpado para mirarla un instante.

—Terminado —anuncia.

Abro los ojos y compruebo su trabajo.

Es un corte de pelo. Y me queda bien.

—Un gran trabajo, señora Grey. —La atraigo hacia mí y le acaricio el vientre con la nariz—. Gracias.

—Un placer. —Me da un beso rápido.

—Es tarde. A la cama. —Le suelto una palmada en el culo porque lo está meneando delante de mí y resulta demasiado tentador.

—¡Ah! Deberíamos limpiar un poco esto —exclama.

Hay montoncitos de pelo por todo el suelo.

—Vale, voy a por la escoba —murmuro, y me levanto—. No quiero que andes por ahí avergonzando al personal con ese atuendo tan inapropiado que llevas.

—Pero ¿sabes dónde está la escoba?

Me la quedo mirando.

—Eh… no.

Se echa a reír.

—Ya voy yo. —Y sale elegantemente del baño con una sonrisa enorme.

¿Cómo es que no sé dónde está la escoba?

Me giro hacia el lavabo y vuelvo a mirarme el pelo. Ana ha hecho un buen trabajo. Me queda bien. Sonrío, impresionado por su habilidad, y cojo el cepillo de dientes.

Ana ríe para sí cuando me reúno con ella en la cama.

—¿Qué? —pregunto.

—Nada. Una idea.

—¿Qué idea? —Me tumbo de lado y la miro.

—Christian, creo que no quiero dirigir una empresa.

Me apoyo en un codo.

—¿Por qué dices eso?

—Porque es algo que nunca me ha llamado la atención.

—Eres más que capaz de hacerlo, Anastasia.

—Me gusta leer, Christian. Dirigir una empresa me apartaría de eso.

—Podrías ser una directiva creativa.

Parece pensativa, y no sé si detesta la idea o si la está sopesando. No me rindo.

—Mira, dirigir una empresa que funciona se basa en aprovechar el talento de los individuos que tienes a tu disposición. Ahí es donde está tu talento y tus intereses; luego estructuras la empresa para permitir que puedan hacer su trabajo. No lo rechaces sin pensarlo, Anastasia. Eres una mujer muy capaz. Creo que podrías hacer lo que quisieras solo con proponértelo.

No está convencida.

—Me preocupa que me quite demasiado tiempo.

No había tenido eso en cuenta.

—Tiempo que podría dedicarte a ti —añade en un susurro.

Veo su estrategia, señora Grey.

—Sé lo que te propones.

—¿Qué?

—Estás intentando distraerme del tema que tenemos entre manos. Siempre lo haces. No rechaces la idea todavía, Ana. Piénsatelo. Solo te pido eso. —Le poso un suave beso en los labios y le acaricio la mejilla con el pulgar.

Eres preciosa.

Eres más que capaz.

—¿Puedo preguntarte algo? —dice Ana.

—Claro.

—Antes has dicho que, si estaba enfadada contigo, te lo hiciera pagar en la cama. ¿Qué querías decir?

—¿Tú qué crees que quería decir? —pregunto.

—Que quieres que te ate.

¿Qué?

—Eh… no. No era eso lo que quería decir, en absoluto.

Solo me refería a un poco de… resistencia en la cama.

—Oh. —Ana parece decepcionada.

—¿Quieres atarme? —le pregunto.

No estoy seguro de que pudiera someterme a eso… Aún no, en todo caso.

Ana se sonroja.

—Bueno…

—Ana, yo… —Eso implicaría una pérdida total del control, una rendición absoluta. Ya se lo ofrecí una vez, y ella dijo que no lo deseaba. No estoy seguro de que pudiera soportar esa clase de rechazo por su parte en una segunda ocasión. Además, apenas acabo de aprender a tolerar, no, a disfrutar de que me toque. No quiero estropearlo todo.

—Christian… —susurra, y se incorpora un poco para quedar a la misma altura que yo. Me cubre la mejilla con la palma de la mano—. Christian, para. No importa. Solo creía que querías decir eso.

Le cojo la mano y me la pongo sobre el corazón, donde, bajo la piel, mis latidos son imperiosos y angustiantes.

—Ana, no sé cómo me sentiría si estuviera atado y tú me tocaras…

Abre mucho los ojos.

—Todo esto es demasiado nuevo todavía. —Una vez más, le estoy confesando mis miedos más oscuros.

Se inclina hacia mí, y no sé lo que va a hacer, pero me besa en la comisura de la boca.

—Christian, no te había entendido bien. No te preocupes por eso. No lo pienses, por favor.

Vuelve a besarme, y yo cierro los ojos y le devuelvo el beso con pasión. La cojo de la nuca y, sosteniéndola bien, la hundo en el colchón y con ese gesto destierro todos mis demonios.

Martes, 23 de agosto de 2011

U *nas uñas rojo pasión me recorren el pecho. No puedo moverme. No puedo ver.
Solo puedo sentir.*
—Esto no te gusta, ¿verdad que no?
*No puedo hablar, silenciado por la mordaza de bola. Sacudo la cabeza frenética-
mente mientras la oscuridad se extiende deslizándose por mi interior, empujando y tra-
tando de salir, mientras sus garras causan estragos por fuera.*
—Ahora, cállate. Ya obtendrás tu recompensa.
*El látigo me golpea el pecho, las pequeñas cuentas me pellizcan la piel con una furia
punzante que acalla la oscuridad con el dolor. El sudor me resbala por la frente.*
—Qué piel tan bonita.
*Me golpea de nuevo. Más abajo. Y tiro de las ataduras mientras el látigo va modu-
lando su melodía por mi vientre. Joder. Está bajando. El dolor será difícil de soportar.
Me preparo para lo que viene. Espero. Ana está de pie sobre mí. Me acaricia la cara con
la mano enfundada en mi guante de cuero. Desplaza la mano por mi garganta, por mi
pecho, y el cuero va deslizándose sobre mi piel. Calmándome. Acallando la oscuridad.
Ana me mira, con el pelo alborotado y los ojos brillantes, rebosantes de amor.*
—Ana.
*Su mano viaja hacia mi vientre y lo recorre con la más suave de las caricias. Luego
entierra los dedos en mi pelo.*

Al abrir los ojos, descubro que estoy envuelto alrededor de Ana como si
fuera un pañuelo, con la cabeza apoyada en su pecho. Mis ojos grises se hunden en el esplendoroso azul de estío de los suyos.
—Hola —susurro, encantado de verla.
—Hola.
Su rostro refleja mi felicidad.
El diseño de su camisón de seda es perfecto, pues deja entrever el extraordinario valle que se abre entre sus pechos. La beso allí mientras el resto de mi
cuerpo se despierta… completamente.
—Eres un bocado tentador —susurro—. Pero por muy tentadora que seas
—el despertador dice que son las 7.30—, tengo que levantarme. —De mala
gana, me desenredo del cuerpo de mi esposa y me levanto de la cama.

Ella se pone las manos detrás de la cabeza y me observa mientras me desnudo, humedeciéndose el labio superior con la lengua.

—¿Admirando la vista, señora Grey?

—Es que es una vista terriblemente bonita, señor Grey. —Dibuja una mueca burlona con la boca, así que le tiro los pantalones del pijama.

Los atrapa en el aire, riendo.

A la mierda el trabajo.

Aparto el edredón, hinco una rodilla en la cama, cojo a Ana de los tobillos y tiro de ella hacia mí de forma que el camisón se le desliza por encima de los muslos, cada vez más y más arriba, hasta dejar al descubierto mi lugar favorito.

Chilla. Es un sonido estimulante, así que me agacho y le deposito un reguero de besos desde la rodilla y avanzo por el muslo hasta llegar a mi lugar favorito.

Buenos días, Ana.

¡Ah! Lanza un gemido.

La señora Jones está trajinando en la cocina cuando entro.

—Buenos días, señor Grey. ¿Quiere un café?

—Buenos días, Gail. Sí, por favor.

—¿Y qué le apetece para desayunar?

Estoy muerto de hambre tras la actividad de esta mañana y de ayer por la noche.

—Una tortilla, por favor.

—¿De jamón, queso y champiñones?

—Estupendo.

—La señora Grey ha hecho un trabajo magnífico con su pelo, señor. —La señora Jones sonríe y advierto un brillo burlón en su mirada.

Le devuelvo la sonrisa.

—Es verdad. —Me subo a uno de los taburetes de la barra de desayunos, donde ha colocado dos platos—. Ana bajará enseguida.

—Muy bien, señor. —Me sirve un café, y mientras se está haciendo mi tortilla, saca cereales, yogur y arándanos para Ana.

Yo consulto la información sobre los mercados en el teléfono.

—Buenos días, señora Grey. —Gail sirve a Ana una taza de té al saludarla.

Mi esposa lleva un precioso vestido azul de corte recto y suelto que hace juego con sus ojos. Tiene todo el aspecto profesional de ejecutiva de la industria editorial y no de sirena del sexo que conozco tan bien, tan a menudo y de forma tan íntima. Se sienta a mi lado.

—¿Qué tal está, señora Grey? —le pregunto, sabiendo que estaba perfectamente complacida, y que lo demostraba muy ruidosamente, esta mañana.

—Creo que ya lo sabe, señor Grey. —Me mira a través de las pestañas, con esa mirada que tanto me estimula la libido.

Sonrío.

—Come. Ayer casi no cenaste.

—Eso es porque tú estabas siendo irritante.

A la señora Jones se le cae un plato que está lavando bajo en grifo en el fregadero; el ruido sobresalta a Ana.

—Irritante o no, tú come.

Joder, no me cabrees con esto, Ana.

Ana pone los ojos en blanco.

—Vale. Cojo la cuchara y me como los cereales. —Lo dice en tono de exasperación, pero se sirve el yogur y los arándanos y empieza a comerse el desayuno.

Me relajo y me acuerdo de qué era lo que quería decirle.

—Creo que voy a tener que ir a Nueva York a finales de semana.

—Oh.

—Solo pasaré una noche. Y quiero que vengas conmigo.

—Christian, yo no puedo pedir el día libre.

Le lanzo una mirada elocuente. Bueno, creo que podremos solucionar ese pequeño detalle.

Suspira.

—Sé que la empresa es tuya, pero he estado fuera tres semanas. ¿Cómo puedes esperar que dirija el negocio si nunca estoy? Estaré bien aquí. Supongo que te llevarás a Taylor, pero Sawyer y Ryan se quedarán aquí… —Se calla.

Como siempre, mi mujer sabe argumentarlo todo muy bien.

—¿Qué? —exclama.

—Nada. Solo tú. —Y tus habilidades negociadoras.

Me mira de reojo, pero el aire divertido de su expresión se esfuma de repente.

—¿Cómo vas a ir a Nueva York?

—En el jet de la empresa, ¿por qué?

—Solo quería estar segura de que no ibas a coger el *Charlie Tango*. —Su rostro palidece y un estremecimiento le recorre el cuerpo.

—No iría a Nueva York con el *Charlie Tango*. El helicóptero no puede recorrer esas distancias. Además, todavía tiene que estar dos semanas más en reparación.

Parece aliviada.

—Bueno, me alegro de que ya casi esté arreglado, pero… —No acaba la frase y baja la vista a sus cereales.

—¿Qué? —pregunto.

Se encoge de hombros.

No soporto que haga eso.

—¿Ana? —Dímelo.

—Es que… ya sabes. La última vez que volaste con el helicóptero… Creí, creímos que… —vacila y luego se queda callada.

Oh.

Ana.

—Oye… —Le acaricio la cara con los dedos—. Fue un sabotaje. Y el sospechoso es tu antiguo jefe.

—No podría soportar perderte —dice.

—He despedido a cinco personas por eso, Ana. No volverá a pasar.

—¿A cinco?

Asiento.

Frunce el ceño.

—Eso me recuerda algo… He encontrado un arma en tu escritorio.

¿Cómo narices lo ha sabido?

Las tijeras.

Mierda.

—Es de Leila.

—Está cargada.

—¿Cómo lo sabes? —pregunto.

—Lo comprobé ayer.

¡Qué!

—No quiero que tengas nada que ver con armas. Espero que volvieras a ponerle el seguro.

Me mira como si tuviera dos cabezas.

—Christian, ese revólver no tiene seguro. ¿Sabes algo de armas?

—Eh… no.

Taylor se aclara la garganta. Nos está esperando en la entrada. Miro el reloj, es más tarde lo que pensaba.

—Tenemos que irnos. —Me levanto, me pongo la chaqueta y Ana me sigue en dirección al pasillo, donde ambos saludamos a Taylor.

—Voy a lavarme los dientes —dice Ana, y Taylor y yo la observamos mientras desaparece para ir al baño.

Me vuelvo hacia Taylor.

—Eso me recuerda que el cumpleaños de Ana es el mes que viene, en septiembre. Quiere un R8. De color blanco.

Taylor arquea las cejas.

Me río.

—Sí, a mí también me sorprendió. ¿Puedes encargar uno?

Taylor sonríe.

—Con sumo gusto, señor. ¿Un Spyder, como el suyo?

—Sí, creo que sí. Con las mismas características técnicas.

Taylor se frota las manos con una alegría mal disimulada.

—Me pondré a ello enseguida.

—Lo necesitamos para el 9 de septiembre como muy tarde.

—Estoy seguro de que podré conseguir uno en ese plazo.

Ana vuelve en ese momento y nos dirigimos al ascensor.

—Deberías pedirle a Taylor que te enseñe a disparar —dice.

—¿Tú crees? —contesto, cortante.

—Sí.

—Anastasia, odio las armas. Mi madre ha tenido que coser a demasiadas víctimas de armas de fuego y mi padre está totalmente en contra de las armas. Yo he crecido con esos valores. He apoyado al menos dos iniciativas para el control de armas en Washington.

—Oh, ¿y Taylor lleva un arma?

Miro a Taylor y confío en que el desprecio absoluto que siento por las armas no se refleje en la expresión de mi rostro.

—A veces.

—¿No lo apruebas? —pregunta Ana mientras la hago salir del ascensor.

—No. Digamos que Taylor y yo tenemos diferentes puntos de vista en lo que respecta al control de armas.

En el coche, Ana extiende el brazo y me coge la mano.

—Por favor —dice.

—¿Por favor, qué?

—Aprende a disparar.

Pongo los ojos en blanco.

—No. Fin de la discusión, Anastasia.

Abre la boca, pero la cierra de nuevo, se cruza de brazos y se pone a mirar por la ventanilla. Supongo que ser hija de un exsoldado te da una perspectiva distinta sobre las armas de fuego. Ser hijo de médico conformó la mía.

—¿Dónde está Leila? —pregunta Ana.

¿Por qué está pensando en mi ex sumisa?

—Ya te lo he dicho. En Connecticut con su familia.

—¿Lo has comprobado? Después de todo, tiene el pelo largo. Podría ser ella la que conducía el Dodge.

—Sí, lo he comprobado. Se ha inscrito en una escuela de arte en Hamden. Ha empezado esta semana.

—¿Has hablado con ella? —Ana palidece, y percibo el shock en su voz.

—No. Flynn es quien ha hablado con ella.

—Ah —murmura.

—¿Qué?

—Nada.

Suspiro. Es la segunda vez esta mañana que hace eso.

—¿Qué te pasa, Ana?

Comunicación y compromiso.

Se encoge de hombros, y no tengo ni idea de lo que le pasa por la cabeza. ¿Está pensando en Leila? Tal vez necesita que la tranquilice.

—La tengo vigilada —digo— para estar seguro de que se queda en su parte del país. Está mejor, Ana. Flynn la ha derivado a un psiquiatra en New Haven y todos los informes son positivos. Siempre le ha interesado el arte, así que… —Me callo, tratando de detectar alguna pista en su rostro que me diga lo que piensa—. No te agobies por eso, Anastasia. —Le aprieto la mano y me siento aliviado al ver que me devuelve el gesto.

—Me gusta su corte de pelo, señor Gray. —Barry se muestra efusivo cuando abre la puerta de cristal de Grey House.

—Mmm… gracias, Barry.

Vaya, esto es nuevo.

—¿Cómo está tu hijo? —le pregunto.

—Muy bien, señor. Le van bien los estudios. —Barry exhibe la sonrisa radiante de un padre orgulloso.

No puedo evitar sonreír yo también.

—Me alegra oír eso.

Ros y Sam están en el ascensor.

—¿Nuevo corte de pelo? —pregunta Ros.

—Sí. Gracias.

—Me gusta.

—Sí, a mí también —dice Sam.

—Gracias.

¿Qué mosca le ha picado a mi personal?

Tras mi reunión con Barney para hablar sobre los últimos avances con el prototipo de tableta, envío un correo electrónico a Ana. Apuesto a que ha conseguido cambiar su nombre en el e-mail.

De: Christian Grey
Fecha: 23 de agosto de 2011 09:54
Para: Anastasia Grey
Asunto: Halagos

Señora Grey:
Me han alabado tres veces mi nuevo corte de pelo. Que los miembros de mi personal me hagan ese tipo de observaciones es algo que no había ocurrido nunca antes. Debe de ser por la ridícula sonrisa que se me pone cuando pienso en lo de anoche. Eres una mujer maravillosa, preciosa y con muchos talentos. Y toda mía.

Christian Grey
Presidente de Grey Enterprises Holdings, Inc.

Me llevo una alegría al ver que el sistema no me devuelve el mensaje, aunque Ana no me responde inmediatamente.

Estoy en una pausa entre reuniones cuando me llega su respuesta.

De: Anastasia Grey
Fecha: 23 de agosto de 2011 10:48
Para: Christian Grey
Asunto: Estoy intentando concentrarme

Señor Grey:
Estoy intentando trabajar y no quiero que me distraigan con recuerdos deliciosos.
Quizá haya llegado el momento de confesar que le he cortado el pelo regularmente a Ray durante gran parte de mi vida. No tenía ni idea de que eso me iba a ser tan útil.
Y sí, soy suya, y usted, mi querido marido dominante que se niega a ejercer su derecho constitucional enunciado en la Segunda Enmienda a llevar armas, es mío. Pero no se preocupe porque ya le protegeré yo. Siempre.

Anastasia Grey
Editora de SIP

Antes le cortaba el pelo a Ray. Claro, maldita sea, por eso me lo ha cortado tan bien. Y va a protegerme.

Pues claro que lo va a hacer. Me pongo ante el ordenador y busco «fobia a las armas» en el buscador.

De: Christian Grey
Fecha: 23 de agosto de 2011 10:53
Para: Anastasia Grey
Asunto: La pistolera Annie Oakley

Señora Grey:
Estoy encantado de ver que ya ha hablado con el departamento de informática y al fin se ha cambiado el apellido. :D
Y dormiré tranquilo en mi cama sabiendo que mi esposa, la loca de las armas, duerme a mi lado.

Christian Grey
Presidente hoplófobo de Grey Enterprises Holdings, Inc.

De: Anastasia Grey
Fecha: 23 de agosto de 2011 10:58
Para: Christian Grey
Asunto: Palabras largas

Señor Grey:
Me vuelve usted a impresionar con su destreza lingüística. De hecho me impresionan sus destrezas en general, y creo que ya sabe a qué me refiero.

Anastasia Grey
Editora de SIP

Su respuesta me arranca una sonrisa.

De: Christian Grey
Fecha: 23 de agosto de 2011 11:01
Para: Anastasia Grey
Asunto: ¡Oh!

Señora Grey:
¿Está usted flirteando conmigo?

Christian Grey
Asombrado presidente de Grey Enterprises Holdings, Inc.

De: Anastasia Grey
Fecha: 23 de agosto de 2011 11:04
Para: Christian Grey
Asunto: ¿Es que preferiría...?

¿... que flirteara con otro?

Anastasia Grey
Valiente editora de SIP

De: Christian Grey
Fecha: 23 de agosto de 2011 11:09
Para: Anastasia Grey
Asunto: Grrr...

¡NO!

Christian Grey
Posesivo presidente de Grey Enterprises Holdings, Inc.

De: Anastasia Grey
Fecha: 23 de agosto de 2011 11:14
Para: Christian Grey
Asunto: Uau...

¿Me estás gruñendo? Porque eso me parece muy excitante...

Anastasia Grey
Retorcida (en el buen sentido) editora de SIP

Me encanta hacerla retorcerse con mis correos electrónicos.

De: Christian Grey
Fecha: 23 de agosto de 2011 11:16
Para: Anastasia Grey
Asunto: Tenga cuidado

¿Flirteando y jugando conmigo, señora Grey? A que voy a hacerle una visita esta tarde...

Christian Grey
Presidente afectado de priapismo de Grey Enterprises Holdings, Inc.

De: Anastasia Grey
Fecha: 23 de agosto de 2011 11:20
Para: Christian Grey
Asunto: ¡Oh, no!

No, me porto bien. No quiero que el jefe del jefe de mi jefe venga a ponerme en mi sitio en el trabajo. ;)
Ahora déjame seguir trabajando o el jefe del jefe de mi jefe me va a dar una patada en el culo y me va a echar a la calle.

Anastasia Grey
Editora de SIP

De: Christian Grey
Fecha: 23 de agosto de 2011 11:23
Para: Anastasia Grey
Asunto: &*%$&*&*

Créeme cuando te digo que hay muchas cosas que se me ocurre hacer con tu culo ahora mismo, pero darle una patada no es una de ellas.

Christian Grey
Presidente y especialista en culos de Grey Enterprises Holdings, Inc.

De: Anastasia Grey
Fecha: 23 de agosto de 2011 11:26
Para: Christian Grey
Asunto: ¡Que me dejes!

¿No tienes que dirigir un imperio? Deja de molestarme.
Ya ha llegado mi siguiente cita.
Yo pensaba que eras más de pechos que de culos... Tú piensa en mi culo y yo pensaré en el tuyo...

TQ x

Anastasia Grey
Editora ahora húmeda de SIP

¿Húmeda? Ya está ahí esa palabra otra vez. Niego con la cabeza. Me gusta más «mojadísima». Simplemente «húmeda» no me convence del todo, pero, por desgracia, no puedo seguir con esto, porque tengo la reunión con Marco y su equipo dentro de cinco minutos.

La reunión ha ido genial. Marco ha hecho una propuesta muy agresiva por Geolumara y nuestra oferta ha tenido éxito. Esta adquisición nos va a llevar a nuevos campos de la energía verde gracias a un panel solar más barato y más fácil de fabricar.

Parece que también es probable que o bien tenga que ir yo a Taiwan o que los dueños del astillero vengan a nosotros, pero primero quieren que hagamos una teleconferencia.

Ros está organizando el día y la hora.

Cuando terminamos, quiere hablar conmigo. Esperamos a que se vayan los demás.

—Hassan quiere que vayas a Nueva York —dice—. Tienen la moral por los suelos por la forma en que Woods se marchó. No caía bien, y como montó un buen jaleo con la prensa, el equipo de tecnología está un poco nervioso. No queremos perder a ninguno de ellos, son buena gente.

—¿Y no puede tranquilizarlos Hassan?

—Hassan tiene sus límites, Christian. Tu visita supondría todo un gesto de apoyo. A ti se te da bien levantar la moral de la tropa.

—Vale.

—Le diré que estarás ahí el jueves.

—Gracias.

—Ah, y Gwen está embarazada.

—Uau. ¡Enhorabuena!

Me pregunto cómo funciona eso, pero no quiero meterme donde no me llaman.

—Sí. Está de doce semanas, así que ya estamos anunciando la noticia.

—¡Tres hijos! ¡Uau!

—Sí. Seguramente nos pararemos ahí.

Sonrío.

—Bueno, enhorabuena otra vez.

Cuando vuelvo a mi mesa, llamo a Welch para que me ponga al día. Ha visto las imágenes del exterior del Escala.

—Señor Grey, me gustaría hablar con las antiguas ayudantes de Hyde, ver si están dispuestas a hablar esta vez.

—Vale la pena intentarlo.

—Eso mismo he pensado yo.

—Mantenme informado sobre el asunto.

—Lo haré.

Cuelgo y escribo a Ana para decirle que me voy a Nueva York.

De: Christian Grey
Fecha: 23 de agosto de 2011 12:59
Para: Anastasia Grey
Asunto: La Gran Manzana

Mi queridísima esposa:
Mi imperio requiere que me desplace a Nueva York el jueves.
Volveré el viernes por la noche.
¿Estás segura de que no puedo convencerte para que te vengas conmigo?
El jefe del jefe de tu jefe te necesita.

Christian Grey
Presidente y especialista en pechos y culos de Grey Enterprises Holdings, Inc.

De: Anastasia Grey
Fecha: 23 de agosto de 2011 13:02
Para: Christian Grey
Asunto: Nueva York Imposible

¡Creo que el jefe del jefe de mi jefe sabrá arreglárselas una noche sin mí, sin mis pechos y sin mi culo!
Como suele decirse, la ausencia hace crecer… el cariño.
Me portaré bien. Te lo prometo.

Anastasia Grey
Editora de SIP

Jueves, 25 de agosto de 2011

Falta poco para que amanezca y mi mujer está acurrucada bajo la colcha. A su lado, en el suelo, veo los restos de una brida de cable. La recojo con una sonrisita mientras recuerdo lo que hicimos anoche y me la guardo en el bolsillo de los pantalones.

Qué bien lo pasamos.

Me inclino hacia ella y percibo un atisbo de su aroma. Ana y sexo; el perfume más seductor del mundo. Le poso un suave beso en la frente.

—Demasiado temprano —refunfuña.

Maldita sea. La he despertado, y sé por experiencia que no le entusiasma madrugar.

—Hasta mañana por la noche —susurro.

—No te vayas —dice medio dormida. Su voz es muy tentadora.

—Tengo que hacerlo. —Le acaricio la mejilla—. Échame de menos.

—Lo haré. —Me ofrece una sonrisa adormilada y frunce los labios.

Sonrío. Un beso de despedida de buena mañana de mi chica.

—Adiós —susurro junto a su boca y, a mi pesar, la dejo dormir.

Desde el asiento trasero del coche, le envío un e-mail a Ana mientras Ryan nos lleva a Taylor y a mí a Boeing Field.

De: Christian Grey
Fecha: 25 de agosto de 2011 04:32
Para: Anastasia Grey
Asunto: Ya te echo de menos

Señora Grey:
Estaba adorable esta mañana…
Pórtate bien mientras estoy fuera.
Te quiero.

Christian Grey
Presidente de Grey Enterprises Holdings, Inc.

El comandante Stephan y la primera oficial Beighley están disponibles, y pronto nos encontramos volando hacia Nueva York. Me desvisto en el pequeño dormitorio con la esperanza de recuperar al menos una hora de sueño. Mientras me tumbo, recuerdo la noche de ayer. Ana y yo fuimos a la gala del Sindicato de Asistencia Social de Seattle; ella estaba muy elegante con su vestido rosa claro y los pendientes de la segunda oportunidad. Y más elegante aún algo después, cuando la desnudé.

Tendría que estar conmigo ahora mismo.

Cierro los ojos y mi mente se transporta a la noche de nuestra luna de miel a bordo de este Gulfstream.

Mmm… Espero soñar con mi mujer.

Me despierto cuando nos falta más o menos una hora para llegar a Nueva York. Me siento renovado y me visto deprisa. Taylor está en la cabina principal, comiendo lo que parece un cruasán de jamón y queso.

—Buenos días, señor.

—Hola. Desayuno, qué bien. ¿Has podido dormir un poco?

Taylor asiente. Está impoluto, como siempre.

—Sí, gracias.

Ocupo mi asiento y el comandante se nos une.

—¿Ha dormido bien, señor? —pregunta Stephan.

—Sí, gracias. ¿Va todo bien?

—Nos están redirigiendo al aeropuerto JFK. Ha habido un incidente en Teterboro.

—¿Un incidente?

—Por lo que sé, nada grave, solo que ha coincidido con nuestra hora de aterrizaje.

—Eso me deja menos tiempo para GEH Fibra Óptica —le digo a Taylor.

—Me he puesto en contacto con el personal de tierra de Sheltair y van a enviar su coche desde Teterboro —informa Stephan.

—Bien. ¿Llevarás el Gulfstream a Teterboro después de que aterricemos? Nos vendría mejor salir desde allí.

—Veré lo que puedo hacer. —Stephan sonríe y regresa a la cabina.

Cuarenta minutos después aterrizamos en el JFK.

Mientras rodamos hacia la terminal, compruebo los correos electrónicos. Hay uno de Ana.

De: Anastasia Grey
Fecha: 25 de agosto de 2011 09:03
Para: Christian Grey
Asunto: ¡Compórtate!

Llámame cuando aterrices. Voy a estar preocupada hasta que lo hagas.
Me portaré bien. No puedo meterme en muchos problemas saliendo con Kate...

Anastasia Grey
Editora de SIP

¿Kate? Imagino que puede meterse en muchísimos problemas saliendo con Kate. La segunda vez que vi a la señorita Kavanagh, Ana estaba ebria. Así fue como pasamos nuestra primera noche juntos. ¡Mierda! Aprieto el botón de llamada.

—Ana Ste... Grey.

Es un placer oír su voz.

—Hola.

—Hola. ¿Qué tal el vuelo?

—Largo. ¿Qué vas a hacer con Kate?

—Solo saldremos a tomar unas copas tranquilamente.

¿Saldrán? ¿Con Hyde suelto por ahí? ¡No me jodas!

—Sawyer y la chica nueva, Prescott, vendrán también para hacer vigilancia —me informa con dulzura.

Entonces lo recuerdo.

—Creía que Kate iba a ir al apartamento.

—Sí, pero después de tomar una copa rápida.

Suspiro.

—¿Por qué no me lo habías dicho?

No estoy en Seattle. Si les ocurriera algo... Si le ocurre algo a Ana y no estoy allí, jamás me lo perdonaré.

—Christian, todo irá bien. Tengo a Ryan, a Sawyer y a Prescott. Y solo es una copa. Solo he podido quedar con ella unas pocas veces desde que tú y yo nos conocimos. Y es mi mejor amiga...

—Ana, no quiero apartarte de tus amigos. Pero creía que habíais quedado en casa.

Suelta un suspiro.

—Vale. Nos quedaremos en casa.

—Solo mientras ese lunático esté por ahí suelto. Por favor.

—Ya te he dicho que sí —masculla, y por su tono sé que está exasperada.

Río entre dientes, aliviado al ver que vuelve a las andadas.

—Siempre sé cuándo estás poniendo los ojos en blanco aunque no te vea.

—Oye, lo siento. No quería preocuparte. Se lo voy a decir a Kate.

—Bien. —Respiro aliviado. Puedo seguir adelante con mi día sin preocuparme por ella.

—¿Dónde estás?

—En la pista del aeropuerto JFK.

—Oh, acabas de aterrizar…

—Sí. Me has pedido que te llamara en cuanto aterrizara.

—Bueno, señor Grey, me alegro de que uno de los dos sea tan puntilloso.

—Señora Grey, tiene un don inconmensurable para la hipérbole. ¿Qué voy a hacer con usted?

—Estoy segura de que se te ocurrirá algo imaginativo. Siempre se te ocurre algo —susurra.

—¿Estás flirteando conmigo?

—Sí.

Oigo que le falta el aliento aun estando tan lejos, y su voz por el teléfono me excita.

Sonrío.

—Tengo que irme, Ana. Haz lo que te he dicho, por favor. El equipo de seguridad sabe lo que hace.

—Sí, Christian, lo haré. —Vuelvo a imaginarla poniendo los ojos en blanco.

—Te veo mañana por la noche. Y te llamo luego.

—¿Para comprobar lo que estoy haciendo?

—Sí.

—¡Oh, Christian! —me riñe.

—*Au revoir*, señora Grey.

—*Au revoir*, Christian. Te quiero.

Nunca me cansaré de oírla decir esas dos palabras.

—Y yo a ti, Ana.

Ninguno de los dos cuelga.

—Cuelga, Christian… —musita.

—Eres una mandona, ¿lo sabías?

—Tu mandona.

—Mía —susurro—. Haz lo que te digo. Cuelga.

—Sí, señor —replica con voz seductora, y cuelga.

La decepción que me deja es real.

Ana.

Redacto un e-mail rápido.

De: Christian Grey
Fecha: 25 de agosto de 2011 13:42
Para: Anastasia Grey
Asunto: Mano suelta

Señora Grey:
Me ha resultado tan entretenida como siempre por teléfono.
Haz lo que te he dicho, lo digo en serio.
Tengo que saber que estás segura.
Te quiero.

Christian Grey
Presidente de Grey Enterprises Holdings, Inc.

El avión se detiene a la entrada de la terminal. Nuestro coche nos espera ya en la pista. Es hora de dirigirme al distrito de Flatiron y pasar revista a las tropas.

Detesto el tedioso trayecto desde el JFK hasta Manhattan. El tráfico siempre está colapsado y, aunque se mueva, es lento. Por eso prefiero aterrizar en Teterboro. Me distraigo con los correos electrónicos hasta que miro por la ventanilla del coche. Estamos cruzando Queens por la vía rápida, de camino al túnel de Midtown, y ahí está: Manhattan. Su perfil tiene algo mágico. Hacía varios meses que no venía a Nueva York; bueno, desde antes de conocer a Ana. Y sé que tengo que traerla pronto, porque nunca ha estado en la ciudad, aunque solo sea para disfrutar de esta vista icónica.

Vamos directos a GEH Fibra Óptica, que ocupa un viejo edificio de la calle Veintidós Este. Paramos delante y ya noto la energía que desprende el bullicio de la ciudad. Es vigorizante. En cuanto me apeo del coche y salgo a las multitudes de Manhattan, estoy a tono para la primera reunión del día.

El equipo de ingeniería me deja pasmado. Son jóvenes. Creativos. Rebosan vitalidad. Aquí me siento como en casa. Durante un almuerzo que consiste en unos sándwiches y cerveza, les cuento cómo va a revolucionar su tecnología el funcionamiento de Kavanagh Media, y que el trabajo que hacen ahora será crucial en los planes de adaptación al futuro para la expansión de Kavanagh. El suyo será el primer grupo mediático importante en usar esa tecnología, y cuando les explico cómo tenemos pensado aplicar sus conocimientos en otros campos, todos bullen de entusiasmo.

Ros estaba en lo cierto; tenía que venir. Hassan, que ahora es el vicepresidente ejecutivo de la empresa, es listo, joven y tiene garra; me recuerda a mí mismo. Es muy superior a Woods, un sucesor meritorio e inspirador que tiene visión y dinamismo. Solo hay que ver las oficinas en las que Woods ha metido a su equipo para saber que su perspectiva es estrecha de miras y solo ve el corto plazo. ¿En qué estaba pensando? Mientras que la zona de recepción es de lo más ampulosa y francamente pretenciosa, los despachos son pequeños, cutres, y les hace falta una reforma importante. Tenemos que reubicarnos. Le he indicado a Rachel Morris, la jefa de logística, que se ponga a ello. Está ansiosa por hacerlo, lo cual es estupendo, pero no me extraña que los ánimos estén bajos; este sitio es deprimente. Le envío un e-mail a Ros y le pido que repase el contrato de alquiler para ver si podemos cancelarlo antes de que finalice, cosa que no pasará hasta dentro de otros dos años.

Cuando salgo de allí, son pasadas las seis de la tarde y voy con retraso. Tengo el tiempo justo para llegar a mi apartamento de Tribeca, cambiarme, ponerme el esmoquin y salir otra vez hacia el acto para recaudar fondos de la Organización para la Alianza de las Telecomunicaciones, cerca de Union Square.

Intento llamar a Ana desde el coche, pero no consigo cobertura.

Maldita sea.

No se me escapa la ironía. Lo intentaré otra vez más tarde.

El acto, tal como esperaba, es bastante ameno y me ofrece la oportunidad de hacer contactos con otros ejecutivos y empresarios de mi campo. Pero ayer estuve en una gala benéfica en Seattle con Ana, y ya solo por ese motivo fue mucho más placentera.

Mientras los invitados que se han reunido aquí disfrutan de los canapés y los cócteles, la llamo de nuevo, pero me salta el buzón de voz. Estoy a punto de dejarle un mensaje cuando me interrumpe el anfitrión, el doctor Alan Michaels, que está encantado de verme.

A las nueve y media, durante los entrantes, Taylor se acerca a mi mesa.

—Señor. La señora Grey está tomando algo con Kate Kavanagh en el Zig Zag Café.

—¿De verdad? —Ana me había dicho que regresaría directa al apartamento. Miro la hora. Son las seis y media en Seattle—. ¿Quién está con ella?

—Sawyer y Prescott.

—Muy bien. —Tal vez sea solo una copa—. Avísame cuando se marche.

Dijo que se quedaría en casa.

¿Por qué me hace esto?

Sabe que me preocupa su bienestar.

Hyde anda suelto por ahí. Es evidente que está loco y es imprevisible.

Me pongo de mal humor y me resulta difícil concentrarme en la conversación que se desarrolla a mi alrededor. Estoy sentado en una mesa ocupada por varios magnates de nuestra industria con sus mujeres… y un marido, en uno de los casos. Hemos venido a recaudar dinero para que las escuelas de comunidades menos privilegiadas y con carencias materiales de todo el país tengan acceso a la tecnología. Pero en nuestra mesa solo somos nueve, más una silla vacía; mi esposa llama la atención por su ausencia.

También se ha ausentado de nuestro hogar.

—¿Dónde está su mujer esta noche? —me pregunta Callista Michaels.

La tengo sentada a mi izquierda. Es la organizadora del acto, además de la mujer del doctor Michaels. Es mayor, puede que ronde los sesenta años, y va cargada de diamantes.

—En Seattle.

En un puto bar.

—Qué lástima que no pudiera venir hoy —comenta.

—Trabaja, y le encanta lo que hace.

—Oh. Qué pintoresco. ¿A qué se dedica?

Aprieto los dientes.

—Al mundo editorial.

Y ojalá estuviera aquí.

O estar yo en Seattle.

Mi ánimo decae más aún. El solomillo con salsa bearnesa no está tan bueno como otras veces. Qué extraño. Siempre he asistido a estos actos sin acompañante; ahora, no sé cómo se me ocurrió aceptar la invitación sin Ana.

Bueno, creía que ella vendría conmigo.

Aunque, ahora que lo pienso, se aburrió un poco en la gala benéfica de ayer.

Y esta noche ha salido a beber. Con Kate.

Para divertirse.

Mierda.

Cada vez que las he visto salir juntas, Ana ha bebido demasiado. La primera noche que nos acostamos en Portland estaba tan borracha que perdió el conocimiento en mis brazos. También estaba completamente ebria cuando llegó a casa después de su despedida de soltera. Una imagen de ella, desnuda en la cama con los brazos tendidos hacia mí, y su voz dulce y seductora, me distrae.

«Puedes hacerme todo lo que quieras.»

¡Joder!

Siempre ocurre cuando sale con Kavanagh.

No pierdas los nervios, Grey. El equipo de seguridad está con ella.

¿Qué puede pasarle?

Hyde. Está ahí fuera, en alguna parte. Y quiere ¿qué? ¿Vengarse? No lo sé. Es un maníaco.

Levanto la vista hacia Taylor, que está de pie en el otro extremo de la sala y niega con la cabeza.

Ana sigue fuera. Sigue bebiendo. Con Kavanagh.

Regreso como puedo al presente y a la conversación sobre minerales conflictivos y fuentes fiables de materiales explotados de forma ética.

Después de la deliciosa tarta de chocolate, sinceramente reconfortante, vuelvo a mirar a Taylor.

Me dice que no con la cabeza.

Mierda.

¿A cuántas copas le ha dado tiempo ya?

Espero que haya comido algo.

—Disculpen, tengo que hacer una llamada.

Me levanto de la mesa y llamo a Ana desde el vestíbulo. No contesta. Vuelvo a intentarlo. De nuevo sin respuesta.

Joder.

Le envío un mensaje de texto.

¿DÓNDE DEMONIOS ESTÁS?

Tendría que estar ya en casa. O aquí.

Y sé que me estoy portando como un niño malcriado, pero es que ni siquiera me contesta las llamadas.

Regreso hecho una furia al salón, donde está a punto de empezar la subasta benéfica. Escucho cómo presentan los dos primeros lotes. Ambos tienen que ver con el golf.

A la puta mierda.

Extiendo un cheque por cien mil dólares y se lo entrego a la señora Michaels.

—Lo siento, Callista, pero tengo que irme. Gracias por organizar una velada tan agradable. Me comprometo a contribuir con lo mismo el año que viene. La causa bien lo vale.

—Christian, eres muy generoso. Gracias.

Me levanto para marcharme. Ella también se pone de pie y me besa en ambas mejillas, cosa que no esperaba.

—Buenas noches —le digo, y le estrecho la mano a su marido.

Miro a Taylor, al otro lado de la sala, y me parece que ya está llamando al coche.

Aun con estos techos altos y las fantásticas vistas de la ciudad, de pronto el lugar me resulta claustrofóbico, y doy gracias cuando salimos al agradable calor nocturno de Nueva York.

—Señor, el coche solo tardará un par de minutos.

—Muy bien. ¿Ana sigue allí? ¿En el Zig Zag?

—Sí, señor.

—Vamos a casa.

Taylor ladea la cabeza.

—¿A Tribeca?

—No, a Seattle.

Me mira fijamente. Su rostro no desvela nada, pero sé que piensa que me he vuelto loco.

Suspiro.

—Sí. Estoy seguro. Quiero volver a casa —digo, contestando a la pregunta que no me ha hecho.

—Avisaré a Stephan.

Se aleja un poco de la entrada principal para hacer la llamada. Vuelvo a intentarlo con Ana, pero en su teléfono salta el buzón de voz. No me fío de lo que puedo decir si le dejo un mensaje ahora. Me doy cuenta de que podría llamar a Sawyer, pero estoy a un pelo de perder los papeles.

¿Y si lo llamara Taylor? Aunque ¿qué conseguiría con eso? Tampoco es que Sawyer pueda sacar a Ana a rastras de ese bar.

¿O sí?

¡Grey! Compórtate.

Taylor cuelga y regresa a mi lado con una expresión adusta.

¿Qué demonios pasa?

—Señor, el Gulfstream está en Teterboro. Puede estar listo para volar dentro de una hora.

—Bien. Pues vamos.

—¿Quiere pasar antes por el apartamento? —pregunta.

—No, no necesito nada de allí. ¿Tú tienes que volver por algo?

—No, señor.

—Pues vamos directos al aeropuerto.

En el coche, no dejo de rumiar. Tengo la molesta sospecha de que me estoy portando mal, pero no tanto como mi mujer. ¿Por qué no puede cumplir lo que dice? ¿O avisarme del cambio?

Hyde va en busca de venganza y yo tengo miedo. Por ella.

Y por mí, si la pierdo.

Viernes, 26 de agosto de 2011

Una vez a bordo, me quito la pajarita, la doblo y la meto en el bolsillo delantero del esmoquin. Taylor cuelga mi chaqueta en el armarito junto con la suya mientras yo cojo una manta para cada uno y tomo asiento en la cabina principal.

Contemplo la oscuridad de Nueva Jersey notando cómo la tensión que me atenaza los músculos empieza a calar en los huesos. Mientras estábamos en la terminal esperando el Gulfstream he conseguido contenerme y no volver a llamar a Ana, pero ya no lo soporto más y me pongo en contacto con Sawyer en cuanto Stephan y Beighley realizan las comprobaciones finales.

—Señor Grey —responde, tratando de hacerse oír por encima del rumor de fondo del bar.

La gente ha salido a divertirse. Como Ana.

—Sawyer, buenas noches. ¿La señora Grey sigue contigo?

—Así es, señor.

Me siento tentado de pedirle que le pase el teléfono, pero sé que perderé los estribos y ella debe de estar pasándoselo bien. Me tranquiliza saber que Sawyer está ojo avizor.

—¿Quiere hablar con la señora Grey? —pregunta.

—No. No te separes de ella. Asegúrate de que no corre peligro.

Hyde podría estar en cualquier parte.

—Sí, señor. Prescott y yo lo tenemos todo bajo control —afirma Sawyer.

Cuelgo y echo un vistazo a Taylor, que está sentado en diagonal a mí, observándome con gesto impasible.

Vuelvo a mirar el móvil, estoy tan cabreado con mi mujer que ni siquiera le he dicho a Sawyer que vamos de camino a casa. Taylor debe de pensar que estoy loco.

Porque lo estoy... Loco por mi maldita mujer, en quien no se puede confiar. Taylor me ha visto sentado en el suelo del vestíbulo, con la mirada clavada en el ascensor, después de que ella me dejara. Y tenía pegamento para el planeador.

—Señor, no va a pasarle nada —dice con delicadeza.

Vuelvo a mirarlo y me muerdo la lengua.

No es su puñetero asunto.

Esto es algo entre mi mujer y yo.

En el fondo estoy convencido de que no va a pasarle nada.

Pero necesito asegurarme.

¿Por qué narices no podía hacer lo que necesitaba que hiciera?

Solo por una vez.

Solo por esta vez.

La rabia me consume y le envío un correo electrónico en el último momento.

De: Christian Grey
Fecha: 26 de agosto de 2011 00:42
Para: Anastasia Grey
Asunto: Furioso. Más furioso de lo que me has visto nunca

Anastasia:

Sawyer me ha dicho que estás bebiendo cócteles en un bar, algo que me has dicho que no ibas a hacer.

¿Te haces una idea de lo furioso que estoy en este momento?

Hablaremos de esto mañana.

Christian Grey
Presidente de Grey Enterprises Holdings, Inc.

Beighley anuncia que despegaremos en breve. Me abrocho el cinturón al mismo tiempo que Taylor.

—Usa la cama si quieres echar una cabezada —le propongo—. Yo no creo que pueda.

—Así está bien, señor.

Pues vale. Me reclino hacia atrás y cierro los ojos, agradecido de que Beighley disfrute de las siestas y haya dormido toda la tarde. Ella es quien nos llevará de vuelta a casa.

Duermo muy mal, en mis sueños se mezclan la dominación y la sumisión: primero estoy de pie junto a Ana, con una vara en la mano; luego es Elena quien la empuña, junto a mí.

Todo es confuso y me deja mal cuerpo.

No quiero cerrar los ojos.

Para permanecer despierto, camino. Me siento como un animal enjaulado, una sensación exacerbada por el diseño del Gulfstream, que no está pensado precisamente para dar caminatas.

Mierda. Estoy tan fuera de mí que podría aullarle a la luna.

Necesito estar en casa.

Necesito acurrucarme junto a Ana.

El aterrizaje del avión en Boeing Field me despierta de un sueño inquieto. Abro los ojos, arenosos por la falta de sueño y secos por el aire acondicionado, y cojo el teléfono.

Taylor está despierto. No sé si habrá dormido algo.

—¿Qué hora es? —pregunto cuando Beighley detiene el avión al final de la pista.

—Las cuatro y diez.

—Sí que es temprano. ¿Vienen a buscarnos?

—Le he enviado un correo a Ryan. Espero que lo haya visto.

Ambos encendemos los móviles al mismo tiempo.

Mierda. Tengo varios mensajes. Y a juzgar por las irritantes notificaciones de su teléfono, también Taylor. Hay un mensaje de texto y una llamada perdida de Ana. Leo primero el mensaje.

ANA

ESTOY ENTERA.

ME LO HE PASADO MUY BIEN.

TE ECHO DE MENOS. POR FAVOR NO TE ENFADES.

Demasiado tarde, Ana.

Al menos me ha echado de menos.

Me ha dejado un mensaje de voz, que escucho a continuación. Habla de manera entrecortada y suena angustiada. «Hola. Soy yo. Por favor, no te enfades. Hemos tenido un problema en el apartamento. Pero está bajo control, así que no te preocupes. Estamos todos bien. Llámame.»

¿Qué coño…?

Lo primero que pienso es que Leila ha vuelto a forzar la entrada del apartamento. Puede que fuera ella quien conducía el Dodge. Cuando miro a Taylor, veo que está pálido.

—Han sorprendido a Hyde en el apartamento. Ryan le ha parado los pies. Está bajo custodia policial —me informa.

Mi mundo se detiene en seco con un chirrido.

—¿Y Ana? —pregunto con un hilo de voz. El aire ha abandonado mis pulmones.

—Está bien.

—¿Gail?

—Ella también está bien.

—¿Qué narices…?

—Exacto.

Taylor parece tan alterado como yo. El avión rueda hasta detenerse por completo y llamo a Ana de inmediato, pero salta el contestador.

Mierda.

Hyde. ¿En el apartamento? ¿Cómo? ¿Por qué? ¿Qué?

Intento encontrarle una explicación, pero el agotamiento me impide pensar con claridad. Ana no contesta; debe de estar durmiendo. Eso espero. Me alivia saber que está bien, pero necesito verla para asegurarme. Stephan ha abierto la puerta de la aeronave y el fresco de la madrugada se cuela en la cabina principal y me cala los huesos. Me levanto con un estremecimiento y cojo la chaqueta que me tiende Taylor, que es el primero en salir del avión.

—Gracias, Beighley. Stephan —digo mientras me pongo la chaqueta del esmoquin para protegerme del frío de esas horas de la madrugada.

—De nada, señor —contesta Beighley.

—No, de verdad, gracias. Por el despegue de última hora y todas las molestias.

—No hay problema.

—Descansad un poco.

Les estrecho la mano y sigo a Taylor hasta donde Sawyer está esperando con el Audi.

Sawyer nos pone al día de camino al Escala. Mientras Ana y Kate pasaban el rato en el Zig Zag Café, Hyde, vestido con un mono de trabajo, fue al edificio y llamó a la entrada de servicio del apartamento. Ryan lo reconoció, lo dejó entrar y le paró los pies. Todo eso ocurrió justo antes de que Ana, Sawyer y Prescott volvieran a casa. Luego llegó la policía y una ambulancia, se llevaron a Hyde y tomaron declaración a todo el mundo.

¡Pero qué coño…!

—¿Iba armado? —pregunta Taylor.

—Sí —contesta Sawyer.

—¿Ryan está bien? —me intereso.

—Sí. Pero hubo un poco de jaleo. Hay que reparar una de las puertas.

—¿Un poco de jaleo?

¡No me lo puedo creer!

—Una pelea.

Joder.

—Pero ¿Ryan está bien?

—Sí, señor.

—Y Gail. ¿Estaba en la casa? —quiere saber Taylor.

—En la habitación del pánico.

¡Gracias, Ros Bailey! Echo un vistazo a Taylor, que se frota la frente, con los ojos cerrados con fuerza.

Mierda. Tanto su mujer como la mía amenazadas por ese maldito cabrón de Hyde.

—¿Quién llamó a la policía? —pregunta Taylor.

—Fui yo. La señora Grey insistió.

—Hizo bien —murmuro—. ¿Qué narices pretendía ese tipo?

—No lo sé, señor —contesta Sawyer—. Una cosa más. La prensa estaba anoche frente al edificio.

Maldita sea. Ahora que habían perdido el interés en nosotros. Este día no hace más que mejorar y solo son —echo un vistazo al reloj— las 4.40 de la mañana.

—Ryan no vio el correo hasta que se fue a la cama —prosigue Sawyer—, y ya era muy tarde para avisar a todo el mundo de que estaban de regreso.

—Así que Ana y Gail no saben nada —concluyo.

—No, señor.

—Muy bien.

Viajamos el resto del corto trayecto en silencio, cada uno sumido y agobiado en sus propios pensamientos. Si Ana hubiera estado en casa, se habría refugiado con Gail en la habitación del pánico, y Ryan no habría tenido que enfrentarse solo a Hyde porque habría tenido apoyo.

¿Por qué no puede hacer lo que se le dice?

Sawyer aparca el Audi en el garaje y tanto Taylor como yo salimos del coche de inmediato y entramos en el ascensor.

—Me alegro de que decidiéramos volver a casa cuando lo hicimos —comento con Taylor.

—Sí, señor —dice asintiendo con la cabeza.

—La madre que lo parió.

—Y que lo diga.

Taylor continúa sin despegar los labios.

—Quiero un informe completo cuando todo el mundo haya descansado un poco.

—De acuerdo.

Las puertas del ascensor se abren y salimos disparados al vestíbulo, los dos con el mismo objetivo: comprobar cómo están nuestras respectivas mujeres. Me dirijo directo a nuestro dormitorio, convencido de que Taylor está haciendo otro tanto. Recorro el pasillo como una bala y entro en la habitación, agradecido de que la gruesa moqueta absorba el ruido de mis pisadas.

Ana duerme profundamente en mi lado de la cama. Está hecha un pequeño ovillo, y lleva puesta una de mis camisetas.

Está aquí.

Está bien.

La sensación de alivio es tal que casi caigo de rodillas, pero consigo mantenerme en pie y la miro. No quiero arriesgarme a tocarla por miedo a despertarla.

A despertarla y hundirme en ella.

Me pregunto si anoche estaría muy borracha.

Ana. Ana. Ana.

Menuda sorpresa volver aquí y toparse con Hyde.

Me armo de valor y le acaricio la mejilla con el índice. Murmura algo, aún dormida, y me detengo. No quiero despertarla. En cuanto recupero la tranquilidad, salgo con cuidado de no hacer ruido y vuelvo al salón. Necesito un trago.

Al pasar junto a la puerta del vestíbulo, me percato de que está colgando de las bisagras, y también hay marcas en las paredes. Pero no sangre, al menos que yo vea.

Gracias a Dios. ¿Un poco de jaleo? Yo diría que hubo una pelea en toda regla.

Y Hyde tenía una pistola. Podría haber matado a Ryan aquí mismo, en mi casa.

La idea me pone los pelos de punta.

Ya en el salón, me dirijo a la camarera y me sirvo un Laphroaig. Apuro el contenido del vaso de un solo trago, agradeciendo el calor que me abrasa la garganta en su descenso hacia el torbellino de emociones que se concentran en mi estómago. Respiro hondo y me sirvo otro trago, más largo, con el que regreso al dormitorio.

Debería dormir algo, pero estoy demasiado tenso.

Y demasiado enfadado.

No. Enfadado no. Furioso.

La santidad de mi hogar violada por ese cabrón, por ese puto gilipollas.

Sin hacer ruido, cojo la silla que hay junto a la ventana, la arrastro hasta mi lado de la cama y me siento a contemplar a Ana mientras duerme, bebiendo pequeños sorbos de whisky. Me pellizco el puente de la nariz, tratando de calmar la tormenta que ruge en mi interior.

No funciona.

Ese tipo quería hacer daño a mi mujer.

Es la única conclusión a la que llego.

¿Secuestrarla? ¿Matarla?

Para vengarse de mí.

Y Ana… no estaba aquí.

Donde le había pedido que estuviera.

Donde le había dicho que estuviera.

Mi rabia hierve a fuego lento, condensándose en una ira amarga.

Y no tengo manera de desfogarme.

Solo esta bebida, y el fuego que deja a su paso con cada trago.

Vuelvo a cruzar las piernas y me doy unos golpecitos en el labio mientras pienso en todas las maneras en las que me gustaría acabar con Hyde.

Estrangulamiento. Asfixia. Paliza. Un disparo. Tengo la pistola de Leila.

Y castigar a Ana por no hacer lo que se le dice.

Palmeta. Látigo de tiras. Vara… Cinturón.

Pero no puedo. No va a permitírmelo.

Joder.

El amanecer inunda la habitación de luz de manera gradual.

Ana se remueve y abre los ojos con un parpadeo. Separa los labios ahogando un grito de sorpresa al darse cuenta de que estoy sentado frente a ella, observándola.

—Hola —susurra.

Apuro de un trago lo que quedaba en el vaso y lo dejo en la mesita mientras decido qué voy a decirle.

—Hola —murmuro, con la sensación de que no soy yo quien habla, sino un robot. Alguien sin sentimientos.

—Has vuelto.

—Eso parece.

Se incorpora, con los ojos brillantes, y azules, y adorables.

—¿Cuánto tiempo llevas ahí mirándome dormir?

—El suficiente.

—Sigues furioso —dice con un hilo de voz.

Oh, ojalá solo estuviera furioso. Mi yo robótico pronuncia esa palabra en alto, analizándola. No, se queda corta.

—No, Ana. Estoy mucho mucho más que furioso.

—Mucho más que furioso. Eso no suena bien.

No. En absoluto. Nos miramos fijamente, y lo daría todo por poder levantarme y ponerme a gritar y a chillar y decirle lo que siento. Lo decepcionado y aliviado que estoy.

Lo asustado que estoy.

Lo furibundo que estoy, joder.

Creo que nunca he experimentado con esta intensidad los sentimientos contradictorios que me invaden en estos momentos, pero mi yo robótico no sabe qué hacer: todos los sistemas están desconectados, tratando de contener mi ira.

Extiende la mano hacia su vaso y bebe un sorbo de agua.

—Ryan ha cogido a Jack —dice, dejándolo de nuevo en la mesita.

—Lo sé.

Frunce el ceño.

—¿Vas a seguir respondiéndome con monosílabos durante mucho tiempo? ¿Pretende hacerse la graciosa?

—Sí —contesto, porque es lo único que me sale.

Frunce el ceño aún más.

—Siento haberme quedado por ahí.

—¿De verdad?

—No.

—¿Y entonces por qué lo dices?

—Porque no quiero que estés enfadado conmigo.

Demasiado tarde para eso, Ana. Suspiro y me paso una mano por el pelo.

—Creo que el detective Clark quiere hablar contigo —dice.

—Seguro que sí.

—Christian, por favor...

—¿Por favor qué?

—No seas tan frío.

¿Frío?

—Anastasia, frío no es lo que siento ahora mismo. Me estoy consumiendo. Consumiéndome de rabia. No sé cómo gestionar estos... —agito la mano en el aire, buscando la palabra— sentimientos.

Agranda los ojos, y sin darme tiempo a detenerla, sale de la cama y se acomoda en mi regazo. Es tan inesperado... Una agradable e irresistible distracción que me hace olvidar la rabia. Despacio y con delicadeza para no romperla, la rodeo con los brazos y hundo la nariz en su pelo, inhalando su aroma único.

Está aquí.

Está bien.

Las lágrimas reprimidas de gratitud me queman la garganta.

Gracias a Dios que está a salvo.

Ana me abraza y me besa en el cuello.

—Oh, señora Grey, qué voy a hacer con usted... —pregunto con voz ronca, y la beso en la coronilla.

—¿Cuánto has bebido?

—¿Por qué?

—Porque normalmente no bebes licores fuertes.

—Es mi segunda copa. He tenido una noche dura, Anastasia. Dame un respiro, ¿vale?

Intuyo su sonrisa.

—Si insiste, señor Grey. —Me acaricia el cuello con la nariz una vez más—. Hueles divinamente. He dormido en tu lado de la cama porque tu almohada huele a ti.

Oh, Ana.

La beso en el pelo.

—¿Por eso lo has hecho? Me estaba preguntando por qué estabas en mi lado. Sigo furioso contigo, por cierto.

—Lo sé —susurra.

Mi mano se mueve rítmicamente por su espalda; tocarla me reporta paz y empieza a devolverme a la realidad.

—Y yo también estoy furiosa contigo —dice.

Dejo de acariciarle la espalda.

—¿Y qué he hecho yo para merecer tu ira?

—Ya te lo diré luego, cuando deje de consumirte la rabia.

Me besa en el cuello y cierro los ojos mientras la estrecho contra mí.

Con fuerza.

No quiero soltarla nunca.

Podría haberla perdido. Ese cabrón podría haberla matado.

—Cuando pienso en lo que podría haber pasado... —digo, tratando de colar las palabras a través de la rabia que sigue atenazando mi garganta.

—Estoy bien.

—Oh, Ana...

Se me quiebra la voz, tengo ganas de llorar.

—Estoy bien. Estamos bien. Un poco impresionados, pero Gail también está bien. Ryan está bien. Y Jack ya no está.

—Pero no gracias a ti —murmuro.

Se aparta y me mira con recelo.

—¿Qué quieres decir?

—No quiero discutir eso ahora, Ana.

Creo que sopesa mis palabras y, por el motivo que sea, vuelve a acurrucarse en mi regazo. No lo haría si conociera la verdad.

Conoce la verdad.

Me conoce.

La mala hierba.

Ha visto al monstruo.

—Quiero castigarte —susurro como si se tratara de una confesión íntima y oscura—. Castigarte de verdad. Azotarte hasta que no lo puedas soportar.

Se pone tensa.

—Lo sé —contesta con un hilo de voz.

No es lo que quiero que diga.

—Y tal vez lo haga.

—Espero que no —responde en voz baja, pero firme.

Suspiro. No va a ocurrir. Es algo que sé y a lo que me resigné cuando volvió conmigo después de dejarme.

Aunque yo quiero.

Joder, quiero hacerlo.

Pero la última vez que lo hice, me dejó.

Ahora es mi mujer y aquí estamos.

La estrecho con fuerza contra mí.

—Ana, Ana, Ana... Pones a prueba la paciencia de cualquiera, hasta la de un santo.

—Se pueden decir muchas cosas de usted, señor Grey, pero que sea un santo no es una de ellas.

Ahí está.

Mi chica.

Se me escapa la risa, y aunque hasta a mí me suena hueca, resulta liberadora.

—Buena puntualización, como siempre, señora Grey. —Le doy un beso en la frente—. Vuelve a la cama. Tú tampoco has dormido mucho.

La cojo en brazos y la deposito en el colchón.

—¿Te tumbas conmigo? —pregunta mientras sus ojos me imploran que me quede.

—No. Tengo cosas que hacer. —Recojo mi vaso—. Vuelve a dormir. Te despertaré dentro de un par de horas.

—¿Todavía estás furioso conmigo?

—Sí.

—Entonces mejor me duermo.

—Bien. —La arropo y le doy un beso en la frente—. Duérmete.

Me apresuro a salir del dormitorio antes de que cambie de opinión.

Sé muy bien que huyo de ella, porque nadie tiene la capacidad de Ana para hacerme daño. Si Hyde hubiera dado con ella... Mierda. No hay nada que pudiera hacerme más daño que Ana desapareciera de mi mundo.

Me desvío hacia la cocina, dejo el vaso junto al fregadero y voy al estudio. Necesito un plan de acción. Anoto rápidamente todo lo que tengo que hacer y luego le envío un correo a Andrea para que cancele las reuniones que tenía en Washington, D. C. Le digo que he tenido que volver a Seattle, pero que aún puedo mantenerlas por WebEx o por teléfono. Le doy a «Enviar», consciente de que en cuanto la detención de Hyde aparezca en las noticias, no harán falta más aclaraciones.

Saco el informe sobre Hyde y repaso una vez más la información que Welch ha recopilado para ver si encuentro alguna pista sobre qué ha podido llevarlo a cometer esta locura.

No hago más que mirar una y otra vez un dato que ha estado incordiándome desde que lo leí. Me pregunto si se trata de una mera coincidencia o si podría tener alguna relación con todo este jaleo.

Jackson «Jack» Daniel Hyde.

Fecha de nacimiento: 26 de febrero de 1979, Brightmoor, Detroit, MI.

Mierda. Estoy tan cansado que tengo el cerebro frito, pero sé que no voy a poder dormir. Necesito aire fresco para eliminar el miedo y la angustia de mi organismo.

Me meto en el vestidor sin hacer ruido y me pongo ropa deportiva, pero antes de irme, compruebo cómo está Ana. Continúa profundamente dormida. Me sujeto el iPod al brazo y bajo en ascensor hasta el vestíbulo.

Cuando se abren las puertas, reparo en que hay dos fotógrafos fuera, de manera que me desvío con disimulo hacia la puerta de la zona de servicios, recorro varios pasillos y salgo al callejón que da a la parte trasera del edificio. Piso las calles de Seattle a primera hora de la mañana mientras «Bitter Sweet Symphony» de The Verve suena a todo volumen y con contundencia en mis auriculares.

Corro sin detenerme, atravieso la Quinta Avenida hasta Vine. Paso por delante del antiguo apartamento de Ana, donde Kate Kavanagh debe de estar durmiendo la mona. Sigo por Western y luego me desvío para cruzar Pike

Place Market. La carrera es agotadora, pero no me detengo hasta que estoy delante del Escala. Y empiezo de nuevo.

Vuelvo hecho polvo y sudoroso, con la capucha de la sudadera de los Mariners echada sobre la cara. Me abro paso sin que me reconozcan entre la prensa que se ha reunido delante del edificio y entro sin problemas en el ascensor.

La señora Jones se afana en la cocina.

—¡Gail! ¿Cómo estás? —le pregunto nada más verla.

—Bien, señor Grey. Me alegro de que Taylor y usted hayan vuelto.

—Cuéntame qué ha pasado.

Mientras lleno y me bebo un vaso de agua, la señora Jones me hace un breve resumen de lo que ocurrió anoche. Me cuenta que Ryan la llevó a la habitación del pánico, y luego, cuando cogieron a Hyde, lo que ocurrió con la policía y los servicios de emergencia.

—Nunca pensé que algún día tendríamos que usar esa habitación.

—Me alegro de haberla hecho instalar.

—Sí, señor. Yo también me alegro. ¿Le apetece un café?

—Todavía no. Pero sí un zumo de naranja para Ana.

Sonríe.

—Enseguida.

—¿Taylor ya se ha levantado?

—No, señor.

—Bien, que descanse.

Me tiende el zumo y me despido de ella para ir a despertar a Ana.

Sigue durmiendo.

—Te traigo zumo de naranja. —Lo deposito en su mesita de noche y ella se remueve, sin apartar los ojos de mí, mordiéndose el labio—. Me voy a dar una ducha —murmuro, y me voy.

Me desvisto deprisa y dejo la ropa en el suelo del cuarto de baño. Salir a correr apenas ha mejorado mi humor. Empiezo a lavarme el pelo frotándolo con vigor mientras repaso mentalmente la lista de lo que tengo que hacer esta mañana. Intuyo a Ana incluso antes de oírla. Cierra la puerta de la mampara, se coloca detrás de mí y me rodea con sus brazos. Me pongo rígido cuando me toca.

Todo yo.

No me toques.

Haciendo caso omiso de mi reacción, se aprieta con fuerza contra mí y noto su cuerpo cálido y desnudo pegado al mío. Apoya la mejilla en mi espalda.

Estamos piel con piel.

Y es insoportable.

Ahora mismo estoy demasiado furioso contigo.

Estoy demasiado furioso conmigo mismo.

Me muevo para que los dos quedemos bajo el agua y continúo aclarándome el pelo. Ana pega sus labios contra mí, dándome suaves besitos.

No.

—Ana… —la aviso.

—Mmm…

Para.

Ana me enciende.

Pero me dominan pensamientos muy oscuros.

Estoy demasiado enfadado.

Sus manos descienden por mi estómago; sé qué es lo que quiere, y no tiene nada que ver con lo que quiero yo.

Yo lo quiero todo.

Lo quiero todo con ella.

¡No!

Coloco mis manos sobre las suyas y sacudo la cabeza.

—No —susurro.

Retrocede de inmediato, como si la hubiera abofeteado, y al volverme veo que dirige una rápida mirada a mi erección.

Es biología, nena, nada más.

La cojo por la barbilla.

—Todavía estoy muy furioso contigo —digo en voz baja, y apoyo la frente contra la suya, cerrando los ojos.

Y estoy muy furioso conmigo mismo.

Tendría que haberme quedado en Seattle.

Ana me recorre la mejilla con una mano y deseo con todas mis fuerzas rendirme a sus caricias.

—No te pongas así, por favor. Creo que estás exagerando —dice.

¡¿Qué?!

Enderezo la espalda y su mano cae junto a su costado. La miro fuera de mí.

—¿Que estoy exagerando? —protesto indignado—. ¡Un puto lunático ha entrado en mi apartamento para secuestrar a mi mujer y tú me dices que estoy exagerando!

Me sostiene la mirada, pero no se acobarda.

—No… Eh… No era eso lo que quería decir. Creía que estabas enfadado porque me quedé a tomar unas copas en el bar.

Ah. Cierro los ojos. La dejo una sola noche y resulta que podrían haberla secuestrado o algo peor. Ese cabrón podría haberla matado.

—Christian, yo no estaba aquí —dice con sumo tacto y suavidad.

—Lo sé. —Abro los ojos, sintiéndome desesperado e inútil a la vez—. Y todo porque no eres capaz de hacer caso a una simple petición, joder. No quiero discutir esto ahora, en la ducha. Todavía estoy muy furioso contigo, Anastasia. Me estás haciendo cuestionarme mi juicio.

La dejo en la ducha y cojo una toalla de camino al dormitorio. Necesito aferrarme a mi rabia. Me protege y mantiene a Ana alejada de mí. Me mantiene a salvo.

A salvo de... sentimientos más complejos y difíciles de expresar. Me seco con la toalla. Todavía estoy mojado cuando me visto, pero me da totalmente igual.

Salgo del vestidor hecho una furia y enfilo el pasillo que lleva a la cocina.

—¿Café? —pregunta Gail al verme pasar en dirección al estudio.

—Por favor.

Cuando llego a la mesa, vuelvo a repasar el informe de Hyde. Hay algo. Lo sé. Gail aparece y deja el café solo en la mesa.

—Gracias.

Bebo un sorbo; está caliente y cargado. Y sabe de maravilla.

Llamo a Welch.

—Buenos días, Grey. Me he enterado de que ya ha vuelto a Seattle —dice Welch.

—Así es. ¿Quién te lo ha dicho?

—Taylor acaba de ponerme al día.

—Entonces ya sabes lo de Hyde.

—Sí. He llamado a mi contacto del departamento de policía del condado de King, para que me tenga al tanto.

—Gracias.

—Y tengo noticias del FBI.

Alguien llama a la puerta y Ana aparece en el umbral con ese vestido color ciruela que realza sus curvas femeninas. Se ha recogido el pelo en un moño y luce unos pendientes de diamantes; tiene ese aspecto formal y recatado que oculta su lado oscuro, algo que me excita más de lo que me gustaría reconocer. Niego con la cabeza, pidiéndole que se vaya, aunque me percato de la curva decepcionada que dibujan sus labios cuando da media vuelta.

—Disculpa, Welch. ¿Qué decías?

—El FBI. Tienen una coincidencia. La huella parcial del EC135.

—¿Es de Hyde?

—Sí, señor. El FBI ha descubierto que tiene antecedentes de cuando era menor, en Detroit.

Otra vez Detroit.

—Coinciden —dice—, pero se supone que es información reservada, por eso han tardado varios días.

—¿Qué significa eso?

—Que tal vez no podamos utilizarla.

—Mierda, ¿en serio? Bueno, también están las imágenes que tenemos de Hyde frente al Escala que Prescott encontró a principios de semana. Es evidente que estaba vigilando el lugar. Y, claro está, las grabaciones de las cámaras de seguridad de la sala del servidor de Grey Enterprises Holdings.

—La policía llevaba un tiempo queriendo interrogarlo acerca del incidente de Grey Enterprises Holdings, pero no habían podido localizarlo.

—Ahora ya lo tienen.

—Efectivamente —gruñe Welch—. Y las dos investigaciones compararán las huellas de Hyde para ver si coinciden.

—Ya era hora. ¿Has podido averiguar algo de sus anteriores ayudantes?

—No, se muestran reacias a hablar. Todas dicen que era un magnífico jefe.

—Me cuesta creerlo.

—Estoy de acuerdo, dados los casos de acoso silenciados —masculla Welch—. Solo hemos hablado con cuatro. Continuaré insistiendo.

—Muy bien.

—¿Qué quiere hacer con el refuerzo de la seguridad de su familia?

—Mantengámoslo por el momento hasta que veamos a dónde conduce todo esto de Hyde. No sabemos si trabajaba solo o con alguien.

—De acuerdo. Le informaré en cuanto mi contacto me ponga al día.

—Perfecto. Gracias.

Echo un vistazo al correo. Tengo un mensaje de Sam en el que me hace saber que la prensa ha estado bombardeándolo a preguntas sobre lo que ocurrió anoche. Le contesto, diciéndole que se las envíe a la oficina de prensa del departamento de policía del condado de King.

Entra Taylor.

—Buenos días, señor.

—¿Has podido descansar?

Resopla.

—Unas horas. Suficiente.

—Bien. Tenemos mucho que hacer.

Retira una silla y repasamos la lista.

—… y, finalmente, buscar un carpintero para que arregle la puerta.

—No se preocupe. Reunión informativa a las diez con todo el equipo. Los avisaré —dice Taylor.

—Por favor.

—Sawyer y Ryan están en la piltra, supongo que aún duermen. Prescott está repasando las imágenes de las cámaras de seguridad de anoche para averiguar cómo pudo Hyde entrar en el edificio.

—Bien.

—Señor —dice de una manera que me induce a prestarle atención.

—¿Sí?

—Me alegro de que volviéramos anoche. Puede que tenga un sexto sentido o algo parecido.

Estoy tan sorprendido que no sé qué decir.

—Taylor, solo estaba enfadado con mi mujer.

De pronto, en su rostro se dibuja una sonrisa burlona y experimentada.

—No será ni el primero ni el último, señor.

Asiento, pero sus palabras no me tranquilizan. Él está divorciado.

No vayas por ahí, Grey.

—Gracias a Dios, Ana y Gail están bien —añado mientras me levanto. Tengo hambre y quiero desayunar.

—Sí, señor.

Taylor me sigue fuera del estudio.

—Le he preparado una tortilla —me dice Gail, y nos saluda a ambos con una amplia sonrisa.

Puede que Taylor y Gail acaben casándose.

¿Quién sabe?

Los dejo a sus cosas y me siento a la encimera. Una vez que Taylor se ha ido, le pregunto a Gail si Ana ha comido algo.

—Sí, señor Grey. También una tortilla.

—Bien.

Como si la hubiera invocado al mencionar su nombre, Ana aparece en la puerta con la chaqueta puesta.

—¿Vas a ir? —le pregunto incrédulo.

—¿A trabajar? Claro. —Se acerca—. Christian, no hace ni una semana que hemos vuelto. Tengo que ir a trabajar.

—Pero…

Me paso la mano por el pelo, angustiado.

¿Y lo de ayer? ¡Hyde! ¡El secuestro!

Con el rabillo del ojo, veo que la señora Jones sale de la cocina.

—Sé que tenemos mucho de qué hablar —prosigue Ana—. Si te calmas un poco, tal vez podamos hacerlo esta noche.

—¿Que me calme? —mascullo y vuelvo a encenderme de inmediato. Esta mujer está apretándome todas las clavijas posibles esta mañana.

Se sonroja, cohibida.

—Ya sabes lo que quiero decir.

—No, Anastasia, no lo sé.

—No quiero pelear. Venía a preguntarte si puedo coger mi coche.

—No, no puedes —le espeto.

—Está bien —dice tranquila.

Y así sin más, me desinflo y ya no estoy furioso, solo cansado. Temía una discusión.

—Prescott te acompañará —digo en un tono más suave.

—Está bien —repite, y se acerca a mí.

Ana. ¿Qué estás haciendo? Se inclina y me besa con dulzura en la comisura de la boca. Cierro los ojos al notar sus labios sobre la piel, disfrutando de la sensación. No lo merezco.

No la merezco.

—No me odies —susurra.

La tomo de la mano.

—No te odio.

Ana, nunca podría odiarte.

—No me has devuelto el beso... —murmura.

—Lo sé.

Pero quiero.

Maldita sea, Grey. *Carpe diem.*

Me levanto de pronto, le tomo la cara entre las manos y acerco su boca hacia la mía. Separa los labios, sorprendida, y me lanzo sobre ella, mi lengua se abre paso en su boca, saboreándola y retándola.

Sabe a gloria y a tiempos mejores y a pasta de dientes mentolada.

Ana. Te quiero.

Me. Vuelves. Completamente. Loco.

La suelto sin darle tiempo a responder. Sé que no va a llegar al trabajo si no me separo. Estoy jadeando.

—Taylor y Prescott te llevarán a la editorial.

Trato de recuperar la compostura y contener mi deseo.

Ana me mira entre parpadeos, también con la respiración entrecortada.

—¡Taylor! —lo llamo.

—¿Señor? —Taylor se presenta al momento.

—Dile a Prescott que la señora Grey va a ir a trabajar. ¿Podéis llevarla, por favor?

—Claro, señor. —Taylor da media vuelta y desaparece.

Una vez que creo haber recuperado el control, miro a Ana.

—Por favor, intenta mantenerte al margen de cualquier problema hoy. Te lo agradecería mucho —digo entre dientes.

—Haré lo que pueda.

Tiene un brillo divertido en la mirada; así es imposible mantener la compostura.

—Hasta luego —contesto.

—Hasta luego —me responde en un susurro, y se marcha acompañada de Taylor y Prescott.

Después de desayunar, vuelvo al estudio y llamo a Andrea. Dado que tampoco tenía planeado estar en la oficina, le comunico que trabajaré desde casa. Me pasa con Sam y tenemos una tediosa conversación sobre la importancia de controlar lo que se transmite en relación con el allanamiento de Hyde.

—No, Sam, en esta ocasión no.

—Pero... —protesta.

—No hay peros que valgan. Es asunto de la policía. Todas las preguntas que haya acerca del incidente se las envías a ellos. Fin de la discusión.

Suspira. Sam está obsesionado con la publicidad.

—Muy bien, señor Grey.

Suena malhumorado, pero me da igual.

Cuelga y llamo a mi padre para contarle lo de Hyde. Convenimos en mantener la seguridad hasta la semana que viene por si acaso.

—¿Se lo dirás a mamá?

—Sí, hijo. Ten cuidado.

—No te preocupes.

Cuelgo y el móvil vibra cuando recibo un mensaje de Elliot.

ELLIOT

¡Eh, hermanito! ¿Estás bien? ¡Hyde! ¡Joder!

Breve y al grano, como siempre. Debe de haber visto las noticias, o Ana se lo ha contado a Kate. Lo llamo para ponerlo al día y quedamos en vernos el fin de semana. Quiere hablar de algo, pero no por teléfono.

—Como quieras, tío —digo—. Por cierto, tu novia está llevando a mi mujer por el mal camino. Tendría que haber estado aquí, en la habitación del pánico, en lugar de por ahí, emborrachándose con Katherine.

—Katherine, ¿eh?

—Kate. —Pongo los ojos en blanco—. Lo que sea.

—¿Y me cuentas esto porque...?

—Yo qué sé, tío, para que lo sepas.

Elliot suspira.

—Eso tendrás que hablarlo con ella.

Ah. ¿Lo han dejado? ¿Qué significa eso si no?

Prosigue sin darme oportunidad de preguntar.

—El tipo ese que me sigue a todas partes. ¿Todavía lo necesito?

—Esperemos unos días más a ver qué ocurre con Hyde.

—Vale, campeón. El dinero es tuyo.

—Hasta luego, Elliot.

Ryan y Sawyer nos informan a Taylor y a mí sobre lo ocurrido con todo detalle. Todavía no sé si Ryan es un héroe o un imbécil por dejar entrar a Hyde en el apartamento. Tiene la cara hecha un mapa y un corte encima de un ojo después del «pequeño jaleo». A juzgar por las contusiones, la pelea con el intruso no debió de ser ninguna tontería. Echo un vistazo a Taylor, que sigue con los labios apretados y cara de pocos amigos. Ryan puso a Gail en peligro, con o sin habitación del pánico.

La buena noticia es que esta mañana, antes de irse, Prescott ha encontrado las imágenes de Hyde llegando al garaje del sótano. La furgoneta sigue allí.

Le pido a Sawyer que ponga al detective Clark al corriente.

—Sí, señor.

—¿Algo más? —les pregunta Taylor.

—No, señor —contestan los dos al unísono.

—Gracias. Por todo —les digo—. Te agradezco que le pararas los pies a ese cabrón, Ryan.

—Tumbar a ese tipo fue una gran satisfacción.

—Esperemos que la policía presente cargos —añado.

Ryan y Sawyer se van.

—He llamado a un carpintero, llegará en una media hora para reparar la puerta rota —me informa Taylor.

—Bien. Voy a echarle un vistazo al contenido del ordenador de Hyde, a ver si encuentro algo que nos dé una pista sobre qué hay detrás de todo esto.

—Señor, tenemos un problema potencial —dice Taylor.

—¿Qué?

—Técnicamente, Ryan dejó entrar a Hyde en el apartamento.

Palidezco.

—Pero en circunstancias excepcionales. Y Hyde iba armado.

—Cierto. Sin embargo, habría que tenerlo presente a la hora de hablar con la poli.

—Sí. Tienes razón. Habla con Ryan.

—De acuerdo.

—Taylor, tómate la noche libre. Y Gail también. Tomáosla todos, de hecho.

—Señor Grey...

—Ayer trabajaste hasta las tantas y apenas has descansado, igual que Sawyer y Prescott, que estuvieron vigilando a mi mujer.

Taylor continúa con gesto serio.

—Me gustaría mantener a Ryan en su puesto. No está en condiciones de salir.

—De acuerdo.

—Gracias, señor.

Taylor asiente y se marcha mientras yo centro mi atención en el ordenador. En concreto, en los archivos que Barney ha recuperado del disco duro de Hyde.

A las 10.45 dejo de rebuscar en la obsesiva y estremecedora colección de todo lo relativo a la familia Grey y entro en WebEx. Vanessa también está conectada y empezamos la conferencia con la Comisión de Bolsa y Valores. La charla es breve y cordial, y Grey Enterprises Holdings se incorporará a un grupo de trabajo que estudiará el problema del uso de minerales conflictivos en tecnología.

Cuando acabamos la reunión con la Comisión, Vanessa me informa de que ha localizado a Sebastian Miller, el conductor del tráiler que nos rescató a Ros y a mí cuando cayó el *Charlie Tango*. Se lo ha presentado a nuestro equipo de logística y pronto empezará a trabajar con la empresa transportista que utiliza Grey Enterprises Holdings.

—Magnífica noticia.

—Señor Grey, el hombre no podía creer que lo hubiera llamado.

—Ya imagino. Gracias por dar con él.

Una vez que termino de hablar con ella, llamo a la senadora Blandino.

La conversación es breve, y quedamos para comer la próxima vez que esté en Seattle.

Taylor aparece en la puerta cuando acabamos de hablar.

—¿Sí?

—El detective Clark está aquí, señor.

—Hazlo pasar.

El detective Clark, un hombre de gesto abatido y malhumorado, me estrecha la mano con firmeza.

—Señor Grey, gracias por recibirme.

—Siéntese, por favor.

Le indico la silla que hay frente a mi mesa.

—Gracias. Me gustaría que me hiciera un breve resumen de su relación con Jackson Hyde.

—Por supuesto.

Le explico que soy dueño de SIP, que Ana trabajaba para él hasta que fue despedido, además de las circunstancias que rodearon dicho despido, incluido el encontronazo que tuve con él en la editorial.

—¿Lo agredió? —pregunta Clark, con las cejas enarcadas.

—Lo puse en su sitio. Atacó a mi mujer.

—Entiendo.

—Si le echa un vistazo a su currículum profesional, no es la primera vez que lo despiden por acosar a sus compañeras.

—Mmm... ¿Cree que está detrás del conato de incendio de Grey Enterprises Holdings?

—Sí. Tenemos las imágenes de las cámaras de seguridad de Grey House.

—Sí, las he visto. Y gracias por facilitarnos las del garaje. El equipo forense ha estado examinando la furgoneta.

—¿Han encontrado algo?

—Esto.

Saca una bolsa de plástico para guardar pruebas. Contiene una nota. Me la enseña de modo que pueda leerla a través del plástico transparente. Está escrita con rotulador negro:

Grey, ¿sabes quién soy?
Porque yo sé quién eres, pajarillo.

Miro las palabras, pero no entiendo nada.

Qué nota más rara.

—¿Sabe qué significa? —pregunta Clark.

Niego con la cabeza.

—Ni idea.

La devuelve al bolsillo interior de su chaqueta.

—Tengo unas cuantas preguntas más para la señora Grey. ¿Cómo está?

—Bien. Es dura de pelar.

—Mmm... ¿Está aquí?

—Está trabajando. Si quiere puede llamarla.

—Entiendo. Prefiero un trato más directo. Me gustaría volver a hablar con ella, cara a cara —mascullla Clark.

—Seguro que puedo arreglarlo. Dado el profundo interés que la prensa tiene depositado en mi mujer y en mí, le agradecería que fuera a verla a su despacho.

—No hay problema.

Asiente y espera sentado en silencio mientras le envío un correo electrónico a Hannah para que mire cuándo podría recibirlo Ana.

—Hyde llevaba una pistola. ¿Tiene permiso de armas?

—Lo estamos comprobando.

—¿Ha hablado con el equipo del FBI que está investigando el sabotaje de mi helicóptero?

—Hemos estado en contacto.

—Bien. Sospecho que también puede estar detrás de ese otro asunto.

—Mmm... Sí que parece que el tipo está un poco obsesionado.

—Un poco.

Le hablo del disco duro del ordenador de Hyde y de toda la información que había recopilado acerca de mi familia.

Clark frunce el ceño.

—Interesante. ¿Podríamos tener acceso a ese disco duro?

—Por descontado. Le pediré a los de informática que se lo envíen.

Mi ordenador emite el tono de mensaje entrante que anuncia la respuesta de Hannah.

—Mi mujer está libre esta tarde a las tres en su despacho.

—Excelente. Bien, no le entretengo más, señor Grey.

Se levanta al mismo tiempo que yo.

—Es un alivio que lo hayan detenido. Espero que pase una larga temporada a la sombra.

Clark esboza una sonrisa intimidante y sospecho que está pensando lo mismo que yo.

—Menudas vistas que tiene desde aquí —comenta.

—Gracias.

Taylor lo acompaña a la puerta mientras escribo un correo.

De: Christian Grey
Fecha: 26 de agosto de 2011 13:04
Para: Anastasia Grey
Asunto: Declaración

Anastasia:

El detective Clark irá a tu despacho hoy a las 3 de la tarde para tomarte declaración.

He insistido en que vaya a verte porque no quiero que tú vayas a la comisaría.

Christian Grey
Presidente de Grey Enterprises Holdings, Inc.

Me dispongo a seguir examinando el contenido del ordenador de Hyde. Llega un correo de Ana.

De: Anastasia Grey
Fecha: 26 de agosto de 2011 13:12
Para: Christian Grey
Asunto: Declaración

OK.

A x

Anastasia Grey
Editora de SIP

Al menos me ha dado un beso.

Vuelvo a abrir los archivos de Hyde. Una de las carpetas está repleta de información sobre Carrick. ¿Por qué está tan interesado en mi padre? No lo entiendo.

En mi pantalla aparece la notificación de otro e-mail de Ana.

De: Anastasia Grey
Fecha: 26 de agosto de 2011 13:24
Para: Christian Grey
Asunto: Tu vuelo

¿A qué hora decidiste volver a Seattle ayer?

Anastasia Grey
Editora de SIP

Ya no hay beso. Contesto.

De: Christian Grey
Fecha: 26 de agosto de 2011 13:26
Para: Anastasia Grey
Asunto: Tu vuelo

¿Por qué?

Christian Grey
Presidente de Grey Enterprises Holdings, Inc.

De: Anastasia Grey
Fecha: 26 de agosto de 2011 13:29
Para: Christian Grey
Asunto: Tu vuelo

Digamos que por curiosidad.

Anastasia Grey
Editora de SIP

¿Qué está intentando averiguar? Le envío una respuesta cliché.

De: Christian Grey
Fecha: 26 de agosto de 2011 13:32
Para: Anastasia Grey
Asunto: Tu vuelo

La curiosidad mató al gato.

Christian Grey
Presidente de Grey Enterprises Holdings, Inc.

De: Anastasia Grey
Fecha: 26 de agosto de 2011 13:35
Para: Christian Grey
Asunto: ¿Eh?

¿A qué viene eso? ¿Es otra amenaza?

Ya sabes adónde quiero llegar con esto, ¿verdad?

¿Decidiste volver porque me fui a un bar con una amiga a tomar una copa aunque tú me hubieras pedido que no lo hiciera o volviste porque había un loco en nuestro apartamento?

Anastasia Grey
Editora de SIP

Mierda. Me quedo mirando la pantalla, sin saber qué decir. No era una amenaza.

Jesús.

Sabe que volví antes de enterarme de lo de Hyde. Y si no lo sabe es porque no ha hecho el cálculo horario.

¿Qué puedo decir?

Estoy vuelto hacia la ventana con la mirada perdida cuando la señora Jones llama a la puerta del estudio.

—¿Le apetece comer algo?

—Sí, ya lo creo. Gracias, Gail.

—Muy bien, señor Grey.

Sonríe educadamente y me deja sumido en mis pensamientos. Aún intento encontrar una respuesta para Ana cuando oigo el tono de un mensaje entrante en mi iMac.

De: Anastasia Grey
Fecha: 26 de agosto de 2011 13:56
Para: Christian Grey
Asunto: He dado en el clavo...

Tomaré tu silencio como una admisión de que decidiste volver a Seattle porque CAMBIÉ DE OPINIÓN. Soy una mujer adulta y salí a tomar unas copas con una amiga. No entiendo las repercusiones de CAMBIAR DE IDEA en cuanto a la seguridad porque NUNCA ME CUENTAS NADA. Tuve que enterarme por Kate de que has aumentado la seguridad de todos los Grey, no solo la nuestra. Creo que siempre reaccionas exageradamente en lo que respecta a mi seguridad y entiendo por qué, pero cada vez te pareces más al niño que siempre decía «que viene el lobo».

Nunca sé si hay algo por lo que preocuparse de verdad o si todo se trata de tu percepción del peligro. Tenía a dos miembros del equipo de seguridad conmigo. Creí que tanto Kate como yo estábamos seguras. Lo cierto es que estábamos más seguras en ese bar que en el apartamento. Si yo hubiera tenido TODA LA INFORMACIÓN sobre la situación, tal vez habría hecho las cosas de forma diferente.

Creo que tus preocupaciones tienen algo que ver con el material que había en el ordenador de Jack (mejor dicho, eso es lo que cree Kate). ¿Sabes lo frustrante que es que mi mejor amiga sepa más que yo de lo que está pasando? Soy tu MUJER. ¿Me lo vas a contar o vas a seguir tratándome como a una niña, lo que te garantizará que yo siga comportándome como tal?

Que sepas que tú no eres el único que está furioso, joder.

Ana

Anastasia Grey
Editora de SIP

Conque soltando tacos y usando mayúsculas chillonas… Yo también sé jugar a eso.

De: Christian Grey
Fecha: 26 de agosto de 2011 13:59
Para: Anastasia Grey
Asunto: He dado en el clavo…

Como siempre, señora Grey, se muestra directa y desafiante por correo.
Tal vez deberíamos discutir esto cuando vuelvas a **NUESTRO** apartamento.
Deberías cuidar ese lenguaje. Sigo estando furioso, joder.

Christian Grey
Presidente de Grey Enterprises Holdings, Inc.

Mierda. No quiero pelearme con Ana por correo electrónico. Salgo del estudio hecho un basilisco y entro en el salón. Mi humor mejora ante la visión de la ensalada de pollo que la señora Jones me ha preparado para comer.

Puede que esté tan enfadado porque tengo hambre.

—Gracias —mascullo.

—Voy a ir a la tienda de delicatessen griega que le gusta a la señora Grey a comprar sus platos preferidos para esta noche. Solo tendrá que meterlos en el microondas para calentarlos.

—Perfecto —contesto distraído.

¿Por qué Ana y yo no hacemos nada más que discutir últimamente?

—Señor Grey… —dice la señora Jones intentando atraer mi atención.

—Sí.

—Gracias por lo de esta noche. Pero debo decir que parece cansado. ¿Ha pensado en echarse una siestecita?

Frunzo el ceño. ¿Una siesta? No soy un crío.

—No.

—Es solo una idea.

—Lo tomaré en consideración —murmuro, y me llevo la ensalada a mi estudio.

Welch llama mientras estoy comiendo.

—Welch.

—Tenemos un avance interesante en el caso Hyde —anuncia con su voz áspera—. Resulta que la furgoneta que Hyde había dejado en el garaje contenía un colchón y suficiente ketamina para dormir a un rodeo entero de potros salvajes.

—Ketamina. Mierda.

¡Tenía razón!

—Sí, señor. Y jeringuillas.

Tuerzo el gesto. Odio las jeringuillas.

—Parece ser que nuestro chico será acusado de tentativa de secuestro en primer grado. Además, había una nota —prosigue Welch.

—Clark me la ha enseñado.

—¿Le dice algo?

—No. Y Hyde la dejó en la furgoneta. Igual cambió de opinión acerca de la nota, pero no tiene sentido ninguno.

—Quizá. Iba a entregar unas lámparas a uno de los inquilinos del edificio —dice Welch entre dientes.

—¿Que iba a entregar unas lámparas? ¿Qué quieres decir?

—Sí, trabajaba para una empresa de transporte. El cliente vive en el apartamento dieciséis.

—Ah, ya. Lo conozco. Un tipo joven. Por eso pudo entrar Hyde; es listo el cabrón.

—Sí que lo es, señor —reconoce Welch—. Una cosa más. Lo sé por el departamento de policía del condado de King y por el FBI: las huellas coinciden.

—¡Lo tenemos!

—Eso parece.

—Tiene que estar relacionado con Detroit de alguna manera, pero no tengo la menor idea de cómo —masculло.

—Seguiré indagando —dice Welch—. Eso es todo por el momento.

—Gracias por informarme.

Cuelgo y miro lo que me queda en el plato. Mi apetito se ha esfumado. ¿Qué narices había planeado ese maldito cabrón para mi mujer? Secuestro.

Violación. Asesinato. Y llevaba jeringuillas. ¿Y si quería inyectarle algo con una sucia y asquerosa jeringuilla? Noto la bilis en la garganta, pero me la trago.

Joder.

Necesito salir de aquí y respirar un poco de aire fresco. Dejo el plato como está, salgo por el salón e, ignorando la mirada preocupada de Gail, tomo el ascensor hasta el vestíbulo principal. Los fotógrafos se han ido, así que me escabullo por la entrada y echo a andar. Y continúo sin parar.

La vida en la Ciudad Esmeralda sigue. La gente va de aquí para allá atendiendo a sus asuntos, y aunque las calles están atestadas, me abro paso entre la multitud.

Mi pobre esposa.

Ese tipo podría haberla matado.

Como le ponga las manos encima a ese maldito y retorcido cabrón, acabaré con él.

Una vez más, imagino todas las formas en que podría hacerlo.

Mierda.

Contrólate, Grey.

Estoy frente al Nordstrom. Igual podría comprarle algo a Ana, lo que sea, así que compruebo si llevo la cartera en el bolsillo trasero y entro. Estoy en la sección de pañuelos. Un pañuelo de seda… Sí. Eso está bien.

Estoy más tranquilo cuando vuelvo al apartamento.

—¿No le gustó lo que le preparé para comer? ¿Prefiere otra cosa? —pregunta Gail.

—No, gracias. Creo que voy a hacerte caso y me echaré un rato. Estoy agotado.

Gail sonríe, comprensiva.

Una vez en el dormitorio, me quito los zapatos, me tumbo y cierro los ojos.

Ana está tendida delante de mí, desnuda. Alarga los brazos hacia mí.

—Puedes hacerme lo que quieras. Un polvo de castigo.

Lleva puesto el arnés. En el cuarto de juegos.

—¿Qué vas a hacerme?

Estoy detrás de ella, con una vara en la mano.

—Lo que quiera.

Está en la mesa. Boca abajo. No puede moverse. Está atada. Hago resonar una palmeta contra mi mano. Sus nalgas se contraen, a la expectativa. Está de rodillas, con la frente pegada al suelo y las manos atadas a la espalda.

—Quiero tu boca. Tu coño. Tu culo. Tu cuerpo. Tu alma.

Se arrodilla delante de mí.

—*Soy tuya. Siempre seré tuya, esposo mío. Mío. Tuya.*

Me despierto, desorientado.

Estoy en casa. Por el tipo de luz, debe de ser media tarde. Miro la hora: las 17.30. Ana todavía no habrá llegado a casa. Me froto la cara y me meto en el cuarto de baño urdiendo un plan. Seguro que nos espera una pelea de las gordas. Ana dice que está cabreada conmigo. Me quito la camisa en el vestidor, me pongo una camiseta y los vaqueros del cuarto de juegos, preparándome para cuando vuelva. Guardo el pañuelo nuevo en el bolsillo.

Puede que ambos obtengamos lo que queremos.

En el estudio, imprimo su correo y advierto que no me ha enviado ningún otro mensaje desde el último intercambio. Mi mujer no se acobarda ante ningún desafío. Será una noche interesante.

Gail no está. Y tampoco Taylor. Distraído, me pregunto que estarán haciendo. Ryan está en el despacho de Taylor; se levanta cuando entro.

—Buenas tardes, señor Grey.

—Puedes subir, si quieres. Me gustaría darle la noche libre a todo el mundo. Te llamaremos si te necesitamos.

Vacila antes de acceder.

—De acuerdo, señor.

Después de eso, vuelvo sin prisa al salón y me siento al piano a esperar el regreso de mi mujer.

Detrás de mí, el sol de media tarde desciende lentamente sobre el horizonte mientras yo sigo en mi rincón del ring, aguardando a que empiece el combate. Con los guantes puestos. Y el protector bucal.

¿Cuántos asaltos disputaré con la señora Grey?

La suave campanilla del ascensor suena en el vestíbulo.

Ya está aquí.

Empieza el espectáculo, Grey.

Al golpe sordo del maletín de Ana al dejarlo en el suelo del pasillo le siguen las pisadas de mi mujer al entrar en el salón. Se detiene al verme.

—Buenas noches, señora Grey. —Descalzo, camino hacia ella, como un pistolero en una película antigua en blanco y negro, sin apartar los ojos de los suyos—. Qué bien que ya estés en casa. Te estaba esperando.

—Ah, ¿me has estado esperando? —susurra.

Está tan guapa como esta mañana, aunque me mira atenta y con recelo; tiene la guardia alzada.

Empieza el juego, Ana.

—Sí —contesto.

—Me gustan tus vaqueros —murmura, mirándome de arriba abajo.

Me los he puesto para ti. Le dedico una sonrisa lobuna y me detengo delante de ella. Se lame los labios y traga saliva, pero no aparta los ojos.

—Creo que tiene algún problema, señora Grey.

Saco el correo lleno de mayúsculas chillonas del bolsillo trasero y lo desdoblo delante de ella, tratando de intimidarla con la mirada.

En vano.

—Sí, tengo algunos problemas —responde, clavando sus ojos en mí con absoluta seguridad, aunque la traiciona la voz, entrecortada y sexy.

Me inclino y recorro su nariz con la mía, disfrutando del contacto. Cierra los ojos y emite un levísimo suspiro.

—Yo también —murmuro sobre su piel fragante.

Abre los ojos con un parpadeo y me enderezo.

—Creo que conozco bien tus problemas, Christian. —Enarca una ceja, aunque intuyo la diversión en su mirada.

Entorno los ojos.

No me hagas reír, Ana.

Recuerdo que hace poco me decía eso ella misma.

Retrocede un paso.

—¿Por qué volviste de Nueva York? —pregunta con esa voz suave de gatito tras la que se oculta la leona que conozco.

—Ya sabes por qué.

—¿Porque salí con Kate?

—Porque no cumpliste tu palabra y me desafiaste, exponiéndote a un riesgo innecesario.

—¿Que no cumplí mi palabra? ¿Así es como lo ves?

—Sí.

Pone los ojos en blanco y se interrumpe al verme con el ceño fruncido, pero no creo que una azotaina sea lo mejor ahora mismo.

—Christian, cambié de idea —dice manteniendo el mismo tono suave—. Soy una mujer. Es muy normal en las mujeres cambiar de opinión. Lo hacemos constantemente. —Al ver que no digo nada, prosigue—: Si se me hubiera ocurrido que ibas a cancelar tu viaje por eso... —Se detiene, como si no supiera qué decir.

—¿Cambiaste de idea?

—Sí.

—¿Y no me llamaste para decírmelo? —¿Cómo pudiste ser tan desconsiderada?— Y lo que es peor, dejaste al equipo de seguridad corto de efectivos en casa y pusiste en peligro a Ryan.

Se ruboriza.

—Debería haberte llamado, pero no quería preocuparte. Si te hubiera llamado, me lo habrías prohibido, y echaba de menos a Kate. Quería salir con ella. Además, eso hizo que estuviera fuera del apartamento cuando vino Jack. Ryan no debería haberle dejado entrar.

Pero lo hizo.

Y si hubieras estado aquí...

Joder. Basta, Grey.

Alargo las manos y la atraigo hacia mí.

—Oh, Ana —susurro, estrechándola contra mí con todas mis fuerzas—. Si te hubiera pasado algo...

Tenía una pistola.

Y una jeringuilla.

—No me ha ocurrido nada —insiste.

—Pero podría haberte ocurrido. Lo he pasado fatal hoy, todo el día pensando en lo que podría haber pasado. Estaba tan furioso, Ana. Furioso contigo, conmigo, con todo el mundo. No recuerdo haber estado nunca tan enfadado, excepto...

—¿Excepto cuándo? —pregunta.

—Una vez en tu antiguo apartamento. Cuando estaba allí Leila.

Otra persona con una puta pistola.

—Has estado tan frío esta mañana... —La voz se le quiebra en un sollozo cuando pronuncia la última palabra.

No. Ana. No llores. La suelto y le levanto la cara.

—No sé cómo gestionar toda esta ira —confieso con un hilo de voz.

Antes conocía la manera de hacerlo, pero ahora no me está permitido.

Mierda. No vayas por ahí, Grey.

La miro a esos ojos azules y afligidos que me arrancan la verdad.

—Creo que no quiero hacerte daño. —Por eso estaba frío. Estaba furioso—. Esta mañana quería castigarte con saña y...

¿Cómo lo explico?

Necesito estar furioso con el mundo, y mi mundo eres tú.

—¿Te preocupaba hacerme daño? —pregunta.

—No me fiaba de mí mismo.

—Christian, sé que no eres capaz de hacerme daño. Al menos no físicamente.

Me coge la cabeza entre las manos.

—¿Lo sabes?

—Sí, sé que lo que dijiste era una amenaza vacía. Sé que no quieres azotarme hasta que no lo pueda soportar.

—Sí que quería.

—Realmente no. Creías que querías.

—No sé si eso es así.

—Piénsalo —dice abrazándome y acurrucándose en mi pecho—. Piensa en cómo te sentiste cuando me fui. Me has dicho muchas veces cómo te dejó eso, cómo alteró tu forma de ver el mundo y a mí. Sé a lo que has renunciado por mí. Piensa en cómo te sentiste al ver las marcas de las esposas durante la luna de miel.

En eso tiene razón. Pensándolo, me sentí como un cabrón, y no quiero que vuelva a dejarme. Me estrecha con más fuerza y me acaricia la espalda con delicadeza, y lentamente, muy muy despacio, me relajo. Pega la mejilla contra mi pecho y no puedo resistirme más, me inclino y le doy un beso en el pelo. Ella levanta la cabeza, me ofrece su boca y la beso, mis labios le suplican que cumpla su palabra, le suplican que no se vaya, le suplican que se quede. Me lo devuelve.

—Tienes mucha fe en mí —murmuro.

—Sí.

Le acaricio la cara, mirándola a sus hermosos ojos, en los que veo su compasión, su amor y su deseo.

¿Qué he hecho para merecerla?

Sonríe.

—Además —susurra con gesto pícaro—, no tienes los papeles.

Me echo a reír y la estrecho contra mí.

—Tienes razón.

Seguimos abrazados, y la calma y la serenidad se instalan entre nosotros; es la primera vez que siento algo de paz desde mi viaje a Nueva York. ¿Se han acabado las hostilidades?

—Vamos a la cama —le propongo en un susurro.

—Christian, tenemos que hablar.

—Después.

—Christian, por favor. Habla conmigo.

Maldita sea. El alma se me cae a los pies con un suspiro. Quizá solo estamos en el ojo de la tormenta.

—¿De qué? —pregunto en un tono que incluso a mí me suena insolente.

—Ya sabes. De no contarme las cosas.

—Quiero protegerte.

—No soy una niña.

—Soy perfectamente consciente de eso, señora Grey.

Mis manos descienden por su cuerpo hasta su culo, y aprieto mi cautivada polla contra ella.

—¡Christian! —me regaña—. Que me lo cuentes.

No va a dar su brazo a torcer.

—¿Qué quieres saber?

La suelto, recojo el e-mail, que se ha caído al suelo, y la tomo de la mano.

—Muchas cosas —dice mientras la llevo al sofá.

—Siéntate.

Obedece, y me siento a su lado. Apoyo la cabeza en las manos preparándome para la avalancha de preguntas y me vuelvo hacia ella.

—Pregunta.

—¿Por qué le has puesto seguridad adicional a tu familia?

—Hyde también era una amenaza para ellos.

—¿Cómo lo sabes?

—Por su ordenador. Tenía detalles personales míos y del resto de mi familia. Sobre todo de Carrick.

—¿Carrick? ¿Y por qué?

—Todavía no lo sé. —Esto parece la Inquisición. Cambio de rumbo—. Vámonos a la cama.

—¡Christian, dímelo!

—¿Que te diga qué?

—Eres tan… irritante —dice alzando las manos.

—Y tú también.

Suspira.

—No aumentaste la seguridad cuando descubriste la información sobre tu familia en el ordenador. ¿Qué pasó para que lo hicieras? ¿Por qué entonces?

—No sabía que iba a intentar quemar mi edificio ni que… —Me detengo. No quiero contarle lo del *Charlie Tango*. Se preocupará. Vuelvo a cambiar de rumbo—. Creíamos que no era más que una obsesión desagradable. Ya sabes —me encojo de hombros—, cuando estás expuesto a los ojos del público, la gente se interesa por ti. Eran cosas sueltas: noticias de cuando estaba en el equipo de remo en Harvard, o de mi carrera. Informes sobre Carrick, su carrera y la de mi madre, y también cosas de Elliot y de Mia.

Frunce el ceño.

—Has dicho «ni que».

—¿«Ni que» qué?

—Has dicho que no sabías que iba a intentar quemar tu edificio ni que… como si tuvieras intención de añadir algo más.

No se le escapa nada.

—¿Tienes hambre? —pregunto, probando una nueva distracción y, como si me hubiera oído, su estómago responde con un rugido—. ¿Has comido algo hoy? —Se ruboriza. No hace falta que conteste—. Me lo temía. Ya sabes lo que pienso de que no comas. Ven. —Me levanto y le tiendo la mano, notando que ya estoy de otro humor—. Yo te daré de comer.

—¿Darme de comer?

Llevo a Ana hasta la cocina, cojo un taburete y lo arrastro hasta el otro lado de la isla.

—Siéntate.

—¿Dónde está la señora Jones? —pregunta, encaramándose al asiento.

—Les he dado a Taylor y a ella la noche libre.

—¿Por qué? —Me mira incrédula.

Se merecen tener tiempo para ellos después de lo de ayer.

—Porque puedo.

Es así de sencillo.

—¿Y vas a cocinar tú? —Ahora suena incrédula.

—Oh, mujer de poca fe… Cierra los ojos.

Los entorna con recelo; aún no las tiene todas consigo.

—Que los cierres.

Me lanza una mirada fulminante, pero obedece.

—Mmm... No es suficiente. —Saco del bolsillo trasero el pañuelo que compré antes; me complace comprobar que hace juego con su vestido. Ana enarca una ceja—. Ciérralos. No vale hacer trampas.

—¿Me vas a tapar los ojos? —pregunta con un agudo hilo de voz.

—Sí.

—Christian...

Está a punto de protestar, pero le pongo un dedo en los labios con suavidad.

—Hablaremos luego. Ahora quiero que comas. Has dicho que tenías hambre. —Le rozo los labios con los míos y luego le coloco el pañuelo sobre los ojos y se lo ato por detrás—. ¿Ves algo?

—No —mascula, levantando la cabeza como cuando entorna los ojos, lo cual me hace reír. A veces es tan predecible...

—Siempre sé cuándo estás poniendo los ojos en blanco... y ya sabes cómo me hace sentir eso.

Resopla y frunce los labios.

—¿Podemos acabar con esto cuanto antes, por favor?

—Qué impaciente, señora Grey. Tiene muchas ganas de hablar.

—¡Sí!

—Primero te voy a dar de comer.

La beso con delicadeza en la sien. Ignora por completo el aspecto que tiene encaramada con recato en el taburete, con los ojos vendados y el pelo recogido en un moño. Casi estoy tentado de ir a buscar la cámara.

Pero tengo que darle de comer.

Saco de la nevera una botella de Sancerre y los platos en los que Gail ha dispuesto la comida de la tienda de delicatessen griega; el cordero está en un bol de Pyrex.

Mierda. ¿Y esto cuánto tiempo hay que cocinarlo?

Lo meto en el microondas y lo pongo a calentar cinco minutos a toda potencia. Con eso debería ser suficiente. Coloco dos pitas en la tostadora.

—Sí, tengo muchas ganas de hablar —dice Ana, y por la manera en que ladea la cabeza es obvio que sigue lo que hago con atención.

Cojo la botella de vino y un sacacorchos cuando Ana se revuelve en el asiento.

—Quieta, Anastasia. Quiero que te portes bien... —murmuro cerca de su oído—. Y no te muerdas el labio.

Le doy un suave tirón al labio inferior para liberarlo de sus dientes y sonríe. ¡Por fin!

Una sonrisa.

Descorcho la botella y lleno una copa.

Ahora solo falta un poco de música. Enciendo los altavoces envolventes y selecciono «Wicked Game» de Chris Isaak en el iPod. Un punteo de guitarra resuena en la habitación.

Sí. Esta canción es perfecta. Bajo el volumen y cojo la copa de vino.

—Creo que primero una copa —digo casi para mí mismo—. Echa un poco atrás la cabeza. —Levanta la barbilla—. Un poco más.

Bebo un sorbo de vino frío y vigorizante cuando Ana obedece y la beso, vertiendo el líquido en su boca.

—Mmm. —Traga.

—¿Te gusta el vino?

—Sí —responde con un jadeo.

—¿Más?

—Contigo siempre quiero más.

Sonrío. Más. Nuestra palabra. Ella también sonríe.

—Señora Grey, ¿está flirteando conmigo?

—Sí.

Bien. Me encanta cuando flirtea conmigo.

Tomo otro largo trago de vino y luego, sujetando el nudo del pañuelo, tiro de su cabeza hacia atrás con suavidad para besarla y verterlo en su boca. Ella bebe con avidez.

—¿Tienes hambre? —pregunto sobre sus labios.

—Creía que ya le había dicho que sí, señor Grey.

Su voz destila sarcasmo.

Ah, ahí está otra vez… mi chica.

Suena la campanilla del microondas anunciando que el cordero está listo. El apetitoso aroma ha inundado la cocina. Cojo un trapo de cocina, abro la puerta del microondas y saco el plato.

—¡Mierda! ¡Joder!

La parte que no ha llegado a cubrir el trapo está ardiendo y me quemo el dedo, así que suelto el bol de inmediato y repiquetea sobre la encimera.

—¿Estás bien? —pregunta Ana.

—¡Sí!

No. .

¡Ay!

Me olvido del plato, solo quiero un poco de atención y cariñitos.

—Me he quemado. Aquí. —Le introduzco mi pobre dedo en la boca—. Seguro que tú me lo chupas mejor que yo.

Ana me coge la mano y me saca el dedo de la boca lentamente.

—Ya está, ya está —susurra, hace un mohín encantador con los labios y sopla con suavidad sobre mi piel resentida.

Ah.

También podría estar soplándome la polla.

Me besa el nudillo, dos veces, luego vuelve a introducirse el dedo en la boca y lo acaricia con la lengua y lo chupa.

También podría estar chupándome la polla.

Una oleada de deseo se dirige hacia el sur, con la fuerza de un maremoto.

Ana.

Arruga la frente mientras le practica una felación a mi dedo.

—¿En qué piensas? —susurro cuando le saco el dedo de la boca e intento recuperar el control de mi cuerpo.

—En lo temperamental que eres.

Menuda noticia.

—Cincuenta Sombras, nena.

La beso en la comisura de la boca.

—Mi Cincuenta Sombras.

Me agarra de la camiseta y me atrae hacia sí.

—Oh, no, señora Grey, nada de tocar. Todavía no. —La obligo a soltarla y le beso los dedos uno por uno—. Siéntate bien. —Hace un mohín—. Te voy a azotar si haces mohínes. —Pincho un trozo de cordero con el tenedor y luego lo paso por la salsa de yogur y menta de acompañamiento—. Abre bien la boca.

Hace lo que le pido y le deslizo el cordero entre los labios.

—Mmm —murmura a modo de aprobación.

—¿Te gusta?

—Sí.

Yo también lo pruebo y me deleito con el festival de deliciosos sabores que estallan en mi boca. No me había dado cuenta del hambre que tengo hasta este momento.

—¿Más? —le pregunto a Ana.

Ella asiente y pincho otro trozo con el tenedor. Mientras mastica, parto una pita y la unto en el hummus.

—Abre.

Ana me obedece y mastica el último bocado con entusiasmo.

Hago otro tanto.

Sin duda es el mejor hummus de Seattle.

—¿Más? —insisto.

Asiente.

—Más de todo. Por favor. Me muero de hambre.

Sus palabras son música para mis oídos. Le doy de comer mientras como yo también, alternando entre pan con hummus y cordero. Ana está disfrutando, deleitándose con el festín, y es un placer ver cómo saborea la comida que le ofrezco. De vez en cuando le sirvo un poco de vino usando la técnica contrastada del boca a boca.

Cuando nos acabamos el cordero, paso a las hojas de parra rellenas.

—Abre bien y después muerde.

Obedece.

—Me encantan —murmura con la boca llena.

—Estoy de acuerdo, están deliciosas.

Una vez que termino de darle de comer, me chupa los dedos para limpiármelos. Uno por uno.

—¿Más? —le pregunto con voz ronca.

Niega con la cabeza.

—Bien —le susurro al oído—, porque ha llegado la hora de mi plato favorito. Tú. —La cojo en brazos sin avisar y lanza un chillido de sorpresa.

—¿Puedo quitarme el pañuelo de los ojos?

—No. Al cuarto de juegos. —Ana se relaja en mis brazos mientras la acomodo contra mi pecho—. ¿Lista para el desafío? —pregunto.

—Allá vamos… —dice, como sabía que haría.

Mientras la subo, tengo la sensación de que pesa menos.

—Creo que has adelgazado —musito.

Sonríe complacida, creo.

Cuando llegamos al cuarto de juegos, la bajo al suelo sin despegarla de mi cuerpo y mantengo un brazo en su cintura mientras abro la puerta. La conduzco dentro y enciendo las luces.

Una vez que nos encontramos en mitad de la habitación, la suelto, le quito el pañuelo y le retiro poco a poco las horquillas del moño hasta que la trenza queda libre y se balancea entre sus omóplatos. Tiro de ella con suavidad para que retroceda hacia mí.

—Tengo un plan —le susurro al oído.

—Eso pensaba —responde, mientras la beso en ese punto detrás de la oreja donde le late el pulso.

—Oh, señora Grey, claro que lo tengo. —Sin soltarle la trenza, ladeo la cabeza de Ana para que me muestre el cuello, que recorro con los labios—. Primero tenemos que desnudarte.

Cuando le doy la vuelta, dirige una rauda mirada al primer botón de los vaqueros, que está desabrochado, y sin tiempo a detenerla, desliza un dedo por la cinturilla y juguetea con el vello de mi vientre.

¡Ah!

Levanta la vista por entre las largas pestañas.

—Tú deberías quedarte con estos puestos —dice.

—Esa era mi intención, Anastasia.

La rodeo con los brazos, con una mano en la nuca y la otra agarrándole el culo, y la beso; mi lengua la saborea, poniéndola a prueba. Sin separar nuestros labios, la obligo a caminar hacia atrás hasta tenerla contra la cruz de madera, donde aprieto mi cuerpo contra el suyo. Me besa con avidez, su lengua recorre mi boca con la misma ansia que la mía. Me aparto.

—Fuera el vestido. —Cojo el dobladillo y la desnudo poco a poco, revelando su cuerpo centímetro a centímetro a medida que se lo quito—. Inclínate hacia delante —le pido.

Obedece. El vestido acaba en el suelo mientras contemplo a mi mujer delante de mí, en seductora ropa interior y sandalias. Entrelazamos los dedos y le levanto las manos por encima de la cabeza mientras inclino la mía a modo de pregunta.

¿Ataduras, Ana?

Clava sus ojos en mí, me pierdo en ellos, y la intensidad de su mirada repercute en mi ingle. Traga saliva y asiente.

Mi dulce chica. Nunca me decepciona.

Le sujeto las muñecas con las esposas de cuero por encima de la cabeza y vuelvo a sacar el pañuelo del bolsillo trasero del pantalón.

—Creo que ya has visto suficiente —susurro, y le tapo los ojos una vez más. Recorro su nariz con la mía, haciéndole una promesa—: Te voy a volver loca. —Acto seguido, le agarro las caderas y deslizo las manos por su cuerpo, bajándole las bragas a medida que desciendo por sus piernas—. Levanta los pies, primero uno y luego el otro. —Obedece y aparto las bragas antes de quitarle una sandalia y a continuación la otra. Le rodeo el tobillo con los dedos y tiro de la pierna derecha en esa dirección—. Baja el pie —le ordeno. Cuando lo hace, le esposo el tobillo a la cruz. Repito lo mismo con el izquierdo, ajustándolo con fuerza. Una vez sujeta, me levanto y me acerco a ella, deleitándome con el calor y la excitación creciente que desprende. Le levanto la barbilla y la beso con suavidad y dulzura en los labios—. Bueno… Un poco de música y juguetes. Está preciosa así, señora Grey. Me voy a tomar un instante para admirar la vista.

Retrocedo para hacer lo que he dicho que haría, consciente de que cuanto más la mire sin hacer nada, más húmeda estará… y más dura se me pondrá a mí.

Está verdaderamente espectacular.

Sin embargo, lo que quiero ahora mismo es enseñarle qué es la negación del orgasmo.

Camino hasta la cómoda y saco una varita y el iPod. Veo una cajita de linimento junto a la varita y sopeso la idea de extenderle un poco en el clítoris.

Eso la pondría a mil.

No. Todavía no. Aún no hemos llegado a esa fase.

Enciendo el equipo de música y escojo algo inquietante, a tono con mi humor.

Sí. Bach. «Aria» de las *Variaciones Goldberg*. Perfecto.

Le doy al «Play» y las notas nítidas, vívidas y frías resuenan en mi cuarto de juegos.

Nuestro cuarto de juegos.

Me meto la varita en el bolsillo trasero de los vaqueros, me quito la camiseta y regreso junto a mi mujer, que está mordiéndose el labio. Ana da un respingo cuando le tomo la barbilla entre los dedos y tiro para que suelte el labio. Sonríe con timidez y dulzura, y sé que no era consciente de lo que estaba haciendo.

Oh, Ana. Lo que te tengo preparado.

Quizá deje que te corras.

O quizá no.

Recorro la suave piel de su garganta con los nudillos, descendiendo por el torso, y tiro de la copa del sujetador con el pulgar para liberarle el pecho. Tiene unos pechos preciosos. Mientras la beso en el cuello, le libero el otro pecho de la copa del sujetador y juego con el pezón. Mis labios y mis dedos tiran y succionan cada uno de ellos, hasta que los dos están erectos y suplicando más.

Ana se retuerce, limitada por las sujeciones.

—Ah... —gime.

Pero no me detengo; mi boca y mis dedos prosiguen su lento y sensual tormento. Sé lo fácil que es excitarla hasta hacerla llegar al orgasmo de esta manera.

Jadea.

—Christian... —me ruega.

—Lo sé —digo con la voz ronca de deseo—. Así me haces sentir tú.

Tiene la respiración entrecortada.

Y continúo.

Adelanta las caderas y le empiezan a temblar las piernas.

—Por favor... —me suplica.

Oh, nena. Siéntelo.

Mi polla presiona contra los suaves vaqueros, necesitando que la liberen. Todo a su tiempo, Grey.

Me detengo y enderezo la espalda para mirarla a la cara. Tiene la boca abierta mientras jadea, sin aliento, retorciéndose y tirando de las sujeciones de cuero. Le acaricio los costados con las manos, dejando una en la cadera mientras recorro su vientre con los dedos de la otra. Ana proyecta la pelvis hacia delante una vez más, ofreciéndoseme.

—Vamos a ver cómo estás —murmuro.

Le rozo el sexo con los dedos, que quedan empapados.

Los vaqueros me aprietan cada vez más.

Paso el pulgar sobre el botoncito excitado en la confluencia de sus muslos y grita, apretándose contra mi mano.

Oh, Ana. Tan ansiosa. Tan mojada para mí.

Y tan lejos aún de correrte...

Si es que, y es un gran «si», dejo que te corras.

Lentamente, deslizo el dedo corazón y luego el índice en su interior. Gime y continúa tratando de rozarse contra mi mano, tratando de encontrar alivio.

—Oh, Anastasia, estás más que lista.

Hago movimientos circulares con los dedos, acariciándola, provocándola, mientras el pulgar continúa excitando su clítoris. Las piernas empiezan a temblarle de nuevo mientras intenta apretarse contra mí. No la toco en ninguna otra parte. Tiene la cabeza echada hacia atrás, sumergida en el placer que la invade. Está cerca.

Con la otra mano, saco la varita del bolsillo trasero y la enciendo.

—¿Qué es…? —murmura al oírlo.

—Chis… —Mis labios se abalanzan sobre los suyos y me besa con avidez. Me aparto mientras mis dedos siguen trabajando sin cesar en su interior—. Esto es una varita, nena. Vibra.

La apoyo bajo su cuello y se la paso por encima de manera que oscila sobre su piel. El pulgar y los dedos siguen estimulando su clítoris mientras deslizo la varita vibradora entre sus pechos y alrededor de cada pezón.

—¡Ah! —gime con fuerza, y tensa las piernas al tiempo que inclina la cabeza hacia atrás, entre jadeos cada vez más intensos.

Dejo de mover los dedos y aparto la varita de su piel.

—¡No! Christian… —grita, y empuja las caderas hacia mí en vano.

Tan cerca. Y a la vez tan lejos.

—Quieta, nena —susurro, y la beso—. Es frustrante, ¿verdad?

Boquea, sin aliento.

—Christian, por favor.

—Chis…

La beso y empiezo a mover los dedos despacio en su interior, arrastrando la varita por su piel, entre sus pechos. Me acerco hasta quedar apoyado sobre ella, con la polla dura y dispuesta contra ella.

Ana remonta de nuevo y la llevo casi hasta el límite.

Muy cerca.

Luego me detengo una vez más.

—No —gimotea, y la beso en el hombro cuando retiro los dedos de su interior y dejo de estimularle el clítoris con el pulgar, pero aumento la velocidad de la varita y la deslizo por su estómago, desciendo hacia el vientre y rozo el botón diminuto e hinchado de entre sus piernas.

—¡Ah! —grita, y tira de las sujeciones.

Me detengo de nuevo y aparto la varita de su piel.

—¡Christian! —chilla.

—Frustrante, ¿eh? —murmuro contra su garganta—. Igual que tú. Prometes una cosa y después…

—¡Christian, por favor!

Dejo que la varita vuelva a tocarla.

Y me detengo.

Y empiezo.

Y me detengo.

Jadea con fuerza.

—Cada vez que paro, cuando vuelvo a empezar es más intenso, ¿verdad?

—Por favor… —me suplica.

Apago la varita, la dejo en el pequeño estante que hay junto a la cruz y la beso.

Sus labios buscan los míos con avidez. No, con desesperación. Le acaricio la nariz con la mía y susurro:

—Eres la mujer más frustrante que he conocido.

Sacude la cabeza.

—Christian, no he prometido obedecerte. Por favor, por favor...

Le agarro el trasero y aprieto mi polla todavía cubierta contra Ana, frotándome contra ella, que gime. Le arranco la venda y la cojo por la barbilla, clavando mis ojos en sus ojos azules de mirada extraviada.

—Me vuelves loco —digo con voz ronca mientras vuelvo a empujar la cadera contra ella, una, dos, tres veces.

Ana inclina la cabeza hacia atrás, a punto de correrse... y me detengo.

Cierra los ojos, respira hondo.

—Por favor... —susurra, y me mira.

Oh, nena, y lo que te queda. Sé que tú puedes aguantarlo.

Deslizo los dedos sobre su pecho en su descenso por su cuerpo y noto que se pone rígida al tocarla. Y aparta la cara.

—Rojo —gimotea—. Rojo. Rojo. —Mientras las lágrimas le corren por la cara.

Me quedo petrificado.

Joder.

No. No.

—¡No! —exclamo sin aliento—. Dios mío, no...

Le suelto las manos y, sosteniéndola, me inclino y le libero los tobillos. Ana se lleva las manos a la cara y empieza a llorar.

—No, no, no, Ana, por favor. No.

He ido demasiado lejos. La cojo en brazos y me siento en la cama, acurrucándola en mi regazo mientras solloza. Alargo la mano hacia atrás, hacia la sábana de seda, la arranco de la cama, la envuelvo con ella y estrecho a Ana contra mí, meciéndola adelante y atrás.

—Lo siento, lo siento —murmuro, sintiéndome como un gilipollas, y cubriéndole el pelo de besos—. Ana, perdóname, por favor.

No dice nada. Sigue llorando, cada sollozo es una puñalada más profunda en mi oscura, oscurísima alma.

¿En qué estaba pensando?

Ana. Lo siento.

Soy un puto gilipollas.

Ana entierra la cara en mi cuello y sus lágrimas me abrasan la piel.

—Apaga la música, por favor.

—Sí, claro.

Me muevo sin levantarla del regazo para sacar el mando a distancia del bolsillo trasero de los vaqueros y pulso el botón de apagado. Lo único que oigo es su silencioso lamento intercalado con su respiración entrecortada.

Me quiero morir.

—¿Mejor? —pregunto.

Asiente mientras le seco las lágrimas con el pulgar con suma ternura.

—No te gustan mucho las *Variaciones Goldberg* de Bach, ¿eh? —digo, tratando desesperadamente de aliviar la tensión.

—No esas en concreto.

Alza los ojos hacia mí, con la mirada apagada por el dolor, y siento que la vergüenza me inunda con la fuerza de un torrente.

—Lo siento —susurro.

—¿Por qué has hecho eso? —balbucea mientras se estremece.

Niego con la cabeza y cierro los ojos.

—Me he dejado llevar por el momento.

Frunce el ceño.

Suspiro. Le debo una explicación.

—Ana, la negación del orgasmo es una práctica estándar en... Tú nunca...

¿Para qué?

Cambia de postura al ver que me interrumpo y crispo el gesto cuando su peso cae sobre mi polla semierecta.

—Perdona —murmura mientras el rubor le tiñe las pálidas mejillas.

Aun en la situación en la que nos encontramos la que se disculpa es ella. Esta mujer me deja a la altura del betún. Asqueado conmigo mismo, me tumbo hacia atrás y la arrastro conmigo hasta quedar los dos tendidos en la cama, con ella entre mis brazos.

Ana se remueve y empieza a colocarse bien el sujetador.

—¿Te ayudo? —pregunto.

Sacude la cabeza con vehemencia; es evidente que no quiere que la toque.

Joder.

Ana. Lo. Siento.

No puedo soportarlo. Me muevo para quedar cara a cara. Levanto la mano y espero un segundo para ver si se aparta, pero no lo hace, así que le acaricio la cara mojada con los nudillos. Las lágrimas acuden de nuevo a sus ojos.

—No llores, por favor —murmuro, sin dejar de mirarnos.

Parece tan profundamente herida que se me parte el corazón.

—Yo nunca ¿qué? —pregunta, y tardo una fracción de segundo en comprender que se refiere a la frase que he dejado inacabada.

—Nunca haces lo que te digo. Cambias de idea y no me dices dónde estás. Ana, estaba en Nueva York, furioso e impotente. Si hubiera estado en Seattle te habría obligado a volver a casa.

—¿Por eso me estás castigando?

Sí. No. Sí. Cierro los ojos, incapaz de mirarla a la cara.

—Tienes que dejar de hacer esto —dice.

Frunzo el ceño.

—Primero, porque al final solo acabas sintiéndote peor que cuando empezaste.

Resoplo.

—Eso es cierto. No me gusta verte así.

—Y a mí no me gusta sentirme así. Me dijiste cuando estábamos en el *Fair Lady* que yo no soy tu sumisa, soy tu mujer.

—Lo sé, lo sé.

—Bueno, pues deja de tratarme como si lo fuera. Siento no haberte llamado. Procuraré no ser tan egoísta la próxima vez. Ya sé que te preocupas por mí.

Nos miramos fijamente mientras sopeso sus palabras.

—Vale, está bien.

Me inclino para besarla, pero me detengo antes de que mis labios toquen los suyos, pidiéndole permiso y suplicándole perdón. Ella acude al encuentro de los míos y la beso con ternura.

—Después de llorar tienes siempre los labios tan suaves…

—No prometí obedecerte, Christian.

—Lo sé.

—Tienes que aprender a aceptarlo, por favor. Por el bien de los dos. Y yo procuraré tener más en cuenta tus… tendencias controladoras.

No tengo respuesta para eso salvo un:

—Lo intentaré.

Suspira.

—Sí, por favor. Además, si yo hubiera estado aquí…

Agranda los ojos.

—Lo sé —musito, sintiendo cómo la sangre abandona mi cara.

Me tumbo hacia atrás y me echo el brazo sobre los ojos, imaginando por enésima vez lo que podría haber ocurrido.

Ese tipo podría haberla matado.

Se acurruca junto a mí y descansa la cabeza en mi pecho mientras la abrazo. Mis dedos juguetean con la trenza antes de quitarle la goma y deshacérsela lentamente. Sentir su pelo deslizándose entre mis dedos me resulta tranquilizador.

Ana, lo siento mucho.

Continuamos tumbados un rato más, hasta que Ana interrumpe mis pensamientos.

—¿Qué querías decir antes, cuando has dicho «ni que»…?

—¿«Ni que»? —repito.

—Era algo sobre Jack.

La miro detenidamente.

—No te rindes nunca, ¿verdad?

Apoya la barbilla en mi esternón.

—¿Rendirme? Jamás. Dímelo. No me gusta que me ocultes las cosas. Parece que tienes la incomprensible idea de que necesito que me protejan. Tú no sabes disparar, yo sí. —Ha cogido carrerilla—. ¿Crees que no podría encajar lo que sea que no me estás contando, Christian? He tenido a una de tus ex sumisas persiguiéndome y apuntándome con un arma, tu ex amante pedófila me ha acosado...

¡Ana!

—Y no me mires así. Tu madre piensa lo mismo de ella.

¿Qué?

—¿Has hablado con mi madre de Elena?

No puedo creerlo.

—Sí, Grace y yo hablamos de ella.

La miro boquiabierto, y ella prosigue.

—Tu madre está muy preocupada por eso y se culpa.

—No puedo creer que hayas hablado de eso con mi madre. ¡Mierda!

Vuelvo a cubrirme la cara con el brazo, invadido de nuevo por la vergüenza.

—No le di detalles.

—Eso espero. Grace no necesita saber los detalles escabrosos. Dios, Ana. ¿A mi padre también se lo has dicho?

—¡No! —contesta sorprendida, creo—. Pero estás intentando distraerme... otra vez. Jack. ¿Qué pasa con él?

Levanto el brazo para mirarla un momento y veo que tiene los ojos clavados en mí con esa expresión expectante de «ya puedes estar contándomelo todo, estoy hasta las narices de tus tonterías». Suspiro y vuelvo a taparme la cara con el brazo mientras las palabras salen en torrente.

—Hyde estuvo implicado en el sabotaje del *Charlie Tango*. Los investigadores encontraron una huella parcial, solo parcial, por eso no pudieron establecer ninguna coincidencia definitiva. Pero después tú reconociste a Hyde en la sala del servidor. Le arrestaron algunas veces en Detroit cuando era menor, así que sus huellas están en el sistema. Y coinciden con la parcial. Esta mañana encontraron una furgoneta de carga aquí, en el garaje. Hyde la conducía. Ayer le trajo no sé qué mierda al tío que se acaba de mudar, ese con el que subimos en el ascensor.

—No recuerdo su nombre —murmura Ana.

—Yo tampoco. Pero así es como Hyde consiguió entrar en el edificio. Trabaja para una compañía de transportes...

—¿Y qué tiene esa furgoneta de especial?

Mierda.

—Christian, dímelo.

—La policía ha encontrado... cosas en la furgoneta.

Me detengo. No quiero que tenga pesadillas. La estrecho con más fuerza.

—¿Qué cosas? —insiste.

Prefiero no contestar, pero sé que no va a dar su brazo a torcer.

—Un colchón, suficiente tranquilizante para caballos para dormir a una docena de equinos y una nota.

Intento ocultarle lo que verdaderamente me horroriza y no le hablo de las jeringuillas.

—¿Una nota?

—Iba dirigida a mí.

—¿Y qué decía?

Niego con la cabeza. No tenía ni pies ni cabeza.

—Hyde vino aquí ayer con la intención de secuestrarte.

Se estremece.

—Mierda.

—Eso mismo.

—No entiendo por qué —dice—. No tiene sentido.

—Lo sé. La policía sigue indagando, y también Welch. Pero creemos que la conexión tiene que estar en Detroit.

—¿Detroit? —Ana parece confundida.

—Sí. Tiene que haber algo allí.

Levanto el brazo y me la quedo mirando; es evidente que no lo sabe.

—Ana, yo nací en Detroit.

—Creía que habías nacido en Seattle.

No. Estiro el brazo hacia atrás y cojo una almohada para ponérmela debajo de la cabeza. Con la otra mano, continúo pasándole los dedos por el pelo.

—No. A Elliot y a mí nos adoptaron en Detroit. Nos mudamos poco después de mi adopción. Grace quería venir a la costa Oeste, lejos de la expansión urbana descontrolada, y consiguió un trabajo en el Northwest Hospital. No tengo apenas recuerdos de entonces. A Mia la adoptaron aquí.

—¿Y Jack es de Detroit?

—Sí.

—¿Cómo lo sabes?

—Le investigué cuando tú empezaste a trabajar para él.

Me mira de reojo.

—¿También tienes una carpeta de color marrón con información suya? —pregunta con una sonrisita socarrona mientras yo intento disimular la mía.

—Creo que es azul claro.

—¿Y qué pone en lo que hay dentro de su carpeta?

Le acaricio la mejilla.

—¿Seguro que quieres saberlo?

—¿Es malo?

Me encojo de hombros.

—Me he enterado de cosas peores.

Mi triste y lamentable infancia me viene a la mente.

Ana se acurruca junto a mí, cubriéndonos a ambos con la sábana roja de seda antes de apoyar la mejilla contra mi pecho. Parece pensativa.

—¿Qué pasa? —pregunto. Algo le ronda por la cabeza.

—Nada —murmura.

—No, no, esto tiene que funcionar en las dos direcciones, Ana. ¿Qué te pasa?

Me mira con el ceño fruncido. Y vuelve a descansar la mejilla sobre mi pecho.

—A veces te imagino como el niño que fuiste... antes de venir a vivir con los Grey.

Me pongo tenso debajo de ella. No quiero hablar de eso.

—No hablaba de mí. No quiero que sientas lástima por mí, Anastasia. Esa parte de mi vida ya no está. Se acabó.

—No siento lástima. Es compasión y dolor. Dolor de que alguien haya podido hacerle eso a un niño. —Se interrumpe y traga saliva, luego prosigue, con voz suave, apenas un susurro—: Y esa parte de tu vida sí que está, Christian, ¿cómo puedes decir eso? Vives con tu pasado todos los días. Tú mismo me lo has dicho, cincuenta sombras, ¿recuerdas?

Suspiro y me paso la mano por el pelo. Déjalo, Ana.

—Sé que por eso necesitas controlarme. Mantenerme segura.

—Pero tú eliges desafiarme.

Estoy confuso. Esto es lo que más me desconcierta de ella. Sabe que tengo problemas y aun así me pone a prueba.

—El doctor Flynn me dijo que debía concederte el beneficio de la duda. Y creo que lo he hecho, aunque no estoy segura. Tal vez es mi manera de traerte al aquí y ahora, de mantener las distancias con tu pasado —murmura—. No lo sé. Pero parece que no puedo calibrar si vas a reaccionar exageradamente y hasta qué punto.

—Joder con Flynn —masculло.

—Me dijo que debía seguir comportándome contigo de la misma forma que siempre.

—¿Eso te dijo? —comento con ironía.

Ahora ya sé a quién echarle la culpa.

Respira hondo.

—Christian, sé que querías a tu madre y no pudiste salvarla. Pero eso no era responsabilidad tuya. Y yo no soy tu madre.

Joder. ¿Qué? Para. Ya.

Estoy paralizado debajo de ella.

—No sigas por ahí —susurro.

No quiero hablar de la puta adicta al crack.

Floto sobre un pozo profundo de sentimientos desgarradores y dolorosos que no quiero reconocer, y menos aún sentir.

—No, escúchame, por favor. —Ana levanta la cabeza, sus ojos azules y brillantes atraviesan mi coraza y me doy cuenta de que estoy conteniendo la respiración—. Yo no soy ella —insiste—. Soy más fuerte que ella. Y te tengo a ti, que eres mucho más fuerte ahora, y sé que me quieres. Y yo también te quiero.

—¿Todavía me quieres? —pregunto con un hilo de voz.

—Claro que te quiero. Christian, te querré siempre. No importa lo que me hagas.

Ana, estás loca.

Cierro los ojos y vuelvo a taparme los ojos con el brazo, estrechándola contra mí.

—No te escondas de mí —dice, y me aparta el brazo de la cara—. Llevas toda tu vida escondiéndote. No lo hagas ahora, no te escondas de mí.

¿Yo?

Me la quedo mirando, incrédulo.

—¿Me escondo?

—Sí.

Me vuelvo de lado, le aparto el pelo de la cara con suavidad y se lo coloco detrás de la oreja.

—Esta mañana me pediste que no te odiara. No entendí entonces por qué, pero ahora…

—¿Todavía crees que te odio? —pregunta.

—No. —Niego con la cabeza—. Ahora no. Pero necesito saber algo… ¿Por qué has dicho la palabra de seguridad, Ana?

Traga saliva, y veo la mezcla de emociones que cruzan su rostro.

—Porque… Porque estabas tan enfadado y tan distante y tan… frío. No sabía lo lejos que podías llegar.

Recapacito y entiendo que me ha pedido una y otra y otra vez que le permitiera alcanzar el orgasmo. Y se lo he impedido.

He traicionado su confianza.

Menos mal que existen las palabras de seguridad.

—¿Ibas a dejarme llegar al orgasmo?

A pesar de que se ha ruborizado, me sostiene la mirada.

Sí. No. No lo sé.

—No —contesto. Pero lo cierto es que no lo sé.

—Eso es… cruel.

Le acaricio la mejilla con el nudillo que me quemé antes.

—Pero efectivo —murmuro.

Y tú me has detenido.

Siempre tendremos palabras de seguridad. Por si voy demasiado lejos.

Aunque te haya dicho que no las necesitábamos.

—Me alegro de que lo hicieras —murmuro.

—¿Ah, sí? —replica, con gesto dudoso.

Intento sonreírle.

—Sí. No quiero hacerte daño. Me dejé llevar. —La beso—. Me perdí en el momento. —Vuelvo a besarla—. Me pasa mucho contigo.

Una sonrisa le ilumina la cara.

Es contagioso.

—No sé por qué sonríe, señora Grey.

—Yo tampoco.

La abrazo, atrayéndola hacia mí, y apoyo la cabeza en su pecho. Me acaricia la espalda desnuda con una mano y me pasa los dedos por el pelo con la otra. Necesito que me toque.

—Eso significa que puedo confiar en ti, en que me detendrás. Nunca he querido hacerte daño —confieso—. Necesito...

Díselo, Grey.

—¿Qué necesitas?

—Necesito control, Ana. Igual que te necesito a ti. Solo puedo funcionar así. No puedo dejarme llevar. No puedo. Lo he intentado... Y bueno, contigo...

Sacudo la cabeza, exasperado.

—Yo también te necesito —dice abrazándome más fuerte—. Lo intentaré, Christian. Intentaré tener más consideración contigo.

—Quiero que me necesites.

—¡Pero si te necesito! —asegura con vehemencia.

—Quiero cuidarte.

—Y lo haces. Siempre. Te he echado mucho de menos cuando estabas fuera...

—¿Ah, sí?

—Sí, claro. Odio que te vayas y me dejes sola.

Sonrío.

—Podrías haber venido conmigo.

—Christian, por favor. No resucitemos esa discusión. Quiero trabajar.

Suspiro mientras sigue peinándome con los dedos, aliviando mi tensión, ayudándome a relajarme.

—Te quiero, Ana.

—Yo también te quiero, Christian. Siempre te querré.

Descansamos envueltos en seda roja, medio desnudos, yo con vaqueros y Ana con sujetador.

Menudo par...

La respiración de Ana recupera su ritmo tranquilo y regular; se ha dormido. Cierro los ojos.

Mami está sentada en el sofá. Callada. Mira la pared y a veces parpadea. Me pongo delante de ella con mis coches, pero no me ve. Muevo una mano y entonces me ve, pero me hace un gesto para que me vaya.

—No, renacuajo, ahora no.

Él viene. Le hace daño a mami.

—Levántate, zorra estúpida.

Me hace daño. Lo odio. Me pone furioso. Corro a la cocina y me escondo debajo de la mesa.

—*Levántate, zorra estúpida* —grita. *Muy fuerte.*

Mami chilla.

—*No.*

Me tapo las orejas con las manos.

—*Mami.*

Él entra en la cocina con sus botas y su olor.

—*¿Dónde estás, mierdecilla? Ahí estás. Quédate aquí, mierdecilla. Voy a follarme a la puta de tu madre. No quiero volver a ver tu asquerosa cara el resto de la noche, ¿lo entiendes?*

No le contesto y me da una bofetada. Fuerte. Me escuece la mejilla.

—*O te quemo, pequeño capullo.*

No. No. Eso no me gusta. No me gusta que me queme. Duele. Le da una calada al cigarrillo y lo mueve delante de mí.

—*¿Quieres que te queme, mierdecilla? ¿Quieres?* —*Ríe. Le faltan varios dientes. Ríe. Y ríe*—. *Voy a prepararle algo a esa puta. Necesito una cuchara. Y luego lo voy a poner aquí.* —*Me enseña una* indección—. *Le encanta. Esto le gusta mucho más que tú, mierdecilla.*

Se da la vuelta. Cambia. Es Jack Hyde. Ana está tendida en el suelo, junto a él, y él le clava la jeringuilla en el muslo.

—¡No! —grito fuera de mí.

—Christian, por favor, ¡despierta!

Abro los ojos de golpe. Ella está aquí. Zarandeándome.

—Christian, era una pesadilla. Estás en casa. Estás seguro.

Miro a mi alrededor. Estamos en la cama, en el cuarto de juegos.

—¡Ana!

Está aquí. Está bien. Le cojo la cara con las dos manos y acerco sus labios a los míos, buscando la paz y el consuelo de su boca. Ella es lo único bueno que hay en mi vida. Mi amor. Mi luz.

Ana.

El deseo me traspasa a la velocidad y con la fuerza de un rayo; estoy excitado. La hago rodar debajo de mí y la sujeto contra el colchón.

La deseo. La necesito.

Le agarro la barbilla y le coloco una mano en la cabeza para mantenerla quieta mientras le separo las piernas con la rodilla, recostando mi polla a punto de estallar, y que aún cubren los vaqueros, contra su sexo.

—Ana —susurro, y la miro a esos ojos azules sorprendidos. Sus pupilas se agrandan y oscurecen.

Ella también lo siente.

Ella también lo desea.

Mis labios asaltan su boca de nuevo, saboreándola, haciéndola mía. Y deslizo mi polla sobre ella. Le beso la cara, los párpados, las mejillas, la línea de la mandíbula. La deseo.

Ahora.

—Estoy aquí —susurra, y me rodea los hombros con los brazos y proyecta la pelvis contra mí.

—Oh, Ana. Te necesito —jadeo, ansiándola.

—Yo también te necesito —repite con voz ronca, clavándome las uñas en la espalda.

Me abro la bragueta de un tirón para liberar mi polla y me coloco sobre ella, preparado para hacerla mía.

¿Sí? ¿No? ¿Ana? La miro a esos ojos oscurísimos en los que veo reflejados mi necesidad y mi deseo.

—Sí. Por favor —dice.

Me hundo en ella de una sola embestida.

—¡Ah! —grita, y yo gimo, deleitándome en ella.

Ana. Me abalanzo sobre sus labios una vez más, mi lengua la recorre con avidez mientras la penetro, ahuyentando los miedos que acechan en mi pesadilla. Perdiéndome en su amor y su pasión desenfrenada. Ella también está desesperada. Necesitada. Anhelante. Y acude a mi encuentro, embestida tras embestida, sin descanso.

—¡Ana! —gimo con voz ronca y me dejo ir, me corro dentro de ella una y otra vez, perdiendo toda conciencia de mí mismo, entregado a su poderoso influjo. Ella me hace sentir completo.

Es mi cura. Es mi luz.

Me abraza, con fuerza, mientras trato de recuperar la respiración.

Salgo de ella y la estrecho contra mí mientras el mundo recupera su eje de rotación.

Uau.

Sí que ha sido…

¡Rápido!

Sacudo la cabeza y me apoyo sobre los codos, contemplando su hermoso rostro.

—Oh, Ana. Por Dios…

La beso.

—¿Estás bien? —pregunta, alzando una mano hasta mi mejilla.

Asiento mientras regreso definitivamente a la tierra.

—¿Y tú? —pregunto.

—Mmm…

Se retuerce debajo de mí, apretándose contra mi polla saciada, y la miro con una sonrisa traviesa y lasciva. Sé qué intenta decirme; emplea un lenguaje que sí entiendo.

—Señora Grey, veo que tiene necesidades —murmuro. Le doy un beso rápido en los labios y, sin darle tiempo a decir nada, me levanto, me arrodillo al final de la cama, la agarro por las piernas y tiro de ella hacia mí hasta que su culo queda justo en el borde del colchón—. Siéntate —digo, y hace lo que le pido.

El pelo le cae sobre los pechos y, sin apartar los ojos de ella, le separo las piernas, despacio. Ella se apoya en las manos, sus pechos bajan y suben al ritmo de su respiración, cada vez más acelerada. Tiene la boca abierta. Dudo que imagine del todo lo que voy a hacer.

—Eres tan preciosa, Ana —murmuro, y empiezo a ascender por el interior del muslo con besos delicados.

La observo por entre las pestañas, como ella hace conmigo.

—Mírame —susurro, cuando mi lengua le lame el clítoris.

—¡Ah! —grita.

Sabe a Ana y a sexo y a mí y no me detengo. Después de lo que le he hecho antes, tiene que estar más tensa que un reloj de cuerda. Le mantengo las piernas separadas, sujetándoselas para que no las mueva mientras mi boca obra su magia, colmándola de incansables atenciones.

Noto que empieza a temblar.

—No... ¡Ah! —gime. Es la señal que estaba esperando para deslizar un dedo dentro de ella, despacio. Emite un sonido ronco desde el fondo de su garganta y se deja caer hacia atrás, sobre la cama, mientras avivo el fuego en su interior, masajeando ese punto tan placentero una y otra vez, y mi lengua sigue empapando su clítoris.

Está muy cerca. Tensa las piernas.

Ana. Déjate ir.

Grita mi nombre y arquea la espalda, separándose de la cama, cuando el orgasmo sacude su cuerpo en oleadas de placer. Saco el dedo de ella y me quito los vaqueros. Ana me pasa los dedos por el pelo cuando me inclino sobre ella y le acaricio la barriga con la nariz.

—No he acabado contigo todavía —susurro y, arrodillándome de nuevo, tiro de Ana hasta sacarla de la cama, hacia mi regazo y mi erección, que la espera.

Ahoga un grito cuando la lleno.

—Oh, nena... —jadeo al tiempo que la rodeo con los brazos y le acuno la cabeza, colmando su rostro de dulces besos.

Impulso la cadera y ella se aferra a mis brazos con una mirada salvaje. Le agarro el culo y la levanto al tiempo que empujo mi trasero una vez más para penetrarla.

—Ah —gime, y nos besamos mientras entro y salgo de ella, despacio.

Aprieta los muslos a mi alrededor mientras nos movemos al unísono.

Despacio. Dulcemente.

Inclina la cabeza hacia atrás y abre la boca en un grito mudo de placer.

—Ana —murmuro sobre su garganta, y la beso.

Nos movemos.

Juntos.

En éxtasis.

—Te quiero, Ana.

Me rodea la nuca con las manos.

—Yo también te quiero, Christian.

Abre los ojos y nos miramos fijamente.

Con creciente excitación.

Acercándonos al clímax.

Cada vez más cerca.

Está a punto.

—Córrete para mí, nena —le pido en voz baja, y ella cierra los ojos con fuerza y lanza un potente grito al tiempo que se abandona a su liberación.

¡Ah!

Apoyo la frente contra la suya y susurro su nombre muy bajito mientras su cuerpo arrastra el mío hacia un lento y dulce orgasmo.

Cuando desciendo de las alturas, la subo a la cama y nos quedamos tumbados, el uno en los brazos del otro.

—¿Mejor ahora? —pregunto mientras le acaricio el cuello con la nariz.

—Mmm.

—¿Nos vamos a la cama o quieres dormir aquí?

—Mmm.

Sonrío.

—Señora Grey, hábleme.

—Mmm.

—¿Eso es todo lo que puedes articular?

—Mmm.

—Vamos, te voy a llevar a la cama. No me gusta dormir aquí.

Se mueve.

—Espera —murmura.

¿Y ahora qué?

—¿Estás bien? —pregunta.

Se me escapa una sonrisa satisfecha.

—Ahora sí.

—Oh, Christian —me reprende, y alarga la mano para acariciarme la cara—. Te preguntaba por la pesadilla.

¿Pesadilla?

Mierda.

Imágenes fugaces del horror que me ha visitado en sueños pasan brevemente por mi mente. La estrecho contra mí, y me escondo de ellas enterrando la cara en su cuello.

—No —musito.

Ana. No me lo recuerdes.

Ahoga un grito.

—Lo siento. —Me abraza, hundiendo las manos en mi pelo y acariciándome la espalda—. No pasa nada. No pasa nada —murmura.

—Vamos a la cama.

Me levanto, recojo los vaqueros del suelo y me los pongo. Ana me sigue, envuelta en la sábana de seda por modestia.

—Déjala —digo cuando se agacha para recoger su ropa. La cojo en brazos y la acuno contra mi pecho—. No quiero que tropieces con esa sábana y te rompas el cuello.

La llevo abajo, al dormitorio, y la dejo en el suelo. Ana se pone el camisón mientras yo me quito los vaqueros y me pongo los pantalones del pijama, y nos metemos en la cama.

—Vamos a dormir —murmuro.

Ella me dedica una sonrisa somnolienta y se acurruca entre mis brazos.

Contemplo el techo, tratando de apartar los pensamientos macabros de mi mente. Ya tenemos a Hyde. Debería estar durmiendo, igual que Ana a mi lado. No le cuesta nada. La envidio.

Cierro los ojos, agradecido de que siga aquí, sana y salva, en nuestra cama.

Sábado, 27 de agosto de 2011

A na está de rodillas. *Inclinada. Desnuda. Ante mí. Tiene la frente pegada al sue-lo del cuarto de juegos. Su melena es como una brillante corona de relámpagos con-tra las tablas de madera oscura. Tiene la mano extendida. Abierta. Está suplicando. Yo estoy de pie sujetando una fusta. Yo quiero más. Yo siempre quiero más. Pero ella ya no puede soportarlo.*
—Rojo. Rojo. Rojo.
¡No! Se oye un golpe fuerte. La puerta se abre de par en par. Una silueta masculi-na ocupa todo el umbral. El hombre emite un rugido y ese estruendo que hiela la sangre invade toda la sala.
—¡Joder! ¡No, no, no!
Él está aquí. Lo sabe.
—Rojo. Rojo. Rojo —grita Ana.
Él me pega. Un gancho de derecha directo a la barbilla. Caigo. Y sigo cayendo. La cabeza me da vueltas. Me desmayo.
—No. Deja de chillar.
—Rojo. Rojo. Rojo.
No se detiene. Sigue. Y sigue. Luego para. Abro los ojos y Hyde está echado sobre el cuerpo de Ana. Con una jeringuilla en la mano. Él la mira lascivamente. Ana está inmóvil. Pálida. Fría. La sacudo. Pero ella no se mueve.
—¡Ana! —Ella sigue sin reaccionar entre mis brazos. La sacudo de nuevo—. Des-pierta. —Está muerta. ¡Muerta! ¡Muerta!— ¡No!
Arrodillado en una alfombra verde pegajosa, la apretujo contra mi cuerpo, dejo caer la cabeza hacia atrás y lanzo un aullido.
—¡Ana! ¡Ana! ¡Ana!

Me despierto sobresaltado, inspirando con fuerza para recuperar el aliento.
¡Ana!
Vuelvo rápidamente la cabeza y compruebo que ella sigue plácidamente dormida a mi lado.
¡Gracias a Dios!
Me palmeo la cabeza con ambas manos y me quedo mirando al techo.
¿Qué narices?

¿Por qué permito que ese gilipollas se me meta en la cabeza? Está detenido. Lo hemos pillado.

Inspiro con profundidad para relajarme, mientras sigo pensando.

¿Pajarillo? ¿Qué narices significa eso? De lo más profundo de mi mente algo aflora pero desaparece al instante. La cabeza me da vueltas al intentar recuperarlo de entre las sombras, pero sin éxito. Sospecho que pertenece a una parte de mi psique que almacena todos los recuerdos que intento olvidar. Me estremezco.

No vayas por ahí, Grey.

Sé que no voy a volver a dormirme hasta dentro de un rato. Lanzo un suspiro, me levanto, cojo el teléfono y voy a la cocina a por un vaso de agua. De pie junto al fregadero, me paso los dedos por el pelo.

Céntrate, Grey.

Mañana podríamos hacer algo especial. Dejar de pensar en Hyde.

¿Ir a navegar? ¿Volar?

¿A Nueva York? No, está demasiado lejos y, teniendo en cuenta que acabo de estar allí —y todas las malas pasadas que me han jugado desde mi regreso—, no creo que sea buena idea.

Aspen.

Podría llevarla a Aspen. Todavía no ha visto la casa. La prensa no nos encontrará allí. Es más, podría pedirles a Elliot y a Mia que nos acompañaran. Ella dijo que quería ver más a Kate.

Sí.

Desde el estudio envío unos e-mails a Stephan, Taylor y al señor y la señora Bentley, los cuidadores de nuestra propiedad en Aspen, sobre un posible viaje por la mañana. Luego escribo a Mia y a Elliot.

De: Christian Grey
Fecha: 27 de agosto de 2011 02:48
Para: Elliot Grey; Mia G. Chef Extraordinaire
Asunto: Aspen ¡HOY!

Mia, Elliot:
Como sorpresa para Ana, voy a llevar el jet a Aspen solo para la noche del sábado 27.
Venid con nosotros. Kate y Ethan también pueden acompañarnos. Volveremos el domingo por la tarde.
Avisadme si os apuntáis.

Christian Grey
Presidente de Grey Enterprises Holdings, Inc.

Hago clic en «Enviar» y, pasados unos segundos, me vibra el móvil.

ELLIOT
Me parece genial, campeón.

Está despierto.

¿Qué narices hace despierto a estas horas? Suele dormir como un tronco.

¿No puedes dormir?

ELLIOT
No. ¿Y tú?

Entorno los ojos.

¡Evidentemente!

ELLIOT
¿Por toda la mierda esa de Hyde?

Sí.

Me vibra el móvil. Elliot está llamándome.
¿Qué narices?
—Tío, es tarde —respondo.
—No me puedo creer que vaya a hacer esto —masculla.
—¿Hacer el qué?
—Pedirle consejo a alguien que se ha casado con la primera tía con la que ha salido. Pero ¿cómo lo supiste?
—¿Que cómo supe el qué?
—Que Ana era la mujer de tu vida —dice.
¿Qué? ¿Por qué me lo pregunta?
¿Cómo voy a saberlo?
—Fue instantáneo —respondo.
—¿A qué te refieres?
Evoco la imagen de Ana entrando en mi despacho para aquella entrevista.
Ha pasado una vida.
—Cuando la conocí, me miró con esos ojazos azules y lo supe. Ella supo ver más allá de todas las chorradas. Me vio a mí. Fue aterrador.
—Sí. Lo pillo.
—¿Por qué me lo preguntas? —¡Por favor, no me digas que es por Kavanagh!
—Es por Kate, tío.

433

Mierda.

Prosigue.

—Recuerdo la primera vez que la vi... bueno, está buena, eso es indiscutible. Y luego, cuando estábamos bailando en ese bar de Portland, y yo pensé: «No hace falta que le pongas tanto empeño. Ya me tienes». Es más, desde ese momento solo he estado con ella.

Suelto un resoplido. Este no es el *modus operandi* típico de Elliot; es la persona más promiscua que conozco.

—Entonces, ¿qué problema hay? —le pregunto.

—Ni idea. ¿Ella es la mujer de mi vida? Ni idea.

Nunca hemos tenido esta clase de conversación antes; por la vida de Elliot han pasado muchísimas mujeres. No sé qué decir.

—Bueno, como ya sabes, hizo que Ana saliera anoche hasta tarde y siempre que está con ella, Ana regresa borracha —me quejo.

Además, Kate es un auténtico grano en el culo, pero eso no puedo decírselo a mi hermano.

—Kate es una chica con la que me lo paso bien. A lo mejor eso es todo. Lo que pasa es que no sé qué siente ella.

—Tío, no soy la persona adecuada para aconsejarte. Créeme. Tendrás que averiguarlo por tu cuenta.

—Supongo que sí —dice.

—Aspen podría ser el lugar ideal.

—Sí. Le enviaré un mensaje.

—¿Kate no está contigo?

—No. Pero quiero que esté. Me estoy haciendo el duro.

—Lo que tú digas, tío. Te enviaré los detalles de adónde ir por lá mañana.

—Ya es por la mañana, hermanito.

—Es verdad. Este viaje es una sorpresa para Ana. Díselo a Kate. No quiero que se chive.

—Recibido.

—Buenas noches, Elliot.

—Tío. —Y cuelga.

Me quedo mirando el móvil sin dar crédito a la conversación que acabamos de tener. Elliot jamás me ha pedido consejo sobre su vida amorosa. Jamás. Y, tal como sospechaba, está coladito por Kavanagh. No lo entiendo. Es la mujer más irritante del planeta.

Es tarde y debería volver a la cama. Pero me siento atraído por el piano; un poco de música me calmará la mente. Levanto la tapa, me siento y me centro. El tacto de las teclas resulta fresco y conocido, y empiezo a interpretar a Chopin. La música melancólica me envuelve como un manto tranquilizador, que sofoca mis pensamientos con sus notas quejumbrosas y sombrías, el acompañamiento perfecto para mi estado de ánimo. La toco una, dos y hasta tres veces, y me pierdo en la melodía hasta olvidarlo todo; somos solo la música y yo. Cuando estoy interpretando la pieza por cuarta vez, veo aparecer a Ana con su albornoz con el rabillo del ojo. No dejo de tocar, pero me muevo para que ella pueda sentarse en la banqueta. Ella se sienta a mi lado y reposa la cabeza en mi hombro. Me besa en el pelo y yo sigo tocando.

Cuando termino, le pregunto si la he despertado.

—Me ha despertado que no estuvieras. ¿Cómo se llama esa pieza?

—Es de Chopin. Es uno de sus preludios en mi menor. Se llama «Asfixia».

—Casi me río por lo irónico del título: es de lo que ella se queja que le hago.

—Te ha alterado mucho todo esto, ¿eh?

—Un gilipollas trastornado ha entrado en mi apartamento para secuestrar a mi mujer. Ella no hace nunca lo que le dicen. Me vuelve loco. Utiliza la palabra de seguridad conmigo. —Cierro los ojos—. Sí, todo esto me tiene un poco alterado.

Me aprieta la mano.

—Lo siento.

Apoyo mi frente contra la suya, y siento el impulso de confesarme y susurrarle mi miedo más terrible.

—He soñado que estabas muerta. Tirada en el suelo, muy fría, y no te despertabas.

Trago saliva para borrar la imagen que persiste en mi memoria de la pesadilla.

—Oye… —La voz de Ana me tranquiliza—. Solo ha sido una pesadilla. —Me toma la cara entre sus manos—. Estoy aquí y solo estoy fría cuando no estás conmigo en la cama. Vamos a la cama, por favor.

Me toma de la mano y se levanta y, sin pensarlo, la sigo.

Se desprende del albornoz y ambos nos metemos en la cama. La atraigo hacia mi cuerpo.

—Duerme —me susurra, me besa en la coronilla y cierro los ojos.

La calidez es lo que percibo primero, la calidez del cuerpo de Ana y el perfume de su pelo. Cuando abro los ojos, veo que estoy rodeando a mi esposa con los brazos. Levanto la cabeza de su pecho.

—Buenos días, señor Grey —me dice ella con una tierna sonrisa.

—Buenos días, señora Grey. ¿Ha dormido bien?

Me estiro a su lado y me siento curiosamente fresco tras una noche tan movidita.

—Una vez que mi marido dejó de aporrear el piano, sí.

—¿Aporrear? Tengo que escribirle un correo a la señorita Kathie para decirle eso que me has dicho. —Y la miro sonriendo.

—¿La señorita Kathie?

—Mi profesora de piano.

Suelta una risita.

—Me encanta ese sonido. ¿Vamos a ver si hoy tenemos un día mejor?

—Vale —me dice—. ¿Qué quieres hacer?

—Después de hacerle el amor a mi mujer y que ella me prepare el desayuno, quiero llevarla a Aspen.

Ana se queda boquiabierta.

—¿Aspen?

—Sí.

—¿Aspen, Colorado?

—El mismo. A menos que lo hayan movido. Después de todo, pagaste veinticuatro mil dólares por la experiencia de pasar un fin de semana allí.

Me sonríe con superioridad.

—Los pagué, pero era tu dinero.

—Nuestro dinero —la corrijo.

—Era solo tu dinero cuando hice la puja. —Pone los ojos en blanco.

—Oh, señora Grey... Usted y su manía de poner los ojos en blanco.

Y le recorro el muslo con una mano.

—¿No se tardan muchas horas en llegar a Colorado? —me pregunta.

—En jet no —mascullo mientras mi mano se acomoda en mi lugar favorito.

Mi plan ha salido bien con una facilidad sorprendente. Cuento con la tripulación completa y nuestros invitados están a bordo, esperándonos; estoy emocionado por ver la reacción de Ana. Cuando nos detenemos con el coche junto al Gulfstream, le aprieto la mano.

—Tengo una sorpresa para ti. —Y la beso en los nudillos.

—¿Una sorpresa buena?

—Eso espero.

Ladea a cabeza, con gesto divertido de curiosidad, mientras Sawyer y Taylor salen del coche para abrirnos la puerta a cada uno al mismo tiempo.

Con Ana siguiéndome de cerca, saludo a Stephan, quien se encuentra en lo alto de la escalerilla del avión.

—Gracias por hacer esto avisándote con tan poca antelación. —Y le sonrío—. ¿Han llegado nuestros invitados?

—Sí, señor.

Ana se vuelve y ve a Kate, Elliot, Mia y Ethan sentados en la cabina de pasajeros. Se queda mirándome, boquiabierta.

—¡Sorpresa!

—¿Cómo? ¿Cuándo? ¿Quién? —dice atropelladamente y sin aliento.

—Me has dicho que no ves a tus amigos todo lo que querrías. —Me encojo de hombros.

Así que, aquí estamos, con tus amigos.

—Oh, Christian, gracias.

Me rodea el cuello con los brazos y me planta un besazo en la boca. Uau, me quedo de piedra por su arranque de fogosidad, pero me dejo llevar por su pasión y tomo todo cuanto ella tiene para darme. Le pongo las manos en las caderas y tiro de ella hacia mí.

—Sigue así y acabaré arrastrándote al dormitorio —le susurro.

—No te atreverás. —Siento su aliento ligero y dulce sobre los labios.

—Oh, Anastasia.

Me ha retado lanzando el guante.

¿Cuándo aprenderá que ninguno de los dos se acobarda ante un desafío?

Le sonrío, me agacho a toda prisa, la agarro por los muslos y la levanto con cuidado para cargármela sobre un hombro.

—¡Christian, bájame! —me grita y me da un azote en el culo al tiempo que voy saludando a los invitados y recorriendo la cabina.

—Si me disculpáis. Tengo que hablar de algo con mi mujer en privado.

Creo que Mia, Kate y Ethan están alucinando. Elliot me jalea como si los Mariners estuvieran a punto de anotarse una carrera.

¡Ja! Pues a lo mejor lo hago.

—¡Christian! —grita Ana—. ¡Bájame!

—Todo a su tiempo, nena.

La llevo hasta la cabina trasera, cierro la puerta y la bajo lentamente hasta dejarla de pie. Ella no parece nada impresionada.

—Menudo espectáculo, señor Grey.

Se cruza de brazos y creo que está fingiendo un enfado.

—Ha sido divertido, señora Grey.

—¿Y piensas seguir con esto? —Lo dice para retarme, pero no estoy seguro de si va en serio.

Mira a la cama y se ruboriza. Quizá esté recordando nuestra noche de bodas. Vuelve a mirarme y poco a poco su sonrisa se ensancha hasta que ambos estamos sonriéndonos como idiotas. Creo que está recordando exactamente eso.

—Creo que sería muy maleducado dejar a los invitados esperando —mascullo.

A pesar de lo tentadora que eres.

Doy un paso hacia ella y le acaricio la nariz con la mía.

—¿Ha sido una sorpresa buena? —le pregunto, porque necesito saberlo.

Parece encantada.

—Oh, Christian, ha sido fantástica. —Vuelve a besarme—. ¿Cuándo la organizaste? —Y me acaricia el pelo hundiendo sus dedos en él.

—Anoche, cuando no podía dormir. Les escribí correos a Elliot y a Mia y aquí están.

—Ha sido muy considerado por tu parte. Gracias. Seguro que nos lo vamos a pasar bien.

—Eso espero. He pensado que sería más fácil evitar a la prensa en Aspen que en casa. Vamos. Será mejor que nos sentemos. Stephan no tardará en despegar.

Le tiendo la mano y volvemos a la cabina.

Elliot nos vitorea al entrar.

—¡Eso sí que es un servicio aéreo rápido!

Tío, no te pases tanto…

Lo ignoro y hago un gesto de saludo con la cabeza mirando a Mia y a Ethan, mientras Stephan anuncia el despegue inminente. Taylor se ha sentado en un asiento trasero.

—Buenos días, señor y señora Grey —dice Natalia, nuestra azafata.

Le devuelvo la amable sonrisa y me siento frente a Elliot.

Ana abraza a Kate antes de sentarse a mi lado. Le pregunto si ha metido las botas de senderismo en el equipaje.

—¿No vamos a esquiar?

—Me temo que en agosto eso estará un poco complicado.

Ella pone los ojos en blanco y me pregunto si estaría siendo sarcástica.

—¿Sabes esquiar, Ana? —le pregunta Elliot.

—No.

Me inquieta imaginar a Ana con los esquíes puestos siendo novata. Le apretujo la mano.

—Seguro que mi hermano pequeño puede enseñarte. —Elliot le guiña un ojo—. Es bastante rápido en las pendientes, también.

Paso de él y miro a Natalia explicar las instrucciones de seguridad mientras el avión se dirige hacia la pista de despegue.

—¿Estás bien? —Oigo que Kate le pregunta a Ana—. Me refiero a después de todo el asunto de Hyde.

Ana asiente en silencio.

—¿Y por qué se volvió majareta? —le pregunta Kate.

—Porque le despedí —intervengo yo con la esperanza de que eso la haga callar.

—¿Ah, sí? ¿Y por qué?

Kate se nos queda mirando fijamente.

Maldita sea. Más preguntas.

—Porque me acosó sexualmente.

—¿Cuándo?

Kate pone los ojos como platos. Está impresionada.

—Hace un tiempo.

—No me lo habías contado.

Ana se encoge de hombros.

—No puede ser por eso —dice Kate—. Su reacción ha sido demasiado extrema. —Se dirige hacia mí—. ¿Es mentalmente inestable? ¿Y qué pasa con la información que tenía de los miembros de la familia Grey?

Kate no piensa parar. Lanzo un suspiro.

—Creemos que hay alguna conexión con Detroit.

—¿Hyde también es de Detroit?

Asiento. ¿Cómo narices sabe todas esas cosas?

Ana me aprieta la mano cuando el avión acelera. Mi valiente chica no es fan de los despegues ni de los aterrizajes. Le acaricio los nudillos con el pulgar. Está todo bien, nena.

—¿Qué sabes tú de él? —Elliot se pone serio por una vez, y a mí no me queda otra que desvelar lo que sé.

Fulmino a Kate con la mirada, a modo de advertencia.

—Os cuento esto extraoficialmente —le digo, y suelto todo lo que recuerdo de la investigación sobre su pasado—. Sabemos poco sobre él. Su padre murió en una pelea en un bar. Su madre se ahogó en alcohol para olvidar. De pequeño no hizo más que entrar y salir de casas de acogida. Y meterse en problemas. Sobre todo robos de coches. Pasó un tiempo en un centro de menores. Su madre se rehabilitó con un programa de servicios sociales y Hyde volvió al buen camino. Al final consiguió una beca para Princeton.

—¿Princeton? —repite Kate con voz chillona, sorprendida.

—Sí, es un tío listo —digo y me encojo de hombros.

—No será tan listo si le han pillado... —comenta Elliot con sequedad.

—Pero seguro que no ha podido montar esto solo —aventura Kate.

Por el amor de Dios, me saca de quicio. Esto no es asunto suyo, maldita sea.

—Todavía no sabemos nada —respondo con voz grave, intentando contener mi malhumor.

Ana levanta la vista y me mira, alarmada. Yo le aprieto la mano para tranquilizarla ahora que empezamos a surcar el aire. Ella se recuesta sobre mí.

—¿Qué edad tiene? —me pregunta entre susurros para que no puedan escucharla ni Kate ni Elliot.

—Treinta y dos, ¿por qué?

—Curiosidad, nada más.

—No quiero que tengas curiosidad por Hyde. Yo me alegro de que ese hijo de puta esté encerrado.

—¿Crees que le estaba ayudando alguien? —me pregunta con ansiedad.

—No lo sé.

—Tal vez alguien que tenga algo contra ti. Como Elena, por ejemplo.

No me jodas, Ana. Compruebo que Kate y Elliot no están escuchando, y veo que están profundamente inmersos en su conversación.

—Te has propuesto demonizarla, ¿eh? —mascullo—. Es cierto que tiene algo contra mí, pero ella no haría algo así. Y será mejor que no hablemos de ella. Sé que no es tu tema de conversación favorito.

—¿Te has visto cara a cara con ella?

—Ana, no he hablado con ella desde mi cumpleaños. —Bueno, no he hablado con ella en persona—. Por favor, déjalo ya. No quiero hablar de ella.

—La beso en los nudillos.

—Buscaos una habitación. —Elliot interrumpe mi línea de pensamiento—. Oh, es verdad, si ya la tenéis. Pero Christian no la ha necesitado hasta ahora.

—Que te den, Elliot.

—Tío, yo solo cuento las cosas como son. —Elliot está encantado consigo mismo.

—Como si tú pudieras saberlo —le suelto.

—Si te has casado con tu primera novia. —Mi hermano hace un gesto señalando a Ana.

—¿Y te parece raro, viéndola?

Vuelvo a besar a Ana en la mano y le dedico una sonrisa.

—No. —Elliot se ríe y niega con la cabeza.

Kate le da una palmada a Elliot en el muslo.

—Deja de ser tan gilipollas.

—Escucha a tu chica.

A lo mejor Kavanagh sabe mantenerlo a raya. Lo mira con el ceño fruncido mientras Stephan nos informa de la altitud y la duración el vuelo, y nos anuncia que podemos movernos por la cabina con libertad.

Natalia sale de la cocina.

—¿Alguien quiere un café?

Cuando el Gulfstream se detiene por fin en el aeropuerto de Pitkin en Aspen, Taylor es el primero en bajar del avión.

—Muy buen aterrizaje. —Estrecho la mano a Stephan mientras los demás pasajeros se preparan para desembarcar.

—Todo tiene que ver con la altitud de densidad, señor. Mi compañera Beighley es muy buena con las matemáticas.

—Has dado en el clavo, Beighley. Un aterrizaje muy suave.

—Gracias, señor. —Sonríe con orgullo.

—Disfruten del fin de semana, señor y señora Grey. Les veremos mañana.

Stephan se aparta para que desembarquemos y descendemos por la escalerilla hasta el sitio donde Taylor nos espera para llevarnos.

—¿Un monovolumen? —Enarco una ceja. Con una sonrisa de disculpa, él desliza la puerta para abrirla—. Cosas del último minuto, lo sé —concedo. Me vuelvo hacia Ana—. ¿Quieres que nos metamos mano en la parte de atrás del monovolumen?

Ella suelta una risita.

—Vamos, pareja. Adentro —nos urge Mia desde detrás de nosotros.

Subimos al vehículo y nos colamos en el asiento trasero, donde acabamos sentados. Rodeo a Ana con un brazo y ella se acurruca sobre mí.

—¿Cómoda?

—Sí.

Ana me sonríe y yo la beso en la frente, encantado de que estemos aquí juntos. He realizado viajes como este antes, con mis padres, a su casa de Montana, y con Mia y Elliot cuando ellos han traído a sus amigos. Pero nunca había ido en pareja.

Esta es otra primera vez.

De adolescente no tenía amigos y, siendo adulto, he estado demasiado ocupado y he sido demasiado solitario para disfrutar de este tipo de escapadas.

Y sigo sin tener muchos amigos.

En cuanto Elliot y Taylor han cargado el equipaje, partimos hacia la ciudad. Mientras voy disfrutando del paisaje, empiezo a pensar en nuestra casa de Red Mountain. Me pregunto si a Ana le gustará.

Eso espero. Me encanta este lugar.

Aspen a finales de verano está tan verde como Seattle, más en esta época del año. Es lo que me gusta de este sitio. La hierba de los prados es abundante y está alta y las montañas se ven alfombradas de bosques frondosos. Hoy el sol luce en lo alto del cielo, aunque hay algunos nubarrones en el horizonte en dirección al oeste. Espero que no sea un mal presagio.

Ethan se vuelve para mirarnos.

—¿Has estado alguna vez en Aspen, Ana?

—No, es la primera vez. ¿Y tú?

—Kate y yo veníamos a menudo cuando éramos adolescentes. A papá le gusta mucho esquiar, pero a mamá no tanto.

—Yo espero que mi marido me enseñe a esquiar —dice Ana mirándome.

—No pongas muchas esperanzas en ello —murmuro.

—¡No soy tan patosa!

—Podrías caerte y partirte el cuello. —Un escalofrío me recorre el cuerpo.

—¿Desde cuándo tienes esta casa? —me pregunta Ana.

—Desde hace unos dos años. Y ahora es suya también, señora Grey.

—Lo sé —me susurra y me da un beso en la mandíbula antes de volver a recostarse a mi lado.

Ethan me pregunta cuáles son mis descensos favoritos y yo los enumero. Aunque no soy tan valiente como Elliot. Él podría esquiar colina abajo, de espaldas, con los ojos cerrados, en cualquier lugar.

—Yo también sé esquiar —dice Mia con voz aflautada mirando a Ethan.

Él le sonríe con condescendencia y yo me pregunto cómo irá la campaña de mi hermana para robarle el corazón, o la polla. Él dice que Mia no es su tipo, pero, por la forma en que mi hermana le hace ojitos, sin duda él sí es el tipo de ella.

—¿Y por qué Aspen? —me pregunta Ana mientras vamos pasando por la calle principal.

—¿Qué?

—¿Por qué decidiste comprar una casa aquí?

—Mi madre y mi padre nos traían aquí cuando éramos pequeños. Aprendí a esquiar aquí y me gustaba. Espero que también te guste a ti... Si no te gusta, vendemos la casa y compramos otra en otro sitio. —Le coloco un mechón de pelo suelto detrás de la oreja—. Estás preciosa hoy.

Ana se sonroja y se pone guapísima y yo no me resisto a besarla.

Hay muy poco tráfico, y Taylor llega al centro de la ciudad en poco tiempo. Se dirige hacia el norte por Mill Street y cruzamos el río Roaring Fork y continuamos en dirección a Red Mountain. Taylor toma una curva al llegar a la cresta montañosa y yo tomo aire con fuerza.

—¿Qué te pasa? —me pregunta Ana.

—Espero que te guste —respondo—. Ya hemos llegado.

Taylor aparca en el camino de entrada y Ana se vuelve para contemplar la casa mientras nuestros invitados van saliendo del monovolumen. Cuando ella me mira de nuevo, tiene expresión emocionada.

—Hogar, dulce hogar —murmuro.

—Es bonita.

—Ven a verla.

La tomo de la mano, impaciente por enseñarle la casa.

Mia se nos ha adelantado corriendo para echarse en brazos de Carmella Bentley.

—¿Quién es? —me pregunta Ana refiriéndose a la mujer menuda que se encuentra en el umbral dando la bienvenida a nuestros invitados.

—La señora Bentley. Vive aquí con su marido. Ellos cuidan la casa.

Mia presenta a la señora Bentley a Ethan y a Kate, mientras Elliot la abraza.

—Bienvenido a casa, señor Grey. —Carmella me sonríe.

—Carmella, esta es mi esposa, Anastasia.

—Señora Grey.

Ana le sonríe y se estrechan la mano.

—Espero que hayan tenido un buen vuelo. Se espera que el tiempo sea bueno todo el fin de semana, aunque no hay nada seguro. —Se queda mirando las nubes grises cada vez más oscuras detrás de nosotros—. La comida está lista, puedo servirla cuando ustedes quieran —nos dice como cálido saludo de bienvenida.

Creo que aprueba a mi esposa.

—Ven aquí.

Cojo a Ana en brazos.

—Pero ¿qué haces? —me pregunta chillando.

—Cruzar otro umbral con usted en brazos, señora Grey.

Todos se echan a un lado para que yo pueda llevar a mi esposa hasta el amplio vestíbulo, donde le planto un beso rápido y la dejo con cuidado sobre el suelo de madera. Por detrás de nosotros, Mia toma a Ethan de la mano y lo arrastra hasta la escalera.

¿Adónde narices va?

Kate emite un silbido.

—Bonito sitio.

—¿Quieres una visita guiada? —le pregunto a Ana.

—Claro. —Me dedica una breve sonrisa.

La tomo de la mano, impaciente por enseñarle el lugar y llevarla a realizar una visita por su casa de vacaciones: la cocina, la sala, el comedor, el comedor de la cocina, el enorme salón del sótano con una barra y una mesa de billar. Ana se ruboriza cuando la ve.

—¿Te apetece echar una partida? —le pregunto en tono malicioso.

Yo lo pasé realmente bien la última vez que jugamos.

Ella niega con la cabeza.

—Por allí hay un despacho y las dependencias del señor y la señora Bentley.

Ella asiente, distraída.

A lo mejor no le gusta la casa.

Pensar en eso me entristece.

Me siento un poco desanimado, pero la llevo hasta el primer piso, donde hay cuatro dormitorios para invitados y la suite principal. La vista desde la ventana panorámica es impresionante y es la razón por la que compré la casa. Ana se acerca y se queda contemplando el paisaje.

—Esa es la montaña Ajax… o Aspen si te gusta más —le digo desde el umbral de la puerta.

Ella asiente con la cabeza.

—Estás muy callada —le digo en tono de pregunta.

—Es preciosa, Christian. —Me mira asombrada y preocupada.

Me acerco a ella, la sujeto por la barbilla y, con el pulgar, le libero el labio inferior que estaba mordiéndose.

—¿Qué te ocurre? —le pregunto mirándola para ver si sus ojos me dan alguna pista.

—Tienes mucho dinero.

¿Y eso es todo?

Consigo sentirme aliviado.

—Sí.

Y entonces recuerdo lo callada que se quedó la primera vez que la llevé al Escala; allí es donde también la vi reaccionar así.

—A veces me deja anonadada ver lo rico que eres.

—Que somos —vuelvo a recordarle una vez más.

—Que somos —dice con un suspiro abriendo todavía más los ojos.

—No te agobies por esto, Ana, por favor. No es más que una casa.

—¿Y qué ha hecho Gia aquí, exactamente?

—¿Gia?

—Sí, ¿no fue ella quien remodeló esta casa? —me pregunta Ana.

—Sí. Diseñó el salón del sótano. Elliot se ocupó de la construcción. —Me paso la mano por el pelo mientras me pregunto a dónde quiere ir a parar con todo esto—. ¿Por qué estamos hablando de Gia?

—¿Sabías que Gia tuvo un lío con Elliot?

Me quedo callado un segundo preguntándome qué debería contarle. Ana no sabe nada de las costumbres disolutas de Elliot.

—Elliot se ha tirado a más de medio Seattle, Ana.

Ella lanza un suspiro.

—Sobre todo mujeres, por lo que yo sé. —Me encojo de hombros y disimulo una sonrisa al ver su expresión de asombro.

—¡No!

—Eso no es asunto mío. —Levanto las palmas de las manos; no tengo ganas de hablar de esto.

—No creo que Kate lo sepa —dice Ana con voz chillona, espantada.

—Supongo que Elliot no va por ahí divulgando esa información. Aunque Kate tampoco es ninguna inocente... —Al menos es discreto, eso es una ventaja. Ana me mira directamente a los ojos y yo intento averiguar en qué piensa—. Pero lo que te pasa no tiene que ver con la promiscuidad de Elliot —susurro.

—Lo sé. Lo siento. Después de todo lo que ha pasado esta semana, es que...

Se encoge de hombros al tiempo que sus ojos empiezan a anegarse en lágrimas.

No, Ana, no llores. La acojo entre mis brazos.

—Lo sé. Yo también lo siento. Vamos a relajarnos y a pasárnoslo bien, ¿vale? Aquí puedes leer, ver alguna mierda en la televisión, ir de compras, hacer una excursión... incluso pescar. Lo que tú quieras. Y olvida lo que te he dicho de Elliot. Ha sido una indiscreción por mi parte.

—Eso explica por qué está siempre bromeando contigo sobre eso —me dice apoyando la mejilla sobre mi pecho.

—Él no sabe nada de mi pasado. Ya te lo he dicho, mi familia creía que era gay. Célibe pero gay.

Ella suelta una risita.

—Yo también creía que eras célibe. Qué equivocada estaba. —Me atrae más hacia ella y noto cómo sonríe.

—Señora Grey, ¿se está riendo de mí?

—Un poco. Lo que no entiendo es por qué tienes esta casa.

—¿Qué quieres decir?

Le doy un beso en el pelo.

—Tienes el barco, eso lo entiendo, y el apartamento en Nueva York por cosas de negocios, pero ¿por qué esta casa? Hasta ahora no tenías a nadie con quien compartirla.

—Te estaba esperando a ti.

—Qué... Qué bonito lo que acabas de decirme —me susurra mirándome fijamente con sus luminosos ojos azules.

—Es cierto. Aunque cuando la compré no lo sabía.

—Me alegro de que esperaras.

—Ha merecido la pena esperar por usted, señora Grey. —Le levanto la barbilla, acerco sus labios a los míos y la beso.

—Y por ti también. —Me sonríe—. Pero me siento como si hubiera hecho trampas porque yo no he tenido que esperar mucho para encontrarte.

Sonrío, incrédulo.

—¿Tan buen partido soy?

—Christian, tú eres como el gordo de la lotería, la cura para el cáncer y los tres deseos de la lámpara de Aladino, todo al mismo tiempo.

¿Qué? ¿Incluso después de lo de ayer?

Sigo intentando asimilar el cumplido que me acaba de hacer.

—¿Cuándo te vas a dar cuenta de eso? —Me mira con el ceño fruncido—. Eras un soltero muy deseado. Y no lo digo por todo esto. —Hace un gesto con el brazo para indicar todo cuanto se ve—. Yo hablo de esto. —Y posa una mano sobre mi corazón mientras yo no acierto a saber qué decir—. Créeme, Christian, por favor. —Me sujeta la cara y me lleva hacia sus labios, y nos perdemos en un beso sanador y ardiente y su lengua se entrelaza con la mía.

Quiero estrenar la cama.

Pero no podemos. Todavía no.

Me aparto, con la mirada encendida dirigida a ella, porque sé lo fuerte que es y que me podría haber hecho mucho daño si hubiera decidido hacerlo… marchándose.

No vayas por ahí, Grey.

—¿Cuándo te va a entrar en esa mollera tan dura que tienes el hecho de que te quiero?

Trago saliva.

—Algún día.

Su sonrisa me resulta cálida e ilumina mi interior.

—Vamos. Comamos algo. Los demás se estarán preguntando dónde estamos. Luego hablaremos de lo que queremos hacer.

Durante la impresionante comida que nos ha preparado la señora Bentley, decidimos a dónde iremos a pasear por la tarde. Pero justo cuando estamos terminando, la sala se oscurece.

—¡Oh, no! —exclama Kate de repente—. Mirad.

Y vemos que la pronosticada lluvia ya ha empezado.

—Nos quedamos sin excursión —dice Elliot, aunque parece aliviado.

—Podríamos ir a la ciudad —propone Mia.

—Hace un tiempo perfecto para pescar —sugiero.

—Yo me apunto a pescar —dice Ethan.

—Hagamos dos grupos —sugiere Mia dando una palmada—. Las chicas nos vamos de compras y los chicos que salgan a la naturaleza a hacer cosas aburridas.

—Ana, ¿tú qué quieres hacer? —le pregunto.

—Me da igual —responde—. Me parece bien ir de compras.

Sonríe a Kate y a Mia.

Ana odia ir de compras.

—Yo me quedo aquí contigo, si quieres —le digo, y vuelvo a pensar en que podríamos estrenar la cama.

—No, tú vete a pescar —me dice, pero me lanza una mirada penetrante, con los ojos turbios, y me hace pensar que preferiría quedarse en casa. Conmigo. Me crezco solo de pensarlo.

—Parece que tenemos un plan. —Kate se levanta de la mesa.

—Taylor os acompañará —anuncio.

—No necesitamos una niñera —espeta Kate, y resulta evidente que está molesta.

Ana le pone una mano sobre el brazo.

—Kate, es mejor que venga Taylor.

Escucha a mi esposa. Es algo indiscutible. Esa mujer me pone de los nervios; no sé qué verá mi hermano en ella.

Elliot frunce el ceño.

—Necesito ir a la ciudad a por una pila para mi reloj de pulsera.

¿Justo hoy? ¿No puede comprarlo en casa?

—Llévate el Audi, Elliot. Iremos a pescar cuando vuelvas.

—Sí —responde distraído—. Buen plan.

¿Qué le pasa?

Taylor hace las maniobras con el monovolumen, donde lleva a Ana y compañía, por el camino de entrada y parten hacia la ciudad. Yo le entrego a Elliot la copia de la señora Bentley de las llaves del Audi. Él me ha dicho que Ethan y yo vayamos tirando sin él.

—Estaremos en el Roaring Fork. En el sitio de siempre, creo —digo.

Cuando coge las llaves tiene una expresión rara, como si estuviera a punto de enfrentarse a una banda de pandilleros.

—Gracias, hermanito —masculla.

Frunzo el ceño.

—¿Estás bien?

Él traga saliva.

—Voy a hacerlo.

—¿El qué?

—Un anillo.

—¿Un anillo?

—Voy a comprar un anillo. Creo que ha llegado la hora.

Mierda.

—¿Vas a pedirle a Kate que se case contigo?

Asiente con la cabeza.

—¿Estás seguro?

—Sí. Ella es la mujer de mi vida.

Creo que me quedo boquiabierto. ¿Kavanagh?

—Oye, campeón, parece que el hechizo del matrimonio está haciéndote efecto.

Él sonríe y recupera su actitud despreocupada al instante.

—Como no cierres la boca va a entrarte una mosca, tío. Ve a pescar algo, mejor.

Se ríe mientras cierro la boca, y me quedo mirando, embobado, cómo se sube al A4.

Maldita sea. Va a casarse con Kavanagh. Esa mujer va a convertirse en un grano en el culo para siempre. Quizá ella le diga que no. Pero mientras observo cómo sale por el camino de entrada marcha atrás, algo me dice que Kate dirá que sí. Mi hermano se despide rápido con la mano y desaparece. Sacudo la cabeza. Elliot Grey, espero por Dios que sepas qué estás haciendo.

Ethan está en el guardarropa de la entrada mirando toda la hilera de cañas de pescar.

—¿Boya o mosca? —le pregunto.

—Vamos a meternos en el río. De todas formas vamos a mojarnos con esta lluvia —responde Ethan con una sonrisa.

—Los aparejos están ahí. —Señalo uno de los armarios—. Voy a cambiarme. Puedes ponerte lo que quieras de lo que hay ahí.

—Genial.

Ethan abre un armario y saca un par de botas de pesca.

Cargamos las mochilas con los aparejos en mi camioneta, yo salgo del garaje dando marcha atrás y me dirijo hacia la montaña; aunque llueva, el paisaje es evocador. Nuestra primera parada es la tienda de pesca local, donde compro nuestras licencias de pesca. Desde allí nos dirigimos a mi sitio favorito del río Roaring Fork.

—¿Ya has pescado aquí antes? —le pregunto a Ethan mientras caminamos hacia la orilla.

—Aquí no. Pero sí por el Yakima. Mi padre es un gran aficionado.

—¿Ah, sí?

Bueno, otra razón para que me guste Eamon Kavanagh.

—Sí. Mi padre me contó que estás trabajando con él —dice Ethan.

—GEH está actualizando su red de fibra óptica.

—Está encantado.

Sonrío.

—Me gusta trabajar con él. Tiene la cabeza muy bien amueblada.

Ethan asiente.

—Él piensa lo mismo sobre ti.

—Me alegra oírlo. —Saco de la mochila una caja de moscas. En su interior hay una colección impresionante—. Las hace el marido de Carmella. Son ideales para la trucha.

—Genial.

Escoge una y se queda mirándola con detenimiento.

—Sí. —Escojo una—. Las moscas de mayo están eclosionando ahora.

—Esto servirá. Vamos a ensartar unos cuantos anzuelos. Te dejaré un poco de espacio —dice, y ambos nos desplazamos por el rocoso lecho del río en direcciones opuestas.

Tengo el carrete montado, pero rápidamente monto el resto de la caña, inserto el sedal en las guías y ato la mosca a la punta. Estoy listo. Con solo una mirada a Ethan, quien debe de estar a unos siete metros de distancia, sé que él también está listo. Realiza su primer lanzamiento. Es suave y grácil, y la mosca aterriza en lo que parece el punto ideal en el agua. Sabe lo que se hace.

El Roaring Fork borbotea a mis pies en dirección oeste, flanqueado por rocas y abedules plateados. Es un enclave perfecto y tranquilo. La visión de este entorno natural me hace lanzar un suspiro relajado. Me quedo mirando intensamente el agua y la veo fluir hasta que se hunde lentamente en el bajío.

Mi padre está de pie junto a mí en el agua.

Llevamos botas de pesca. Él está mirando el río con detenimiento.

—Verás, hijo, tienes que aprender a leer lo que dice el agua como si leyeras un libro. Buscar las señales evidentes de la señora Trucha. Podría estar oculta bajo las rocas del río. Podría estar en la confluencia del río. ¿Ves la confluencia? Donde las aguas tranquilas se encuentran con las corrientes rápidas.

»Y busca las burbujas. Podría estar comiendo justo ahí. Le encantan las moscas de mayo, sobre todo en esta época del año. No se resiste a una mosca. La engañaremos con esto. Coge tu mosca y colócala en la punta. Toma. Así. —Mi padre ata la mosca—. Ahora hazlo tú.

Tras un par de intentos, lo consigo. Es un buen nudo porque mi padre me ha enseñado a hacerlo.

—Bien hecho, Christian. Recuerda lanzar como si estuvieras sacudiendo la pintura de una brocha. El secreto está en el juego de muñeca.

La mosca de mayo cae al agua y yo dejo que flote sobre el río como hace mi padre. Algo pica. Una trucha.

—¡Bien hecho, Christian!

La recogemos juntos enrollando el carrete.

Mi padre era un buen maestro. Realizo un par de lanzamientos corriente arriba hasta la otra orilla y dejo que la mosca se acerque flotando hasta mí, y no tardo en quedarme ensimismado, concentrado. Mi mente se despeja cuando me dispongo a conquistar el río.

Una garza se posa corriente arriba.

La llovizna amaina.

Está todo tranquilísimo. A pesar del mal tiempo, es genial estar aquí.

Y algo pica.

Es una trucha.

Una grande.

Sí, joder.

La trucha tira hacia atrás y rompe el sedal.

Mierda. La he perdido. Y la mosca.

Ethan ha tenido más suerte que yo. Sospecho que ha pescado el mismo pez que yo he perdido.

—El que se me ha escapado —protesto.

Ethan sonríe de oreja a oreja.

—Este tenía mi nombre escrito.

Miro la hora; deberíamos irnos.

—Es lo bastante grande para comerla. ¿Podemos llevárnosla? —pregunta Ethan.

—No deberíamos.

Él arruga el gesto.

—¿Solo por esta vez?

Sonrío.

—Vamos a cargar. Y regresemos.

—Elliot no se ha presentado —dice Ethan cuando subimos a la camioneta.

—Ese asunto que tenía que solucionar en la ciudad debe de haberle llevado más tiempo del que pensaba.

Ethan asiente, pensativo.

—Es un buen tipo. Creo que mi hermana está bastante colada por él.

—Yo también creo que está bastante colado por ella. Hablando de hermanas, ¿cómo van las cosas con Mia? —lo pregunto esperando parecer despreocupado.

—Tu hermana es una auténtica fuerza de la naturaleza. —Sacude la cabeza con gesto divertido—. Pero seguimos siendo solo amigos.

—Creo que a ella le gustaría ser algo más que tu amiga.

—Sí, yo también lo creo. —Resopla.

Llegamos al camino de entrada de la casa y abro la puerta del garaje con el mando a distancia. Ambos bajamos de la camioneta para empezar a descargar mientras la puerta va levantándose y vemos a Ana y a Kate junto a Elliot subido en una de mis polvorientas motos KTM. Están todos mirándonos.

—¿Vais a montar una banda de música? —les pregunto mientras me dirijo hacia Ana.

Ella está un tanto ruborizada, como si hubiera estado bebiendo. Me son-

449

ríe mientras me da un repaso; le divierte mi atuendo. Es ropa de pesca, nena. O a lo mejor reconoce el mono que me vendió en Clayton's.

—Hola —digo mientras me pregunto qué narices están haciendo en el garaje.

—Hola. Me gusta tu mono —me dice Ana con un murmullo de admiración.

—Tiene muchos bolsillos. Es muy útil para pescar.

Recuerdo lo atractiva aunque incómoda que estaba cuando fui a la ferretería.

Se sonroja todavía más.

Oh, nena, hemos recorrido un largo camino desde entonces.

Con el rabillo del ojo, veo que Kate pone los ojos en blanco, pero la ignoro.

—Estás mojado —murmura Ana.

—Estaba lloviendo. ¿Qué estáis haciendo todos aquí en el garaje?

—Ana ha venido a por leña. —Elliot sonríe con malicia.

¡Tío!

—Yo he intentado tentarla para que monte. —Le da una palmada a la moto.

Joder. No. ¿Con este tiempo? ¡Ya basta de chorradas, hermanito!

—Me ha dicho que no, que a ti no te iba a gustar —dice Elliot enseguida.

Dirijo la mirada hacia Ana.

—¿Eso ha dicho?

—Vamos a ver, me parece bien que nos dediquemos a hablar de lo que Ana ha hecho o no ha hecho, pero ¿podemos hacerlo dentro? —suelta Kate.

Coge dos troncos de leña y sale del garaje. Elliot suspira y desmonta de la moto para seguirla.

Yo me vuelvo hacia Ana.

—¿Sabes llevar una moto?

—No muy bien. Ethan me enseñó.

¿En serio? Mi hermana y mi esposa...

—Entonces has tomado la decisión correcta. El suelo está muy duro y la lluvia lo hace resbaladizo y traicionero.

—¿Dónde dejo los aparejos de pesca? —pregunta Ethan.

—Déjalos ahí, Ethan... Taylor se ocupará de ellos.

—¿Y la pesca? —vuelve a preguntar Ethan con un tono ligeramente divertido.

—¿Habéis pescado algo? —pregunta Ana.

No.

—Yo no. Kavanagh sí —suelto con un mohín.

Ana empieza a reír.

—La señora Bentley se ocupará de ello —digo.

Con una sonrisa de suficiencia, Ethan lo lleva a la casa.

—¿Le resulto divertido, señora Grey?

—Mucho. Estás mojado. Te voy a preparar un baño.

—Solo si te metes conmigo. —Le planto un beso en los labios—. Nos vemos en la habitación de arriba. Solo tengo que sacarme el mono.

Ana ladea la cabeza.

—¿Quieres mirar? —Y le sonrío.

—Siempre. Pero ahora mismo voy a prepararle el baño, señor.

Sonrío con suficiencia y me quedo mirando cómo se aleja y luego me dirijo hacia el guardarropa.

—Tío, ha estado genial —dice Ethan mientras se quita las botas de agua.

—Sí. Es un buen sitio.

—Ya me encargo yo de los aparejos. —Parece sincero.

—Está bien. Te ayudaré.

—No, tío. Tu esposa está esperándote. Ya lo coloco yo. —Me hace un gesto con la mano para que me marche al tiempo que él vuelve a salir para ir a la camioneta.

No discuto, en lugar de eso me quito el equipo y dejo el mono en un gancho del guardarropa.

De camino a reunirme con Ana, me topo con Mia al pie de la escalera.

—Qué pasa, hermano mayor.

Me da un abrazo y me pilla por sorpresa.

—Mia.

Creo que está un poco achispada.

—¿Dónde está Ethan?

—Está fuera. Descargando la camioneta.

Se pone con las manos en jarras.

—Christian Grey, ¿lo has obligado a descargar solo?

—Él se ha ofrecido.

—¿Sabes? No he sabido nada de ti desde que te casaste. Es como si yo ya no existiera. —Parece taciturna.

—Oye. —La beso en la frente—. Sí que existes. ¿Y si te invito a comer la semana que viene?

Da una palmada de satisfacción.

—¿Qué habéis bebido? —le pregunto cuando ya se marcha.

—Daiquiris de fresa.

Sale corriendo al exterior para ir a buscar a Ethan y yo la miro sacudiendo la cabeza.

Subo los peldaños de la escalera de dos en dos y voy en busca de mi esposa.

Ana está colgando un vestido plateado en el armario. Debe de haberlo comprado en la ciudad.

—¿Os lo habéis pasado bien? —le pregunto cuando entro y cierro la puerta.

—Sí —me responde y se queda mirándome.

—¿Qué pasa?

—Estaba pensando en cuánto te he echado de menos.

El corazón me da un vuelco por la calidez de su voz.

—Suena como si hubiera sido mucho, señora Grey.

—Mucho, sí, señor Grey —susurra.

Me acerco a ella y me planto delante, y siento el calor que irradia su cuerpo.

—¿Qué te has comprado? —le pregunto entre susurros, deleitándome con su calidez.

—Un vestido, unos zapatos y un collar. Me he gastado un buen pellizco de tu dinero. —Levanta la vista para mirarme como si hubiera cometido un crimen terrible.

Oh, no hay manera de que lo entienda.

—Bien —recalco en voz baja mientras le coloco un mechón de pelo suelto por detrás de la oreja—. Y por enésima vez: nuestro dinero.

Me llegan desde el baño de la suite el perfume a jazmín y el murmullo del agua de la bañera llenándose. Con un ligero tironcito le libero el labio inferior de entre los dientes. Recorro con el dedo índice la parte delantera de su camiseta, justo entre sus senos, paso por el vientre y llego al ombligo, hasta el dobladillo.

—Creo que no vas a necesitar esto en la bañera. —Agarro la camiseta por el dobladillo con ambas manos y se la quito lentamente—. Levanta los brazos.

Ana colabora con su hermosa mirada luminosa clavada en mí y yo lanzo la camiseta al suelo.

—Creía que solo íbamos a darnos un baño. —Habla consumida por el deseo.

—Quiero ensuciarte bien primero. Yo también te he echado de menos.

Me inclino para besarla. Ella me acaricia el pelo al tiempo que recibe el roce de mis labios y no tardamos en entregarnos el uno al otro.

Ana tiene la cabeza colgando por un lado de la cama, echada hacia atrás mientras grita al llegar al orgasmo. Su reacción desencadena la mía y me corro rápido y con intensidad dentro de ella. Jadeando, la atraigo hacia mi pecho y nos recostamos extasiados y satisfechos, y me quedo mirando al techo.

—¡Mierda! ¡El agua! —exclama Ana e intenta incorporarse.

Pero yo la retengo.

No te vayas.

—¡Christian, la bañera! —Se queda mirándome, horrorizada.

Me río.

—Relájate. Hay desagües en el suelo. —Ruedo sobre el colchón y la sujeto sobre la cama una vez más y la beso a toda prisa—. Voy a cerrar el grifo.

Sintiéndome más relajado que en los últimos días, me levanto, me dirijo tranquilamente al baño y cierro el grifo. Como era previsible, la bañera está demasiado llena, lo cual será divertido para experimentar en compañía de mi esposa. Ana me sigue y se queda mirando el suelo, boquiabierta.

—¿Lo ves? —Señalo el punto donde el agua está yéndose por el desagüe.

Ella sonríe y nos metemos juntos, riendo cuando el agua se sale de la bañera a nuestro alrededor. Ella se ha hecho un moño que se sujeta a duras penas sobre la cabeza y le caen unos mechones por ambos lados de la cara.

Está preciosa.

Y es toda mía.

Nos sentamos uno a cada lado de la bañera demasiado llena.

—Dame un pie —le ordeno, y ella coloca su pie izquierdo sobre mi mano.

Empiezo a darle un masaje con los pulgares. Ella cierra los ojos y, como antes, echa la cabeza hacia atrás y gime de placer.

—¿Te gusta? —susurro.

—Sí —suspira.

Voy tirando de cada uno de los dedos y le miro los labios, que frunce con cada descarga de placer. Voy besando cada dedo, uno a uno, y le muerdo con suavidad el meñique.

—¡Aaah! —gime una vez más y abre los ojos de golpe.

—¿Así?

—Mmm…

Retomo el masaje y ella cierra los ojos.

—He visto a Gia en la ciudad —dice con tono despreocupado.

—¿Ah, sí? Creo que también tiene casa aquí.

—Estaba con Elliot.

Dejo el masaje y Ana abre los ojos.

—¿Qué quieres decir con que estaba con Elliot?

—Estábamos en una tienda justo enfrente de una joyería. Lo vi entrar solo y creí que a lo mejor estaba comprando la pila para el reloj. Salió de allí con Gia Matteo. Ella se reía de algo que él había dicho, luego la besó en la mejilla y se marchó.

¿Será que Gia estaba ayudándolo a escoger el anillo?

—Ana, solo son amigos. Creo que Elliot está bastante colado por Kate.

—Por desgracia—. De hecho, sé que está muy colado por Kate.

—Kate es guapísima —me suelta Ana con brusquedad, y vuelvo a preguntarme si es capaz de leerme la mente.

—Me sigo alegrando de que fueras tú la que se cayó al entrar en mi despacho. —Le beso el dedo gordo, le levanto el pie derecho y retomo el proceso desde el principio.

Ana se echa hacia atrás y yo me regodeo en la visión de la planta de su pie y dejamos de hablar sobre Elliot y Gia y Kate.

Me pregunto cuándo piensa pedirle matrimonio.

Dejo que Ana vaya a vestirse para la cena mientras yo bajo al estudio para revisar los e-mails.

Me siento al escritorio y abro el portátil. Al revisar la bandeja de entrada, veo que hay un par de cuestiones de trabajo irritantes que debo solucionar, pero las aparto por el momento. Lo que me hace frenar en seco es el e-mail de Leila. Se me ponen los pelos de punta por el rechazo.

¿Qué narices quiere ahora?

De: Leila Williams
Fecha: 27 de agosto de 2011 14:00
Para: Christian Grey
Asunto: Gracias

Estimado señor, ¿o debería llamarle señor Grey? Ya no lo sé.

Quería darle las gracias por todo.

En persona.

Por favor.

Leila

Me quedo mirando la pantalla con el ceño fruncido y pensando en el atrevimiento de Leila. Le pedí, a través de Flynn, que no contactara conmigo directamente y, aun así, me ha enviado este e-mail. Se lo reenvío a Flynn y le pido que le recuerde mis condiciones para pagar su tratamiento y las cuotas de sus matrículas de estudio. Espero que así ella no vuelva a contactar conmigo.

Para colmo, hay otro e-mail de Ros en el que me dice que los taiwaneses quieren hablar mañana a las 14.30, hora de allí. ¿Un domingo? ¿Qué hora será aquí? Lo busco en Google... Mierda, eso serán las doce y media de esta noche.

¿Qué narices?

Llamo a Ros.

—Christian, hola. ¿Cómo estás? —Parece animada, lo que no hace más que aumentar mi enfado.

—Cabreado. ¿Puedes cambiar la hora de esta llamada?

—Lo sé. Es ridículo. Pero no. Uno de sus ejecutivos solo está disponible a esa hora.

—¿Un domingo?

—Es porque tienen que estar fuera del trabajo cuando realicen esta llamada.

Suspiro.

—Está bien.

—Yo también estaré en la llamada —me dice para intentar calmarme, sospecho—. Y contaremos con un intérprete.

—Está bien, hablaré contigo entonces. —Cuelgo, molesto.

A la mierda con todo esto. Me dirijo hacia el salón del sótano, donde Elliot y Ethan están jugando al billar y bebiendo cerveza. Me apunto a beber con ellos. Taylor ha reservado una mesa para los seis en un restaurante local, pero tienen tiempo para una partida.

—Bueno ¿qué hay entre Mia y tú? —le pregunta Elliot a Ethan.

Ethan se ríe.

—Eres tan malo como tu hermano. —Se queda mirándome—. Como ya le he dicho a Christian, somos solo amigos.

Elliot enarca una ceja y me mira directamente.

Yo tomo un largo sorbo de cerveza refrescante.

—¿Conseguiste lo que necesitabas en la ciudad? —le pregunto a Elliot mientras observamos a Ethan meter dos bolas lisas.

—Sí. —Y sonríe.

—¿Te han ayudado?

Elliot ladea la cabeza.

—¿Por qué lo preguntas?

—Me lo ha dicho un pajarito.

Elliot frunce el ceño y Ethan mete la blanca, así que Elliot va a tirar.

Me vibra el móvil en el bolsillo trasero. Tengo un e-mail de mi esposa.

De: Anastasia Grey
Fecha: 27 de agosto de 2011 18:53
Para: Christian Grey
Asunto: ¿Se me ve el culo gordo con este vestido?

Señor Grey:
Necesito su consejo con respecto a mi atuendo.
Suya

Señora G x

Esto tengo que verlo. Tecleo una respuesta a toda prisa.

De: Christian Grey
Fecha: 27 de agosto de 2011 18:55
Para: Anastasia Grey
Asunto: Delicioso

Señora Grey:
Lo dudo mucho.

Pero ahora mismo voy y le hago una buena inspección a su culo para asegurarme.

Suyo por adelantado

Señor G x

Christian Grey

Inspector de culos y presidente de Grey Enterprises Holdings, Inc.

Dejo la cerveza, subo los peldaños de dos en dos y abro la puerta de nuestro dormitorio.

Uau.

Anastasia Grey. Uau.

Me quedo de piedra en el umbral.

Ana está delante del espejo de cuerpo entero. Está vestida, por decirlo de alguna forma, con un diminuto vestido plateado y tacones de ajuga de infarto. Su reluciente cabellera enmarca su hermoso rostro. Lleva los ojos pintados con rímel y un tono rojo oscuro en los labios.

Está espectacular, y mi cuerpo cobra vida al verla.

Ana se echa el pelo a un lado.

—¿Y bien? —me pregunta en un susurro.

—Ana, estás... Uau.

—¿Te gusta?

—Sí, supongo que sí —respondo con tono ronco y el deseo que siento es evidente.

Quiero despeinarla y hacer que se le corra el pintalabios. Quiero que sea mi Ana y no esta versión de sí misma. Esta mujer poderosa y seductora resulta, sinceramente, un poco intimidante, y sexy.

Tan sexy que me va a explotar la entrepierna.

Entro en la habitación, hipnotizado por mi esposa, y cierro la puerta tras de mí, contento de haberme puesto otra vez la chaqueta. Tiene unas piernas torneadas e infinitas. De pronto me imagino sus pies con esos zapatos, apoyados sobre mis hombros.

Joder.

Apoyo las manos sobre sus hombros desnudos y le doy la vuelta para que ambos quedemos mirando de frente, hacia el espejo.

¡Dios!

Este vestido casi no tiene espalda.

Al menos le tapa el culo.

Casi nada.

Nuestras miradas se encuentran en el espejo, azul ahumado hasta convertirse en gris oscuro.

Es la diosa que conozco hasta en el último detalle. Y alta. ¡Muy alta! Le doy un repaso a la espalda desnuda y no puedo resistirme. Le acaricio la columna con un nudillo y ella se echa hacia atrás cuando la toco.

Oh, Ana.

Me detengo hasta llegar al borde del vestido, justo encima del culo.

—Es muy atrevido —murmuro.

Sigo bajando con la mano hasta su provocativo culo, que queda realzado por la tela ceñida hasta el dobladillo. Bajo con los dedos por su muslo. Le acaricio con delicadeza, haciéndole cosquillas al describir círculos sobre su piel, mientras ella sigue mi recorrido. Toma aire con fuerza y su boca forma una «o», perfecta para follármela.

—No hay mucha distancia entre aquí... —digo tocando el dobladillo del vestido y subiendo más por el muslo— y aquí. —Le toco las bragas y la acaricio por encima del fino tejido.

Ella suspira cuando hago presión con los dedos y noto que la tela se humedece con mi tacto.

Oh, nena.

—¿Adónde quieres llegar? —pregunta con voz ronca.

—Quiero llegar a explicar que esto no está muy lejos... —Deslizo los dedos sobre las bragas y meto el dedo por debajo para poder tocarle la piel— de esto. Y de esto... —Mientras estamos mirándonos le meto el dedo dentro.

Ella está caliente y mojada, y cierra los ojos mientras gime.

—Esto es mío. —Las palabras van saliendo a cuentagotas con mis labios pegados a su oreja y, con los ojos cerrados, empiezo a meter y sacar el dedo de su sexo—. Y no quiero que nadie más lo vea.

Ana empieza a jadear y yo abro los ojos para observarla mientras le doy placer.

—Así que si eres buena y no te agachas, no habrá ningún problema.

—¿Lo apruebas? —me pregunta con la voz entrecortada.

—No, pero no voy a prohibirte que lo lleves. Estás espectacular, Anastasia.

Ya basta.

Quiero follármela. Pero no tenemos tiempo. Y por mucho que quiera quitarle el maquillaje, estoy seguro de que a ella no le hará gracia. Retiro la mano poco a poco y me desplazo hasta situarme delante de ella. Le acaricio el labio inferior con la punta de mi húmedo dedo índice. Y ella frunce los labios de color rojo pasión para besarlo.

Al notar su tacto se me pone dura.

Sonrío. Es una sonrisa maliciosa.

Esto es lo que me encanta de mi chica.

No se acobarda ante un desafío.

Me meto el dedo en la boca.

El sabor de Ana es delicioso. Me relamo los labios y Ana se ruboriza.

Sí. Esa es mi chica.

La tomo de la mano sonriendo.

—Ven.

Cogidos de la mano, bajamos la escalera para ir a reunirnos con nuestros invitados, y no soy indiferente a las miradas de admiración que dedican todos a mi esposa.

—¡Ana! Pareces una estrella de cine —exclama Mia, asombrada, y le da un abrazo.

Yo la suelto y abro la puerta del armario.

—¿De quién es esto? —pregunto sosteniendo un *trench*.

—Es mío —dice mi hermana.

—¿Cuándo pensabas ponértelo?

—Esta noche no.

—Bien. ¿Me lo dejas?

—Te irá un poco pequeño —bromea Mia.

La ignoro y le paso el *trench* a Ana. Ella pone los ojos en blanco, pero asiente y deja que se lo ponga.

Bien.

Podría tener frío más tarde.

Y así nadie le verá el culo.

La comida en Montagna es excelente, al igual que, para mi sorpresa, la conversación. Tiene que ser por la compañía. He descubierto que me encanta observar a mi esposa interactuando con otras personas; es encantadora, divertida e inteligente. Bueno, eso ya lo sabía cuando me casé con ella, pero hoy está controlando su timidez y hace que parezca todo más fácil. Me pregunto si será la cantidad de alcohol que ha consumido lo que la hace más sociable, aunque, ahora mismo, me da igual. Podría estar mirándola todo el día. Me hipnotiza y me hace sentir esperanzas de compartir un futuro. Estaría bien hacer esto más a menudo: traer a amigos a la casa, entretenerlos, disfrutar del tiempo con ellos. Jamás pensé que eso me gustaría, pero a lo mejor resulta que sí.

Cada vez aprecio más a Ethan. Siente pasión por su campo académico y se muestra entusiasmado por empezar su programa de posgrado en psicología en la Universidad de Seattle.

—Tío, sabes un montón sobre esta mierda —dice mientras esperamos el postre.

Me río.

—Más me vale. He consultado a bastantes terapeutas.

Me mira con el ceño fruncido, como si no me creyera.

—¿De verdad?

No te haces una idea.

Elliot se levanta y arrastra la silla por el suelo, el ruido es más fuerte que el volumen de la conservación. Todos nos volvemos y lo miramos. Él está mirando a Kate y ella tiene la mirada elevada hacia él como si de pronto le hubiera salido otra cabeza. Elliot hinca una rodilla en el suelo.

Oh, joder.

Tío.

¿Aquí?

Elliot toma de la mano a Kate y creo que el restaurante al completo está mirándolo.

—Mi preciosa Kate, te quiero. Tu gracia, tu belleza y tu espíritu ardiente no tienen igual y han atrapado mi corazón. Pasa el resto de tu vida conmigo. Cásate conmigo.

Todos los presentes contienen la respiración. Ana me toma de la mano y las miradas se vuelven al unísono hacia Kavanagh, quien está mirando boquiabierta a Elliot. Le cae una lágrima por la mejilla cuando se lleva la mano abierta al pecho, como si estuviera intentando contener la emoción. Por fin sonríe.

—Sí —susurra.

Los comensales rompen en vítores, aplausos y silbidos. Esto es tan típico de Elliot... en un restaurante hasta los topes, delante de todo el mundo. El tío no le tiene miedo a nada. La admiración que siento por él crece de forma exponencial. Se saca del bolsillo una cajita de joyería, la abre y le enseña el anillo que hay en el interior. Kate lo rodea con los brazos y se besan.

Yo me río cuando el público enloquece. Elliot se levanta, realiza una reverencia muy merecida y se sienta junto a su prometida con una sonrisa embobada en la cara.

Ana está llorando y apretándome la mano.

Mierda.

Recuerdo la primera vez que le pedí matrimonio. Entonces también lloró. Estábamos en el suelo del salón del Escala, y yo le había confesado lo peor de mí. Me pregunto qué habría hecho Ethan Kavanagh de haberlo sabido.

No vayas por ahí, Grey.

Elliot está deslizando el anillo sobre el dedo de Kate, lo que me recuerda que he dejado de sentir el mío. Aprieto la mano de Ana y ella me suelta y vuelve a circularme la sangre por los dedos. Ana tiene la amabilidad de parecer abochornada.

—¡Ay! —me quejo moviendo los labios.

—Lo siento. ¿Tú lo sabías? —me pregunta en un susurro.

Le pongo mi mejor cara de póquer y llamo al camarero.

—Dos botellas de Cristal, por favor. Del 2002, si es posible.

El camarero me mira con una amplia sonrisa y sale disparado.

Ana sonríe, burlona.

—¿Qué?

—El del 2002 es mucho mejor que el del 2003, claro —bromea.

Me río. Tiene razón. Pero no tengo por qué decírselo.

—Para un paladar exigente, por supuesto, Anastasia.

—Y usted tiene uno de los más exigentes, señor Grey, y unos gustos muy peculiares.

—Cierto, señora Grey. —Me acerco más a ella e inspiro la estela dejada por su perfume—. Pero lo que mejor sabe de todo eres tú. —La beso en ese punto por detrás de la oreja que hace que se estremezca.

Mia se ha levantado y está abrazando a Kate y a Elliot. Ana la imita.

—Kate, me alegro mucho por ti. Felicidades —dice Ana mientras abraza con fuerza a su amiga.

Le tiendo la mano a Elliot, él sonríe y parece aliviado y feliz, y tiro de él para darle un abrazo, lo que nos sorprende a ambos.

—Enhorabuena, Lelliot.

Mi hermano se queda quieto durante un nanosegundo, sin duda impactado por mi demostración repentina de afecto, y luego me abraza.

—Gracias, Christian —dice, y se le quiebra la voz al pronunciar mi nombre.

Abrazo a Kate a toda prisa.

—Espero que seas tan feliz en tu matrimonio como yo lo soy en el mío.

—Gracias, Christian. Yo también lo espero —responde con amabilidad.

¡Sabe ser amable!

A lo mejor no es tan molesta como yo creía.

El camarero descorcha el champán y lo sirve en las copas.

Levanto la mía y brindo por la feliz pareja.

—Por Kate y mi querido hermano Elliot. Enhorabuena a los dos.

—Por Kate y Elliot —repetimos todos a coro.

Ana está sonriendo.

—¿En qué estás pensando? —le pregunto.

—En la primera vez que bebí este champán.

Frunzo el ceño mientras repaso los miles de recuerdos que tengo de Ana.

—Estábamos en tu club —me recuerda.

En el ascensor. Sonrío. Ana sin bragas.

—Oh, sí. Ya me acuerdo.

Le guiño un ojo.

—¿Ya habéis elegido fecha, Elliot? —pregunta Mia con voz aguda.

Elliot niega con la cabeza, y su exasperación resulta evidente.

—Se lo acabo de pedir a Kate, así que no hemos tenido tiempo de hablar de eso todavía…

—Oh, que sea una boda en Navidad. Eso sería muy romántico, y así nunca se te olvidaría vuestro aniversario. —Mia da una palmada.

—Tendré en cuenta tu consejo —dice Elliot con sonrisa burlona.

—Después del champán, ¿podemos ir de fiesta? —pregunta Mia, y me lanza una mirada suplicante.

—Creo que habría que preguntarles a Elliot y a Kate qué es lo que les apetece hacer.

Elliot se encoge de hombros y Kate se sonroja. Creo que ella quiere volver a casa, a la intimidad de su dormitorio.

Camino hasta la cabeza de la cola con mis invitados y nos permiten entrar con preferencia en Zax, la discoteca a la que a Mia le apetecía mucho venir. La música retumba atronadora ya en el pequeño vestíbulo. No sé cuánto tiempo aguantaré en este lugar.

—Bienvenido de nuevo, señor Grey —me saluda la chica de recepción—. Max se ocupará de sus chaquetas. —Dirige estas palabras a Ana.

Un joven vestido de negro aparece junto a ella. Creo que aprueba la vestimenta de mi esposa; demasiado, para mi gusto.

—Bonito *trench* —comenta admirando... el cuerpo de Ana.

Me quedo mirando a ese pedazo de capullo. Apártate de ella ahora mismo.

Me entrega a toda prisa el tíquet de la chaqueta.

—Les llevaré hasta su mesa. —La chica de la recepción me mira pestañeando y Ana me agarra con más fuerza del brazo. Yo miro a mi esposa, pero ella tiene la mirada puesta en la chica mientras ambos la seguimos por la discoteca hasta la zona VIP, cerca de la pista de baile—. Ahora mismo viene alguien a tomarles nota.

La chica se marcha contoneándose mientras nosotros nos sentamos.

—¿Champán? —pregunto, al tiempo que Ethan y Mia se dirigen a la pista, cogidos de la mano.

Ethan me mira y levanta el pulgar.

—Enséñame el anillo —le pide Ana a Kate mientras yo vuelco mi atención en Ethan y en mi hermana, en la pista de baile.

Ella está bailando como una loca, como hace siempre, pero a Ethan parece no importarle y le sigue la corriente.

La camarera llega para tomarnos nota.

Ignoro las protestas de Elliot, que no quiere que yo pague, y canto la orden.

—Una botella de Cristal, tres Peronis y una botella de agua mineral fría. Seis copas.

—Sí, señor. Ahora mismo se lo traigo.

Ana está negando con la cabeza.

—¿Qué? —le pregunto.

—Esta no ha agitado las pestañas.

Debo de estar perdiendo mi toque mágico. Intento no reírme con todas mis fuerzas.

—Oh, ¿se supone que tenía que hacerlo?

—Las mujeres suelen hacerlo contigo.

Sonrío.

—Señora Grey, ¿está celosa?

¿Y achispada?

—Ni lo más mínimo.

Aunque lo dice haciendo un mohín. La tomo de la mano y me la llevo a los labios para besarle los nudillos, uno a uno.

—No tiene por qué estar celosa, señora Grey.

—Lo sé.

—Bien.

La camarera regresa con nuestras bebidas y descorcha la botella de champán sin grandes florituras. Lo sirve, y Ana toma un sorbo.

—Toma. —Le paso un vaso de agua—. Bebe esto. —Ana frunce el ceño y suspira—. Tres copas de vino blanco durante la cena y dos de champán, después de un daiquiri de fresa y dos copas de Frascati en el almuerzo. Bebe. Ahora. Ana.

Me mira con el ceño fruncido, seguramente porque yo estoy bebiendo al mismo ritmo, pero obedece. Lo que quiero es que mañana no tenga resaca. Se limpia la boca con el dorso de la mano de una forma nada decorosa. Supongo que es su forma de protestar ante mi actitud autoritaria.

—Muy bien. Ya vomitaste encima de mí una vez. No tengo ganas de repetir la experiencia.

—No sé de qué te quejas. Conseguiste acostarte conmigo.

Eso es cierto.

—Sí, cierto.

—Ethan ya ha tenido bastante por ahora —exclama Mia cuando regresan de la pista—. Arriba, chicas. Vamos a romper la pista, a mover el trasero y a dar unos cuantos pasos para bajar las calorías de la mousse de chocolate.

Kate se pone de pie.

—¿Vienes? —le pregunta a Elliot.

—Prefiero verte desde aquí —responde.

—Voy a quemar unas cuantas calorías —dice Ana, y se agacha para que yo le mire el escote. Luego susurra—: Tú puedes quedarte aquí y mirarme.

—No te agaches —le advierto.

—Vale.

Se levanta bruscamente y me agarra del hombro.

Mierda. Yo alcanzo a sujetarla cuando se tambalea, aunque no creo que ella sea consciente. Está mareada o borracha, o ambas cosas.

—Tal vez te vendría bien tomar más agua —le sugiero.

Tal vez debería llevarla a casa.

—Estoy bien. Es que los asientos son muy bajos y yo llevo tacones muy altos.

Sonríe y Kate la coge de la mano cuando se dirigen hacia la pista.

No sé si esto me parece bien.

Kate abraza a Ana.

Y ambas empiezan a bailar. Y Mia… Bueno, estoy acostumbrado a ver a Mia perdida en su mundo, bailando por toda la sala. Es raro verla quieta.

Kavanagh baila bien.

Y también mi esposa. Toma la pista de baile con facilidad, con ese retal de tela que ella llama vestido. Sus piernas, su espalda, su culo, su pelo: se deja llevar de una forma muy provocativa.

Cierra los ojos y se entrega al ritmo que retumba en la pista.

Joder. Se me seca la boca mientras observo sus movimientos. En mi vida pasada disfrutaba de ver a una mujer bailando así, pero era siempre en la intimidad de mi apartamento y siempre mandaba yo. Me paso el pulgar por el labio inferior y me remuevo en la silla como si mi cuerpo reaccionara al ver a mi esposa. Quizá podría convencer a Ana para que lo hiciera en casa. Solo para mis ojos. La letra de la canción que suena encaja a la perfección.

«Joder, eres una perra sexy.»

La música retumba en la discoteca y hay cada vez más gente llenando la pista. Me quedo mirando a Elliot, quien me sonríe, y ambos nos reímos.

—Bonito espectáculo —murmuro.

—Y que lo digas. —Sonríe de forma maliciosa y sé exactamente qué está pensando.

Menudo cerdo.

—Lo has hecho —le digo gritando para que me escuche a pesar de la música atronadora.

—¿Qué?

—Que te has declarado. En público.

—Sí. He pensado que era ahora o nunca.

—¿Estás feliz?

Asiente sonriendo.

—Mucho.

Vuelvo a mirar a Ana justo a tiempo de ver a un gigante pelopaja pegado a ella y a mi esposa dándole un bofetón.

¿Qué cojones...?

Siento un subidón de adrenalina, seguido por la ira que me hierve la sangre. Me levanto de un salto y tiro la cerveza, pero me importa una mierda.

¿Le ha puesto las manos encima a mi esposa?

Voy a matarlo, joder.

Me lanzo como un rayo entre la multitud mientras Ana mira a su alrededor, desesperada. Aquí estoy, nena. La rodeo con un brazo por la cintura y la pongo junto a mí. El hijo de puta que tengo delante me saca media cabeza de alto y también de ancho, como si se hubiera pasado con los esteroides. Es joven. Y estúpido.

—Aparta tus jodidas manos de mi mujer.

—Creo que ella sabe cuidarse solita —me grita.

Le golpeo. Con fuerza. Un puñetazo directo a la barbilla.

Y él cae al suelo.

Quédate ahí, gilipollas.

Estoy completamente en tensión, con todos los músculos y las articulaciones alerta.

Estoy listo. Vamos.

—¡Christian, no! —Ana se pone delante de mí y soy vagamente consciente del pánico que transmite su voz—. ¡Ya le he golpeado yo! —me grita y me empuja en el pecho con ambas manos.

Pero no aparto la vista del gilipollas que está en el suelo. Se pone de pie a toda prisa y siento que alguien me agarra con fuerza por el brazo. Me tenso, listo para pegar también a esa persona.

Es Elliot.

El gigante pelopaja levanta las palmas de las manos en señal de rendición.

—Tranquilos, ¿vale? No tenía mala intención. —Se aleja, con el rabo entre las piernas, y yo tengo que contener la necesidad imperiosa de seguirlo y enseñarle unos cuantos modales.

El corazón me late al mismo ritmo que la discoteca atronadora. Oigo la sangre bombeando en los tímpanos.

¿O es la música? No lo sé.

Elliot relaja un poco la fuerza de su apretón en mi brazo y al final me suelta del todo.

Me he quedado de piedra. En el sitio. Luchando por mantenerme a flote y no descender hasta el abismo.

Inspiro con fuerza y por fin miro a Ana. Me rodea con los brazos por el cuello, me mira con los ojos muy abiertos y llenos de temor.

Mierda.

—¿Estás bien? —le pregunto.

—Sí.

Deja caer las manos desde mi cuello y las posa sobre mi pecho. Su mirada me penetra el alma. Está asustada.

¿Por mí?

¿Por ella?

¿Por el gigante pelopaja?

—¿Quieres sentarte? —le pregunto.

Ana niega con la cabeza.

—No. Baila conmigo.

¿Quiere bailar? ¿Ahora?

Me quedo inmóvil mientras lucho por controlar la ira, mientras mi mente no para de repetir en bucle lo ocurrido los últimos quince segundos.

—Baila conmigo —repite suplicante—. Baila. Christian, por favor. —Me coge de las manos mientras observo cómo el gilipollas se dirige a la salida.

Ana empieza a moverse pegada a mí. Su calidez, el calor de su cuerpo frotándose contra el mío e infiltrándose en mis venas...

Resulta... relajante.

—¿Le has pegado? —Quiero comprobar que no me lo he imaginado.

—Claro. —Cierro las manos en puños porque vuelvo a tener ganas de darle un puñetazo al gigante rubio. Ella prosigue—: Creía que eras tú, pero tenía demasiado pelo en las manos. Baila conmigo, por favor. —Me sujeta los puños y se pega más a mí, de tal forma que inhalo la estela de su perfume.

Ana. La sujeto por las muñecas, la pego a mi cuerpo y la retengo por las manos.

—¿Quieres bailar? Vamos a bailar. —Gruño junto a su oído y contoneo las caderas contra su cuerpo, gozando de su tacto sobre mi entrepierna.

No la suelto, pero cuando me sonríe, lo hago y ella asciende con las manos por mis brazos, hasta llegar a los hombros.

Nos movemos.

Juntos.

Con las frentes pegadas.

Mirándonos fijamente.

Como un solo cuerpo.

Como una sola alma.

Yo la mantengo cerca de mí.

Cuando se relaja, echa la cabeza hacia atrás.

Dios, qué sexy es. Soy un hombre con suerte.

Voy haciéndola girar sobre la pista para ver cómo se mueve su melena suelta. Luego vuelvo a tirar de ella hacia a mí mientras el ritmo pulsante se apodera de nosotros.

Nunca he hecho algo así.

En una discoteca.

Bailamos en nuestra boda… pero no así.

Es liberador.

Cuando cambian de tema, Ana está sin aliento y le brilla la mirada.

Y yo he recuperado el equilibrio. Tengo que descargar esta canción en el iPod. Creo que se titula «Touch Me».

«Tócame», qué conveniente. No la había escuchado.

—¿Podemos sentarnos? —me pregunta jadeando.

—Claro. —Volvemos a nuestra mesa.

—Ahora mismo estoy caliente y sudorosa —me susurra.

La rodeo con los brazos.

—Me gustas caliente y sudorosa. Aunque prefiero ponerte así en privado.

Extasiados, nos sentamos. Me alivia ver que han limpiado mi cerveza derramada y la han repuesto. Al igual que el agua.

Los demás siguen en la pista. Ana toma un sorbo de su copa de champán.

—Bebe. —Le pongo un vaso de agua mineral delante y me tranquiliza ver cómo lo vacía.

Agarro un botellín de cerveza del cubo de hielo y doy un buen sorbo.

Menuda noche.

—¿Y si hubiera habido alguien de la prensa? —me pregunta Ana.

Me encojo de hombros.

—Tengo unos abogados muy caros.

Ana me mira con el ceño fruncido.

—Pero no estás por encima de la ley, Christian. Ya tenía la situación bajo control.

¿En serio?

—Nadie toca lo que es mío. —Lo digo con la cantidad justa de inquina. Ana toma otro sorbo de champán y cierra los ojos. De pronto parece agotada. La tomo de la mano—. Vámonos. Quiero llevarte a casa.

—¿Os vais? —nos pregunta Kate cuando Elliot y ella vuelven a la mesa.

—Sí.

—Vale, pues nos vamos con vosotros.

Ana se duerme en el monovolumen durante el camino de regreso, con la cabeza apoyada en mi hombro. Está frita. La sacudo con delicadeza cuando Taylor aparca en la entrada de la casa.

—Despierta, Ana.

Se tambalea en el aire helado de la noche, mientras Taylor espera pacientemente.

—¿Tengo que llevarte en brazos? —le pregunto.

Ella niega con la cabeza.

—Voy a recoger a la señorita Grey y al señor Kavanagh —dice Taylor.

Ana se agarra con fuerza a mí mientras sube de puntillas los peldaños de piedra hasta la puerta de entrada de madera de roble. Me compadezco de ella, me agacho y le quito primero un tacón y después el otro.

—¿Mejor?

Ella asiente y me dedica una tímida sonrisa. Está achispada.

—He estado viendo en mi mente imágenes deliciosas de estos zapatos junto a mis orejas —le susurro mientras miro con malicia sus tacones sexys, pero Ana está demasiado cansada para el sexo.

Abro la puerta y subimos por la escalera hasta nuestro dormitorio. Ella está de pie, tambaleante, junto a nuestra cama, con los ojos cerrados y los brazos caídos a ambos lados del cuerpo.

—Estás muerta de cansancio, ¿verdad? —Me quedo mirando su rostro adormilado.

Ella asiente con la cabeza y empieza a desabrocharle el cinturón del *trench*.

—Ya lo hago yo —murmura e intenta apartarme.

—No, déjame.

Suspira y se resigna.

—Es la altitud. No estás acostumbrada. Y el alcohol, claro. —Sonrío con malicia y le quito el *trench*, lo tiro a la silla que hay a un lado.

La tomo de la mano y la llevo hasta el baño.

Ella frunce el ceño.

—Siéntate —le ordeno.

Se desploma sobre la silla y cierra los ojos. Puede que se quede dormida si no lo hago lo bastante rápido. Encuentro el ibuprofeno en el botiquín, unas bolitas de algodón y la loción desmaquilladora que la señora Bentley ha comprado, y lleno un vaso pequeño de agua. Me vuelvo hacia Ana y le echo la cabeza hacia atrás con delicadeza. Abre los ojos con el rímel corrido.

—Cierra los ojos —le ordeno.

Ella obedece y voy retirándole lentamente el maquillaje hasta que, por fin, tiene la cara limpia.

—Ah... Ahí está la mujer con la que me casé.

—¿No te gusta el maquillaje?

—No me importa, pero prefiero lo que hay debajo. —La beso en la frente—. Tómate esto. —Le pongo las pastillas en la palma de la mano y le paso el agua.

Ella levanta la vista para mirarme, con los labios fruncidos.

¿Qué?

—Tómatelas. —Te sentirás peor mañana si no te las tomas.

Pone los ojos en blanco, pero obedece.

—Bien. ¿Necesitas que te deje un momento en privado?

Ríe entre dientes.

—Qué remilgado, señor Grey. Sí, tengo que hacer pis.

Me río.

—¿Y esperas que me vaya?

Ana suelta una risita nerviosa.

—¿Quieres quedarte?

Ladeo la cabeza. Es tentador.

—Eres un hijo de puta pervertido. Vete. No quiero que me veas hacer pis.

Eso es demasiado.

Se levanta y me hace un gesto con la mano para echarme del baño.

Yo contengo la risa y la dejo sola. Ya en el dormitorio, me desnudo, me pongo los pantalones del pijama y cuelgo la chaqueta en el armario. Cuando me vuelvo, veo que Ana está mirándome.

Cojo una camiseta y avanzo hacia ella, observando la mirada claramente lasciva con la que contempla mi cuerpo.

—¿Disfrutando de la vista?

—Siempre —mascula.

—Creo que está un poco borracha, señora Grey.

—Creo que, por una vez, tengo que estar de acuerdo con usted, señor Grey.

—Déjame ayudarte a salir de esa cosa tan pequeña que llamas vestido. Debería venir con una advertencia de seguridad... —Le doy la vuelta, le echo el pelo hacia un lado y desabrocho el único botón del cuello.

—Estabas tan furioso... —me dice.

—Sí, lo estaba.

—¿Conmigo?

—No. Contigo no —le digo, y le doy un beso en el hombro—. Por una vez.

—Es un buen cambio.

—Sí, lo es. —La beso en el otro hombro y tiro del vestido hacia el culo para quitárselo.

Meto los pulgares por el borde de las bragas, me agacho y se las quito. La tomo de la mano.

—Sal.

Ella obedece y me agarra con fuerza la mano para mantener el equilibrio. Tiro su ropa encima del *trench*.

—Levanta los brazos.

Le pongo la camiseta por la cabeza, la atrapo entre mis brazos y la beso. Sabe a champán y a dentífrico y a mi sabor favorito: Ana.

—Me gustaría mucho hundirme en lo más profundo de usted, señora Grey... Pero ha bebido demasiado y estamos a casi dos mil quinientos metros. Además, no dormiste bien anoche. Vamos. A la cama. —Retiro la colcha y la dejo acostarse.

Ella se acurruca mientras la arropo y le doy un beso en la frente.

—Cierra los ojos. Cuando vuelva a la cama, espero que estés dormida.

—No te vayas.

—Tengo que hacer unas llamadas, Ana.

—Es sábado y es tarde. Por favor.

Se queda mirándome con sus ojos penetrantes.

Me paso la mano por el pelo.

—Ana, si me meto en la cama contigo ahora, no vas a poder descansar nada. Duerme. —Hace otro mohín, pero sin ninguna pasión. Está demasiado cansada. Le doy otro tierno beso en la frente—. Buenas noches, nena.

Me vuelvo y la dejo. Tengo que llamar a Taipei.

Domingo, 28 de agosto de 2011

Ana está grogui cuando vuelvo a la cama. Me deslizo debajo de las sábanas, me estiro hacia ella y la beso en el pelo. Murmura algo ininteligible, pero continúa dormida. Cierro los ojos. La conversación con los dueños del astillero taiwanés ha ido bien: un hermano y una hermana haciendo negocios juntos, es una novedad para mí, y tienen ganas de hablar de las condiciones en persona. Solo hay que encontrar una fecha. Es la guinda del pastel de un buen día. Bueno, salvo por lo de perder los estribos en el club y dejar fuera de combate al gilipollas ese. Sonrío en la oscuridad... No, eso también me ha sentado bastante bien. Me quedo dormido con una sonrisa de satisfacción dibujada en la cara.

Ana se remueve a mi lado y me despierto, por completo. Como es habitual, tenemos las piernas entrelazadas.

—¿Qué ocurre? —pregunto.

—Nada. —Está radiante a la primera luz del día—. Buenos días.

Me pasa los dedos por el pelo.

—Señora Grey, está usted preciosa esta mañana.

La beso en la mejilla. Me busca con la mirada.

—Gracias por cuidar de mí anoche.

—Me gusta cuidar de ti. Eso es lo que quiero hacer. —Siempre.

—Haces que me sienta muy querida.

Su sonrisa me reconforta.

—Eso es porque es lo que siento por ti. —Más de lo que nunca sabrás. Le tomo la mano y se la suelto de inmediato al ver que hace una mueca de dolor. ¡Mierda!—. ¿El puñetazo? —pregunto.

Sabía que tendría que haberle arreado otra vez a ese capullo.

—Le di una bofetada, no un puñetazo.

—¡Gilipollas! No puedo soportar que te haya tocado —gruño, encendiéndome de nuevo.

—No me hizo daño, solo se comportó de forma inapropiada. Christian, estoy bien. Tengo la mano un poco roja, eso es todo. Pero seguro que sabes cómo es eso...

Sonríe con socarronería, burlándose de mí, como siempre, y mi breve estallido de rabia se desvanece.

—Oh, señora Grey, conozco bien esa sensación. Estaría dispuesto a experimentarla ahora mismo, si usted quisiera.

—No, gracias, guarde esa mano tan larga, señor Grey.

Me acaricia la cara con la punta de los dedos y luego me tira de los pelillos de la patilla. No sé si me gusta. Le cojo la mano y le beso la palma.

—¿Por qué no me dijiste anoche que te dolía la mano?

—Mmm… Anoche apenas me di cuenta. Y ahora está bien.

Ah, claro. El alcohol amortiguó el dolor.

—¿Cómo te encuentras?

—Mejor de lo que merezco.

—Tiene usted una buena derecha, señora Grey.

—Será mejor que no se le olvide, señor Grey —contesta en tono ligeramente desafiante.

—¿Ah, sí? —Ruedo sobre ella, le agarro las muñecas y se las sujeto por encima de la cabeza—. Podemos tener una pelea cuando usted quiera, señora Grey. De hecho, someterte en la cama es una fantasía que tengo.

La beso en el cuello, fantaseando con la posibilidad. La idea es excitante.

—Pensaba que era lo que siempre hacías.

—Mmm… Pero sería mejor si opusieras más resistencia —murmuro, acariciándole la mandíbula con la nariz, preguntándome si alguna vez accederá a ese juego.

Se queda muy quieta debajo de mí, lo cual me dice que he despertado su atención, y posiblemente su interés. Le suelto las manos y me apoyo en los codos.

—¿Quieres que me resista? ¿Aquí? —susurra, intentando disimular su sorpresa.

Asiento con la cabeza. ¿Por qué no? Siempre he querido hacerlo, pero nunca he podido… porque no soportaba que me tocaran.

—¿Ahora? —pregunta.

Me encojo de hombros. Una parte de mí no puede creer que se lo plantee siquiera, pero me excita la idea de que acceda. Asiento de nuevo, notando cómo se me pone dura contra su piel suave. Ana se muerde el labio inferior, mirándome fijamente, y sé que está considerándolo.

—¿Era eso lo que querías decir con lo de hacerte pagar el enfado en la cama?

Sí. Exacto. Asiento.

—No te muerdas el labio.

Entorna los ojos, pero en el fondo de su mirada veo un atisbo de diversión, y quizá de lubricidad, cuando se le agrandan las pupilas.

—Creo que me tiene en situación de desventaja, señor Grey.

Se retuerce debajo de mí y agita las pestañas, lo que aviva mi deseo.

—¿En desventaja?

—Ya me tienes donde querías tenerme.

Sonríe con timidez cuando aprieto mi polla impaciente contra ella.

—Cierto, señora Grey.

Le doy un beso fugaz y me giro, arrastrándola conmigo de manera que queda a horcajadas sobre mi barriga. Me agarra las manos y me las sujeta a la cama, a ambos lados de la cabeza. Tiene un brillo divertido y libidinoso en la mirada. El pelo le cae sobre mi cara y sacude la cabeza para torturarme, haciéndome cosquillas con las puntas.

—Así que quieres jugar duro, ¿eh? —pregunta tratando de provocarme, rozando su entrepierna contra la mía.

Se me corta la respiración.

—Sí —jadeo.

Se incorpora y me suelta las manos.

—Espera.

Extiende la mano para coger el vaso de agua con gas que le he dejado en la mesita de noche y le da un largo trago mientras recorro sus muslos deslizando los dedos en círculos hasta su culo. Le doy un buen pellizco. Se inclina hacia mí y me besa, vertiendo agua fresca en mi boca.

—Muy rico, señora Grey —murmuro, tratando de contener mi excitación ante este nuevo juego.

Ana devuelve el vaso a la mesita, me agarra las manos para apartarlas de su trasero y me las sujeta de nuevo a ambos lados de la cabeza.

—¿Así que se supone que yo no quiero? —pregunta con un deje de diversión en la voz.

—Sí.

—No soy muy buena actriz.

Sonrío.

—Inténtalo.

Se inclina y vuelve a besarme.

—Vale, entraré en el juego —dice en voz baja, y cierro los ojos, entusiasmado con la idea, mientras me mordisquea la mandíbula.

Emito un gruñido ronco desde el fondo de mi garganta, y con un veloz cambio de postura la tengo aprisionada debajo de mí. Ana grita, desprevenida, e intento sujetarle las manos, pero es muy rápida. Me empuja mientras yo trato de abrirle las piernas con la rodilla, pero tiene los muslos cerrados con fuerza. Le atrapo una muñeca, pero ella me agarra del pelo con la otra mano y da un tirón. Con firmeza.

Joder. Cómo. Me. Pone. Esto.

—¡Ah!

Sacudo la cabeza con brusquedad para soltarme y la miro fijamente.

Me devuelve una mirada feroz, con los ojos muy abiertos, respirando de manera entrecortada.

Ella también está excitada.

Y eso enciende mi libido.

—Salvaje… —susurro, tiñendo cada sílaba de deseo.

Ana se deja ir, intenta liberar la muñeca mientras trata de quitárseme de encima dando botes. Le atrapo la otra mano con mi izquierda y la llevo junto a la que ya le sujeto por encima de su cabeza, lo cual me deja libre la derecha para deleitarme con su cuerpo. Mis dedos descienden con intención de levantarle el dobladillo de la camiseta, pero me encanta acariciarle el cuerpo por encima de la tela suave. Tiene el pezón duro, listo para mí, y lo mimo con un pellizco.

Ana chilla y continúa dando botes, tratando de escabullirse en vano.

Me inclino para besarla y aparta la cara.

No.

Le agarro la barbilla y se la sujeto mientras le mordisqueo la mandíbula, como me ha hecho ella antes.

—Oh, nena, sigue resistiéndote —murmuro con la voz ronca de deseo.

Se retuerce y se revuelve una vez más intentando liberarse, pero continúo sujetándola con fuerza, y eso me pone a cien, la eufórica y embriagadora sensación de dominio. Le doy mordisquitos en el labio inferior e intento invadir su boca, pero de pronto deja de forcejear debajo de mí, abre paso a mi lengua y me devuelve el beso con una pasión que me coge por sorpresa. Le suelto las muñecas y entierra las manos en mi pelo mientras me rodea con las piernas y coloca los talones en mi culo para bajarme el pantalón del pijama. Levanta las caderas hacia mí mientras nos besamos.

—Ana… —susurro. Su nombre es un talismán que me embruja.

Ya no peleamos. Nos rendimos el uno al otro. Nunca me sacio de ella. Se entrega a mí, me entrego a ella. Somos todo labios, lenguas, bocas y manos.

Joder. La deseo.

—Piel —mascullo sin aliento.

La levanto y, con un único y veloz movimiento, le quito la camiseta, que tiro al suelo.

—Tú —jadea mientras me baja los pantalones del pijama de un tirón y me agarra la polla, cerrando los dedos con fuerza a su alrededor.

—¡Joder!

La agarro por los muslos y se los alzo de manera que cae hacia atrás en la cama, pero ni aun así me suelta. Desliza los dedos sobre mi polla, calientes y febriles, acariciándome con el pulgar, mientras recorro su cuerpo con las manos: las caderas, el estómago, los pechos.

Se mete el pulgar en la boca.

—¿Sabe bien? —pregunto.

Me mira fijamente; sus ojos arden de deseo.

—Sí, mira.

Lo desliza en mi boca cuando me coloco sobre ella. Se lo chupo, saboreándolo y mordiéndole la yema, sorprendido por su audacia. Gime y me tira del pelo, atrayendo mi boca hacia la suya mientras me envuelve con las piernas y me baja el pijama con los pies. Recorro su mandíbula con suaves mordiscos.

—Eres tan preciosa… —Mis labios descienden por su garganta—. Tienes una piel tan bonita…

Llegan a la base del cuello y los deslizo hacia los pechos.

Ana se retuerce debajo de mí.

—Christian… —suplica, agarrándome más fuerte del pelo.

—Chis…

Le rodeo un pezón con la lengua, deleitándome, antes de cerrar los labios sobre él y tirar.

—¡Ah! —gime y levanta las caderas, resbaladizas sobre mi erección.

Sonrío sobre su piel. Voy a hacerla esperar. Deslizo los labios hasta el otro pecho y atrapo el pezón erecto y dispuesto con la boca.

—¿Impaciente, señora Grey? —Lo chupo con fuerza y vuelve a tirarme del pelo, con tanta decisión que me arranca un gruñido prolongado. Entorno los ojos a modo de advertencia—. Te voy a atar.

—Tómame —suplica.

—Todo a su tiempo.

Mis labios y mi lengua se recrean con su pecho y el pezón mientras Ana continúa retorciéndose debajo de mí. Gime sin recato, empujando las caderas contra mi polla más que dispuesta.

De pronto, se retuerce y se empina de nuevo, tratando de quitárseme de encima.

—Pero ¿qué…?

Le cojo las manos y la inmovilizo contra el colchón.

Ana jadea debajo de mí.

—Querías resistencia —dice con voz ronca.

Descanso parte de mi peso en los codos y la miro fijamente, intentando entender ese cambio repentino… de nuevo. Hunde los talones en mi culo.

Me desea.

Ahora.

—¿No quieres que juguemos con calma?

La tengo durísima.

—Solo quiero que me hagas el amor, Christian —contesta entre dientes—. Por favor…

Vuelve a empujarme el culo con los talones, esta vez con más fuerza.

Joder. ¿Qué está pasando aquí?

Le suelto las manos, me incorporo de rodillas y tiro de ella hasta sentarla en mi regazo.

—Está bien, señora Grey, lo haremos a su manera.

La levanto y la bajo sobre mi expectante erección.

—¡Ah! —gime, cerrando los ojos e inclinando la cabeza hacia atrás.

Dios, qué placer estar dentro de ella.

Me rodea el cuello con los brazos, agarrándome con fuerza del pelo, y empieza a moverse. Rápido. Con frenesí. Mis labios encuentran los suyos y me acomodo a su ritmo, a su cadencia desbocada, hasta que gritamos al alcanzar el orgasmo y nos desplomamos en la cama.

Vaya.

Ha sido... diferente.

Continuamos tumbados, tratando de recuperar el aliento, mientras ella me pasa la punta de los dedos por el vello del pecho y yo le acaricio la espalda, disfrutando del tacto de su piel.

—Estás muy callado —dice Ana al fin, y me besa en el hombro. Me vuelvo para mirarla, aunque sigo sin entender qué acaba de ocurrir—. Ha sido divertido —comenta, pero sus ojos inquisitivos no parecen muy seguros.

—Me confundes, Ana.

—¿Que te confundo?

Cambio de postura para quedar cara a cara.

—Sí. Me confundes. Tomando las riendas. Es... diferente.

Se le forma una uve pequeñita entre las cejas cuando arruga la frente.

—¿Diferente para bien o diferente para mal?

Me pasa los dedos por los labios y los frunzo para besarle la punta mientras sopeso la respuesta.

—Diferente para bien.

Aunque impetuoso. Me habría gustado que durara más.

—¿Nunca antes habías puesto en práctica esta fantasía?

—No, Anastasia. Tú puedes tocarme.

Y ha sido muy excitante, joder. Me gustaría volver a probarlo.

—La señora Robinson también podía tocarte.

La busco con la mirada, preguntándome por qué saca a Elena a relucir justo en este momento.

—Eso era diferente —susurro.

Ana agranda los ojos, penetrando en mi interior, como siempre.

—¿Diferente para bien o diferente para mal? —pregunta.

Tengo grabado a fuego el dolor lacerante que me producían las manos de Elena. Esas manos sobre mi cuerpo. Esas uñas arañándome la piel mientras la oscuridad arremetía contra mí y me desgarraba por dentro, tratando de apartar a Elena de mí.

Era insoportable.

Trago saliva, deseando borrar el recuerdo.

—Para mal, creo —respondo con apenas un hilo de voz.

—Creí que te gustaba.

—Y me gustaba. Entonces.

—¿Y ahora no?

Los ojos azules de Ana poseen una mirada tan cándida que es imposible eludirla. Niego lentamente con la cabeza.

—Oh, Christian…

Ana, esa fuerza imparable de bondad, se lanza sobre mí y me besa la cara, el pecho, cada una de las cicatrices. Gimo desde lo más hondo de mi garganta y respondo a sus besos con toda la pasión y el amor que siento por ella, hasta que acabamos perdiéndonos el uno en el otro, haciendo el amor a mi ritmo. Despacio, con ternura, para demostrarle cuánto la quiero.

Ana está lavándose los dientes mientras me termino de vestir.

—Voy a ver cómo les va a los invitados.

Nuestras miradas coinciden en el espejo del cuarto de baño.

—Tengo una pregunta.

Me apoyo en la jamba de la puerta.

—Por favor, ¿qué es lo que quiere saber, señora Grey?

Se vuelve hacia mí, envuelta únicamente en una toalla.

—¿La señora Bentley sabe lo de tus… eh… tus…?

—¿Predilecciones? —sugiero.

Ana se ruboriza y me echo a reír, tanto porque Ana aún es capaz de son-rojarse con cualquier cosa relacionada con el sexo como porque el señor y la señora Bentley no tienen ni idea.

—No. Aquí no hay cuarto de juegos. Habrá que traer algunos juguetes.

Le guiño un ojo y me vuelvo para irme, dejándola con la boca abierta.

Kate y la señora Bentley están charlando en la cocina. Según parece, a pesar de la mañana tan bonita que hace, son las únicas que están levantadas. Las saludo.

—Buenos días, señor Grey —dice Carmella.

Kate sonríe y, la verdad, me resulta inquietante. Estoy más acostumbrado a que me gruña.

—Podríamos ir de excursión y hacer un picnic antes de volver a casa —le propongo a Kate.

—Me parece genial.

—¿Le apetecen unos gofres? —pregunta la señora Bentley.

—Perfecto. ¿Y sería posible que nos preparara un picnic para después?

—Por supuesto —contesta, con una mirada de advertencia por atreverme a poner en duda sus habilidades culinarias—. Ah, y Martin quería hablar con usted —añade—. Debe de estar en el patio.

—Voy a ver si lo encuentro.

Martin Bentley está desyerbando lo que la señora Bentley llama el huerto de la cocina. Intercambiamos las cortesías de rigor y me lleva a dar una vuelta por la finca. Es un hombre cortés e introspectivo, con algunas ideas acerca de cómo mejorar el patio. No solo se ocupa de mi propiedad, también lleva un par más de las inmediaciones, y además trabaja de bombero voluntario.

Mientras paseamos, charlamos acerca de instalar un jacuzzi, y puede que una piscina. Reparo en una caña de bambú que hay tirada a un lado y la cojo mientras continuamos hablando. Hace mucho que no empleo una caña. Esta es un poco pesada, y no muy flexible. La agito en el aire con gesto ausente.

—Será caro —me advierte Martin, refiriéndose a la hipotética piscina—, y, sinceramente, ¿cuánto la usaría?

—Bien visto. Igual sería mejor una pista de tenis.

—O podría dejarlo como está y que crecieran las flores silvestres —sugiere con una sonrisa contagiosa.

Paseo la mirada por el patio, pensativo: ¿piscina, pista de tenis o césped con flores? Me pregunto qué preferiría Ana. Agito la caña en el aire una vez más cuando la señora Bentley abre la puerta que da al sótano. No sé qué me hace alzar la vista, pero lo hago, y descubro a Ana observándome desde la ventana de la cocina. Me saluda, pero parece sentirse culpable por alguna razón... ¿Por qué? No lo sé. Se da la vuelta, y le tiendo la caña a Martin para regresar a la casa. Me muero por unos gofres.

El vuelo de vuelta es tranquilo. Ana está dormida a mi lado mientras repaso el borrador del contrato para la adquisición de Geolumara. Creo que todo el mundo está cansado después de recorrer a marchas forzadas la ruta Red Mountain por la que nos ha llevado Elliot, aunque solo por las vistas ha valido la pena. Las horas que son, la altitud y el alcohol están pasándonos factura a todos: Elliot y Ana duermen, Kate y Ethan están adormilados y Mia está leyendo. Parece que Ethan y ella han discutido. Sospecho que a la tozuda de Mia por fin le ha entrado en la cabeza el «somos solo amigos» de Ethan.

Stephan anuncia que iniciamos el descenso a Seattle.

—Oye, dormilona. —Despierto a Ana—. Estamos a punto de aterrizar. Abróchate el cinturón.

Se remueve e intenta abrochárselo torpemente, así que le echo una mano y la beso en la frente. Vuelvo a besarla en el pelo cuando se acurruca contra mí.

El viaje ha sido un éxito, creo. Aunque también inquietante. Me invade una sensación creciente de... felicidad. Es un sentimiento extraño y aterrador, que podría desaparecer de la noche a la mañana. Miro a Ana, tratando de desterrar los pensamientos angustiantes. Todo esto es demasiado nuevo. Y demasiado frágil. Devuelvo mi atención al trabajo que tengo enfrente y continúo leyendo y anotando en los márgenes las preguntas que se me ocurren.

No te obceques con tu felicidad, Grey.

Solo traerá dolor.

El consejo reciente de Flynn resuena en mi mente. «Alimentarlo y atesorarlo.»

Mierda. ¿Cómo?

Joder.

Elliot se despierta y le toma el pelo a Ana mientras la primera oficial

Beighley anuncia que estamos aproximándonos al aeropuerto. Le cojo la mano a Ana.

—Christian, Ana. Gracias por este fantástico fin de semana —dice Kate, entrelazando los dedos con los de Elliot.

—De nada —contesto. Y ahí aparece de nuevo esa felicidad.

—¿Qué tal el fin de semana, señora Grey? —pregunto cuando vamos de camino al Escala.

Conduce Ryan, y Taylor va en el asiento del pasajero. Incluso él parece relajado.

—Bien, gracias.

—Podemos volver cuando quieras. Y llevar a quien te apetezca.

—Deberíamos llevar a Ray. Le gusta pescar.

—Es una buena idea.

—¿Y qué tal lo has pasado tú? —pregunta.

Le lanzo una mirada.

Fantástico. Tanto que me da miedo...

—Bien —acabo diciendo—. Muy bien.

—Parecías relajado.

—Sabía que estabas segura.

Frunce el ceño.

—Christian, estoy segura la mayor parte del tiempo. Ya te lo he dicho, acabarás muriendo antes de los cuarenta si mantienes ese nivel de ansiedad. Y quiero hacerme vieja contigo.

Ana me coge la mano y me la acerca a los labios para besarle los dedos.

Yo siempre me preocuparé por ti, nena.

Eres mi vida.

—¿Qué tal tu mano? —pregunto para cambiar de tema.

—Mejor, gracias.

—Muy bien, señora Grey. ¿Está lista para volver a ver a Gia?

Ana pone los ojos en blanco.

—Si tú también quieres estar seguro, será mejor que te mantengas fuera de su alcance.

—¿Me estás protegiendo?

Vaya, sí que han cambiado las tornas. Reprimo una carcajada.

—Como siempre, señor Grey. De todas las depredadoras sexuales —bromea en voz baja para que Ryan y Taylor no puedan oírla.

Me lavo los dientes, contento de que hayamos aprobado los planes de Gia. El equipo de Elliot empezará la obra el lunes. Lo tacho de mi lista mental. Tengo mucho que hacer la semana que viene, pero ante todo quiero asegurarme de que tenemos bien pillado a Hyde para que no lo suelten. Welch tendrá que seguir investigando para ver si el imbécil ha estado trabajando con alguien.

Espero que no.

Espero que esto se haya acabado.

—¿Todo bien? —pregunta Ana cuando me reúno con ella en el dormitorio. Lleva uno de sus camisones de seda con los que parece una diosa.

Asiento mientras me meto en la cama con ella, y aparco a un lado todas las preocupaciones acerca de la próxima semana.

—No tengo muchas ganas de volver a la realidad —dice.

—¿Ah, no?

Niega con la cabeza y me acaricia la cara.

—Ha sido un fin de semana maravilloso. Gracias.

—Tú eres mi realidad, Ana.

La beso.

—¿Lo echas de menos?

—¿El qué?

—Azotar con cañas y… esas cosas, ya sabes —dice en un susurro.

¿Por qué me pregunta ahora eso? Me devano los sesos. La caña de bambú. ¿Es por lo de esta mañana?

—No, Anastasia, no lo echo de menos. —Le acaricio la mejilla con el dorso de la mano—. El doctor Flynn me dijo una cosa cuando te fuiste, algo que ha permanecido conmigo. Me dijo que yo no podía seguir siendo así si tú no estabas de acuerdo con mis inclinaciones. Y eso fue una revelación.

John me animó a que intentara llevar adelante nuestra relación a la manera de Ana.

Y mira dónde estamos…

—Yo no conocía otra cosa, Ana. Pero ahora sí. Y ha sido muy educativo.

—¿Que ha sido educativo para ti? —se burla.

Sonrío.

—¿Tú lo echas de menos?

—No quiero que me hagas daño, pero me gusta jugar, Christian. Ya lo sabes. Si tú quisieras hacer algo…

Encoge un hombro con gesto tímido y coqueto.

—¿Algo?

—Ya sabes, algo con un látigo y una fusta… —Se interrumpe, ruborizándose.

Así que fustas y látigos, ¿eh?

—Bueno… ya veremos. Por ahora me apetece un poco del clásico sexo vainilla de toda la vida.

Le acaricio el labio inferior con el pulgar y vuelvo a besarla.

Jueves, 1 de septiembre de 2011

Bastille me está dando una paliza.

—El matrimonio te está ablandando, Grey —me hostiga mientras se aparta las rastas a un lado y yo me pongo de pie como buenamente puedo. Es la tercera vez que me tumba de espaldas—. A lo mejor esto es lo que pasa con la felicidad.

Se le ilumina el rostro con una sonrisa benévola y vuelve a por mí con una patada giratoria. Pero yo la bloqueo, finto hacia la derecha y luego lo derribo con la pierna izquierda.

—Sí —replico con la adrenalina recorriéndome las venas—. A lo mejor sí.

Salto sobre ambos pies con los puños en alto, dispuesto a enfrentarme a él una vez más, y se levanta de un salto.

—Eso está mejor, tío.

Mientras me bebo el café a sorbos en mi escritorio, medito sobre los últimos días y esas palabras de Bastille. «A lo mejor esto es lo que pasa con la felicidad.»

La felicidad.

Es un sentimiento extraño e inquietante, uno que he experimentado a menudo desde que conocí a Ana. Pero siempre he pensado que consistía en momentos fugaces, a veces de euforia, a veces de pura dicha. La felicidad nunca ha sido una compañera constante. Me acechaba, y ahora está conmigo siempre… Pero también es algo perturbador, algo que me tensa el pecho. Y sé que es porque podrían arrebatármelo en cualquier momento, y eso me devastaría. «No quiero que sabotees tu felicidad, Christian. Sé que sientes que no te lo mereces.» Las palabras de Flynn resuenan una vez más en mis pensamientos.

¿Sabotear mi felicidad?

¿Cómo y por qué iba a hacer eso?

Es como el amor. También era una perspectiva aterradora, y aun así le abrí la puerta.

Mierda. ¿Por qué no puedo aceptar este sentimiento y disfrutarlo sin más? Podría deleitarme en su calidez y alzarme renacido como un fénix… ¿O perecer en sus llamas, con lo que quede de mi corazón destrozado?

Muy florido, Grey. Suelto un soplido. Contrólate.

Tal vez Bastille tenga parte de razón. Estos últimos días han sido idílicos. El trabajo va bien. No he tenido más discusiones con mi mujer, solo nos hemos divertido y hemos retozado.

Ella ha sido… Ana. Mi Ana.

Recuerdo la cena de la Asociación Americana de Astilleros de hace varias noches, donde a petición mía llevó las bolas chinas durante toda la velada. Nunca sabré cómo lo aguantó. Cuando llegamos a casa ya no pudo más. Me remuevo en mi asiento recordando lo ansiosa que estaba.

El móvil vibra e interrumpe mis recuerdos eróticos.

—¿Sí?

—Tengo a Welch en espera.

—Gracias, Andrea.

—Señor Grey. —Su voz áspera mata todo resto de lujuria que pudiera sobrevivir en mi cuerpo—. La vista para la fianza de Hyde es esta tarde. Volveré a informarle cuando la jueza haya dado su veredicto.

—Esperemos que tome la decisión correcta.

Se aclara la garganta.

—Hay riesgo de huida. Creo que decidirá bien.

—Estupendo. Ya me informarás.

Cuando cuelgo, la BlackBerry vuelve a vibrar porque ha entrado un mensaje de texto.

> LEILA
>
> Quería darte las gracias en persona por todo lo que has hecho por mí. Intento comprender por qué no quieres verme. Es duro.
> Te debo mucho. Leila

¿Qué demonios es esto?

Apago el teléfono y regreso a mi café. No estoy de humor para enfrentarme a Leila Williams. No debería haberme mandado ningún mensaje. Esperaba que Flynn hubiese hablado con ella, pero le comentaré la insistencia de Leila hoy mismo, cuando lo vea.

Mia está más animada que de costumbre. Hemos quedado para comer temprano en mi restaurante de sushi preferido, y se lanza a mis brazos, emocionadísima, y me da un beso en la mejilla.

—Cómo me alegro de verte —me dice con voz cariñosa.

—Me viste el fin de semana pasado. —Aunque mi tono es irónico, yo también la abrazo.

—Pero hoy te tengo para mí sola… ¡Y además traigo noticias! Me han dado un trabajo. —Levanta las manos y da una vuelta de celebración antes de sentarse.

—¿Qué? ¿Por fin?

Su alegría es contagiosa, y estoy impaciente por que me cuente los detalles.

—Se me ha hecho eterno, pero estoy entusiasmada. Trabajaré para Crissy Scales.

—¿La del catering?

—Sí. Bodas. Actos. Toda clase de ocasiones especiales. Algún día me gustaría abrir mi propio negocio, pero ella me enseñará los entresijos. Estoy superemocionada.

—Genial. ¿Cuándo empiezas?

—El próximo viernes.

—Cuéntamelo todo.

Nadie es capaz de entusiasmarse tanto como mi hermana pequeña, y no recuerdo la última vez que comimos juntos los dos solos y sin prisas. Mientras degustamos los sashimis y los makis, me pone al día de las esperanzas que tiene en su nueva carrera profesional y de sus últimos intentos de ganarse el corazón de Ethan Kavanagh.

—Mia, no estoy seguro de poder asumir que tengas vida amorosa.

—Ay, Christian, pues claro que tengo vida amorosa. En París me lo pasé muy bien.

—¿Qué?

—Sí. Estuvo Victor, y Alexandre…

—¿Tienes una lista? Joder… Para.

—No seas tan mojigato, Christian —me regaña.

—*Moi?* —Me llevo las manos al pecho con fingida indignación.

Mia se echa a reír.

—¿O sea que crees que tienes alguna oportunidad con Ethan? —le pregunto.

—Sí —contesta con seguridad, y esa es una de las muchas cosas que me encantan de ella: su determinación y su capacidad de resistencia.

—Muy bien. Buena suerte con eso. —Hago una señal para pedir la cuenta.

—¿Podemos repetir algún otro día? Te echo de menos.

—Claro que sí. Pero ahora mismo tengo que volver al trabajo para ir a una reunión.

Estoy sentado con Barney y Fred en el laboratorio, examinando el último prototipo de tableta solar, la versión más ligera, más simple, más barata, para las economías más ajustadas del tercer mundo. Esta es la parte que más me gusta de mi trabajo. Barney está en plena explicación.

—Ha tardado ocho horas en cargarse y nos está dando tres días de uso.

—¿Podemos conseguir más?

—Creo que estamos al límite con la tecnología de baterías de la que disponemos por ahora.

Fred se sube las gafas por la nariz.

—Es la pantalla de tinta electrónica en blanco y negro lo que nos ahorra toda esa energía. Y también es más robusta.

—¿Y para el mercado nacional?

—Pantalla táctil en color. —Barney me pasa el otro prototipo.

Lo sostengo en las manos.

—Es bastante más pesada.

—Las pantallas de color pesan.

—Se nota que es más cara. —Sonrío.

—Hasta ahora solo le estamos sacando cuatro horas, con ocho al sol.

—Tiene sentido. Pero ¿puede cargarse también de la forma convencional?

—Sí. Por aquí. —Barney señala el puerto de carga que hay en la base del dispositivo—. Es un USB estándar de dominio público. Eso disminuye los desechos.

—Es un buen punto de cara al marketing. —Me vibra el teléfono, y el nombre de Welch aparece en la pantalla—. Chicos, tengo que contestar. —Me aparto de la zona de trabajo y descuelgo—. ¿Qué ha pasado?

—No le han concedido la fianza. Todavía no hay fecha para el juicio.

—No merece la fianza. Gracias por tenerme informado. —Cuelgo y le envío un e-mail rápido a Ana.

De: Christian Grey
Fecha: 1 de septiembre de 2011 15:24
Para: Anastasia Grey
Asunto: Hyde

Anastasia:
Para tu información, a Hyde le han denegado la fianza y permanecerá en la cárcel.
Le han acusado de intento de secuestro y de incendio provocado. Todavía no se
ha puesto fecha para el juicio.

Christian Grey
Presidente de Grey Enterprises Holdings, Inc.

Regreso junto a Fred y Barney para seguir hablando de la tableta y los pasos siguientes.

De vuelta en mi despacho, veo que Ana ha contestado al correo que le he mandado antes.

De: Anastasia Grey
Fecha: 1 de septiembre de 2011 15:53
Para: Christian Grey
Asunto: Hyde

Bien, buenas noticias.

¿Significa eso que vamos a reducir la seguridad? Es que Prescott no me cae muy bien.

Ana x

Anastasia Grey
Editora de SIP

De: Christian Grey
Fecha: 1 de septiembre de 2011 15:59
Para: Anastasia Grey
Asunto: Hyde

No. La seguridad va a seguir como hasta ahora. Eso no es discutible.
¿Qué le pasa a Prescott? Si no te cae bien, podemos sustituirla.

Christian Grey
Presidente de Grey Enterprises Holdings, Inc.

Llaman a la puerta. Espero a Ros para nuestra reunión de las cuatro, pero es Andrea quien asoma la cabeza.

—Señor Grey, Ros llega tarde. Estará con usted dentro de diez minutos. ¿Puedo traerle algo?

—No hace falta, Andrea, gracias.

Cierra la puerta y yo abro el documento con las cláusulas revisadas del contrato de Geolumara. Necesito leérmelo a fondo y comprobar que todas mis sugerencias se hayan incorporado. Cuando levanto la vista, tengo una respuesta de Ana.

De: Anastasia Grey
Fecha: 1 de septiembre de 2011 16:03
Para: Christian Grey
Asunto: No te tires de los pelos

Solo preguntaba (ojos en blanco). Pensaré en lo de Prescott.
¡Y guárdate esa mano tan larga!

Ana x

Anastasia Grey
Editora de SIP

De: Christian Grey
Fecha: 1 de septiembre de 2011 16:11
Para: Anastasia Grey
Asunto: No me tiente

Señora Grey, puedo asegurarle que mis pelos están en su sitio, cosa que ha podido comprobar usted misma en multitud de ocasiones.
Pero sí que siento ganas de utilizar mi mano larga.
Puede que se me ocurra algo que hacer con ella esta noche.

x

Christian Grey
Presidente que aún no se ha quedado calvo de Grey Enterprises Holdings, Inc.

Le envío un correo breve a Ros para que me traiga las copias para firma del contrato de Geolumara cuando venga, y entonces llega otro e-mail de mi mujer.

De: Anastasia Grey
Fecha: 1 de septiembre de 2011 16:20
Para: Christian Grey
Asunto: Me retuerzo

Promesas, promesas...

Llaman a la puerta y esta vez sí es Ros, veinte minutos tarde.

—Tienes buen aspecto. —Flynn me invita a entrar en su consulta con un gesto.

—Es que estoy bien, gracias.

Me siento donde siempre y espero pacientemente a que él haga lo propio. Cuando está preparado, me dirige una mirada expectante.

—Bueno, ¿qué está pasando? —pregunta.

Le pongo al día de los acontecimientos de la semana empezando por mi vuelo apresurado para regresar de Nueva York. Reprimo una sonrisa mientras veo cómo levanta las cejas a medida que mi relato avanza.

—¿Ya está? —pregunta cuando termino.

—Más o menos.

—O sea, a ver si me aclaro. Cancelaste dos reuniones importantes para regresar en avión a casa y ver qué hacía Anastasia, porque estabas enfadado con ella después de que no siguiera tus instrucciones, y descubriste que ese tal Hyde se había colado en tu apartamento para secuestrar a tu mujer.

—Resumiendo, sí.

—Ella te pone una palabra de seguridad, cosa que no había ocurrido nunca. No quiero conocer los detalles, a menos que consideres necesario contármelos, pero resolvéis vuestras diferencias y, después de eso, tienes una pesadilla en la que ella muere.

Asiento con la cabeza mientras intento acallar la repentina angustia que me invade al recordar fragmentos de ese sueño.

—¿Algo más?

—La llevé a Aspen con unos amigos. Dejé a un tipo fuera de combate porque la había tocado. Y esta tarde le han denegado la fianza a Hyde. Ah, también he recibido un mensaje de texto de Leila.

Flynn cierra los ojos, y no sé si es porque no puede creer lo que acaba de oír, porque está ordenando las ideas o porque le ha molestado lo de Leila.

—Christian, eso es muchísimo que asimilar. Me sorprende que no estés más estresado.

—Sí. Quién lo diría. Pero he contenido el estrés gracias a algo completamente desconocido y francamente alarmante.

—¿Cómo?

—Sí. Algo a lo que has aludido en mis últimas visitas.

—Continúa —pide Flynn.

—Siento que me acecha una sensación general de felicidad. Es muy inquietante.

—Ah. Entiendo.

—¿De verdad?

—Es evidente. Para mí, al menos.

Su expresión no delata nada, lo cual resulta frustrante.

—Ilumíname, por favor.

—Bueno, me atrevería a aventurar que el intento de secuestro de Jack Hyde y su posterior encarcelamiento han justificado tus sentimientos en cuanto a la seguridad de Ana, pero la amenaza que suponía ya ha sido eliminada. Así que has podido bajar la guardia. Ana está a salvo.

¡Ah! Eso tiene sentido.

—Pero también diría que no se trata de un fenómeno nuevo. Has experimentado una gran cantidad de felicidad durante estos últimos meses. Tu compromiso. La boda. La luna de miel. Ya hemos hablado de esto antes. Tienes tendencia a centrarte en el resultado final, y no en el camino que te ha llevado hasta ahí. Estabas centrado en casarte y nervioso por si no llegaba a ocurrir. Pero ocurrió. —Hace una pausa, supongo que para dar énfasis—. Christian, eres el dueño de tu propia felicidad. Imagino que en tu subconsciente no crees que merezcas ser feliz, pero deja que te corrija en ese punto. Sí lo mereces. Te está permitido ser feliz. Al fin y al cabo, es un derecho inalienable recogido en vuestra Constitución.

—Me parece que lo que está consagrado en la Constitución es «la búsqueda de la felicidad».

—Mmm… Mera semántica. Pero mi lectura en esta situación es que tú tienes la llave de tu felicidad. Tú tienes el control. Solo hace falta que le abras la puerta. Y que no le pongas obstáculos en el camino deliberadamente.

Bajo la mirada a las miniorquídeas que tiene en la mesa de café.

—¿Puedo? —He pronunciado la palabra antes de darme cuenta.

—¿Si puedes qué?

—Abrirle la puerta.

—Eso solo depende de ti.

—Pero ¿y si ella se va?

Flynn suspira.

—En esta vida no hay más certezas que la muerte y los impuestos. Todo el mundo corre el riesgo de que le hagan daño, ya lo sabes. Tú, de pequeño, sufriste más de lo que te correspondía, pero ya no eres un niño. Date permiso para disfrutar de la vida y de tu mujer.

¿Tan sencillo como eso?

—Bueno, en cuanto a Leila… —dice, y cambiamos de tema.

Lunes, 5 de septiembre de 2011

Taylor pone el coche en marcha mientras veo cómo Ana y Prescott desaparecen en el interior de Seattle Independent Publishing. Sigo teniendo la misma inquietante sensación de felicidad absoluta. Hemos pasado un fin de semana increíble... jugando y retozando con la señora Grey. Eso era lo que le ha faltado a mi vida todo este tiempo.

—Señor. —Taylor me saca del lugar que me hace feliz.

—¿Sí?

—El R8 Spyder para la señora Grey estará listo a finales de semana.

—Estupendo. Gracias.

No aparta la mirada de la mía en el espejo retrovisor.

—¿Qué pasa?

—Gail tiene una propuesta relacionada con el cumpleaños de la señora Grey.

—¿Ah, sí?

Espero a que siga hablando para que me cuente los detalles, pero continúa conduciendo.

—¿Y vas a decirme cuál es esa propuesta?

Vuelve a mirarme a los ojos a través del retrovisor y veo en ellos una súplica silenciosa. No quiere enmendarle la plana a la señora Jones.

—Hablaré con ella.

—Gracias, señor.

Me vibra el teléfono.

> ELLIOT
> ¡Empezamos!

Ha adjuntado una fotografía de su equipo derribando una de las paredes traseras de nuestra casa a la orilla del agua. Es una imagen espectacular: cielos azules, una brecha en la pared, nubes de polvo de ladrillo y cinco hombretones corpulentos con cascos de protección amarillos y blandiendo un mazo cada uno.

> ¡Eh! ¡Dejad algo en pie!

No empieces a fibrilar, hombre.
Estamos siguiendo los planos.

No esperaba menos.
Buena suerte.

Una vez en el ascensor de Grey House, leo mis correos.

De: Anastasia Grey
Fecha: 5 de septiembre de 2011 09:18
Para: Christian Grey
Asunto: Navegar & volar & azotar

Esposo:
Tú sí que sabes hacérselo pasar bien a una chica.
Por supuesto, ahora espero que te ocupes de que todos los fines de semana sean así.
Me estás mimando demasiado. Y me encanta.

Tu esposa. xox

Anastasia Grey
Editora de SIP

Le contesto cuando me siento a mi escritorio.

De: Christian Grey
Fecha: 5 de septiembre de 2011 09:25
Para: Anastasia Grey
Asunto: Mi misión en la vida...

... es mimarla, señora Grey.
Y mantenerte segura porque te quiero.

Christian Grey
Entusiasmado presidente de Grey Enterprises Holdings, Inc.

«Entusiasmado» es quedarse muy corto. Quiero hacer algo especial para su cumpleaños, y me pregunto qué idea se le habrá ocurrido a la señora Jones.

488

Hablaré con ella esta tarde. Mientras tanto, me gustaría comprarle a Ana algo más, aparte del coche... darle un regalo un poco más creativo.

Mientras me tomo el café, una idea va tomando forma poco a poco en mi mente.

Algo para celebrar todas nuestras «primeras veces».

Cuando me termino el café, encuentro su respuesta en mi bandeja de entrada.

De: Anastasia Grey
Fecha: 5 de septiembre de 2011 09:33
Para: Christian Grey
Asunto: Mi misión en la vida...

... es permitir que lo hagas porque yo también te quiero. Y ahora deja de ser tan tonto.

Me vas a hacer llorar.

Anastasia Grey
Igualmente entusiasmada editora de SIP

Sonrío. Los dos estamos entusiasmados.

Martes, 6 de septiembre de 2011

En Astoria Alta Joyería se han superado a sí mismos. Mi búsqueda durante la hora del almuerzo ha sido todo un éxito y estoy encantado con el regalo que le he comprado a Ana. Espero que a ella también le guste. Al ver su preciosa cara en la pared de mi oficina, admiro su enigmática sonrisa mientras me mira, pero, como siempre, su rostro no delata nada.

Dios, qué preciosa es.

Me sorprendo sonriéndole embobado a su retrato como el tonto enamorado que soy.

Un hombre enamorado de su esposa.

Contrólate, Grey.

Mis planes para el cumpleaños de Ana están saliendo muy bien. La señora Jones se ha ofrecido voluntaria para preparar una cena sorpresa para Ana, y estoy esperando que todos los invitados me confirmen que van a poder venir. He ofrecido enviar el jet para recoger a Carla y Bob, Ray se apunta y mis hermanos han dicho los dos que sí, pero mis padres aún no me han contestado. Ana no sabe nada de todo esto, y esta será la primera fiesta sorpresa que organice en mi vida. Recuerdo que cuando compré mi apartamento sobre plano, el agente de la inmobiliaria se puso a cantar las bondades del amplísimo espacio para celebraciones y reuniones sociales con el que contaba el piso. Yo nunca creí que llegaría a utilizarlo. Esa no era mi vida.

Y ahora, dos años después, voy a dar una fiesta.

En honor a mi esposa. Quién iba a decirlo.

Lo pasaremos bien.

Tal vez deberíamos llevar a todos a ver la casa nueva el domingo después de almorzar y ver cómo les va a Elliot y su equipo. O quizá podríamos ir antes, solos Ana y yo. El viernes tal vez. Consulto mi agenda, pero me interrumpe un mensaje de texto de Taylor y, una milésima de segundo después, un correo de Ana. Abro el correo primero.

De: Anastasia Grey
Fecha: 6 de septiembre de 2011 15:27
Para: Christian Grey
Asunto: Visitas

Christian:

Leila está aquí. Ha venido a visitarme. La veré con Prescott.

Si es necesario utilizaré mis recién adquiridas habilidades para dar bofetadas con la mano que ya tengo curada.

Intenta (pero hazlo de verdad) no preocuparte. Ya soy una niña grande.

Te llamo después de la conversación.

A x

Anastasia Grey
Editora de SIP

¡Qué!

¿Leila?

¡Mierda!

Marco el número de Ana inmediatamente.

No a va a reunirse con Leila, de eso ni hablar, joder.

El teléfono suena una y otra vez, pero Ana ignora el timbre y la presión arterial me sube por las nubes con cada tono de llamada sin obtener respuesta, hasta que me entra una sensación de mareo. Al final me salta su buzón de voz, pidiéndome que le deje un mensaje. Cuelgo, pues no confío en poder controlarme si hablo.

Mierda.

Leo el mensaje de texto de Taylor.

> TAYLOR
> La señora Grey va a reunirse
> con Leila Williams. Prescott asistirá
> a la reunión. Voy hacia el coche.

Prescott debe de habérselo dicho.

—¡Andrea! —Mi grito prácticamente estremece la ventana que tengo detrás. Contesto el mensaje de Taylor.

> ¿Vas a ir a SIP?

Andrea no se molesta en llamar cuando irrumpe como un ciclón en mi oficina.

—¿Señor Grey?

—Ponme a la ayudante de Ana al teléfono. Ahora mismo.

—Sí, señor.

¿A qué narices está jugando Leila? Sabe que lo que está haciendo está prohibido. Y en cuanto a Prescott… Leila figura en la lista de personas bajo vigilancia, sabe que esto está prohibido.

Suena el teléfono de la oficina y Andrea me pasa con Hannah.

—Señor Grey, buenas tardes. —Hannah suena irritantemente alegre.

—Necesito hablar con mi mujer. Ahora. —No estoy de humor para intercambios corteses.

—Oh. Mmm… Lo siento, pero está reunida.

Me va a dar un infarto.

—Lo sé perfectamente. Sácala de la reunión.

—Mmm… Yo no…

—Hazlo, ahora, o estás despedida —mascullo apretando los dientes.

—Sí, señor —contesta con voz chillona, y suelta el teléfono en su mesa con un ruido que por poco me destroza el tímpano.

Mierda.

Me quedo ahí, esperando. Esperando una vez más a Anastasia Stee… Grey. Tamborileo con los dedos encima de la mesa, a un ritmo frenético.

Tal vez debería levantarme e ir para allá.

Eso es absurdo.

¿Habrá hablado John con Leila?

Mi BlackBerry emite un zumbido.

> TAYLOR
> Estoy en el coche. Fuera.

> Espérame.

> TAYLOR
> De acuerdo.

No entiendo a qué juega Prescott. ¿Cómo ha permitido que pase esto?

El teléfono retumba sobre la superficie de la mesa y vuelve a caer de golpe sobre la superficie dura, haciendo el mismo ruido ensordecedor de antes.

Hostia puta. ¡Qué torpe es Hannah!

—Mmm… ¿Se… Señor… Grey?

—Sí. —Le suelto el monosílabo con frustración.

¡Habla de una vez!

—Ana dice que lo siente, pero qu… que está oc… ocupada y que lo llam… llamará más tarde.

Joder. No puede ni hablar.

—Vale —contesto, y le cuelgo.

Mierda. ¿Qué hago?

¡Prescott! Pues claro.

Ana dijo que Prescott estaría en la reunión con ella. Lleva su teléfono, pero creo que no tengo su número.

—¡Andrea! —grito otra vez, y asoma por la puerta al cabo de un instante, con gesto confuso—. Ponme a Prescott al teléfono.

Andrea se queda momentáneamente perpleja y creo que estoy a punto de explotar.

—Belinda Prescott, la guardaespaldas de Ana —le suelto—. ¡Ahora!

—Ah, sí. —Andrea desaparece.

No seas capullo, Grey.

Respirando hondo para tratar de tranquilizarme, me levanto y empiezo a pasearme arriba y abajo por detrás de la mesa, consciente de que Andrea averiguará enseguida el número de Prescott. Siento que me va a dar algo por culpa de la ansiedad. Me aflojo el nudo de la corbata y me desabrocho el primer botón de la camisa para respirar mejor, pero una imagen de Leila —desaliñada y hecha un harapo, amenazando a Ana a punta de pistola— se materializa en mi mente.

Es una tortura.

Mi ira y mi preocupación aumentan varios puntos en la escala de Richter.

Cuando suena el teléfono, contesto de inmediato.

—La guardaespaldas de la señora Grey al teléfono —dice Andrea.

—Señor Grey —dice Prescott.

—Prescott, no sé cómo decirte la decepción que me he llevado contigo ahora mismo. Déjame hablar con mi esposa.

—Sí, señor —responde.

Se oye el murmullo de fondo de una conversación.

—¿Sí, Christian? —me suelta Ana, y por su tono sé que está en plan altanero, dignándose hablar conmigo desde su puto pedestal.

—¿A qué demonios estás jugando? —le grito al teléfono.

—No me grites. —Su réplica solo hace que enfurecerme aún más.

—¿Cómo que no te grite? —Mi voz atronadora resuena por toda la habitación y por el teléfono—. Te he dado instrucciones específicas que tú acabas de ignorar... otra vez. Joder, Ana, estoy muy furioso.

—Pues cuando te calmes, hablaremos de esto.

¡Oh, no!

—Ni se te ocurra colgarme.

—Adiós, Christian.

—¡Ana! Ana! —Me ha colgado, y creo que voy a entrar en erupción, como el monte Santa Helena. Con una furia incandescente, cojo la chaqueta y el teléfono, y salgo echando humo de mi oficina—. Cancela el resto de mis reuniones de hoy —le espeto a Andrea con un gruñido—. Y dile a Taylor que voy para allá.

—Sí, señor.

El ascensor tarda dieciséis eternos segundos en llegar hasta mi planta. Lo sé porque cuento todos y cada uno de ellos en un intento de refrenar mi mal genio. Después de entrar y pulsar con saña el botón para bajar al vestíbulo, aprieto los puños con tanta fuerza que las uñas se me clavan en las palmas de las manos, y sé que he perdido la batalla. Andrea levanta la vista y veo el gesto de consternación en su rostro, pero permanezco impasible, ignorándola mientras se cierran las puertas.

Estoy dispuesto a entrar en batalla.

Con mi mujer.

Otra vez.

Y con Leila. ¿En qué coño está pensando?

Taylor está junto al coche, aguantando la puerta abierta. Doy gracias de que al menos él esté dispuesto a hacer lo necesario para solucionar esto. Conducimos en silencio hasta la sede de Seattle Independent Publishing mientras me hierve la sangre, a punto de estallar a la menor provocación. Llamo desde el asiento trasero del coche a la consulta de Flynn, pero me sale el buzón de voz de su secretaria, Janet. Cuelgo el teléfono, frustrado por no poder descargar mi ira sobre Flynn.

¿Era este el plan de Leila desde el principio?

Ella sabía que si se acercaba a mi esposa, yo acudiría corriendo.

Estoy entrando en el juego de Leila, pero me importa una mierda.

Después de un trayecto angustioso, Taylor se detiene en la puerta de Seattle Independent Publishing y me bajo del coche en cuanto se para junto al bordillo. No me molesto en pasar por la recepción, sino que atravieso las puertas dobles directamente hacia la oficina de Ana. Sentada a su escritorio, Hannah levanta la vista. La ignoro también a ella.

—Señor G… Grey…

Irrumpo en la oficina de Ana tan violentamente que unos papeles caen al suelo, ampliando la sensación de vacío de la habitación.

Mierda.

Sintiéndome como un completo idiota, me vuelvo y miro a Hannah con expresión enfurecida.

—¿Dónde está? —le suelto sin más, tratando de no perder los nervios.

Ella palidece y señala el extremo opuesto de la planta, de espacios abiertos.

—En la sala de reuniones. Yo… yo le acompaño.

—Me las arreglaré, gracias —le digo con tono gélido y cortante, frunciendo el ceño, y vuelvo sobre mis pasos, envuelto en una nube de tormenta que está a punto de estallar. Tengo que recordarme a mí mismo que no es culpa suya. Hago caso omiso de las miradas curiosas de los miembros del personal, sentados a sus escritorios, y paso junto a las puertas dobles en dirección a la recepción. Las puertas se abren y Taylor las cruza para reunirse conmigo, pero detrás de él veo a Susannah Shaw sentada en uno de los sofás de la sala de espera.

¿Qué demonios?

¿Están todas mis ex sumisas aquí o qué?

Está leyendo una revista, así que no me ve.

No tengo tiempo para esto.

Veo a Leila a través de la pared de cristal de la sala de reuniones. Entro sin llamar y me encuentro con tres pares de ojos que me miran con asombro. Ana se me queda mirando con aire conmocionado y luego con furia. Leila abre los ojos como platos, pero luego baja la mirada hasta la mesa, como debe. Prescott se queda con la vista mirando al frente. Mi primera reacción es de alivio al ver que Ana está ilesa, pero la rabia reemplaza de inmediato esa primera reacción.

—Tú —me dirijo a Prescott—. Estás despedida. Sal de aquí ahora mismo.

Prescott asiente, resignada, creo, y rodea la mesa para marcharse.

Ana me mira boquiabierta.

—Christian... —Empuja la silla hacia atrás y sé que va a ponerse de pie y reprenderme.

Levanto un dedo a modo de advertencia.

—No —digo en voz baja mientras hago un esfuerzo por contener mi ira.

Prescott, con gesto inescrutable, pasa por mi lado para abandonar la habitación. Cierro la puerta tras ella y me vuelvo para enfrentarme a Leila.

Tiene el mismo aspecto que recuerdo de cuando estaba conmigo: sana y equilibrada. Es un alivio ver que vuelve a ser la misma, y se lo diría si no fuera porque estoy muy muy cabreado con ella ahora mismo. Extiendo los dedos sobre la superficie fría de la madera pulida, me inclino hacia delante, con todos los músculos de mi cuerpo rígidos por la tensión, y le suelto:

—¿Qué coño haces aquí?

—¡Christian! —exclama Ana, escandalizada, creo, pero la ignoro y concentro mi atención en la señorita Leila Williams.

—¿Y bien? —insisto.

Leila me mira rápidamente, y veo que ha perdido todo el color del rostro.

—Quería verte y no me lo permitías —susurra.

—Así que has venido hasta aquí para acosar a mi mujer...

Leila vuelve a examinar la mesa.

Bueno, pues ya estoy aquí. Ya has conseguido lo que querías.

Me cabrea que me haya manipulado de ese modo, pero que ella esté aquí con Ana me solivianta aún más.

—Leila, si vuelves a acercarte a mi mujer te quitaré todo mi apoyo económico. Ni médicos, ni escuela de arte, ni seguro médico... Todo, te lo quitaré todo. ¿Me comprendes?

—Christian... —Ana trata de intervenir. Parece consternada, pero ahora mismo me importa una mierda, y la silencio con una mirada.

—Sí —dice Leila con una voz apenas audible.

—¿Qué está haciendo Susannah en recepción?

—Ha venido conmigo.

Enderezo el cuerpo y me paso una mano por el pelo.

¿Qué voy a hacer con ella?

—Christian, por favor —intercede Ana de nuevo—. Leila solo quería darte las gracias. Eso es todo.

Ignorando a Ana, dirijo una pregunta a Leila:

—¿Te quedaste en casa de Susannah cuando estuviste enferma?

—Sí.

—¿Sabía ella lo que estabas haciendo mientras estabas en su casa?

—No. Estaba fuera, de vacaciones.

No veo a Susannah quedándose de brazos cruzados mientras Leila perdía la cabeza. Siempre me ha parecido una persona empática y considerada.

Lanzo un suspiro.

—¿Por qué necesitabas verme? Ya sabes que debes enviarme cualquier petición a través de Flynn. ¿Necesitas algo?

Leila pasa el dedo por el borde de la mesa y el silencio inunda la habitación. Levanta la vista con brusquedad.

—Tenía que saberlo —declara, mirándome directamente.

—¿Tenías que saber qué?

—Que estabas bien.

¿Qué coño…?

—¿Que yo estoy bien? —No la creo.

—Sí —insiste.

—Estoy bien. Ya está, pregunta contestada. Ahora te van a llevar al aeropuerto para que vuelvas a la costa Este. Si das un paso más allá del Mississippi te lo quitaré todo, ¿entendido?

—Sí. Lo entiendo —dice Leila en voz baja, con expresión de arrepentimiento al fin. Eso contribuye enormemente a calmarme.

—Bien —murmuro.

—Puede que a Leila no le vaya bien irse ahora. Tenía planes. —Ana interviene de nuevo.

—Anastasia… —le advierto con la voz gélida—, esto no es asunto tuyo. —Asoma ese ceño fruncido que tan bien conozco.

—Leila ha venido a verme a mí, no a ti —me suelta.

Leila se vuelve a mirar a Ana.

—Tenía instrucciones, señora Grey. Y las he desobedecido. —Me mira nerviosa a mí y luego mira a mi esposa de nuevo—. Este es el Christian Grey que yo conozco —dice, y su tono es casi nostálgico.

¿Qué? Eso no es justo.

Interpretamos unos papeles en una relación, joder. ¡Y la última vez que estuvo en una habitación con mi mujer la apuntó con una pistola! Haría cualquier cosa, lo que fuese, para mantener a Ana a salvo. Leila se levanta y me dan ganas de salir en mi propia defensa, pero si es así como quiere reescribir la historia, adelante. Me importa una puta mierda.

—Me gustaría quedarme hasta mañana. Tengo el vuelo de vuelta a mediodía —dice.

—Haré que alguien vaya a recogerte a las diez para llevarte al aeropuerto.

—Gracias.

—¿Te quedas en casa de Susannah?

—Sí.

—Bien.

Leila se vuelve hacia Ana.

—Adiós, señora Grey. Gracias por atenderme.

Ana se levanta, le tiende la mano y ella se la estrecha.

—Mmm… Adiós. Y buena suerte —dice.

Leila asiente con una sonrisa débil y sincera y se vuelve hacia mí.

—Adiós, Christian.

—Adiós, Leila. Todo a través del doctor Flynn, no lo olvides.

—Sí, señor.

Abro la puerta para que salga, pero ella se queda parada delante de mí.

—Me alegro de que seas feliz. Te lo mereces —me dice, y sale.

Yo la observo marcharse, desconcertado por nuestra conversación.

¿De qué demonios iba todo eso?

Cierro la puerta e inspiro hondo antes de mirar a mi mujer.

—Ni se te ocurra enfadarte conmigo —me suelta—. Llama a Claude Bastille y grítale a él o vete a ver al doctor Flynn. —Sus mejillas se tiñen de rosa con su ira creciente.

Vaya. La primera forma de defensa es un buen ataque.

Pero no es eso lo que está pasando aquí.

—Me prometiste que no ibas a hacer esto.

—¿Hacer qué? —me espeta.

—Desafiarme.

—No prometí eso. Te dije que tendría más en cuenta tu necesidad de protección. Te he avisado de que Leila estaba aquí. Hice que Prescott la registrara a ella y a tu otra amiguita. Prescott estuvo aquí todo el tiempo. Ahora has despedido a esa pobre mujer, que solo estaba haciendo lo que yo le dije. —Ana ya no puede parar—. Te pedí que no te preocuparas y mira dónde y cómo estás. No recuerdo haber recibido ninguna bula papal de tu parte que decretara que no podía ver a Leila. Ni siquiera sabía que tenía una lista de visitas potencialmente peligrosas.

Está furiosa, tremendamente furiosa, y levanta la voz mientras sus ojos destellan con justificada indignación.

Impresionante, señora Grey.

Me maravilla la forma que tiene de plantarme cara y seguir siendo irresistible al mismo tiempo. Y es divertida, capaz de disipar el veneno de la habitación con su elección de palabras.

—¿Bula papal? —pregunto, porque es la cosa más graciosa e irreverente que he oído en mucho tiempo, y espero arrancarle una sonrisa.

El gesto de Ana se mantiene impertérrito.

Mierda.

—¿Qué? —pregunto irritado. Esperaba poder pasar página, ahora que ya se ha despachado a gusto.

—Tú. ¿Por qué has sido tan cruel con ella?

¿Qué? No he sido cruel. Estaba furioso. Leila no debía estar aquí. Joder.

Suspirando, me apoyo en la mesa.

—Anastasia, no lo entiendes. Leila, Susannah… todas ellas… fueron un pasatiempo agradable y divertido. Pero eso es todo. Tú eres el centro de mi universo. Y la última vez que las dos estuvisteis en la misma habitación, ella te apuntaba con una pistola. No la quiero cerca de ti.

—Pero, Christian, entonces estaba enferma.

—Lo sé, y sé que está mejor ahora, pero no voy a volver a darle el beneficio de la duda. Lo que hizo es imperdonable.

—Pero tú has entrado en su juego y has hecho exactamente lo que ella quería. Deseaba volver a verte y sabía que si venía a verme, tú acudirías corriendo.

Me encojo de hombros.

—No quiero que tengas nada que ver con mi vida anterior.

Ana frunce el ceño.

—Christian… Eres quien eres por tu vida anterior, por tu nueva vida, por todo. Lo que tiene que ver contigo tiene que ver conmigo. Acepté eso cuando me casé contigo porque te quiero.

¿Adónde quiere ir a parar con esto?

Me mira con expresión descarnada, llena de compasión.

Pero esta vez no está dirigida a mí, sino a Leila.

¿Quién iba a decir que Leila encontraría una firme defensora en mi mujer?

—No me ha hecho daño. Y ella también te quiere.

—Me importa una mierda.

Y no, ella no me quiere. ¿Cómo va a quererme?

Leila sabe perfectamente de lo que soy capaz…

Ana se me queda mirando como si me viera por primera vez.

Oh, nena. Te lo dije hace mucho tiempo. Cincuenta sombras.

—¿Y por qué de repente te has convertido en una defensora de su causa? —pregunto, perplejo.

—Mira, Christian, no creo que Leila y yo vayamos a ponernos a intercambiar recetas y patrones de costura. Pero tampoco creo que haga falta mostrar tan poco corazón con ella.

—Ya te lo dije una vez: yo no tengo corazón —susurro, y sueno infantil y caprichoso incluso para mis propios oídos.

Pone los ojos en blanco.

—Eso no es cierto, Christian. No seas ridículo. Sí que te importa. No le estarías pagando las clases de arte y todo lo demás si te diera igual.

Recuerdo a Leila, destrozada y sucia mientras la bañaba en el viejo apartamento de Ana y cómo me sentí al verla así.

Joder. Ya me he hartado de toda esta mierda.

—Se acabó la discusión. Vámonos a casa.

Ana mira el reloj.

—Es pronto.

—¡A casa! —insisto.

Por favor. Ana.

—Christian, estoy harta de tener siempre la misma discusión contigo. —Su voz suena cansada.

¿Qué discusión?

—Ya sabes —continúa, interpretando correctamente mi extrañeza—: yo hago algo que no te gusta y tú piensas en una forma de castigarme por ello, que normalmente incluye un polvo pervertido que puede ser alucinante o cruel. —Se encoge de hombros.

¿Cruel? Mierda.

Sí, ha usado contigo una palabra de seguridad, Grey.

Joder.

—¿Alucinante? —pregunto, porque no quiero pensar en la palabra «cruel».

—Normalmente sí.

—¿Qué ha sido alucinante?

Ana me mira con exasperación.

—Ya lo sabes.

—Puedo adivinarlo. —Varios recuerdos eróticos asaltan mi imaginación. Ana en una barra separadora, esposada a la cama, la cruz… en el dormitorio de mi infancia…

—Christian, yo… —Habla con la voz entrecortada; la maniobra de distracción ha funcionado.

—Me gusta complacerte. —Recorro delicadamente su labio inferior con el pulgar.

—Y lo haces. —Su voz es de terciopelo, y me acaricia con ella. En todas partes.

—Lo sé —le susurro al oído—. Es lo único que sé con seguridad.

Cuando me levanto, Ana tiene los ojos cerrados. Los abre de golpe y frunce los labios, probablemente como respuesta a mi sonrisa maliciosa.

La deseo.

No quiero discutir.

—¿Qué fue alucinante, Anastasia? —le insisto.

—¿Quieres una lista?

—¿Hay una lista?

—Bueno, las esposas —murmura, y por un momento parece perdida en los recuerdos de nuestra luna de miel.

No. Le agarro la mano y le acaricio la muñeca con el pulgar.

—No quiero dejarte marcas. —La miro a los ojos con expresión de súplica—. Vamos a casa.

—Tengo trabajo que hacer.

—A casa.

Por favor, Ana. No quiero discutir.

Nos miramos, y nuestro campo de batalla es el espacio que hay entre nosotros mientras trato desesperadamente de entender qué es lo que puede estar pasando en su cabeza. Sé que la he hecho enfadar, y en un rincón de mi cerebro aflora la preocupante idea de que tal vez estoy haciendo justo aquello que Flynn me advirtió que no hiciera: sabotear nuestra relación y destruir mi propia felicidad.

Necesito saber que no hay ningún problema entre nosotros.

Sus pupilas se ensanchan, agrandándose y ensombreciéndole la mirada. No puedo resistirme a ella. Levanto la mano y le acaricio la mejilla con el dorso de los dedos.

—Podemos quedarnos aquí. —Hablo con voz ronca, delatando mi deseo y la necesidad que siento de volver a conectar con mi esposa.

Ana parpadea y niega con la cabeza, dando un paso hacia atrás.

—Christian, no quiero tener sexo aquí. Tu amante acaba de estar en esta habitación.

—Ella nunca fue mi amante.

Solo Elena encaja con ese perfil.

No vayas por ahí, Grey.

—Es una forma de hablar, Christian. —Parece cansada, otra vez.

—No le des demasiadas vueltas a eso, Ana. Ella ya es historia. —Y no sé si me estoy refiriendo a Leila o a Elena, pero sirve para las dos.

Las dos son historia.

Ana suspira y me mira como si fuera un complejo acertijo que resolver, implorándome con la mirada, aunque no acierto a ver qué es lo que quiere. De pronto, su expresión se transforma en un gesto de alarma y da un respingo, y me parece oír un no.

Pero es que sí es historia.

—Sí —le suplico, y presiono los labios contra los suyos, para disipar sus dudas.

—Oh, Christian —murmura—, a veces me das miedo. —Me coge la cabeza con las manos y acerca sus labios a los míos para besarme.

No entiendo nada. ¿Le doy miedo?

La abrazo y murmuro junto a su oído:

—¿Por qué?

—Le has dado la espalda con una facilidad asombrosa…

Esta vez sé que se está refiriendo a mi actitud con Leila.

—¿Y crees que podría hacer lo mismo contigo, Ana? ¿Y por qué demonios piensas eso? ¿Qué te ha hecho llegar a esa conclusión?

—Nada. Bésame. Llévame a casa. —Sus labios buscan los míos de nuevo, pero esta vez hay un deje de desesperación en su beso.

¿Qué te pasa, Ana?

El pensamiento apenas dura un instante mientras me fundo en sus labios.

Ana se retuerce bajo mi cuerpo.

—Oh, por favor —suplica.

—Todo a su tiempo. —La tengo justo donde quiero, en nuestra cama en el Escala, atada y dispuesta. Gruñe y tira de las esposas de cuero que le sujetan cada codo a una rodilla. Está completamente abierta a mí e incapaz de moverse cuando centro mi atención y la punta de la lengua en su clítoris. Lanza un gemido mientras sigo estimulando el potente punto neurálgico enterrado entre sus pliegues, y noto cómo se endurece bajo mi insistencia implacable.

Dios, me encanta.

Cierra los dedos en mi pelo y tira con fuerza.

Pero yo no paro.

Está intentando enderezar las piernas. Está a punto.

—No te corras. —Mis palabras flotan sobre su carne húmeda—. Te voy a azotar si te corres.

Gime y tira con más fuerza.

—Control, Ana. Es todo cuestión de control. —Redoblo mis esfuerzos y sigo provocándola con la lengua, llevándola hasta el borde del paroxismo. Sé que para ella es una batalla perdida, tan cerca está ya del orgasmo.

—¡Ah! —grita, y el clímax le reverbera por todo el cuerpo. Levanta la cara hacia el techo y arquea la espalda al correrse.

¡Sí!

No paro hasta que grita.

—Oh, Ana —la regaño, mordisqueándole el muslo—, te has corrido. —La hago girar para que quede boca abajo y le doy un azote fuerte en el culo, de forma que lanza un grito.

—Control —repito y, agarrándola por las caderas, la penetro con fuerza.

Vuelve a gritar.

Y me quedo quieto.

Disfrutando de ella.

Aquí es donde quiero estar.

El lugar que me hace feliz.

Me inclino hacia delante y le suelto una esposa y después la otra para liberarla; a continuación, tiro de ella hasta sentarla en mi regazo, internándome aún más adentro.

Ana. La rodeo con el brazo y le acaricio la barbilla, disfrutando de la sensación de tener su espalda pegada a mi torso.

—Muévete. —Le ordeno al oído, en un susurro.

Gime y sube y baja sobre mi regazo.

Demasiado despacio.

—Más rápido —le ordeno.

Y se mueve. Rápido. Más rápido. Más todavía. Arrastrándome consigo.

Ah, nena.

Esto es la gloria.

Sentir su cuerpo.

Le echo la cabeza hacia atrás y le beso el cuello mientras deslizo la otra mano por su cuerpo, acariciándole la piel. Sigo deslizando los dedos desde la cadera hasta el sexo. Gime cuando le alcanzo el clítoris, aún muy sensible.

—Sí, Ana. Eres mía. Solo tú.

—Sí —jadea, y no me puedo creer que esté tan cerca. Su predisposición alimenta mi deseo. Echa la cabeza hacia atrás.

Y aparecen las primeras convulsiones.

—Córrete para mí —susurro.

Se deja llevar y la agarro mientras su orgasmo le estremece el cuerpo.

—¡Christian! —grita, y mi nombre me empuja al borde del abismo.

—Oh, Ana, te quiero. —Lanzo un gemido y me corro, y toda la tensión anterior desaparece de mi cuerpo cuando encuentro la liberación.

Estamos tumbados en la cama, enredados en una maraña de brazos y esposas. Le doy un beso en el hombro y le aparto el pelo de la cara antes de apoyarme sobre un codo. Mientras le masajeo el punto del trasero donde antes le di un azote, le pregunto:

—¿Esto también va a formar parte de esa lista, señora Grey?

—Mmm.

—¿Eso es un sí?

—Mmm. —Sus labios dibujan una sonrisa gloriosa.

Sonrío. No puede ni hablar.

Misión cumplida, Grey.

La beso en el hombro y se vuelve para mirarme.

—¿Y bien? —pregunto.

—Sí. Esto se incluye en la lista. —Un brillo travieso asoma a sus ojos—. Pero es una lista larga.

Hace que me sienta un gigante.

Mi ira anterior se ha disipado por completo.

Gracias, Ana. La beso.

—Perfecto. ¿Y si cenamos algo?

Asiente y juguetea con los dedos sobre mi torso.

—Quiero decirte algo. —Unos ojos azules sinceros y llenos de curiosidad escrutan los míos.

—¿Qué?

—No te enfades.

—¿Qué pasa, Ana?

—Te importa. —Pronuncia esas palabras con una sinceridad tan compasiva que me quita todo el aire de los pulmones—. Quiero que admitas que te importa. Porque al Christian que yo conozco y al que quiero le importaría.

¿Por qué hace esto?

Y de pronto, de la nada salen imágenes de Leila y de Susannah y del resto de mis sumisas que me nublan el cerebro. De todo lo que hicimos. De todo lo que hicieron. Por mí. De todo lo que hice y hago por ellas.

Leila, sucia y rota.

Mierda.

Eso fue una tortura. No querría que ni ella ni ninguna de las demás experimentasen eso. Nunca más.

—Sí. Sí me importa. ¿Contenta?

La expresión de Ana se dulcifica.

—Sí. Mucho.

Frunzo el ceño.

—No puedo creer que esté hablando contigo de esto ahora, aquí, en nuestra cama…

Me pone un dedo sobre los labios.

—No estamos hablando de eso. Vamos a comer. Tengo hambre.

Suspiro y niego con la cabeza.

Esta mujer me tiene muy confundido. En todos los sentidos.

¿Por qué es esto tan importante para ella?

Mi dulce y compasiva esposa.

—Me cautiva y me desconcierta a la vez, señora Grey.

—Eso está bien. —Me besa, buceando con la lengua en mi boca, y no tardamos en perdernos el uno en el otro de nuevo.

Viernes, 9 de septiembre de 2011

Buenos días, señor Grey —me saluda Andrea en tono alegre y chispeante. Un poco como yo. Parece que la vida de casada a ella también le sienta bien.

—Buenos días, Andrea —le respondo con una sonrisa breve y sincera.

—¿Café?

—Por favor. ¿Dónde está Sarah?

—Haciendo un recado para la reunión de esta mañana. ¿El café lo quiere solo?

—Sí. Luego repasaremos los preparativos para hoy y el fin de semana.

Me siento a mi escritorio y reviso los documentos que tengo delante. Hoy nos reunimos con los Hwang de Taiwan para hablar de nuestra operación conjunta con respecto a su astillero. Tengo sus estadísticas, su estructura de gestión, los datos de sus proveedores y subcontratistas, y una lista de sus clientes. Es impresionante, pero una parte de mí todavía se pregunta por qué querrían asociarse con una empresa de Estados Unidos. De hecho, precisamente eso es algo que me ha estado intrigando a lo largo de nuestras negociaciones con ellos. En nuestra última conversación telefónica nos dijeron que quieren expandirse por la costa del Pacífico estadounidense para no depender tanto de los mercados nacional y de Asia Oriental. Sin embargo, Grey Enterprises Holdings podría estar metiéndose en un campo de minas político.

Bueno, hoy tendremos ocasión de formular todas las preguntas difíciles.

Andrea entra en mi despacho. Sabe preparar un café estupendo.

—Está buenísimo. —Levanto la taza y me recompensa con una sonrisa—. ¿Cómo llevamos los preparativos para la fiesta sorpresa de Ana?

—Su familia llega mañana. Raymond Steele volverá en coche de su excursión de pesca en Oregón mañana. El Gulfstream despegará esta tarde hacia Savannah para recoger a los señores Adams. Llegarán a Seattle mañana por la tarde. Quería comprobar con usted que no necesita que haga una reserva de hotel para ellos.

—No, gracias. Se hospedarán con nosotros.

—Creo que eso es todo con respecto al fin de semana. He estado en contacto con la señora Jones.

—Genial. Ahora, la delegación taiwanesa. —Miro la hora—. Deberían estar aquí a las once.

—Todo está preparado. —Andrea desprende su aire de eficiencia habitual—. Vienen del Fairmont Olympic. Además de los propietarios, el señor y la señorita Hwang, y su director de operaciones, el señor Chen, van a traer a su intérprete; siento no tener su nombre todavía. Marco se reunirá con ellos en la recepción y los acompañará a la sala de reuniones.

—Qué raro lo del intérprete. Todos hablan muy bien nuestro idioma.

Andrea se encoge de hombros.

—La reserva para el almuerzo está hecha a su nombre, en el Four Seasons a la una y media.

—Gracias, Andrea, parece que todo está bajo control.

—¿Eso es todo?

—Por ahora.

Cuando se va, me centro en mi iMac y reviso el correo electrónico. El de Ana es el primero que me salta a la vista.

De: Anastasia Grey
Fecha: 9 de septiembre de 2011 09:33
Para: Christian Grey
Asunto: La lista

Lo de ayer tiene que encabezar la lista.

:D

A x

Anastasia Grey
Editora de SIP

Me río y me remuevo en mi asiento al recordar la barra separadora y lo excepcionalmente complaciente que fue mi mujer anoche. Aunque también es cierto que lo ha sido todas las noches desde que Leila irrumpió en nuestras vidas. Por suerte, ese episodio tan dramático ha terminado: Leila está en casa y Flynn me ha asegurado que está felizmente aclimatada de nuevo a su vida en Connecticut.

Ana es tan insaciable como siempre.

Soy un hombre con mucha, muchísima suerte.

De: Christian Grey
Fecha: 9 de septiembre de 2011 09:42
Para: Anastasia Grey
Asunto: Dime algo que no sepa

Llevas diciéndome eso los tres últimos días.

A ver si te decides.

O... podríamos probar algo más.

;)

Christian Grey
Presidente de Grey Enterprises Holdings, Inc., disfrutando del juego

Nuestra única fuente de conflicto ha sido la campaña de Ana para volver a contratar a Prescott, a pesar de que la propia Ana dijo que no acababa de convencerla. Le he asegurado que le daré a Prescott buenas referencias, pero eso es todo, y por lo que a mí respecta, el asunto está zanjado. Vuelvo a leer los documentos que tengo delante; necesito concentrarme en lo mío.

Una vez hecho eso, compruebo si hay más correos electrónicos de Ana, pero no hay ninguno. Estoy impaciente por que empiece la reunión, pero con cuarenta y cinco minutos por delante, necesito estirar las piernas. Me levanto de un salto, cojo mi teléfono y salgo de la oficina.

—Andrea, voy a ver a Ros. Me llevo el teléfono conmigo. —Lo agito delante de ella y advierto que tengo que cargar la batería.

Maldita sea.

—¿Puedes cargarlo por mí?

—Sí, señor Grey.

Sintiendo la necesidad de quemar parte de mi exceso de energía antes de la reunión, bajo las escaleras hasta el despacho de Ros.

Ros tiene una batería de preguntas finales para los Hwang, y estamos hablando de cuál puede ser la mejor táctica cuando llaman a la puerta. Es Andrea.

—La señora Grey le ha llamado. Quería hablar con usted urgentemente. Pensé que querría saberlo. —Me da mi teléfono.

—Gracias. —Frunciendo el ceño, salgo del despacho de Ros y marco el número de Ana.

—Christian —responde Ana, jadeando y con voz ahogada.

Un escalofrío me recorre la columna.

—Dios, Ana. ¿Qué ocurre?

—Es Ray... Ha tenido un accidente.

—¡Mierda!

—Sí, lo sé. Voy de camino a Portland.

—¿Portland? Por favor, dime que Sawyer está contigo.

—Sí, va conduciendo.

—¿Dónde está Ray?

—En el OHSU.

Ros sale de su despacho y me distrae.

506

—Christian, van a llegar de un momento a otro.

Miro rápidamente al reloj de la pared, que señala las 10.48.

—Sí, Ros. ¡Lo sé! —La reunión durará como mínimo dos horas. Mierda. Iba a llevarlos a almorzar.

Ros y Marco pueden encargarse de eso.

—Perdona, nena... Estaré allí dentro de unas tres horas. Tengo aquí algo entre manos que necesito terminar. Iré en el helicóptero. —Gracias a Dios que el *Charlie Tango* vuelve a estar en funcionamiento—. Tengo una reunión con una gente de Taiwan. No puedo dejar de asistir. Es un trato que llevamos meses preparando. Iré en cuanto pueda.

—De acuerdo —susurra con un hilo de voz, asustada.

Un puño me atenaza el corazón. Esta no es la actitud habitual de Ana.

—Lo siento, nena —murmuro, abrumado por la necesidad de dejarlo todo y correr a su lado.

—Estaré bien, Christian. Tómate todo el tiempo que necesites. No tengas prisa. No quiero tener que preocuparme por ti también. Ten cuidado en el vuelo.

—Lo tendré.

—Te quiero.

—Yo también te quiero, nena. Estaré ahí en cuanto pueda. Mantente cerca de Luke.

—Sí, no te preocupes.

—Luego te veo.

—Adiós. —Cuelga el teléfono.

—¿Va todo bien? —pregunta Ros.

Niego con la cabeza.

—No. El padre de Ana ha tenido un accidente.

—Oh, no...

—Está en el hospital OHSU de Portland. Ana va para allá ahora mismo. Tengo que hacer una llamada rápida. —Marco el número de mi madre y, de milagro, Grace responde al móvil.

—Christian, cariño. Qué alegría oírte.

—Mamá, el padre de Ana ha sufrido un accidente.

—Oh, no, pobre Ray... ¿Está bien? ¿Dónde está?

—En el OHSU.

—¿Es grave?

—No lo sé. No lo sé. Ana va de camino hacia allí. Por desgracia, tengo una reunión aquí a la que debo asistir antes de poder reunirme con ella.

—Ya veo. Una amiga de Yale trabaja allí. Haré algunas llamadas.

—Gracias, mamá. Tengo que irme.

Llamo a Andrea, esperando que esté de vuelta en su escritorio.

—Señor Grey.

—El padre de Ana ha tenido un accidente. Necesito que Stephan vuele conmigo a Portland en el *Charlie Tango* después de mi reunión. ¿Puedes pedirle a

Beighley que lleve el Gulfstream a Savannah? Tendremos que encontrar un segundo piloto que vaya con ella. Y localiza a Taylor, necesito que me acompañe.

—Sí, señor. Me pongo a ello enseguida. —Cuelgo el teléfono.

Ros está recogiendo sus papeles del escritorio.

—Tendrás que entretener a los Hwang después de la reunión. Llévalos a almorzar. Hay una mesa reservada a mi nombre en el Four Seasons. Yo debo ir con Ana.

—Por supuesto. Le pediré a Marco que me acompañe.

—Será mejor que subamos.

Ryan nos lleva a Taylor y a mí al helipuerto en el centro de Seattle. Fue idea de Andrea que saliéramos de allí en lugar de hacerlo de Boeing Field, para ahorrar tiempo. La reunión con los Hwang ha sido todo un éxito. He adquirido un astillero y el trato que hemos firmado parece ser satisfactorio para todas las partes, pero he dejado en manos de Ros y Marco el resto de los detalles. Ros y yo tenemos una invitación para visitar el astillero la próxima semana, pero ahora necesito apoyar a mi esposa y averiguar en qué estado se encuentra mi suegro.

Mientras Ryan aparca el Audi fuera del edificio, me acuerdo de la última vez que usé este helipuerto para llevar a Ana a la exposición de José en Portland. Todo como parte de mi campaña para recuperarla.

Me permito saborear un breve momento de triunfo.

Lo he conseguido.

Ahora es mi esposa.

¿Quién lo iba a decir, Grey?

Taylor y yo nos dirigimos al ascensor, que nos lleva al helipuerto de la azotea. Las puertas se abren y ahí está: el *Charlie Tango*.

Mi motivo de orgullo y alegría restaurado a su antiguo estado de perfección.

Lo dejé ardiendo en llamas y abandonado en un claro de un rincón salvaje y desolado del parque nacional Gifford. Ahora tiene dos motores nuevos, y después de una limpieza a fondo en Eurocopter, se alza altivo y orgulloso, flamante bajo el sol de la tarde. Es una alegría verlo. Stephan sale de la cabina, radiante, mientras nos dirigimos hacia él.

—Se comporta igual que antes, y además tiene buen aspecto —dice a modo de saludo.

—Estoy deseando montar en él. —A pesar de la ansiedad que siento por la angustia de Ana, apenas puedo contener la emoción por estar de nuevo a los mandos del *Charlie Tango*.

—Sabía que diría eso. —Con una sonrisa, sujeta la puerta del piloto y se sienta a mi lado mientras Taylor se sube a la parte de atrás. Una vez que me he abrochado el cinturón de seguridad, me pongo los auriculares y realizo las comprobaciones previas al vuelo.

—¿Me he olvidado de algo? —le pregunto a Stephan.

—No, señor. Lo ha recordado todo perfectamente.

Compruebo las revoluciones del rotor y luego llamo por radio a la torre.

—Bien, chicos. ¿Estáis listos?

—Listo —dice Taylor por los auriculares, y Stephan levanta el pulgar.

Tiro del mando colectivo con suavidad y el *Charlie Tango* se eleva como un ave fénix en el sol de Seattle. Es un subidón y un alivio saber que estaré con mi esposa dentro de poco más de una hora.

El vuelo a Oregón supone una forma muy bienvenida de distraer mi preocupación por Ana y su padre. El *Charlie Tango* responde mostrándose tan sensible, suave y elegante como siempre. Aterriza con su gracia habitual en el helipuerto de Portland.

—¿Te encargarás de él? —le pregunto a Stephan.

—Con mucho gusto, señor—. Ha aceptado quedarse a la espera de nuevas instrucciones, ya que no sé cuándo volveremos a casa hoy, si es que volvemos hoy.

Fuera del edificio nos espera un Suburban. El empleado de la agencia de alquiler de coches le entrega las llaves a Taylor y nos dirigimos al hospital. Mientras conduce, saco mi teléfono para llamar a Ana, pero tengo una llamada perdida y un mensaje de mi madre en el buzón de voz. Llamo a Grace en lugar de escuchar su mensaje, pero no contesta. Mierda. Cuelgo y escucho el mensaje de voz. Su tono es nítido y conciso, su voz de médico.

—Christian, no tengo mucha información sobre tu suegro. Sé que está en el quirófano y que lleva allí un buen rato. Su estado es grave. Tendremos más información cuando terminen de operarlo. Todavía no sé cuándo será eso. Si estás en el hospital, llámame.

Frunzo el ceño mirando al teléfono. El mensaje de mi madre es inquietante: la gravedad de su estado no presagia nada bueno.

—Taylor, puede que tengamos que quedarnos toda la noche. ¿Puedes traernos algunos artículos básicos para Ana y para mí?

—¿Artículos de aseo?

—Sí. Y una o dos mudas de ropa. Para los dos. Ropa informal. Por favor.

—Sí, señor.

Llamo a Andrea y ella contesta al primer tono de llamada.

—Señor Grey.

—Andrea, puede que tengamos que quedarnos en Portland esta noche. Comprueba que el Heathman tiene una suite libre.

—Lo haré. ¿Le envío su portátil por mensajería?

—Ya lo tengo conmigo. Lo recogió Taylor.

Mierda. Mañana es el cumpleaños de Ana.

—Llama a la señora Jones. No estoy seguro de que podamos celebrar la cena mañana. Ya la pondré al corriente más tarde.

—¿Hago regresar al Gulfstream?

509

—No. Que aterrice en Savannah. Ana puede querer que su madre venga aquí. Volveré a llamarte cuando sepa algo más. —Cuelgo.

¿Qué puedo hacer?

Taylor llama mi atención.

—¿Qué pasa? —le pregunto.

—Señor, podría dejarle en el hospital. Comprar sus productos de aseo, dejar las compras en su hotel y luego volar de vuelta a Seattle con Stephan y traer el R8 para la señora Grey para que esté aquí mañana.

—Es una buena idea. Vamos a ver cómo está su padre antes de hacer nada, pero sí, es un buen plan. También podrías recoger algunas cosas para mí.

—Sí, señor.

Tal vez tengamos que reprogramar la celebración del cumpleaños de Ana para finales de mes. Mientras pienso en eso, recuerdo que Mia empieza hoy en su nuevo trabajo. Le envío un mensaje rápido para desearle buena suerte mientras Taylor se detiene delante del edificio principal del OHSU.

Me mentalizo para entrar. A pesar de la profesión elegida por mi madre, detesto los hospitales.

En el ascensor, de camino a la planta de cirugía, mi teléfono vibra con un mensaje de Andrea. Ha reservado mi suite habitual en el Heathman. Una enfermera de la recepción de la tercera planta me dirige a la sala de espera. Respirando hondo, abro la puerta. En el interior de la sala, austera y funcional, encuentro a Ana sentada en una silla de plástico. Pálida, asustada y enfundada en una chaqueta de cuero de hombre, se aferra a la mano de José Rodríguez. El padre de este está sentado en una silla de ruedas a su lado.

—¡Christian! —exclama.

El alivio y la esperanza que se reflejan en su rostro cuando se levanta de un salto para recibirme extinguen el breve destello de celos que me llameaba en el estómago. Cuando la tengo en mis brazos, cierro los ojos y la estrecho con fuerza. Huele a manzanas y a huertos y a Ana, y también al inconfundible aroma a colonia barata y a sudorosas noches de fiesta.

¿La chaqueta de José?

Arrugo la nariz y espero que nadie se dé cuenta. José se levanta, pero su padre permanece en la silla de ruedas, con aspecto bastante maltrecho.

Mierda. Él también debía de ir en el coche.

—¿Alguna noticia? —dirijo mi pregunta a Ana.

Niega con la cabeza.

—José. —Lo saludo con la cabeza sin dejar de abrazar a mi mujer.

Sawyer está sentado en una esquina. Me saluda con un rápido asentimiento; doy gracias de que haya estado aquí con Ana.

—Christian, este es mi padre, José —dice José.

—Señor Rodríguez... Nos conocimos en la boda. Por lo que veo, usted también estaba en el coche cuando ocurrió el accidente. —Le estrecho la mano libre con delicadeza.

—Íbamos todos en el coche —responde José—. Nos dirigíamos a Astoria para pasar un día de pesca. —Su gesto se endurece y su aire fresco y juvenil desaparece para dar paso al hombre amenazador que hay debajo—. Pero un conductor borracho nos embistió en la carretera. Le destrozó el coche a mi padre. Yo salí ileso de milagro. Mi padre acabó muy magullado y con fuertes contusiones, pero Ray... —Se interrumpe y traga saliva para serenarse y luego, con una mirada rápida y ansiosa dirigida a Ana, continúa hablando—. Él se llevó la peor parte. Lo trasladaron en helicóptero desde el hospital de Astoria hasta aquí.

Aprieto el brazo de Ana.

—Cuando le dieron el alta a mi padre después de atenderlo, nos vinimos aquí —termina, y levanto las cejas con gesto de sorpresa. El señor Rodríguez lleva una pierna y un brazo escayolado, y tiene un lado de la cara muy magullado. No parece estar en condiciones de viajar—. Sí, ya. —José mueve la cabeza con exasperación, como leyéndome el pensamiento—. Mi padre insistió.

—¿Y se encuentran lo bastante bien para estar aquí? —pregunto.

—No queremos estar en ninguna otra parte. —El señor Rodríguez contrae el rostro; tiene el aspecto físico y la voz de estar padeciendo grandes dolores. Tal vez deberían irse a casa.

Pero no los presiono; están aquí por Ray. Cojo a Ana de la mano, la llevo a una de las sillas y me siento a su lado.

—¿Has comido?

Niega con la cabeza.

—¿Tienes hambre?

Niega con la cabeza.

—¿Pero tienes frío? —pregunto, y vuelvo a oler la chaqueta de José.

Asiente y se arropa aún más con la prenda ofensiva. La puerta se abre y entra un hombre con pijama de cirujano, un médico alto, con el pelo oscuro y con aire de cansancio después de la batalla; su expresión es grave.

Mierda.

Ana se pone de pie apresuradamente y yo me levanto con rapidez para sujetarla. Todas las miradas de la sala se dirigen al joven médico.

—¿Ray Steele? —dice Ana con ansiedad mal disimulada.

—¿Son parientes? —pregunta el médico.

—Soy su hija, Ana.

—Señorita Steele...

—Señora Grey —murmuro, corrigiéndolo.

—Disculpe —balbucea el doctor—. Soy el doctor Crowe. Su padre está estable, pero en estado crítico.

Ana se desmorona en mis brazos mientras el médico nos comunica las aciagas noticias sobre el estado de su padre.

—Ha sufrido lesiones internas graves, sobre todo en el diafragma, pero hemos podido repararlas y también hemos logrado salvarle el bazo. Por desgracia, sufrió una parada cardíaca durante la operación por la pérdida de sangre. Hemos conseguido que su corazón vuelva a funcionar, pero todavía hay que controlarlo.

¡Dios!

—Sin embargo, lo que más nos preocupa es que ha sufrido graves contusiones en la cabeza, y la resonancia muestra que hay inflamación en el cerebro. Le hemos inducido un coma para que permanezca inmóvil y tranquilo mientras mantenemos en observación esa inflamación cerebral.

Ana da un respingo y desfallece en mis brazos de nuevo.

—Es el procedimiento habitual en estos casos. De momento solo podemos esperar y ver la evolución.

—¿Y cuál es el pronóstico? —pregunto, tratando de disimular la angustia en mi voz.

—Señor Grey, en este momento es difícil establecer un pronóstico. Es posible que se recupere completamente, pero eso ahora solo está en manos de Dios.

—¿Cuánto tiempo van a mantener el coma?

—Depende de la respuesta cerebral. Lo normal es que esté así entre setenta y dos y noventa y seis horas.

—¿Puedo verle? —Ana está descompuesta por la ansiedad.

—Sí, podrá verle dentro de una media hora. Le han llevado a la UCI de la sexta planta.

—Gracias, doctor.

El doctor Crowe se despide con un movimiento con la cabeza y se va.

—Bueno, al menos está vivo —murmura Ana, tratando de transmitir esperanza, pero las lágrimas le anegan los ojos y empiezan a rodar por su rostro ceniciento.

No. Ana, nena.

—Siéntate —le digo, acompañándola a su asiento.

—Papá, creo que deberíamos irnos. Necesitas descansar y no va a haber noticias hasta dentro de unas horas —le dice José a su padre—. Podemos volver esta noche, cuando hayas descansado. Si no te importa, Ana, claro. —José se vuelve hacia Ana.

—Claro que no —le responde.

—¿Os alojáis en Portland? —pregunto, y José asiente—. ¿Necesitáis que alguien os lleve a casa?

José frunce el ceño.

—Iba a pedir un taxi.

—Luke puede llevaros.

Sawyer se levanta y José parece confuso.

—Luke Sawyer —le aclara Ana.

—Oh, claro. Sí, eso es muy amable por tu parte. Gracias, Christian.

Ana le da un abrazo con cuidado al señor Rodríguez y otro sin tanto cuidado a José. Este le dice algo al oído en un susurro, pero estoy lo bastante cerca para oír sus palabras.

—Sé fuerte, Ana. Es un hombre sano y en buena forma. Las probabilidades están a su favor.

—Eso espero —contesta ella, con un hilo de voz angustiada.

Sus palabras se me clavan como puñales, porque no hay nada que pueda hacer para ayudar. Se quita la pestilente chaqueta de José y se la devuelve.

Gracias a Dios.

—Quédatela si tienes frío —le ofrece él.

—No, ya estoy bien. Gracias —le contesta, y le cojo la mano—. Si hay algún cambio, os lo diré inmediatamente.

José le dedica una sonrisa débil y empuja la silla de su padre hacia la puerta, que Sawyer mantiene abierta. El señor Rodríguez levanta la mano y José se para.

—Lo tendré presente en mis oraciones, Ana —dice José padre con voz temblorosa—. Me ha alegrado mucho recuperar el contacto con él después de todos estos años y ahora se ha convertido en un buen amigo.

—Lo sé —dice Ana, con la voz teñida de emoción.

Los tres se van y nos quedamos solos al fin. Le acaricio la mejilla.

—Estás pálida. Ven aquí. —Me siento, la atraigo a mi regazo y la abrazo. Ella se acurruca contra mi pecho y le beso el pelo.

Nos sentamos.

Juntos.

Cada uno ensimismado en sus pensamientos.

¿Qué puedo decirle para consolarla?

No tengo ni idea. Me siento impotente y no puedo soportarlo.

Le cojo la mano y se la aprieto con la esperanza de proporcionarle algún consuelo.

Ray es un hombre fuerte. Saldrá de esta; tiene que hacerlo.

—¿Qué tal el *Charlie Tango*? —me pregunta al fin, y me asombra que aun en esta situación esté pensando en mí.

Creo que mi sonrisa espontánea es respuesta suficiente.

He recuperado mi EC135. Y ha sido una auténtica gozada pilotarlo.

—Oh, muy brioso.

Sonríe.

—¿Brioso?

—Es de un diálogo de *Historias de Filadelfia*. Es la película favorita de Grace.

—No me suena.

—Creo que la tengo en casa en Blu-ray. Un día podemos verla y meternos mano en el sofá. —Le rozo el pelo con los labios e inhalo su fragancia, más dulce ahora que la chaqueta de José ha desaparecido con él—. ¿Puedo convencerte de que comas algo?

—Ahora no. Quiero ver a Ray primero.

No la presiono.

—¿Qué tal con los taiwaneses? —pregunta, y me parece que está desviando la conversación para que no siga insistiendo con la comida.

—Productivo.

—¿Productivo en qué sentido?

—Me han dejado comprar su astillero por un precio menor del que yo estaba dispuesto a pagar.

—¿Y eso es bueno?

—Sí, es bueno.

—Pero creía que ya tenías un astillero aquí.

—Así es. Vamos a usar este para hacer el equipamiento exterior, pero construiremos los cascos en Extremo Oriente. Es más barato.

—¿Y los empleados del astillero de aquí?

Buena pregunta, señora Grey.

—Los vamos a reubicar. Tenemos que limitar las duplicidades al mínimo.

Eso espero.

La beso otra vez.

—¿Vamos a ver a Ray?

Raymond Steele se halla en la última cama de la sala de la UCI. Es un shock verlo inconsciente y conectado a una batería de aparatos médicos de última tecnología. Este hombre me intimida más que cualquier otra persona en el mundo, pero ahora mismo se le ve vulnerable y enfermo. Muy enfermo. Está en coma inducido y conectado a un respirador, y tiene la pierna enyesada y el pecho está envuelto en vendaje quirúrgico. Una delgada manta cubre su desnudez.

Dios. Ana se queda descompuesta al verlo y parpadea para no llorar por la impresión.

Me cuesta mucho ser testigo de su angustia.

¿Qué hago? ¿Qué le digo?

No hay nada que pueda hacer para ayudarla a sobrellevar mejor este trance.

Una enfermera comprueba los distintos monitores. Su placa la identifica con el nombre de ENFERMERA KELLIE.

—¿Puedo tocarlo? —pregunta Ana.

—Sí —dice Kellie amablemente.

A los pies de la cama, observo a Ana coger la mano de Ray con cuidado. De pronto, se desploma en la silla junto a la cama, apoya la cabeza sobre el brazo de Ray y se echa a llorar.

Oh, no.

Corro de inmediato a consolarla.

—Oh, papá. Recupérate, por favor —le suplica en voz baja—. Por favor.

Sintiéndome absolutamente impotente, le pongo la mano en el hombro y aprieto con fuerza, tratando de ofrecerle algo de consuelo.

—Las constantes vitales del señor Steele están bien —dice Kellie en voz baja.

—Gracias —murmuro, porque no sé qué otra cosa decir.

—¿Puede oírme? —pregunta Ana.

—Está en un estado de sueño profundo, pero ¿quién sabe?

—¿Puedo quedarme aquí sentada un rato?

—Claro. —Kellie le dedica a Ana una afectuosa sonrisa.

Ahora mismo, Ana está donde tiene que estar, y debería organizarlo todo para que nos quedemos a dormir en Portland. Es imposible que volvamos a casa esta noche. Le aprieto el hombro una vez más y ella levanta la vista para mirarme a los ojos.

—Tengo que hacer una llamada. —Le deposito un beso en la cabeza—. Estaré fuera. Te dejo unos minutos a solas con tu padre.

Llamo a mi madre desde la sala de espera de la sexta planta. Esta vez contesta a la primera y la pongo al corriente sobre el estado de Raymond Steele.

Respira profundamente.

—Parece estar en estado crítico. Quiero ir a verlo...

—Mamá. No tienes que...

—No. Christian. Quiero hacerlo. Ana es de la familia. Tengo que ir ahí y comprobar en persona cuál es su estado. Carrick y yo iremos en coche.

—Puedo hacer que voléis hasta aquí abajo.

—¿Qué?

—Mi helicóptero está aquí, pero Taylor lo va a llevar de vuelta a Seattle. Stephan puede traeros hasta aquí.

—Eso suena bien. Hagamos eso entonces.

—De acuerdo. Yo se lo diré a Taylor y tú puedes ponerte de acuerdo con él para organizarlo.

—Lo haré. Christian, Ray está en buenas manos.

—Gracias, mamá.

Llamo a Taylor y le explico los planes sobre mi madre.

Luego llamo a Andrea.

—Señor Grey. ¿Cómo está el señor Steele?

—Está en estado grave. Nos quedaremos aquí por lo menos dos noches. Voy a tener que hacer algo para el cumpleaños de Ana aquí, si es que hacemos algo. Tal vez una cena discreta, si ella está de humor. Me gustaría que su familia y nuestros amigos asistieran a la cena también, pero vamos a ver cómo pasa Ray la noche.

—Llamaré al Heathman y veré si pueden organizar una cena privada.

—Perfecto. Ana necesita a su madre, así que vamos a traerla a ella y a su marido, tal como estaba previsto. Reserva habitaciones para ellos, para mis padres y para el resto de nuestros invitados, y encárgate de todos los preparativos para traerlos aquí. Mi madre se reunirá con nosotros esta noche. Por favor, resérvale una habitación en el Heathman para hoy.

—Lo haré.

—Averigua el número de móvil de José Rodríguez. Me gustaría invitarle a él también.

—Le enviaré un mensaje.

—Gracias, Andrea. —Cuelgo y llamo a la señora Jones para confirmar que la cena sorpresa de mañana en el Escala se ha anulado.

—Espero que el señor Steele se recupere cuanto antes —dice Gail.

—Sí, yo también. Siento lo de mañana.

—No pasa nada, señor Grey. Ya habrá otra ocasión.

—La habrá. Gracias, Gail.

Cuelgo y vuelvo a la UCI. Me acerco al mostrador de enfermería y le doy a Kellie mi número de móvil y el de Ana, con instrucciones de que nos llame si hay algún cambio en el estado de Ray. Es hora de llevar a mi mujer a comer algo.

Cuando vuelvo a los pies de la cama de Ray, Ana está hablando con él y ha dejado de llorar. Está serena y tiene el rostro resplandeciente de amor por el hombre que reposa postrado a su lado.

Es una estampa muy conmovedora.

Y me siento como un intruso.

Pero no quiero irme.

Me siento sin hacer ruido y escucho su voz suave y dulce. Le está pidiendo que venga a Aspen, donde lo llevaré a pescar. Sus palabras me estremecen el corazón. Ana es ahora mi familia, como dijo mi madre, y por extensión, también lo es Ray. Ya nos imagino a los dos juntos lanzando la caña en el río Roaring Fork o en el lago Snowmass. Ray con aire taciturno. Yo, relajado y con aire taciturno también.

Los dos compartiendo una cerveza luego.

—El señor Rodríguez y José también serán bienvenidos. Es una casa muy bonita. Hay sitio para todos vosotros. Por favor, ponte bueno para que puedas ir allí a pescar, papá. Por favor...

Vale. Ray, José padre, José y yo pescando juntos.

Sí. Podría hacerlo.

Ana se vuelve y se percata de mi presencia.

—Hola —murmuro.

—Hola.

—¿Así que voy a ir de pesca con tu padre, el señor Rodríguez y José? Asiente con la cabeza.

—Vale. —Asiento para mostrar mi conformidad—. Vamos a comer algo y le dejamos dormir. —Ana frunce el ceño y sé que no quiere dejar a su padre—.

Ana, está en coma. Les he dado los números de nuestros móviles a las enfermeras. Si hay algún cambio, nos llamarán. Vamos a comer, después nos registramos en el hotel, descansamos y volvemos esta noche.

Mira a Ray con aire anhelante y luego me mira a mí.

—Vale.

Ana se queda plantada en la puerta de nuestra suite del Heathman, examinando y reconociendo la habitación. Parece paralizada.

O tal vez está recordando la primera vez que la traje saquí, aunque lo dudo, porque estaba como una cuba esa noche. Dejo su maletín junto a uno de los sofás.

—Un hogar fuera de nuestro hogar —murmuro.

Desde luego, fue un hogar para mí mientras hacía todo lo posible por convertir a la señorita Steele en una de mis sumisas.

Y ahora, aquí estamos.

Marido y mujer.

Entra al fin, y se queda de pie en mitad de la habitación, con la mirada perdida y aire desamparado.

Oh, Ana. ¿Qué puedo hacer?

—¿Quieres darte una ducha? ¿Un baño? ¿Qué necesitas, Ana? —Estoy ansioso por ayudarla de la manera que pueda.

—Un baño. Me apetece un baño —murmura.

—Un baño. Bien. Sí. —Entro en el baño contiguo, aliviado por tener algo que hacer, y abro los grifos. El agua empieza a llenar la bañera y añado un poco de aceite de baño de olor dulzón, que empieza a hacer espuma inmediatamente. Me quito la chaqueta y la corbata y oigo que me vibra el teléfono. Es un mensaje de texto de Andrea con el número de móvil de José. Ya me ocuparé de eso luego.

Cuando salgo del baño, Ana está en el dormitorio, mirando fijamente las bolsas del centro comercial Nordstrom.

—He enviado a Taylor a por unas cuantas cosas. Ropa de dormir y todo eso. —Asiente, pero no dice nada, y su desolación se refleja en su mirada inexpresiva. Mi corazón haría cualquier cosa por mitigar su dolor—. Oh, Ana. Nunca te había visto así. Normalmente eres tan fuerte y tan valiente...

Me devuelve la mirada, muda e impotente.

Despacio, se abraza como estremecida por una corriente de aire gélido, y ya no puedo soportarlo más. La atraigo hacia mí y la abrazo, ofreciéndole el calor de mi cuerpo.

—Nena, está vivo. Sus constantes vitales son buenas. Solo tenemos que ser pacientes. —Está tiritando, y no sé si es por el frío o por la impresión de ver a Ray casi moribundo—. Ven. —Cogiéndole la mano, la llevo al baño, la desvisto con delicadeza y la ayudo a meterse en la bañera. Se recoge el pelo en un moño que desafía la gravedad, se desliza bajo la espuma y cierra los ojos. Tomo eso como una señal para desnudarme y meterme en el agua con ella. Me situó detrás de ella, me sumerjo en el agua caliente y la atraigo hacia mí de forma que ambos estamos inmersos en el agua cálida y relajante, con sus pies sobre los míos.

Conforme pasan los minutos, Ana se relaja apoyada en mí.

Dejo escapar un suspiro de alivio y me permito unos instantes de tregua del miedo que me invade la boca del estómago.

Dios, espero que Ray se ponga bien.

Ana se derrumbará si no se recupera.

Y me siento impotente, incapaz de ayudar.

Le beso el pelo con aire distraído, agradeciendo que Ana pueda disfrutar de un momento para relajarse mientras juguetea con las pompas de jabón.

—No te metiste en la bañera con Leila, ¿verdad? La vez que la bañaste, quiero decir... —pregunta, sin venir a cuento.

—Mmm... no.

—Eso me parecía. Bien.

¿A qué viene esto ahora?

Le tiro del moño improvisado y hago que gire la cabeza para verle la cara. Siento curiosidad.

—¿Por qué lo preguntas?

Se encoge de hombros.

—Curiosidad insana. No sé... Porque la hemos visto esta semana.

Con un poco de suerte, no volverás a verla nunca más.

—Ya veo. Pues preferiría que fueras menos curiosa.

—¿Cuánto tiempo vas a seguir ayudándola?

—Hasta que pueda valerse por sí misma de nuevo. No lo sé. ¿Por qué?

—¿Hay otras?

—¿Otras? —pregunto.

—Otras ex a las que ayudes.

—Hubo una. Pero ya no.

—¿Oh?

—Estudiaba para ser médico. Ahora ya está graduada y además tiene a alguien en su vida.

—¿Otro dominante?

—Sí.

—Leila me dijo que adquiriste dos de sus cuadros —murmura Ana.

—Es cierto, aunque no me gustaban mucho. Técnicamente estaban bien, pero tenían demasiado color para mí. Creo que se los quedó Elliot. Como los dos sabemos bien, Elliot carece de buen gusto.

Ana se ríe, y es un sonido tan maravilloso que la rodeo con ambos brazos con demasiado entusiasmo, lo que hace que el agua rebase el borde de la bañera y caiga en el suelo con un chapoteo.

—Eso está mejor. —La beso en la sien.

—Se va a casar con mi mejor amiga.

—Entonces será mejor que cierre la boca. —Le sonrío y me recompensa con su sonrisa—. Deberíamos comer.

A Ana le cambia la cara, pero no pienso aceptar un no por respuesta. La levanto, salgo de la bañera y cojo un albornoz.

—Tú sigue en remojo. Voy a pedir algo al servicio de habitaciones.

Una vez que he pedido algo de comida, rebusco entre las bolsas de la tienda y me pongo ropa nueva. Taylor lo ha hecho muy bien. Me gustan los vaqueros negros y el jersey de cachemira gris que ha elegido. En el salón, saco el portátil y lo enciendo para leer el correo. Mientras reviso mis e-mails, se me ocurre una idea.

De: Christian Grey
Fecha: 9 de septiembre de 2011 17:34
Para: Grey, Carrick
Asunto: Conductor ebrio. Departamento de Policía de Astoria.

Hola, papá:

Mamá ya te habrá dicho que Raymond Steele ha sufrido un accidente.

Su coche fue embestido por un conductor borracho esta mañana en Astoria.

Ray está ahora en la UCI. ¿Podrías recurrir a tus contactos del Departamento de Policía para averiguar alguna información sobre el tipo que causó el accidente?

Gracias,

Christian Grey

Presidente de Grey Enterprises Holdings, Inc.

Vuelvo a entrar en el dormitorio y me apoyo en el marco de la puerta, observando a Ana mientras rebusca en las bolsas de Nordstrom.

—Aparte del día que viniste a acosarme a Clayton's, ¿has ido alguna vez a una tienda a comprarte tus cosas? —pregunta.

—¿Acosarte? —Me acerco a ella, tratando de disimular la risa.

Me dedica una media sonrisa.

—Sí, acosarme.

—Si no recuerdo mal, te pusiste nerviosa. Y ese chico no te dejaba en paz. ¿Cómo se llamaba?

—Paul.

—Uno de tus muchos admiradores.

Pone los ojos en blanco y no puedo evitar sonreír. Le doy un rápido beso en los labios.

—Esa es mi chica. —Sabía que no podía estar muy lejos—. Vístete. No quiero que vuelvas a coger frío.

A Ana no le entusiasma la comida que he pedido. Se come dos patatas fritas y la mitad de un pastel de cangrejo, pero eso es todo. Lanzo un suspiro de decepción y la observo mientras se levanta de la mesa y vuelve a entrar en la habitación. Sé que no puedo obligarla a comer, pero me preocupa que no lo haga. Mientras pienso qué hacer, le envío un mensaje a José para invitarlos a él y a su padre a la cena sorpresa de cumpleaños de Ana si —y ese «si» es un gran condicionante— seguimos adelante con ella mañana y si a José padre le apetece.

Examino los correos electrónicos en mi portátil. Hay uno de Carrick.

De: Grey, Carrick
Fecha: 9 de septiembre de 2011 17:42
Para: Christian Grey
Asunto: Conductor ebrio. Departamento de Policía de Astoria.

Lo haré. Tu madre debería estar ya en Portland.
Papá.

Carrick Grey, Asociado
Grey, Krueger, Davis y Holt SCA

Esas son buenas noticias. Para cuando volvamos al hospital, mi madre debería estar con Ray.

Cuando Ana regresa a la sala de estar, lleva una sudadera con capucha azul claro, unas zapatillas de deporte y vaqueros.

—Lista —murmura. Tal vez sea porque está triste y nerviosa, y tiene la cara pálida, pero parece más joven.

Aunque también es cierto que solo tiene veintiún años.

—Pareces muy joven. Y pensar que mañana serás un año más mayor... —murmuro.

Su sonrisa triste me parte el corazón.

—No me siento con muchas ganas de celebrarlo. ¿Podemos ir ya a ver a Ray?

—Claro. Me gustaría que hubieras comido algo. Apenas has tocado la comida.

—Christian, por favor. No tengo hambre. Tal vez después de ver a Ray. Quiero darle las buenas noches.

José está saliendo de la UCI cuando llegamos.

—Hola, Ana. Hola, Christian.

—¿Dónde está tu padre? —pregunta Ana.

—Se encontraba demasiado cansado para volver. Ha tenido un accidente de coche esta mañana.

Cuando veo su sonrisa forzada, pienso que ese es el concepto que tiene José de hacer un chiste.

—Y los analgésicos le han dejado KO —continúa—. No podía levantarse. He tenido que pelearme con las enfermeras para poder ver a Ray porque no soy pariente.

—¿Y? —pregunta Ana con voz trémula.

—Está bien, Ana. Igual… pero todo bien.

Asiente aliviada, creo.

—¿Te veo mañana, cumpleañera?

Mierda. ¡No estropees la sorpresa!

—Claro. Estaremos aquí —responde Ana.

José me mira y después le da un breve abrazo, cerrando los ojos mientras lo hace.

—Mañana —murmura.

Tío, ¿todavía estás colado por mi mujer?

La suelta y le deseamos buenas noches, observándolo mientras se aleja por el pasillo en dirección a los ascensores.

Lanzo un suspiro.

—Sigue loco por ti.

—No, claro que no. Y aunque lo estuviera… —Se encoge de hombros. No le importa—. Bien hecho —dice.

¿Qué?

—Por no echar espuma por la boca —me aclara, con ojos chispeantes y burlones.

Aun en esta situación, se está burlando de mí.

—Yo no echo espuma por la boca… —Trato de hacerme el ofendido, pero tuerce los labios en una leve sonrisa, y esa era precisamente mi intención—. Vamos a ver a tu padre. Tengo una sorpresa para ti.

—¿Una sorpresa?

—Ven. —Le cojo la mano.

Mi madre está a los pies de la cama de Ray con la cabeza inclinada, escuchando atentamente al doctor Crowe y a otra mujer vestida con pijama. Grace sonríe al vernos.

—Christian. —Me besa en la mejilla y luego abraza a mi esposa—. Ana, ¿cómo lo llevas?

—Yo estoy bien. Es mi padre el que me preocupa.

—Está en buenas manos. La doctora Sluder es una experta en su campo. Hicimos el internado juntas en Yale.

—Señora Grey. —La doctora Slider estrecha la mano de Ana. Habla con un suave acento sureño, y sus palabras suenan como si cantara una canción de cuna—. Como médico principal de su padre me alegra decirle que todo va sobre ruedas. Sus constantes vitales son estables y fuertes. Tenemos fe en que consiga una recuperación total. La inflamación cerebral se ha detenido y muestra signos de disminución. Es algo muy alentador teniendo en cuenta que ha pasado tan poco tiempo.

—Eso son buenas noticias —dice Ana, recobrando el color de sus mejillas.

—Lo son, señora Grey. Le estamos cuidando mucho. Me alegro de verte de nuevo, Grace.

—Igualmente, Lorraina.

—Doctor Crowe, dejemos a estas personas para que pasen un tiempo con el señor Steele. —Crowe sigue a la doctora Sluder hacia la salida.

Ana mira a Ray, que continúa durmiendo plácidamente. Grace le coge la mano.

—Ana, cariño, siéntate con él. Háblale. Todo está bien. Yo me quedaré con Christian en la sala de espera.

—¿Cómo lo lleva? —pregunta Grace.

—Es difícil decirlo. De momento está aguantando, pero sé que está muy nerviosa. Normalmente es tan fuerte…

—Debe de haber sido un shock para ella, cariño. Gracias a Dios que estás aquí con ella.

—Gracias por venir, mamá. Lo que has dicho ha sido muy tranquilizador, y estoy seguro de que ha significado mucho para Ana.

Grace me sonríe.

—La quieres mucho.

—La quiero mucho.

—¿Qué harás para su cumpleaños mañana?

—Aún no lo he decidido, pero he pensado que podríamos celebrarlo con una cena discreta aquí.

—Me parece buena idea. Esta noche me quedaré en Portland. No suelo disponer de mucho tiempo para mí sola.

—Andrea os ha reservado una habitación para ti y papá en el Heathman.

Sonríe.

—Christian, eres tan eficiente… Piensas en todo.

Sus palabras me bañan todo el cuerpo como un cálido sol de verano.

Me quito la camiseta blanca y Ana la coge y se la pone antes de meterse en la cama.

—Pareces más contenta. —Me pongo el pijama, alegrándome de que Ana quiera llevar mi camiseta.

—Sí. Creo que hablar con tu madre y con la doctora Sluder ha cambiado las cosas. ¿Le has pedido tú a Grace que venga?

Me meto en la cama y la estrecho entre mis brazos, de espaldas a mí; es la mejor postura para hacer la cuchara con mi esposa.

—No. Ella quiso venir a ver cómo estaba tu padre.

—¿Cómo lo ha sabido?

—La he llamado yo esta mañana.

Ana lanza un suspiro.

—Nena, estás agotada. Deberías dormir.

—Mmm... —murmura, y entonces gira la cabeza para mirarme, con el ceño fruncido.

¿Qué pasa?

Se vuelve de nuevo y se acurruca entrelazándose contra mí, y el calor de su cuerpo me impregna la piel mientras le acaricio el pelo. Se lo que sea lo que estaba pensando, parece haberlo olvidado.

—Prométeme algo —le pido.

—¿Mmm?

—Prométeme que mañana comerás. Puedo tolerar que te pongas la chaqueta de otro hombre sin echar espuma por la boca, pero, Ana... tienes que comer. Por favor.

—Mmm —accede con un gruñido, y le beso el pelo—. Gracias por estar aquí —murmura, y me besa el pecho.

—¿Y dónde iba a estar si no? Quiero estar donde tú estés, Ana, sea donde sea.

Siempre.

Eres mi esposa. Ahora mi familia.

Y la familia es lo primero.

Miro al techo, recordando la primera vez que dormimos juntos, en esta habitación.

Hace tanto tiempo de eso... Y a la vez, tampoco hace tanto tiempo.

Fue una revelación.

Dormir con alguien.

Dormir con ella.

—Estar aquí me hace pensar en lo lejos que hemos llegado. Y en la primera noche que pasé contigo. Menuda noche... Me quedé mirándote durante horas. Estabas... briosa.

Percibo la sonrisa cansada de Ana sobre mi pecho.

Oh, nena.

—Duerme —murmuro, y es una orden.

Sábado, 10 de septiembre de 2011

*E*l abuelo Theodore me ofrece una manzana. Es de un rojo vivo. Y sabe dulce, a hogar y a veranos largos e intensos cuando los días eran infinitos. Siento una brisa suave en la cara, refrescante bajo el sol. Estamos en el huerto de manzanos, mirándonos a la misma altura. Tiene el rostro curtido por el sol y los elementos; las arrugas grabadas en su piel cuentan un millar de historias. Alza la mano y la recorre un temblor. Ya no es tan firme como antes...

—¡Abuelo!

Se agarra a mi hombro, los párpados caídos casi le cierran unos ojos en los que aún brilla el saber de muchos años y el amor... por mí. Ahora lo veo.

—¿Recuerdas lo dulces que nos salían las manzanas cuando eras pequeño?

Sonrío. Siguen siendo dulces. Los árboles continúan siendo generosos. Él también sonríe, la piel se le arruga alrededor de los ojos.

—Chico, hay que ver lo raro que eras. No hablabas. Y tímido como una cosa mala. Mírate ahora. Dueño de tu mundo. Estoy orgulloso de ti, hijo. Lo has hecho bien.

La calidez de sus palabras compite con la del sol. Detrás de él, mamá, papá, Elliot, Mia y Ana avanzan por el extenso y exuberante prado para reunirse con nosotros. Llevan una manta y una cesta de picnic. Ana ríe por algo que ha dicho Mia. Inclina la cabeza hacia atrás, con el pelo suelto, en el que brilla la luz dorada. Mi madre se suma a ellas. También ríe.

—La familia lo es todo, chico. Siempre. La familia es lo primero.

Ana se vuelve hacia mí y me dedica una sonrisa radiante. La luz que desprende me ilumina por dentro. Mi luz. Mi amor. Mi familia. Ana.

Me despierto, pero antes de abrir los ojos saboreo esa placidez. Todo va bien, todo es como debería ser, pero sé que solo estoy paladeando los últimos coletazos de un sueño que ya prácticamente he olvidado.

Abro los ojos.

¿Dónde estoy?

En el Heathman.

Mierda... Ray.

La triste realidad se impone, pero vuelvo la cabeza y me consuela ver a Ana acurrucada a mi lado y que aún duerme. A juzgar por la luz que se cuela por las cortinas, debe de ser temprano. Continúo tumbado un rato, elaborando una lista mental de todo lo que tengo que hacer hoy.

Es su cumpleaños.

Y Ray está en el hospital.

No va a ser nada fácil celebrarlo y ofrecerle consuelo al mismo tiempo.

Salgo de la cama con cuidado.

¡No despiertes a la mujer!

Una vez duchado y vestido, me traslado al salón sin hacer ruido y dejo dormir a Ana. Tengo que decidir si sigo adelante con su cena de cumpleaños, así que lo primero de la lista es llamar a la UCI. Hablo con una de las enfermeras de Ray, quien me informa de que ha pasado una noche tranquila y que las constantes vitales son buenas. A continuación me pone con el especialista, quien me explica que todo evoluciona según lo esperado y que debemos ser optimistas. Ante esta noticia alentadora, y la opinión de la doctora Sluder del día anterior, decido seguir adelante con la cena.

Mientras tanto, necesito los regalos, y ambos están en manos de Taylor. Consulto la hora, las 7.35 de la mañana, y a continuación envío un mensaje a Taylor, que también se aloja en el hotel.

> Buenos días.
> ¿Tienes el regalo de Ana?

> TAYLOR
> Sí, señor.
> ¿Quiere que le lleve la caja?

> Por favor. ¡Aún está durmiendo!

Poco después, alguien llama a la puerta con suavidad y Taylor aparece al otro lado, vestido con la elegancia de siempre.

—Hola —lo saludo en voz baja, pensando en la bella durmiente.

Encajo el pie en la puerta para que no se cierre y me reúno con Taylor en el pasillo.

—Buenos días —dice, también en un susurro—. Aquí tiene.

Coloca en mi palma un paquete envuelto con sumo gusto en papel rosa claro y lazos de seda.

—Bonito envoltorio. ¿Lo has hecho tú? —pregunto enarcando una ceja.

Taylor se ruboriza.

—Para la señora Grey —masculla, y con eso está dicho todo—. Aquí tiene la tarjeta que venía con la caja.

—Gracias. Voy a jugármela y seguiré adelante con la pequeña fiesta de cumpleaños para Ana. Habrá que coordinar la llegada de los invitados.

—Andrea me mantiene al corriente, y Sawyer está aquí. Creo que podemos apañárnoslas entre los dos —afirma.

—Y tendremos el coche nuevo, así que Ana y yo no necesitaremos que nos lleven a ningún sitio.

—Me he tomado la libertad de traer las dos llaves. —Me tiende las del R8—. Las otras están en el servicio de aparcamiento.

—Bien pensado. —Me las meto en el bolsillo—. Creo que aún nos queda una buena hora. Te enviaré un mensaje cuando estemos listos para que lleves el Audi a la entrada.

—Puede que no tenga cobertura en el garaje. Hablaré con el conserje para que me llame al servicio de aparcamiento.

—De acuerdo. Lo avisaré cuando estemos en el vestíbulo. ¿Qué pinta tenía?

—¿El R8?

Asiento, y su amplia sonrisa me dice todo lo que necesito saber.

—Perfecto. —Le devuelvo el gesto—. Nos vemos luego.

Da media vuelta y sonrío a medida que se aleja. ¿Alguna vez he mantenido una conversación en susurros en el pasillo de un hotel? ¿Con Taylor? ¿Un ex marine? Sacudo la cabeza pensando en la pinta absurda que debíamos de tener y entro de nuevo en la suite.

Miro a ver cómo está Ana, que sigue fuera de combate. No me sorprende, lo de ayer debió de dejarla rendida. Aún tengo tiempo de enviar un correo electrónico a Andrea.

De: Christian Grey
Fecha: 10 de septiembre de 2011 07:45
Para: Andrea Parker
Asunto: Cena de cumpleaños de Ana

Buenos días, Andrea:

Quiero seguir adelante con la cena sorpresa de Ana.

Por favor, habla con el hotel y mira a ver si pueden encargarse del pastel (¡de chocolate!). Mantenme informado sobre los arreglos de desplazamiento de todo el mundo.

Sawyer y Taylor están aquí, así que pueden ocuparse de las recogidas en el aeropuerto. Coordínate con ellos.

Gracias.

Christian Grey
Presidente de Grey Enterprises Holdings, Inc.

¿Qué más falta?

Me siento al escritorio con la tarjeta en blanco de Ana en la mano y me la quedo mirando. Por suerte, sé muy bien lo que quiero decir.

Por todas nuestras primeras veces, felicidades
por tu primer cumpleaños como mi amada esposa.
Te quiero.

C. x

Deslizo la tarjeta en el sobre que la acompaña y me vuelvo hacia el portátil. Ana necesitará algo un poco elegante para la cena y, teniendo en cuenta lo que dijo ayer, será mejor que elija yo el vestido en lugar de enviar a Taylor. Miro en la página de Nordstrom y descubro que la tienda local dispone de un servicio de «compra y recogida». Y solo está a dos manzanas del Heathman.

Perfecto.

Empiezo a navegar por la página.

Veinte minutos después he comprado todo lo que Ana necesita; espero que le guste lo que he escogido. Envío un mensaje a Taylor para que esté al tanto y me responde que enviará a Luke al Nordstrom cuando hayamos salido para ir a ver a Ray.

Hora de despertar a Ana.

Se remueve cuando me siento en el borde de la cama, y la luz de la mañana la hace parpadear al abrir los ojos. Durante un segundo, parece relajada y descansada, pero su expresión cambia al momento.

—¡Mierda! Papá… —exclama sobresaltada.

—Tranquila. —Le acaricio la mejilla para que me mire—. He llamado a la UCI esta mañana. Ray ha pasado buena noche. Todo está bien.

Me da las gracias mientras se incorpora en la cama, con cara aliviada. Me inclino y le doy un beso en la frente, cerrando los ojos e inhalando su perfume.

Huele a sueño y a Ana.

Delicioso.

—Buenos días, Ana.

Le doy un beso en la sien.

—Hola.

—Hola. Quiero desearte un feliz cumpleaños, ¿te parece bien?

A pesar de la sonrisa vacilante, me acaricia la mejilla, con mirada franca.

—Sí, claro. Gracias. Por todo.

—¿Todo?

—Todo —responde con convicción.

¿Por qué me lo agradece? Es desconcertante. Pero tengo ganas de entregarle mi regalo, así que decido no darle importancia.

—Toma.

Ana se me queda mirando, y los ojos le brillan de emoción cuando coge el paquete y abre el sobre que contiene la tarjeta. Su expresión se dulcifica mientras la lee.

—Yo también te quiero.

Sonrío.

—Ábrelo.

Me devuelve la sonrisa y se dispone a deshacer el lazo y retirar con cuidado el papel que envuelve el estuche de piel de Cartier. Agranda los ojos cuando lo abre y descubre la pulsera de dijes de oro blanco que representan esas primeras veces que hemos compartido juntos: un helicóptero, un catamarán, un planeador, un taxi negro londinense, la torre Eiffel, una cama… Arruga la frente mientras estudia el cucurucho, y me mira desconcertada.

—¿De vainilla? —sugiero, encogiéndome de hombros un poco azorado.

Se echa a reír.

—Christian, es preciosa. Gracias. Es «briosa».

Acaricia el corazoncito de la pulsera con los dedos. Es un relicario. Pensé que era lo más apropiado ya que nunca le había entregado mi corazón a nadie. Solo Ana ha conseguido abrirlo, entrar y hacerse un hueco en él.

Qué cursi, Grey.

—Puedes poner una foto o lo que quieras dentro.

—Una foto tuya. —Me mira a través de las pestañas—. Siempre en mi corazón.

Me hace sentir como un gigante.

Acaricia con la punta de los dedos los dijes de la «C» y la «A» que nos representan a nosotros y a continuación se detiene en la llave de oro blanco. Vuelve a mirarme, con una pregunta ardiendo en sus vívidos ojos azules.

—La llave de mi corazón y de mi alma —susurro.

Con un grito estrangulado, se lanza sobre mí y me rodea el cuello con los brazos. No me esperaba esa reacción. La acuno en mi regazo.

—Qué regalo más bien pensado. Me encanta. Gracias. —La voz se le quiebra en la última palabra.

Oh, nena. La abrazo con fuerza.

—No sé qué haría sin ti —dice entre lágrimas.

Trago saliva, tratando de asimilar sus palabras e ignorar la punzada que siento en lo más hondo del pecho.

—No llores, por favor.

Tengo la voz ronca por la emoción. Me encanta que me necesite.

Se sorbe la nariz.

—Lo siento. Es que estoy feliz, triste y nerviosa al mismo tiempo. Es un poco agridulce.

—Tranquila. —Le echo la cabeza hacia atrás y la beso en los labios—. Lo comprendo.

—Lo sé —asegura con una sonrisa triste.

—Ojalá estuviéramos en casa y las circunstancias fueran más felices. Pero tenemos que estar aquí. —Me encojo de hombros, como disculpándome. Ninguno de los dos podía prever lo que iba a ocurrir—. Vamos, levántate. Después de desayunar iremos a ver a Ray.

—Vale.

Por su sonrisa, parece un poco más animada cuando salgo para que se vista.

En el salón, pido muesli, yogur y frutos del bosque para Ana, y una tortilla para mí.

Qué alivio ver que Ana ha recuperado el apetito. Engulle el desayuno como si fuera a acabarse el mundo, pero no digo nada. Es su cumpleaños y quiero que esté contenta.

De hecho, en realidad quiero que esté contenta a todas horas.

—Gracias por pedirme mi desayuno favorito.

—Es tu cumpleaños. Y tienes que dejar de darme las gracias.

—Solo quiero que sepas que te estoy agradecida.

—Anastasia, esas son las cosas que yo hago.

Quiero cuidarte. No es la primera vez que te lo digo.

Sonríe.

—Claro.

Cuando ha terminado de desayunar, le pregunto si nos vamos, tratando de sonar natural. Me muero de ganas de darle el coche.

—Voy a lavarme los dientes.

Sonrío, contento.

—Vale.

La pequeña uve se le forma entre las cejas al fruncir el ceño. Creo que sospecha que estoy tramando algo, pero no dice nada y se dirige al cuarto de baño, por lo que aprovecho para enviarle un mensaje a Taylor e informarle de que saldremos en breve.

Camino de los ascensores, advierto que lleva la pulsera de dijes que acabo de regalarle. La cojo de la mano y le beso los nudillos, acariciando con el pulgar el colgante del helicóptero.

—¿Te gusta?

—Más que eso. La adoro. Muchísimo. Como a ti.

Le beso los dedos una vez más mientras esperamos el ascensor.

Ese ascensor.

Donde empezó todo. Donde perdí el control.

Cediste el control, Grey.

Sí. Ha hecho contigo lo que ha querido desde que la conociste.

Ana clava sus ojos en los míos cuando entramos.

¿Está pensando lo que creo que está pensando?

—No —le advierto en voz baja mientras aprieto el botón de la planta baja y se cierran las puertas.

—¿Que no qué?

Me mira a través de las pestañas, modosa y provocativa al mismo tiempo.

—No me mires así.

—«¡A la mierda el papeleo!» —dice con una amplia sonrisa.

Me echo a reír, la atraigo hacia mí y le inclino la cabeza hacia atrás.

—Algún día voy a alquilar este ascensor durante toda una tarde.

—¿Solo una tarde? —pregunta enarcando una ceja, retándome.

—Señora Grey, es usted insaciable.

—Cuando se trata de ti, sí.

—Me alegro mucho de oírlo.

Le doy un beso suave en los labios, pero cuando me retiro, Ana me coge por la nuca y acerca mi boca a la suya. Su insistente lengua exige acceso mientras ella me aprieta contra la pared y pega su cuerpo contra el mío. Respondo a su beso con la misma pasión. El deseo me atraviesa con el fulgor de un cometa.

Lo que pensaba que sería una expresión de afecto delicada y respetuosa se convierte en algo más oscuro, exigente y carnal.

Más.

Muchísimo más.

Su lengua es implacable en su unión febril con la mía.

Joder.

La deseo. Aquí. En el ascensor.

Otra vez.

Nos besamos. Lenguas. Labios. Manos. Todo contribuye a avivar el fuego.

La agarro con más fuerza del pelo mientras me acaricia la cara con las manos.

—Ana —jadeo, tratando de contener mi deseo.

—Te quiero, Christian Grey —dice sin apenas aire, agitada, prometiéndome mucho más con la mirada—. No lo olvides.

El ascensor se para, las puertas se abren y Ana pone algo de distancia entre nosotros.

Mierda.

La sangre, densa, me corre veloz por las venas.

—Vámonos a ver a tu padre antes de que decida alquilar este ascensor hoy mismo.

Le doy un beso fugaz y, tomándola de la mano, salimos al vestíbulo. Me alegro de llevar la chaqueta.

El conserje nos ve y le hago una señal con la cabeza. Ana se percata del gesto que acabamos de intercambiar, así que le dedico a mi chica mi típica sonrisa de «eres mía y tengo una sorpresa para ti», y ella frunce el ceño.

—¿Dónde está Taylor? —pregunta.

—Ahora lo verás.

—¿Y Sawyer?

—Haciendo recados.

Nos dirigimos a la calle y nos detenemos en la amplia acera. Hace un precioso día de finales de verano; los árboles de Broadway están frondosos, pero el otoño empieza a intuirse en el aire. No hay señal de Taylor. Ana me imita y mira a un lado y al otro de la calle.

—¿Qué pasa? —pregunta.

Me encojo de hombros, como si no ocurriera nada. No quiero desvelar la sorpresa.

Entonces lo oigo: el rugido ronco del motor del R8. Taylor se acerca y detiene el vehículo, el flamante Audi blanco de Ana, delante de nosotros.

Ana retrocede un paso y despega los ojos del coche para mirarme atónita y llena de incredulidad.

Vale, la última vez que quise regalarle un coche la cosa no salió bien.

Veamos qué ocurre ahora.

Tú lo dijiste, Ana. «Puedes regalarme uno para mi cumpleaños. Uno blanco, creo.»

—Feliz cumpleaños —le digo en voz baja, y saco las llaves del bolsillo.

Se queda boquiabierta.

—Te has vuelvo completamente loco —susurra deteniéndose brevemente en cada palabra antes de volverse para admirar ese prodigio de la ingeniería aparcado junto al bordillo.

La consternación le dura poco; se le ilumina la cara y empieza a dar saltitos. Se da la vuelta y se lanza a mis brazos, abiertos para recibirla, y la hago girar, encantado con su reacción.

—¡Tienes más dinero que sentido común! —chilla entusiasmada—. ¡Me encanta! Gracias.

Le inclino la espalda hacia atrás y ahoga un grito de sorpresa, aferrándose a mis bíceps.

—Cualquier cosa para usted, señora Grey. —La beso—. Vamos, tenemos que ir a ver a tu padre.

—¡Sí! —exclama—. ¿Puedo conducir yo?

La miro con una sonrisa y, muy a mi pesar, accedo.

—Claro. Es tuyo.

Le enderezo la espalda y se acerca dando saltitos hasta la puerta del conductor, que Taylor sujeta para ella.

—Feliz cumpleaños, señora Grey —dice con una sonrisa de oreja a oreja.

—Gracias, Taylor.

Pongo los ojos en blanco al ver que lo abraza, y ocupo el asiento del pasajero. Ana sube a mi lado y desliza las manos sobre el volante, sonriendo entusiasmada, mientras Taylor cierra la puerta.

—Conduzca con cuidado, señora Grey —le recomienda con afecto a pesar del tono áspero y, por alguna razón que no alcanzo a entender, la escena me hace sonreír.

—Lo haré —asegura Ana, rebosante de alegría.

Mete la llave en el contacto y me tenso a su lado. Odio que conduzca otro. Salvo Taylor.

Y ella lo sabe.

—Tómatelo con calma —le pido—. Hoy no nos persigue nadie.

Gira la llave y el R8 cobra vida con un rugido. Ana ajusta los retrovisores laterales y el interior, pone la directa y se incorpora al tráfico a una velocidad demencial.

—¡Uau! —exclamo, agarrándome al asiento.

—¿Qué?

—No quiero que acabes en la UCI al lado de tu padre. Frena un poco —grito, preguntándome si lo del R8 ha sido una buena idea.

Reduce la velocidad de inmediato.

—¿Mejor? —pregunta con una sonrisa encantadora.

—Mucho mejor —murmuro, alegrándome de que aún sigamos vivos—. Tómatelo con calma, Ana.

Siete minutos después llegamos al aparcamiento del hospital, aunque he envejecido al menos diez años por cada minuto de viaje. Creo que el corazón me va a mil; ir de acompañante de mi mujer no es apto para cardíacos.

—Ana, tienes que ir más despacio. No hagas que me arrepienta de habértelo regalado. —La reprendo con la mirada mientras apaga el motor—. Tu padre está arriba por culpa de un accidente de tráfico.

—Tienes razón —reconoce en voz baja mientras me aprieta la mano—. Me portaré bien.

Seguiría regañándola, pero me contengo. Es su cumpleaños y su padre está en la UCI.

Y el coche se lo has regalado tú, Grey.

—De acuerdo. Está bien. Vamos.

Aprovecho que Ana está con Ray para refugiarme en la sala de espera y hacer algunas llamadas. Primero, a Andrea.

—Señor Grey. Buenos días.

—Buenos días. ¿Alguna noticia?

—Todo el mundo ha confirmado que irá a Portland. Hablaré con Stephan de aquí a un rato. Todavía me tienen que llamar del Heathman, pero si ellos no pueden encargarse del pastel, he encontrado una pastelería en Portland que lo tendría listo para hoy.

—Buen trabajo.

—El señor y la señora Adams saldrán a las diez y media de la mañana, hora del Pacífico. Deberían estar en Portland sobre las cuatro y media.

—¿Saben por qué hemos trasladado la fiesta sorpresa aquí?

—No he entrado en detalles.

Bien. No quiero que Carla se pase el vuelo preocupada por Ray.

—La señora Adams ha dicho que se abstendrá de llamar a la señora Grey, para contribuir a la sorpresa —prosigue Andrea.

—De acuerdo. Avísame cuando salgan de Savannah.

—No se preocupe.

—Gracias por organizarlo todo.

—No hay de qué, señor. Espero que el señor Steele se recupere.

—Hablamos luego.

Cuelgo y abro el correo electrónico que me ha llamado la atención.

De: Grey, Carrick
Fecha: 10 de septiembre de 2011 09:37
Para: Christian Grey
Asunto: Conductor ebrio. Departamento de Policía de Astoria.

Tu madre dice que Raymond Steele está en buenas manos.
Iré con ella más tarde para la celebración del cumpleaños de Ana.
Respecto al conductor, tengo cierta información que me gustaría comentar
contigo, ya sea en persona o por teléfono.
Nos vemos esta noche, hijo.
Papá.

Carrick Grey, Asociado
Grey, Krueger, Davis y Holt SCA

Llamo a Carrick, pero me salta el contestador automático, así que le dejo un mensaje y me siento a repasar los comentarios que Ros me ha enviado respecto a la reunión de ayer con los Hwang.

Media hora después, me llama mi padre.

—Christian.

—Papá. Hola. ¿Tienes noticias?

Me vuelvo hacia la vista panorámica de Portland.

—He hablado con uno de mis contactos del Departamento de Policía de Astoria. El infractor se llama Jeffrey Lance. Es un viejo conocido de la policía, no solo en Astoria, sino también en el sudeste de Portland, de donde es. Vive allí, en un parque de caravanas.

—Estaba muy lejos de casa.

—Tenía un índice de alcohol en sangre de 0,28.

—¿Y eso qué quiere decir?

Me doy la vuelta. Ana ha entrado en la sala de espera sin que me haya dado cuenta y me mira con atención.

—Quiere decir que está muy por encima del límite de lo que marca la ley —contesta mi padre, devolviéndome a la conversación.

—¿Cuánto por encima del límite?

No puedo creerlo. Malditos borrachos. Los odio. Desde lo más hondo de esa parte de mi cerebro que alberga los recuerdos más dolorosos, el olor a humo rancio de cigarrillo Camel, whisky y hedor corporal se filtra en mi conciencia.

«Aquí estás, pequeño capullo.»

Joder. El chulo de la puta adicta al crack.

—Más del triple —mascúlla mi padre, indignado.

—Ya veo.

—Y no es su primer delito. Le habían retirado el carnet de conducir y no tiene seguro. La policía ha presentado cargos por todo y su abogado está intentando llegar a un acuerdo con el fiscal, pero…

—Todos los cargos, todo —lo interrumpo. Me hierve la sangre. Menudo cabrón—. El padre de Ana está en la UCI; quiero que hagas caer todo el peso de la ley sobre él, papá.

—Hijo… No puedo involucrarme por mi relación familiar, pero una de las compañeras con las que trabajo está especializada en este tipo de casos. Si te parece bien, actuará en representación de tu suegro y pedirá las penas más altas.

Resoplo, tratando de tranquilizarme.

—Bien —mascullo.

—Tengo que dejarte, hijo. Me llaman por la otra línea. Nos vemos luego.

—Mantenme informado.

—No te preocupes.

—¿El otro conductor? —pregunta Ana cuando cuelgo.

—Un puto borracho del sudeste de Portland.

Agranda los ojos, seguramente por el tono que he empleado, pero Jeffrey Lance se lo merece. Respiro hondo para calmarme y me acerco a ella con paso tranquilo.

—¿Has acabado con Ray? ¿Quieres que nos vayamos?

—Eh… no.

Parece preocupada.

—¿Qué pasa?

—Nada. Se han llevado a Ray a radiología para hacerle un TAC y comprobar la inflamación del cerebro. Quiero esperar para conocer los resultados.

—Vale, esperaremos. —Me siento y le tiendo los brazos para que se acomode en mi regazo. Le acaricio la espalda e inhalo el perfume de su cabello. Me sosiega—. Así no es como había planeado pasar el día —murmuro sobre su sien.

—Yo tampoco, pero ahora me siento más positiva. Tu madre me ha tranquilizado mucho. Fue muy amable viniendo anoche.

—Mi madre es una mujer increíble.

Continúo acariciándole la espalda y apoyo la barbilla en su cabeza.

—Lo es. Tienes mucha suerte de tenerla.

No podría estar más de acuerdo, Ana.

—Debería llamar a la mía y contarle lo de Ray —dice.

Oh, oh… En estos momentos, su madre debe de estar camino de Portland.

—Me sorprende que no me haya llamado ella a mí —prosigue, con el ceño fruncido, y me siento un poco culpable por engañarla de esta manera.

—Tal vez sí que lo ha hecho —sugiero.

Ana saca el teléfono del bolsillo, pero no tiene ninguna llamada perdida. Repasa los mensajes y, por lo que puedo ver, ha recibido felicitaciones de sus amigos, pero como sospechaba, ninguna de su madre. Sacude la cabeza.

—Llámala —le propongo, sabiendo que no le responderá.

Lo hace y cuelga poco después.

—No está. La llamaré luego, cuando tengamos los resultados del TAC.

La estrecho contra mí y le doy un beso en el pelo. Me muero de ganas de contarle lo que ocurre, pero eso estropearía la sorpresa. Noto que me vibra el teléfono. Sin soltarla, lo saco del bolsillo.

—Andrea.

—Señor Grey. Es solo para decirle que el señor y la señora Adams han salido de Savannah hace quince minutos.

—Bien.

—Taylor ya está al tanto para ir a recogerlos al aeropuerto.

—¿Cuál es la hora estimada de llegada?

Preferiría que Ana y yo no nos topáramos de bruces con ellos en el hotel.

—A las cuatro y treinta y cinco, hora local.

—¿Y los otros, mmm… —vacilo, mirando a Ana; no quiero levantar la liebre— paquetes?

—Todo controlado. Su padre va en coche. Stephan llevará a sus hermanos, Kate y Ethan Kavanagh. No pueden salir hasta las cinco y media por el nuevo trabajo de su hermana, pero deberían llegar a las seis y media.

—¿Tienen todos los detalles en el Heathman?

—Todos tienen reservada habitación. La cena es para doce personas, a las siete y media. Se podrá escoger cualquier opción del menú, y habrá pastel. De chocolate, como pidió.

—Bien.

—Ros quería saber si había recibido sus comentarios sobre el contrato del astillero. Si le parece que está todo correcto, Ros puede enviar el principio de acuerdo para su firma.

—Sí. Eso puede esperar hasta el lunes por la mañana, pero envíamelo en un correo por si acaso: lo imprimiré, lo firmaré y te lo mandaré de vuelta escaneado.

—Samir y Helena quieren consultarle un problema de Recursos Humanos, y Marco querría hablar con usted dos minutos.

—Pueden esperar. Vete a casa, Andrea.

Creo que la oigo sonreír al otro lado del teléfono.

—¿Necesitan algo más? Puede llamarme al móvil si es necesario.

—No, estamos bien, gracias.

Cuelgo.

—¿Todo bien? —pregunta Ana.

—Sí.

—¿Es por lo de Taiwan?

—Sí.

—¿Peso mucho?

¡Pero por favor!

—No, nena.

Me pregunta si estoy preocupado por el negocio con los taiwaneses y le aseguro que no.

—Creía que era importante.

—Lo es. El astillero de aquí depende de ello. Hay muchos puestos de trabajo en juego. Solo nos queda vendérselo a los sindicatos. Eso es trabajo de Sam y Ros. Pero teniendo en cuenta cómo va la economía, ninguno de nosotros tenemos elección.

Ana bosteza.

—¿La aburro, señora Grey?

Divertido, vuelvo a besarla en el pelo.

—¡No! Nunca… Es que estoy muy cómoda en tu regazo —murmura—. Me gusta oírte hablar de tus negocios.

—¿Ah, sí?

—Claro. Me encanta oír cualquier información que te dignes compartir conmigo.

Me mira y por su sonrisa burlona adivino que está tomándome el pelo.

—Siempre ansiosa por recibir información, señora Grey.

—Dímelo.

Vuelve a apoyar la cabeza en mi pecho.

—¿Que te diga qué?

—Por qué lo haces.

—¿El qué?

—Por qué trabajas así.

Resoplo con gesto divertido porque es obvio, ¿no?

—Un hombre tiene que ganarse la vida.

—Christian, ganas más dinero que para ganarte la vida —dice con esa mirada límpida de siempre, que exige la verdad.

—No quiero ser pobre. Ya he vivido así. No quiero volver a eso.

El hambre.

La inseguridad.

La vulnerabilidad…

El miedo.

Grey, anímate. Es su cumpleaños.

—Además… es un juego. Todo va sobre ganar. Y es un juego que siempre me ha parecido fácil.

—A diferencia de la vida —murmura, casi para sí misma.

—Sí, supongo. —Nunca me lo había planteado de esa manera. Le sonrío. Qué perspicaz, señora Grey—. Pero contigo es más fácil.

Me abraza.

—No puede ser todo un juego. Eres muy filantrópico.

Me encojo de hombros.

—Tal vez en algunas cosas. Ana, no me idealices. Puedo permitirme ser generoso.

—Me encanta el Christian filantrópico —susurra.

—¿Solo ese?

—Oh, también el Christian megalómano, y el Christian obseso del control, y el Christian experto en el sexo, y el Christian pervertido, y el Christian romántico, y el Christian tímido… La lista es infinita.

—Esos son muchos Christian.

—Yo diría que unos cincuenta.

Río.

—Cincuenta Sombras —susurro en su pelo.

—Mi Cincuenta Sombras.

Me recuesto, le echo la cabeza hacia atrás y la beso.

—Bien, señora Sombras, vamos a ver qué tal va lo de su padre.

—Vale.

La doctora Sluder tiene buenas noticias. La inflamación del cerebro ha bajado, así que ha decidido despertarlo del coma mañana por la mañana.

—Estoy contenta con su evolución. Ha recorrido un largo camino en muy poco tiempo. Se recupera bien. No hay de qué preocuparse, señora Grey.

—Gracias, doctora —dice Ana con vehemencia. Los ojos le brillan de gratitud.

La tomo de la mano.

—Vamos a comer algo.

—¿Podemos dar una vuelta en el coche? —pregunta cuando enciende el motor.

—Claro. Es tu cumpleaños. Podemos hacer lo que tú quieras.

Por un momento, me veo transportado a un aparcamiento de Seattle, donde una Ana insaciable tomó las riendas.

Me mira fijamente y veo que se le oscurece la mirada.

—¿Lo que yo quiera? —pregunta con voz ronca.

—Lo que tú quieras —insisto.

—Bueno —dice con un tono seductor—, quiero conducir.

—Entonces conduce, nena.

Nos sonreímos como dos tontos, conteniendo el impulso de abalanzarme sobre ella.

Compórtate, Grey.

Ana sale del aparcamiento y conduce hasta la interestatal 5 a una velocidad que no altera mi tensión arterial. Una vez allí, pisa el acelerador y acabamos lanzados hacia atrás en los asientos. ¡Maldita sea! Solo trataba de inspirarme una falsa sensación de seguridad.

—¡Ana! Tranquila, nena —le llamo la atención, y levanta el pie del pedal. Cruzamos el puente a velocidad de crucero; por suerte, apenas hay tráfico. Miro el río Willamette y recuerdo todas las veces que salí a correr a lo largo de la orilla cuando estaba en Portland, tratando de conquistar a la señorita Anastasia Steele.

Y ahora estamos aquí y ella es la señora Anastasia Grey.

—¿Tienes algún plan para comer? —pregunta.

—No. ¿Tienes hambre?

Noto que sueno esperanzado.

—Sí.

—¿Adónde quieres ir? Es tu día, Ana.

—Ya lo sé...

Sale de la interestatal 5, deja el puente atrás y se dirige al centro de Portland. Al cabo de un rato, aparca delante del restaurante donde comimos después de la exposición de fotografía de José Rodríguez. El día que la recuperé.

—Por un momento he creído que me ibas a llevar a aquel bar horrible desde el que me llamaste borracha aquella vez... —le tomo el pelo.

—¿Y por qué iba a hacer eso?

—Para comprobar si las azaleas todavía están vivas.

Veo con el rabillo del ojo que se ruboriza.

Oh, sí, nena. Me vomitaste en los pies.

—¡No me lo recuerdes! De todas formas, después me llevaste a tu habitación del hotel...

Sonríe burlonamente y levanta la barbilla en ese gesto obstinado que le da un aire triunfal.

—La mejor decisión que he tomado.

—Sí, cierto.

Se inclina hacia mí y me da un beso.

—¿Crees que aquel gilipollas estirado seguirá sirviendo las mesas? —pregunto.

—¿Estirado? A mí no me pareció mal.

—Estaba intentando impresionarte.

—Bueno, pues lo consiguió.

Ana, te dejas impresionar con demasiada facilidad.

—¿Vamos a comprobarlo? —dice divertida.

—Usted primero, señora Grey.

Me pinzo el puente de la nariz. Llevo un par de horas trabajando en los confines de la sala de espera de la UCI. Ana no se ha movido del lado de Ray desde que hemos vuelto de comer; la última vez que fui a echar un vistazo, estaba leyéndole. Es una hija atenta y considerada, Ray ha debido de ser un padre excepcional para inspirar tanta devoción.

He repasado el principio de acuerdo del astillero y he elaborado una lista de preguntas que le he enviado a Ros por correo electrónico. No voy a firmar nada hasta que hayamos hablado, pero todo eso puede esperar al lunes sin problemas.

Me vibra el teléfono. Es Taylor, me llama para decir que ha dejado a la madre de Ana y a su marido en el Heathman. Miro qué hora es y veo que pasan de las cinco. Carla tiene que saber lo de Ray, no puedo aplazarlo más. A regañadientes, llamo al hotel y pido que me pongan con la habitación de los Adam.

Qué poco me apetece hacer esto.

—¿Sí? —responde Carla.

Respiro hondo.

—Carla, soy Christian.

—Christian —repite contenta—. El viaje hasta aquí ha ido de maravilla. Muchas gracias.

—Me alegro de que hayáis tenido un buen viaje. Aunque tengo malas noticias.

—¡Ay, no! ¿Le pasa algo a Ana?

—Ana está bien. Es Ray. Se vio involucrado en un accidente de tráfico y está en la UCI, en Portland. Por eso también estamos nosotros aquí y no en Seattle. Se recupera poco a poco. Ahora mismo está en coma inducido, pero lo despertarán mañana.

—Oh, no —musita—. ¿Cómo está Ana?

—Bastante entera. Como las noticias de la UCI son buenas, he pensado que podíamos seguir adelante con la celebración del cumpleaños.

—Sí. Sí, claro.

—He creído que debíais saberlo antes de esta noche, pero me gustaría que vuestra llegada siguiera siendo una sorpresa.

—Sí. Sí —repite—. No la he llamado ni le he enviado un mensaje por eso mismo.

—Te lo agradezco, y siento ser yo quien te dé la noticia. Debe de ser muy duro.

—No, Christian, gracias por decírmelo. Aprecio mucho a Ray.

—Nos vemos esta noche.

—Sí, por supuesto. Hasta luego.

Cuelga.

Ha ido mejor de lo que esperaba.

Es hora de volver al hotel. Guardo el portátil, me levanto y me estiro. No son los asientos más cómodos del mundo.

Ana sigue leyéndole a Ray en el móvil. Desde el pie de la cama, observo cómo le acaricia la mano y lo mira de vez en cuando, bañándolo con su amor.

No se percata de mi presencia hasta que entra la enfermera Kellie.

—Es hora de irse, Ana —digo con suavidad.

Le aprieta la mano, es evidente que se resiste a dejarlo.

—Quiero que comas algo. Vamos. Es tarde —insisto.

—Y yo voy a asear al señor Steele —dice la enfermera Kellie.

—Vale —accede Ana—. Volveremos mañana por la mañana.

Se inclina sobre él y le da un beso en la mejilla.

Está muy callada y pensativa mientras cruzamos el aparcamiento.

—¿Quieres que conduzca yo? —pregunto.

Vuelve la cara hacia mí de inmediato.

—No, estoy bien —asegura, y abre la puerta del conductor.

Esa es mi chica.

Sonrío y subo a su lado.

Sigue callada en el ascensor. Tiene la cabeza en Ray, estoy seguro. La envuelvo en mis brazos, brindándole el único consuelo que puedo ofrecerle en estos momentos.

Yo. Y el calor de mi cuerpo.

La estrecho contra mí camino de nuestra planta.

—He pensado que podríamos cenar abajo. En una sala privada.

Abro la puerta de nuestra suite y la hago pasar.

—¿De verdad? ¿Para acabar lo que empezaste hace unos cuantos meses? —pregunta Ana, enarcando una ceja.

—Si tiene mucha suerte sí, señora Grey.

Se echa a reír.

—Christian, no tengo nada elegante que ponerme.

Oh, Ana, mujer de poca fe.

Vamos al dormitorio, abro la puerta del armario y allí, colgada donde dijo Sawyer, hay una funda para proteger vestidos.

—¿Taylor?

Ana parece sorprendida.

—Christian —la corrijo, un poco ofendido ante la duda.

Ríe con ese aire indulgente que tiene a veces, abre la cremallera de la funda y saca el vestido. Ahoga un pequeño grito cuando lo sostiene en alto.

—Es maravilloso —dice—. Gracias. Espero que me valga.

—Seguro que sí. —Espero yo también—. Y toma. —Saco la caja del fondo del armario—. Zapatos a juego.

De los de tacón que dicen «fóllame». Mis preferidos.

—Piensas en todo. Gracias.

Me da un besito, dulce e inocente, y le lanzo una sonrisa fugaz, complacido.

—Claro que sí.

Le tiendo una segunda bolsa de Nordstrom, más pequeña. No pesa nada y solo parece contener papel de seda. Ana hurga en ella hasta que encuentra la lencería negra de encaje que complementa el vestido. Le levanto la barbilla y la beso en los labios con suavidad.

—Estoy deseando quitarte esto después.

—Yo también —responde con un susurro, y sus palabras son una inspiración para mi polla.

Ahora no, Grey.

—¿Quieres que te prepare un baño? —pregunto.

—Por favor.

Mientras Ana está en remojo en la bañera, compruebo que el hotel lo ha dispuesto todo según las indicaciones de Andrea, quien parece no haber dejado nada al azar, ni siquiera la decoración.

Se merece un aumento, Grey.

Tengo que esperar a que Ana acabe, así que abro el portátil, busco el balance de pérdidas y ganancias de Geolumara y dedico varios minutos a repasarlo. Mmm… Las ventas podrían ser mejores, pero dado que se trata de una empresa bastante nueva, tiene las cuentas saneadas. No obstante, los considerables gastos hacen que el margen de beneficio no sea tan alto como esperaba. Tal vez podríamos entrarles por ahí. Realizo varias anotaciones acerca de lo que podría hacerse al respecto hasta que el sonido de un secador encendiéndose en la puerta de al lado desvía mi atención de la hoja de cálculo.

He perdido la noción del tiempo.

Me dirijo al dormitorio con paso tranquilo y me encuentro a una Ana impoluta y envuelta en una toalla, secándose el pelo sentada en el borde de la cama.

—Déjame a mí —me ofrezco, indicándole la silla del tocador.

—¿Quieres secarme el pelo?

Su incredulidad es obvia.

Ana, no es mi primer rodeo.

Aunque no creo que le gustase oír que estoy acostumbrado a hacer estas cosas con mis sumisas como recompensa por su buen comportamiento.

—Vamos —insisto.

Se sienta en la silla, mirándome con curiosidad en el espejo. Pero a medida que le cepillo el pelo, se rinde a mis cuidados. Es una tarea absorbente, en la que no tardo en perderme, separando un mechón tras otro y secándolos. Me devuelve a otro tiempo, mucho más atrás de lo que deseo.

A una habitación pequeña y destartalada en un barrio deprimido de Detroit.

Detengo esos pensamientos de inmediato.

—Has hecho esto antes —comenta Ana, sacándome de mi ensimismamiento.

Le sonrío en el espejo, pero no digo nada.

No quieres saberlo, Ana.

Cuando he terminado, la luz de la lamparita de la cómoda se refleja en el pelo, suave y lustroso.

Cuánta belleza.

—Gracias —dice, sacudiendo la cabeza para que la melena le caiga sobre la espalda.

Le doy un beso en el hombro desnudo y le digo que voy a darme una ducha rápida. Sonríe, aunque la veo triste, y me pregunto si no me habré equivocado al montar esta fiesta.

Mierda.

Pensamientos que pesan como una losa cuando me meto debajo del chorro de agua caliente.

Tanto que le rezo a Dios en silencio.

Haz que Ray se ponga bien.

Por favor, Señor.

Ana está esperándome cuando salgo del cuarto de baño. Está espectacular. El vestido le va a la perfección, acentúa su hermoso cuerpo, y la pulsera reluce en la muñeca. Da un rápido giro sobre sí misma antes de volverse para que pueda subirle la cremallera.

—Estás guapísima, como toca en tu cumpleaños —susurro.

Se vuelve de nuevo y coloca las manos sobre mi pecho desnudo.

—Igual que tú.

Me mira a través de sus largas pestañas, de esa manera que me calienta la sangre.

Ana.

—Será mejor que me vista antes de que cambie de opinión sobre lo de bajar a cenar y te baje la cremallera de ese vestido.

—Lo escogió muy bien, señor Grey.

—Tan bien como le queda a usted, señora Grey.

Mia me ha enviado un mensaje para decirme que ya está todo el mundo en la sala. Le aprieto la mano a Ana cuando llegamos al entresuelo y salimos del ascensor mientras rezo para que le gusten las sorpresas. Mi despampanante mujer parece completamente ajena a las miradas de admiración que atrae cuando la conduzco hacia los comedores privados. Al final del pasillo, me detengo apenas un momento antes de abrir la puerta y entrar... para ser recibidos por un entusiasmado grito de «¡Sorpresa!» pronunciado a coro.

Mis padres, Kate, Elliot, los dos Josés, Mia, Ethan, Bob y Carla levantan sus copas a modo de felicitación y bienvenida mientras nos quedamos plantados ante nuestra familia y nuestros amigos. Ana se vuelve hacia mí boquiabierta. Sonrío y le aprieto la mano, encantado de que todo haya salido bien, y Carla se adelanta para atraerla hacia sí.

—Cielo, estás preciosa. Feliz cumpleaños.

—¡Mamá! —solloza Ana.

Es un sonido agridulce. Me alejo para dejarles un poco de intimidad, y para saludar al resto de los invitados.

Lo cierto es que estoy encantado de ver a todo el mundo, incluso a José. Su padre y él parecen descansados y tienen mejor aspecto que ayer. Elliot y Ethan se deshacen en elogios sobre el *Charlie Tango*, y Mia y Kate sobre el Heathman.

—¡He volado en tu helicóptero! ¡Muchísimas gracias! —Mia me lanza los brazos al cuello. Le pregunto qué tal le va en el nuevo trabajo—. Por el momento, bien. —Sonríe—. ¡Oh, me toca!

Sale disparada para darle la lata a mi mujer.

—Muchas gracias por todo, Christian —dice Kate—. Estoy segura de que Ana estará encantada.

—Eso espero.

Cuando vuelvo con ella, Elliot está estrechándola con fuerza. La cojo de la mano y la atraigo a mi lado con suavidad.

—Ya vale de toquetear a mi mujer. Toquetea a tu prometida —bromeo.

Elliot le guiña un ojo a Kate.

Un camarero nos ofrece a Ana y a mí unas copas de champán rosado; Grande Année, por supuesto. Me aclaro la garganta y el rumor general se atenúa cuando todos me prestan atención.

—Este sería un día perfecto si Ray se hallara aquí con nosotros, pero no está lejos. Se está recuperando y estoy seguro de que querría que disfrutaras de tu día, Ana. Gracias a todos vosotros, gracias por haber venido a compartir el cumpleaños de mi preciosa mujer, el primero de los muchos que vendrán. Feliz cumpleaños, mi amor.

Levanto la copa en honor a mi mujer, envueltos en felicitaciones pronunciadas a coro, y veo que las lágrimas brillan en sus ojos.

Oh, nena.

Le doy un beso en la sien, deseando poder aliviar sus penas.

—¿Te ha gustado la sorpresa? —pregunto, repentinamente nervioso.

—Me ha encantado. Gracias, mi hombre adorado.

Me acerca sus labios y le doy un beso fugaz y casto, apto para todos los públicos.

Ana está rara durante la cena, apagada, pero lo entiendo; está preocupada por su padre. Participa en la conversación, ríe cuando toca, y creo, aunque es solo una impresión, que la anima ver a la familia y los amigos tan contentos. Pero sé que en el fondo mi chica padece: está pálida, se muerde el labio y, de vez en cuando, parece distraída, probablemente perdida en oscuros pensamientos.

Soy consciente de su padecimiento y no puedo hacer nada.

Es frustrante.

Juega con la cena, pero no la incordio. Me alegro de que al mediodía comiera con ganas.

Elliot y José están en plena forma. No sabía que el fotógrafo fuera tan ingenioso. Kate también ha reparado en el estado de Ana; se interesa por ella y veo que ríen mientras charlan entre susurros. Ana le enseña la pulsera y Kate la alaba como es de esperar. Kavanagh sigue ganando puntos poco a poco.

Haz reír a mi mujer. Ahora mismo necesita que la distraigan.

Finalmente, dos camareros traen un magnífico pastel de chocolate con veintidós velas encendidas y Elliot es el primero en entonar un entregado «Cumpleaños feliz» al que todos nos unimos. Ana sonríe con melancolía.

—Pide un deseo —le susurro, y cierra los ojos con fuerza como lo haría un niño antes de apagar todas las velas con un solo soplido.

Luego me mira, angustiada; es evidente que está pensando en Ray.

—Se pondrá bien, Ana. Dale tiempo.

Tras darles las buenas noches y despedirnos de nuestros invitados, subimos sin prisas a nuestra habitación de hotel. Creo que la velada ha sido un éxito. Ana parece más contenta y, dadas las circunstancias, me sorprende lo mucho que he disfrutado de la compañía de todo el mundo. Cierro la puerta de la suite y me apoyo en ella mientras Ana se vuelve hacia mí.

—Al fin solos —murmuro.

Tiene que estar agotada.

Da un paso hacia mí y desliza los dedos por las solapas de mi chaqueta.

—Gracias por un cumpleaños maravilloso. Eres el marido más detallista, considerado y generoso que existe.

—Ha sido un placer para mí.

—Sí… Un placer para ti… Vamos a ver si encontramos algo que te dé placer… —susurra, y acerca sus labios a los míos.

Domingo, 11 de septiembre de 2011

Ana está acurrucada en el sofá de la suite, leyendo un manuscrito que ha imprimido en el hotel. Parece tranquila y concentrada; la uve pequeñita se le forma entre las cejas mientras realiza sus anotaciones incomprensibles en los márgenes con boli azul. De vez en cuando se muerde ese carnoso labio inferior, y no sé si es una reacción ante lo que lee o que está inmersa en la lectura; en cualquier caso, tiene el efecto habitual en mi cuerpo.

Quiero morder ese labio.

Sonriendo para mí mismo, recuerdo la sorpresa que me esperaba al despertar esta mañana. Ana tiene cada vez más iniciativa en lo referente al sexo, pero como el beneficiario de su pasión, no me quejo. Creo que verla tan próxima y tan necesitada de mí en estos momentos difíciles ha sido terapéutico.

Por otro lado, también ha sido una mañana emotiva. Tras un agradable desayuno con la familia y los amigos, nos hemos despedido de todos, salvo de Carla y Bob. Mis padres han vuelto a Seattle en coche, y Stephan ha llevado a Elliot, Mia, Kate y Ethan de vuelta a casa en el *Charlie Tango*. Ryan, que sigue en Seattle, los recogerá en Boeing Field.

Después de que todo el mundo se haya ido, Carla, Ana y yo vamos a ver a Ray. Bueno, Carla y Ana. Les he dejado algo de intimidad y me he ido a trabajar a la sala de espera hasta la hora de llevar a Carla y a Bob al aeropuerto. Los hemos dejado en buenas manos, con la primera oficial Beighley y su copiloto, que estaban esperándonos junto al Gulfstream. Ana se ha despedido de su madre entre lágrimas, y ahora por fin volvemos a estar en nuestra suite, haciendo tiempo después de una comida ligera. Creo que Ana está leyendo para distraerse y no pensar en Ray.

Me gustaría volver a casa.

Aunque supongo que eso depende de la recuperación de Ray.

Espero que se despierte pronto para ver si podemos trasladarlo a Seattle y volver al Escala. Sin embargo, no le comento nada de esto a Ana, no quiero crearle más preocupaciones.

Me he cansado de leer, así que para matar el tiempo he empezado a hacer un collage de fotografías de mi mujer que utilizaré de salvapantallas en el portátil y el teléfono. Tengo muchísimas de la luna de miel, y en todas está deslumbrante. Me alegro de haberla captado en momentos tan distintos: riendo, pensativa, enfurruñada, divertida, relajada, feliz y, en algunas, reprendiéndome con la mirada. Esas son las fotos que me hacen sonreír.

Recuerdo la impresión que me llevé al ver su imagen expuesta, en grande y tan guapa, en la galería de José Rodríguez, y la conversación posterior.

«Yo quiero que te relajes conmigo.»

Vuelvo a mirarla. Ahí está. Relajada. Absorta en su trabajo.

Misión cumplida, Grey.

Colgaremos las otras fotografías en la nueva casa, y puede que alguna en el estudio del Escala.

Ana levanta la vista.

—¿Qué?

Me doy unos golpecitos con el índice en los labios y sacudo la cabeza.

—Nada. ¿Qué tal el libro?

—Es un *thriller* político. Transcurre en un futuro distópico y kafkiano.

—Suena fascinante.

—Lo es. Es una visión del *Infierno* de Dante de un escritor novel de Seattle. Boyce Fox.

A Ana le brillan los ojos, animada por la emoción de encontrarse ante un buen libro.

—Tengo ganas de leerlo.

Sonríe y retoma la lectura del manuscrito.

Sonriendo yo también, vuelvo a mi collage.

Un poco más tarde, se levanta y se acerca a mí sin prisas, con gesto esperanzado.

—¿Podemos volver?

—Por supuesto.

Cierro el portátil, satisfecho con el fotomontaje de la señora Anastasia Grey.

—¿Conduces tú? —pregunta.

—Claro.

Taylor ha ido a ver a su hija y le he dado el día libre a Sawyer.

—De camino, me gustaría comprar *The Oregonian* para leerle a mi padre la sección de deportes.

—Buena idea, estoy seguro de que tendrán alguno en recepción. Vamos.

Cojo la chaqueta y el portátil y salimos por la puerta.

Ray duerme plácidamente en la cama de hospital y tardamos unos segundos en advertir que ya no necesita el ventilador. El bombeo de aire repetitivo y acompasado que lo acompañaba hasta ese momento ha desaparecido y respira por sí mismo. Ana lo mira con el rostro animado por el alivio. Le acaricia esa barbilla en la que asoma una barba de varios días y le limpia la saliva con un pañuelo con una ternura infinita.

Aparto la mirada.

Me siento como un intruso. Esa demostración muda de amor de una hija hacia su padre es demasiado íntima. Sé que a Ray lo avergonzaría saber que he sido testigo de la vulnerabilidad absoluta en la que se encuentra. Salgo de la habitación sin hacer ruido para ir a buscar a sus doctoras y que nos pongan al día. La enfermera Kellie y su compañera Liz están en el puesto de enfermería.

—La doctora Sluder está operando. —Kellie levanta el teléfono—. Saldrá en cualquier momento. ¿Quiere que le deje un aviso?

—No, no se moleste. Gracias.

Dejo a las dos enfermeras y me dirijo a la conocidísima sala de espera. Como siempre, no hay nadie más, así que me despatarro en una de las sillas y abro el portátil para echar un vistazo al último archivo que he guardado del collage de Ana. He decidido que quiero añadir algunas fotografías de la boda. Estoy completamente absorto en la labor cuando Ana irrumpe en la sala y me hace apartar la vista de la pantalla. Tiene los ojos enrojecidos de haber estado llorando, pero desborda alegría.

—Se ha despertado —exclama.

Gracias a Dios. Por fin.

Dejo el portátil a un lado y me levanto para abrazarla.

—¿Cómo está?

Se acurruca contra mi pecho, con los ojos cerrados, y me rodea con los brazos.

—Habla, tiene sed y está un poco desconcertado. No se acuerda del accidente.

—Es comprensible. Ahora que está despierto, quiero que lo trasladen a Seattle. Así podremos ir a casa y mi madre podrá tenerlo vigilado.

—No sé si estará lo bastante bien como para trasladarle.

—Hablaré con la doctora Sluder para que me dé su opinión.

—¿Echas de menos nuestra casa? —pregunta Ana, alzando la vista.

—Sí.

Muchísimo.

—Está bien.

Sonríe, y volvemos los dos juntos a la habitación, donde encontramos a Ray tratando de incorporarse en la cama. Parece un poco sorprendido, y bastante incómodo, de verme aquí.

—Ray. Me alegro de tenerte de vuelta entre nosotros.

—Gracias, Christian —mascula—. Menudo tostón para vosotros estar aquí, muchachos.

—Papá, no es ninguna molestia. ¿Dónde íbamos a estar si no? —dice Ana, tratando de tranquilizarlo.

547

La doctora Sluder se reúne con nosotros. Es la eficiencia personificada.

—Señor Steele. Bienvenido de vuelta —dice.

—No has dejado de sonreír.

Le coloco un mechón de pelo detrás de la oreja cuando aparca el R8 delante del Heathman.

—Estoy muy aliviada. Y feliz.

Me sonríe, radiante.

—Bien.

Ana le entrega las llaves al aparcacoches cuando salimos del R8. Está oscureciendo y hace fresco, y Ana se estremece, así que le rodeo los hombros con un brazo y entramos en el hotel con paso tranquilo. Echo un vistazo al Marble Bar desde el vestíbulo.

—¿Quieres que lo celebremos?

—¿Celebrar qué? —pregunta Ana, frunciendo el ceño.

—Lo de tu padre.

Suelta una risita.

—Oh, eso.

—Echaba de menos ese sonido.

La beso en el pelo.

—¿No podemos mejor comer en la habitación? Ya sabes, una noche tranquila, sin salir.

—Claro, vamos.

La cojo de la mano y nos encaminamos a los ascensores.

Ana devora la cena.

—Estaba deliciosa. —Aparta el plato—. Aquí hacen una tarta tatin buenísima.

Ya lo creo, Ana.

—Es la vez que te he visto comer más en todo el tiempo que llevamos aquí.

—Tenía hambre.

Se recuesta en la silla, llena, y no puede resultarme más reconfortante. Está recién salida de la ducha y solo lleva mi camiseta y unas bragas. Es toda ojos, sonrisas, coleta y piernas… Sobre todo piernas.

Levanto la copa de vino y bebo un sorbo.

—¿Qué quieres hacer ahora? —pregunto en tono suave, y espero que un poco seductor, mientras mi iPod reproduce música tranquila de fondo.

Sé lo que quiero hacer yo, pero ha tenido un día muy emotivo.

—¿Qué quieres hacer tú?

¿Es una pregunta trampa?

Enarco una ceja, divertido.

—Lo que quiero hacer siempre.

—¿Y eso es...?

—Señora Grey, deje las evasivas.

Frunce los labios con esa sonrisilla suya, alarga una mano por encima de la mesa para coger la mía y me la gira. Con suma delicadeza, desliza el dedo índice por mi palma, que se estremece en respuesta. Es una sensación rara que me deja sin palabras por un instante.

—Quiero que me toques con este —dice con voz grave y provocadora mientras me recorre el índice con la punta del dedo.

Mi cuerpo responde al contacto. En todas partes.

Joder.

Me remuevo en la silla.

—¿Solo con ese?

—Quizá con este también. —Traza una línea a lo largo del dedo corazón y vuelve a la palma—. Y con este. —Asciende en zigzag hasta la alianza—. Y definitivamente con esto. —Se detiene, apretando el dedo contra el anillo de platino—. Esto es muy sexy.

—¿Lo es?

—Claro. Porque dice: «Este hombre es mío».

Joder. Se me ha puesto dura.

Sí. Ana. Tuyo.

Me rodea con la uña el pequeño callo que se me ha formado en la palma, donde me roza el anillo, sin apartar los ojos de mí. Se le dilatan las pupilas y el negro vence al azul vivo.

Es cautivadora.

Me inclino hacia ella y le cojo la barbilla con la mano.

—Señora Grey, ¿está intentando seducirme?

—Eso espero.

—Anastasia, ya he caído. —Siempre—. Ven aquí. —Tiro de ella hasta mi regazo y la abrazo—. Me gusta tener acceso ilimitado a ti.

Para demostrárselo, subo la mano por su muslo desnudo hasta su culo y, agarrándola por la nuca con la otra mano, le hago inclinar la cabeza y la beso. Apasionadamente. Exploro su boca, sintiendo y saboreando su lengua contra la mía mientras entierra los dedos en mi pelo.

Sabe a tarta de manzana y a Ana.

Con un exquisito toque de Chablis.

Una combinación estimulante en todos los sentidos. Ambos jadeamos cuando me aparto.

—Vamos a la cama —susurro contra sus labios.

—¿A la cama? —se burla.

¡Oh!

Me separo un poco y le tiro del pelo para mirarla directamente a los ojos.

—¿Dónde prefiere usted, señora Grey?

Se encoge de hombros, con indiferencia. Retadora.

—Sorpréndeme.

—Te veo guerrera esta noche.

Le acaricio la nariz con la mía mientras elaboro una lista mental de posibilidades.

—Tal vez necesito que me aten.

—Tal vez sí. Te estás volviendo mandona con la edad.

—¿Y qué vas a hacer al respecto?

Endereza la espalda como cuando está lista para el combate.

Oh, Ana.

—Sé lo que me gustaría hacer, pero depende de lo que tú puedas soportar.

—Oh, señor Grey, ha sido usted muy dulce conmigo estos dos últimos días. Y no estoy hecha de cristal, ¿lo sabía?

—¿No te gusta que sea dulce?

—Claro que sí. Pero ya sabes... la variedad es la sal de la vida.

Aletea las pestañas.

—¿Quieres algo menos dulce?

—Algo que me recuerde que estoy viva.

Uau.

—Que me recuerde que estoy viva...

Asombrado, la miro a los ojos mientras todo tipo de escenarios sexuales acuden encantados a mi mente. Asiente con la cabeza, sosteniéndome la mirada y mordisqueándose el labio inferior.

A propósito.

Está provocándome.

Quiere sentirse viva, y puedo complacerla.

—No te muerdas el labio.

La cojo con fuerza y me levanto, apretándola contra mí. Ahoga un grito de sorpresa y se aferra a mis brazos mientras avanzo por la habitación y la deposito en el sofá más alejado.

Tengo un plan. Quiero ver hasta dónde llega esa seguridad sexual recién descubierta.

Y quiero mirar.

—Espera aquí. Y no te muevas.

Vuelve la cabeza y me sigue con los ojos mientras me dirijo al dormitorio. Le doy un repaso a la habitación y entonces recuerdo uno de los regalos que ha abierto esta mañana durante el desayuno: unos selectos artículos de tocador, cortesía de Kate. En la elegante cajita de presentación encuentro un botecito de aceite hidratante perfumado, ámbar oscuro y sándalo.

Perfecto. Me lo meto en el bolsillo trasero de los vaqueros. También cojo los cinturones de los albornoces del hotel y una de las toallas de baño grandes del lavabo.

Me complace ver que Ana no se ha movido del sofá cuando vuelvo al salón. ¡Obediencia! ¡Por fin!

Está de espaldas, así que ni me ve ni me oye al acercarme descalzo por detrás. Ana ahoga un grito cuando me inclino y cojo el dobladillo de la camiseta.

—Creo que esto no nos va a hacer falta.

Se la quito por la cabeza y la arrojo al suelo, admirando cómo se le endurecen los pezones en respuesta al roce de la tela y a la temperatura de la habitación. Le agarro la coleta y le hago inclinar la cabeza hacia atrás para reclamar su boca con un beso fugaz.

—Levántate —murmuro sobre su piel.

Obedece, desnuda salvo por las bragas. Extiendo la toalla sobre el sofá para no ensuciar el tapizado, ni de aceite ni de nada más.

—Quítate las bragas.

La miro a los ojos. Traga saliva, pero acata mis órdenes sin dudarlo ni apartar la mirada.

Me gusta esta versión de Ana.

—Siéntate.

Hace lo que le pido y vuelvo a agarrarla por la coleta, enroscando su suave pelo entre mis dedos. Tiro de ella para echarle la cabeza hacia atrás y me quedo de pie a su lado.

—Dime que pare si es demasiado, ¿vale?

Asiente.

Maldita sea, Ana.

—Responde.

—Sí —contesta en un tono ligeramente agudo y jadeante que delata su excitación.

Sonrío burlón y pongo voz grave.

—Bien. Así que, señora Grey… como me ha pedido, la voy a atar.

Por algo he escogido este sofá, el único que tiene remates.

—Sube las rodillas. Y reclínate en el respaldo.

Una vez más, obedece sin rechistar. Le cojo la pierna izquierda, le paso uno de los cinturones de los albornoces alrededor del muslo y se lo ato por encima de la rodilla con un nudo corredizo.

—¿El cinturón del albornoz?

—Estoy improvisando. —Ato el otro extremo al remate decorativo de la esquina izquierda del sofá y tiro para separarle los muslos—. No te muevas.

Hago lo mismo con la pierna derecha, atando el otro cinturón al remate de ese lado.

Ana está completamente abierta de piernas, expuesta en todo su esplendor, con las manos colocadas a los lados.

—¿Bien? —pregunto, deleitándome con la perspectiva que tengo de ella.

Asiente y me mira con dulzura, vulnerable. Mía.

Me inclino y la beso.

—No tienes ni idea de cómo me pones ahora mismo. —Le acaricio la nariz con la mía, tratando de contenerme ante lo que tengo preparado—. Creo que voy a cambiar la música.

Me acerco sin prisas al iPod y voy pasando artistas hasta que escojo una canción. Selecciono repetir y le doy al «Play».

«Sweet About Me.» Perfecta.

Cuando la voz melosa y seductora de Gabriella Cilmi inunda la habitación, me doy la vuelta y clavo mis ojos en los de mi atada y desnuda mujer mientras regreso a su lado con suma calma. No aparta la mirada en ningún momento, y me arrodillo delante de ella, para venerarla en su altar.

Abre la boca con la respiración entrecortada.

Oh, Ana. Veamos hasta dónde llega tu seguridad.

Sé cómo se siente.

—¿Expuesta? ¿Vulnerable? —pregunto.

Se lame los labios y asiente.

—Bien —susurro.

Nena, esto no es nada para ti.

—Extiende las manos. —Saco el botecito del bolsillo trasero. Ana levanta las manos ahuecadas y vierto un poco de aceite en ellas. El perfume es intenso, pero no desagradable—. Frótatelas.

Se retuerce en el sofá.

Oh, así es imposible.

—No te muevas —le advierto.

Ana deja de moverse.

—Ahora, Anastasia, quiero que te toques.

Parpadea… creo que sorprendida.

—Empieza por la garganta y ve bajando.

Se muerde el labio inferior con fuerza.

—No seas tímida, Ana. Vamos. Hazlo.

Venga, Ana.

Coloca las manos a ambos lados del cuello y las desliza hacia la parte superior de sus pechos, dejando a su paso una pátina untuosa y brillante sobre la piel.

—Más abajo —susurro.

Un segundo después, sus manos cubren sus pechos.

—Tócate.

Tímidamente, se coge los pezones entre el pulgar y el índice y tira de ellos con suavidad, sin apartar sus ojos de los míos, cada vez más oscuros.

—Más fuerte —le ordeno, sintiéndome como la serpiente del jardín—. Como lo haría yo —añado, agarrándome los muslos para no tocarla.

Gime en respuesta, y los aprieta y tira de ellos con más fuerza. Veo cómo se endurecen y se alargan mientras se toca.

Joder, cómo me pone.

—Sí. Así. Otra vez.

Cierra los ojos y gime de nuevo mientras los acaricia y los hace girar entre los dedos y el pulgar.

—Abre los ojos —le pido con voz ronca.

Los abre con un parpadeo.

—Otra vez —le ordeno—. Quiero verte. Ver que disfrutas tocándote.

Continúa, con la mirada nublada y la respiración cada vez más agitada por el profundo deseo que la consume, mientras soy consciente de que me domina su mismo anhelo.

Qué mojada tiene que estar...

Los pantalones me aprietan por momentos. Basta.

—Las manos. Más abajo.

Se retuerce.

—Quieta, Ana. Absorbe el placer. Más abajo.

—Hazlo tú —susurra.

—Oh, lo haré... pronto. Pero ahora tú. Más abajo.

No tiene ni idea de cómo está poniéndome ahora mismo. Desliza las manos por debajo de los pechos, sobre el estómago, hacia el vientre, mientras se retuerce, tirando de las ataduras del albornoz.

No. No. Niego con la cabeza.

—Quieta. —Coloco las manos en sus rodillas, para que no se mueva—. Vamos, Ana... Más abajo.

Las manos recorren el vientre.

—Más abajo —musito.

—Christian, por favor —me suplica.

Deslizo las mías por sus muslos, desde las rodillas hacia ese punto expuesto en la confluencia de sus piernas.

Mi objetivo final.

Su objetivo.

—Vamos, Ana. Tócate.

Se acaricia la vulva con la mano izquierda antes de empezar a dibujar un círculo lento sobre el clítoris con los dedos.

—¡Ah! —jadea; sus labios forman una «o» imprecisa.

—Otra vez —le ordeno con un susurro.

Gime con fuerza, jadeante, y cierra los ojos, echando la cabeza hacia atrás contra el sofá sin dejar de mover la mano.

—Otra vez.

No para de gemir, pero no quiero que se corra sin mí. Le cojo las manos, se las sujeto con fuerza y me inclino entre sus muslos para pasar la nariz y la lengua sobre el clítoris. Adelante y atrás. Otra vez. Llevándola al límite.

Está muy mojada. Está empapada de deseo.

—¡Ah! —grita, e intenta mover las manos, pero aprieto los dedos alrededor de sus muñecas mientras insisto en mi asalto sensual.

—Te voy a atar estas también. Quieta —jadeo sobre su parte más íntima.

Ana gime, y la suelto antes de introducir dos dedos en su interior, muy despacio.

Tan mojada.

Tan dispuesta.

Tan ávida.

Aprieto la palma de mi mano contra su clítoris, acompañando el movimiento de mis dedos.

—Voy a hacer que te corras rápido, Ana. ¿Lista?

—Sí —jadea, asintiendo con vigor.

Muevo la mano. Sin detenerme. Deprisa. Estimulándola tanto por fuera como por dentro. De pronto gimotea por encima de mí, mueve la cabeza adelante y atrás, encoge los dedos de los pies y cierra los dedos de las manos sobre la toalla en la que está sentada. Sé que quiere estirar las piernas para aliviar la intensidad de la sensación. Pero no puede; está cerca.

Muy cerca.

No me detengo.

Y entonces lo siento.

El principio.

Del fin.

Su orgasmo. Se aproxima.

—Ríndete —susurro, y se deja ir con un grito gutural, potente y desatado, y aprieto la palma de la mano contra su clítoris, moviéndola para prolongar su orgasmo, que se extiende en oleadas.

Uau. Ana.

Con la otra mano, le desato los cinturones del albornoz, uno tras otro.

—Es mi turno —murmuro, cuando regresa a la tierra.

Saco los dedos de su interior, enderezo la espalda y le doy la vuelta para que quede boca abajo sobre el sofá, con las rodillas en el suelo. Me abro los vaqueros de un tirón, le separo las piernas con la rodilla y le doy un azote fuerte en su precioso culo.

—¡Ah! —grita, y la penetro con fuerza, hasta el fondo.

—Oh, Ana —jadeo y, agarrándola por las caderas, empiezo a moverme. Sin descanso. Rápido.

Otra vez. Disfrutando de mi momento. Ana quería sexo duro.

Nos. Proponemos. Complacer.

La penetro una y otra vez. Perdiéndome. En ella. Completamente en ella.

Sus fuertes jadeos me llevan al límite.

Joder.

Está cerca, otra vez.

Lo noto.

—¡Vamos, Ana! —grito, y vuelve a correrse, arrastrándome más allá del límite con ella.

La separo del sofá con delicadeza y nos tumbamos en el suelo. Ana está estirada sobre mí, boca arriba. No podemos hablar mientras tratamos de recuperar el aliento.

—¿Te sientes lo bastante viva? —pregunto al fin, dándole un beso en el pelo.

—Oh, sí. —Coloca las manos sobre mis muslos y tira de la tela de los vaqueros—. Creo que deberíamos repetirlo. Pero esta vez tú sin ropa.

¡Otra vez!

—Por Dios, Ana. Dame un respiro.

Se le escapa una risita contagiosa y acabo riendo con ella.

—Me alegro de que Ray haya recuperado la conciencia. Parece que todos tus apetitos han regresado después de eso.

Se da la vuelta sobre mí y frunce el ceño.

—¿Se te olvida lo de anoche y lo de esta mañana? —pregunta con un mohín y apoya la barbilla en las manos, sobre mi pecho.

—No podría olvidarlo. —Sonrío y le agarro el magnífico trasero con las manos—. Tiene un culo fantástico, señora Grey.

—Y tú también. —Enarca una ceja—. Pero el tuyo sigue tapado.

—¿Y qué va a hacer al respecto, señora Grey?

—Bueno, creo que le voy a desnudar, señor Grey. Enterito.

Su entusiasmo es contagioso.

—Y yo creo que hay muchas cosas dulces en ti —susurra, refiriéndose a la letra de la canción, bañándome con el calor y el amor que desprende su mirada.

Mierda.

—Lo digo en serio —insiste, y me besa en la comisura de la boca.

Cierro los ojos y la estrecho con fuerza.

¿Por qué estamos hablando ahora de esto?

—Christian, lo eres. Has hecho que este fin de semana sea especial a pesar de lo que le ha pasado a Ray. Gracias.

Clava sus ojos grandes y brillantes en los míos.

—Porque te quiero —murmuro.

—Lo sé —dice—. Y yo también te quiero. —Me acaricia la mejilla con la punta de los dedos—. Y eres algo precioso para mí. Lo sabes, ¿verdad?

Precioso. ¿Yo?

De pronto, me siento indefenso y aterrado. Y completamente desarmado.

¿Qué digo?

«Ahora no, renacuajo.»

Joder. Cierro los ojos. No quiero tener eso en mi cabeza.

—Créeme —susurra, y vuelvo a abrirlos una vez más, ojos grises frente a azules.

—No es fácil —digo con voz casi inaudible.

No quiero hablar de esto.

Es como hurgar en una herida abierta. Justo en estos momentos. Por algún motivo que no entiendo.

Porque ella tiene un poder infinito sobre mí. Por eso.

—Inténtalo. Inténtalo con todas tus fuerzas, porque es cierto.

Me acaricia la cara, y sé que está convencida de lo que dice. Ojalá pudiera oírlo sin que el pánico se apoderara de mí.

—Te vas a enfriar. Vamos.

La muevo a un lado para ponerme de pie y tiro de ella para ayudarla a levantarse.

Olvidando en el sofá los restos de nuestra noche de pasión, Ana me rodea con un brazo. Apago el iPod y volvemos tranquilamente al dormitorio, preguntándome por mi reacción.

¿Por qué sigue costándome tanto aceptar sus declaraciones de amor?

Sacudo la cabeza.

—¿Vemos un poco la tele? —pregunta Ana en un claro intento por recuperar el buen humor de antes.

—Creía que querías un segundo asalto.

Me mira, sopesando la propuesta.

—Bueno, en ese caso… Esta vez yo llevaré las riendas.

¡Oh!

De pronto, me empuja con tanta fuerza que caigo sobre la cama. Sin darme tiempo a reaccionar, se sienta a horcajadas sobre mí y me sujeta los brazos a ambos lados de la cabeza.

—Bien, señora Grey, ahora que ya me tiene, ¿qué piensa hacer conmigo?

Se inclina, y su aliento me hace cosquillas en la oreja cuando me susurra:

—Te voy a follar con la boca.

Joder.

Cierro los ojos mientras me roza la mandíbula con los dientes y me entrego a ella. Me entrego al amor de mi vida.

Lunes, 12 de septiembre de 2011

Ana todavía duerme cuando salgo del cuarto de baño. Francamente, no me sorprende. Anoche estaba muy insistente.

Loca por el sexo e insaciable.

No me quejo.

Con ese delicioso recuerdo fresco en la memoria, recojo mi ropa y salgo al salón para vestirme. Los restos del encuentro amoroso de anoche siguen esparcidos por el sofá. Desato los cinturones del albornoz y cojo la toalla mientras pienso qué habría pasado con todo esto si alguien del servicio hubiera venido temprano para limpiar. Recojo los objetos y los coloco sobre la consola que hay junto a la puerta del dormitorio.

Pido el desayuno; tardará media hora y tengo hambre. Para distraerme, me siento frente al escritorio y abro el portátil. Hoy quiero dejarlo todo atado para que trasladen a Ray al Northwest Hospital, donde mi madre podrá tenerlo controlado. Miro el correo y, para mi sorpresa, veo que hay uno del detective Clark. Tiene preguntas para Ana sobre ese capullo de Hyde.

¿Qué narices quiere?

Le envío una respuesta rápida para explicarle que estamos en Portland y que tendrá que esperar a que regresemos a Seattle. Llamo a mi madre y le dejo un mensaje sobre el traslado de Ray, y a continuación reviso con calma el resto del correo. Hay un e-mail de Ros: los Hwang nos invitan a hacerles una visita a finales de esta semana.

Eso dependerá de Ray.

Imagino.

Le escribo un mensaje a Ros para decirle que es probable que vaya, pero todavía no puedo confirmarlo, ya que no sé qué pasará con mi suegro.

No quiero dejar a Ana sola con esto.

En el momento en que le doy a «Enviar», recibo una respuesta de Clark.

Vendrá a Portland.

Mierda.

¿Qué puede ser tan importante?

—Buenos días.

El dulce tono de voz de Ana interrumpe mis pensamientos. Cuando me doy la vuelta, la veo de pie en la puerta de la suite, ataviada tan solo con una sábana y una sonrisa tímida. Su pelo es una maraña que le cuelga hasta los pechos, y sus ojos me observan con un brillo intenso.

Parece una diosa griega.

—Señora Grey, se ha levantado pronto.

Extiendo los brazos y ella, a pesar de la sábana, cruza la habitación como un rayo, lo cual me brinda el placer de atisbar sus piernas, y se sienta en mi regazo.

—Igual que tú —dice.

La abrazo contra mi pecho y le beso el pelo.

—Estaba trabajando.

—¿Qué pasa? —pregunta a la vez que se retira para examinarme. Sabe que algo va mal.

Exhalo un suspiro.

—He recibido un correo del detective Clark. Quiere hablar contigo del cabrón de Hyde.

—¿Ah, sí?

—Sí. Le he explicado que ahora mismo estás en Portland y que tendría que esperar, pero ha dicho que vendría aquí a hablar contigo.

—¿Va a venir?

—Eso parece.

Ana frunce el ceño.

—¿Y qué es tan importante que no puede esperar?

—Eso digo yo…

—¿Cuándo va a venir?

—Hoy. Tengo que contestarle.

—No tengo nada que esconder, pero me pregunto qué querrá saber…

—Lo descubriremos cuando llegue. Yo también estoy intrigado. —Me remuevo un poco en la silla—. Subirán el desayuno pronto. Vamos a comer algo y después a ver a tu padre.

—Puedes quedarte aquí si quieres. Veo que estás ocupado.

—No, quiero ir contigo.

—Bien.

Ana sonríe. Creo que está contenta de que la acompañe. Me da un beso, se marcha en dirección al dormitorio con aire desenfadado, y, al cruzar la puerta, me lanza una mirada sugerente y deja caer la sábana.

Joder. Menuda diosa está hecha.

No necesito más. Los correos y el desayuno pueden esperar.

La sigo hasta el dormitorio para corresponder a su invitación.

Ray está despierto pero se diría que tiene el genio atravesado. Después de darle los buenos días, dejo a Ana que se las arregle con él y me marcho a la sala de espera; mi nueva oficina, según parece. Ya he recibido un permiso provisional de la doctora Sluder para trasladar a Ray a Seattle, y estoy esperando a que mi madre me confirme que tiene cama en el Northwest antes de organizar el traslado en helicóptero. La doctora Sluder cree que mañana mismo podría ingresar allí, pero me lo confirmará más tarde, después de hacerle unas cuantas pruebas.

Llamo a Andrea.

—Buenos días, señor Grey.

—Hola, Andrea. Espero que mañana mismo podamos trasladar a Raymond Steele. ¿Podrías conseguirme una ambulancia aérea, por favor? Del OHSU de Portland al hospital Northwest. Mi madre seguro que sabe de alguna buena empresa. Le preguntaré a la doctora de Ray si se necesita algún equipo médico específico a bordo. O ella o yo mandaremos las instrucciones.

—Llamaré a la doctora Grey.

—Hazlo. Estoy esperando a que me avise de que hay una habitación libre.

—De acuerdo. Yo me encargaré.

—Sobre Taiwan, es posible que Ros y yo viajemos allí el jueves por la noche. Nos hará falta el jet.

—Pero el jueves por la mañana tiene que estar en la WSU.

—Ya lo sé. Pero ten avisados a Stephan y a la tripulación. Aún no es seguro.

—Sí, señor. De hecho, Ros quiere hablar con usted.

—Vale, gracias. Pásame con ella.

Ros y yo nos ponemos rápidamente al día y decidimos que la firma del principio de acuerdo del astillero de Taiwan puede esperar a mañana, cuando, si todo va bien, yo esté de vuelta en Seattle. En cuanto cuelgo el teléfono, me suena el móvil. Es Clark.

—Señor Grey. Gracias por recibirme hoy. ¿Las cuatro de la tarde es una buena hora?

—Claro. Estamos en el Heathman.

—Allí estaré.

Ana entra en la sala de espera. Se la ve seria.

¿Hay algún problema?

—De acuerdo —le contesto a Clark, y cuelgo—. Clark estará aquí a las cuatro de la tarde.

Ella frunce el ceño.

—Vale. Ray quiere café y donuts.

Me echo a reír. No me esperaba esa respuesta.

—Creo que yo también querría eso si hubiera tenido un accidente. Le diré a Taylor que vaya a buscarlo.

—No, iré yo.

—Llévate a Taylor contigo.

Ana pone los ojos en blanco.

—Vale.

Parece una adolescente exasperada. Yo sonrío y ladeo la cabeza.

—No hay nadie aquí.

Su mirada se altera un poco al captar mi indirecta; no cabe duda de que acabo de despertar su interés. Yergue los hombros dispuesta a desafiarme y levanta esa barbilla tozuda tan Steele.

Una pareja joven entra en la sala detrás de Ana. El hombre rodea con los brazos a su compañera, que está llorando, claramente deshecha.

Joder, tiene algún problema serio.

Ana la mira con expresión compasiva. Luego se vuelve hacia mí y encoge un hombro en señal de disculpa.

Vaya. A lo mejor me estaba retando a que le diera unos azotes. La idea me resulta atractiva.

Muy atractiva.

Recojo el portátil, le doy la mano y salimos de la sala.

—Ellos necesitan la privacidad más que nosotros —musito—. Nos divertiremos luego.

Fuera está Taylor, esperándonos en el coche.

—Vamos todos a por café y donuts —propongo.

Nos daremos un capricho.

Ana me devuelve la sonrisa.

—A Voodoo de Portland, donde venden los mejores donuts del mundo —dice, y se sube al asiento trasero del SUV.

El detective Clark es puntual. Taylor lo guía hasta nuestra suite y él entra tranquilamente. Tiene la misma cara arrugada de viejo cascarrabias de siempre.

—Señor Grey, señora Grey, gracias por acceder a recibirme.

—Detective Clark.

Le estrecho la mano y le indico que tome asiento. A continuación me dispongo a sentarme junto a Ana en el sofá donde anoche la tuve atada.

—Es a la señora Grey a quien quería ver —dice Clark en un tono un poco brusco, y sé que está aludiendo a Taylor y a mí.

Oh. Ahora sí que quiero saber lo que tiene que decir.

Hago una señal con la cabeza a Taylor, que capta el mensaje y se marcha cerrando la puerta tras de sí.

—Cualquier cosa que tenga que decirle a mi esposa, puede decírsela conmigo delante.

Si se trata de Hyde, no pienso dejar a Ana sola.

—¿Está segura de que desea que su marido esté presente? —le pregunta Clark a Ana.

Ella pone cara de desconcierto.

—Claro. No tengo nada que ocultarle. ¿Solo quiere hablar conmigo?

—Sí, señora.

—Bien. Quiero que mi marido se quede.

Pues claro. Ya te lo dije. Miro fijamente a Clark, contento de que Ana esté de mi parte. Me siento a su lado mientras intento ocultar mi creciente irritación.

—Muy bien —musita Clark. Tose para aclararse la garganta y me pregunto si está nervioso—. Señora Grey, el señor Hyde mantiene que usted le acosó sexualmente y le hizo ciertas insinuaciones inapropiadas.

¡Qué coño!

Ana parece sorprendida y divertida al mismo tiempo. Me pone una mano en el muslo, pero no consigue disuadirme.

—¡Eso es ridículo! —protesto.

Ana me clava las uñas en la pierna, imagino que es un intento de hacerme callar.

—Eso no es cierto. —Ana lo mira fijamente a los ojos; es la viva estampa de la serenidad mientras habla con Clark—. De hecho, fue exactamente lo contrario. Él me hizo proposiciones deshonestas de una forma muy agresiva y por eso le despidieron.

Clark aprieta los labios, como si ya se esperara esa respuesta.

—Hyde alega que usted se inventó la historia del acoso sexual para que le despidieran. Dice que lo hizo porque él rechazó sus proposiciones y porque usted quería su puesto.

Ana tuerce el gesto en señal de repugnancia.

—Eso no es cierto.

Es una puta ridiculez.

—Detective, no me diga que ha conducido hasta aquí para acosar a mi mujer con esas acusaciones ridículas.

Clark se digna dirigirme una mirada de resignación.

—Necesito oír la respuesta de la señora Grey ante esas acusaciones, señor.

Ana vuelve a apretarme la pierna y sé que quiere que me calle.

—No tienes por qué oír esta mierda, Ana.

—Creo que es mejor que el detective Clark sepa lo que pasó.

Me clava sus intensos ojos azules, implorándome que cierre la boca de una puñetera vez.

Vale, nena. Hazlo a tu manera.

Con un gesto de la mano, le indico que continúe mientras me propongo guardar silencio y mantener el genio a raya. Ana coloca las manos sobre su regazo y prosigue.

—Lo que dice Hyde no es cierto. —Su voz clara y serena se propaga de extremo a extremo de la suite—. El señor Hyde me abordó en la cocina de la oficina una noche. Me dijo que me habían contratado gracias a él y que esperaba ciertos favores sexuales a cambio. Intentó chantajearme utilizando unos correos que yo le había enviado a Christian, que entonces todavía no era mi marido. Yo no sabía que Hyde había estado espiando mis correos. Es un paranoico: incluso me acusó de ser una espía enviada por Christian, presumiblemente para ayudarle a hacerse con la empresa. Pero no sabía que Christian ya había comprado Seattle Independent Publishing. —Ana sacude la cabeza y entrelaza las manos—. Al final yo... yo le derribé.

—¿Le derribó? —interviene Clark, sorprendido.

—Mi padre fue soldado. Hyde... mmm... me tocó y yo sé cómo defenderme.

Ana me dirige una breve mirada, y no puedo ocultar el orgullo y la admiración que siento por mi chica.

No te metas con mi chica.

Es una guerrera.

—Entiendo.

Clark deja escapar un suspiro y se recuesta en el sofá.

—¿Han hablado con alguna de las anteriores ayudantes de Hyde? —le pregunto.

Tengo curiosidad por saber si la policía ha hecho más progresos que Welch.

—Sí, lo hemos hecho. Pero lo cierto es que ninguna de ellas nos dice nada. Todas afirman que era un jefe ejemplar, aunque ninguna duró en el puesto más de tres meses.

Maldita sea.

—Nosotros también hemos tenido ese problema. Mi jefe de seguridad entrevistó a las cinco últimas ayudantes de Hyde.

Esa noticia capta el interés de Clark. Frunce el ceño y me taladra con la mirada.

—¿Y eso por qué?

—Porque mi mujer trabajó con él y yo hago comprobaciones de seguridad sobre todas las personas que trabajan con mi mujer.

Clark se sonroja.

—Ya veo. —Sus pobladas cejas se unen en un ceño—. Creo que hay algo más en este asunto de lo que parece a simple vista, señor Grey. Vamos a llevar a cabo un registro más a fondo del apartamento de Hyde mañana, tal vez encontremos la clave entonces. Por lo visto, hace tiempo que no vive allí.

—¿Lo ha registrado antes?

—Sí, pero vamos a hacerlo de nuevo. Esta vez será una búsqueda más exhaustiva.

—¿Todavía no le han acusado de intentar asesinarnos a Ros Bailey y a mí? A lo mejor es competencia del FBI.

—Esperamos encontrar más pruebas del sabotaje de su helicóptero, señor Grey. Necesitamos algo más que una huella parcial. Mientras está en la cárcel podemos ir reforzando el caso.

—¿Y ha venido solo para eso?

Clark se pone tenso.

—Sí, señor Grey, solo para eso, a no ser que se le haya ocurrido algo sobre la nota...

De nuevo, los ojos de Ana escrutan los míos, pero esta vez pone mala cara.

—No. Ya se lo dije. No significa nada para mí. —¡Mi mujer no tiene por qué enterarse de esto!— No entiendo por qué no podíamos haber hecho esto por teléfono.

—Creo que ya le he dicho que prefiero hacer las cosas en persona. Y… —añade, un poco tímidamente— así aprovecho para visitar a mi tía abuela, que vive en Portland. Dos pájaros de un tiro…

—Bueno, si hemos terminado, tengo trabajo que hacer.

Me levanto con la esperanza de que Clark capte la indirecta.

Sí que la capta.

—Gracias por su tiempo, señora Grey.

Ana asiente.

—Señor Grey.

Abro la puerta y él se marcha.

Menos mal, joder.

Ana vuelve a recostarse en el sofá.

—¿Te puedes creer lo que ha dicho ese gilipollas?

Me paso las manos por el pelo.

—¿Clark? —pregunta Ana.

—No, el idiota de Hyde.

—No, no puedo.

Parece desconcertada.

—¿A qué coño está jugando?

—No lo sé. ¿Crees que Clark me ha creído?

—Claro. Sabe que Hyde es un cabrón pirado.

—Estás siendo muy «insultivo» —me reprende Ana.

—¿Insultivo? ¿Existe esa palabra?

—Ahora sí.

Y con solo eso, su humor sofoca mi enfado, y este desaparece.

Maravillado por el influjo que ejerce sobre mí, me siento a su lado y la atraigo para abrazarla.

—No pienses en ese gilipollas. Vamos a ver a tu padre y a intentar convencerle para que lo trasladen mañana.

—No ha querido ni oír hablar de ello. Quiere quedarse en Portland y no ser una molestia.

—Hablaré con él.

Ella juguetea con los botones de mi camisa.

—Quiero viajar con él.

Podríamos arreglarlo.

—Está bien. Yo iré también. Sawyer y Taylor pueden llevar los coches. Dejaré que Sawyer se lleve tu R8 esta noche.

Ella me obsequia con una dulce sonrisa de agradecimiento, y siento que me lleno de orgullo.

Ray se ha dado por vencido. Está de un humor mucho mejor que esta mañana. Los donuts deben de haber ejercido su mágico poder, y creo que en el fondo está contento porque mañana va a volar en helicóptero. No recuerda nada del vuelo hasta aquí desde Astoria. Tomo nota mentalmente de hacerlo subir al *Charlie Tango* en algún momento.

Mientras Ana está sentada a su lado, me dirijo a la sala de espera para terminar de tramitar el traslado de Ray.

Andrea lo ha organizado todo. Es, sin duda, la mejor secretaria que he tenido jamás.

—Gracias, Andrea.

—No se merecen, señor Grey. ¿Algo más?

—No, nada más. Márchate a casa.

—Ahora me iré, señor.

Escribo un breve e-mail a Samir para que revise el sueldo de Andrea y le recomiendo un generoso aumento.

Antes de volver a la habitación, reflexiono sobre la visita de Clark y pienso en lo que ha hecho y no ha dicho. Es evidente que mantiene un estrecho contacto con el FBI en relación con el sabotaje del *Charlie Tango*, pero ha mencionado que quiere registrar de nuevo el apartamento de Hyde. ¿Por qué? ¿Tiene alguna pista más? ¿O hay otra cosa que no nos está contando? Además, ¿dónde narices estaba Hyde mientras planeaba su intento de secuestro? Es evidente que se encontraba en Seattle; tengo las imágenes de las cámaras de seguridad que lo demuestran. Vale la pena seguir investigando.

Escribo a Welch y a Barney y les pregunto si han seguido la pista a la furgoneta blanca que Hyde utilizó antes de llegar al Escala.

A lo mejor descubren algo nuevo.

Martes, 13 de septiembre de 2011

Termino de hablar por teléfono con mi madre y me fijo en los ojos de la Ana en blanco y negro, que me observa desde la pared de mi despacho con esa sonrisa que desarma. Su mirada brillante rebosa inteligencia. Solo hace tres horas que no la veo, pero ya la añoro. Me pregunto qué estará haciendo ahora mismo. Seguramente estará en el trabajo y, si todo ha ido según lo planeado, Ray ya se habrá instalado en su habitación del Northwest Hospital, donde mi madre lo tendrá bien vigilado. Espero que esté cómodo, o todo lo cómodo que pueda estar. Pareció disfrutar del vuelo desde el OHSU a Boeing Field, pero no es un hombre al que le guste ser el centro de atención; más bien lo contrario, de hecho. Un poco como su hija.

Y aquí estoy yo, echándola de menos.

La última vez que la vi, iba al hospital en una ambulancia con su padre.

Miro el reloj.

Sí, seguro que ya estará trabajando.

Le escribo un e-mail rápido.

De: Christian Grey
Fecha: 13 de septiembre de 2011 13:58
Para: Anastasia Grey
Asunto: La echo de menos

Señora Grey:

Solo llevo en la oficina tres horas y ya la echo de menos.

Espero que Ray esté cómodo en su nueva habitación. Mamá va a ir a verle esta tarde para comprobar qué tal está.

Te recogeré a las seis; podemos ir a verle antes de volver a casa.

¿Qué te parece?

Tu amante esposo

Christian Grey
Presidente de Grey Enterprises Holdings, Inc.

Lo envío y luego abro el informe que tengo en el escritorio. Empiezo a leer, pero casi al instante oigo el tono que me avisa de que hay correos nuevos y me distraigo. ¿Ana?

No. Es de Barney.

De: Barney Sullivan
Fecha: 13 de septiembre de 2011 14:09
Para: Christian Grey
Asunto: Jack Hyde

Las cámaras de vigilancia de Seattle muestran que la furgoneta blanca de Hyde venía de South Irving Street. No la encuentro por ninguna parte antes de eso, así que Hyde debía de tener su centro de operaciones en esa zona.

Como Welch ya le ha dicho, el coche del Sudes fue alquilado con un permiso de conducir falso por una mujer desconocida, aunque no hay nada que lo vincule con la zona de South Irving Street.

En el adjunto le envío la lista de los empleados de Grey Enterprises Holdings, Inc. y de SIP que viven en la zona. También se lo he enviado a Welch.

No había nada en el ordenador de Hyde en SIP sobre sus antiguas ayudantes. Le incluyo una lista de lo que recuperamos del ordenador de Hyde, como recordatorio.

Direcciones de los domicilios de los Grey:
Cinco propiedades en Seattle
Dos propiedades en Detroit

Currículum detallado de:
Carrick Grey
Elliot Grey
Christian Grey
La doctora Grace Trevelyan
Anastasia Steele
Mia Grey

Artículos de periódicos y material online relacionados con:
La doctora Grace Trevelyan
Carrick Grey
Christian Grey
Elliot Grey

Fotografías de:
Carrick Grey
La doctora Grace Trevelyan
Christian Grey

Elliot Grey

Mia Grey

Seguiré investigando por si encuentro algo más.

B. Sullivan

Director del área informática de Grey Enterprises Holdings, Inc.

Miro el contenido de su correo y me pregunto cuándo empezaría Hyde a peinar internet en busca de información sobre mi familia. ¿Fue antes de que Ana entrara a trabajar con él? ¿O después de conocerme a mí? Estoy a punto de escribirle una respuesta a Barney cuando la contestación de Ana a mi e-mail de antes aparece en la bandeja de entrada.

De: Anastasia Grey
Fecha: 13 de septiembre de 2011 14:10
Para: Christian Grey
Asunto: La echo de menos

Muy bien.

x

Anastasia Grey
Editora de SIP

Vaya. Me quedo mirando a la enigmática diosa sonriente de la pared con un ápice de decepción. Pensaba que podríamos entretenernos con unos cuantos correos juguetones.

Se le suele dar muy bien.

Esta contestación no es propia de ella.

De: Christian Grey
Fecha: 13 de septiembre de 2011 14:14
Para: Anastasia Grey
Asunto: La echo de menos

¿Estás bien?

Christian Grey
Presidente de Grey Enterprises Holdings, Inc.

Mientras espero su respuesta, repaso el archivo de direcciones que Barney ha adjuntado en su correo electrónico. Me llaman la atención un par de nombres de empleados de Grey Enterprises Holdings y uno de SIP: el de mayor rango es Elizabeth Morgan, la directora de recursos humanos de la editorial. Su nombre quiere decirme algo, pero, sea lo que sea, se me escapa. Le pediré a Welch que la siga la próxima vez que hablemos, aunque se me hace difícil concebir que alguna de estas personas pueda estar relacionada con Hyde.

Aparco esos pensamientos y me pregunto qué le pasará a Ana. Siento la tentación de coger el teléfono y llamarla, pero cuando alargo la mano me llega otro e-mail suyo.

De: Anastasia Grey
Fecha: 13 de septiembre de 2011 14:17
Para: Christian Grey
Asunto: La echo de menos

Sí, estoy bien. Ocupada nada más.
Te veo a las seis.

x

Anastasia Grey
Editora de SIP

Claro que está ocupada. Ha faltado varios días al trabajo, y mi chica es aplicada como la que más.

Grey, no pierdas los papeles.

Regreso al correo de Barney y leo su lista una vez más. No saco nada en claro, pero tal vez él pueda responderme a una pregunta.

De: Christian Grey
Fecha: 13 de septiembre de 2011 14:23
Para: Barney Sullivan
Asunto: Jack Hyde

Barney:
Gracias por tu correo. ¿Podrías comprobar cuándo empezó a realizar Hyde esas búsquedas por internet?

Christian Grey
Presidente de Grey Enterprises Holdings, Inc.

Miro la hora. Tengo que ponerme al día con Ros.

Taylor y yo esperamos a Ana frente a SIP. Observo la puerta con inquietud, esperando verla salir por ella en cualquier momento, pero entonces me aparece una alerta de e-mail en el teléfono.

De: Barney Sullivan
Fecha: 13 de septiembre de 2011 17:35
Para: Christian Grey
Asunto: Jack Hyde

Las búsquedas de internet sobre los temas del correo de Hyde tuvieron lugar entre las 19.32 del lunes 13 de junio de 2011 y las 17.14 del miércoles 15 de junio de 2011.

B Sullivan
Director del área informática de Grey Enterprises Holdings, Inc.

Mmm… Qué interesante. Recuerdo que lo conocí el viernes anterior, en el bar donde había quedado con Ana. En esa ocasión se portó como un capullo bocazas. Me pregunto si buscaría algo en concreto sobre mi familia, y si lo encontró. Miro por la ventanilla, y Ana aparece al fin. Sale disparada hacia el coche protegiéndose de la lluvia y con Sawyer pisándole los talones. Sonrío al verla, pero cuando vuelve la cara hacia nosotros me da un vuelco el corazón.

Su rostro parece hecho de duro alabastro contra el gris de la lluvia.

¡Mierda!

Sawyer le abre la puerta y ella se sienta a mi lado.

—Hola. —La inflexión de mi voz es cautelosa. ¿Qué ocurre, Ana?

—Hola. —Su mirada apenas roza mi rostro un instante… y lo único que veo es la agitación que la invade.

—¿Qué pasa?

Sacude la cabeza mientras Taylor se incorpora al tráfico.

—Nada.

No me lo creo.

—¿El trabajo va bien?

—Sí, bien, gracias —contesta sucinta.

—Ana, ¿qué ocurre? —Mis palabras suenan más duras de lo que era mi intención, pero es porque van cargadas de angustia.

—Que te he echado de menos, eso es todo. Y he estado preocupada por Ray.

Ah, claro. Menos mal. Me animo al instante.

—Ray está bien —digo para tranquilizarla—. He hablado con mi madre esta tarde y está impresionada por su evolución. —Le cojo la mano, que está helada—. Vaya, qué fría tienes la mano. ¿Has comido?

Se sonroja.

—Ana… —¿Por qué hace esto?

—Comeré esta noche. No he tenido tiempo.

Le froto la mano para intentar que entre en calor.

—¿Quieres que añada a la lista de tareas del equipo de seguridad la de cerciorarse de que mi mujer coma?

Veo la mirada de Taylor por el espejo retrovisor.

—Lo siento. Ya comeré. Es que ha sido un día raro. Por el traslado de papá y todo eso…

Supongo que sí. Ana se vuelve hacia el otro lado para mirar por la ventanilla y me deja sin saber qué decir.

No está bien.

Aunque es cierto que ha sido un día extraño.

Créete lo que te dice, Grey.

Le informo sobre mi día para tantear el terreno.

—Puede que tenga que ir a Taiwan.

Con eso consigo su atención.

—Oh, ¿cuándo?

—A final de semana, o quizá la semana que viene.

—Vale.

—Quiero que vengas conmigo.

Aprieta los labios.

—Christian, por favor. Tengo un trabajo. No volvamos a resucitar otra vez esa discusión.

Suelto un suspiro, incapaz de ocultar mi decepción.

—Tenía que intentarlo.

—¿Cuánto tiempo estarás fuera? —Su voz es suave, pero parece distraída. Esta no es mi chica. Está demasiado callada e insegura.

—Un par de días a lo sumo. Me gustaría que me dijeras lo que te preocupa.

—Bueno, ahora mi amado esposo se aleja de mí… —dice en voz cada vez más baja mientras yo levanto su mano y la acerco a mis labios para besarle los nudillos.

—No estaré fuera mucho tiempo.

—Bien. —Me ofrece una sonrisa débil, pero sé que está preocupada.

Miro por la ventanilla y repaso los diversos temas que podrían tenerla inquieta. Solo uno me parece plausible: que su padre acaba de sufrir un grave accidente y tardará un tiempo en recuperarse.

Sí.

Es eso.

Grey, contrólate.

Raymond Steele se alegra de vernos.

—Nunca podré agradecerte lo bastante que organizaras todo esto. —Hace un gesto que abarca la amplia habitación y me mira con esos ojos oscuros que transmiten una sinceridad serena.

—No hay de qué, Ray. —Incómodo con su gratitud, cambio de tema—. Veo que tienes un buen montón de revistas deportivas.

—Me las ha traído Annie. He estado leyendo sobre los Mariners y la temporada que han tenido. —Ray suelta una diatriba sobre lo decepcionado que se siente este año con el equipo.

Debo decir que coincido con él; no ha sido una temporada estelar. Nuestra conversación deriva hacia la pesca. Lamenta haberse perdido el viaje a Astoria para pescar con caña, y yo menciono mi reciente expedición por Aspen.

—El Roaring Fork... Lo conozco —dice.

—Algún día tienes que ir allí. Quizá un fin de semana, cuando estés recuperado.

—Me gustaría mucho, Christian.

Ana está muy callada mientras hablamos.

Demasiado. Ha desconectado y está en otra parte.

Resulta frustrante. Ana, ¿qué ocurre?

Ray bosteza. Ana me mira, y comprendo que ya es hora de que nos vayamos.

—Papá, nos vamos para que puedas dormir.

—Gracias, Ana, cariño. Me alegro de que hayáis venido. Hoy también he visto a tu madre, Christian. Me ha tranquilizado mucho. Y también es una fan de los Mariners.

—Pero no le gusta demasiado la pesca.

—No conozco a muchas mujeres a las que les guste, ¿sabes? —Ray sonríe aunque parece agotado. Necesita descansar.

—Te veo mañana, ¿vale? —Ana le da un beso en la frente. En su voz se percibe un deje de tristeza.

Maldita sea. ¿Por qué está triste?

—Vamos. —Le tiendo la mano.

¿Está cansada? A lo mejor le iría bien acostarse pronto.

Ana no ha dicho nada durante todo el trayecto a casa en coche, y ahora no hace más que pasear la comida por el plato con el tenedor, taciturna y distraída. Mi ansiedad ha subido a DEFCON 1.

—¡Maldita sea, Ana! ¿Vas a decirme lo que te pasa? —Aparto mi plato vacío—. Por favor. Me está volviendo loco verte así.

Levanta la mirada con una expresión aprensiva.

—Estoy embarazada.

¿Qué? Me la quedo mirando mientras un escalofrío de incredulidad me recorre la espalda y, por algún motivo desconocido, de repente me veo en la puerta abierta de un avión que cae en picado, suspendido por encima del mundo sin paracaídas y a punto de saltar.

Al vacío.

A la nada.

—¿Qué? —No reconozco mi voz.

—Estoy embarazada.

Sí, eso me ha parecido oír.

Pero pensaba que tomábamos precauciones.

—¿Cómo?

Ana inclina la cabeza hacia un lado y levanta una ceja.

Joder. Una ira que jamás había sentido estalla en mi interior.

—¿Y la inyección? —pregunto casi en un gruñido—. ¿Te has olvidado de ponerte la inyección?

Se me queda mirando con los ojos vidriosos, como si pudiera leerme la mente, y no dice nada.

Yo no quiero tener hijos.

Aún no.

Ahora no.

El pánico me atenaza el pecho y me cierra la garganta mientras aviva mi furia.

—¡Dios, Ana! —Doy un puñetazo en la mesa y me levanto—. Solo tenías que recordar una cosa, ¡una cosa! ¡Mierda! No me lo puedo creer, joder. ¿Cómo puedes ser tan estúpida?

Cierra los ojos y luego se mira los dedos.

—Lo siento —susurra.

—¿Que lo sientes? ¡Joder! —Un niño… ¿Qué hago yo con un niño?

—Sé que no es el mejor momento…

—¡El mejor momento! —Mi exabrupto resuena por toda la habitación—. Nos conocemos desde hace algo así como cinco putos minutos. Quería enseñarte el mundo entero y ahora… ¡Joder! ¡Pañales, vómitos y mierda! —Cierro los ojos.

Dejarás de quererme.

—¿Se te olvidó? Dímelo. ¿O lo has hecho a propósito?

—No. —Su respuesta es un tenue susurro de negación.

—¡Pensaba que teníamos un acuerdo sobre eso! —Y me importa una mierda quién pueda oírme.

Ana se encoge y se cierra en sí misma.

—Lo sé. Lo teníamos. Lo siento.

—Es precisamente por esto. Por esto me gusta el control. Para que la mierda no se cruce en mi camino y lo joda todo.

—Christian, por favor, no me grites.

Joder.

Quedaré apartado.

Ana se echa a llorar.

No, no te atrevas, Ana.

—No empieces con lágrimas ahora. Joder. —Me paso una mano por el pelo e intento comprender cómo hemos llegado a esta cagada monumental—. ¿Crees que estoy preparado para ser padre? —Se me quiebra la voz en la última palabra.

Ella me mira con los ojos llenos de lágrimas.

—Ya sé que ninguno de los dos está preparado para esto —mascula—, pero creo que vas a ser un padre maravilloso. Ya nos las arreglaremos.

—¿Cómo coño lo sabes? —Mi voz resuena por la sala—. ¡Dime! ¿Cómo?

Ana abre la boca y vuelve a cerrarla mientras le caen lágrimas por las mejillas.

Y ahí está: se arrepiente.

Lleva el arrepentimiento escrito en mayúsculas por toda la cara. Se arrepiente de tener que cargar conmigo.

No puedo soportarlo.

La ira me va a asfixiar.

—¡Oh, a la mierda! —Estoy furioso con el mundo y me alejo levantando las manos en un gesto de derrota.

No puedo hacer esto.

Tengo que largarme de aquí.

Cojo la chaqueta, salgo del salón y cierro la puerta del vestíbulo de un portazo. Aprieto frenéticamente el botón del ascensor, y aunque está en nuestra planta las puertas tardan una eternidad en abrirse. Joder.

¿Un hijo?

¿Un puto hijo?

Entro en el ascensor, pero en mi cabeza estoy debajo de una mesa de cocina, en una casucha descuidada, sucia y cutre, esperando a que él me encuentre.

«Ahí estás, mierdecilla.»

Me cago en todo.

Joder, no.

En la planta baja, cruzo a la carga la puerta principal del Escala y salgo a la acera. Inspiro con fuerza el aire fresco del otoño, pero eso hace poco por calmar la ira y el miedo que brotan en igual medida de mi interior y recorren mis venas. Necesito escapar de aquí. Giro a la derecha siguiendo un impulso y echo a andar sin apenas darme cuenta de que ha dejado de llover.

Camino.

Y camino.

Estoy totalmente aturdido.

Me concentro en el sencillo acto de colocar un pie delante del otro.

Borro todos mis pensamientos. Salvo uno.

¿Cómo ha podido hacerme esto?

¿Cómo?

¿Cómo podré amar a un niño?

Si acabo de aprender a amarla a ella.

Cuando levanto la vista, estoy en la consulta de Flynn. Es imposible que lo encuentre aquí a estas horas. La puerta no se abre, está cerrada con llave. Lo llamo pero me salta el buzón de voz. No dejo ningún mensaje. No me fío de lo que pueda decir.

Meto las manos en los bolsillos de la chaqueta con rabia y, sin hacer caso de los oficinistas que ocupan la acera de vuelta a casa, echo a andar con pesadez.

Sin rumbo.

Cuando levanto la vista, Elena está cerrando el salón vestida de su negro habitual. Nos miramos fijamente; ella está a un lado del cristal, yo al otro. Gira la llave y me abre la puerta.

—Hola, Christian. Estás hecho un asco.

Me la quedo mirando sin saber qué decir.

—¿No vas a entrar?

Niego con la cabeza y doy un paso atrás.

Grey, ¿qué estás haciendo?

En algún lugar recóndito de mi subconsciente suena una alarma.

No hago caso.

Elena suspira y se da unos golpecitos con una uña rojo pasión en esos labios rojo pasión. Su anillo de plata atrapa el brillo de la luz crepuscular.

—¿Vamos a tomar una copa?

—Sí.

—¿Al Mile High?

—No. A algún sitio menos concurrido.

—Entiendo. —Intenta ocultar su sorpresa, pero no lo consigue—. Muy bien.

—Hay un bar a la vuelta de la esquina.

—Sé cuál dices. Es un lugar tranquilo. Deja que vaya a por mi bolso.

Mientras la espero en la acera, me siento aturdido.

Acabo de dejar tirada a mi mujer, que está embarazada.

Pero ahora mismo estoy demasiado cabreado con ella para que me importe.

Grey, ¿qué estás haciendo?

Acallo la inquietante voz de mi cabeza, y Elena sale del salón, cierra con llave y me indica con un leve gesto que vayamos a la derecha. Hundo las manos más aún en los bolsillos y juntos recorremos el resto de la manzana, doblamos la esquina y entramos en el bar.

Le han hecho una reforma considerable desde la última vez que estuve aquí: ya no es un antro, sino un bar de categoría con paneles de madera y lujosos asientos de terciopelo. Elena tenía razón; es tranquilo, solo se oye la voz suave y melancólica de Billie Holiday en el equipo de sonido.

Muy apropiado.

Nos sentamos en un reservado y Elena llama a la camarera con una señal.

—Buenas tardes, soy Sunny. ¿Qué puedo traerles?

—Yo quiero una copa de vuestro pinot noir Willamette —dice Elena.

—Una botella —pido yo sin mirar a la chica.

Elena levanta un poco las cejas, pero mantiene su familiar aire de frío distanciamiento. Tal vez por eso estoy aquí, porque justo eso es lo que busco: el frío distanciamiento personificado.

—Enseguida. —La joven nos deja solos.

—O sea que no todo va bien en el mundo de Christian Grey —señala Elena—. Sabía que volverías a verte. —Sus ojos se clavan en los míos y no sé qué decir—. Así, de repente, ¿no? —Elena llena el silencio entre ambos—. ¿Recibiste mi mensaje?

—¿El día de mi boda?

—Sí.

—Lo recibí. Y lo borré.

—Christian, noto tu hostilidad desde aquí. La irradias a oleadas. Pero no habrías venido a buscarme si yo fuera el enemigo.

Suelto un fuerte suspiro y me apoyo en el respaldo del reservado.

—¿Por qué has venido? —Su pregunta está justificada.

Joder.

—No lo sé —digo. Imposible parecer más triste.

—¿Te ha dejado?

—No vayas por ahí. —Le dirijo una mirada glacial.

No quiero hablar de Ana.

Elena frunce los labios cuando la camarera regresa. Los dos nos enderezamos en el asiento y la miramos mientras descorcha el vino y sirve un poco en mi copa para que lo pruebe.

—Seguro que está bien.

Hago un gesto en dirección a Elena y la camarera llena su copa y luego la mía.

—Que lo disfruten —dice con voz alegre, y nos deja la botella.

Elena alcanza su copa y la levanta.

—Por las viejas amistades. —Sonríe y bebe un sorbo.

Yo resoplo, y entonces siento que parte de la tensión abandona mis hombros.

—Por las viejas amistades. —Levanto la copa y doy varios tragos de vino sin saborearlo.

Elena arruga la frente y vuelve a fruncir los labios, pero no dice nada, aunque no me quita los ojos de encima.

Suspiro. Quiere que sea yo quien rompa el silencio. Voy a tener que decir algo.

—¿Cómo va el negocio?

—Bien. Fuiste muy generoso al regalármelo. Muchas gracias.

—Era lo mínimo que podía hacer.

Mira al interior de su copa y el silencio vuelve a separarnos.

Al final, Elena toma la palabra:

—Ya que estás aquí, creo que debería disculparme por cómo me porté en casa de tus padres.

Vaya, esto sí que es una sorpresa. No es propio de la señora Lincoln pedir perdón por nada. Su mantra siempre ha sido: «Nunca te disculpes, nunca des explicaciones».

—Dije muchas cosas que ahora lamento —añade en voz baja.

—Ambos las dijimos, Elena. Pero ya es agua pasada.

Le ofrezco más vino y ella lo rechaza. Todavía tiene la copa medio llena, mientras que la mía ya está vacía. Vuelvo a servirme.

Suspira.

—Mi círculo social ha disminuido considerablemente. Echo de menos a tu madre. Me duele que no quiera verme.

—Quizá no sea buena idea que te pongas en contacto con ella.

—Lo sé. Y lo entiendo. Nunca fue mi intención que nos oyera. Grace siempre ha sido una mujer feroz cuando se trata de proteger a su prole. —Por un instante parece nostálgica—. Pero compartimos muchos buenos momentos. Tu madre sabe cómo organizar una fiesta.

—Prefiero no saber nada de eso.

Elena ríe.

—Siempre la has tenido en un pedestal.

—No he venido para hablar de mi madre.

—¿Has venido para hablar de algo, Christian? —Ladea la cabeza y desliza una uña rojo pasión por el borde de su copa mientras sus ojos azul hielo se clavan en los míos.

Sacudo la cabeza y doy otro largo trago de vino.

—¿Te ha dejado?

—¡No! —exclamo. En todo caso, he sido yo quien la ha dejado plantada a ella.

¿Qué clase de hombre deja así a su mujer embarazada?

Mierda. Tal vez mi padre tenía razón.

Sus palabras regresan para atormentarme. «Lo digo por ti: para que estés a la altura de tus responsabilidades, para que seas un ser humano honesto y digno de confianza. ¡Para que seas un buen marido!»

Tal vez no sea un buen marido.

Reprimo ese recuerdo mientras Elena sigue mirándome, y sé que intenta adivinar qué me pasa.

—¿Lo echas de menos? ¿Tu antiguo estilo de vida? ¿Es eso? ¿Tu mujercita no te está dando lo que tú quieres?

Que te jodan, Elena.

No tengo por qué aguantar estas chorradas.

Me desplazo en el asiento del reservado para levantarme.

—Christian. No te vayas. Lo siento. —Alarga una mano hacia la mía, pero enseguida cambia de opinión y acaba cerrando el puño sobre la mesa—. Por favor, no te vayas —me ruega.

Dos disculpas de la señora Lincoln en tan poco tiempo...

Vuelvo a sentarme muy erguido. Más cauteloso.

—Lo siento —dice una vez más, para que quede claro. Luego prueba con una táctica diferente—. ¿Cómo está Anastasia?

—Ella está bien —contesto al cabo de unos segundos, y espero no haber desvelado nada con mi respuesta.

Elena entorna los ojos; no me cree.

Así que suelto un suspiro y confieso:

—Quiere tener hijos.

—Ah... —dice Elena, como si hubiera resuelto el enigma de la Esfinge—. No debería sorprenderme. Aunque sí diré que es un poco joven para empezar a darte vástagos.

—¿Vástagos? —repito con rabia, porque ha pronunciado esa última palabra cargada de mala intención.

Elena nunca ha querido hijos. Sospecho que no tiene un ápice de instinto maternal.

—Un pequeño Grey —reflexiona—. Eso sí que acabará con tus predilecciones. —Parece que le divierte—. O tal vez se hayan terminado ya.

La fulmino con la mirada.

—Elena. Cierra la boca. No he venido a hablar contigo de mi vida sexual. —Apuro la copa y nos sirvo más vino a ambos para terminar la botella.

El pinot noir está empezando a obrar su magia. Ya noto cierta confusión de los sentidos. No es una sensación que suela gustarme, pero ahora mismo agradezco el olvido que me llama desde el fondo de mi copa. Le hago una señal a la camarera para que nos traiga otra botella.

—¿Ha hecho algo en concreto que te haya molestado? Hacía años que no te veía beber así.

Parece que Elena no aprueba mi comportamiento.

Pero me importa una mierda.

—¿Cómo está Isaac? —pregunto para dirigir la conversación hacia su amante y apartarla de mi mujer. Mi matrimonio no es asunto suyo.

Ella esboza una sonrisa y cruza los brazos.

—Vale, ya lo pillo. Es verdad que no quieres hablar. —Se interrumpe. Sé que está esperando que desembuche, pero mis secretos son solo asunto mío, no de ella—. Isaac está bien —continúa por fin—. Gracias por preguntar. De hecho, ahora mismo estamos muy bien juntos. —Y se lanza a explicarme su última aventura sexual, aunque no sé con qué finalidad.

La escucho a medias y dejo que el vino me lleve lejos.

—Entonces, ¿son los negocios? ¿Es ese tu problema? —pregunta al ver que no reacciono.

—No, los negocios van muy bien. He comprado un astillero.

Asiente, creo que impresionada, y yo vuelvo a llenar las copas con la botella nueva y le ofrezco un resumen de lo que he estado haciendo en el trabajo: la tableta de energía solar, la adquisición del negocio de fibra óptica, Geolumara y, por supuesto, el astillero.

—Has estado ocupado.

—Siempre.

—Veo que tienes muchas ganas de hablar del trabajo, pero no de tu mujer.

—¿Y qué? —¿Tienes algún problema con eso?

—Sabía que volverías —susurra.

¿Qué?

—¿Por qué estás bebiendo tanto?

—Porque tengo sed. —Y porque quiero olvidarme de cómo me he comportado hace dos horas.

Elena me mira con los ojos medio cerrados.

—¿Sed? —musita—. ¿Cuánta sed tienes?

Se inclina hacia mí y me coge una mano, pero yo me tenso en cuanto desliza los dedos bajo mi muñeca y los mete por el puño de la chaqueta y la camisa. Sus uñas se clavan en mi piel en el punto donde me late el pulso.

—¿Tal vez yo pueda hacerte sentir mejor? Seguro que lo echas de menos.

Su aliento es rancio, no huele dulce como el de Ana. Cuando cierra la mano alrededor de mi muñeca, la oscuridad aparece de la nada y empieza a volar en círculos alrededor de mi pecho y a bajar en espiral por mi garganta. Es una sensación que hacía mucho que no me invadía, pero ahora ha regresado amplificada y resuena por todo mi cuerpo pidiendo a gritos una válvula de escape.

—¿Qué estás haciendo? —Me cuesta pronunciar las palabras.

La oscuridad me oprime cada vez con más fuerza.

No me toques.

Así era como me sentía.

Siempre.

Luchando contra mi miedo mientras ella me ponía las manos encima.

—No me toques. —Retiro la mano y la aparto de la suya.

Elena palidece y frunce el ceño sin dejar de mirarme.

—¿No es esto lo que quieres?

—¡No!

—¿No has venido para esto?

—No, Elena. No. Hace años que no pienso en ti de esa forma. —Sacudo la cabeza, preguntándome cómo ha podido malinterpretar tantísimo mis intenciones, pero mis ideas no son tan claras como deberían—. Amo a mi mujer —susurro.

Ana…

Elena me observa con atención. Sus mejillas, antes pálidas, están sonrojadas a causa del vino, de la vergüenza o de ambas cosas. Arruga la frente y mira la mesa.

—Lo siento —masculla.

Disculpa número tres.

Esto ya es más de lo que podría desear.

—No sé… qué me ha dado. —Ríe, pero su risa es exagerada, forzada—. Tengo que irme. —Coge el bolso—. Christian, os deseo lo mejor a tu mujer y a ti. —Se detiene y me mira fijamente a los ojos—. Pero te echo de menos. Más de lo que crees.

—Adiós, Elena.

—Por la forma en que lo dices, parece un adiós definitivo.

No respondo.

Ella asiente con la cabeza.

—Sería difícil. Lo entiendo. Me alegro de que hayas venido a verme. Creo que hemos aclarado las cosas.

¿Ah, sí? ¿Aclarado las cosas sobre qué? ¿Nosotros? No hay ningún nosotros.

—Adiós, señora Lincoln. —Sé que es la última vez que le diré esas palabras.

Ella vuelve a asentir.

—Buena suerte, Christian Grey. —Se levanta del reservado—. Me ha alegrado verte. Espero que lo que sea que te inquieta se solucione. Estoy segura de que así será. Si es por lo de ser padre, lo harás de maravilla. —Se aparta el pelo liso por encima del hombro y sale del bar sin mirar atrás ni una sola vez.

Me ha dejado con la botella de vino medio vacía y una desagradable sensación de culpa.

Quiero volver a casa.

Con Ana.

Mierda.

Apoyo la cabeza en las manos. Ana estará cabreadísima cuando llegue a casa.

Cojo la botella y mi copa y me acerco a la barra para pagar la cuenta. Hay un taburete libre, así que me siento y vuelvo a servirme.

El que guarda siempre tiene.

Acuno la copa en mi mano. Despacio.

Mierda. No soporto que Ana se enfade conmigo. Si vuelvo a casa ahora, podría decirle algo que luego lamentaría. Además, he bebido demasiado, y no creo que Anastasia me haya visto borracho nunca. Yo sí la he visto borracha a ella, por supuesto, aquella primera noche que nos acostamos en el Heathman, y la noche de su despedida de soltera…

Sus palabras flotan en mi cerebro ebrio y lento.

«¿Vas a castigarme?»

«¿Castigarte?»

«Por emborracharme tanto. Un polvo de castigo. Puedes hacerme todo lo que quieras.»

Basta, Grey.

Me pregunto cuándo se quedaría embarazada.

¿En la luna de miel? ¿En nuestra cama? ¿En el cuarto rojo?

Joder…

Junior.

Necesitaremos una puta furgoneta.

¿Tendrá los ojos azules de Ana? ¿Mi carácter? Mierda. Ya he vaciado la copa.

Vuelvo a llenarla y me termino la botella.

Se va a armar una buena si Ana llega a enterarse de que me he tomado algo con Elena. La odia.

«Christian… si se hubiera tratado de tu hijo, ¿qué sentirías?»

Oh, Ana, Ana, Ana.

No quiero pensar en eso.

Ahora no. Me duele demasiado, aún está a flor de piel.

Necesito olvidar.

Quiero olvidar quién soy y cómo me he comportado.

Igual que solía hacer… antes de… todo.

Antes de la señora Robinson.

El barman mira hacia mí.

—Bourbon, por favor.

Miércoles, 14 de septiembre de 2011

Ya hemos llegado. —El conductor se vuelve hacia a mí y me dedica una amplia sonrisa mostrándome los dientes.

—¿Qué...?

Estoy en un coche... Un taxi. Tengo la cara pegada al frío cristal. La cabeza me da vueltas. Mierda. Cierro un ojo y entreveo el edificio en cuya entrada hemos aparcado. El farol de bronce es una señal luminosa en la oscuridad.

—¿El Escala? —pregunta el taxista.

—Ah. Sí.

Me meto la mano en el bolsillo para buscar la cartera a tientas y toqueteo los billetes. Le paso uno al taxista y espero que sea suficiente.

—¡Uau! ¡Gracias!

Abro la puerta del taxi y me caigo sobre la acera.

—Joder.

—¿Se encuentra bien? —me pregunta el taxista.

—Sí.

Me quedo ahí tirado un segundo, mirando hacia el cielo nocturno, esperando a que el mundo deje de girar. Está despejado y un par de estrellas brillan y me dedican un guiño. Qué tranquilidad.

Estoy tumbado en la acera.

Levántate, Grey.

Veo a un hombre de pie junto a mí, eclipsando la luz del farol, y por un momento me da un vuelco el corazón.

—Vamos. —Me tiende una mano.

Oh, está aquí para ayudarme... ¿Es el taxista? Puede ser. Tira de mí y me levanta.

—Se ha tomado alguna de más, ¿eh?

—Sí. Más de una. Creo.

Hago un intento patético de sacudirme la ropa y el taxista vuelve a su coche. Me doy la vuelta, avanzo tambaleante y aprovecho el impulso hacia delante para entrar en el edificio y dirigirme hacia el ascensor. Estaré bien si puedo llegar a la cama. Las puertas del ascensor se abren y me meto dando un traspié. Tecleo el código... el ascensor no se mueve.

Vuelvo a intentarlo.

Nada.

Mierda.

Una vez más.

Cierro un ojo y aporreo los botones. ¡Funciona! Las puertas se deslizan para cerrarse y el ascensor hace un ruidito, lo que indica que por fin se mueve… Un momento, no, todo se mueve. Me apoyo contra la pared y cierro los ojos para que las cosas dejen de girar. Oigo un «ping». ¡He llegado! Abro los ojos y entro como puedo en el vestíbulo.

Joder. Me golpeo contra algo.

¿Quién cojones ha movido la mesa del vestíbulo?

—¡Mierda!

Apoyo las manos sobre la mesa para recuperar el equilibrio, pero vuelve a moverse, joder, y el ruido de las patas chirriando sobre el suelo acaba con la última gota de paciencia que me quedaba.

—¡Mierda! —Llego a las puertas dobles.

—Christian, ¿estás bien?

Levanto la vista, y ahí está ella, vestida como una diosa de la gran pantalla. Ana. Mi Afrodita particular. Mi mujer. Mi corazón rebosa de amor y de luz. Es tan hermosa…

—Señora Grey. —Me sujeto al quicio de la puerta—. Oh… qué guapa estás, Anastaasssia.

De pronto ella está más cerca y tengo que entrecerrar los ojos para verla enfocada.

—¿Dónde has estado? —Parece preocupada.

Oh, no. No debo decírselo. Se pondrá hecha una furia. Me llevo los dedos a los labios.

—¡Chis!

—Será mejor que vengas a la cama.

A la cama. Con Ana. No hay otro lugar donde me apetezca más estar.

—Contigo… —Le dedico mi sonrisa más seductora, pero ella me mira con el ceño fruncido.

—Deja que te lleve a la cama. Apóyate en mí. —Me rodea con un brazo por la cintura y me sujeta contra su cuerpo, así puedo olerle el pelo.

Néctar.

—Eres preciosa, Ana.

—Christian, camina. Voy a llevarte a la cama.

¡Es tan mandona! Pero quiero hacerla feliz.

—Está bien. —Nos movemos. Juntos. Por el pasillo. Un pasito tras otro. Y entonces llegamos a nuestro dormitorio—. La cama… —Me alegro de verla.

—Sí, la cama —dice Ana.

Veo su cara borrosa. Pero sigue siendo una delicia. Se la sujeto entre las manos.

—Ven conmigo a la cama.

—Christian, creo que necesitas dormir.

Oh, no.

—Y así empieza todo. Ya he oído hablar de esto.

—¿Hablar de qué?

—Los bebés significan que se acabó el sexo.

—Estoy segura de que eso no es verdad. Si no, todos seríamos hijos únicos. La señora Grey tiene una respuesta para todo, con su boca de listilla.

—Qué graciosa.

—Y tú qué borracho.

—Sí. —Mucho.

Para olvidar.

«Ahí estás, mierdecilla.»

—Vamos, Christian —me dice Ana. La amable y compasiva Ana—. A la cama.

De pronto, me encuentro en la cama.

Y es muy cómoda.

Debería quedarme aquí.

Ana está de pie junto a mí, vestida con alguna prenda de seda o satén, es una Eva tentadora. Tiendo los brazos para abrazarla.

—Ven conmigo.

—Vamos a desnudarte primero.

Mmm... desnudo. Con Ana.

—Ahora estamos hablando el mismo idioma.

—Siéntate. Deja que te quite la chaqueta.

—La habitación gira...

—Christian, ¡siéntate!

La miro y sonrío.

—Señora Grey, es usted una mandona...

—Sí. Haz lo que te he dicho y siéntate. —Se pone las manos en las caderas. Intenta parecer severa... creo. Pero solo está encantadora.

Mi mujer.

Mi amada mujer.

Lentamente me peleo con la cama para sentarme.

Y gano.

Ella me coge por la corbata.

Y creo que intenta desnudarme. Está cerca. Muy cerca e inhalo su perfume único.

—Qué bien hueles.

—Tú hueles a licor fuerte.

—Sí... bour-bon. —Oh, mierda, la habitación vuelve a girar. Para mantenerme bien sujeto a la cama, pongo las manos sobre Ana y la habitación ya no gira tan deprisa. Su camisón resulta cálido y terso al tacto, lo que aumenta el calor que irradia su cuerpo—. Me gusta la sensación de la tela sobre tu cuerpo, Anastaasssia. Siempre deberías llevar satén o seda.

Claro. Ahora ya no está solo ella. La atraigo más hacia mí. Quiero hablar con Junior. Tenemos que establecer algunas reglas básicas.

—Y ahora tenemos un intruso aquí. Tú me vas a mantener despierto por las noches, ¿verdad?

Ana me acaricia el pelo. Yo levanto la vista para mirarla. Mi Madona. Madre de mi hijo. Y en ese momento le confieso mi miedo más terrible.

—Le preferirás a él antes que a mí.

—Christian, no sabes lo que dices. No seas ridículo. No estoy eligiendo a nadie. Y puede que sea «ella».

—Ella... Oh, Dios.

¿Una niña?

¿Una bebé?

No. La habitación no deja de girar y caigo de espaldas sobre la cama...

Mia de bebé, con su mechón de pelo negro y sus curiosos ojos negros. Ana la tiene en brazos. Siento una ligera brisa en la cara. Resulta refrescante bajo el sol. Estamos en el huerto. El rostro de Ana rezuma ternura mientras mira sonriente a Mia de bebé, a continuación me mira a mí. Se aleja caminando y no se vuelve a mirar, mientras yo me quedo quieto, observándola. Ana no me mira. Sigue adelante y desaparece por el garaje del Heathman. No se vuelve a mirar. Me duelen los nervios, todos los huesos, hasta el tuétano. No. Quiero llamarla a gritos. Pero no puedo hablar. No me salen las palabras. Estoy ovillado en el suelo. Atado. Amordazado. Dolorido. Por todas partes. El repiqueteo de los tacones rojos retumba sobre las baldosas.

—*Conque te has vuelto a emborrachar.*

Elena lleva puesto un arnés y agita una alargada y delgada vara. No. No. Esto será difícil de soportar.

—*Lo siento.*

—*No he dicho que pudieras hablar. —Habla en un tono cortante. Formal.*

Me preparo para lo que viene. Hago acopio de fuerzas. Me recorre la columna con la vara, y de pronto noto que ya no está sobre mi piel, lo que me ofrece un breve alivio antes de azotarme en la espalda. Inspiro con fuerza mientras me preparo para recibir la laceración sobre la piel. Elena apoya la punta de la vara en mi cabeza. El dolor me penetra por el cráneo. La puerta se abre de golpe y la enorme figura del hombre ocupa todo el marco. Elena chilla. Y chilla. El ruido me parte la cabeza en dos. Él está aquí. Y me pega, un gancho de izquierda directo a la mandíbula, y la cabeza me explota de dolor. Mierda.

Abro los ojos de golpe, y la luz me penetra hasta el cerebro como un escalpelo. Los cierro de inmediato. Joder. Mi cabeza... mi cabeza pulsante y dolorida.

¿Qué narices?

Estoy tumbado sobre la cama, helado y tieso.

¿Vestido?

¿Por qué? Vuelvo a abrir los ojos, poco a poco esta vez, y permito que la luz del día vaya entrando. Estoy en casa.

¿Qué ocurrió? Me esfuerzo por recordar, pero algo, alguna fechoría, me irrita la conciencia.

¿Grey, qué has hecho?

Lentamente mi memoria descorre las cortinas de lo sucedido anoche y desvela algunas de mis transgresiones.

Bebiendo.

Como un cosaco.

Me incorporo, demasiado deprisa; la cabeza me da vueltas y me sube un hilillo de bilis por la garganta. Trago saliva para que no salga mientras me froto las sienes, intentando recomponer lo que me queda de cerebro para recordar qué ocurrió. Imágenes vagas de anoche se me aparecen borrosas y deformadas en la mente. ¿Vino tinto y bourbon?

¿En qué estaba pensando?

El bebé. Joder.

Levanto la cabeza para mirar a Ana, pero no está aquí, y resulta evidente que no durmió aquí anoche.

¿Dónde está?

Compruebo mi estado. No estoy herido, pero todavía llevo puesta la misma ropa de ayer y apesto.

Mierda. ¿Hice que Ana se fuera?

¿Qué hora es? Miro el reloj y veo que son las 7.05. Tembloroso, me pongo de pie y veo que voy descalzo. No recuerdo haberme quitado los calcetines.

Me rasco la frente.

¿Dónde está mi mujer? El disgusto me recorre las tripas, acompañado por un tremendo sentimiento de culpa.

Maldita sea, ¿qué hice?

Mi móvil está en la mesita de noche; lo cojo y voy tambaleándome hacia el baño. Ana no está allí. Ni tampoco en la habitación libre.

La señora Jones está en la cocina. Me echa una mirada rápida y luego retoma su trabajo. Ana no está por ningún lado.

—Buenos días, Gail. ¿Y Ana?

—No la he visto, señor —me habla en tono gélido.

La señora Jones está cabreada.

¿Conmigo?

¿Por qué?

La ignoro y voy a mirar en la biblioteca. Nada.

Mi malestar aumenta.

Evitando de forma estudiada la mirada gélida de Gail, regreso por el salón para ir a mirar en mi estudio y en la sala de la tele. Ana no está tampoco en ninguno de esos lugares.

Joder.

En lugar de regodearme en lo mal que me siento, regreso corriendo por el salón y subo a toda prisa la escalera para ir a revisar las dos habitaciones de invitados. Ni rastro de Ana.

Se ha marchado. Se ha marchado, joder. Bajo como el rayo e ignoro las punzadas que siento en la sien y entro corriendo en el despacho de Taylor. Él levanta la vista, sorprendido, creo.

—¿Y Ana?

Su expresión es impasible.

—No la he visto, señor.

Mierda. Contrólate, Grey.

—¿Ha salido? —le pregunto en el tono más comedido del que soy capaz.

—No hay nada apuntado en el registro, señor.

—No la encuentro. —Estoy desorientado.

Taylor fija la mirada en los monitores de las cámaras de seguridad.

—Todos los coches están ahí. Y nadie puede entrar.

Me pongo pálido al asimilar lo que quiere decir. ¿La han secuestrado?

Taylor se fija en mi expresión.

—Nadie puede entrar, señor —repite con énfasis.

—¡Leila Williams y Jack Hyde sí que entraron! —espeto.

—La señorita Williams tenía una copia de la llave y Ryan dejó entrar a Hyde —refuta Taylor—. Iré a revisar el apartamento, señor Grey.

Asiento con la cabeza y le sigo por el pasillo.

Ella no se marcharía. ¿Verdad? Repaso las imágenes de mi cerebro confundido y dolorido y recuerdo la visión de Ana —de anoche, creo— vestida con un satén muy terso, perfumada y hermosa, sonriéndome. Taylor sale disparado hacia nuestra habitación, sin duda para echar un vistazo en su interior, pero yo lo detengo. Puede que me haya olvidado algo.

¡Mi móvil!

Podría llamarla.

Un momento. Tengo un mensaje de Ana, escrito con letras mayúsculas muy chillonas.

ANA

¿QUIERES QUE LA SEÑORA LINCOLN SE UNA A
NOSOTROS CUANDO HABLEMOS DE ESTE MENSAJE
QUE TE HA MANDADO? ASÍ NO TENDRÁS QUE SALIR
CORRIENDO A BUSCARLA DESPUÉS. TU MUJER

REENVIADO: ELENA

Me ha encantado verte. Ahora lo entiendo. No te preocupes.
Serás un padre fantástico.

Oh, mierda.

Ana ha estado leyendo mis mensajes del móvil.

¿Cuándo?

¿Cómo se atreve?

La ira me corroe. La llamo y oigo el tono de llamada del móvil de Ana sonar y sonar. Y seguir sonando. Al final salta el buzón de voz.

—¿Dónde cojones estás? —le grito a la BlackBerry, furioso porque haya leído mis mensajes, furioso porque sepa lo de Elena, furioso con Elena, pero, sobre todo, furioso conmigo mismo y con el terror que me atenaza y amenaza con asfixiarme.

Ana ha desaparecido.

Ana, ¿dónde cojones estás? A lo mejor me ha dejado.

¿Dónde habrá ido? Con Kate. Claro. Llamo a Kavanagh.

—Hola. —Kate responde después de varios tonos de llamada, con la voz pastosa por el sueño.

—Soy Christian.

—¿Christian? ¿Qué ocurre? ¿Ana está bien?

Kate se muestra totalmente espabilada y adopta su fastidioso tono habitual, lo que no necesito ahora mismo.

—¿No está contigo? —le pregunto.

—No. ¿Tendría que estar conmigo?

—No. No te preocupes. Vuelve a dormir.

—Chris... —Y le cuelgo.

La cabeza me va a explotar y mi mujer está desaparecida. Esto es un infierno. Estoy en el infierno. Vuelvo a llamar al teléfono de Ana y vuelve a saltar el buzón de voz. Entro disparado en la cocina donde Gail está preparando café.

—¿Me puede dar un ibuprofeno, por favor? —Soy tan amable como puede serlo un hombre cuya mujer ha desaparecido.

Ella reprime una sonrisa.

¿Sonríe porque estoy sufriendo?

La miro con el ceño fruncido y ella coloca un frasco de ibuprofeno sobre la encimera, se vuelve para llenar un vaso de agua y me deja peleándome con una tapa de seguridad a prueba para niños. Al final consigo sacar dos pastillas del recipiente de plástico mientras la señora Jones, con cara de pocos amigos, deja el vaso de agua delante de mí.

Mirándola, me meto las dos pastillas en la boca, pero ella se vuelve hacia los fogones y me da la espalda. Tomo un trago de agua.

Mierda. El agua está caliente y sabe a rayos.

La fulmino con la mirada; lo ha hecho a propósito. Dejo el vaso sobre la encimera dando un golpe, me vuelvo y subo de nuevo con paso firme y ruidoso por la escalera para ir a buscar a Ana, con la esperanza de que las pastillas amainen la tormenta que ha estallado en mi cabeza.

Taylor está saliendo de la que era la habitación de las sumisas. Parece incómodo. Intento abrir la puerta del cuarto de juegos. Está cerrada con llave, pero, desesperado, tiro de ella de todas formas para asegurarme, y grito el nombre de Ana por el pasillo. Enseguida me arrepiento de haber levantado la voz porque el dolor me lacera la cabeza.

—¿Ha habido suerte? —le pregunto a Taylor.

—No, señor. He mirado en el gimnasio y he despertado a Sawyer y a Ryan. Están registrando las dependencias del personal.

—Bien. Necesitamos un plan.

—Nos reuniremos abajo.

De regreso en la cocina, nos reunimos con Sawyer y Ryan; Ryan tiene pinta de haber dormido menos que yo.

—La señora Grey ha desaparecido —les digo con voz grave—. Sawyer, ve a mirar las grabaciones de las cámaras de seguridad e intenta hacer un seguimiento de sus movimientos. Ryan, Taylor, vamos a registrar el apartamento otra vez.

Todos ellos de pronto parecen impactados, con los ojos abiertos como platos y boquiabiertos.

¿Qué?

Percibo un movimiento con el rabillo del ojo.

Es Ana.

Gracias a Dios que está aquí. Durante un momento el alivio que siento me sobrecoge, pero cuando Ana se queda plantada mirándonos con detenimiento, veo que está fría y distante, con los ojos muy abiertos, pero con unas reveladoras ojeras. Va cubierta con una colcha; se la ve menuda, pálida y tremendamente hermosa.

Y hecha una furia.

Mientras asimilo su imagen, una corazonada me provoca un escalofrío por toda la espalda y me pone los vellos de punta. Ana sube los hombros, levanta la barbilla con esa expresión de tozudez tan suya e, ignorándome por completo, se dirige a Luke.

—Sawyer, estaré lista para marcharme dentro de veinte minutos. —Se tapa más con la colcha y mantiene la barbilla en alto.

Oh, Ana. Me alegro tanto de ver que sigues aquí... No me ha dejado.

—¿Quiere desayunar algo, señora Grey? —le pregunta Gail en un tono tan dulce y solícito que me vuelvo para mirarla, sorprendido.

Ella me mira, más gélida que nunca.

Ana niega con la cabeza.

—No tengo hambre, gracias. —Su voz suena tersa y clara, pero su expresión es implacable.

¿No come para castigarme? ¿Lo hace por eso? Aunque ahora no es momento de discutirlo.

—¿Dónde estabas? —le pregunto, desconcertado.

Por detrás de mí oigo el movimiento de los miembros del personal esfumándose. Los ignoro, al igual que hace Ana. Ella se vuelve y se dirige hacia nuestro dormitorio.

—¡Ana, respóndeme!

¡No me ignores, joder!

La sigo muy de cerca por el pasillo, hasta nuestro dormitorio, hasta que ella se mete en nuestro baño, cierra la puerta y echa el pestillo.

¡Mierda!

—¡Ana! —Aporreo la puerta e intento abrir con el pomo—. Ana, abre la maldita puerta.

¿Por qué está haciendo esto? ¿Porque salí anoche? ¿Porque vi a Elena?

—¡Vete! —grita para que la oiga a pesar del agua de la ducha.

—No me voy a ninguna parte.

—Como quieras.

—Ana, por favor.

Vuelvo a tirar del pomo de la puerta en un intento de expresar mi enfado, pero no siento nada más que ira e impotencia. ¿Cómo se atreve a echar el pestillo? Me hace falta controlarme con todas mis fuerzas para no derribar la puerta, aunque, teniendo en cuenta su actitud y mi dolor de cabeza, seguramente no sería una decisión muy inteligente.

¿Por qué está tan enfadada?

¿Está enfadada?

¿Después de la bomba de diez dedos en las manos y otros diez en los pies que dejó caer sobre mí?

¿O es porque me emborraché?

En el fondo sé que tengo un problema.

Elena. ¿Por qué no se reservará sus pensamientos para sí misma la señora Lincoln?

Supe que fue un error verla.

Lo supe en el bar.

La has cagado, Grey.

Bueno, como le gusta decir siempre a mi madre, dos no discuten si uno no quiere. Las mujeres se enfadan con sus maridos todo el tiempo. ¿No es así? Esto es normal, seguro. Me quedo mirando la puerta cerrada con pestillo con el ceño fruncido.

¿Qué puedo hacer?

«Encuentra tu lugar feliz.» Las palabras de Flynn me asaltan en el momento en que me apoyo contra la pared.

Bueno, pues mi lugar feliz no es estar aquí plantado.

Mi lugar feliz está en la ducha.

Pero no tengo otra opción.

Me retumba la cabeza. Al menos el sonido del agua corriente de la ducha resulta menos doloroso que mis gritos. Por lo demás, está todo en silencio. Me planteo ir a darme una ducha a la habitación libre. Pero Ana podría asomarse para ver si estoy aquí. Con un suspiro, me paso la mano por el pelo, resignado a esperar a la señora Grey.

Otra vez.

Como hago siempre.

De pronto pienso en la noche de ayer. En Elena. ¿Sobre qué hablamos? Cuando intento recordarlo, me vuelve la sensación de malestar. ¿De qué charlamos? De mi empresa. Sí. De la suya. De Isaac. Del hecho de que Ana quería tener hijos. En realidad no le conté a Elena que Ana está embarazada. ¿Lo hice? No. Gracias a Dios. «Vástagos.» Resoplo. Esa fue la expresión que utilizó Elena. Y se disculpó. Bueno, siempre hay una primera vez para todo. ¿Sobre qué más hablamos? Hay algo que pende justo al borde de mi conciencia. Maldita sea. ¿Por qué me emborraché tanto? Odio no tener el control. Odio a los borrachos.

Aflora un recuerdo más oscuro; no de anoche, sino uno que intento enterrar. Ese hombre. El maldito chulo de la puta adicta al crack, emborrachándose con licor barato y con lo que se pudiera meter en el organismo y lo que pudiera meter en el de la puta adicta al crack.

Joder.

Este no es mi lugar feliz. Un sudor frío me recorre la piel y recuerdo el hedor que emanaba su cuerpo sucio, y el del cigarrillo Camel que colgaba entre sus labios. Inspiro larga y profundamente para controlar el pánico creciente.

Eso es parte del pasado, Grey.

Tranquilízate.

La puerta hace un clic, abro los ojos y veo a la señora Anastasia Grey, envuelta con dos toallas, saliendo del baño. Pasa por delante de mí con paso decidido y desaparece al entrar en el vestidor. Yo la sigo y me planto en el umbral, mirándola mientras ella escoge su atuendo para el día con más despreocupación que nunca.

—¿Me estás ignorando? —La incredulidad se hace patente en mi voz.

—Qué perspicaz —murmura como si yo fuera una especie de idea que ha tenido de pasada.

Me quedo mirándola. Impotente. ¿Qué hago ahora?

Ana tiene la ropa en la mano y se acerca caminando tranquilamente hacia mí y luego se detiene para mirarme por fin a los ojos, con esa expresión que quiere decir «apártate de mi camino, gilipollas» en el rostro. Estoy con la mierda hasta el cuello. Nunca la había visto tan enfadada, salvo esa vez que me tiró el cepillo del pelo cuando estábamos en el *Fair Lady*. Me aparto de su camino cuando lo que de verdad quiero es agarrarla, pegarla a la pared y darle un beso; un beso que la deje aturdida. Y luego penetrarla. Pero la sigo como un maldito perro faldero hasta el dormitorio y me quedo en el umbral mientras ella rebusca en los cajones de su cómoda. ¿Cómo puede estar tan tranquila?

¡Mírame!, le suplico mentalmente.

La toalla que envuelve su cuerpo cae al suelo. Se me pone la polla dura al verlo, lo cual me enfada más todavía. Dios, qué preciosa es; su piel inmaculada, la tersura del contorno de sus caderas, su culo respingón, y sus largas, larguísimas piernas que quiero rodeándome el cuello. Su cuerpo no revela todavía señales del invasor. Dios, no tengo ni idea de cuánto tiempo está.

Mierda. Dejo de pensar en Junior.

¿Cuánto me costará llevarla a la cama?

Grey, no, contrólate.

Ella sigue ignorándome.

—¿Por qué haces esto? —Intento ocultar la desesperación que transmite mi voz.

—¿Tú por qué crees? —Saca una pieza de lencería de uno de los cajones.

—Ana... —Se me corta la respiración cuando se agacha para ponerse las bragas, contoneando su precioso, preciosísimo culo.

Está haciéndolo a propósito y, a pesar de lo que me duele la cabeza y mi asqueroso mal humor, quiero follármela. Ahora. Solo para comprobar que estamos bien. Mi creciente erección está de acuerdo.

—Vete y pregúntale a tu señora Robinson. Seguro que ella tendrá una explicación para ti. —Sigue rebuscando en el cajón, ignorándome, como si fuera un maldito lacayo.

Tal como había pensado, es por Elena.

¿Qué esperabas, Grey?

—Ana, ya te lo he dicho, ella no es mi...

—No quiero oírlo, Christian. —Ana levanta una mano—. El momento de hablar era ayer, pero en vez de hablar conmigo decidiste gritarme y después ir a emborracharte con la mujer que abusó de ti durante años. Llámala. Seguro que ella estará más dispuesta a escucharte que yo.

¿Qué?

Ana escoge un sujetador —el de encaje negro—, se lo pone y se lo abrocha. Yo entro en el vestidor, le poso las manos en las caderas y me quedo mirándola. Ella ha cruzado una línea que no debía.

—Y tú, ¿por qué me espías? —Todavía no me puedo creer que me haya leído los mensajes del móvil.

—No estamos hablando de eso, Christian —bisbisea—. El hecho es que, cada vez que las cosas se ponen difíciles, tú te vas corriendo a buscarla.

—No fue así.

—No me interesa. —Se acerca caminando deprisa hacia la cama mientras yo la miro.

Estoy perdido. Ella está muy fría. ¿Quién es esta mujer?

Se sienta, estira una larga y torneada pierna, con los dedos en punta, y se pone lentamente una de las medias hasta el muslo, deslizándola por encima de su piel. Paso de sentir la boca seca a tenerla como el desierto cuando contemplo sus manos subiendo por la pierna.

—¿Dónde estabas? —Es la única frase coherente que soy capaz de verbalizar.

Ignorándome, ella se pone la otra media hasta el muslo con la misma lentitud sensual. Luego se levanta, me da la espalda y se agacha para secarse el pelo con la toalla, y su espalda forma una curva perfecta. Me hace falta reunir toda mi fuerza de voluntad para no agarrarla y tirarla sobre la cama. Se incorpora y se endereza, y sacude su poblada y húmeda melena de pelo castaño para que caiga por su espalda, por debajo del cierre del sujetador.

—Respóndeme —murmuro.

Pero ella se limita a regresar indignada hacia la cómoda, coger el secador y encenderlo para blandirlo como si fuera un arma. El ruido me crispa todavía más los nervios.

¿Qué hago si mi mujer me ignora?

Estoy perdido.

Se pasa los dedos por el pelo mientras se lo seca y yo cierro los puños para contenerme y no tocarla. Estoy desesperado por hacerlo y acabar con toda esta tontería. Pero el recuerdo de Ana hablándome con tanta malicia después de los correazos en el cuarto de juegos me viene a la memoria.

«Eres un maldito hijo de puta.»

Me pongo pálido. No quiero volver a pasar por eso.

Jamás.

La contemplo, en silencio e hipnotizado. Hace solo unos días me dejó secarle el pelo. Acaba con una floritura: su melena es una corona castaña con reflejos rojizos y dorados que cae en cascada sobre sus hombros. Está haciéndolo a propósito. Pensarlo aviva mi furia.

—¿Dónde estabas? —susurro.

—¿Y a ti qué te importa?

—Ana, déjalo ya. Ahora.

Se encoje de hombros, como si le diera igual, y a mí me hierve la sangre. Me acerco deprisa hacia ella, sin saber muy bien qué voy a hacer, pero ella se vuelve de golpe y se me encara, como un ángel vengador.

—No me toques —espeta con los dientes apretados, y yo regreso de golpe al cuarto de juegos, a ese momento en que ella se marchó.

Me devuelve a la realidad.

—¿Dónde estabas? —Cierro los puños para ocultar el temblor de las manos.

—No estaba por ahí emborrachándome con mi ex. —Tiene la mirada vidriosa de indignación—. ¿Te has acostado con ella?

Es como si me hubiera propinado un puñetazo en la cara.

Me quedo boquiabierto.

—¿Qué? ¡No! —¿Cómo puede creer eso? ¿Que me he acostado con Elena?—. ¿Crees que te engañaría? —Dios, tiene un concepto muy pobre de mí.

Siento un nudo en el estómago y me viene a la memoria un recuerdo borroso entre una bruma de vino tinto y bourbon.

—Me has engañado —prosigue Ana—. Porque has cogido nuestra vida privada y has ido corriendo como un cobarde a contársela a esa mujer.

—¿Un cobarde? ¿Eso es lo que crees?

Dios, creía que la había cagado, pero esto es mucho peor de lo que imaginaba.

—Christian, he visto el mensaje. Eso es lo que sé.

—¡Ese mensaje no era para ti!

—Bueno, la verdad es que lo vi cuando la BlackBerry se te cayó de la chaqueta mientras te desvestía porque estabas demasiado borracho para desvestirte solo. ¿Sabes cuánto daño me has hecho por haber ido a ver a esa mujer?

—Ni siquiera se detiene para tomar aire—. ¿Te acuerdas de anoche cuando llegaste a casa? ¿Te acuerdas de lo que dijiste?

Mierda. No. ¿Qué dije anoche? Solo estaba enfadado contigo, Ana. Impactado por lo que me habías contado. Quiero decirlo, pero no doy con las palabras.

—Bueno, pues tenías razón. Elijo al bebé indefenso por encima de ti. Eso es lo que hacen los padres que quieren a sus hijos. Eso es lo que tu madre debería haber hecho. Y siento que no lo hiciera, porque no estaríamos teniendo esta conversación ahora si lo hubiera hecho. Pero ahora eres adulto. Tienes que crecer, enfrentarte a las cosas de una puñetera vez y dejar de comportarte como un adolescente irritante. —Lo dice de sopetón.

La miro con el ceño fruncido y la contemplo en toda su gloria. Está desnuda salvo por la sensacional lencería, su pelo es una nube caoba que desciende hasta sus pechos, sus ojos oscuros, muy abiertos y desolados. La ira y el dolor la recorren en oleadas y, a pesar de todo ello, está impresionante y yo me siento profundamente perdido.

—Puede que no estés contento por lo de este bebé —exclama—; yo tampoco estoy extasiada, dado que no es el momento y que tu reacción ha sido mucho menos que agradable ante esta nueva vida, pero sigue siendo carne de tu carne. Puedes hacer esto conmigo, o lo haré yo sola. La decisión es tuya. Y mientras te revuelcas en el pozo de la autocompasión y el odio por ti mismo, yo me voy a trabajar. Y cuando vuelva, me llevaré mis pertenencias a la habitación de arriba.

Va a trasladarse. Va a marcharse.

Va a escoger al bebé antes que a mí. Siento como si me clavara un cuchillo.

—Ahora, si me disculpas, me gustaría terminar de vestirme.

Siento un cosquilleo en el cuero cabelludo, como si me asomara al abismo. Va a marcharse. Retrocedo un paso.

—¿Eso es lo que quieres? —Hablo con un susurro ahogado.

Sus ojos de expresión herida están tan abiertos cuando me mira con detenimiento que resulta insoportable.

—Ya no sé lo que quiero —dice con un hilillo de voz, y se vuelve hacia el espejo mientras se aplica crema en las mejillas.

—¿Ya no me quieres? —La habitación se queda sin oxígeno.

—Todavía estoy aquí, ¿no? —dice mientras abre el rímel y se lo aplica.

¿Cómo puede comportarse con tanta frialdad?

—¿Has pensado en dejarme?

El abismo abre sus fauces y bosteza ante mí.

—Si tu marido prefiere la compañía de su ex ama a la tuya, no es buena señal. —Su desdén es palpable en cada palabra y con él me empuja más hacia el abismo.

Frunce los labios para aplicarse un poco de brillo, como si nada, mientras yo me encuentro al borde de este horrible precipicio.

Ana alcanza las botas, camina hacia la cama y se sienta. La miro totalmente desorientado. Ella se calza y se pone de pie justo enfrente de mí, con las manos en jarras y expresión distante.

Joder.

Con las botas, la lencería y el pelo suelto, parece una mujer lista para domar.

El sueño húmedo de un dominante.

Mi sueño húmedo.

Mi único sueño.

La deseo. Deseo que me diga que me ama. Como yo la amo.

Sedúcela, Grey.

Es mi única arma.

—Sé lo que estás haciendo —murmuro poniendo la voz más grave.

—¿Ah, sí? —Se le quiebra la voz.

¿Percibo una rotura en su coraza? Siento una leve esperanza que me cosquillea por dentro.

Ella siente lo mismo.

Puedo hacerlo. Doy un paso adelante, pero Ana retrocede y levanta las manos, con las palmas hacia mí.

—Ni se te ocurra, Grey. —Sus palabras son balas disparadas a mi corazón.

—Eres mi mujer —murmuro.

—Soy la mujer embarazada a la que abandonaste ayer, y si me tocas voy a gritar hasta que venga alguien.

¿Qué narices? ¡No!

—¿Vas a gritar?

—Voy a gritar que me quieres matar.

¡Esto ya es demasiado! ¿Conque quiere jugar? A lo mejor es lo único que quiere.

—Nadie te oirá —murmuro.

—¿Estás intentando asustarme?

¿Qué? No. Eso nunca. Me alejo.

—No era esa mi intención.

Me siento en caída libre.

Díselo. Sincérate, Grey.

¿Y contarle qué? ¿Que fue Elena quien contactó conmigo con intenciones claras?

Creo que no.

—Me tomé unas copas con una persona a la que estuve unido hace tiempo. Arreglamos nuestros problemas. No voy a volver a verla. —Créeme, por favor, Ana.

—¿Fuiste tú a buscarla?

—Al principio no. Intenté localizar a Flynn, pero me encontré sin darme cuenta en el salón de belleza.

Ana entrecierra los ojos, y la furia arde en sus profundidades.

—¿Y esperas que me crea que no vas a volver a verla? —Levanta la voz—. ¿Y la próxima vez que crucemos alguna frontera imaginaria? Tenemos la misma discusión una y otra vez. Es como la rueda de Ixión. Si vuelvo a cometer algún error, ¿no irás corriendo a buscarla de nuevo?

¡Eso no es verdad!

—No voy a volver a verla. Ella por fin entiende cómo me siento. Elena me ha visto retroceder. Ya sabe que no la deseo.

—¿Qué significa eso?

Si le cuento que Elena intentó abordarme, Ana se colapsará.

Mierda. ¿Por qué narices fuiste a verla, Grey?

Miro a mi furiosa y hermosa mujer. ¿Qué puedo decir?

—¿Por qué puedes hablar con ella y no conmigo? —me pregunta Ana en un susurro.

No. No es así. No lo entiendes. Ella era mi única amiga.

—Estaba furioso contigo. Como ahora. —Me salen las palabras en un torrente de desesperación.

—¡No me digas! —grita—. Bueno, yo también estoy furiosa contigo. Furiosa porque fuiste tan frío y cruel ayer cuando te necesitaba. Furiosa porque dijiste que me he quedado embarazada a propósito, cosa que no es cierta. Furiosa porque me has traicionado.

¡No es así!

—Sé que debería haber prestado más atención a la fecha de mis inyecciones —prosigue, más tranquila—. Pero no lo he hecho a propósito. Este embarazo también ha sido un shock para mí. Podría ser que la inyección no hiciera el efecto correcto.

¡Tú estás en shock! ¡Yo también estoy en shock!

No estamos preparados para tener un bebé.

Yo no estoy preparado para tener un bebé.

—Metiste la pata ayer —me susurra—. He tenido que vérmelas con muchas cosas en las últimas semanas.

¿Que yo he metido la pata? ¿Y tú qué? Me siento de nuevo acorralado y reacciono de forma impulsiva.

—Tú sí que metiste la pata hace tres o cuatro semanas o cuando fuera que se te olvidó ponerte la inyección.

—Vaya, ¡es que no soy tan perfecta como tú!

Touché, Anastasia.

—Menudo espectáculo está montando, señora Grey.

—Bueno, me alegro de que incluso embarazada te resulte entretenida. ¡A la mierda con esto!

—Necesito una ducha —mascullo entre dientes.

—Y yo ya te he entretenido bastante con mi espectáculo...

—Un espectáculo muy bueno —susurro, y doy un paso hacia ella.

Un nuevo intento. Ella retrocede. No ha habido suerte.

—No.

—Odio que no me dejes tocarte.

—Irónico, ¿eh?

Me quedo boquiabierto cuando sus palabras se me clavan como cuchillos. ¿Quién iba a imaginar que Ana podía ser tan... cabrona? Mi dulce Ana, herida y dolida, sacando las garras. ¿Yo la he hecho llegar a esto?

Esta situación no nos lleva a ninguna parte.

—No hemos resuelto nada, ¿no? —Hablo en un tono grave, inexpresivo.

No sé qué más decir; no he logrado que se dé la vuelta.

—Yo diría que no. Solo que me voy a ir de este dormitorio.

Ah... entonces no va a dejarme. Me aferro a esa esperanza mientras estoy pendiendo sobre el abismo.

Un intento más, Grey. Se trata de nuestro matrimonio.

—Ella no significa nada para mí —susurro.

No como lo que significas tú.

—Excepto cuando la necesitas.

—No la necesito a ella. Te necesito a ti.

—Ayer no. Esa mujer es un límite infranqueable para mí, Christian.

—Está fuera de mi vida.

—Ojalá pudiera creerte.

—Joder, Ana.

—Por favor, deja que me vista.

Lanzo un suspiro y me paso la mano por el pelo. ¿Qué puedo hacer? No dejará que la toque. Está demasiado cabreada. Debo recuperarme y dar con otra estrategia. Y ahora mismo necesito poner cierta distancia entre nosotros antes de hacer algo de lo que me arrepentiré.

—Te veo esta noche —digo, y salgo pitando del dormitorio para entrar en el baño; cierro la puerta de golpe.

Al igual que Ana, echo el pestillo por primera vez en mi vida, para protegerme. Ella tiene el poder de herirme como nadie más. De pie detrás de la puerta, echo la cabeza hacia atrás y cierro los ojos.

La he fastidiado a lo grande. La última vez que la fastidié de verdad, ella me dejó.

«¿Ya no me quieres?»

«Todavía estoy aquí, ¿no?»

Me aferro a esa esperanza. Ahora mismo necesito una ducha para limpiarme el último rastro apestoso de anoche.

El agua está ardiendo, como a mí me gusta. Oriento la cara hacia el chorro y disfruto de las punzadas abrasadoras mientras me empapa.

Dios, estoy hecho un lío. Nada relacionado con Ana es sencillo; a estas alturas ya no debería sorprenderme. Está cabreada porque le grité y me marché, y está enfadada porque vi a Elena.

«Esa mujer es un límite infranqueable para mí, Christian.»

Elena ha sido como un grano en el culo para Ana desde el principio. Y ahora, por ese mensaje de texto inofensivo, se ha convertido en lo mismo para mí. Anoche debería haberle puesto fin. A todo. Pero ella tuvo que enviarme ese mensaje.

Las palabras de Elena me persiguen.

«¿Tal vez yo pueda hacerte sentir mejor? Seguro que lo echas de menos.»

Me estremezco al recordarlo.

Mierda, qué desastre.

Cuando salgo del baño, Ana se ha marchado. No estoy seguro de si me siento aliviado o decepcionado.

Decepcionado.

Con un gran pesar en el corazón, me visto y escojo mi corbata favorita como talismán para este día. Ya me ha dado buena suerte antes.

En la cocina, la señora Jones sigue irradiando su desaprobación glacial. Resulta irritante y humillante a partes iguales. Sin embargo me ha preparado un opíparo desayuno a bases de frituras.

—Gracias —mascullo.

Ella se limita a responder con una sonrisa tensa. Sospecho que anoche nos oyó discutir a Ana y a mí.

Grey, estabas gritando.

Todo el mundo te oyó.

Mierda.

Miro hacia el exterior por la ventanilla del coche mientras Taylor avanza a través del tráfico denso en la hora punta de la mañana. Ana ni siquiera me ha dicho adiós; joder, se ha limitado a marcharse con Sawyer.

—Taylor, dile a Sawyer que quiero que esté pegado como una lapa a la señora Grey. Necesito saber que come.

—Sí, señor. —Sus palabras son cortantes.

Incluso Taylor está frío como el hielo conmigo.

Me pregunto si Ana sostendrá su amenaza de trasladarse a la habitación de arriba.

Espero que no.

La ha fastidiado con el método anticonceptivo y nos ha endilgado un bebé antes de que estemos preparados, antes de haber hecho nada; ¿y soy yo el que se merece un castigo? Ni siquiera sé de cuánto está. Decido llamar a la doctora Greene en cuanto llegue al despacho. A lo mejor ella puede arrojar algo de luz sobre cómo mi mujer olvidó ponerse la inyección.

Me vibra el móvil, y enseguida se me desboca el corazón. ¿Ana? No, es Ros.

—Grey —respondo cortante.

—Estás muy espabilado y fresco esta mañana, Christian.

—¿Qué pasa, Ros? —vuelvo a responder, cortante.

Ella hace una pausa breve y luego va directa al grano.

—Hansell del astillero quiere que nos reunamos. Y la senadora Blandino también.

Maldita sea. Los sindicatos y los políticos. ¿Podría mejorar todavía más este día?

—¿Ya se han enterado del trato con Taiwan?

—Eso parece, y quieren hablar.

—Vale, esta tarde. Arréglalo. Quiero que Samir y tú también estéis.

—De acuerdo, Christian.

—¿Eso es todo?

—Sí.

—Bien. —Y cuelgo.

¿Qué voy a hacer con mi mujer? La verdad es que todavía me duele haber visto a Anastasia enfadada. ¿Quién podía imaginar que los tenía tan bien puestos? No creo que nadie me haya chillado así desde... jamás. Aparte de mi madre y mi padre, en mi propio cumpleaños, nada más y nada menos. Y también fue por culpa de la jodida Elena. Me río por la ironía. Sí, la jodida Elena.

Sacudo la cabeza, asqueado. ¿Por qué habré ido a buscarla? ¿Por qué?

El ibuprofeno ha hecho efecto, y el desayuno de frituras de la señora Jones ha contribuido también. Me siento casi humano, pero desgraciado... profundamente desgraciado.

¿Qué estará haciendo Ana ahora? Me la imagino en su diminuto despacho, con su vestido violeta. Tal vez me haya enviado un e-mail. Busco con desesperación en el móvil, pero no tengo nada.

¿Estará pensando en mí como yo en ella? Eso espero.

Taylor estaciona en la entrada de Grey Enterprises Holdings, y me preparo para un largo día.

—Buenos días, señor Grey. —Andrea sonríe cuando me ve salir del ascensor, pero su sonrisa se esfuma al ver mi expresión.

—Ponme a la doctora Greene al teléfono y dile a Sarah que me traiga un café.

—Sí, señor.

—Cuando acabe de hablar con la doctora Greene, necesito hablar con Flynn. Luego puedes traerme la agenda del día. ¿Ha hablado Ros contigo sobre Hansell y Blandino?

—Sí.

—Bien.

—El doctor Flynn ha salido para asistir a una conferencia en Nueva York a primera hora de esta mañana.

—¡Joder!

—Lo había olvidado. Intenta averiguar si puede encontrar un momento para hablar conmigo por teléfono.

—De acuerdo. La pantalla plana que pidió para el señor Steele estará instalada esta tarde.

—¿Y las sesiones adicionales de rehabilitación?

—Las empezará mañana.

—Vale. Pásame a la doctora Greene en cuanto contactes con ella. —No espero una respuesta, sino que entro con paso decidido en mi despacho y me siento, bajo la atenta mirada de mi mujer.

Lanzo un largo y pausado suspiro, y me pregunto si su amigo el fotógrafo la habrá visto alguna vez como estaba esta mañana.

De Afrodita a Atenea, diosa de la guerra: una Atenea retadora, airada, fascinante.

Suena el teléfono.

—Tengo a la doctora Greene a la espera.

—Gracias, Andrea. ¿Doctora Greene?

—Señor Grey, ¿en qué puedo ayudarle?

—Creía que las inyecciones eran un método anticonceptivo fiable —digo, cabreado. Se hace un largo silencio al otro lado de la línea—. ¿Doctora Greene?

—Señor Grey, ningún método anticonceptivo es efectivo al cien por cien. Eso sería la abstinencia o la esterilización suya o de su mujer. —Me habla en un tono gélido—. Puedo enviarle bibliografía si le apetece leer sobre el tema.

Suspiro.

—Eso no será necesario.

—¿En qué puedo ayudarle, señor Grey?

—Me gustaría saber de cuánto tiempo está embarazada mi mujer.

—¿No se lo puede decir la misma señora Grey?

¿De qué va esto? ¡Responda a la pregunta y ya está!

—Se lo pregunto a usted, doctora Greene. Para eso le pago.

—Mi paciente es la señora Grey. Le sugiero que hable con su mujer y que ella le dé los detalles. ¿Necesita algo más?

Me hierve la sangre y estoy a punto de estallar. Respira hondo, Grey.

—Por favor. —Se lo pido apretando los dientes.

—Señor Grey, hable con su mujer. Que tenga un buen día. —Me cuelga y yo me quedo mirando el teléfono con la esperanza de que quede reducido a cenizas, fulminado por mi mirada; menuda manera de tratar a sus pacientes que tiene la doctora.

Alguien llama a la puerta y aparece Sarah con mi café.

—Gracias —murmuro en un intento de controlar mi ira contra la supuesta y puñetera doctora, tan inútil y entrometida—. Dile a Andrea que entre, quiero revisar la agenda del día.

Sarah sale a toda prisa y me quedo mirando a la Ana en blanco y negro de la pared. Incluso tu doctora está cabreada conmigo.

La sensación de ser un desgraciado es mi constante compañera, de camino a mis reuniones, a la comida y a la sesión de kickboxing con Bastille.

—Tienes cara de malas pulgas, Grey.

—Así me siento.

—Veamos si conseguimos cambiar la orientación de ese ceño fruncido.

¿De veras?

Le pateo el culo dos veces; se lo tiene merecido por ese comentario que ha hecho.

A las cuatro y media sigo sin saber nada de mi mujer, ni siquiera un e-mail intimidante intencionadamente lleno de mayúsculas como gritos. Sawyer me ha informado de que Ana ha tomado un panecillo para comer. Algo es algo. Me quedan quince minutos para que empiece el espectáculo con Brad Hansell, el presidente del sindicato de los astilleros, y con la senadora Blandino. Va a ser una reunión dura. Ya tengo la información, pero no logro concentrarme; en lugar de eso, estoy aquí sentado mirando el ordenador, deseando que llegue un correo de mi mujer. No puedo creer que no haya sabido nada de ella en todo el día. Nada.

Esto no me gusta. No me gusta ser el objeto de su enfado. Me sujeto la cabeza entre las manos. A lo mejor... a lo mejor debería disculparme. ¿Qué dijo Flynn? «Es mejor ceder en una batalla para ganar la guerra.»

Y, muy en el fondo, sé que la he cagado. Aunque esperaba que, a estas alturas, ella ya me hubiera perdonado.

Redacto un e-mail.

De: Christian Grey
Fecha: 14 de septiembre de 2011 16:45
Para: Anastasia Grey
Asunto: Lo siento

Lo siento. Lo siento. Lo siento. Lo siento. Lo siento. Lo siento. Lo siento.

Lo siento. Lo siento. Lo siento. Lo siento. Lo siento. Lo siento. Lo siento.
Lo siento. Lo siento. Lo siento. Lo siento. Lo siento. Lo siento. Lo siento.
Lo siento. Lo siento. Lo siento. Lo siento. Lo siento. Lo siento. Lo siento.
Lo siento. Lo siento. Lo siento. Lo siento. Lo siento. Lo siento. Lo siento.
La he cagado. Por favor, perdóname.

Christian Grey

Presidente de Grey Enterprises Holdings Inc. y marido arrepentido

No quiero ir a casa y volver a enfrentarme a su ira. Quiero sus sonrisas, su risa y su amor. Levanto la vista y me quedo mirando su rostro sonriente en la foto. Quiero que me mire como lo hace en el retrato. Vuelvo al e-mail, preguntándome si le doy a «Enviar». Esta reunión podría durar bastante. Llamo a la señora Jones.

—Señor Grey.

—Puede que no esté en casa para la cena. Por favor, asegúrese de que la señora Grey come algo.

—Sí, señor.

—Prepárele algo bueno.

—Así lo haré.

—Gracias, Gail. —Cuelgo y borro el e-mail; no será suficiente.

Podría intentarlo con alguna joya. ¿Unas flores? Me suena el teléfono.

—¿Sí, Andrea?

—El señor Hansell y la senadora Blandino están aquí con sus equipos.

—Llama a Ros y a Samir para que se reúnan con nosotros.

—Sí, señor.

Esto va a ser una pelea por los despidos. Aprieto los dientes. Algunas veces odio mi trabajo.

Blandino llama a la calma.

—Esta es nuestra realidad económica de 2011 —le dice a Hansell, quien está sentado, y rojo como un tomate, en el extremo contrario de la mesa de mi sala de juntas.

Yo solo quiero irme a casa. Pero todavía no hemos terminado.

Me vibra el móvil y se me acelera el corazón. Es mi mujer.

—Discúlpenme.

Me levanto de la mesa y percibo las miradas de siete pares de ojos cuando salgo de la sala.

Ana me ha llamado. La sensación de alivio es prácticamente mareante; siento que el corazón va a salírseme del pecho.

—¡Ana!

—Hola.

Qué bueno es oír su voz.

—Hola.

No se me ocurre qué otra cosa decir, pero quiero suplicarle que deje de estar enfadada conmigo.

Por favor, no estés enfadada.

Lo siento.

—¿Vas a venir a casa? —me pregunta.

—Luego.

—¿Estás en la oficina?

Frunzo el ceño.

—Sí. ¿Dónde esperabas que estuviera?

—Será mejor que te deje, entonces.

¿Qué? Pero… quiero decir tantas cosas, pero ninguno de los dos habla. El silencio se abre como un abismo entre ambos y yo tengo una sala de juntas llena de personas esperándome, en plena conversación para solucionar una crisis.

—Buenas noches, Ana. —Te quiero.

—Buenas noches, Christian.

Cuelgo antes que ella pensando en todas las veces que hemos seguido al teléfono y ninguno de los dos colgaba.

No podía soportar que ella cortara antes. Me quedo mirando el móvil sin ánimo. Al menos me ha preguntado si iba a ir a casa. A lo mejor me echa de menos. O solo está controlándome. Sea como fuere, le preocupo. A lo mejor. Un pequeño destello de esperanza brilla en lo más hondo de mi corazón. Tengo que poner punto final a esta reunión y volver a casa con mi mujer.

Ya es tarde cuando llegamos a un posible compromiso. Visto en retrospectiva, veo que la confrontación con el sindicato era inevitable, pero ha sido bueno para todas las partes airear las diferencias. Samir y Ros se encargarán de las negociaciones a partir de este punto y darán carpetazo al acuerdo. Comparado con la batalla que estoy librando en casa, esto no ha estado tan mal. Ros ha sido una negociadora impresionante, y yo la he convencido para viaje a Taiwan mañana por la noche sin mí.

—Está bien, Christian, iré. Pero de verdad que quieren verte allí.

—Ya encontraré el momento. A finales de este mes.

Ella aprieta los labios, pero no dice nada.

No puedo contarle que no quiero dejar a Ana en un momento en que ni siquiera me habla. En el fondo, sé que es porque me paraliza el pensar que mi mujer ya no estuviera a mi regreso.

El apartamento está a oscuras cuando llego a casa; Ana debe de estar en la cama. Entro en nuestro dormitorio y se me cae el alma a los pies cuando veo que ella no está. Tenso por el pánico, subo la escalera. En la penumbra, desde el pasillo, distingo su silueta ovillada bajo la colcha de su antiguo dormitorio.

¿Antiguo dormitorio?

Difícilmente lo es; apenas ha dormido allí, ¿cuántas veces?, ¿dos?

Parece tan pequeña... Toco el interruptor con regulador, aunque lo pongo en la mínima intensidad para verla mejor, y acerco la butaca para sentarme y contemplarla. Tiene la piel pálida, casi traslúcida. Ha estado llorando; tiene los párpados y los labios hinchados. El alma se me cae a los pies y abandona mi cuerpo, desesperada.

Oh, nena... lo siento.

Sé lo tersos que están sus labios para besarlos cuando ha estado llorando... cuando yo la hago llorar. Quiero meterme en la cama a su lado, acogerla entre mis brazos y sostenerla, pero está dormida y necesita dormir, sobre todo ahora.

Me acomodo en la butaca y empiezo a respirar al mismo ritmo que Ana. Ese ritmo me relaja y también estar tan cerca de ella. Por primera vez desde que me desperté esta mañana me siento un poco más relajado. La última vez que me senté para contemplarla dormir fue cuando Hyde irrumpió en nuestro apartamento; ella había salido con Kate. Yo me puse como una furia.

¿Por qué paso tanto tiempo poniéndome como una furia con mi mujer?

La quiero.

Aunque nunca haga lo que le piden.

Esa es la razón.

Que Dios me dé la serenidad para aceptar las cosas que no puedo cambiar;
el valor para cambiar las cosas que sí puedo;
y la sabiduría para reconocer la diferencia.

Hago un mohín al recordar de repente la oración de la serenidad citada por el doctor Flynn constantemente: una plegaria para los alcohólicos y ejecutivos quemados. Miro el reloj, aunque sé que es demasiado tarde para llamarle a Nueva York. Intentaré contactar con él mañana. Puedo hablar con él sobre mi paternidad inminente.

Sacudo la cabeza.

¿Yo, padre?

¿Qué podría ofrecerle a un niño? Me deshago el nudo de la corbata y me desabrocho el último botón de la camisa al tiempo que me recuesto sobre el respaldo. Supongo que podría contar con la riqueza material. Al menos no pasará hambre. Eso no pasará mientras yo viva, joder. Mi pequeño no pasará hambre. Ana dice que lo hará ella sola. ¿Cómo iba a hacerlo? Ana es demasiado... y me sale decir «frágil», porque a veces lo parece, pero no lo es. Es la mujer más fuerte que conozco, incluso más que Grace.

Contemplándola aquí tumbada, durmiendo el sueño de los inocentes, me doy cuenta de lo gilipollas que fui anoche. Ella jamás se ha acobardado ante ningún desafío, nunca. Se sintió herida por lo que yo dije e hice. Ahora lo veo. Ella sabía que yo reaccionaría de forma exagerada cuando me contara lo del bebé.

Ana me conoce mejor que nadie.

¿Lo sabría antes de que estuviéramos en Portland? No lo creo; me lo habría contado. Debe de haberse enterado ayer. Y cuando me lo contó, todo se fue a la mierda. Me pudo el miedo.

¿Cómo voy a compensárselo?

—Lo siento, Ana. Perdóname —susurro—. Ayer casi me matas del susto. —Me inclino hacia delante y la beso en la frente.

Ella se remueve y frunce el ceño.

—Christian —murmura con una voz anhelante y llena de nostalgia.

La chispa de esperanza encendida antes por su llamada prende una hoguera.

—Estoy aquí —susurro.

Pero ella se da la vuelta, suspira, y vuelve a caer profundamente dormida. Me siento tan tentado de desnudarme y meterme en la cama con ella… pero no creo que sea bien recibido.

—Te quiero, Anastasia Grey. Te veré por la mañana.

Maldita sea. No, no la veré.

Tengo que volar a Portland para reunirme con el comité financiero de la WSU en Vancouver. Eso significa salir a primera hora.

Coloco mi corbata favorita sobre la almohada, junto a ella, para que sepa que he estado aquí. Y, al hacerlo, recuerdo la primera vez que le até las manos. Solo pensar en ello me hace sentir un cosquilleo en la polla.

Me la puse para provocarla durante su ceremonia de graduación.

Me la puse en nuestra boda.

Soy un imbécil sentimental.

—Mañana, nena —susurro—. Que duermas bien.

Renuncio al piano, aunque me apetece tocarlo. No quiero despertarla. Aunque, cuando vuelvo a entrar en nuestro dormitorio, me siento más esperanzado. Ana ha susurrado mi nombre.

Sí. Todavía nos queda alguna esperanza.

No renuncies a estar conmigo, Ana.

Jueves, 15 de septiembre de 2011

Son las cinco y media de la mañana y estoy en el gimnasio machacándome en la cinta de correr. Anoche no pude pegar ojo, y cuando al fin conseguí dormirme, llegaron mis sueños para atormentarme:

Ana desapareciendo en el garaje del Heathman sin volverse para mirarme.
Ana, una sirena enfurecida, sosteniendo una vara delgada, con los ojos llameantes, vestida únicamente con lencería fina y botas de cuero, sus palabras furiosas como púas.
Ana tumbada e inmóvil sobre una alfombra verde y pegajosa.

Ahuyento esa última imagen y corro más rápido, llevando mi cuerpo al límite. No quiero sentir nada más que el dolor de mis pulmones ardiendo y la tensión en mis piernas. Viendo las noticias de economía del canal Bloomberg en la televisión y escuchando «Pump It» en mis oídos, pierdo el mundo de vista… borro todos los pensamientos sobre mi mujer, que duerme plácidamente a dos habitaciones de distancia.

Sueña conmigo, Ana. Échame de menos.

En la ducha, mientras me quito el sudor del entrenamiento bajo el chorro de agua, me planteo despertarla solo para despedirme. Esta mañana me voy a Portland en el *Charlie Tango*, y me gustaría llevarme el recuerdo de su dulce sonrisa.

Déjala dormir, Grey.

Y teniendo en cuenta lo cabreada que está conmigo, no hay ninguna garantía de que vaya a regalarme una dulce sonrisa.

La señora Jones sigue ignorándome, pero la interrogo de todos modos.

—¿Comió Ana anoche?

—Sí.

La señora Jones tiene la atención puesta en la tortilla que me está preparando. Creo que esa es toda la información que voy a conseguir esta mañana. Tomo un sorbo de café y me pongo de mal humor, sintiéndome cincuenta veces desgraciado.

En el coche, de camino a Boeing Field, escribo un correo a Ana.

Usa un tono neutro, Grey.

De: Christian Grey
Fecha: 15 de septiembre de 2011 06:45
Para: Anastasia Grey
Asunto: Portland

Ana:

Voy a volar a Portland hoy.

Tengo que arreglar unos negocios con la Universidad Estatal de Washington.

He creído que querrías saberlo.

Christian Grey
Presidente de Grey Enterprises Holdings, Inc.

Pero sé que mi verdadera intención al enviarle ese correo no es informarla... sino conseguir que me responda.

Vivo con la esperanza.

Stephan está disponible para pilotar el helicóptero a Portland. Después de mi noche de insomnio, estoy muerto de cansancio. Si me duermo, estaré más cómodo en la parte de atrás, así que por primera vez le ofrezco a Taylor el asiento del copiloto, me quito la chaqueta y me siento atrás en el *Charlie Tango*. Hojeo las notas que tengo para la reunión y, acto seguido, me recuesto y cierro los ojos.

Ana está corriendo por el prado de la nueva casa. Se ríe mientras la persigo. Yo también me río. La atrapo y la tiro al suelo cubierto de hierba crecida. Se ríe y la beso. Tiene los labios suaves, porque ha estado llorando. No. No llores. Nena, no llores. Por favor, no llores. Cierra los ojos. Se duerme. No se despierta. ¡Ana! ¡Ana! Está tumbada en una alfombra raída. Pálida. Inmóvil. Ana. Despierta. ¡Ana!

Me despierto jadeando y, por un momento, no sé dónde estoy. A ver, estoy en el *Charlie Tango*, y acabamos de aterrizar en Portland. Los rotores todavía siguen girando y Stephan está hablando con la torre. Me restriego la cara para despejarme y me desabrocho el cinturón.

Taylor abre su puerta y se baja de un salto a la superficie del helipuerto mientras yo me pongo la chaqueta, con cuidado para que el cable de mis auriculares no se quede enganchado.

—Gracias, Stephan —digo, hablando en voz muy alta para que me oiga con los cascos puestos.

—De nada, señor Grey.

—Deberíamos estar de vuelta sobre la una de la tarde.

—Estaremos listos y esperando. —Frunce el ceño y su preocupación se refleja en los pliegues de su frente mientras Taylor agacha la cabeza para abrirme la puerta.

Mierda. Espero que esa preocupación no sea por mí. Me quito los auriculares y me bajo del aparato para situarme junto a Taylor. El aire de la mañana es fresco y hace un día más luminoso que en Seattle, pero sopla un viento enérgico que trae consigo el aroma del otoño. No hay rastro de Joe, el veterano que suele estar está aquí para supervisar las llegadas y las salidas. Tal vez es demasiado temprano o no le toca trabajar esta mañana... o se trata de un mal presagio o alguna mierda parecida.

No me jodas, Grey. Contrólate.

Nuestro chófer nos espera en la puerta del edificio del helipuerto. Taylor abre la puerta del Escalade y me subo dentro; luego, él ocupa el asiento del pasajero en la parte delantera.

Teniendo aún muy presente mi pesadilla sobre Ana, llamo a Sawyer.

—Señor Grey.

—Luke. Sigue de cerca a la señora Grey hoy.

—Lo haré, señor.

—¿Está desayunando? —Hablo en voz baja, pues me da un poco de vergüenza preguntarle eso, pero quiero saber que está bien.

—Creo que sí, señor. Nos vamos a la oficina dentro de unos quince minutos.

—De acuerdo. Gracias. —Cuelgo y miro con aire hosco por la ventana hacia el río Willamette. Sus aguas de color gris metálico parecen muy frías mientras cruzamos el puente Steel. Siento un escalofrío. Esto es un infierno. Necesito hablar con Ana. No podemos seguir así.

Hay una opción que tal vez podría funcionar.

Pídele perdón, Grey.

Sí. Es mi única opción.

Porque me he comportado como un imbécil.

Rememoro las palabras de Ana: «Tienes que crecer, enfrentarte a las cosas de una puñetera vez y dejar de comportarte como un adolescente irritante».

Joder. Tiene razón.

Ahora no es el momento. Tengo que ayudar al Departamento de Ciencias Medioambientales de la WSU a conseguir financiación adicional del Departamento de Agricultura de Estados Unidos. La investigación que la profesora Gravett y su equipo están realizando en tecnología del suelo es fundamental para los avances en ese terreno. Su trabajo está cosechando enormes beneficios en nuestras zonas de pruebas en Ghana. Esto va a ser absolutamente revolucionario. Los suelos agrícolas podrían ser una iniciativa clave no solo para paliar el hambre en todo el planeta y aliviar la pobreza y la inseguridad alimentaria, sino también para revertir el cambio climático mediante el secuestro de carbono atmosférico. Saco mis notas del maletín y vuelvo a examinarlas.

La reunión ha sido un éxito rotundo: hemos conseguido un millón de dólares adicionales del Departamento de Agricultura de Estados Unidos. Parece que alimentar al mundo también es una prioridad en la agenda del gobierno federal. Con las palabras de gratitud de los profesores Choudury y Gravett aún resonando en mis oídos, Taylor y yo regresamos a Portland. Miro mi teléfono, pero no hay novedades de mi esposa, ni siquiera una respuesta sarcástica a mi correo electrónico. Es deprimente. Estoy ansioso por llegar a casa y encontrar alguna forma de mitigar su enfado... si puedo.

¿Tal vez saliendo a cenar fuera?

¿Al cine?

¿A volar con en el planeador?

¿A navegar?

¿Sexo?

¿Qué puedo hacer?

La echo de menos.

El Escalade aparca delante del edificio del helipuerto mientras Taylor hace una llamada.

—Sawyer, he leído tu mensaje —murmura, y eso acapara toda mi atención.

¿Mensaje? ¿Ana está bien?

Frunce el ceño mientras escucha.

—Entendido. —Taylor me mira a los ojos—. Entiendo. Espera —le dice a Luke, y luego se dirige a mí—. La señora Grey no se encuentra bien. Sawyer la está llevando de vuelta al apartamento.

—¿Es grave?

—No hay nada que lo indique.

—Está bien. Volaremos directamente al Escala.

—Sí, señor. Sawyer, saldremos en breve. Iremos directamente al Escala y aterrizaremos allí.

—¡Cuida bien de ella! —grito, lo bastante fuerte para que Sawyer me oiga.

—Ya has oído al señor Grey. Envíame un mensaje si hay algún cambio en la situación. —Taylor cuelga.

Con una renovada sensación de urgencia, Taylor y yo entramos en el edificio y me alegro al comprobar que el ascensor nos está esperando.

Espero que Ana esté bien... y el bebé.

Tal vez debería llamar a mi madre, pedirle que vaya a ver cómo está Ana. O a la doctora Greene, aunque no estoy seguro de que aceptase mi llamada. Tardaremos una hora en llegar a casa, y no puedo esperar tanto; lo intento con mi madre, pero no hay cobertura, pues estamos dentro del ascensor. Tampoco puedo llamar a Ana.

Seguro que si fuera algo grave me habría llamado, ¿no?

Maldita sea. No tengo ni idea, porque no me habla.

Las puertas del ascensor se abren y el *Charlie Tango* está allí donde lo dejamos, y Stephan nos espera a los controles del aparato.

A la mierda con esto. Lo pilotaré yo. Puedo concentrar mi atención en el vuelo en lugar de darle vueltas a lo que pasa en el Escala.

Espero que Ana se vaya a la cama. A nuestra cama.

Stephan baja de la cabina para saludarnos.

—Stephan, hola. Me gustaría pilotarlo de vuelta. Vamos a cambiar el rumbo para ir directamente al Escala.

—Sí, señor. —Me abre la puerta del piloto, y creo que el cambio en mi actitud le pilla por sorpresa.

Subo a bordo, me abrocho el cinturón y llevo a cabo las últimas comprobaciones previas al despegue.

—¿Todo correcto? —le pregunto a Stephan cuando se sienta a mi lado.

—Solo falta comprobar el transpondedor.

—Ah, sí. Ya veo. Tengo que ir a casa con mi mujer. Taylor, ¿te has abrochado el cinturón?

—Sí, señor. —Su voz incorpórea resuena alto y claro en mis auriculares.

Me comunico por radio con la torre y están listos para darnos luz verde.

—Bien, caballeros, nos vamos a casa. —Tiro hacia atrás del mando colectivo y elevo el *Charlie Tango* suavemente en el aire para dirigirme a Seattle.

Mientras ganamos velocidad, sé que he tomado la decisión correcta al pilotar. Tengo que concentrarme en mantenernos en el aire, pero, en el fondo, la ansiedad sigue corroyéndome por dentro. Espero que Ana esté bien.

Aterrizamos justo a la hora prevista, las dos y media.

—Buen vuelo, señor Grey —dice Stephan.

—Que disfrutes llevándolo de vuelta a Boeing Field.

—Lo haré. —Sonríe.

Me desabrocho el cinturón, enciendo el teléfono y sigo a Taylor hasta la azotea del Escala. Taylor frunce el ceño al mirar su teléfono. Me detengo mientras escucha un mensaje.

—Es de Sawyer. La señora Grey está en el banco. —Taylor levanta la voz para que pueda oírlo pese al viento que azota la cubierta de la azotea.

¿Qué? Creía que se encontraba mal. ¿Qué coño está haciendo en el banco?

—Sawyer la siguió hasta allí. Ha intentado darle esquinazo.

La ansiedad se agolpa en mi pecho y me atenaza el corazón. Una vez encendido, mi teléfono emite un pitido y vibra con una avalancha de notificaciones. Hay un mensaje de Andrea, enviado hace cuatro minutos, un par de llamadas perdidas de mi banco y otra de Welch.

¿Qué coño...?

ANDREA

Troy Whelan, de su banco, necesita hablar con usted urgentemente.

Tengo el número de Whelan en mi lista de marcación rápida. Contesta al instante.

—Whelan, soy Christian Grey. ¿Qué pasa? —grito por encima del viento.

—Señor Grey, buenas tardes. Se trata de su esposa: está aquí y solicita retirar cinco millones de dólares.

¿Qué?

La sangre se me congela en las venas.

—¿Cinco millones? —No me puedo creer lo que ha dicho.

¿Para qué necesita cinco millones de dólares?

Mierda. Va a dejarme.

Mi mundo se desmorona y se deshace en pedazos, y un abismo de desesperación se abre bajo mis pies.

—Sí, señor. Como sabe, de acuerdo con la legislación bancaria actual, no puedo hacer efectivos cinco millones.

—Sí, claro. —Estoy en shock, tambaleándome al borde del abismo—. Déjeme hablar con la señora Grey. —Mi voz es la de un autómata.

—Por supuesto, señor. Si espera un minuto...

Esto es una tortura. Intento refugiarme del viento junto a las puertas del ascensor y permanezco en silencio esperando oír la voz de mi mujer... Temiendo oír la voz de mi mujer.

Se va. Me deja.

¿Qué voy a hacer sin ella? El teléfono hace un ruido y me invade el pánico.

—Hola. —Ana habla con voz entrecortada y jadeante.

—¿Vas a dejarme? —Las palabras salen de mi boca antes de que pueda detenerlas.

—¡No! —contesta con voz áspera, y suena como una súplica agonizante.

Joder, menos mal. Sin embargo, mi alivio es efímero.

—Sí —susurra, como si acabara de tomar la decisión.

¡Qué!

—Ana, yo... —No sé qué decir. Quiero suplicarle que no me deje.

—Christian, por favor. No.

—¿Te vas? —Te vas de verdad.

—Sí.

¡No! ¡No! ¡No! Me hundo en el abismo en caída libre. Cayendo en un pozo cada vez más y más profundo. Extiendo la mano hacia la pared para apoyarme. El dolor me devora las entrañas.

No me dejes.

Mierda, ¿era esto lo que siempre iba a pasar? ¿Me ha amado en algún momento?

¿Ha sido por mi puto dinero?

—Pero ¿por qué el dinero? ¿Por qué siempre es el dinero? —Dime que no ha sido por el dinero. Por favor. El dolor es indescriptible.

—No. —Su voz es rotunda.

¿La creo?

¿Es porque vi a Elena? ¡Dios! En este momento, creo que no podría odiar más a Elena. Respiro hondo, tratando de ordenar mis pensamientos.

—¿Y cinco millones es suficiente? —¿Cómo voy a vivir sin Ana?
—Sí.
—¿Y el bebé? —¿Se va a llevar a nuestro hijo? El puñal se me clava en el alma.
—Yo cuidaré del bebé.
—¿Eso es lo que quieres?
—Sí. —Su voz es casi inaudible. Pero yo la oigo.
El dolor es insoportable. No quiere seguir hablando conmigo, lo percibo.
Quiere acabar ya con esto. Quiere irse lo más lejos posible de mí.
—Llévatelo todo —murmuro.
—Christian —solloza—. Es por ti. Por tu familia. Por favor. No.
No puedo soportarlo.
—Llévatelo todo, Anastasia —le espeto, y echo la cabeza hacia atrás mientras lanzo un alarido mudo hacia el cielo gris sobre mi cabeza.
—Christian... —Su desesperación impregna cada sílaba de mi nombre.
No soporto seguir oyéndola.
—Siempre te querré —murmuro, porque es cierto. Son las últimas palabras de un condenado a muerte. Cuelgo y respiro profundamente, sintiéndome vacío... Estoy vacío por dentro.
Se lo dije una vez.
En la ducha.
Y luego le dije que la amaba.
—¿Señor Grey? —Taylor intenta atraer mi atención.
Ignorándolo, vuelvo a llamar a Whelan.
—Troy Whelan.
—Soy Christian Grey. Dele a mi mujer el dinero. Lo que ella quiera.
—Señor Grey, no puedo...
—Sé que el banco custodia la reserva del Pacífico Noroeste. Simplemente transfiéralo desde la cuenta principal. O liquide algunos de mis activos. No me importa. Dele el dinero.
—Señor Grey, esto es muy irregular...
—Hágalo, Whelan. Encuentre la manera o cerraré todas las cuentas y transferiré el dinero de Grey Enterprises Holdings a otra parte. ¿Entendido?
Se produce un silencio al otro lado del teléfono.
—Ya arreglaremos el maldito papeleo más tarde —añado, en un tono más conciliador.
—Sí, señor Grey.
—Simplemente dele lo que quiera.
—Sí, señor Grey.
Cuelgo.
Tengo ganas de llorar. Tengo ganas de desmoronarme aquí mismo, en la azotea, y llorar a lágrima viva. Pero no puedo. Cierro los ojos y pienso que ojalá no hubiera nadie conmigo aquí arriba.
—Señor Grey... —La voz de Taylor atraviesa mi dolor.

Me vuelvo para mirarlo y veo que está pálido.

—¿Qué? —gruño.

—A Hyde le han dado la libertad bajo fianza. Está en la calle.

Lo fulmino con la mirada. ¿Qué demonios significa esto? ¿Hyde está en la calle? ¿Cómo es posible? Creía que ya habíamos solucionado ese asunto.

Taylor y yo nos miramos, preguntándonos: «¿Qué demonios pasa aquí?».

«¿Vas a dejarme?»

«¡No!»

«Es por ti. Por tu familia. Por favor. No.»

—¡Ana! —exclamo—. Está intentando retirar cinco millones de dólares.

Taylor abre los ojos como platos.

—¡Mierda! —dice.

Llegamos a la misma conclusión en el mismo instante. Sea lo que sea lo que narices esté haciendo, en el fondo sé que tiene algo que ver con el cabrón de Hyde. Pulso con fuerza el botón del ascensor mientras mi profunda desesperación se transforma en miedo. Miedo por mi esposa.

—¿Dónde está Sawyer?

—Está en el banco. Ha localizado el coche.

Entramos en el ascensor y pulso el botón del garaje mientras los rotores del *Charlie Tango* se ponen en marcha de nuevo. El ruido es ensordecedor.

—¿Tienes las llaves del coche? —le grito a Taylor mientras las puertas se cierran.

—Sí, señor.

—Vamos al banco. ¿Sabemos dónde está Hyde?

—No. Le enviaré un mensaje a Welch.

—Ha dejado un mensaje. Mierda… Seguro que era para darme la noticia de Hyde.

El ascensor tarda una eternidad en bajar al garaje. ¿A qué está jugando Ana? ¿Por qué no puede decirme si tiene problemas? El miedo me atenaza el corazón y las tripas, revolviéndome por dentro. ¿Qué puede ser peor que Ana me deje? La angustiosa imagen de mi sueño anterior aflora a mi cerebro, trayendo consigo antiguos recuerdos —mucho más antiguos—, recuerdos inquietantes: una mujer sin vida tendida en el suelo. Cierro los ojos.

No. Por favor. No.

—La encontraremos —dice Taylor con sombría determinación.

—Tenemos que hacerlo.

—Rastrearé la localización de su móvil —me asegura.

Las puertas se abren por fin y Taylor me da sus llaves del Q7. ¿Quiere que conduzca yo?

Contrólate, Grey. Tienes que sacar a tu mujer de este lío.

Quizá ese cabrón la está chantajeando.

Subimos al coche y arranco el motor. Los neumáticos chirrían cuando salgo marcha atrás de la plaza de aparcamiento y acelero para llegar a la entrada del garaje, aunque tengo que esperar unos segundos desquiciantes a que se levante la barrera.

—Vamos. Vamos. Vamos. ¡Vamos!

En cuanto se levanta la barrera, salimos a toda velocidad en dirección al banco.

Taylor coloca su teléfono en el salpicadero, esperando la señal de cobertura y maldiciendo impaciente en voz baja.

—Sigue en el banco —dice al fin.

—Bien.

Hay más tráfico de lo que esperaba. Es frustrante.

Vamos, vamos, vamos. ¡Vamos!

¿Por qué hace esto Ana? ¿Guardarse esta mierda y no decir nada? ¿Es que no confía en mí?

Pienso en mi comportamiento de los últimos días.

Vale, no ha sido ejemplar, ni mucho menos, pero ella ha llevado toda esta puta carga sobre sus hombros. ¿Por qué no puede pedir ayuda?

—¡Ana Grey! —grito al sistema Bluetooth del teléfono.

Al cabo de unos instantes, su teléfono empieza a sonar, y a sonar, y a sonar… y entonces salta el buzón de voz.

Se me cae el alma a los pies.

—Hola, has llamado a Ana. No puedo atender tu llamada en este momento, pero, por favor, deja un mensaje después de la señal y te llamaré en cuanto pueda.

¡Dios!

—¡Ana! ¿Qué coño está pasando? —grito. Me sienta bien gritar—. Voy a buscarte. Llámame. Habla conmigo. —Cuelgo.

—Todavía está en el banco —me informa Taylor.

—¿Y Sawyer sigue allí?

—Sí, señor.

—¡Llama a Sawyer! —grito en el manos libres y, momentos después, su móvil está sonando.

—¿Señor Grey?

—¿Dónde está Ana?

—Acaba de doblar una esquina y ha vuelto a entrar en una de las oficinas.

—Ve a buscarla.

—Señor, voy armado. No puedo pasar por los detectores. Estoy junto a la entrada vigilando los movimientos de Anast… de la señora Grey, y tengo un aspecto muy sospechoso. Si vuelvo al coche a guardar mi arma, puedo perderla.

Malditas armas de fuego.

—¿Cómo demonios ha conseguido darte esquinazo?

—Es una mujer con muchos recursos, señor Grey. —Parece como si hablara apretando los dientes, y reconozco esa sensación de frustración. Hace que me sienta un poco más comprensivo con él; ella también me saca de mis casillas.

—Cuando Ana ya esté con nosotros, querré un informe exhaustivo de todo lo ocurrido. El juez ha concedido a Jack Hyde la libertad bajo fianza, y tanto Taylor como yo tenemos la corazonada de que los últimos movimientos de Ana tienen algo que ver con él.

—¡Mierda! —exclama Luke.

—Exacto. Estamos a unos cinco minutos de ahí. No la pierdas de nuevo, Sawyer.

—Señor.

Cuelgo.

Taylor y yo permanecemos en silencio mientras avanzo sorteando el tráfico.

¿Qué te traes entre manos, Anastasia Grey?

¿Qué voy a hacer contigo cuando te recupere?

Varios escenarios desfilan por mi mente. Me remuevo en mi asiento.

No me jodas, Grey. Ahora no es el momento.

Taylor me sobresalta.

—Se ha puesto en movimiento.

—¿Qué? —Se me dispara el pulso mientras una descarga de adrenalina me recorre todo el cuerpo.

—Se dirige al sur por la Segunda.

—¡Llama a Sawyer! —grito. Momentos después, su móvil suena de nuevo.

—Señor Grey —responde inmediatamente.

—¡Se está moviendo!

—¿Qué? Pues no ha salido por la entrada principal. —Por su tono, parece confuso.

—Se dirige al sur por la Segunda —interviene Taylor.

—Estoy en ello. Llamaré desde el coche. —Es evidente que Sawyer está corriendo—. No ha salido con su coche. El vehículo todavía sigue aquí.

—¡Mierda! —grito.

—Sigue yendo en dirección sur por la Segunda —dice Taylor—. Un momento. Acaba de girar a la izquierda en Yesler.

Pasamos por mi banco. No tiene sentido que nos detengamos ahí ahora.

—¿Eso son tres manzanas? —le pregunto.

—Sí, señor.

Doy gracias a Dios por enésima vez de que Taylor esté aquí conmigo. Él conoce esta ciudad como la palma de su mano, lo cual es asombroso, ya que proviene de una pequeña localidad rural de Texas, en mitad de la nada.

Tres minutos después, nos dirigimos al este por Yesler.

—Sigue en Yesler —dice Taylor con un gruñido y con los ojos pegados al teléfono—. Ha doblado hacia el sur. Por la Veintitrés. Eso está a ocho manzanas de aquí.

—Estoy justo detrás de ustedes —anuncia Sawyer a través del manos libres.

—Pégate a mí. Voy a intentar zigzaguear entre el tráfico. —Miro a Taylor—. Ojalá fueras conduciendo tú.

—Lo está haciendo muy bien, señor.

¿Adónde coño va? ¿Y con quién?

Permanecemos en silencio durante varios minutos. Me concentro en la carretera mientras Taylor va dando indicaciones de vez en cuando. Seguimos en dirección sur y luego al este de nuevo, ahora principalmente a través de calles residenciales.

—Ha doblado hacia el sur por la Treinta.

Seguimos avanzando unas manzanas más y luego torcemos hacia el este.

—Se ha detenido. En South Day Street. Está a dos manzanas.

Un miedo denso y corrosivo se instala en mi estómago mientras avanzo a toda velocidad por las calles secundarias.

Tres minutos más tarde, entro en South Day Street.

—Reduzca la velocidad —me ordena Taylor, sorprendiéndome, pero hago lo que me dice—. Está por aquí en alguna parte. —Se inclina hacia delante y examinamos ambos lados de la calle.

Hay una hilera de edificios abandonados en mi lado.

—¡Mierda! —Veo a una mujer de pie en un aparcamiento ruinoso con las manos levantadas en el aire junto a un Dodge negro. ¡El Dodge! Doy un volantazo, entro en el aparcamiento y ahí está ella…

En el suelo. Inmóvil. Con los ojos cerrados.

Ana. Mi Ana… ¡No! Todo se mueve a cámara lenta mientras me quedo sin aire en los pulmones. Mi peor pesadilla hecha realidad. Aquí. Ahora.

Taylor sale del coche antes de que yo frene del todo, derrapando y haciendo chirriar los neumáticos. Le sigo, dejando el motor en marcha.

—¡Ana! —grito. Por favor, Dios. Por favor, Dios. Por favor, Dios.

Yace inerte sobre el suelo de cemento. Delante de ella, el cabrón de Hyde está rodando por el suelo, gritando de dolor mientras se agarra la parte superior de la pierna. Unos hilos de sangre se escurren entre sus dedos. La mujer retrocede, manteniendo las manos en el aire mientras Taylor desenfunda su arma.

Sin embargo, es Ana quien acapara toda mi atención. Está tumbada e inmóvil en el suelo frío y duro.

¡No!

Esto es lo que llevo temiendo desde el preciso instante en que la conocí. Este momento. Me arrodillo a su lado, aterrorizado ante la idea de tocarla.

Taylor recoge la pistola que está a su lado y le ordena a la mujer que se tumbe en el suelo.

—No me dispare, no me dispare —farfulla.

¡Mierda! Es Elizabeth Morgan, de Seattle Independent Publishing.

¿Cómo diablos puede estar implicada en esta puta mierda?

De pronto, Sawyer aparece a nuestro lado. Saca su arma para apuntar a Elizabeth y vigilar sus movimientos.

Hyde sigue lanzando alaridos de dolor.

—¡Ayúdenme! ¡Ayúdenme! Esa zorra me ha disparado.

Hacemos caso omiso de sus súplicas.

Taylor se agacha y comprueba el pulso de Ana, apoyando un dedo bajo su mandíbula.

—Está viva. El pulso es fuerte —dice. Gracias a Dios. Luego le da instrucciones a Sawyer—: Llama al 911, ahora. Que venga una ambulancia y la policía.

Sawyer busca su teléfono mientras Taylor recorre con las manos el cuerpo de Ana, rápidamente y con delicadeza, para comprobar si tiene lesiones.

—Creo que no hay ninguna hemorragia.

—¿Puedo tocarla?

—Puede que se haya roto algo. Es mejor que no lo haga hasta que lleguen los paramédicos y le den permiso para hacerlo.

Oh, no. Mi esposa. Mi chica. Mi chica preciosa.

Le acaricio el pelo y le coloco un mechón por detrás de la oreja con suavidad. Parece como si estuviera dormida, aunque tiene una marca roja en la cara. ¿Te ha pegado, joder? ¿Él te ha hecho esto?

En ese momento dirijo toda mi atención hacia Hyde, que sigue gritando, el muy cabrón. Una nueva inyección de adrenalina me recorre el torrente sanguíneo.

El hijo de la gran puta. Le ha puesto la mano encima a mi mujer y ella le ha disparado.

Dios mío, Ana le ha disparado.

Me pongo de pie y me sitúo encima de él mientras se sigue retorciendo en el suelo. Y antes de saber lo que estoy haciendo, me apoyo en el Dodge, retiro la pierna hacia atrás para darme impulso y le doy una patada en el estómago con todas mis fuerzas, con rabia. Dos, tres veces, impulsando todo mi peso con cada patada.

Él se pone a chillar.

—¡¿Le has hecho esto a mi mujer, cabrón?! —grito con toda mi rabia, y le doy otra patada.

Levanta las manos para protegerse el estómago y yo le piso con todo el peso de mi cuerpo la herida abierta del muslo. Vuelve a gritar, lanzando un chillido de dolor distinto, más fuerte y salvaje. Me agacho, le agarro las solapas de la chaqueta y le golpeo la cabeza contra el suelo una, dos veces. Abre mucho los ojos, desorbitados de miedo, mientras me agarra las manos y me mancha con su sangre.

—¡Te voy a matar, maldito hijo de puta psicópata!

Oigo voces desde el otro extremo del túnel.

—¡Señor Grey! ¡Señor Grey! ¡Grey! ¡Christian! ¡Christian, basta!

Es Taylor. Él y Sawyer me agarran para apartarme de esa escoria de Hyde.

Taylor me sujeta por ambos hombros y me zarandea.

—¡Christian! ¡Basta! ¡Ya basta! —Me zarandea una vez más.

Lo miro parpadeando y me lo quito de encima.

¡No me toques!

Taylor se coloca entre Hyde y yo, mirándome como si hubiera perdido el juicio, como si fuera un arma letal, listo para atacar. Tomo aire mientras la niebla roja y asesina se disipa.

—Estoy bien —murmuro.

—Cuide de su mujer, señor. —El tono de Taylor es rotundo.

Asiento con la cabeza y miro una vez más al cabrón del suelo. Se está meciendo suavemente, lloriqueando como la sabandija que es y agarrándose el muslo. Se ha meado encima, el puto asqueroso.

—Deja que se desangre —le murmuro a Taylor, y me doy media vuelta. Me arrodillo junto a Ana y me inclino para escuchar su respiración, pero no oigo nada. El pánico vuelve a apoderarse de mí.

—¿Aún respira? —digo, mirando a Taylor.

—Mire el movimiento de su pecho, cómo se mueve arriba y abajo. —Taylor se inclina de nuevo y comprueba su pulso—. Sigue latiendo con fuerza.

Oh, Ana. ¿En qué estabas pensando? ¿Y el bebé?

Las lágrimas me escuecen en los ojos. No soporto esta sensación de impotencia. Quiero estrecharla entre mis brazos y sollozar en su pelo, pero no puedo tocarla. Esto es una tortura. ¿Dónde está la puta ambulancia?

—La chica. La chica —dice Elizabeth de repente.

¿Qué chica? Todos nos volvemos para mirarla, tendida en el suelo.

—Dentro —dice—. Allí. Ese edificio. —Señala hacia arriba con la barbilla.

¿Es una trampa?

Oigo la orden serena de Taylor.

—Sawyer, mira ahí dentro.

Percibo el ruido de las sirenas a lo lejos. ¡Gracias a Dios!

—¡Taylor! —Cuando me vuelvo, Sawyer está de pie en la puerta—. Tienen a la señorita Grey ahí dentro.

—¡Quédese aquí, Christian! —Taylor levanta un dedo a modo de advertencia.

¿Mia? ¿Mi hermana pequeña? El miedo me estremece las entrañas. ¿Qué le ha hecho ese cabrón a mi hermana? Paralizado, observo cómo Taylor desaparece en el interior del edificio mientras Sawyer lo mira desde la puerta.

«Es por ti. Por tu familia. Por favor. No.»

Y en ese momento, lo que dijo Ana cobra todo el sentido. La miro fijamente y en ese preciso instante sé que podría haber muerto asesinada por ese puto cabrón. La bilis me trepa hasta la garganta y el tiempo se paraliza hasta que Taylor reaparece de nuevo.

—Está bien, creo. Está drogada. Dormida. No hay signos evidentes de lesiones ni de agresión. Está completamente vestida. No quiero moverla. Dejaremos que lo hagan los paramédicos.

—¿Mia? —exclamo, sin poder creerme el horror de la situación.

Él asiente con la cabeza. Su boca dibuja una línea recta y sombría.

Las sirenas se oyen cada vez más cerca.

¿Qué coño pensaba hacerle Hyde a mi hermana? Sigue gimoteando como un perro herido, ahora en voz más baja, y sospecho que ha perdido mucha sangre. Me importa una mierda. Me dan ganas de matarlo, despacio y entre fuertes dolores... pero dos ambulancias, dos coches patrulla y un camión de bomberos se acercan acompañados de luces intermitentes y una cacofonía de sirenas, quebrando la paz del vecindario y salvándole el pellejo a Hyde.

Estoy en mitad de una pesadilla, sentado entre Mia y Ana en la ambulancia mientras atravesamos Seattle a toda velocidad. Tengo la cabeza enterrada en las manos, con el corazón en la boca, mientras rezo por las dos. No soy un hombre religioso, pero ahora mismo haría cualquier cosa, incluso suplicarle a Dios, con tal de saber que mi esposa, nuestro bebé y mi hermana van a estar bien.

—Las constantes vitales son buenas, señor Grey, tanto en el caso de su mujer como en el de su hermana —dice el paramédico, con los ojos oscuros rebosantes de compasión.

—Mi esposa está embarazada.

El paramédico mira a Ana.

—Señor, no hay signos evidentes de hemorragia.

Palidezco, consciente de que está haciendo todo lo posible por tranquilizarme, pero no funciona.

—¿Por qué sigue inconsciente? —pregunto con un hilo de voz.

—Los médicos podrán determinar el motivo cuando lleguemos.

Mia se revuelve, murmurando incoherencias. Está volviendo en sí. Es obvio que la han drogado, pero al menos está tranquila. Le agarro la mano y se la aprieto.

—No pasa nada, Mia. Estamos aquí.

Murmura algo más, pero aunque todavía no ha abierto los ojos, me aprieta la mano y vuelve a relajarse en lo que espero que sean los brazos del sueño.

Mi hermana, mi mujer, mi hijo nonato. Debería haber matado a Hyde cuando tuve la oportunidad. Una rabia impotente me atenaza el estómago una vez más y cierro los ojos con fuerza, tratando de disiparla. Tengo ganas de llorar. Tengo ganas de aullar para dar rienda suelta a este dolor, pero no puedo.

Mierda. Estoy agotado. Las últimas palabras que intercambié con Ana...

«¿Vas a dejarme?»

«¡No!»

«Es por ti. Por tu familia. Por favor. No.»

Le dije que siempre la querría. Al menos eso sí lo hice.

Por favor, despierta, Ana.

En el fondo de mi alma, estoy preocupado por el bebé. ¿Era verdad que

Ana se encontraba mal o se lo inventó? Este... estrés, joder. No puede ser bueno para el niño.

Mi hijo. ¿Estará bien?

Llegamos al fin a la sala de urgencias y me excluyen inmediatamente mientras los paramédicos entran en acción.

Mamá y papá están allí, esperando. Corren a la camilla que lleva a mi hermana dormida o inconsciente. Grace mira a Mia y se le saltan las lágrimas. Le coge la mano.

—Te quiero, cariño —exclama mientras los paramédicos se llevan a Mia hacia las puertas dobles, donde papá ya no puede entrar.

Se aparta a un lado y observa cómo mamá los sigue a través del triaje de urgencias.

Una enfermera y un médico se ocupan de la camilla de Ana.

—Cuidado con mi mujer. Está embarazada. —Tengo la voz ronca y apagada de preocupación.

—Cuidaremos muy bien de ella —dice el médico adjunto.

Suelto la mano de Ana y se la llevan detrás de Mia.

Carrick se reúne conmigo, con el rostro ceniciento y aparentando todos los años que tiene.

Nos miramos fijamente.

—Papá —susurro con voz trémula.

—Oh, hijo... —Carrick separa los brazos y, por primera vez en mi vida, me adentro en ellos y él me abraza. Me trago mi emoción y me agarro a su chaqueta, sintiéndome más que agradecido por su fortaleza silenciosa, su presencia tranquilizadora y su olor familiar, pero, sobre todo, por su amor—. Todo va a salir bien, hijo, ya lo verás. Las dos se van a recuperar.

—Se van a recuperar —repito como un mantra mientras me arde la garganta con la angustia reprimida—. Se van a recuperar.

Pero no lo sabe con certeza. Solo rezo para que sea cierto.

Doy un paso atrás, consciente de pronto de que somos dos hombres abrazados en la entrada de urgencias. Carrick sonríe y me aprieta el hombro.

—Vamos a la sala de espera. Allí me cuentas lo que ha pasado y les decimos a las enfermeras que te atiendan.

—Vale. —Asiento con la cabeza y me miro las manos. ¡Mierda! Todavía están manchadas con la sangre de ese mamón.

Ana está pálida, salvo por el moretón en la mejilla donde el hijo de puta debe de haberle golpeado. Tiene los ojos cerrados como si solo estuviera durmiendo, pero sigue inconsciente. Tiene un aspecto conmovedoramente joven e indefenso. Un gran número de tubos entran y salen de su cuerpo. Mi corazón se estremece y se retuerce de miedo, pero la doctora Bartley está tranquila mientras examina a mi malherida esposa.

—Tiene una contusión en las costillas, señor Grey, y una fractura en el cráneo, justo bajo el nacimiento del pelo, pero sus constantes vitales son estables y fuertes.

—¿Por qué sigue inconsciente?

—La señora Grey ha sufrido un fuerte golpe en la cabeza. Pero su actividad cerebral es normal y no hay inflamación. Se despertará cuando esté preparada para ello. Solo dele un poco de tiempo.

—¿Y el bebé? —murmuro.

—El bebé está bien, señor Grey.

—Oh, gracias a Dios. —Una oleada de alivio me inunda todo el cuerpo como un ciclón.

Gracias a Dios.

—Señor Grey, ¿tiene alguna otra pregunta?

—¿Puede oírme?

La sonrisa de la doctora Bartley es afable.

—¿Quién sabe? Si puede, estoy segura de que le encantaría oír su voz.

Yo no estoy tan seguro. Estará enfadada. Yo pensaba que me iba a dejar.

—Mi colega, el doctor Singh, examinará a su esposa más tarde.

—Gracias —murmuro, y se va.

Acerco una silla y me siento junto a Ana. Le tomo la mano con ternura, alegrándome al ver que está caliente. Se la aprieto con delicadeza, con la esperanza de despertarla.

—Despierta, cariño, por favor —le susurro—. Enfádate conmigo, pero despierta, por favor—. Inclinándome hacia delante, le rozo los nudillos con mis labios—. Perdóname. Perdóname por todo. Por favor, despierta.

Por favor. Te quiero.

Le cojo la mano entre las mías, presiono la frente contra mis dedos y me pongo a rezar.

Por favor, Dios. Por favor. Devuélveme a mi mujer.

Ana está durmiendo en la habitación, sumida en una completa oscuridad salvo por la luz de la lámpara de la mesilla y la débil iluminación que se cuela por debajo de la puerta. Con la chaqueta a modo de manta, voy dando cabezadas en la silla, tratando de vencer al sueño. Quiero estar despierto cuando ella recobre el conocimiento.

La puerta se abre, despertándome, y veo entrar a Grace.

—Hola, cariño —susurra, con la cara pálida y sin gota de maquillaje. Parece tan cansada y derrotada como me siento yo.

—Mamá. —Estoy demasiado cansado para levantarme.

—Solo venía a ver cómo estáis, porque me voy a ir a dormir un poco. Carrick se va a quedar con Mia.

—¿Cómo está?

—Está bien. Enfadada. Aún bajo los efectos de las drogas. Tratando de dormir. ¿Y Ana?

—Sin cambios.

Grace coge el historial médico de Ana del extremo de la cama y examina las notas. Abre los ojos como platos y da un respingo.

—¡Está embarazada!

Asiento con la cabeza, demasiado destrozado y preocupado para reaccionar de otro modo.

—Oh, Christian, es una noticia maravillosa. Enhorabuena. —Da un paso adelante y me agarra el hombro.

—Gracias, mamá. Aún es pronto. —Creo.

—Lo entiendo. Lo normal es anunciarlo a las doce semanas. Cariño, estás agotado. Vete a casa a dormir.

Niego con la cabeza.

—Dormiré cuando Ana se despierte.

Frunce los labios, pero no hace ningún comentario y se inclina para besarme la cabeza.

—Se despertará, Christian. Dale algo de tiempo. Procura dormir un poco.

—Adiós, mamá.

Me alborota el pelo.

—Te veo por la mañana. —Se va tan sigilosamente como llegó, dejándome más desamparado que nunca.

Solo para torturarme, y también para mantenerme despierto, reproduzco en mi cabeza mis malas acciones de los últimos días.

He sido un gilipollas.

Por lo del bebé.

Por ver a Elena.

Por no pedir perdón.

Y para colmo, creí a Ana... creí a Ana cuando dijo que iba a dejarme.

Se me cierran los ojos y la cabeza se me cae hacia delante, despertándome. Joder.

Miro a mi mujer, implorándole en silencio que abra los ojos.

Ana. Por favor. Vuelve a mí.

—Y entonces podré disculparme. Como es debido. Por favor, cariño. —Le cojo la mano, me la llevo a los labios una vez más y beso cada nudillo—. Te echo de menos.

Recostándome hacia atrás, cierro los ojos, solo un segundo.

Viernes, 16 de septiembre de 2011

M e despierto al cabo de un rato. Mierda. ¿Cuánto tiempo ha pasado? Echo un vistazo al reloj: casi tres horas. Miro a mi mujer y veo que sigue durmiendo plácidamente.

Aunque no duerme. Está inconsciente.

—Vuelve conmigo, nena —le susurro.

—Christian.

—¡Papá! Qué susto me has dado.

—Disculpa.

Carrick aparece entre las sombras.

—¿Cuánto llevas ahí de pie?

—No mucho. No quería despertarte. La enfermera acaba de estar aquí para tomarle las constantes. Está todo bien. —Se vuelve para contemplar a mi mujer—. Grace me ha dicho que está embarazada de mi nieto.

La adoración brilla en su mirada, que no aparta de Ana.

—Sí, así es.

—Enhorabuena, hijo.

Le doy las gracias con una sonrisa apagada.

—Puso al niño y a sí misma en peligro.

Me estremezco, y no sé si es porque por la noche desciende la temperatura o por la facilidad con que Ana podría haber muerto.

Carrick aprieta los labios con gesto serio y luego se vuelve hacia mí.

—Estás agotado. Deberías ir a casa a descansar.

—No pienso apartarme de su lado.

—Christian, deberías dormir un poco.

—No, papá. Quiero estar aquí cuando despierte.

—Ya me quedo yo con ella. Es lo menos que puedo hacer después de que salvara a mi hija.

—¿Cómo está Mia?

—Durmiendo. Estaba atontada, asustada y enfadada. Aún pasarán unas horas antes de que expulse todo el Rohypnol del organismo.

—Jesús.

Hyde es un cabrón hijo de puta tarado y retorcido.

—Lo sé. No puedo sentirme más imbécil por haber descuidado su seguridad. Me avisaste, pero Mia es tan tozuda... Si no fuera por Ana...

—Todos pensábamos que Hyde ya no pintaba nada. Y la cabeza de chorlito de mi mujer... ¿Por qué no me lo dijo?

Las lágrimas que no he derramado me abrasan la garganta.

—Christian, tranquilo —dice acercándose a mí con gesto amable—. Ana es una joven extraordinaria. Fue muy valiente.

—Valiente, cabezota, testaruda y una cabeza de chorlito. —La voz se me quiebra en la última palabra, luchando para contener la emoción.

Pero ¿qué le habría ocurrido a Mia de no ser por Ana?

Es todo muy confuso. Me agarro la cabeza con las manos, ya no sé qué pensar.

—Eh. —Mi padre apoya la mano en mi hombro, y agradezco su gesto de consuelo—. No seas tan duro con ella, ni contigo, hijo. Será mejor que vuelva con tu madre. Son más de las tres de la madrugada, Christian. Deberías intentar dormir un poco, de verdad.

—Creía que mamá se había ido a casa.

Carrick resopla, ligeramente exasperado.

—No quería separarse de Mia. Es cabezota, como tú. Enhorabuena de nuevo por el bebé. Una buena noticia, a pesar de las circunstancias.

Siento que la sangre me abandona la cabeza. Nunca seré tan buen padre como Carrick.

—Eh, tú puedes con esto —dice con voz amable.

Me fastidia que haya sido capaz de diagnosticar mi angustia con tanta precisión, pero es todo fruto del cansancio y el desánimo.

Qué perspicaz, papá.

—Serás un gran padre, Christian, deja de preocuparte. Aún te quedan unos meses para ir haciéndote a la idea. —Vuelve a darme unas palmaditas en el hombro—. Vendré más tarde.

—Buenas noches, papá.

Lo miro mientras cierra la puerta sin hacer ruido.

Conque un gran padre, ¿eh?

Descanso la cabeza entre las manos.

Ahora mismo, solo quiero que me devuelvan a mi mujer. No quiero pensar en el bebé.

Me levanto y me estiro. Es tarde. Estoy agarrotado, dolorido y agobiado por la preocupación.

¿Por qué no se despierta? Me inclino y le doy un beso en la mejilla. Noto su piel suave y tranquilizadoramente cálida contra mis labios.

—Despierta, nena —susurro—. Te necesito.

—Buenos días, señor Grey.

¿Qué? Vuelvo a despertarme con un respingo cuando la enfermera descorre las cortinas para que la luz dorada del otoño inunde la habitación. Es la mayor de todas, no recuerdo cómo se llama.

—Voy a echarle un vistazo a la vía.

—Claro —balbuceo—. ¿Tengo que salir?

—Como usted prefiera.

—Iré a estirar las piernas.

Estoy hecho una mierda. Me levanto y, tras una última mirada a mi mujer, salgo al pasillo con paso vacilante. Puede que vaya a buscar un café.

Taylor llega sobre las ocho y media con el cargador del móvil y algo para desayunar (cortesía de la señora Jones). Me pregunto si es una ofrenda por su parte. Un vistazo al interior de la bolsa marrón de papel me confirma que así es: dos cruasanes de jamón y queso. Huelen de maravilla. Y tengo un termo de café que sabe a café.

—Por favor, dale las gracias a Gail de mi parte.

—No se preocupe. ¿Cómo está la señora Grey?

Mira a Ana; la tensión de la mandíbula delata su inquietud.

—Todo parece indicar que va bien. Solo estamos esperando a que se despierte. No me puedo creer que pasáramos el fin de semana anterior en el OHSU y que este estemos en el Northwest.

Taylor asiente, comprensivo.

—Ya que estás aquí, podrías ponerme al día. No quiero separarme de ella.

Le ofrezco el sillón que hay a mi lado. Mientras me acabo el desayuno, me cuenta qué ocurrió después de que las ambulancias se marcharan de la escena del crimen.

—… y la policía ha recuperado el teléfono de la señora Grey.

—Ah.

—Lo puso en una de las bolsas con el dinero.

—¿En serio? —Miro a mi mujer, que continúa dormida. Qué lista—. ¿Estábamos siguiendo el dinero?

—Así es —contesta Taylor, evidentemente impresionado por el ingenio de Ana—. Lo tiene la policía.

Es la primera vez en todo este tiempo que pienso en los cinco millones de dólares.

—¿Lo recuperaremos?

—En algún momento, señor.

Entorno los ojos. Es el menor de mis problemas.

—Le diré a Welch que hable con la policía y que se ocupe él de la devolución del dinero.

—Hyde está aquí, recuperándose. Lo tienen bajo custodia policial —me informa Taylor.

—Ojalá Ana hubiera acabado con él.

Taylor se guarda su opinión, y recuerdo cuando estaba dándole una paliza a ese cabrón y me apartó de Hyde. Aún no sé si hizo bien o mal. Mierda. Si Taylor no hubiera intervenido, ahora mismo yo estaría en una celda.

—El detective Clark quiere hablar con usted cuando sea posible —dice Taylor, aprovechando para cambiar de tema inteligentemente cuando le doy un mordisco al segundo cruasán.

—Ahora no es el momento.

—Ryan ha recogido el coche de la señora Grey. Aparte de una multa de aparcamiento, por lo demás está intacto. —Tuerce el gesto en una sonrisa—. Sawyer está cabreado por haber dejado que la señora Grey se le escapara.

—No me extraña.

—Hay fotógrafos acampados frente al hospital.

Joder.

Me suena el teléfono. Es Ray. Mierda.

—Ray. Buenos días.

—Tengo que ver a Annie.

Ray se ha enterado de las heroicidades de Ana por cortesía de los medios de comunicación y ahora insiste en verla. Teniendo en cuenta que es el único hombre en el mundo que me intimida, no puedo negarme.

Le digo a Taylor que puede irse y treinta minutos después Ray se encuentra al pie de la cama de Ana en su silla de ruedas.

—Annie —susurra cuando lo acerco un poco más—. ¿En qué estaba pensando? —dice con voz ronca.

Se ha afeitado y lleva unos pantalones cortos y una camiseta, así que a pesar de la pierna rota y las contusiones, vuelve a parecer él mismo.

—No lo sé, Ray. Tendremos que esperar a que se despierte para preguntarle.

—Si no le das una buena azotaina, te aseguro que se la daré yo. ¿En qué narices estaba pensando? —insiste, esta vez con mayor firmeza.

—Créeme, Ray, no será por ganas. —Como si Ana fuera a dejarme. Tomo la mano de mi mujer y se la aprieto mientras Ray sacude la cabeza—. Le disparó, ¿lo sabías?

Se queda boquiabierto.

—¿Al secuestrador?

—Sí.

—Vaya, la madre que la parió.

—Gracias por enseñarle a utilizar una pistola. Un día de estos podrías enseñarme a disparar a mí también.

—Christian, sería un honor.

Nos quedamos mirando a mi obstinada, temeraria y valiente mujer, cada uno agobiado por sus propios miedos mientras Ana continúa inconsciente.

—Avísame cuando se despierte.

—No te preocupes, Ray.

—Llamaré a Carla —murmura.

—Te lo agradecería. Muchas gracias.

Le besa la mano con los ojos empañados en lágrimas, y tengo que apartar la vista.

Cuando sale, llamo a la oficina y luego a Welch, que está en Detroit, siguiendo una pista sobre Hyde. No puede creer que el tipo encontrara a alguien que pagara la fianza. Lo siguiente que hará es averiguar quién y por qué. Llamará a su contacto en el Departamento de Policía de Seattle, a ver qué saben.

Paseo arriba y abajo delante de la ventana para luchar contra la fatiga mientras hablo por teléfono y vigilo a mi mujer. Continúa dormida durante las llamadas, continúa dormida a pesar de la frecuencia con que llegan flores de parte de la familia y los amigos, tanto es así que a media tarde la habitación parece una floristería, y continúa dormida por mucho que llamen para preguntar cómo está.

Todo el mundo quiere a Ana.

¿Cómo no van a quererla? Le acaricio la suave y traslúcida mejilla con los nudillos, tratando de contener las lágrimas.

—Nena, despierta. Por favor. Despierta y enfádate conmigo otra vez. Algo. Ódiame... Lo que sea. Pero despierta. Por favor.

Me siento a su lado y espero.

Kate irrumpe en la habitación sin llamar.

—Kate. Hola.

Asiente con la cabeza a modo de saludo, se apresura junto a la cama de Ana y le toma la mano.

—¿Cómo está?

Estoy muy cansado para esto.

—Inconsciente.

—¡Ana! ¡Ana! Despierta —le ordena Kate.

Venga ya, no me jodas. Ha llegado la tenaz señorita Kavanagh.

—Ya lo he intentado, Kate. Han dicho que se despertará ella sola.

Kate aprieta los labios con fuerza.

—¿Para qué tiene la cabeza que Dios le ha dado?

No pienso discutírselo.

Se vuelve hacia mí.

—¿Cómo estás tú?

No esperaba que me preguntara acerca de mi bienestar.

—Estoy bien. Preocupado. Cansado.

Asiente.

—Se te ve. ¿Habéis hecho las paces?

Suspiro.

—No exactamente. Cuando se despierte... —dejo la frase inacabada.

Por sorprendente que parezca, Kate se da por satisfecha y me deja tranquilo.

—Bueno, ¿y qué ha ocurrido? ¿Cómo ha acabado aquí?

Se cruza de brazos, lo cual deja bastante claro que la única manera de deshacerme de ella es contándoselo, así que le hago un breve resumen del secuestro de Hyde y del heroico y temerario rescate de mi hermana por parte de Ana.

—¡Mierda! —exclama Kate cuando termino—. ¿En qué narices estaba pensando? Se supone que ella es la lista.

—Ya.

—¿Sabes, Christian...? Te quiere muchísimo.

—Lo sé. Ana no estaría aquí en este estado si no fuera así.

Aprieto la mandíbula, me siento como una mierda por haber dudado de ella.

—Dile que he venido a verla.

—No te preocupes.

—Y espero que duermas algo.

Kate le aprieta la mano y se va tras echarle un último vistazo.

Gracias a Dios.

Me despierto cuando alguien llama a la puerta, y compruebo que se trata del detective Clark. Es la última persona que me apetece ver en estos momentos. No quiero compartir a mi mujer con nadie, no en este estado.

—Siento molestarle. Quería saber si habría alguna posibilidad de hablar con la señora Grey.

—Detective, como puede ver, mi mujer no se encuentra en condiciones de contestar ninguna pregunta.

Me levanto para saludarlo, hecho un guiñapo. Solo quiero que se vaya.

Por fortuna, la visita es breve, pero productiva. Me informa de que Elizabeth Morgan está cooperando de buen grado con la policía. Parece ser que Hyde tenía vídeos comprometidos de ella, con los que había conseguido coaccionarla para que colaborara con él. Fue Morgan quien se llevó a Mia del gimnasio.

—Hyde es un hijo de puta retorcido —masculla Clark—. La tiene bien tomada con su padre, y con usted.

—¿Sabe por qué?

—Aún no. Volveré cuando la señora Grey se despierte. Aquí está a salvo. Tenemos a Hyde esposado a la cama y con vigilancia policial las veinticuatro horas. Ese tipo no va a ir a ninguna parte.

—Eso me tranquiliza. ¿Recuperaremos el dinero?

Clark frunce el ceño.

—El rescate.

Sonríe de manera fugaz.

—En su debido momento, señor Grey.

—Es bueno saberlo.

—Le dejo descansar —dice.

—Gracias.

Tuerzo el gesto cuando el detective Clark cierra la puerta.

Hyde está aquí, en alguna parte del hospital, porque mi mujer le disparó.

Hiervo de rabia una vez más.

Podría ir a buscarlo y acabar el trabajo.

Está vigilado, Grey. Ojalá lo tengan entre rejas una larga temporada.

La doctora Bartley se pasa por la habitación.

—¿Qué tal está, señor Grey?

—Yo bien, es mi mujer quien me preocupa.

—Bueno, para eso he venido, vamos a echarle un vistazo.

Espero apartado mientras la doctora la examina.

—¿Por qué no se ha despertado? —pregunto.

—Es una buena pregunta. Lo normal es que ya lo hubiera hecho; sin embargo, ha vivido una experiencia traumática, por lo que cabe la posibilidad de que necesite seguir en este estado un poco más para procesarlo todo. ¿Estaba sometida a algún otro estrés?

La doctora Bartley me mira a los ojos y me sonrojo, sintiéndome culpable.

—Bueno, mmm… ¿El embarazo? —respondo de manera vaga.

—Se me ha ocurrido algo que podría hacer que despertase, pero puede tardar un poco en dar resultado. Además, no soy muy partidaria de tener sondada a una mujer embarazada durante mucho tiempo. Corre el riesgo de sufrir una infección urinaria.

—Claro, adelante. ¿Tengo que salir?

—Como usted prefiera.

—Iré a por un café.

El teléfono me suena en el pasillo. Es John Flynn.

—Christian, acabo de enterarme de lo de Ana. ¿Cómo está?

Suspiro y le hago un resumen telegráfico.

—En principio, debería despertar en cualquier momento, es solo que…

—Lo sé. Debe de ser duro para ti. Estoy seguro de que está en buenas manos. Tenía una llamada perdida tuya del otro día. Estaba en una reunión con el profesor de mi hijo.

Ah. La noche de mis transgresiones. Habría estado bien que hubiera contestado al teléfono.

—¿Hablamos la semana que viene? —pregunta Flynn.

—Sí.

—Si me necesitas, aquí estoy.

—Gracias, John.

—Hola, cariño.

Grace llega hacia el anochecer, con una fiambrera térmica.

—Mamá.

Me da un abrazo fugaz y luego me estudia con atención, llena de preocupación.

—¿Cuándo fue la última vez que comiste?

La miro sin verla mientras intento recordar.

—¿En el desayuno?

—Oh, Christian, son más de las ocho. Debes de estar muerto de hambre.

—Me acaricia la mejilla—. Te he traído macarrones con queso. Los he hecho para ti.

Estoy tan cansado que lo que me quema en la garganta se traslada a mis ojos.

—Gracias —susurro.

A pesar de que mi mujer no se ha despertado aún, descubro que estoy hambriento.

No, joder, estoy famélico.

—Voy a calentarlo un poco. Hay un microondas en el *office* de enfermería. Vuelvo enseguida.

Mi madre hace los mejores macarrones con queso de Estados Unidos, mejores incluso que los de Gail. Cuando vuelve, un aroma que hace la boca agua inunda la habitación y nos sentamos el uno al lado del otro, vigilando a mi bella mujer, que se empeña en seguir dormida, mientras mi madre va charlando.

—Nos hemos llevado a Mia a casa a media mañana. Carrick se ha quedado con ella.

—¿Cómo está? —pregunto.

—¡Christian! No se habla con la boca llena.

—Lo siento —mascullo con la boca llena... y se ríe.

Por primera vez desde hace una eternidad, mis labios se curvan en una sonrisa reticente.

—Así está mejor.

El amor maternal brilla en los ojos de Grace y debo confesar que me siento más optimista con ella a mi lado. Me acabo el último bocado y dejo el plato en el suelo, demasiado cansado para ponerlo en ninguna otra parte.

—Estaban deliciosos. Gracias, mamá.

—De nada, cariño. Tu mujer es muy valiente.

—Es una cabeza de chorlito —mascullo.

—¡Christian!

—Es que lo es.

Grace entorna la mirada y me mira con gesto inquisitivo.

—¿Qué ocurre?

—¿A qué te refieres?

—Pasa algo. Y no tiene nada que ver con que Ana esté inconsciente y tú agotado.

¿Cómo puede saberlo?

Grace no dice nada, su mirada penetrante habla por sí sola. El silencio se instala en la habitación, interrumpido únicamente por el rumor de la máquina que controla la presión arterial de Ana.

Joder.

Mujer metomentodo.

Es inútil... Confieso bajo su mirada escrutadora, como siempre.

—Tuvimos una pelea.

—¿Una pelea?

—Sí. Antes de que pasara todo esto. No nos hablábamos.

—¿A qué te refieres con que no os hablabais? ¿Qué hiciste?

—Mamá...

¿Por qué siempre da por hecho que es culpa mía?

—¡Christian! ¿Qué hiciste?

Trago saliva, y siento que la garganta me arde por las lágrimas contenidas, el agotamiento y la angustia.

—Perdí los estribos.

—Eh. —Grace me toma de la mano—. ¿Con Ana? ¿Por qué? ¿Qué había hecho?

—Nada de nada.

—No lo entiendo.

—Fue por lo del niño. No me lo esperaba. Me largué hecho una furia.

Mi madre me aprieta la mano con fuerza y de pronto me asalta la necesidad de contárselo todo.

—Vi a Elena —confieso en un susurro, invadido por una vergüenza abrumadora.

Mi madre agranda los ojos y me suelta la mano.

—¿A qué te refieres con ese «vi»? —susurra, pronunciando la última palabra con tanto desprecio que me descoloca.

«¿Te has acostado con ella?» Eso fue lo que me preguntó Ana... ¿Cuándo? ¿Ayer? ¿Antes de ayer?

¡Primero ella y ahora mi madre!

—¡No pasó nada! ¡Joder, mamá!

—Esa boca, Christian. ¿Qué querías que creyera?

—Solo hablamos. Y me emborraché.

—¿Que te emborrachaste? ¡Mierda!

—¡Mamá! ¿Y ahora qué? No digas palabrotas. No te pega.

Aprieta los labios con fuerza.

—Eres el único de mis hijos que me hace usar un lenguaje tan vulgar. Me dijiste que cortarías todos los lazos con ella.

Su mirada airada está cargada de reproche.

—Lo sé, pero quedar con ella me ayudó a verlo todo de otro modo. Ya sabes, respecto al niño. Por primera vez me sentí... incómodo. Más que incómodo. Lo que hicimos. No estuvo bien.

—Lo que hizo ella, cariño. ¡Tú eras un crío! —Frunce los labios y suspira a continuación—. Christian, los hijos es lo que tienen, te hacen ver el mundo desde otra perspectiva.

—Por fin lo entendió. Creo. Igual que yo. He acabado con Elena, pero le hice daño a Ana.

La vergüenza me abruma una vez más.

—Siempre hacemos daño a quienes queremos, cariño. Tendrás que decirle que lo sientes. Pero de verdad, y darle tiempo.

—Dijo que iba a dejarme.

—¿Y la creíste?

—Al principio, sí.

—Cariño, siempre esperas lo peor de todo el mundo, incluso de ti mismo. Te ha ocurrido toda la vida. Ana te quiere mucho, y es obvio que tú la quieres a ella.

—Estaba muy enfadada conmigo.

—No me extraña. Yo también lo estoy ahora mismo. Creo que solo puedes enfadarte de verdad con alguien a quien quieres de corazón.

—Estuve dándole vueltas, y ella me ha demostrado una y otra vez lo mucho que me quiere, hasta el punto de poner su vida en peligro.

—Sí, así es, cariño.

—Oh, mamá, ¿por qué no despierta?

De pronto, no puedo más. El nudo que me atenaza la garganta me asfixia y me siento sobrepasado: la pelea, Ana abandonándome, a punto de morir, Hyde, Mia... Joder... Y aunque he intentado contener las lágrimas, ya no puedo más.

—Casi la pierdo.

Expreso mi miedo más íntimo con palabras estranguladas y apenas audibles y el dique se rompe.

—Oh, Christian —susurra mi madre con voz ahogada.

Me estrecha contra sí viendo cómo me desmorono y, por primera vez en mi vida, lloro en brazos de mi madre: por mi mujer, por mi destrozada mujer, y por mí mismo y lo capullo que he sido.

Mierda. Mierda. Mierda.

Grace me mece adelante y atrás, besándome el pelo y pronunciando suaves palabras de consuelo mientras me deja llorar.

—Todo va a ir bien, Christian. Todo va a ir bien.

Me abraza. Con fuerza. Y no quiero que me suelte.

Mamá.

La primera mujer que me salvó.

Enderezo la espalda para limpiarme la cara y veo que ella también está llorando.

—Joder, mamá, no llores más.

Sus lágrimas se convierten en sonrisas. Me alarga un pañuelo de papel que saca del bolso y coge otro para ella.

—Has tardado veinticuatro años en dejar que te abrace —dice con tristeza mientras me acaricia la cara.

—Lo sé, mamá.

—Mejor tarde que nunca.

Se da unos suaves golpecitos en la mejilla y le sonrío con ojos llorosos.

—Me alegro de que hayamos hablado.

—Yo también, cariño. Siempre estaré aquí para lo que necesites. —Me mira con un amor infinito y sonríe risueña—. ¡No me puedo creer que vaya a ser abuela!

La noche ha avanzado. Es tarde. No sé qué hora es, y estoy muy cansado para mirarlo. Ana continúa en su propio mundo.

—Oh, nena, por favor, vuelve conmigo. Lo siento. Siento todo. Despierta. Te echo de menos. Te quiero.

Le beso los nudillos y apoyo la cabeza en mis brazos, sobre su cama.

Siento que unos dedos se enredan en mi pelo con delicadeza, una sensación con la que curiosamente disfruto en este sueño. Mierda. Me despierto de inmediato y me incorporo. Ana está mirándome con esos preciosos ojos, grandes y azules. El corazón me estalla de dicha. Nunca en la vida me había alegrado tanto de ver esos ojos.

—Hola —me saluda con voz áspera y ronca.

—Oh, Ana…

Oh, gracias a Dios, gracias a Dios, gracias a Dios. Le agarro la mano y me acerco la palma a la cara hasta que acaba acariciándome.

—Necesito ir al baño —susurra.

—Vale.

Intenta sentarse.

—Ana, no te muevas. Voy a llamar a una enfermera. —Me pongo de pie y aprieto el botón de llamada que hay junto a la cama.

—Por favor —susurra—. Necesito levantarme.

—¿Por qué no haces lo que te digo por una vez? —replico.

—Necesito hacer pis urgentemente —insiste con voz ronca.

Cuando llega la enfermera, sonríe al ver que Ana por fin está consciente.

—Bienvenida de vuelta, señora Grey. Le diré a la doctora Bartley que está despierta. —Se acerca a la cama de Ana—. Me llamo Nora. ¿Sabe dónde está?

Los ojos azules le brillan con inocencia.

—Sí. En el hospital. Necesito hacer pis.

—Iré a buscar una cuña —dice la enfermera Nora.

Ana cierra los ojos con fuerza, horrorizada ante la idea.

—Por favor, quiero levantarme.

—Señora Grey…

Nora no parece muy partidaria.

—Por favor.

—Ana… —intervengo, viendo que intenta incorporarse.

—Señor Grey, estoy segura de que la señora Grey agradecería un poco de privacidad.

Nora enarca una ceja y por el tono entiendo que pretende echarme.

Ni lo sueñes, guapa.

—No voy a ir a ninguna parte.

—Christian, por favor. —Ana me agarra la mano y se la aprieto, infinitamente agradecido de que haya recuperado la consciencia—. Por favor —repite. Mierda.

—¡Vale! —Me paso la mano por el pelo, contrariado por que quiera deshacerse de mí tan pronto—. Tiene dos minutos —le espeto a la enfermera Nora. Me inclino y le doy un beso en la frente a mi mujer antes de salir de la habitación con paso airado.

Camino arriba y abajo por el pasillo.

Ana no me quiere a su lado.

Tal vez es que no soporta verme.

¿Quién podría echárselo en cara?

Joder. No aguanto más.

Irrumpo en la habitación y veo que Nora está ayudando a Ana a levantarse.

—Deje que la lleve yo —digo.

—Señor Grey, yo puedo —me regaña la enfermera Nora, lanzándome una mirada gélida.

—Maldita sea, es mi mujer. Yo la llevaré.

Aparto el soporte del gotero de mi camino.

—¡Señor Grey! —me reprende Nora, pero decido ignorarla y rodeo a mi mujer con los brazos, despacio, antes de levantarla con sumo cuidado.

Ana se agarra a mi cuello y la llevo hasta el cuarto de baño de la habitación. La enfermera Nora nos sigue empujando el soporte del gotero.

—Señora Grey, pesa usted muy poco.

Dejo a Ana en el suelo, aunque sigo sujetándola con una mano por si se cae. No la veo muy estable. Enciendo la luz y Ana se tambalea.

¡Mierda!

—Siéntate, no vaya a ser que te caigas.

No la suelto. Con cuidado, hace lo que le pido, y una vez que está sentada, dejo de sujetarla.

—Vete —me pide, haciendo un gesto con la mano para que salga.

—No. Haz pis, Ana.

—No puedo contigo ahí.

Me mira, suplicándome con sus ojos grandes y oscuros.

—Podrías caerte.

—¡Señor Grey!

Nora no parece contenta, pero los dos la ignoramos.

—Por favor —insiste Ana.

Joder. Contrólate, Grey.

—Estaré esperando ahí mismo. Con la puerta abierta.

Me reúno con Nora, que me fulmina con la mirada.

—Vuélvete, por favor —dice Ana, provocándome una sonrisa.

Nos hemos hecho de todo mutuamente, pero ¿esto es un límite infranqueable para ella? Pongo los ojos en blanco, pero hago lo que me pide.

Nora masculla algo entre dientes y creo que he pillado la palabra «entrometido», pero que Ana haya despertado me produce tal alivio que ni siquiera me importa.

Un par de minutos después, Ana anuncia que ha acabado. Vuelvo a cogerla en brazos y me animo cuando ella me rodea el cuello con los suyos. Entierro la nariz en su pelo, pero me asusto al comprobar que no huele a Ana, sino a sustancias químicas, a hospital y a puto trauma. Me da igual. Está conmigo.

—Oh, cuánto la he echado de menos, señora Grey —susurro, y la dejo en la cama mientras la enfermera Nora me sigue con el gotero, como una carabina ceñuda.

—Si ya ha acabado, señor Grey, me gustaría ver cómo está la señora Grey.

Está enfadada, se le nota en la cara de pocos amigos.

Me aparto y levanto las manos, dándome por vencido.

—Toda suya.

Nora resopla, impasible, pero sonríe a Ana.

—¿Cómo se siente?

—Dolorida y con sed. Tengo mucha sed.

—Le traeré un poco de agua cuando haya comprobado sus constantes y la doctora Bartley la haya examinado.

Coge el manguito para medir la tensión arterial y se lo coloca a Ana en el brazo mientras miro. Ana no aparta los ojos de mí. Frunce el ceño.

¿Qué ocurre?

¿Quiere que me vaya?

Grey, menuda pinta que debes de tener.

Me siento en el borde de la cama, fuera del alcance de Nora.

—¿Qué tal estás? —le pregunto a Ana.

—Confundida. Dolorida. Y tengo hambre.

—¿Hambre?

Asiente.

—¿Qué quieres comer?

—Cualquier cosa. Sopa.

—Señor Grey, necesita la aprobación de la doctora antes de darle nada de comer a la señora Grey.

Nora y yo no nos entendemos. Saco el teléfono del bolsillo y llamo a Taylor.

—Señor Grey.

—Ana quiere sopa de pollo.

—Me alegra oír eso, señor. —Sé que sonríe—. Gail ha ido a ver a su hermana, pero llamaré al Olympic, seguro que aún funciona el servicio de habitaciones.

—Bien.

—Enseguida estoy ahí.

—Gracias.

Cuelgo.

Nora me mira más seria que nunca, pero me da igual.

—¿Taylor? —pregunta Ana.

Asiento.

—Su tensión arterial es normal, señora Grey. Voy a buscar a su médico.

Nora le retira el manguito y, sin decir palabra, sale muy digna de la habitación, mirándome con clara desaprobación.

—Creo que has hecho enfadar a la enfermera Nora.

—Tengo ese efecto en las mujeres.

Sonrío burlón y se ríe, pero se interrumpe de manera abrupta, con el gesto crispado y cogiéndose el costado.

—Sí, es verdad —dice suavemente.

—Oh, Ana, me encanta oírte reír.

Pero no si te duele.

Nora vuelve con una jarra de agua y Ana y yo nos callamos, mirándonos mientras llena un vaso.

—Beba a pequeños sorbos —le recomienda.

—Sí, señora.

Ana da un traguito y cierra los ojos un momento. Cuando vuelve a abrirlos, los clava en mí.

—¿Mia?

—Está a salvo. Gracias a ti.

—O sea que la tenían...

—Sí.

—¿Cómo llegaron hasta ella?

—Elizabeth Morgan.

—¡No!

Asiento.

—La raptó en el gimnasio de Mia.

Ana frunce el ceño, como si no entendiera cómo Morgan y Hyde han podido llegar a ese límite.

—Ana, ya te contaré todos los detalles más tarde. Mia está bien, teniendo en cuenta todo lo que ha pasado. La drogaron. Ahora está grogui y un poco impresionada, pero gracias a algún milagro, no le hicieron daño. —De pronto, noto que me hierve la sangre; Ana puso a Junior y a sí misma en peligro—. Lo que hiciste —prosigo, pasándome la mano por el pelo mientras procuro escoger las palabras con cuidado, tratando de controlar mi genio— ha sido algo increíblemente valiente e increíblemente estúpido. Podían haberte matado.

—No sabía qué otra cosa hacer —susurra, y baja la mirada hasta las manos.

—¡Podías habérmelo dicho!

—Me amenazó con que la mataría si se lo decía a alguien. No podía correr el riesgo.

Cierro los ojos, imaginando el peor de los resultados. Sin Mia. Sin Ana.

—He pasado un infierno desde el jueves —confieso con voz ronca.

—¿Qué día es hoy?

—Es casi sábado. —Miro el reloj—. Llevas más de veinticuatro horas inconsciente.

—¿Y Jack y Elizabeth?

—Bajo custodia policial. Aunque Hyde está aquí bajo vigilancia. Le han tenido que sacar la bala que le disparaste. —Ojalá hubiera acabado con él, me digo una vez más—. Por suerte, no sé en qué sección de este hospital está, porque si no voy y le mato.

Ana agranda los ojos y se estremece. La repentina tensión de los hombros y las lágrimas que asoman a sus ojos evidencian su miedo.

—Vamos… —Me acerco, le cojo el vaso de la mano, lo dejo en la mesita y la abrazo con delicadeza—. Ahora estás a salvo.

—Christian, lo siento mucho.

Se echa a llorar.

No. Ana. Estás a salvo.

—Chis.

Le acaricio el pelo y dejo que solloce.

—Por lo que dije. No tenía intención de dejarte.

—Chis, nena, lo sé.

—¿Lo sabes?

Se aparta y me estudia entre lágrimas.

—Lo entendí. Al fin. De verdad que no sé en qué estabas pensando, Ana.

Apoya la cabeza en mi hombro.

—Me cogiste por sorpresa. Cuando hablamos en el banco. Pensaste que iba a dejarte. Creí que me conocías mejor. Te he dicho una y otra vez que nunca te abandonaré.

Despacio, dejo escapar un suspiro.

—Pero después de cómo me comporté… —La estrecho con más fuerza—. Durante un período corto de tiempo creí que te había perdido.

—No, Christian. Nunca. No quería que interfirieras y pusieras la vida de Mia en peligro.

¡Que interfiriera!

—¿Cómo lo supiste? —pregunta.

Le coloco el pelo detrás de la oreja.

—Acababa de tocar tierra en Seattle cuando me llamaron del banco. La última noticia que tenía era que estabas enferma y que te ibas a casa.

—¿Estabas en Portland cuando Sawyer te llamó desde el coche?

—Estábamos a punto de despegar. Estaba preocupado por ti.

—¿Ah, sí?

—Claro. —Le rozo el labio inferior con el pulgar—. Me paso la vida preocupándome por ti. Ya lo sabes.

Me he ganado una leve sonrisa. Algo es algo.

—Jack me llamó cuando estaba en la oficina —dice, abriendo los ojos como platos una vez más—. Me dio dos horas para conseguir el dinero. —Se encoge de hombros—. Tenía que irme y esa era la mejor excusa.

Puto Hyde.

—Y luego despistaste a Sawyer. Él también está furioso contigo —digo entre dientes.

—¿También?

—También. Igual que yo.

Levanta una mano y vuelve a acariciarme la cara con la punta de los dedos. Cierro los ojos y aprieto la mejilla contra su mano, disfrutando del contacto de sus dedos, que se deslizan sobre mi barba incipiente.

—No te enfades conmigo, por favor —susurra.

—Estoy muy enfadado contigo. Lo que hiciste fue algo monumentalmente estúpido. Casi una locura.

—Te lo he dicho, no sabía qué otra cosa hacer.

—Parece que no te importa nada tu seguridad personal. Y ahora ya no se trata solo de ti.

Pero antes de que ninguno de los dos pueda decir nada más, se abre la puerta y la doctora Bartley entra con paso decidido.

—Buenas noches, señora Grey. Soy la doctora Bartley.

La saludo con un movimiento de cabeza y me aparto para que pueda examinar a mi mujer. Mientras tanto, llamo a mi padre para informarle de que Ana ha despertado.

—Oh, magníficas noticias, hijo. —Se queda un momento en silencio; supongo que Grace está diciéndole algo—. Tu madre insiste en que te disculpes.

—Dile que no se preocupe, papá.

—¿De qué te tienes que disculpar? ¿Qué ha pasado? —Carrick parece confundido.

—Es una larga historia.

—Muy bien. Dale un beso a Ana de nuestra parte. Iremos a verla mañana.

Llamo a Carla para darle las buenas noticias.

—¡Gracias, Christian! —solloza entre lágrimas.

Luego, Kavanagh.

—Gracias a Dios —dice Kate—. Espero que hayáis hecho las paces.

—Sí —mascullo, aunque no sé por qué narices tiene que meterse en mis asuntos—. Tengo que llamar a Ray.

—Vale —contesta Kate—. Y dile a Ana que se acabó lo de perseguir secuestradores.

—No te preocupes.

El alivio es tal que Ray permanece callado varios segundos tratando de recomponerse.

—Gracias por llamar, Christian. Dile a Annie que la quiero —consigue pronunciar al fin.

—No te preocupes, Ray.

Cuando acabo de hablar con mi suegro, la doctora Bartley está presionando las costillas de Ana, quien hace un gesto de dolor.

—Solo es una contusión, no hay fisura ni rotura. Ha tenido mucha suerte, señora Grey.

Ana me mira.

—Loca —musito.

Sigo estando furioso contigo, Ana.

—Le voy a recetar unos analgésicos. Los necesitará para las costillas y para el dolor de cabeza que seguro que tiene. Pero todo parece estar bien, señora Grey. Le sugiero que duerma un poco. Veremos cómo se encuentra por la mañana; si está bien, puede que ya la dejemos irse a casa. Mi colega, la doctora Singh, será quien la atienda por la mañana.

—Gracias.

Alguien llama a la puerta y entra Taylor con una caja enorme del Fairmont Olympic.

—¿Comida? —pregunta la doctora Bartley, sorprendida.

—La señora Grey tiene hambre —la informo—. Es sopa de pollo.

—La sopa está bien, pero solo caldo. Nada pesado.

Nos mira a los dos de manera significativa y después sale de la habitación con la enfermera Nora.

Hay una bandeja con ruedas en un rincón. Se la acerco a Ana, y Taylor deposita la caja sobre ella.

—Bienvenida de vuelta, señora Grey —dice con una sonrisa afectuosa.

—Hola, Taylor. Gracias.

—De nada, señora…

Parece interrumpirse, lo que hace que lo mire mientras abro la caja. Creo que quiere añadir algo más. ¿Tal vez regañar a Ana? ¿Quién se lo tendría en cuenta? Pero se limita a sonreír.

Además del termo de la sopa, hay una cestita de panecillos, una servilleta de lino, un cuenco de porcelana y una cuchara de plata.

—Es genial, Taylor —dice Ana.

—¿Algo más, señor? —pregunta Taylor.

—No, gracias —digo. Puede volver a la cama.

—Taylor, gracias.

—¿Quiere alguna otra cosa, señora Grey?

Ana me echa un vistazo y enarca una ceja.

—Ropa limpia para Christian.

Taylor se vuelve hacia mí y sonríe.

—Sí, señora.

¿Qué? Me miro la camisa. No me la he manchado con nada.

Pero llevo días sin afeitarme ni asearme.

Debo de tener una pinta espantosa.

—¿Desde cuándo llevas esa camisa? —pregunta Ana.

—Desde el jueves por la mañana.

Me disculpo encogiéndome de hombros y Taylor nos deja a solas.

—Taylor también estaba muy cabreado contigo —añado mientras desenrosco la tapa del termo para verter la sopa en el cuenco.

Ana se lanza sobre la sopa con un ansia inusitada. A la primera cucharada, cierra los ojos como si estuviera en éxtasis.

—¿Está buena?

Vuelvo a sentarme en la cama.

Asiente enérgicamente y se lleva otra cuchara a la boca antes de detenerse un momento para limpiarse con la servilleta de lino.

—Cuéntame lo que pasó... Después de que te dieras cuenta de lo que estaba ocurriendo.

—Oh, Ana, qué alegría verte comer.

—Tengo hambre. Cuéntame.

Frunzo el ceño, tratando de recordar el orden en que han sucedido las cosas.

—Bueno, después de la llamada del banco creí que mi mundo acababa de hacerse pedazos...

Ana se detiene y me mira, desconsolada.

—No pares de comer o no sigo contándote —le advierto, con mayor severidad de la que pretendo. Aprieta los labios, pero continúa comiendo—. Poco después de que tú y yo tuviéramos esa conversación, Taylor me informó de que a Hyde le habían fijado una fianza. No sé cómo lo logró; creía que habíamos conseguido frustrar todos sus intentos. Pero eso me hizo pensar en lo que habías dicho... y entonces supe que algo iba muy mal.

—Nunca fue por el dinero —salta de pronto, levantando la voz—. ¿Cómo pudiste siquiera pensar eso? ¡Nunca ha sido por el puto dinero!

¡Vaya!

—Ese lenguaje... —protesto—. Cálmate y come.

Me fulmina con la mirada, con los ojos encendidos por la rabia.

—Ana...

—Eso me ha hecho más daño que cualquier otra cosa, Christian —susurra—. Casi tanto como que fueras a ver a esa mujer.

Mierda. Cierro los ojos, abatido de pronto por los remordimientos.

—Lo sé. —Suspiro—. Y lo siento. Más de lo que crees. Come, por favor. No dejes que se enfríe la sopa —le pido suavemente con gesto arrepentido. Es lo menos que se merece.

Vuelve a coger la cuchara y suspiro aliviado.

—Sigue —me anima Ana entre mordisco y mordisco al panecillo recién hecho.

—No sabíamos que Mia había desaparecido. Creí que te estaría chantajeando o algo por el estilo. Te llamé otra vez, pero no respondiste. —Frunzo el ceño, recordando lo impotente que me sentí—. Te dejé un mensaje y llamé a Sawyer. Taylor empezó a rastrear tu móvil. Sabía que estabas en el banco, así que fuimos directamente allí.

—No sé cómo me encontró Sawyer. ¿También rastreaba mi teléfono móvil?

—El Saab tiene un dispositivo de seguimiento. Todos nuestros coches lo tienen. Cuando llegamos al banco, ya estabas en camino y te seguimos. ¿Por qué sonríes?

—No sé cómo, pero sabía que me seguiríais.

—¿Y eso es divertido porque...?

—Jack me había dicho que me deshiciera del móvil. Así que le pedí el teléfono a Whelan y ese es el que tiré. Yo metí el mío en las bolsas para que pudieras seguir tu dinero.

Suspiro.

—Nuestro dinero, Ana. Come.

De nuevo, me sorprende su sangre fría y su capacidad de reacción, pero me limito a observar cómo rebaña el cuenco con lo que queda del pan y se lo mete en la boca.

—Me lo he terminado todo.

—Buena chica.

Alguien llama a la puerta y entra la enfermera Nora otra vez, en esta ocasión con un vasito de papel.

—Un analgésico —anuncia, mientras yo recojo los restos de la comida de Ana y vuelvo a meterlo todo en la caja del Olympic.

—¿Puedo tomarlo? Ya sabe... por el bebé.

—Sí, señora Grey. —Le tiende la pastilla y un vaso de agua—. Es paracetamol, no pasa nada, no afectará al bebé.

Ana se traga el comprimido, bosteza y parpadea somnolienta.

—Debería descansar, señora Grey.

La enfermera Nora me mira significativamente.

Asiento. Sí. Debería.

—¿Te vas? —exclama Ana con gesto preocupado.

Resoplo.

—Si piensa que tengo intención de perderla de vista, señora Grey, está muy equivocada.

Nora me dedica una mirada de pocos amigos mientras recoloca las almohadas de Ana para que pueda tumbarse.

—Buenas noches, señora Grey —dice, y se va, después de lanzarme una última mirada reprobatoria.

—Creo que no le caigo bien a la enfermera Nora.

Contemplo a mi mujer. Consciente. Presente. Alimentada. Y el alivio es abrumador, pero estoy completamente rendido y exhausto. Creo que nunca había estado tan cansado.

—Tú también necesitas descansar, Christian. Vete a casa. Pareces agotado.

—No te voy a dejar. Dormiré en el sillón.

Aún puedo aguantar despierto un poco más.

Frunce el ceño, pero luego sonríe como si se le hubiera ocurrido una travesura y se gira para quedar de lado.

—Duerme conmigo.

¡Qué! ¡Ni hablar!

—No, no puedo.

—¿Por qué no?

—No quiero hacerte daño.

—No me vas a hacer daño. Por favor, Christian.

—Tienes puesta una vía.

—Christian, por favor...

Es muy tentador. No debería... pero podría abrazarla, y la necesidad de abrazarla vence a mi sentido común.

—Por favor...

Hace a un lado las sábanas, invitándome a meterme en la cama con ella.

—¡A la mierda!

Me quito los zapatos y los calcetines y me deslizo en la cama junto a mi mujer. Con cuidado, la rodeo con un brazo y ella apoya la cabeza en mi pecho.

Oh. Sentir. Su. Cuerpo.

Ana.

Le doy un beso en el pelo.

—No creo que a la enfermera Nora le vaya a gustar nada esto.

Suelta una risita pero se interrumpe de manera abrupta.

—No me hagas reír, que me duele.

—Oh, pero me encanta ese sonido. —Y te quiero, Ana. Con todo mi corazón—. Lo siento, nena, lo siento mucho.

Le doy otro beso e inhalo profundamente. Percibo un leve rastro de mi Ana. Está ahí, debajo de las sustancias químicas.

Mi esposa. Mi bella esposa.

Descansa la mano sobre mi corazón y se la cubro con la mía mientras cierro los ojos.

—¿Por qué fuiste a ver a esa mujer?

—Oh, Ana —gruño—. ¿Quieres discutir eso ahora? ¿No podemos dejarlo? Me arrepiento, ¿vale?

—Necesito saberlo.

—Te lo contaré mañana —murmuro, demasiado cansado hasta para sentirme importunado por la pregunta—. Oh, y el detective Clark quiere hablar contigo. Algo de rutina. Ahora, a dormir.

Le doy otro beso en el pelo.

—¿Sabemos por qué Jack ha hecho todo esto?

—Mmm... —murmuro mientras el sopor se apodera de mí, al momento.

Y tras incontables horas de preocupación, remordimientos y agotamiento, me rindo y caigo en un sueño profundo y tranquilo.

Sábado, 17 de septiembre de 2011

A na está fuera de combate. No puedo despertarla.

—Despierta, Ana. Despierta.

Elena se acerca contoneándose y se sienta a mi lado. Va desnuda salvo por unos guantes largos y ajustados, de cuero, que le llegan justo por encima de los codos, y sus zapatos de tacón de aguja negros con suelas rojas. Me coge de la mano.

—No.

Sus dedos se hunden en mi muslo.

—No. No me toques. Ya no. Solo Ana.

Sus ojos refulgen con ira, pero el fuego que contienen se extingue. Derrotada, se levanta. Ahora va vestida de negro.

—Adiós, Christian. —Se aparta el pelo hacia un lado y se dirige a la puerta sin mirar atrás.

Me vuelvo. Ana está despierta y me sonríe.

—Ven aquí. Duerme conmigo. Quédate conmigo.

Mi corazón echa a volar. Sus palabras me traen alegría. Ana me acaricia la mejilla.

—Quédate conmigo, por favor —suplica.

¿Cómo puedo resistirme? Me ama. Sí. Y yo a ella.

Cuando me despierto, tardo un momento en recordar que estoy en la cama de Ana en el hospital. Ella duerme a mi lado, vuelta hacia mí, con la cabeza en la almohada. Tiene los ojos cerrados, los labios entreabiertos, la mejilla pálida salvo por la leve marca púrpura del cruel golpe de Hyde. Solo con verla se me retuercen las entrañas de ira.

No le des más vueltas, Grey.

Está aquí. Está a salvo.

Parpadeo para librarme de los últimos restos de sueño. Estoy descansado pero me siento sucio. Necesito una ducha ya mismo, y afeitarme, y cambiarme de ropa. Mi reloj dice que son las 6.20. Tengo tiempo. Ahora que Ana vuelve a estar en el mundo de los vivos, no me importa dejarla sola un rato. Con un poco de suerte seguirá durmiendo hasta que regrese. Me levanto de la cama con cuidado de no despertarla y me pongo los zapatos. Acerco los labios a su frente con suavidad para darle algo parecido a un beso, luego cojo el teléfono, el cargador y la chaqueta y salgo de la habitación de puntillas, como si huyera de la escena de un crimen.

Como el que escapa a la mañana siguiente.

Esa idea me divierte.

Estamos casados, no me jodas.

Por suerte, Nora y sus compañeras no están en el puesto de enfermería, así que nadie se percata de mi huida.

Es mi día de suerte: hay un taxi esperando en la entrada del hospital, y ningún fotógrafo. Como aún es temprano, llego al Escala en un tiempo récord. Para cuando las puertas del ascensor se abren en el ático, estoy de un humor espléndido.

Me encuentro a Taylor en el vestíbulo, de camino a la salida. Retrocede boquiabierto al verme, pero enseguida recupera la compostura.

—Señor Grey. Bienvenido a casa.

—Buenos días, Taylor.

—Habría ido a buscarle. Ahora iba a llevarle la ropa siguiendo las instrucciones de la señora Grey, y el *Seattle Times*.

Levanta una bolsa de piel.

—No hará falta. Necesito una ducha. Volveremos al hospital en cuanto termine.

—Sí, señor. Le pediré a Sawyer que venga con nosotros.

—Pararemos a comprar algo de desayuno para Ana por el camino.

Taylor asiente.

El agua caliente cae en cascada sobre mí. Lava mis pecados.

Maldita sea. Ojalá fuera así de sencillo, después de todo lo que he hecho. Y, para rematarlo, Ana quiere saber todos los detalles de mi discusión con Elena. ¿Qué demonios voy a contarle?

La verdad, Grey.

No le va a gustar. Pero se lo debo, sobre todo teniendo en cuenta lo mal que me he portado últimamente. Mi efervescente estado de ánimo acaba por desbravarse. Mientras me afeito, contemplo al capullo que me devuelve la mirada desde el espejo.

Le debes más que eso.

Con todo lo que Ana ha hecho por ti...

Ha salvado a tu hermana.

Te ha salvado a ti, nada menos.

Cierro los ojos.

Es cierto. Esa mujer me ha desarmado en cada ocasión. Ha logrado traspasar todas mis barreras, ha conseguido abrirme y me ha iluminado por dentro con su luz. No está dispuesta a aceptar ninguna de mis mierdas. Ha ahuyentado mi oscuridad como la guerrera que es... y me ha ofrecido esperanza porque me ama. Lo sé.

Y además espera un hijo mío.

Joder. Un hijo.

El capullo de ojos grises me mira perplejo.

Ana ha hecho todo eso por la sencilla razón de que me ama, y porque es una buena persona.

¿Y cómo la trato yo?

Mal ni se le acerca, Grey.

Sus palabras me persiguen. «Elijo al bebé indefenso por encima de ti. Eso es lo que hacen los padres que quieren a sus hijos. Eso es lo que tu madre debería haber hecho. Y siento que no lo hiciera, porque no estaríamos teniendo esta conversación ahora si lo hubiera hecho. Pero ahora eres adulto. Tienes que crecer, enfrentarte a las cosas de una puñetera vez y dejar de comportarte como un adolescente irritante.»

Y pensé que iba a dejarme.

Me seco la cara.

Hazlo bien esta vez, Grey.

De camino al hospital hacemos una parada y Taylor entra corriendo en la cafetería a la que ya ha llamado para encargar el desayuno. Sale con lo que parece un festín para Ana; espero que tenga hambre. Sawyer se detiene en la entrada del hospital, pero cuando salgo del coche, un par de fotógrafos me tienden una emboscada y empiezan a disparar.

—¿Cómo está su mujer, señor Grey?

—Señor Grey, ¿presentará cargos?

Paso de esos capullos y entro directo en el vestíbulo. Taylor me sigue con el desayuno de Ana.

Nos dirigimos al *office* de enfermería de la planta de Ana, donde servimos el desayuno en una bandeja. Vaya, ¿por qué no habré traído un pequeño jarrón? Podría robar una flor de uno de los muchos ramos que ha recibido. Eso me habría allanado el camino hacia una disculpa.

—Señor —dice Taylor cuando levanto la bandeja cargada—. Antes de irse, Gail le preparó a la señora Grey su guisado de pollo preferido, por si hace falta que le traiga un poco después, para comer, señor.

—Está bien saberlo, pero espero poder llevármela a casa esta misma mañana.

Taylor asiente con la cabeza y abre la puerta de la habitación de mi mujer para dejarme pasar. A ver si me encuentro con un recibimiento cálido...

Ana no está.

Mierda.

—¡Ana! —exclamo mientras mi corazón pasa de cero a cien en una fracción de segundo.

—Estoy en el baño.

Oh, gracias a Dios.

Taylor cruza la puerta precipitadamente, igual de alarmado que yo hace un instante.

—Todo va bien —digo para tranquilizarlo, y vuelve a salir de la habitación, supongo que para sentarse en el pasillo.

Dejo la comida en el carrito de Ana y espero, de nuevo, a la señora Grey... Esta vez con más paciencia. Algo después, aparece y me recompensa con una enorme sonrisa; me alivia ver que ya tiene fuerzas para estar levantada.

—Buenos días, señora Grey. Le traigo su desayuno.

Se mete en la cama mientras acerco la bandeja en el carrito y le quito la tapa. Su mirada atónita y agradecida es toda la confirmación que necesito mientras contemplo cómo se bebe el zumo de naranja a grandes tragos y ataca la avena. Me siento en el borde de la cama y observo con un placer indirecto lo mucho que disfruta de la comida. No solo está hambrienta, sino que sus mejillas han recuperado un poco el color. Se pondrá bien.

—¿Qué? —pregunta con la boca llena.

—Me gusta verte comer. ¿Qué tal estás?

—Mejor.

—Nunca te había visto comer así.

Levanta la mirada con seriedad.

—Es porque estoy embarazada, Christian.

Suelto un soplido.

—De haber sabido que dejarte embarazada te iba a hacer comer, lo hubiera hecho antes. —Mi comentario graciosillo es un intento por distraerla de esa conversación seria que aún no estoy preparado para tener.

Todavía no sé qué me parece todo esto.

—¡Christian Grey! —Suelta la cuchara en el cuenco de avena.

—No dejes de comer.

—Christian, tenemos que hablar de esto.

—¿Qué hay que decir? Vamos a ser padres. —Me encojo de hombros, esperando que cambie de tema.

Ana no se deja apabullar. Aparta la bandeja, baja de la cama y me coge ambas manos entre las suyas. Me quedo paralizado, mirándola fijamente.

—Estás asustado. Lo entiendo —dice con delicadeza y sin dejar de mirarme con sus profundos ojos azules—. Yo también. Es normal.

Reparo en que estoy conteniendo la respiración.

¿Cómo voy a querer a un niño?

Si apenas acabo de aprender a quererte a ti.

—¿Qué tipo de padre voy a ser? —susurro haciendo salir las palabras por mi garganta tensa.

—Oh, Christian. —Mi nombre es casi un sollozo, y eso me parte el corazón—. Un padre que lo hace lo mejor que puede. Eso es todo lo que podemos hacer, como todo el mundo.

—Ana... No sé si voy a poder...

—Claro que vas a poder. Eres cariñoso, eres divertido, eres fuerte y sabes poner límites. A nuestro hijo no le va a faltar de nada. —Abre mucho los ojos, implorándome.

Ana. Es que es demasiado pronto...

¿Tengo sitio en el corazón para alguien más?

¿Tienes tú sitio en el tuyo para ambos?

—Sí, lo ideal habría sido esperar —continúa—. Tener más tiempo para estar nosotros dos solos. Pero ahora vamos a ser tres e iremos creciendo todos juntos. Seremos una familia. Nuestra propia familia. Y nuestro hijo te querrá incondicionalmente, como yo. —Se le llenan los ojos de lágrimas, que empiezan a caerle despacio por las mejillas.

—Oh, Ana —susurro mientras intento contener mis propias lágrimas en la garganta—. Creí por un momento que te había perdido. Y después volví a creerlo al verte tirada en el suelo, pálida, fría e inconsciente... Mis peores miedos se hicieron realidad. Y ahora estás aquí, valiente y fuerte... dándome esperanza. Queriéndome a pesar de lo que he hecho.

—Sí, te quiero, Christian, desesperadamente. Siempre te querré.

Levanto las manos para cogerle la cabeza y le seco las lágrimas con una caricia de mis pulgares.

—Yo también te quiero. —Acerco sus labios a los míos y la beso, más que agradecido de que siga aquí, sana y salva. Agradecido de que sea mía—. Intentaré ser un buen padre.

—Lo intentarás y lo conseguirás. Y la verdad es que tampoco tienes elección, porque Bip y yo no nos vamos a ninguna parte.

—¿Bip?

—Sí, Bip.

Bip.

—Yo en mi mente le llamaba Junior.

—Pues Junior, entonces.

—Pero me gusta Bip. —Vuelvo a besarla, jugueteando un poco con sus labios esta vez... y es como acercar una cerilla a unas ramas secas que enseguida prenden.

No. Me aparto.

—Por mucho que me apetezca estar besándote todo el día, el desayuno se te está enfriando. —Los ojos de Ana brillan del mismo color que un cielo estival. Creo que le hago gracia—. Come —insisto.

Vuelve a meterse en la cama con cuidado y yo le coloco la bandeja delante. Servirá de barrera entre ambos. Ana ataca las tortitas con entusiasmo.

—¿Sabes? —dice entre bocados—. Bip podría ser una niña.

Madre mía. Me paso una mano por el pelo.

—Dos mujeres, ¿eh?

—¿Tienes alguna preferencia?

—¿Preferencia?

—Niño o niña.

—Con que esté sano es suficiente.

Joder. ¿Una niña? ¿Que se parezca a Ana?

—Come —suelto, sucinto.

—Estoy comiendo, estoy comiendo... No te pongas así, Grey.

Me aparto de la cama y me siento en el sillón que hay al lado, animado al ver que por fin hemos sacado el tema de... Bip.

Bip.

Sí. Me gusta el nombre.

Alcanzo el periódico.

¡Mierda! Ana sale en la portada.

—Ha vuelto a salir en los periódicos, señora Grey. —Estoy hirviendo por dentro. ¿Por qué no pueden dejarnos en paz? Prensa de mierda.

—¿Otra vez?

—Estos periodistas han montado todo un espectáculo a partir de la historia, pero por lo menos los hechos son bastante precisos. ¿Quieres leerlo?

Me dice que no con la cabeza.

—Léemelo tú. Estoy comiendo.

Cualquier cosa con tal de que sigas comiendo, esposa mía.

Le leo el artículo en voz alta mientras ella da cuenta del desayuno. No hace ningún comentario sobre lo que han escrito, pero me pide que lea algo más.

—Me gusta escucharte.

Sus palabras me llenan el alma de calidez.

Termina de desayunar, se reclina en la cama y escucha mientras yo sigo leyendo, pero nos interrumpe alguien que llama a la puerta. Mi ánimo decae cuando veo entrar al detective Clark arrastrando los pies.

—Señor Grey. Señora Grey. ¿Interrumpo?

—Sí —le suelto. Es la última persona a la que me apetece ver.

Clark no me hace ningún caso, lo cual me saca de mis casillas. Capullo arrogante...

—Me alegro de que esté despierta, señora Grey —dice—. Necesito hacerle unas preguntas sobre el jueves por la tarde. Solo rutina. ¿Es este un buen momento?

—Claro —murmura Ana, aunque se la ve cansada.

—Mi esposa debería descansar.

—Seré breve, señor Grey. Y además, esto significa que estaré fuera de sus vidas más bien antes que después.

En eso lleva razón. Miro a Ana para disculparme, me levanto a regañadientes y le ofrezco mi silla al hombre antes de sentarme en el otro lado de la cama y darle la mano a mi mujer. Escucho sin decir nada mientras Clark le pide que cuente su versión de la terrorífica historia de secuestro y extorsión por parte de Hyde; las palabras chocan con el tono suave y dulce de su voz. De vez en cuando le aprieto más la mano intentando contener mi ira, y cuando al fin termina me siento aliviado. Ana lo ha hecho bien, ha recordado muchos detalles.

—Fantástico, señora Grey. —Clark parece satisfecho.

—Ojalá hubieras apuntado más arriba —mascullo.

—Le habría hecho un favor al sexo femenino, señora Grey —coincide Clark conmigo.

Ana nos mira a uno y a otro con desconcierto. No sabe de qué estamos hablando, pero ahora mismo no voy a explicárselo.

—Gracias, señora Grey. Es todo por ahora. —Clark se remueve en su asiento, listo para levantarse.

—No van a dejarle salir otra vez, ¿verdad? —Ana se estremece visiblemente solo de pensarlo.

—No creo que consiga la fianza esta vez, señora.

—¿Podemos saber quién pagó la fianza? —pregunto.

—No, señor. Es confidencial.

Le insistiré a Welch para que intente descubrir quién fue el benefactor de Hyde. Clark se pone de pie para irse justo cuando la doctora Singh y dos residentes entran en la habitación, así que sigo al detective al pasillo y aprovecho para llevarme la bandeja de Ana.

—Que tenga un buen día, señor Grey —dice Clark al despedirse, y echa a andar por el pasillo.

Taylor se levanta de su asiento junto a la puerta de Ana y me sigue hasta el *office* de enfermería, donde dejo la bandeja.

—Señor, ya me ocupo yo de eso.

—Gracias.

Lo dejo lavando los cacharros y regreso a la habitación de Ana, donde aguardo en segundo plano mientras la doctora Singh termina su examen.

—Está usted bien. Creo que ya puede irse a casa —le dice a Ana sonriendo con dulzura.

Qué bien.

—Señora Grey, tendrá que estar atenta a cualquier empeoramiento de los dolores de cabeza o a la aparición de visión borrosa. Si ocurriera eso, debe volver al hospital inmediatamente.

Ana asiente con una gran sonrisa, a todas luces tan agradecida como yo de que le den el alta.

—Doctora Singh, ¿podríamos hablar un momento?

—Por supuesto.

Salimos al pasillo y me alegra ver que Taylor no ha regresado aún a la silla que tiene allí.

—Mi esposa… Mmm…

—¿Sí, señor Grey?

—Sus heridas… ¿pueden impedirnos…?

La doctora Singh frunce el ceño.

—¿El sexo...?

La mujer me interrumpe, porque por fin sabe a qué me refiero.

—Sí, señor Grey, no hay problema. —Sonríe y, en voz baja, añade—: Siempre que su mujer... ya sabe, esté dispuesta.

Sonrío de oreja a oreja.

—¿De qué iba eso? —pregunta Ana cuando entro y cierro la puerta.

—De sexo —digo con una sonrisa maliciosa.

Ana se sonroja.

—¿Y?

—Estás en perfectas condiciones para eso.

Ana no puede contener la risa.

—Tengo dolor de cabeza. —Su sonrisilla provocadora me hace dudar de que sea del todo sincera.

—Lo sé. Nos mantendremos al margen por un tiempo, pero quería estar seguro.

Frunce el ceño y, si interpreto bien su expresión, diría que está decepcionada. La enfermera Nora entra ajetreada en la habitación y, tras lanzarme una mirada altiva, le quita el gotero a Ana.

Ella le da las gracias y Nora se va. Sonrío cuando sale. No le guardo ningún rencor; ha cuidado muy bien de mi esposa. Decido que realizaré una cuantiosa donación al hospital en agradecimiento por el trabajo del personal.

—¿Quieres que te lleve a casa? —le pregunto a Ana.

—Quiero ver a Ray primero.

¡Por supuesto, Grey, antes quiere ver a su padre!

—Claro.

—¿Sabe lo del bebé?

—Creí que querrías contárselo tú. Tampoco se lo he contado a tu madre.

—Gracias.

—Mi madre sí lo sabe. Vio tu historial. Se lo ha dicho a mi padre, pero a nadie más. Mi madre dice que las parejas suelen esperar doce semanas más o menos... para estar seguros. —Me encojo de hombros. Es ella quien debe tomar esta decisión.

—No sé si estoy lista para decírselo a Ray.

Seguramente será lo mejor.

—Tengo que avisarte: está enfadadísimo. Me dijo que debería darte unos azotes.

Ana se queda boquiabierta. Es una reacción tan gratificante que me echo a reír.

—Le dije que estaría encantado de hacerlo.

—¡No! —Se me queda mirando horrorizada, pero en sus ojos percibo un brillo divertido.

¿Me cansaré algún día de esto?

¿De escandalizar a mi mujer?

Me alegro de poder hacerlo aún.

Le guiño un ojo.

—Taylor te ha traído ropa limpia. Te ayudaré a vestirte.

Ray, en el fondo, está contentísimo de ver a su hija. Se le nota en los ojos, que por un momento no pueden disimular al mirar a Ana: miedo, alivio, amor e ira asoman desde sus oscuras profundidades. Yo enseguida me bato en retirada, porque sé que va a reñirla tal como se merece. Taylor espera junto a la puerta.

—Señor, todavía hay fotógrafos en la entrada principal.

—Busca una salida trasera y pídele a Sawyer que nos recoja allí con el coche.

—Ahora mismo.

Se aleja y yo saco el teléfono para llamar a Welch.

—Señor Grey —dice al contestar.

—Welch. ¿Alguna novedad?

—Sí. Estoy esperando para subir a un avión. Un momento, que busco un rincón más tranquilo. —Oigo bullicio, luego el anuncio amortiguado de la salida de un vuelo... pero no hacia Seattle—. Vale —gruñe—. He destapado cierta información sobre Hyde. Se la llevaré. Preferiría que la viera en persona a tener que explicárselo por teléfono.

—¿No me lo puedes contar ahora?

—Mejor que no. Estoy en un lugar demasiado público, y la línea no es segura. ¿De qué demonios se tratará?

—Además, la policía ha encontrado varias memorias USB en el apartamento de Hyde mientras buscaban huellas dactilares. Son todo grabaciones sexuales. Con sus antiguas ayudantes. Con Morgan. Es un material bastante fuerte.

Joder. Siento un hormigueo en el cuero cabelludo.

—Supongo que utilizaba las grabaciones para comprar su silencio, y también para chantajear a Morgan. —La voz áspera de Welch ha dado en el clavo.

Lo de Morgan lo sabía... pero ¿sus antiguas ayudantes?

Menos mal que impedí que Ana fuera a Nueva York con él.

—Seguramente lo acusarán también de eso —sigue diciendo Welch—, pero todavía están montando el caso.

—Ya veo. ¿Se sabe algo de quién pagó la fianza?

—Nada a ciencia cierta. Pero me pondré con ello en cuanto regrese.

—¿A qué hora podemos vernos?

—Estaré allí sobre las cinco de la tarde.

—Pues hasta entonces. —Cuelgo y me pregunto qué habrá descubierto que me relacione con Hyde.

Ana está algo apagada cuando bajamos a la puerta trasera del hospital. Creo que ha escarmentado con la regañina de su padre, y aunque estoy completamente de acuerdo con Ray en esto, una pequeña parte de mí lo lamenta por ella. No me gustaría ser el blanco de la ira de Raymond Steele.

Ya en el coche, llama por teléfono a su madre.

—Hola, mamá... —Apenas logra contener la emoción de su voz.

A Carla, por el contrario, incluso yo puedo oírla sollozar y llorar.

—¡Mamá!

Ana está perdida: se le llenan los ojos de lágrimas, así que le cojo la mano y se la aprieto para mostrarle mi apoyo mientras le acaricio los nudillos con el pulgar. Sin embargo, dejo de prestar atención a su conversación y me pongo a pensar en Welch y en lo que puede haber descubierto. Me molesta que no me haya dado ninguna pista por teléfono.

¿De verdad quiero saberlo?

Miro por la ventana y sigo dándole vueltas.

—¿Qué ocurre? —pregunta Ana, y entonces reparo en que ya ha terminado de hablar con su madre.

—Welch quiere verme.

—¿Welch? ¿Por qué?

—Ha encontrado algo sobre ese cabrón de Hyde. —Mis labios se tuercen con ferocidad al pronunciar su nombre. Detesto a ese hombre con todo mi ser. No, «detestar» no es lo bastante fuerte. «Odiar» no es lo bastante fuerte. Lo aborrezco a él y aborrezco todo lo que ha hecho. Ana todavía me mira esperando una respuesta—. No ha querido decírmelo por teléfono.

—Oh.

—Va a venir esta tarde desde Detroit.

—¿Crees que ha encontrado una conexión?

Asiento con la cabeza.

—¿Qué crees que es?

—No tengo ni idea. —Es muy frustrante, pero aparto esa idea porque ahora mismo tengo que concentrarme en mi mujer.

—¿Contenta de volver a casa? —le pregunto a Ana cuando entramos en el ascensor del Escala.

—Sí —responde casi sin voz.

Veo que poco a poco se va quedando pálida. Me mira con ojos llorosos y se pone a temblar.

Mierda. Le está saliendo todo ahora.

Está traumatizada.

—Vamos... —La envuelvo en mis brazos—. Estás en casa. Estás a salvo.

—Le doy un beso en el pelo y agradezco que ya solo huela a Ana, sin el deje sintético de los medicamentos y el desinfectante.

—Oh, Christian. —Se le escapa un sollozo entre los labios y empieza a llorar.

—Chis. —Acuno su cabeza contra mi pecho con la intención de ahuyentar su dolor y su miedo. Debe de haber reprimido todas estas emociones en su interior.

¿Por mí?

Espero que no.

Detesto verla llorar... pero entiendo que ahora mismo lo necesite.

Sácalo todo, nena. Yo estoy aquí contigo.

Cuando las puertas del ascensor se abren, la cojo en brazos y ella se aferra a mí, todavía sollozando, y cada sonido que emite se me clava en el corazón.

Cruzo el vestíbulo con ella, enfilo el pasillo y llego a nuestro dormitorio, donde la dejo en la silla blanca como si fuera de cristal.

—¿Un baño?

Ana niega con la cabeza y se estremece.

Mierda. Le duele la cabeza.

—¿Y una ducha?

Asiente, todavía con lágrimas cayéndole por las mejillas. Esa visión me atenaza el alma y tengo que tomar aliento con fuerza para contener mis violentas emociones: ira hacia Hyde y furia hacia mí por haber permitido que esto sucediera. Abro el grifo y, cuando me doy la vuelta, veo que Ana se balancea despacio, tapándose la cara con las manos.

—Vamos... —Me arrodillo a sus pies y cubro sus manos con las mías para apartarlas de sus mejillas bañadas en lágrimas. Le cojo la cara y ella parpadea intentando dejar de llorar cuando nos miramos a los ojos—. Estás a salvo. Los dos estáis a salvo —susurro.

Lo está pasando tan mal que vuelven a saltársele las lágrimas, y yo me siento impotente.

—Basta ya. No puedo soportar verte llorar. —Mi voz es dura; mis palabras, sinceras pero lamentablemente inadecuadas ante la marea de su angustia.

De nuevo le enjugo las lágrimas de las mejillas con los pulgares, pero es una batalla perdida. No dejan de caer.

—Lo siento, Christian. Lo siento mucho por todo. Por preocuparte, por arriesgarlo todo... Por las cosas que dije.

—Chis, nena, por favor. —Le beso la frente—. Yo soy quien lo siente. Hacen falta dos para discutir, Ana. —Intento animarla con una sonrisa de medio lado—. Bueno, eso es lo que siempre dice mi madre. Dije e hice cosas de las que no estoy orgulloso.

Mis palabras regresan para atormentarme.

«Por esto me gusta el control.»

«Para que la mierda no se cruce en mi camino y lo joda todo.»

Siento que la vergüenza arde como una hoguera en mi pecho. Grey, esto no está ayudando.

—Vamos a quitarte la ropa.

Ana se limpia la nariz con el dorso de la mano, y ese gesto tan básico hace que la quiera todavía más. Le doy otro beso en la frente porque necesito que sepa que la amo, haga lo que haga. La cojo de una mano, se la sostengo mientras se pone en pie con esfuerzo, y luego la desvisto deprisa, llevando especial cuidado cuando tiro de la camiseta para sacársela por la cabeza. La guío hasta la ducha y abro la puerta, donde nos detenemos para que yo también pueda quitarme la ropa. Cuando estoy desnudo, vuelvo a cogerle la mano y entramos los dos. La estrecho con fuerza bajo el chorro de agua ardiente.

No quiero soltarla nunca.

Ana sigue llorando y sus lágrimas acaban arrastradas por la cascada que cae sobre nosotros. La balanceo con suavidad de un lado a otro, el ritmo nos tranquiliza tanto a mí como a ella, o eso espero.

También estoy acunando a mi hijo... dentro de Ana.

Uau. Qué pensamiento más extraño.

Le beso el pelo, agradecido de tenerla en casa conmigo cuando había temido que...

Mierda. No vayas por ahí, Grey.

De repente oigo que inspira con fuerza por la nariz y se libra de mis brazos. Parece que ha dejado de llorar.

—¿Mejor?

Asiente.

—Bien. Déjame verte.

Frunce el ceño, y espero que no me impida ver con mis propios ojos lo que ese capullo de mierda le ha hecho a mi mujer. Le cojo una mano y le doy la vuelta. Mi mirada va desde el rasguño que tiene en la muñeca hasta la abrasión del codo, y luego al hematoma grande como un puño que le ha salido en el hombro. Verle esas marcas me enfurece y vuelve a avivar las brasas de la ira que ya sentía hacia Hyde. Me inclino para besarle cada arañazo y cada magulladura, dejando en cada punto el más tenue de los besos. Alcanzo la esponja de la estantería, le echo gel e inhalo el dulce aroma a jazmín.

—Vuélvete.

Ana me obedece y, como sé que está frágil y herida, le lavo los brazos, el cuello, los hombros y la espalda con toda la ternura de la que soy capaz. Absorto en esa tarea, apenas la rozo. Ella no se queja, y la tensión de sus hombros se relaja poco a poco mientras se los enjabono. Le doy la vuelta para poder verle mejor el hematoma de la cadera; mis dedos se deslizan sobre la marca amoratada. Ana se estremece.

Hijo de puta.

—No me duele —dice en voz baja.

Yo levanto la cabeza para mirarla a esos ojos brillantes.

No la creo.

—Quiero matarle. Y casi lo hago. —La rabia que sentí cuando Hyde estaba en el suelo sigue ardiendo en el interior de mi alma.

Tendría que haberlo machacado hasta convertirlo en un amasijo.

Para ocultarle a Ana esos pensamientos asesinos, me concentro en la esponja y vuelvo a ponerle un poco de gel. Le lavo todo el cuerpo otra vez: los costados, las nalgas… Luego me arrodillo a sus pies para frotarle las piernas. Me detengo en el hematoma que tiene en la rodilla y me inclino para posar un suave beso en él antes de seguir bajando para enjabonarle los pies. Sus dedos se enredan en mi pelo y me distraen de la tarea que tengo entre manos. Cuando miro arriba, su expresión es elemental y tierna, y el corazón se me encoge. Me incorporo y acaricio con los dedos el contorno de la magulladura que tiene en las costillas y cuya visión ha vuelto a avivar mi furia, pero la contengo. No va a ayudarnos a ninguno de los dos.

—Oh, nena —consigo decir a pesar de la angustia que me cierra la garganta.

—Estoy bien. —Vuelve a enredar los dedos en mi pelo y tira de mi cabeza hacia abajo para besarme.

Un beso suave. Dulce. Me contengo. Está convaleciente, pero su lengua me provoca y mi fuego se enciende otra vez y recorre mi cuerpo de una forma distinta.

—No —susurro junto a sus labios, y me aparto—. Voy a lavarte para que te quedes limpia.

Ana me mira a través de sus pestañas, de esa forma tan suya, y su mirada desciende hasta mi incipiente erección antes de clavarse de nuevo en mis ojos. Hace un mohín precioso, y el ambiente se relaja de inmediato entre los dos. Sonrío, como el payaso que soy, y le doy un beso rápido.

—Limpia. No sucia.

—Me gusta más sucia.

—A mí también, señora Grey. Pero ahora no, aquí no. —Cojo el champú y me pongo un poco en las manos.

Usando solo la punta de los dedos, le lavo el pelo con cuidado, recordando lo delicada que fue ella cuando me lavó la cabeza y lo amado que me sentí en ese momento.

Después de aclararle la espuma, cierro el grifo y salgo de la ducha llevándola conmigo. La envuelvo con una toalla tibia, me pongo yo una alrededor de la cintura y le paso otra a ella para el pelo.

—Toma.

Así, ella misma podrá decidir con qué fuerza quiere frotarse; es ella la que tiene una pequeña fractura en el cráneo. Mi ánimo vuelve a caer en picado.

Ese cabrón…

—Sigo sin entender por qué Elizabeth estaba involucrada con Jack. —Al decir eso, Ana se introduce en mis oscuros pensamientos.

—Yo sí —apunto.

Se me queda mirando, y espero que me haga una pregunta, pero parece haber perdido el hilo de la conversación mientras me observa y contempla todo mi cuerpo.

¡Señora Grey! Sonrío.

—¿Disfrutando de la vista?

—¿Cómo lo sabes?

—¿Que te gusta la vista?

—No. —Parece exasperada—. Lo de Elizabeth.

Suspiro.

—El detective Clark lo dejó caer.

Ana arruga la frente y me dirige una mirada exigiendo más información.

—Hyde tenía vídeos. Vídeos de todas, en varias memorias USB. Vídeos de él follando con ella y con todas sus ayudantes.

Se queda boquiabierta.

—Exacto. Las chantajeaba con ese material. Y le gusta el sexo duro.

Como a mí. Joder.

Mierda.

Me invade un odio hacia mí mismo que es como un ángel vengador.

—No —me interrumpe Ana, y su palabra es como el restallar de un látigo.

—¿No qué?

—Tú no te pareces en nada a él.

¿Cómo ha adivinado lo que estaba pensando?

—No eres como él —dice con vehemencia.

Oh, sí que lo soy, Ana.

—Estamos cortados por el mismo patrón.

—No, no es cierto. —La ferviente negación de Ana me deja sin palabras—. Su padre murió en una pelea en un bar. Su madre se ahogó en alcohol para olvidar. De pequeño no hizo más que entrar y salir de casas de acogida… Y meterse en problemas. Sobre todo robos de coches. Pasó un tiempo en un centro de menores. —Dios mío, recuerda todo lo que le conté en el avión hacia Aspen, y no se detiene, está desatada—: Los dos tenéis un pasado problemático y los dos nacisteis en Detroit, eso es todo, Christian. —Cierra las manos para convertirlas en puños y las apoya en las caderas.

Está intentando intimidarme, tapada solo con una toalla.

No va a funcionar.

Porque yo sé quién soy.

Pero no quiero cabrearla.

—Ana, tu fe en mí es conmovedora teniendo en cuenta lo que ha pasado en los últimos días. Sabremos más cuando venga Welch.

—Christian…

Me inclino y le doy un suave beso en los labios para poner fin a la discusión.

—Basta. —Veo su expresión sombría—. Y no me hagas un mohín —añado—. Vamos. Deja que te seque el pelo.

Aprieta los labios, pero me alivia ver que deja el tema. La llevo al dormitorio y me meto en el vestidor, donde enseguida me pongo unos vaqueros y una camiseta. Cojo uno pantalones de chándal y otra de mis camisetas para ella.

Mientras se viste, enchufo el secador de mano, me siento en la cama y con un gesto le indico que se acerque. Ana se acomoda entre mis piernas y empiezo a cepillarle el pelo mojado.

Me encanta peinarla.

Es muy relajante.

Pronto, el único sonido del dormitorio es el lamento agudo del secador. Los hombros de Ana se destensan y ella se apoya en mí y está callada un rato.

—¿Te dijo Clark algo más mientras yo estaba inconsciente? —Sus palabras me distraen de la tarea que me tiene absorto.

—No que yo recuerde.

—Oí alguna de tus conversaciones.

—¿Ah, sí? —Dejo de cepillarle el pelo.

—Sí, con mi padre, con tu padre, con el detective Clark… Y con tu madre.

—¿Y con Kate?

—¿Kate estuvo allí?

—Sí, brevemente. Está furiosa contigo.

De repente se gira hacia mí.

—Deja ya ese rollo de «todo el mundo está enfadado contigo, Ana», ¿vale? —Su tono es tan agudo como el del secador.

—Solo te digo la verdad. —Me encojo de hombros.

Yo mismo sigo aún un poco enfadado contigo, Ana.

—Sí, fue algo imprudente, pero ya lo sabes, tu hermana estaba en peligro.

—Sí, cierto —murmuro mientras una fantasía sombría y macabra de lo que podría haber ocurrido se reproduce una vez más en mi cabeza.

Desarmado por una simple verdad. Ana, siempre me das una lección de humildad.

Apago el secador y le cojo la barbilla para mirar fijamente sus ojos brillantes, unos ojos en los que podría ahogarme.

No. No estoy enfadado.

Estoy maravillado ante la valentía de mi mujer.

Tuvo coraje suficiente para salvar a Mia.

—Gracias. —La palabra no alcanza a expresar lo que siento—. Pero ni una sola imprudencia más. La próxima vez te azotaré hasta que no lo puedas soportar.

Inspira con fuerza.

—¡No te atreverás!

Oh, nena. Ya noto la mano algo suelta.

—Sí me atreveré. —Me cuesta muchísimo reprimir una sonrisa de suficiencia—. Y tengo el permiso de tu padrastro.

A Ana se le dilatan las pupilas, abre un poco los labios.

Y ahí está otra vez, entre ambos, esa electricidad que crepita invisible… La siento por todas partes, y sé que ella también.

Ana. No.

De pronto se lanza sobre mí.

¡Joder! ¡Ana!

La atrapo y giro para caer sobre la cama con ella entre mis brazos.

—¡Ten cuidado! —la riño con una voz más severa de lo que habría querido.

—Lo siento. —Me acaricia la mejilla y yo le cojo la mano y le doy un beso en la palma.

—Ana, es que nunca te preocupas por tu propia seguridad.

Le levanto el dobladillo de la camiseta y pongo los dedos en su vientre.

La emoción de lo desconocido afila todos mis sentidos.

Aquí hay vida. Ahí. Dentro de ella.

¿Qué fue lo que dijo? Carne de mi carne.

Nuestro hijo.

—Y ahora ya no se trata solo de ti —susurro, y deslizo las yemas de los dedos por su piel cálida y tirante.

Ana se tensa debajo de mí, llena de aire los pulmones. Conozco ese sonido. Mi mirada se encuentra con la suya y me pierdo en las profundidades insondables de sus ojos azules.

Es el deseo de Ana. También yo lo siento.

Nuestra alquimia especial.

Pero hoy es imposible. Aún está convaleciente. Aunque me cuesta un gran esfuerzo, separo los dedos de su piel, tiro de la camiseta hacia abajo y luego le coloco un mechón rebelde tras la oreja porque necesito seguir tocándola. Sin embargo, no puedo darle lo que ambos deseamos.

—No —susurro apenas.

A Ana le cambia la cara, tiene una expresión triste.

—No me mires así. He visto los hematomas. Y la respuesta es no. —Le doy un beso en la frente y ella se retuerce a mi lado.

—Christian —gimotea, azuzándome.

—No. A la cama. —Me incorporo para alejarme de la tentación.

—¿A la cama? —Parece abatida.

—Necesitas descansar.

—Te necesito a ti. —El lamento ha desaparecido y en su voz solo ha quedado un tono oscuro e incitante.

Cierro los ojos y sacudo la cabeza para rechazar su audacia y mi deseo.

Está convaleciente. Abro los ojos y la miro con severidad.

—Haz lo que te he dicho, Ana.

—Vale —musita con un mohín exagerado que enseguida me anima y me da ganas de reír.

—Te traeré algo de comer.

—¿Vas a cocinar tú? —Parpadea, incrédula.

—Voy a calentar algo. La señora Jones ha estado ocupada.

—Christian, yo lo haré. Estoy bien. Si tengo ganas de sexo, seguro que puedo cocinar... —Hace el esfuerzo de sentarse, pero se estremece.

¡Maldita sea! ¡Ana!

—¡A la cama! —Señalo la almohada. Todo pensamiento carnal ha desaparecido.

—Ven conmigo —dice en un último intento desesperado.

No sé qué le ha dado últimamente.

Tú seguro que no le has «dado», Grey.

—Ana, métete en la cama. Ahora. —Frunzo el ceño.

Ella me responde arrugando la frente también, se pone de pie y deja caer los pantalones de chándal al suelo en un gesto teatral. A pesar de su mala cara, está preciosa. Oculto una sonrisa, y una parte de mí está más que encantada de que siga deseándome después de todo lo ocurrido estos últimos días.

Me quiere.

Retiro la colcha.

—Ya has oído a la doctora Singh. Ha dicho que descanses.

Sin dejar de hacer su mohín, Ana me obedece, se mete en la cama y cruza los brazos para expresar su frustración. Quiero echarme a reír, pero no creo que mi alegría fuese muy bien recibida.

—Quédate ahí —le ordeno, y con el recuerdo de su precioso rostro enfadado corro a la cocina en busca del legendario estofado de pollo que Taylor me ha mencionado esta mañana.

Me alegra ver a Ana engullendo el plato que le ha preparado la señora Jones. Me siento con las piernas cruzadas en medio de la cama y la observo mientras también yo devoro la comida. Está deliciosa y es muy nutritiva; perfecta para Ana.

—Lo has calentado muy bien. —Chasquea con los labios con pinta de estar repleta y algo adormilada.

Le sonrío sin reparos, satisfecho: esta vez he conseguido no quemarme. O sea que sí, lo he hecho muy bien.

—Pareces cansada. —Dejo mi cuenco en la bandeja, me levanto y me la llevo.

—Lo estoy —admite.

—Bien. Duerme. —Le doy un beso rápido—. Tengo que hacer unas cosas de trabajo. Las haré aquí, si no te importa.

Asiente, cierra los ojos y unos segundos después ya se ha quedado dormida.

Ros me ha enviado un informe preliminar de su visita a Taiwan. Me garantiza que, aunque mandarla a ella fue la decisión acertada, todavía tendré que viajar allí yo mismo, y pronto. Se me hace raro leer su breve resumen. Hacía días que no pensaba en los negocios, en mi empresa, los astilleros o el mundo en general... He perdido la noción del tiempo. Mi atención se ha centrado única y exclusivamente en mi mujer. Me vuelvo para mirarla. Todavía sigue muy dormida.

Leo los demás correos electrónicos y me encuentro con un pronóstico detallado de los beneficios de Geolumara y también con un e-mail bastante optimista de Hassan desde GEH Fibra Óptica: los ánimos han vuelto a subir por allí desde mi visita, y el negocio va muy bien. Parece que mi viaje valió la pena.

Taylor llama a la puerta con suavidad e interrumpe mi lectura.

—Welch está aquí, señor.

Apenas alcanzo a oírlo de lo bajo que habla. Asiento y, tras mirar un instante más a mi bella durmiente, lo sigo al salón.

Welch está de pie, admirando las vistas desde el ventanal. En la mano lleva un sobre grande de papel manila.

Empieza el espectáculo, Grey.

—Welch.

Se vuelve.

—Señor Grey.

—¿Pasamos a mi estudio?

Escucho la respiración de Ana mientras la miro y sincronizo la mía con ella. Inspiro. Espiro. Inspiro. Espiro. Si me concentro en eso no tengo que pensar en las fotografías que me ha traído Welch.

¿Por qué no me lo dijeron Carrick y Grace?

¡Viví con Jackson Hyde!

¿Cómo es que no lo sabía?

La cabeza me iba a toda velocidad, rebuscando en todos los recovecos de mi mente atribulada para intentar arrojar luz sobre las sombras, pero no ha encontrado nada. Mis experiencias en hogares de acogida están enterradas en las lodosas profundidades del pasado.

No recuerdo nada de todo eso. Un buen pedazo de mi vida. Desaparecido. No. Desaparecido no. Borrado.

En su lugar solo hay un enorme agujero oscuro que no contiene más que incertidumbre.

Resulta muy inquietante. Lo normal sería que recordara… algo al menos.

Ana se remueve. Parpadea y sus ojos se encuentran con los míos.

Menos mal.

—¿Qué ocurre? —Palidece y se sienta con el rostro demudado por la preocupación.

—Welch acaba de irse.

—¿Y?

—Yo viví con ese cabrón. —Mis palabras apenas se oyen.

—¿Que viviste? ¿Con Jack?

Me trago mi agitación y asiento con la cabeza.

—¿Estáis emparentados? —La conmoción de Ana es palpable.

—No, Dios mío, no.

Frunce el ceño, se mueve hacia un lado y aparta la colcha; es una invitación a que me meta en la cama con ella. No dudo. La necesito: para anclarme al presente y para que me ayude a encontrarle sentido a esta alarmante novedad y a la enorme laguna de mi memoria.

Ahora mismo no estoy amarrado a nada.

Voy a la deriva.

Me quito los zapatos y, con las fotografías en la mano, me meto en la cama a su lado y le pongo un brazo sobre los muslos cuando me tumbo con la cabeza en su regazo. Ana me pasa los dedos por el pelo, despacio; ese gesto me reconforta, tranquiliza mi alma agitada.

—No lo entiendo —dice.

Cierro los ojos, imagino a Welch y recuerdo el áspero tono de su voz mientras me informaba. Le repito a Ana sus palabras, editándolas un poco:

—Después de que me encontraran con la puta adicta al crack y antes de irme a vivir con Carrick y Grace, estuve un tiempo bajo la custodia del estado de Michigan. Viví en una casa de acogida. —Hago una pausa para tomar aire—. Pero no recuerdo nada de entonces.

Ana detiene la mano y la deja posada en mi cabeza.

—¿Cuánto tiempo?

—Dos meses o así. Yo no recuerdo nada.

—¿Has hablado con tu madre y con tu padre de ello?

—No.

—Tal vez deberías. Quizá ellos podrían ayudarte con esas lagunas.

Me abrazo con fuerza a Ana, mi pequeña barca salvavidas.

—Mira. —Le paso las fotografías.

He estado mirándolas sin parar con la esperanza de que despertaran algún recuerdo dormido que hubiera estado enterrado. En la primera se ve una casita achaparrada con una puerta amarilla y alegre. La segunda muestra a una pareja de clase trabajadora normal y corriente y a sus tres hijos escuálidos, sin nada destacable, así como a un Jackson Hyde de ocho años y... a mí. Yo tengo cuatro años, apenas soy una personita con ojos desesperados y angustiados, vestido con ropa raída y aferrado a una mantita mugrienta. Es evidente que ese niño tan pequeño sufre una grave malnutrición; no me extraña que siempre incordie a Ana para que coma.

—Eres tú —susurra ella, y contiene un sollozo.

—Sí, soy yo. —Mi voz es débil. Ahora mismo no tengo palabras de consuelo que ofrecerle.

No tengo nada. Me siento entumecido.

Contemplo el crepúsculo por la ventana. El cielo tiene pálidas bandas rosadas y anaranjadas que anuncian la llegada de la oscuridad. Una oscuridad que me reclama como suyo.

De nuevo una cáscara vacía. Un hombre hueco por dentro.

Me falta una época de mi vida. Me falta una parte de mí mismo que ni siquiera sabía que existía.

Y no entiendo por qué.

Me da miedo saber por qué.

¿Qué me ocurrió en aquel entonces? ¿Cómo puedo haberlo olvidado todo?

Me aferro al rescoldo de ira que sigue ardiendo justo por debajo de la superficie; va dirigida a Carrick y a Grace.

¿Por qué coño no me dijeron nada?

Cierro los ojos. No quiero volver a la oscuridad. He vivido en ella demasiado tiempo.

Quiero la luz que me ofrece Ana.

—¿Welch te ha traído estas fotos? —pregunta.

—Sí. Yo no me acuerdo de nada de eso.

—¿Que no recuerdas haber estado con unos padres de acogida? ¿Y por qué ibas a recordarlo? Christian, fue hace mucho tiempo. ¿Eso es lo que te preocupa?

—Recuerdo otras cosas, de antes y de después. Cuando conocí a mi madre y a mi padre. Pero eso... Es como si hubiera un gran vacío.

—¿Jack está en esta foto?

—Sí, es el niño mayor.

Ana se queda callada un momento y yo me abrazo a ella con más fuerza.

—Cuando Jack me llamó para decirme que tenía a Mia —susurra—, me dijo que si las cosas hubieran sido diferentes podría haber sido él.

La repulsión me estremece todo el cuerpo.

—¡Ese cabrón!

—¿Crees que ha hecho todo esto porque los Grey te adoptaron a ti en vez de a él?

—¿Quién sabe? Ese hombre me importa una mierda.

—Tal vez sabía que tú y yo salíamos cuando fui a hacer la entrevista de trabajo. Quizá planeó seducirme desde el principio. —El pánico resuena en su voz.

—No lo creo. Las búsquedas que hizo sobre mi familia no empezaron hasta más o menos una semana después de que empezaras a trabajar en Seattle Independent Publishing. Barney sabe las fechas exactas. Y, Ana, se tiró a todas sus ayudantes. Y lo grabó.

Guarda silencio, y me pregunto qué estará pensando.

¿Pensará en Hyde? ¿En mí?

Yo podría haber acabado como Hyde si no me hubieran adoptado.

¿Me estará comparando con él?

Joder. Yo soy Hyde. Un monstruo. ¿Es eso lo que ve?

¿Que somos iguales?

Qué idea más repugnante.

—Christian, creo que deberías hablar con tu madre y con tu padre.

Se remueve, así que le suelto las piernas, y desciende por la cama hasta que quedamos cara a cara, mirándonos.

—Deja que les llame —me ofrece en un tierno susurro, pero niego con la cabeza—. Por favor —ruega.

Su expresión es tan compasiva y sincera como siempre. Sus ojos solo reflejan amor.

Quizá no me compare con Hyde.

¿Debería llamar a mis padres? Tal vez ellos puedan ofrecerme las piezas que faltan en esos fragmentos de mi pasado. Seguro que ellos sí lo recuerdan.

—Yo les llamaré —murmuro.

—Bien. Podemos ir a verles juntos o puedes ir tú solo, como prefieras.

—No, que vengan ellos aquí.

—¿Por qué?

—No quiero que tú vayas a ninguna parte.

—Christian, creo que podré soportar un viaje en coche.

—No. —Sonrío con ironía—. De todas formas es sábado por la noche; seguro que están en alguna función.

—Llámales. Estas noticias te han alterado. Tal vez ellos puedan arrojar algo de luz sobre el tema. —Las palabras de Ana me remueven por dentro.

Cuando la miro a los ojos, no encuentro en ellos ningún juicio. Solo su amor, que se cuela por las grietas de mi oscuridad para iluminarla.

—Vale. —Lo haré a su manera.

Levanto el teléfono de la mesita de noche y llamo a mis padres a casa. Ana se acurruca a mi lado mientras espero a que contesten.

—Christian. —Nunca me había sentado tan bien oír la voz de Carrick.

¡Están en casa!

—¿Papá? —No logro ocultar mi sorpresa.

—Qué bien que hayas llamado, hijo. ¿Cómo está Ana?

—Ana está bien. Estamos en casa. Welch acaba de irse. Ha encontrado la conexión.

—¿La conexión? ¿Con qué? ¿Con quién? ¿Con Hyde?

—Es la casa de acogida en Detroit.

Carrick guarda silencio al otro lado de la línea.

—Yo no me acuerdo de nada de eso. —Mi voz flaquea cuando la vergüenza y la ira que hierve en mi interior afloran a la superficie como un cóctel tóxico.

Ana me abraza con más fuerza.

—Christian, ¿cómo vas a acordarte? Fue hace mucho tiempo. Pero seguro que tu madre y yo podemos llenar esas lagunas.

—Sí… —Detesto la esperanza que se percibe en mi voz.

—Pasaremos a veros. Ahora mismo, si quieres.

—¿Lo haríais? —Casi no me lo creo.

—Por supuesto. Te llevaré el papeleo de aquella época. Enseguida estamos ahí. También nos alegraremos de ver a Ana.

¿Papeleo?

—Genial. —Cuelgo y miro la expresión curiosa de Ana—. Vienen para acá. —Sigo sin poder ocultar mi sorpresa.

Les pido ayuda a mis padres… y ellos vienen corriendo.

—Bien. Debería vestirme —dice Ana.

La abrazo con fuerza para retenerla.

—No te vayas.

—Vale. —Me ofrece una sonrisa llena de amor y vuelve a acurrucarse a mi lado.

Ana y yo esperamos cogidos del brazo en la puerta del salón para recibir a mis padres. A mi madre se le ilumina la cara nada más verla, su alegría y su gratitud son evidentes para todos nosotros. Suelto a mi mujer a regañadientes para que pueda abrazar a mi madre.

—Ana, Ana, querida Ana —dice en voz tan baja que tengo que esforzarme por oírla—. Has salvado a dos de mis hijos. ¿Cómo voy a poder darte las gracias?

Sí. Mi madre tiene razón. A mí también me ha salvado.

Mi padre abraza a Ana con un brillo de afecto paternal en los ojos y le da un beso en la frente. Detrás de ellos aparece Mia, a quien no esperaba, y tira de Ana para estrujarla en un abrazo salvaje.

—Gracias por salvarme de esos dos desgraciados.

Mi mujer se estremece.

—¡Mia! ¡Cuidado! Le duele… —Mi grito sobresalta a todo el mundo.

Claro. Han traído a Mia porque mi madre no quiere perderla de vista. Hace solo unos días la drogaron y la secuestraron. El enfado hacia mi hermana pequeña se evapora al instante.

—¡Oh! Lo siento —dice como una bobalicona.

—Estoy bien —nos tranquiliza Ana, y sonríe a Mia.

Mi hermana viene corriendo hacia mí y me rodea con un brazo.

—¡No seas tan gruñón! —me riñe en voz baja.

Frunzo el ceño y ella me hace un mohín juguetón.

Maldita sea. La abrazo con fuerza de medio lado.

Cómo me alegro de que esté bien.

Mi madre se acerca a nosotros y le doy las fotografías de Welch. Grace mira la de la familia, inspira con brusquedad y se tapa la boca. Mi padre se nos une también y le pasa un brazo por los hombros mientras estudia el retrato familiar.

—Oh, cariño… —Grace levanta una mano y me acaricia la mejilla. Sus ojos expresan abatimiento y consternación.

¿Por qué? ¿Acaso no quería que supiera nada de esto?

Taylor nos interrumpe.

—¿Señor Grey? Su hermano, la señorita Kavanagh y el hermano de la señorita Kavanagh están subiendo, señor.

¿Qué demonios hacen aquí?

—Gracias, Taylor.

—Llamé a Elliot y le dije que veníamos —informa Mia con alegría—. Es una fiesta de bienvenida.

Mis padres cruzan una mirada de exasperación. La de Ana es compasiva.

—Será mejor que preparemos algo de comer. Mia, ¿me ayudas?

—Oh, claro, encantada. —Le da la mano a Ana y se van hacia la zona de la cocina.

Mis padres me siguen al estudio y les ofrezco asiento a ambos delante del escritorio. Yo me apoyo en la mesa y de repente me doy cuenta de que así era como se colocaba mi padre en su estudio cuando yo, de pie ante él, aguantaba que me diera un sermón por mi última fechoría. Ahora las tornas se han vuelto por completo, y la ironía no me pasa por alto. Necesito respuestas y ellos están aquí, así que en principio parecen dispuestos a arrojar algo de luz sobre ese oscuro capítulo de mi vida. Oculto mi ira y los miro a ambos con expectación.

Grace es la primera en hablar, y lo hace con una voz clara y autoritaria, su voz de doctora:

—Esta fotografía... Estos son los Collier. Eran tus padres de acogida. Tuviste que ir con ellos cuando tu madre biológica murió porque, según la ley del estado, teníamos que esperar por si había algún otro familiar que te reclamara.

Oh.

Continúa bajando algo la voz:

—Tuvimos que esperar para llevarte con nosotros. Fue una tortura. Dos meses enteros. —Cierra los ojos, como si reviviera el dolor.

Eso cambia muchas cosas. Mi ira se esfuma, se me hace un nudo en la garganta. Toso para encubrir la emoción.

—En esa foto. —Señalo la imagen que Grace tiene en la mano—. El niño pelirrojo. Ese es Jack Hyde.

Carrick se inclina y juntos examinan la fotografía.

—No me acuerdo de él —comenta mi padre.

Mi madre niega con la cabeza. Su expresión es muy triste.

—No, yo tampoco. Solo teníamos ojos para ti, Christian.

—¿Eran... eran amables? —pregunto con titubeos. Mi voz es apenas una sombra—. ¿Los Collier?

A Grace se le saltan las lágrimas.

—Ay, cariño. Eran maravillosos. La señora Collier te adoraba.

Suelto un silencioso suspiro de alivio.

—Sentía curiosidad. No me acordaba.

Grace abre mucho los ojos al entenderlo. Alarga el brazo y me coge de la mano mientras sus ojos color avellana escrutan los míos.

—Christian, eras un niño traumatizado. No querías o no podías hablar. Estabas hecho un saco de huesos. Ni siquiera soy capaz de imaginar los horrores que sufriste durante los primeros años de vida. Pero aquello terminó con los Collier. —Me aprieta la mano, como obligándome a creerla—. Eran muy buena gente.

—Ojalá los recordara —susurro.

Se pone de pie sin soltarme la mano.

—No hay motivo para que lo hagas. A nosotros nos pareció una eternidad porque estábamos impacientes por tenerte en casa, pero solo fueron dos meses. Ya teníamos el certificado de idoneidad para adoptar, gracias a Dios. Si no, el proceso podría haberse alargado mucho más.

—Toma —dice Carrick—. Debe de ser muy angustioso no saber, así que te he traído algunas cosas de aquella época. Tal vez te ayuden a recordar.

Se saca un sobre grande del bolsillo interior de la americana. Me siento en el escritorio y me preparo para abrirlo. Dentro encuentro un currículum del señor y la señora Collier, así como detalles sobre su familia, su hija y sus dos hijos. Varias cartas y dos dibujos... ¿míos?

Los contemplo y noto un hormigueo en la cabeza causado por el asombro.

Ambos dibujos están hechos con lápices de colores. Son la garabateada visión de un niño de una casa con una puerta amarilla. Hay varias figuras de palo: dos adultos, cinco hermanos.

El sol brilla por encima de todos ellos. Enorme. Esplendoroso.

El segundo dibujo es parecido, pero todos los niños tienen en la mano lo que parecen cucuruchos de helado.

Es una imagen bastante alegre.

—Nos enviaban informes sobre ti todas las semanas. Y también íbamos a verte. Todos los fines de semana.

—¿Por qué no me lo habíais contado?

Grace y Carrick cruzan una mirada.

—Nunca salió el tema, hijo. —A Carrick se le tensa la mandíbula, en su voz tenue se percibe remordimiento, creo, y se encoge de hombros—. Queríamos que lo olvidaras, que olvidaras todo lo que... —Se queda sin voz.

Asiento con la cabeza. Sí, lo entiendo.

Que olvidara mi vida con la puta adicta al crack.

Que olvidara a su chulo.

Que olvidara mi vida antes de ellos.

No les culpo. También a mí me gustaría olvidar.

¿Por qué querría nadie recordar algo así?

—Espero que esto te ayude con algunas de tus preguntas —dice mi padre.

—Lo hará. Me alegro de haberos llamado. Ha sido idea de Ana.

Carrick sonríe.

—Es una mujer valiente, Christian. —Vuelve a mirar a Grace.

Ella hace un gesto con la cabeza, como si le estuviera dando permiso, así que Carrick me entrega otro sobre.

Mirándolos a ambos con desconcierto, lo abro. Dentro hay una partida de nacimiento.

```
                    ESTADO DE MICHIGAN
                 CERTIFICADO DE NACIDO VIVO

        121-83-757899                    29 junio 1983
   NÚMERO DE EXPEDIENTE ESTATAL        FECHA DE EXPEDIENTE

                      Kristian Pusztai
        NOMBRE DEL NIÑO (PRIMERO, SEGUNDO, APELLIDO, SUFIJO)

    18 junio 1983          Varón        Detroit, Condado de Wayne
  FECHA DE NACIMIENTO       SEXO         LUGAR DE NACIMIENTO

    Életke Pusztai            19         Budapest, Hungría
  NOMBRE DE LA MADRE    EDAD DE LA MADRE  LUGAR DE NACIMIENTO
   (DE SOLTERA)                           DE LA MADRE

    Desconocido            Desconocido     Desconocido
  NOMBRE DEL PADRE        EDAD DEL PADRE   LUGAR DE NACIMIENTO
                                           DEL PADRE

   Por la presente certifico que lo anterior es un asiento veraz y
   correcto de los hechos del nacimiento inscrito en la Sección de
   Registros Vitales, Departamento de Salud Pública de Michigan.
```

¡«Kristian»! Un escalofrío me recorre la espalda. ¡Mi nombre!

¡Y la puta adicta al crack! También ella tiene nombre.

Como salida de la nada, oigo la voz del capullo de su chulo gritándole. «¡Ella!»

Ella... el diminutivo de Életke.

El epíteto que más utilizaba era «zorra».

Aparto ese recuerdo.

—¿Por qué me dais esto ahora? —pregunto con voz ronca mientras miro a mis padres.

—Lo he encontrado junto a las cartas y los dibujos. En las cartas, la señora Collier te llama Kristian, con «K». Así que, por si te extrañaba... —La voz de mi madre pierde fuelle.

—¿Por qué me lo cambiasteis?

—Porque fuiste un regalo. Para nosotros. De Dios.

Me la quedo mirando, estupefacto. ¿Un regalo? ¿Yo? Después de toda la mierda que les eché encima a estas dos personas que están de pie ante mí, ¿y eso es lo que piensan?

—Sentimos que le debíamos algo al Señor. Siempre has sido un regalo, Christian —murmura Carrick.

Noto unas lágrimas que intentan aflorar y respiro hondo.

Un regalo.

—Los niños son un regalo. Siempre. —La adoración maternal de Grace es

666

más que evidente en sus ojos vidriosos, y sé que hay algo más que no le ha hecho falta decir: que yo mismo lo descubriré dentro de unos meses.

Me inclino hacia ellos. Mi madre me alisa el pelo y me lo aparta de la frente. Le devuelvo la sonrisa y, poniéndome de pie, la abrazo.

—Gracias, mamá.

—De nada, hijo.

Carrick nos abraza a ambos.

Cierro los ojos y, luchando contra las lágrimas, lo acepto.

Acepto su amor incondicional.

El amor de mis padres.

Tal como debe ser.

Ya basta. Me aparto.

—Leeré las cartas después. —Tengo la voz tomada por la emoción.

—Muy bien.

—Deberíamos regresar con los demás —masculло.

—¿Has recordado algo? —me pregunta Carrick.

Niego con la cabeza.

—Tal vez lo hagas o tal vez no, pero no te obsesiones, hijo. Nos tienes a nosotros. Tienes a tu familia. Y, como dice tu madre, los Collier eran buena gente. —Me aprieta el brazo con delicadeza. Su calidez y su afecto calan en mí.

Regresamos al salón, pero yo voy como a cámara lenta, estoy desconectado de la realidad, me va a estallar la cabeza a causa de todas estas revelaciones. Busco a Ana por toda la sala; está de pie con Elliot y Kate junto a la encimera de la cocina, comiendo unos canapés.

De algún rincón de mi cerebro donde se almacenan mis primeros recuerdos extraigo un fragmento: la visión de una familia reunida alrededor de una mesa de madera. Riendo. Metiéndose unos con otros en broma. Comiendo... macarrones con queso.

Los Collier.

El recuerdo se desvanece en cuanto veo a Ana con una copa de champán rosado en la mano.

¡Junior!

Me acerco para quitarle el alcohol, pero Kate se interpone en mi camino.

—Kate —saludo.

—Christian —responde ella con su brusquedad de siempre.

—Señora Grey, está tomando medicamentos —digo con tono de advertencia mientras miro fijamente la copa en la mano de Ana intentando no desvelar nada.

Pero ella entorna los ojos y levanta la barbilla para desafiarme. Grace coge la copa llena que le ofrece Elliot, se acerca a Ana y le susurra algo al oído. Intercambian una sonrisa furtiva y brindan.

¡Mamá! Les dirijo una mueca a ambas, pero no me hacen caso.

—¡Campeón! —Elliot me da una palmada en la espalda y me pone una copa en la mano.

—Hermanito.

Sigo mirando a Ana mientras Elliot y yo nos sentamos en el sofá.

—Joder, has debido de estar muerto de preocupación.

—Pues sí.

—Me alegro de que por fin hayan atrapado a ese capullo. Va directo a dar con sus huesos en la cárcel.

—Sí.

Elliot frunce el ceño.

—Te has perdido un gran partido.

—¿Qué partido?

¿Ahora quiere hablar de béisbol? ¿Intenta distraerme? Está cabreado porque los Mariners han perdido contra los Rangers, pero me cuesta concentrarme en lo que está diciendo… No consigo apartar la mirada de Ana. Carrick se acerca a ella, y Grace le da un beso en la mejilla antes de ir a sentarse con Mia y Ethan, que parecen sentirse muy cómodos juntos en el sofá. Ana se queda sola con Carrick.

Mi mujer y mi padre disfrutan de una animada conversación entre susurros. ¿De qué estarán hablando? ¿De mí?

—No estás escuchando ni una palabra de lo que te digo, capullo. —Elliot me trae de vuelta a la conversación.

—Claro. Los Rangers.

Me da un puñetazo en el brazo.

—Te lo perdono —dice— porque has tenido un par de días muy duros. Oye, tendríais que pasaros a ver vuestra casa.

—Sí, me gustaría. Ana y yo habíamos pensado hacerlo, pero entonces se armó todo este jaleo.

—Ana y Mia. Joder… —La expresión de Elliot es adusta—. Me alegro de que tu mujer abatiera a ese cabrón.

Asiento con la cabeza.

—Hola, Christian. —Ethan se nos une, y yo agradezco la interrupción.

—¿Has visto el partido? —pregunta Elliot, e inician un debate sobre el *home run* de Beltré contra los Mariners.

Dejo de prestarles atención porque Ana se acerca a nosotros.

—Me alegro de veros a todos —dice cuando se sienta a mi lado.

—Un sorbo —la riño en un susurro.

Y ya te lo has tomado.

Así que le quito la copa de la mano.

—Sí, señor. —Pestañea hacia mí, su mirada se oscurece y de pronto parece contener numerosas promesas.

Mi cuerpo se estremece en respuesta, pero me contengo.

Joder. Estamos acompañados.

Le paso un brazo por los hombros y le dirijo una mirada fugaz.

Compórtate, Ana.

Ana está acurrucada en la cama, mirando cómo me desvisto.

—Mis padres creen que eres milagrosa. —Dejo la camiseta en una silla.

—Por lo menos tú sabes que no es verdad.

—Oh, yo no sé nada.

—¿Han podido ayudarte a rellenar las lagunas?

—Algunas. Viví con los Collier durante dos meses mientras mi madre y mi padre esperaban por cuestiones de papeleo. Les habían concedido la adopción gracias a Elliot, pero la ley obliga a comprobar que no hay ningún pariente vivo que quiera reclamar la custodia.

—¿Y cómo te hace sentir eso?

—¿No tener parientes vivos? —¡Aliviado!—. Me importa una mierda. Si se parecían a la puta adicta al crack... —Sacudo la cabeza.

Menos mal que me encontré con mis padres.

Ellos sí que fueron todo un regalo, y aún lo son.

Me pongo el pantalón del pijama y me meto en la cama, donde me acurruco junto a mi mujer, más que agradecido de tenerla conmigo. Ana inclina la cabeza con una expresión cálida, pero sé que espera que le cuente más.

—Empiezo a recordar —confieso.

Macarrones con queso... Sí.

—Recuerdo la comida. La señora Collier cocinaba bien. Y al menos ahora sabemos por qué ese cabrón estaba tan obsesionado con mi familia.

Recupero un recuerdo borroso.

Espera... ¿No solía ella sentarse junto a mi cama?

Me está arropando en una cama pequeña y tiene un libro en la mano.

—¡Joder!

—¿Qué?

—¡Ahora tiene sentido!

—¿Qué?

—Pajarillo. La señora Collier solía llamarme «pajarillo».

Ana parece desconcertada.

—¿Y eso tiene sentido?

—La nota. La nota de rescate que tenía ese cabrón de Hyde. Decía algo así como: «¿Sabes quién soy? Porque yo sé quién eres, pajarillo».

Ana sigue confusa.

—Es de un libro infantil. Dios mío. Los Collier lo tenían. Se llamaba... *¿Eres tú mi mamá?* Mierda. —Veo mentalmente la cubierta: el pajarillo y el triste perro viejo—. Me encantaba ese libro. La señora Collier me lo leía. Dios mío. Lo sabía... Ese cabrón lo sabía.

Aunque yo no lo recuerdo a él... por suerte.

—¿Se lo vas a decir a la policía?

—Sí, se lo diré. Aunque solo Dios sabe lo que hará Clark con esa información.

Exhalo un suspiro. Los recuerdos que me faltaban están aquí, en mi cerebro. Es un alivio. Y una vez más, me siento agradecido por que mis padres hayan venido a verme esta tarde. Han conseguido eliminar lo que fuera que estaba bloqueando mi memoria.

Ana sonríe, contenta por mí, creo. Pero ya basta de mi historia de mierda. Le debo una explicación a mi mujer. ¿Por dónde empiezo? Puede que esté demasiado cansada; se ha esforzado mucho por atender a mi familia.

—De todas formas, gracias por lo de esta noche.

—¿Por qué?

—Por reunir a mi familia en un abrir y cerrar de ojos.

—No me des las gracias a mí, dáselas a Mia. Y a la señora Jones, por tener siempre llena la despensa.

¡Ana! Hazme el favor de aceptar un cumplido.

A veces es una mujer exasperante, pero lo dejo estar.

—¿Qué tal se siente, señora Grey?

—Bien. ¿Y tú?

—Estoy bien.

Se le enciende la mirada y me acaricia los abdominales con los dedos.

Me río y le agarro la mano.

—Oh, no. Ni se te ocurra.

Frunce los labios, decepcionada, y vuelve a lanzarme una mirada seductora a través de sus pestañas.

—Ana, Ana, Ana, ¿qué voy a hacer contigo? —Le doy un beso en el pelo.

—Se me ocurren unas cuantas cosas. —Se retuerce a mi lado, pero de pronto se detiene con una expresión de dolor.

¡Ana! Aún estás convaleciente.

Enseguida sonríe para tranquilizarme.

—Nena, has pasado por muchas cosas. Además, te voy a contar un cuento para dormir.

Me mira con expectación.

—Querías saberlo… —Cierro los ojos y trago saliva mientras mi mente regresa a la adolescencia.

Vuelvo a tener quince años.

—Imagínate esto. Un chico adolescente que quiere ganarse un dinerillo para poder continuar con una afición secreta: la bebida. —Abro los ojos, pero todavía me veo tal como era entonces: un adolescente alto pero delgaducho, con unos vaqueros cortados, una mata de pelo cobrizo y una actitud hostil con la que parecía mandar a la mierda a todo el mundo.

Ese era yo.

Joder.

Me vuelvo de lado para tumbarme cara a cara con Ana. Tiene los ojos muy abiertos y llenos de preguntas. Respiro hondo.

—Estaba en el patio de los Lincoln, limpiando los escombros y la basura tras la ampliación que el señor Lincoln acababa de hacerle a su casa...

Vuelvo a cerrar los ojos, estoy allí otra vez. El aroma de las flores del verano carga el ambiente. Los insectos zumban a mi alrededor y yo doy manotazos para espantarlos. El calor del sol del mediodía cae sobre mí, me abrasa tanto que me quito la camiseta. Y ahí está Elena. Lleva el vestido más escotado que he visto jamás... Apenas le cubre el cuerpo.

Cuando me atrevo a mirar a Ana, sigue con los ojos clavados en mí, prestando atención a cada una de mis palabras.

—Era un día caluroso de verano y yo estaba haciendo un trabajo duro. —Río entre dientes al recordar que seguramente fue uno de los pocos días que hice algún esfuerzo físico—. Retirar todos esos escombros era un trabajo agotador. Estaba solo y Ele... la señora Lincoln apareció de la nada y me trajo un poco de limonada. Empezamos a charlar, hice un comentario atrevido... y ella me dio un bofetón. Un bofetón muy fuerte. —Mi mano va de forma automática a mi mejilla al recordar ese dolor al que no estaba acostumbrado. Nadie me había abofeteado nunca así.

—Mis ojos están aquí, chico. —*La señora Lincoln se señala la cara con dos dedos.*

Me ha pillado mirándole las tetas.

Bueno, no había forma de evitarlas.

Mierda.

Se me pone dura. Al instante. A punto de estallar.

La mirada de la señora Lincoln baja a mis pantalones.

Joder. ¡Estoy empalmado! Es humillante.

—Te ha gustado, ¿eh? —*pregunta arrastrando las palabras, y sus labios rojo pasión forman una sonrisa sexy.*

Creo que voy a correrme en los pantalones.

—Pero después me besó. Y cuando acabó de besarme, me dio otra bofetada.

Tiene la boca caliente. Mojada. Fuerte. Es todo lo que había imaginado en mis sueños más húmedos.

—Nunca antes me habían besado ni pegado así.

Ana ahoga un suspiro.

Mierda.

—¿Quieres oír esto?

Me mira con los ojos muy abiertos y sus palabras salen en un susurro, casi sin aliento:

—Solo si tú quieres contármelo.

—Estoy intentando que tengas un poco de contexto.

Asiente, pero parece que haya visto un fantasma, joder, así que titubeo. ¿Debo continuar o no? Miro a las profundidades de sus ojos sobresaltados y todo lo que veo son más preguntas. Está ávida de información; siempre tiene hambre de más.

Me tumbo de espaldas y miro el techo para continuar con mi vergonzoso relato.

—Bueno, naturalmente yo estaba confuso, enfadado y muy excitado. Quiero decir que, cuando una mujer mayor y atractiva se lanza así sobre ti…

Era la primera vez que me besaba con alguien.

En toda mi vida. Fue como el paraíso. Y también el infierno.

—Ella volvió a la casa y me dejó en el patio. Actuó como si nada hubiera pasado. Yo estaba absolutamente desconcertado. —Quería hacerme una paja allí mismo. Pero, claro, no podía—. Así que volví al trabajo, a cargar escombros hasta el contenedor. Cuando me fui esa tarde, ella me pidió que volviera al día siguiente. No dijo nada de lo que había pasado. Así que regresé al día siguiente. Me moría de ganas de volver a verla —susurro, como si estuviera en un confesionario—. No me tocó cuando me besó. —Solo la cara, que me sostuvo entre sus manos. Y fue una revelación.

Me vuelvo hacia Ana.

—Tienes que entenderlo… Mi vida era el infierno en la tierra. Iba por ahí con quince años, alto para mi edad, empalmado constantemente y lleno de hormonas. Las chicas del instituto…

Estaban interesadas.

Y yo también… pero no podía soportar que me tocaran.

Ahuyentaba a todo el mundo.

Los apartaba con mi ira.

—Estaba enfadado, muy enfadado con todo el mundo, conmigo, con los míos. No tenía amigos. El terapeuta que me trataba entonces era un gilipollas integral. Mi familia me ataba corto, no lo entendían. —Miro otra vez al techo y pienso en lo solícitos que han sido Carrick y Grace esta tarde—. No podía soportar que nadie me tocara. No podía. No soportaba que nadie estuviera cerca de mí. Solía meterme en peleas… joder que sí. Me metí en riñas bastante duras. Me echaron de un par de colegios. Pero era una forma de desahogarme un poco. La única forma de tolerar algo de contacto físico. —Aprieto los puños al recordar una pelea en concreto.

Wilde. Ese capullo que siempre se metía con los que eran más pequeños que él.

—Bueno, te puedes hacer una idea. Y cuando ella me besó, solo me cogió la cara. No me tocó.

Fue una liberación monumental.

Poder experimentar esa clase de contacto al fin.

Y lo más excitante del mundo.

Mi vida cambió en ese instante.

Todo cambió.

—Bueno, al día siguiente volví a la casa sin saber qué esperar. Y te voy a ahorrar los detalles escabrosos, pero fue más de lo mismo.

—*Podría hacer entrar en vereda a un salvaje como tú a base de latigazos. —Las palabras arrastradas de Elena resuenan en mi memoria.*

¿Un salvaje? ¡Lo sabe!
Es capaz de ver cómo soy.
Mala hierba.
—Así empezó la relación. —Me quito de encima ese recuerdo y giro la
cara otra vez hacia mi mujer—. ¿Y sabes qué, Ana? Mi mundo recuperó la perspectiva. Aguda y clara. Todo. Eso era exactamente lo que necesitaba. Ella fue
como un soplo de aire fresco. Tomaba todas las decisiones, apartó de mí toda
esa mierda y me dejó respirar. E incluso cuando se acabó, mi mundo siguió
centrado gracias a ella. Y siguió así hasta que te conocí. —De súbito me invade una oleada de emoción que casi me ahoga.

Ana.

Mi amor.

Levanto una mano y le aparto un mechón rebelde de pelo tras la oreja
porque quiero tocarla; no, lo necesito.

—Tú pusiste mi mundo patas arriba. —De pronto veo su rostro pálido y
triste mientras las puertas del ascensor se cerraban el día que me dejó—. Mi
mundo era ordenado, calmado y controlado, y de repente tú llegaste a mi vida
con tus comentarios inteligentes, tu inocencia, tu belleza y tu tranquila teme-
ridad, y todo lo que había antes de ti empezó a parecer aburrido, vacío, me-
diocre... Ya no era nada.

Ana contiene la respiración.

—Y me enamoré —susurro, y le acaricio la mejilla con los nudillos.

—Y yo —contesta. Siento su aliento en la cara.

—Lo sé.

—¿Ah, sí?

—Sí.

Sigues aquí conmigo, escuchando esta historia lamentable y perturbado-
ra. Me has salvado.

Su rostro se ilumina al ofrecerme una tímida sonrisa.

—¡Por fin! —murmura.

—Y eso ha vuelto a situarlo todo en la perspectiva correcta. Cuando era más
joven, Elena era el centro de mi mundo. No había nada que no hiciera por ella. Y
ella hizo muchas cosas por mí. Hizo que dejara la bebida. Me obligó a esforzarme
en el colegio... Ya sabes, me dio un mecanismo para sobrellevar las cosas que antes no tenía, me dejó experimentar cosas que nunca había pensado que podría.

—El contacto —susurra Ana.

—En cierta forma.

Arruga la frente. Sus ojos están llenos de preguntas nuevas, así que no
tengo más remedio que contárselo.

—Si creces con una imagen de ti mismo totalmente negativa, pensando
que no eres más que un marginado, un salvaje al que nadie puede querer,
crees que mereces que te peguen. —Me interrumpo para observar su reacción—. Ana, es más fácil sacar el dolor que llevarlo dentro...

Llevarlo dentro es mucho más duro.

No me entretengo en esa idea.

—Ella canalizó mi furia. Sobre todo hacia dentro... ahora lo veo. El doctor Flynn lleva bastante tiempo insistiendo en esto. Pero hace muy poco que conseguí ver esa relación como lo que realmente fue. Ya sabes... en mi cumpleaños.

Ana se estremece.

—Para ella esa parte de nuestra relación iba de sexo y control, y de una mujer solitaria que encontraba consuelo en el chico al que utilizaba como juguete.

—Pero a ti te gusta el control —dice.

—Sí, me gusta. Siempre me va a gustar, Ana. Soy así. Lo dejé en manos de otra persona por un tiempo. Dejé que alguien tomara todas mis decisiones por mí. No podía hacerlo yo porque no estaba bien. Pero a través de mi sumisión a ella me encontré a mí mismo y encontré la fuerza para tomar las riendas de mi vida... Para tomar el control y tomar mis propias decisiones.

—¿Convertirte en Amo?

—Sí.

—¿Eso fue decisión tuya?

—Sí.

—¿Dejar Harvard?

—Eso también fue cosa mía, y es la mejor decisión que he tomado. Hasta que te conocí.

—¿A mí?

—Sí. La mejor decisión que he tomado en mi vida ha sido casarme contigo. —Le sonrío.

—¿No ha sido fundar tu empresa? —susurra.

Niego con la cabeza.

—¿Ni aprender a volar?

No, nena.

—Tú. —Le acaricio la mejilla otra vez, maravillado de lo suave que es—. Y ella lo supo.

—¿Ella supo qué?

—Que estaba perdidamente enamorado de ti. Me animó a que fuera a Georgia a verte, y me alegro de que lo hiciera. Creyó que se te cruzarían los cables y te irías. Que fue lo que hiciste.

Ana parpadea y el color abandona sus mejillas.

—Ella pensó que yo necesitaba todas las cosas que me proporcionaba mi estilo de vida.

—¿El de Amo?

Sí.

—Eso me permitía mantener a todo el mundo a distancia, tener el control, mantenerme indiferente... o eso creía. Seguro que has descubierto ya el porqué.

—¿Por tu madre biológica?

—No quería que volvieran a herirme. Y entonces me dejaste. —Veo las puertas del ascensor cerrándose otra vez con Ana dentro. Recuerdo haberme sentado en el suelo del vestíbulo durante lo que me parecieron horas—. Y me quedé hecho polvo. —Respiro hondo—. He evitado la intimidad durante tanto tiempo... No sé cómo hacer esto.

—Por ahora lo estás haciendo bien. —Sigue la curva de mis labios con un dedo, yo le doy un beso en la yema mientras nos miramos fijamente. Y como siempre, me hundo en sus ojos azules—. ¿Lo echas de menos? —pregunta.

—¿El qué?

—Ese estilo de vida.

—Sí.

Por la cara que pone, no estoy seguro de que me crea.

—Pero solo porque echo de menos el control que me proporcionaba. Y la verdad es que gracias a tu estúpida hazaña —me detengo—, que salvó a mi hermana —oh, Ana, mujer loca, perversa, preciosa—, ahora lo sé.

—¿Qué sabes? —frunce el ceño.

—Sé que de verdad me quieres.

—¿Ah, sí?

—Sí, porque he visto que lo arriesgaste todo por mí y por mi familia.

Su ceño se hace más profundo y no puedo resistirme. Alargo la mano y paso el dedo por la línea que cruza su frente.

—Te sale una uve aquí cuando frunces el ceño. Es un sitio muy suave para darte un beso.

Ana relaja la expresión.

—Aunque me comporte fatal... tú sigues aquí —murmuro.

—¿Y por qué te sorprende tanto que siga aquí? Ya te he dicho que no te voy a dejar.

—Por la forma en que reaccioné cuando me dijiste que estabas embarazada. —Como si tuviera vida propia, mi dedo sigue la línea de su ceja y baja por la mejilla—. Tenías razón. Soy un adolescente.

Frunce los labios. Arrepentida.

—Christian, he dicho algunas cosas horribles.

Le pongo un dedo sobre los labios.

—Chis. Merecía oírlas. Además, este es mi cuento para dormir. —Vuelvo a tumbarme boca arriba—. Cuando me dijiste que estabas embarazada... —Me interrumpo, luchando contra la vergüenza e intentando encontrar las palabras—. Yo pensaba que íbamos a ser solo tú y yo durante un tiempo. Había pensado en tener hijos, pero solo en abstracto. Tenía la vaga idea de que tendríamos un hijo en algún momento del futuro. Todavía eres tan joven... Y sé que eres bastante ambiciosa. Bueno, fue como si se me hubiera abierto el suelo bajo los pies. Dios, fue totalmente inesperado. Cuando te pregunté qué te ocurría ni se me pasó por la cabeza que podías estar embarazada. —Suspiro, asqueado conmigo mismo—. Estaba tan furioso... Furioso contigo. Conmigo. Con todo el mundo. Y volví a sentir que no tenía control sobre nada. Tenía que salir. Fui a ver a Flynn, pero estaba en una reunión con padres en un colegio. La miro mientras arqueo una ceja, esperando que le encuentre la gracia. Y, por supuesto, lo hace.

—Irónico —dice, y los dos sonreímos.

—Así que me puse a andar y andar, y simplemente... me encontré en la puerta del salón. Elena ya se iba. Le sorprendió verme. Y, para ser sincero, yo también estaba sorprendido de encontrarme allí. Se dio cuenta de que estaba furioso y me preguntó si quería tomar una copa. Fuimos a un bar tranquilo que conozco y pedimos una botella de vino. Ella se disculpó por cómo se había comportado la última vez que nos vimos. Le duele que mi madre no quiera saber nada más de ella (eso ha reducido mucho su círculo social), pero lo entiende. Hablamos del negocio, que va bien a pesar de la crisis... Y mencioné que tú querías tener hijos.

—Pensaba que le habías dicho que estaba embarazada.

—No, no se lo conté.

—¿Y por qué no me lo dijiste?

Me encojo de hombros.

—No tuve oportunidad. —Estabas demasiado enfadada.

—Sí que la tuviste.

—No te encontré a la mañana siguiente, Ana. Y cuando apareciste, estabas tan furiosa conmigo...

—Cierto.

—De todas formas, en un momento de la noche, cuando ya íbamos por la mitad de la segunda botella, ella se acercó y me tocó. Y yo me quedé helado.

—Me tapo los ojos con un brazo. Estoy muerto de vergüenza.

Escúpelo de una vez, Grey.

—Ella vio que me apartaba. Fue un shock para ambos.

Ana me tira del brazo, así que me giro para mirarla.

Lo siento, nena.

—¿Qué? —pregunta.

Trago saliva intentando controlar el bochorno.

—Me propuso tener sexo.

A Ana le cambia la cara. Está horrorizada. Y furiosa. Otra vez.

Joder.

—Ese momento se quedó como suspendido en el tiempo —me apresuro a continuar—. Ella vio mi expresión y se dio cuenta de que se había pasado de la raya, mucho. Le dije que no. No había pensado en ella así en todos estos años, y además —vuelvo a tragar y suavizo el tono de voz—, te quiero. Y se lo dije, le dije que quiero a mi mujer.

Ana se me queda mirando sin decir nada.

Ay, mi amor, ¿qué estás pensando? Continúo como puedo:

—Se apartó de inmediato. Volvió a disculparse e intentó que pareciera una broma. Dijo que estaba feliz con Isaac y con el negocio y que no estaba resentida con nosotros. Continuó diciendo que echaba de menos mi amistad, pero que era consciente de que mi vida estaba contigo ahora, y que eso le parecía raro, dado lo que pasó la última vez que estuvimos todos juntos en la misma habitación. Yo no podía estar más de acuerdo con ella. Nos despedimos... por última vez. Le dije que no volvería a verla y ella se fue por su lado.

—¿Os besasteis?

—¡No! —Dios mío, no—. ¡No podía soportar estar tan cerca de ella! Estaba triste. Quería venir a casa, contigo. Pero sabía que no me había portado bien. Me quedé y acabé la botella y después continué con el bourbon. Mientras bebía me acordé de algo que me dijiste hace tiempo: «Si se hubiera tratado de tu hijo...». Y empecé a pensar en Junior y en cómo empezamos Elena y yo. Y eso me hizo sentir... incómodo. Nunca antes lo había visto así.

—¿Y eso es todo? —Ana respira.

—Sí.

—Oh.

—¿Oh?

—¿Se acabó?

—Sí. Se acabó desde el mismo momento en que posé los ojos en ti por primera vez. Pero esa noche me di cuenta por fin y ella también.

—Lo siento —dice.

—¿Por qué?

—Por estar tan enfadada al día siguiente.

—Nena, entiendo tu enfado.

«Enfadado» es mi segundo nombre.

Suspiro.

—Ana, es que te quiero para mí solo. No quiero compartirte. Nunca antes había tenido lo que tenemos ahora. Quiero ser el centro de tu universo, al menos por un tiempo.

—Lo eres —objeta—. Y eso no va a cambiar.

—Ana —susurro con suavidad y con una sonrisa de resignación—, eso no puede ser verdad. ¿Cómo puedes pensarlo?

Se le llenan los ojos de lágrimas.

—Mierda... No llores, Ana. Por favor, no llores. —Le pongo la palma de mi mano contra la mejilla.

—Lo siento. —Le tiembla el labio, y se lo acaricio con el pulgar mientras siento el corazón henchido.

—No, Ana, no. No lo sientas. Vas a tener otra persona a la que amar. Y tienes razón. Así es como tiene que ser.

—Bip te querrá también. Serás el centro del mundo de Bip... de Junior. Los niños quieren a sus padres incondicionalmente, Christian.

Siento cómo la sangre abandona mi rostro.

—Vienen así al mundo —sigue diciendo Ana con evidente pasión—. Programados para querer. Todos los bebés... incluso tú. Piensa en ese libro infantil que te gustaba cuando eras pequeño. Todavía necesitabas a tu madre. La querías.

Ella.

«Eh, renacuajo. Vamos a buscar tus coches.»

Estoy en el borde de un oscuro remolino.

Me tambaleo.

Cierro un puño bajo mi barbilla, miro a mi hermosa mujer y, desesperado, intento encontrar algo que decir mientras nado contra corriente para alejarme del dolor.

—No —susurro.

A Ana le caen lágrimas por las mejillas.

—Sí, así es. Claro que sí. No era una opción. Por eso estás tan herido.

Todo el aire de la habitación ha desaparecido, también el de mis pulmones.

El remolino me absorbe.

—Por eso eres capaz de quererme a mí —dice—. Perdónala. Ella tenía su propio mundo de dolor con el que lidiar. Era una mala madre, pero tú la querías.

Estoy perdido en el remolino. Me está ahogando.

—*Eh, renacuajo, ¿hacemos un pastel?*»

Mami sonríe y me alborota el pelo.

— *Aquí tienes.* —*Mami me da un cepillo.*

Me sonríe. Mami es guapa.

Tiene el pelo largo. Está cantando. Contenta.

Ahí lo tienes, Grey.

Sí que hubo momentos felices…

—Solía cepillarle el pelo. Era guapa.

—Solo con mirarte a ti nadie lo dudaría.

—Pero era una mala madre.

Ana asiente, sus ojos llorosos transmiten compasión.

Cierro los míos y confieso.

—Me asusta que yo vaya a ser un mal padre.

Ana me acaricia la cara con las puntas de los dedos para tranquilizarme.

—Christian, ¿cómo puedes pensar ni por un momento que yo te dejaría ser un mal padre?

Abro los ojos y me la quedo mirando.

Y ahí está ese destello tan Anastasia Steele de su mirada.

Ese destello de acero que refleja el de su apellido, Steele.

Mi guerrera. La que lucha por mí, conmigo, contra mí… por nuestro hijo.

Me deja sin aliento.

Sonrío. De admiración.

—No, no creo que me lo permitieras. —Le acaricio la cara—. Dios, qué fuerte es usted, señora Grey. Te quiero tanto… —Le doy un beso en la frente—. No sabía que podría quererte así.

—Oh, Christian —susurra.

—Bueno, ese es el final del cuento.

—Menudo cuento…

—¿Qué tal tu cabeza?

—¿Mi cabeza?

—¿Te duele?

—No.

—Bien. Creo que deberías dormir.

Ana no está convencida.

—A dormir —insisto—. Lo necesitas.

—Tengo una pregunta —dice Ana.

—Oh, ¿qué?

—¿Por qué de repente te has vuelto tan... comunicativo, por decirlo de alguna forma? Acabas de contarme todo esto, pero hasta ahora sacarte información era algo angustioso y que ponía a prueba la paciencia de cualquiera.

—¿Ah, sí?

—Ya sabes que sí.

—¿Por qué estoy siendo comunicativo? No lo sé. Tal vez porque te he visto casi muerta sobre un suelo de cemento. —Me estremezco al recordar a Ana en el suelo frente a ese almacén en ruinas donde Hyde tenía retenida a mi hermana. Es muy traumático, así que dirijo mis pensamientos hacia algo más alegre. A Junior—. O porque voy a ser padre. No lo sé. Has dicho que querías saberlo, y no quiero que Elena se interponga entre nosotros. No puede. Ella es el pasado; ya te lo he dicho muchas veces.

—Si no hubiera intentado acostarse contigo... ¿seguiríais siendo amigos? —quiere saber.

—Eso ya son dos preguntas...

—Perdona. No tienes por qué decírmelo. —Se ruboriza, y me alegra ver algo de color en sus mejillas—. Ya me has contado más de lo que podía esperar.

—No, no lo creo. Me parecía que tenía algo pendiente con ella desde mi cumpleaños, pero ahora se ha pasado de la raya y para mí se acabó. Por favor, créeme. No voy a volver a verla. Has dicho que ella es un límite infranqueable para ti y ese es un término que entiendo.

Ana sonríe.

—Buenas noches, Christian. Gracias por ese cuento tan revelador. —Se inclina hacia mí, roza mis labios con los suyos y entonces su lengua me provoca.

Mi cuerpo se enciende, pero me aparto.

—No. Estoy loco por hacerte el amor —susurro conteniendo mi deseo.

—Pues hazlo.

—No, necesitas descansar y es tarde. A dormir. —Apago la lámpara de la mesita y nos envuelve la oscuridad.

—Te quiero incondicionalmente, Christian —musita Ana al acurrucarse junto a mí.

—Lo sé —murmuro yo, bañándome en su luz.

Tú... y mis padres.

Incondicionalmente.

Domingo, 18 de septiembre de 2011

E s casi medianoche. Hoy he hecho un poco de ejercicio y, por lo demás, he disfrutado de un día tranquilo junto a mi esposa. Solo hemos salido para visitar a Ray, que, decididamente, está recuperándose. Aparte de eso, he insistido en que Ana se quedara en cama y descansara. Ella ha accedido, pero ha estado leyendo algunos manuscritos y no he conseguido convencerla por ningún medio de que lo dejara correr.

La señora Jones ha vuelto de casa de su hermana, y esta noche nos ha preparado a Ana y a mí una cena con primero, segundo y postre. Parece que se preocupa tanto como yo mismo por el bienestar de Ana.

Ana se ha quedado dormida cuando acababan de dar las diez.

Me he dedicado a ponerme el día con el trabajo y ahora estoy enfrascado en la lectura de las notas que la señora Collier escribió para mis padres cuando se ocupaba de mí. Tiene una caligrafía pulcra y esmerada, y sus palabras despiertan pequeños destellos de recuerdos que arrojan luz en los oscuros rincones de mi memoria.

Kristian no me deja que lo asee, pero sabe asearse solo. Han hecho falta dos baños para quitarle la roña y he tenido que enseñarle a lavarse el pelo. No tolera que lo toquemos para nada.

Hoy Kristian ha tenido mejor día. Sigue negándose a hablar. No sabemos si sabe o no sabe, o si no puede hacerlo por algún motivo. Pero tiene mucho genio. Los otros niños le tienen miedo.

Kristian sigue sin dejar que lo toque nadie. Si lo hacemos, monta un auténtico drama.

Kristian tiene buen apetito. Come mucho para lo pequeño que es y lo delgadito que está. Lo que más le gusta es la pasta y el helado.

Nuestra hija, Phoebe, adora a Kristian. Lo mima, y él tolera bien sus muestras de cariño. Phoebe se sienta a su lado y dibujan juntos. Me parece que Kristian ha dibujado muy pocas veces en su vida.

Allá donde Phoebe va, Kristian la sigue.

Hoy Kristian ha montado un drama. No le gusta que lo separen de su manta, pero está muy sucia. Le he dejado que se sentara delante de la lavadora para verla mientras se lavaba. Ha sido la única forma posible de calmarlo.

Los recuerdos afloran de forma intermitente e irregular, pero con lo que más conecto es con una sensación de estar abrumado. Me encontraba en un lugar extraño, con una familia extraña; debía de sentirme terriblemente desconcertado. No es nada raro que optara por olvidarme de esa época. Pero, después de leer las notas, sé que allí no sufrí ningún daño, y recuerdo a Phoebe. Me cantaba canciones. Cancioncillas tontas. Era amable y especialmente cariñosa conmigo.

Me alegro de que mis padres hayan guardado esas cartas. Me recuerdan cuán atrás ha quedado aquel niñito asustado que fui. Ya no tengo nada que ver con él. Ya no existe.

Me planteo enseñarle las cartas a Ana, pero entonces recuerdo su reacción al ver las fotografías, la pena que expresaba al mirar a aquel pequeño abandonado y muerto de hambre. Y además se acordaría del cabrón de Hyde… y de lo mucho que él y yo tenemos en común.

A la mierda.

Ya ha tenido que enfrentarse a bastantes cosas en estos últimos días.

Meto las cartas, los dibujos y las fotografías en una carpeta marrón con el nombre de KRISTIAN y la guardo bien guardada en mi archivador para otro día. Tal vez cuando Ana esté recuperada del todo. Además, necesito hablar de esto con Flynn, y debería hacerlo antes de compartirlo con ella. Ana es mi esposa, no mi terapeuta.

Cierro el archivador con llave y miro la hora.

Es tarde, y Ana está dormida cuando me deslizo dentro de la cama y la atraigo hacia mí para abrazarla. Mascula algo ininteligible mientras aspiro su aroma tranquilizador y cierro los ojos.

Mi atrapasueños.

Lunes, 19 de septiembre de 2011

Ana está ovillada junto a mí; todavía duerme como un tronco. Son las 7.16 de la mañana. Suelo levantarme más temprano, pero estos últimos días me están pasando factura a mí también. Podría ser por el ejercicio físico de ayer. No solo salí a correr, sino que también completé dos circuitos en el gimnasio y estuve una hora remando duro. Sonrío mirando al techo mientras me planteo la posibilidad de volver a salir a correr hoy. Me sobra un montón de energía.

Tal vez debería dejar que Ana me tratara sin piedad.

La idea me atrae.

Mierda.

Me atrae demasiado.

Doy un suspiro hondo, llamo al orden a mi cuerpo díscolo, cojo el teléfono y me levanto de la cama. A lo mejor vuelvo cuando Ana se haya despertado. Por el momento tengo hambre.

—Buenos días, señor Grey.

Gail está en la cocina. Si le sorprende verme todavía en pijama, no lo demuestra. Va directa a la Gaggia para prepararme el café.

—Buenos días, señora Jones.

—¿Cómo se encuentra la señora Grey esta mañana?

—Todavía está durmiendo.

Ella asiente con una sonrisa de satisfacción.

—¿Qué quiere que le prepare?

—Una tortilla, por favor.

—¿Con beicon, champiñones y queso?

—Me parece estupendo.

Me sirve una taza de café recién hecho.

Empiezo a hojear *The Seattle Times*, contento de que mi esposa no aparezca en la portada, y justo me estoy preguntando qué haremos Ana y yo hoy cuando doy con la sección inmobiliaria.

¡Por supuesto!

—Gail. —Ella vuelve a ser toda oídos—. Según cómo se encuentre Ana, he pensado que luego podríamos ir a la casa nueva. ¿Nos preparas un picnic?

—Será un placer, señor. Le pediré a Taylor que pase a recogerlo con el R8 cuando esté listo.

—Gracias.

Telefoneo a Andrea para avisarla de que no iré a la oficina y le pido que reorganice las reuniones del día. Ella no se inmuta.

—Sí, señor Grey. ¿Cómo se encuentra la señora Grey? —pregunta con tiento.

—Está mucho mejor. Gracias.

—Me alegro.

—Si me necesitas, llevaré el móvil encima.

Mi tortilla sabe tan rica como esperaba. Me la estoy comiendo tan feliz cuando levanto la cabeza y veo que Ana asoma por la puerta. Se la ve descansada. La contusión de la mejilla apenas se aprecia, pero está vestida de pies a cabeza, como si se dispusiera a salir. Lleva una falda que raya en la indecencia: solo se ven piernas y unos taconazos sexys. Pierdo el hilo de mis pensamientos.

—Buenos días, señora Grey. ¿Va a alguna parte?

Tengo la voz ronca.

—A trabajar.

Ella me dirige una sonrisa que ilumina la estancia.

Me burlo de su atrevimiento.

—No lo creo. La doctora Singh dijo que una semana de reposo.

—Christian, no me voy a pasar todo el día en la cama sola. —Me lanza una mirada breve y subida de tono que siento en todos los puntos apropiados—. Prefiero ir a trabajar. Buenos días, Gail.

—Hola, señora Grey. —La señora Jones aprieta los labios en un intento de ocultar su regocijo—. ¿Quiere desayunar algo?

—Sí, por favor.

—¿Cereales?

—Prefiero huevos revueltos y una tostada de pan integral.

—Muy bien, señora Grey —contesta Gail con una amplia sonrisa.

—Ana, no vas a ir a trabajar.

Me divierte que crea que sí que va a ir.

—Pero...

—No. Así de simple. No discutas.

Yo soy el jefe, y la respuesta es no.

Ana entorna los ojos, pero su mirada desafiante se transforma en un gesto de extrañeza cuando se fija en mi atuendo.

—¿Tú vas a ir a trabajar?

Niego con la cabeza y bajo la vista a mis pantalones de pijama.

—No.

—Es lunes, ¿verdad?

Sonrío.

—Por lo que yo sé, sí.

—¿Vas a hacer novillos?

Por su tono de voz, diría que está intrigada y no acaba de creérselo.

—No te voy a dejar sola para que te metas en más problemas. Y la doctora Singh dijo que tienes que descansar una semana antes de volver al trabajo, ¿recuerdas?

Se sienta en el taburete a mi lado; la falda se le sube un poco y deja al descubierto sus muslos. Y pierdo el hilo de mis pensamientos... otra vez.

—Tienes buen aspecto —musito, y ella cruza las piernas—. Muy bueno. Sobre todo por aquí. —No puedo resistirme a pasarle el dedo por la piel desnuda que queda entre el elástico de las medias y el dobladillo de la falda—. Esta falda es muy corta —murmuro.

No puedo apartar los ojos de sus piernas, señora Grey.

No estoy seguro de que me guste cómo va vestida.

—¿Ah, sí? No me había dado cuenta.

Ana hace un gesto despreocupado con la mano.

Aparto la mirada de sus piernas y la clavo en sus ojos. Ella se sonroja; es una mentirosa incorregible.

—¿De verdad, señora Grey? —Arqueo las cejas—. No estoy seguro de que ese atuendo sea adecuado para ir al trabajo.

—Bueno, como no voy a ir a trabajar, eso es algo discutible —responde en un tono un poco forzado.

—¿Discutible?

—Discutible —repite, y disimulo una sonrisa.

Otra vez esa palabra... Doy otro bocado a la tortilla.

—Tengo una idea mejor.

—¿Sí?

Mis ojos buscan los suyos, y de repente ahí está, esa mirada que conozco tan bien; ese deseo que responde a mi deseo. El aire que nos separa está cargado de esta electricidad nuestra tan especial.

Ana inhala con fuerza.

—Podemos ir a ver qué tal va Elliot con la casa —susurro, y la bajo de las nubes.

Por su expresión cruza un fugaz destello de contrariedad, pero enseguida sonríe ante mi provocación.

—Me encantaría.

—Bien.

—¿Tú no tienes que trabajar?

—No. Ros ha vuelto de Taiwan. Todo ha ido bien. Hoy todo está bien.

Ser tu propio jefe tiene ciertas ventajas.

—Pensaba que ibas a ir tú a Taiwan.

—Ana, estabas en el hospital.

Bajo ningún concepto te habría dejado.

—Oh.

—Sí, oh. Así que ahora voy a pasar algo de tiempo de calidad con mi mujer.

Doy un sorbo del maravilloso café que ha preparado la señora Jones.

—¿Tiempo de calidad?

El anhelo de Ana se trasluce en cada sílaba.

Oh, nena.

Gail le sirve a Ana los huevos revueltos.

—Tiempo de calidad —musito.

Los ojos de Ana oscilan entre mis labios y su desayuno, y al final gana el desayuno.

Joder. Derrotado por unos huevos revueltos.

—Me alegro de verte comer —susurro. Aparto mi plato, me bajo del taburete y beso a Ana en el pelo—. Me voy a la ducha.

—Mmm... ¿Puedo ir y enjabonarte la espalda? —me pregunta con la boca llena.

—No. Come.

Me dirijo al cuarto de baño y noto la mirada de Ana sobre mí. Mientras voy caminando, me quito la camiseta, y no sé seguro si lo hago para tentarla a reunirse conmigo en la ducha. Cada vez me cuesta más mantener las manos alejadas de ella; en más de un sentido.

Grey, madura.

Ana ha insistido en que antes pasemos a ver a Ray, pero no nos quedamos mucho rato. El señor Rodríguez está con él viendo un partido de fútbol que se jugó ayer en Inglaterra: el Manchester United contra el Chelsea. El Manchester United gana por dos goles, de lo cual el señor Rodríguez parece alegrarse muchísimo a juzgar por sus gritos de entusiasmo.

Doy un suspiro. Por mucho que me esfuerzo, no consigo que me guste el fútbol.

Ana se apiada de mí y le dice a Ray que nos vamos.

Menos mal.

Me recuesto en el asiento y me relajo mientras viajamos en el R8 camino de la casa nueva. Estoy impaciente por comprobar qué destrozos ha hecho Elliot y, si hay suerte, ver los inicios de lo que será nuestro hogar.

Ana ha sustituido los taconazos por unos zapatos planos más acertados. Sigue con los pies el ritmo de una canción de Crosby, Stills & Nash que suena a través del sistema de sonido del Audi, contenta por poder salir de casa. Le han sentado bien los dos días de reposo forzado en cama. Tiene color en las mejillas y una sonrisa tímida y dulce cada vez que la miro; además, parece que ha dejado de darle vueltas al reciente y terrible encuentro con el malvado de Hyde.

Lo aparto de mi mente.

No vayas por ahí, Grey.

Quiero conservar el buen humor.

Desde que hace unas noches le abrí el corazón a Ana, me siento más feliz. No tenía ni idea de que sincerarme con mi esposa fuera a tener un efecto tan beneficioso. No sé si es porque finalmente he enterrado el fantasma de Elena Lincoln, o si es porque mis padres me han dado algunas de las piezas que me faltaban para completar el puzle de mi antigua vida, pero siento el alma más ligera; libre, incluso. Aunque, eso sí, ligada, y tan fiel como siempre, a la bella mujer que tengo a mi lado.

Ana me conoce.

Capta mi oscuridad y la transforma en una brillante luz.

Sacudo la cabeza ante mis imaginativos pensamientos.

Muy florido, Grey.

Ana sigue aquí, a pesar de todo lo que he hecho.

La calidez de su amor se propaga por mis venas.

Extiendo el brazo y le aprieto la rodilla. Luego le acaricio con los dedos la piel del muslo que las medias dejan al descubierto, disfrutando de su tacto.

—Me alegro de que no te hayas cambiado.

Ana pone su mano sobre la mía.

—¿Vas a seguir provocándome?

No sabía que lo estuviera haciendo.

Pero, oye, vamos a jugar.

—Tal vez.

—¿Por qué?

—Porque puedo.

Le sonrío de oreja a oreja.

—A eso podemos jugar los dos… —susurra.

Voy subiendo con los dedos por la parte interior de su muslo.

—Inténtelo, señora Grey.

Ella me coge la mano y la coloca sobre mi rodilla.

—Guárdate tus manos para ti —me dice con aire remilgado.

—Como quiera, señora Grey.

No soy capaz de ocultar una sonrisa. Me encanta Ana cuando está juguetona.

Ja. Me encanta Ana. Punto.

Nos detenemos frente a la verja de nuestra casa y marco el código de acceso en el teclado numérico. La puerta metálica se abre despacio, emitiendo un chirrido de protesta al ser molestada. Es necesario cambiarla, y en algún momento lo haremos. Acelero para enfilar el camino de entrada mientras pienso que debería haber tomado las riendas en el coche. La hierba crecida del prado luce un brillo dorado bajo el sol de septiembre, y los colores del otoño inminente engalanan los árboles que bordean el camino. En la distancia, el Sound adquiere un vivo tono azul. Es idílico.

Y es nuestro.

Tras una amplia curva, aparece la casa, rodeada por unos cuantos camiones de la empresa de construcción de Elliot. La edificación queda oculta tras los andamios, y varios albañiles están trabajando en el tejado. Aparco frente al pórtico, apago el motor y me vuelvo hacia Ana.

—Vamos a buscar a Elliot.

Me muero de ganas de ver lo que ha conseguido hacer hasta el momento.

—¿Está aquí?

—Eso espero. Para eso le pago.

Ana se echa a reír y los dos salimos del coche.

—¡Hola, hermano! —oigo gritar a Elliot, pero no lo veo por ninguna parte—. ¡Aquí arriba! —Sigo con la mirada la línea del tejado, contento de llevar puestas las gafas de aviador ante el brillo cegador del sol, y ahí está él, saludándonos con la mano. Su sonrisa eclipsaría la del Gato de Cheshire—. Ya era hora de que vinierais por aquí. Quedaos ahí. Enseguida bajo.

Tiendo la mano a Ana, y ella me da la suya; y mientras esperamos, examino el exterior de lo que será nuestro hogar. Es más grande de lo que recordaba.

Hay mucho espacio para nuestro hijo.

Ese pensamiento espontáneo me pilla por sorpresa.

Por fin Elliot aparece en la puerta de entrada cubierto de suciedad pero luciendo todavía su amplia sonrisa. Es evidente que no cabe en sí de gozo por vernos aquí.

—Hola, hermano. —Me aprieta la mano como si pensara sacar agua del pozo más profundo—. ¿Y qué tal estás tú, pequeña?

Coge a Ana y la hace girar.

—Mejor, gracias —contesta ella riendo, y me parece que se siente un poco avergonzada.

¡Eh, tío! ¡Deja de hacerle fiestecitas a mi esposa! ¡Le duelen las costillas!

Elliot deja a Ana en el suelo y lo miro con mala cara.

Imbécil.

Pero él me ignora; hoy no hay nada que pueda aguarle el día.

—Vamos a la oficina. Tenéis que poneros uno de estos —dice dándole una palmada al casco que lleva en la cabeza.

Elliot nos guía en la visita por la casa, o por lo que queda de ella puesto que se ha convertido en poco más que una estructura vacía. Nos explica meticulosamente lo que están haciendo y el tiempo que tardarán las obras en cada etapa.

Cuando está en su elemento, como ahora, es encantador. Tanto Ana como yo lo escuchamos embelesados.

La fachada trasera ha desaparecido. Ahí es donde va la pared de cristal que propuso Gia Matteo, y la vista es espectacular. Se aprecian unas cuantas embarcaciones en el Sound, y me siento tentado de subir a bordo del *Grace* cuando terminemos la visita aquí. Sin embargo, no es muy buena idea teniendo en cuenta las recientes lesiones de Ana. Todavía se está recuperando y necesita tomarse las cosas con calma.

—Espero que pueda estar acabada para Navidad —afirma Elliot.

—Del año que viene —apostillo.

Es imposible que estemos viviendo aquí para Navidad.

—Ya lo veremos. Si todo va bien, es posible que hayamos terminado.

Cuando llegamos a la cocina, Elliot pone fin a la visita guiada.

—Os voy a dejar para que echéis un vistazo por vuestra cuenta. Tened cuidado, que esto es una obra.

—Claro. Gracias, Elliot.

Mi hermano se despide con un alegre gesto de la mano y se dispone a subir la escalera para unirse a su equipo de trabajo en el tejado de la casa. Cojo a Ana de la mano.

—¿Contenta?

Ana me obsequia con una sonrisa radiante.

—Mucho. Me encanta. ¿Y a ti?

—Ídem.

—Bien. Estoy pensando en los cuadros de los pimientos que vamos a poner aquí.

Ana señala una de las paredes, y yo asiento para indicarle que estoy de acuerdo.

—Quiero colgar en esta casa los retratos que te hizo José. Tienes que pensar dónde vamos a ponerlos.

Sus mejillas se tiñen de ese delicioso tono rosado.

—En algún sitio donde no tenga que verlos a menudo.

—No seas así. —Le acaricio el labio inferior con el pulgar—. Son mis cuadros favoritos. El que tengo en el despacho me encanta.

—Y yo no tengo ni idea de por qué —dice con un mohín, y me besa la yema del dedo.

—Hay cosas peores que pasarme el día mirando tu preciosa cara sonriente. ¿Tienes hambre?

—¿Hambre de qué?

Me mira con esa expresión insinuante que conozco tan bien.

Oh, nena. Esto roza el límite de lo que soy capaz de aguantar.

—De comida, señora Grey.

Le doy un breve beso en los labios.

Ana finge poner mala cara y suspira.

—Sí. Últimamente siempre tengo hambre.

—Podemos hacer un picnic los tres.

—¿Los tres? ¿Va a venir alguien?

Ladeo la cabeza.

¿Te estás olvidando tú de alguien, Ana?

—Dentro de unos siete u ocho meses —musito.

Ella me sonríe con cara de haber metido la pata. Sí; él.

—He pensado que tal vez te apetecería comer fuera.

—¿En el prado?

Hago un gesto afirmativo con la cabeza.

—Claro.

A Ana se le ilumina la cara, y yo me siento muy orgulloso de mí mismo por haber pensado en traer el picnic. Aquí tenemos mucho espacio y gozamos de privacidad.

—Este va a ser un lugar perfecto para criar una familia.

Miro a mi esposa.

Junior será muy feliz aquí.

El prado será su patio de juegos.

Extiendo el brazo y poso la mano en el vientre de Ana. Contiene la respiración un instante y coloca su mano sobre la mía.

—Me cuesta creerlo —susurro.

—Lo sé. Oh, tengo una prueba. Una foto.

—¿Ah, sí? ¿La primera sonrisa del bebé?

Ana saca de su cartera una imagen en blanco y negro impresa en papel brillante y me la entrega.

—¿Lo ves? —dice.

La imagen granulosa es casi toda gris. Pero en medio hay un pequeño círculo oscuro, y dentro se aprecia una diminuta figura irregular que sigue siendo gris igual que el fondo pero resulta visible en contraste con la zona oscura.

—Oh… Bip —susurro maravillado—. Sí, lo veo.

Nuestro Bip. Uau. Nuestro minúsculo ser humano. Un pequeño Grey.

Y me sorprende una momentánea punzada de arrepentimiento por haberme perdido ese momento junto a Ana.

—Tu hijo —me susurra.

—Nuestro hijo —la corrijo.

—El primero de muchos.

—¿Muchos?

¡¿Qué?!

—Al menos dos.

Ana suena esperanzada.

—¿Dos? —¡Mierda!—. ¿Podemos ir de uno en uno, por favor?

Ella me sonríe con cariño.

—Claro.

La cojo de la mano, y juntos cruzamos la casa de punta a punta y salimos por la puerta.

Hace una tarde preciosa. En el ambiente flota el aroma del Sound, de la hierba del prado y de las flores. Tengo a mi bella esposa a mi lado. Esto es una verdadera delicia. Y pronto seremos tres en la familia.

—¿Cuándo se lo vamos a decir a tu familia? —le pregunto.

—Pronto. Pensaba decírselo a Ray esta mañana, pero el señor Rodríguez estaba allí.

Ana se encoge de hombros.

Asiento. Lo comprendo, Ana.

Levanto la puerta del maletero del R8 y saco la cesta de picnic de mimbre y la manta de cuadros escoceses que Ana compró en Harrods cuando estuvimos en Londres.

—Vamos.

Nos adentramos en el prado caminando tranquilamente cogidos de la mano. Cuando nos hemos alejado bastante de la casa, la suelto y entre los dos extendemos la manta en el suelo. Me siento al lado de Ana, me quito la chaqueta y también los zapatos y los calcetines. Me tomo unos instantes para respirar e inhalo una bocanada de aire fresco. Estamos protegidos por las altas briznas de hierba, lejos del mundo, en nuestra propia burbuja. En el momento en que Ana está destapando la cesta de picnic para ver cuántas cosas ricas ha preparado la señora Jones, me vibra el móvil.

Mierda.

Es Ros.

—… Gracias por responder a mi pregunta, y me alegro de oír que Ana se encuentra mejor —dice Ros desde el otro lado de la línea telefónica.

—De nada.

Es la segunda vez que me llama y la tercera llamada que recibo desde que hemos empezado el picnic.

—No deberías ser tan imprescindible.

Me echo a reír.

—Me siento halagado.

Ana está tumbada a mi lado, escuchando a medias la conversación, y arruga la frente cuando oye mi última frase.

—Deberías tomarte un par de días libres —le digo a Ros—. A fin de cuentas, has pasado casi todo el fin de semana en el viaje de Taiwan.

—Es una idea estupenda. A lo mejor me tomo libres el jueves y el viernes, si te parece bien.

—Claro, Ros, hazlo.

—Pues eso haré. Gracias, Christian. Adiós.

Arrojo el teléfono sobre la manta y apoyo las manos en las rodillas para agacharme y contemplar a mi esposa. Está tumbada junto a mí, y mira al cielo con expresión soñadora. Extiendo el brazo para coger otra fresa de entre los restos del excelente picnic que ha preparado la señora Jones y la paseo por la boca de Ana. Ella separa los labios y la punta de su lengua juguetea con la fresa hasta que la absorbe hacia el interior de su boca cálida y húmeda.

El gesto hace eco en mi entrepierna.

—¿Está rica? —susurro.

—Mucho.

—¿Quieres más?

—¿Fresas? No. —Lo dice en tono grave.

Ana, aquí no puede vernos nadie.

Grey, compórtate.

Sonrío. Ya basta. Cambio de tema.

—La señora Jones prepara unos picnics fantásticos.

—Cierto.

Dios, cómo echo de menos a mi esposa... en todos los sentidos. Me tumbo, poso con suavidad la cabeza sobre su vientre y cierro los ojos mientras intento no pensar en todas las cosas que me gustaría hacerle en este preciso momento. Ella me acaricia el pelo con los dedos.

Oh, esto sí que es ser feliz.

Empieza a sonarme de nuevo la BlackBerry.

Mierda. Es Welch. ¿Qué querrá?

Contesto en un tono un poco brusco a causa de la interrupción.

—Welch.

—Señor Grey. Tengo noticias. La fianza de Hyde la pagó Eric Lincoln, de Lincoln Timber.

Joder.

Ese capullo de mierda.

Me incorporo y todos mis sentidos se ponen en alerta a medida que la ira se va apoderando de mí.

—Me gustaría tenerlo bajo vigilancia, si a usted no le parece mal.

—Las veinticuatro horas del día —convengo con un gruñido.

¿Cómo se atreve Lincoln a mezclarse en asuntos de Hyde?

Esto es una declaración de guerra.

—Lo haré. No sé qué más puede haber planeado, ni cuál es exactamente la relación que los une. Pero lo descubriré.

—Gracias.

Welch cuelga, y yo apenas soy capaz de contener mi furia. Mientras aferro el teléfono me doy cuenta de que ha llegado el momento de exigir cuentas. Hace tiempo que mis planes están trazados y, tal como dice el proverbio, la venganza es un plato que se sirve frío. Le dirijo una sonrisa tibia a Ana y telefoneo a Ros.

—Christian. Creía que estabas disfrutando de tu día libre.

Me incorporo sobre las rodillas. No he llamado para cotorrear.

—Ros, ¿cuántas acciones tenemos de Lincoln Timber?

—Deja que lo compruebe... —Es muy profesional—. Tenemos el sesenta y seis por ciento entre todas las empresas fantasma.

Excelente.

—Consolida las acciones dentro de Grey Enterprises Holdings, Inc., y después despide a toda la junta.

—¿A toda la junta? ¿Ha ocurrido algo?

—Excepto al presidente.

—Christian, eso no tiene ningún sentido.

—Me importa una mierda.

Ros ahoga un grito.

—Pero no quedará nada de la empresa. ¿Qué puede hacer el presidente? Si quieres liquidar el negocio, esta no es la manera.

—Lo entiendo, pero hazlo —gruño intentando mantener mi ira a raya.

Ros suspira con aire resignado.

—Son tus acciones.

No piensa seguir discutiendo.

—Gracias —respondo, un poco más calmado.

—Me encargaré de que Marco esté en esto.

—Mantenme informado.

Cuando cuelgo, Ana me está mirando con los ojos como platos.

—¿Qué ha pasado? —pregunta con un hilo de voz.

—Linc.

—¿Linc? ¿El ex de Elena?

—El mismo. Fue él quien pagó la fianza de Hyde.

Ana se queda boquiabierta del horror.

—Bueno... pues ahora va a quedar como un imbécil —musita consternada—. Porque Hyde cometió otro delito mientras estaba bajo fianza.

Como siempre, ha respondido de forma inteligente.

—Cierto, señora Grey.

—¿Qué acabas de hacer?

Se arrodilla para situarse a mi altura.

—Le acabo de joder.

Ella se estremece.

—Mmm... eso me parece un poco impulsivo.

—Soy un hombre de impulsos.

—Soy consciente de ello.

—Tenía este plan guardado en la manga desde hacía tiempo —le explico. Una OPA hostil.

—¿Ah, sí?

Ana ladea la cabeza y su mirada exige respuestas. Dudo entre explicárselo o no explicárselo.

Mierda. Aun así, ya sabe todo lo de Elena. Doy un hondo suspiro y le lanzo una mirada de advertencia. Esto va a ser duro, Ana.

—Hace varios años, cuando yo tenía veintiuno, Linc le dio una paliza de espanto a su mujer. Le rompió la mandíbula, el brazo izquierdo y cuatro costillas porque se estaba acostando conmigo. Y ahora me entero de que ha pagado la fianza de un hombre que ha intentado matarme, que ha raptado a mi hermana y que le ha fracturado el cráneo a mi mujer. Es más que suficiente. Creo que ha llegado el momento de la venganza.

Mi mente vaga hasta aquel momento terrible en que también me pegó a mí. Creo que me dislocó la mandíbula. Me llevo la mano a la barbilla mientras recuerdo el inquietante episodio. Estuve varios minutos inconsciente y eso le bastó para hacerle a Elena esas cosas terribles.

Y yo no reaccioné. Estaba demasiado horrorizado... demasiado aturdido.

Maldita sea. Grey, para. Ahora mismo.

Ana se ha quedado pálida.

—Cierto, señor Grey —dice.

—Ana, esto es lo que voy a hacer. Normalmente no hago cosas por venganza, pero no puedo dejar que se salga con la suya en esto. Lo que le hizo a Elena... Ella debería haberle denunciado, pero no lo hizo. Eso era decisión suya. —Aprieto la mandíbula—. Pero acaba de volver a pasarse de la raya con lo de Hyde. Linc ha convertido esto en algo personal al posicionarse claramente contra mi familia. Le voy a hacer pedazos; destrozaré su empresa delante de sus narices y después venderé los trozos al mejor postor. Voy a llevarle a la bancarrota.

Ella ahoga un grito.

—Y encima —prosigo, intentando aligerar el tono—, ganaré mucho dinero con eso.

Ana pestañea varias veces, y me pregunto si me estará viendo con otros ojos. Y no precisamente buenos.

Mierda.

—No quería asustarte.

—No me has asustado —susurra.

Arqueo las cejas. ¿Lo dice en serio? ¿O es solo para que me sienta mejor?

—Solo me ha pillado por sorpresa —reconoce.

Le rodeo la cara con las manos y le acaricio los labios con los míos.

No lo lamento, Ana.

—Haré cualquier cosa para mantenerte a salvo. Para mantener a salvo a mi familia. Y a este pequeñín.

Le poso una mano en el vientre, y Ana contiene la respiración.

Sus ojos se cruzan con los míos, y en ese azul profundo veo arder su apetito sexual, llamándome.

Joder.

La deseo.

Es muy tentadora. Deslizo la mano un poco más abajo y con las puntas de los dedos le rozo el sexo a través de la ropa, provocándola.

Ana se lanza; me coge la cabeza, entrelaza los dedos en mi pelo y me aprieta los labios contra los suyos. Yo ahogo un grito de sorpresa, y de pronto noto su lengua dentro de mi boca.

El deseo, apasionado y contundente, viaja a la velocidad de la luz hasta llegar a la punta de mi polla.

Joder. Está dura.

Doy un gemido y le devuelvo el beso enredando mi lengua con la suya.

Ha pasado mucho tiempo.

Su sabor, su tacto. Ella lo es todo.

—Ana —suspiro anhelante contra sus labios.

Me tiene cautivado, y mis manos toman las riendas y se mueven sobre su bonito trasero hasta el dobladillo de la falda y la piel suave de sus muslos.

¡Gracias a todas las cosas sagradas por esta falda tan corta!

Ana empieza a desabrocharme la camisa; sus dedos se mueven con afán.

Y durante un instante, ese movimiento de sus dedos me distrae.

—Uau, Ana... Para.

Hago acopio de una gran fuerza de voluntad, me aparto y le cojo las manos.

—No —grita ella consternada, y me clava los dientes en el labio inferior—. No. —Es persistente, y sus turbios ojos azules me miran con anhelo, hasta que me suelta—. Te deseo.

¡Ana! ¡Estás lesionada!

Pero mi cuerpo se muestra de acuerdo con el de Ana.

—Por favor, te necesito.

Es una súplica sincera.

Oh, joder.

Estoy derrotado. Accedo, superado por su ardor y mi necesidad. Gimo, y mi boca se encuentra con la suya, besándola y saboreándola una vez más. Le rodeo la cabeza con las manos, deslizo la mano por su cuerpo hasta la cintura y, suavemente, la tumbo boca arriba y me estiro a su lado.

Nos besamos.

Nos besamos más.

Nuestros labios y nuestras lenguas se entrelazan.

Volvemos a familiarizarnos el uno con el otro.

Cuando me separo de ella para tomar aire, contemplo sus ojos aturdidos por la pasión.

—Es usted tan preciosa, señora Grey...

Ana me acaricia la cara con las puntas de los dedos.

—Y usted también, señor Grey. Por dentro y por fuera.

Oh. No estoy seguro de que eso sea cierto.

Recorre con los dedos la línea de mi ceño fruncido.

—No frunzas el ceño —susurra—. A mí me lo pareces, incluso cuando estás enfadado.

Ana me dice cosas muy dulces. Gimo y la beso una vez más, y me deleito con su respuesta cuando su cuerpo se eleva para encontrarse con el mío.

—Te he echado de menos.

Esas palabras no bastan y no hacen justicia a los sentimientos que tratan de expresar.

Ella es para mí el mundo entero.

Le rozo la barbilla con los dientes.

—Yo también te he echado de menos. Oh, Christian...

Su pasión enciende mi mecha. Le recorro el cuello con los labios mientras voy dejando una estela de besos suaves y húmedos, y le desabrocho la blusa y la abro para besar la suave turgencia de sus pechos.

Por todos los santos. ¡Le han crecido!

A pesar del poco tiempo que ha pasado.

Mmm...

—Tu cuerpo está cambiando —susurro de forma apreciativa, y le paso el pulgar por encima del sujetador, despertando con paciencia a su pezón hasta que este empieza a suplicar que lo tome entre mis labios—. Me gusta.

¿Lo he dicho en voz alta?

No lo sé. Me da igual. Estoy muy enamorado de mi mujer. Le acaricio el pecho con la nariz y la lengua a través del fino tejido del sujetador. Cuando el pezón empieza a luchar para liberarse de la prenda, uso los dientes para bajar la copa y dejar el pecho al descubierto. El pezón se retrae a causa de la suave brisa y, poco a poco, lo introduzco en mi boca y succiono con fuerza.

—¡Ah! —gime Ana, y se estremece debajo de mí.

¡Joder! ¡Las costillas!

Paro de inmediato.

—¡Ana! —Maldita sea—. A esto me refería. No tienes instinto de auto-conservación. No quiero hacerte daño.

Sus ojos desesperados y llameantes se encuentran con los míos.

—No... no pares —gimotea—. Por favor.

Mierda. Todo mi cuerpo me grita que no pare.

Pero...

¡Maldita sea!

—Ven. —Con cuidado, la levanto y la coloco de forma que quede sentada a horcajadas sobre mí, y mis manos recorren con suavidad sus piernas hasta la parte superior de las medias. Está arrebatadora, con el pelo cayendo sobre mí, la mirada tierna y llena de deseo, el pecho al aire...—. Así está mejor. Y puedo disfrutar de la vista.

Engancho el dedo en la otra copa del sujetador y tiro de ella para poder gozar de los dos pechos. Los cubro con las manos. Ana gime y echa atrás la cabeza mientras empuja más contra mis palmas.

Oh, nena.

Le tiro de los pezones y jugueteo con ellos por turnos, y estos crecen entre mis dedos hasta que Ana grita. Quiero su boca. Me incorporo para sentarme de forma que quedamos nariz contra nariz y la beso; mi lengua y mis dedos la excitan y la atormentan.

Los dedos de Ana vuelven a estar en mi camisa, y me desabrocha a tientas los botones restantes. Luego me besa con tanta pasión que estoy seguro de que alguno de los dos arderá en llamas de un momento a otro. Hay cierta desesperación en su beso.

—Tranquila… —Con delicadeza, le cojo la cabeza y la aparto—. No hay prisa. Tómatelo con calma. Quiero saborearte.

—Christian, ha pasado tanto tiempo…

Está sin aliento.

Ya lo sé. Pero estás lesionada. Será mejor que no nos precipitemos.

—Despacio. —No es una sugerencia sino una orden. Le doy un beso en la comisura derecha de la boca—. Despacio. —En la comisura izquierda—. Despacio, nena. —Tomo su labio inferior en mi boca—. Vayamos despacio. —Le sostengo la cabeza entre las manos y sigo besándola; mi lengua domina a su lengua y la suya seduce a la mía. Desliza los dedos por mi cara, mi barbilla, mi cuello, y de nuevo se dedica a desabrocharme los botones de la camisa, hasta que la abre y me acaricia el pecho con los dedos. Y luego me empuja hacia atrás de modo que quedo tumbado debajo de ella.

Ella mira hacia abajo y se mueve contra mis caderas, y yo las elevo para disfrutar del contacto con mi ávida polla.

Ana me observa, tiene los labios separados mientras recorre mi boca con la punta de los dedos. Se mueve más, y sus dedos recorren mi mandíbula, mi garganta y la base del cuello. Se inclina y posa unos besos suaves donde antes estaban sus dedos, aferrándome la barbilla y el cuello. Me rindo a la sensación, cierro los ojos y reclino la cabeza con un gemido. Su lengua prosigue en descenso por el esternón y de lado a lado del pecho, donde se detiene para besarme algunas cicatrices.

Ana.

Quiero enterrarme muy dentro de ella. Le agarro las caderas y fijo en sus ojos turbios los míos.

—¿Quieres esto? ¿Aquí?

Tengo la voz enronquecida por el anhelo.

—Sí —musita ella—, y baja de nuevo la cabeza para excitarme el pezón con los labios y con la lengua. Tira de él suavemente.

—Oh, Ana.

Suspiro admirado mientras el placer me aguijonea todo el cuerpo. Le rodeo la cintura, la separo de mí y me desabrocho los botones de los vaqueros, abro la bragueta y me bajo los calzoncillos para liberar mi polla. Vuelvo a sentar a Ana sobre mí, y ella empieza a moverse.

Ah. Necesito introducirme en ella. Le recorro los muslos con las manos y me detengo donde empiezan las medias. Trazo círculos con los pulgares contra su cálida piel y subo las manos hasta que rozo la humedad de sus bragas de encaje.

Ana inhala de golpe.

—Espero que no le tengas cariño a tu ropa interior —susurro, y deslizo los dedos dentro de las bragas, tocándola.

Joder. Está empapada.

Preparada para recibirme.

Empujo con los pulgares contra la tela y esta se desgarra.

¡Sí!

Desplazo las manos hacia la parte superior de los muslos y dejo que mis pulgares le acaricien el clítoris mientras aprieto el culo en busca de un poco de fricción contra mi polla. Ella se desliza sobre mí.

—Siento lo mojada que estás.

Eres una puta diosa, Ana.

Me incorporo de modo que volvemos a estar cara a cara, le rodeo la cintura con el brazo y le froto la nariz con mi nariz.

—Vamos a hacerlo muy despacio, señora Grey. Quiero sentirlo todo de usted.

Y sin darle la oportunidad de contradecirme, vuelvo a levantarla y la bajo de nuevo lentamente sobre mí para llenarla, lánguidamente. Cierro los ojos y saboreo cada centímetro de su deliciosa piel.

Ella es felicidad pura.

—Ah…

Ana gime y me aferra los brazos. Intenta levantarse, impaciente por empezar, pero yo la sujeto para que no se mueva y abro los ojos.

—Todo de mí —musito, y muevo la pelvis hacia arriba reclamándola entera.

Ana da un grito ahogado y echa atrás la cabeza—. Deja que te oiga —susurro. Y trata de levantarse otra vez—. No… no te muevas, solo siente.

Ana abre los ojos de golpe, y su boca abierta se paraliza en un grito de placer. Me mira, sin apenas aliento. Vuelvo a introducirme en ella, pero la mantengo quieta. Ella gime mientras inclino la cabeza para besarle la garganta.

—Este es mi lugar favorito: enterrado en ti —susurro contra el pulso que palpita debajo de su oído.

—Muévete, por favor —me suplica.

Pero quiero seguir provocándola.

Tomármelo con calma.

Para que no se haga daño.

—Despacio, señora Grey.

Flexiono el culo una vez más, empujando hacia su interior, y ella me acaricia la cara y me besa. Su lengua me devora.

—Hazme el amor. Por favor, Christian.

Toda mi voluntad se derrumba, y le mordisqueo la mandíbula.

—Vamos.

Soy todo tuyo, Ana.

Ella me empuja contra el suelo, y empieza a moverse, arriba y abajo. Deprisa, un poco frenética. Tomando todo cuanto tengo que ofrecerle.

Oh, Dios.

Le cojo las manos y me acoplo a su ritmo salvaje. Empujo, una y otra vez. Saboreo la sensación de Ana, disfruto de la vista, de mi esposa, del cielo azul sobre ella en el exterior.

—Oh, Ana.

Gimo, rindiéndome por completo a su ritmo. Cierro los ojos y deslizo de nuevo las manos hacia arriba por sus muslos, hasta ese precioso punto en el vértice entre ambos. Ahí. Le presiono el clítoris con los dos pulgares, y ella grita, y estalla a mi alrededor, con un clímax arrollador y jadeante que me impulsa también por encima de mi límite.

—¡Ana! —grito a la vez que sucumbo a mi orgasmo embriagador.

Cuando vuelvo a abrir los ojos, Ana está tumbada encima de mí con las piernas y los brazos extendidos.

La envuelvo en un abrazo y permanecemos juntos, estirados. Todavía unidos.

Echaba de menos esto.

Tiene una mano sobre mi corazón, y este va recuperando su ritmo normal.

Es extraño. Poco tiempo atrás, no habría tolerado sentir sus manos en mi piel.

Ahora, en cambio, me muero por sentirlas.

Ana me besa el pecho.

Y yo le beso el pelo.

—¿Mejor? —pregunto.

Ella levanta la cabeza y su sonrisa refleja la mía.

—Mucho. ¿Y tú?

Me siento muy agradecido por tenerla aquí, indemne y todavía a mi lado, después de todo lo que ha ocurrido.

—La he echado de menos, señora Grey.

—Y yo.

—Nada de hazañas, nunca más, ¿eh?

—No —susurra ella.

—Deberías contarme las cosas siempre —insisto delicadamente.

—Lo mismo digo, Grey.

—Cierto. Lo intentaré.

Vuelvo a besarla mientras esbozo una sonrisa burlona. No piensa tragarse mi mierda, como es habitual.

—Creo que vamos a ser felices aquí —dice Ana.

—Sí. Tú, yo y… Bip. ¿Cómo te sientes, por cierto?

—Bien. Relajada. Feliz.

—Bien.

—¿Y tú?

—También. Todas esas cosas.

Loco de felicidad, Ana.

Ella me mira fijamente.

—¿Qué? —le pregunto.

—¿Sabes que eres muy autoritario durante el sexo?

Oh.

—¿Es una queja?

—No —contesta de forma categórica—. Solo me preguntaba… Me dijiste que lo echabas de menos.

Por un instante, me pregunto a qué se estará refiriendo.

¿Al control? Lo necesito. ¿Al cuarto de juegos? ¿A lo que hacemos allí? Me viene a la cabeza una imagen de Ana encadenada a la cama, con Tallis resonando en la habitación. O tal vez la cruz y una fusta. La de cuero marrón. Mis recuerdos recorren mi mente y me seducen.

—A veces —susurro.

Sí. A veces lo echo de menos.

Ana sonríe.

—Tenemos que ver qué podemos hacer al respecto.

Ella me da un beso en los labios.

Vaya. Me parece interesante.

—A mí también me gusta jugar —dice, y levanta la cabeza para mirarme con timidez.

Bueno, bueno, bueno. Este día perfecto acaba de transformarse en uno mucho mejor.

—¿Sabes? Me gustaría mucho poner a prueba tus límites —susurro.

—¿Mis límites en cuanto a qué?

—Al placer.

—Oh, creo que eso me va a gustar.

—Bueno, quizá cuando volvamos a casa.

La abrazo con suavidad, maravillado de lo mucho que significa para mí.

De lo mucho que la amo.

¿Quién iba a decir que acabaría tan completa y perdidamente enamorado?

Miércoles, 21 de septiembre de 2011

Flynn no sabe qué decir.

Puede que sea una primera vez.

Le he hecho un breve resumen de lo que ha ocurrido desde la última sesión.

—Así que por eso querías verme —murmura.

—Sí.

Sacude la cabeza, incrédulo.

—Bueno, lo primero es lo primero. ¿Cómo está Ana?

—Está bien. Recuperándose. Desesperada por volver al trabajo.

—¿Sin estrés postraumático?

—Creo que no. Aunque igual es un poco pronto para asegurarlo.

—Puedo recomendarle a un colega, si necesita un psicólogo. —Se detiene y se da unos golpecitos en el labio con el índice—. ¿Y si vamos por pasos? Empecemos por el embarazo y tu reacción.

—He tenido momentos mejores.

La vergüenza me impide mirarlo a los ojos, por lo que fijo la mirada en la pared, por detrás de él.

—Desde luego —coincide, aunque no hacía falta que lo hiciera con tanta convicción—. ¿Cómo te sientes ahora al respecto?

Suspiro y me inclino hacia delante, apoyando los codos en las rodillas.

—Resignado. Emocionado. Asustado. Más o menos en igual medida. Habría preferido esperar un poco más. Pero ahora que Junior está de camino… En fin.

Me encojo de hombros.

Flynn me mira comprensivo, creo.

—No sabes qué es el verdadero amor incondicional hasta que tienes un hijo.

—Eso es lo que dice Ana. Pero si acabo de aprender a quererla… —me interrumpo, reacio a expresar en voz alta lo que me agobia.

—¿Cómo vas a querer a nadie más? —dice Flynn, acabando la frase por mí.

Sonrío con abatimiento.

—Christian, conociendo tu extraordinaria necesidad de proteger y cuidar de las personas que son cercanas a ti, de quienes amas, no albergo la menor duda de que posees una capacidad innata para amar a tu propio hijo.

—Espero que tengas razón.

John se permite una sonrisita.

—Ya lo verás. Lo sabrás de aquí a pocos meses. ¿Qué sientes respecto a la señora Lincoln?

—Que ese capítulo de mi vida está cerrado.

Flynn asiente.

—Creo que ayuda que se lo contara todo a Ana. Cómo empezó y cómo terminó. Tengo la sensación de que se ha cerrado el círculo.

—Eso parece. ¿Te arrepientes de algo?

Suelto un resoplido.

—¿De habérselo contado a Ana? No. Para nada. De acabar mi relación con Elena... Sí. No...

John frunce los labios y me apresuro a añadir:

—Sé que no estás de acuerdo. Sé que lo que Elena y yo hicimos no estuvo bien... Que lo que hizo ella no estuvo bien. Se comportó como una depredadora sexual... Eso lo entiendo ahora, pero no consigo arrepentirme del todo. ¿Cómo voy a hacerlo? Siempre he creído que ella era lo que necesitaba en aquel momento. Me enseñó muchas cosas.

Flynn suspira.

—Se aprovechó de un adolescente vulnerable, Christian. No puedes obviar esa realidad.

Lo miro fijamente.

Tiene razón.

Pero no estoy preparado para reconocerlo... todavía.

—Dame tiempo —le pido en voz baja.

Asiente.

—Sin duda seguiremos hablando de este tema, así que tómate el tiempo que necesites y volveremos sobre ello cuando estés preparado. —Lanza un suspiro—. Me gustaría ahondar un poco más en la conversación con tus padres acerca de tu colocación temporal en un hogar de acogida. ¿Cómo te hizo sentir?

—Raro, por muchos motivos.

—Explícate, por favor.

—Primero de todo, me sorprendió lo rápido que respondieron a mi petición.

—¿No lo habían hecho antes?

—Bueno, sí, sí que lo habían hecho. Mi madre resultó de gran ayuda con Ray, cuando tuvo el accidente.

—Pero eso es distinto, es médico.

—Sí. Creo que nunca les había pedido nada tan personal. Creo que dejé de hacerlo hace mucho tiempo. Como sabes, durante mi adolescencia, la relación con ellos fue difícil. Y no vieron con buenos ojos que dejara Harvard, se mostraron muy decepcionados.

Flynn asiente.

—Pero como padre, siempre crees que sabes lo que es mejor para tu hijo. Es una lección que vale la pena recordar. Dejar la universidad no te hizo ningún mal, eso es evidente.

—Pero la otra noche, cuando vinieron, se mostraron más que serviciales. Trajeron todo eso con ellos.

Indico la carpeta de color marrón que ya ha hojeado. Flynn coge la fotografía de la familia Collier y los dos niños que tenían en acogida.

—¿Este es Hyde? —pregunta, señalando al chico pelirrojo y malhumorado.

Asiento con la cabeza.

—Y tú eres el pequeño de todos.

—Sí.

—Debió de inquietarte bastante descubrir que habías olvidado esa etapa de tu vida.

—Pues sí.

—¿Empiezas a recordar cosas?

—Sí. Mi madre me aseguró que me trataron bien en el hogar de acogida y creo que esa fue la clave, eso me tranquilizó mucho y permitió que le abriera la puerta a los recuerdos. Hasta ese momento, todo eran elucubraciones. Me daba miedo recordar. Bueno, cuando uno no sabe...

—Sí, lo entiendo. ¿La crees?

—Sí. Lo que recuerdo hasta el momento es todo bueno.

—¿Y qué me dices de Kristian Pusztai?

Suspiro.

—Ya no existe.

Flynn frunce el ceño.

—¿Estás seguro?

—No —contesto en tono burlón—, pero creo que ya es hora de que madure y lo deje atrás. Mi mujer me dejó muy claro, en términos inequívocos, que tengo que crecer y enfrentarme a las cosas de una puñetera vez.

Flynn ríe por la nariz.

—¿Ah, sí? ¿Le has contado esto? —pregunta, enseñándome la partida de nacimiento.

—No.

—¿Por qué?

Me encojo de hombros.

—Me conoce como Christian Grey.

John sopesa mi respuesta.

—Ese niño es parte de ti.

—Lo sé, pero quiero guardármelo para mí un poquito más. Acostumbrarme a él.

—¿Se lo contarás?

—En algún momento. Seguro.

—Solo lo conoces desde hace unos días. Creo que tienes derecho a guardártelo para ti todo lo que quieras, Christian. Aprende a quererlo. Perdónalo. Está en tus manos.

Las palabras de Flynn caen sobre mí con todo su peso y por un momento me quedo callado.

Que lo perdone.

—¿Qué hizo para que tenga que perdonarlo? —susurro.

John me sonríe, con afecto.

—Sobrevivió.

Me quedo paralizado. Con los ojos clavados en él.

—Y su pobre madre no. Tal vez deberías plantearte perdonarla a ella también.

Continúo mirándolo durante varios minutos, o eso me parece a mí, y echo un vistazo al reloj.

—Vale. —Lanzo un suspiro de alivio al comprobar que ya es la hora—. Como siempre, me has dado mucho en lo que pensar.

—Bien. Ese es mi trabajo. Todavía nos quedan muchas cosas sobre las que hablar, pero me temo que se ha acabado el tiempo.

—Estamos llegando al meollo del asunto, ¿verdad? —pregunto.

La sonrisa de Flynn es cordial.

—Poco a poco. Hemos recorrido mucho camino, pero podríamos estarnos todo un año solo con tus problemas de apego.

Me echo a reír.

—Lo sé.

—Sin embargo, estás empezando a abrirte a tu mujer. Mostrándote vulnerable. Eso es un paso de gigante.

Asiento satisfecho, como si hubiera sacado un excelente en terapia.

—Yo también lo creo.

—Nos vemos en la próxima visita. Y enhorabuena, Christian.

Frunzo el ceño. ¿Qué?

—Por el bebé.

Flynn sonríe.

—Ah, sí. Junior. Gracias.

Anochece, y una luz rosada con tintes dorados inunda la habitación. Con las manos en los bolsillos de los pantalones, contemplo la línea del horizonte de Seattle hacia el Sound y sonrío... desde mi torre de marfil, como diría Ana. Yo la corregiría y contestaría que es nuestra torre de marfil.

Se ha mostrado animada y locuaz durante la cena, feliz de estar trabajando. Cuando hemos terminado, ha vuelto a su guarida —bueno, la biblioteca— para repasar las cartas de presentación que le han enviado desde SIP. Tal vez mañana podría ir al despacho. Creo que ya está lo bastante recuperada.

Vuelvo a pensar en la conversación que he mantenido con Flynn.

Que lo perdone.

Y a ella.

Quizá sea cuestión de tiempo. Llevo tanto odiando a la puta adicta al crack que no sé si soy capaz de superar esos sentimientos, pero Ana la defendió con vehemencia... «Perdónala. Ella tenía su propio mundo de dolor con el que lidiar. Era una mala madre, pero tú la querías.»

Mi loquero y mi mujer están de acuerdo. Tal vez debería hacerles caso.

Me acerco al piano con paso tranquilo, me siento y empiezo a tocar el «Arabesco N.º 1» de Debussy. Hace siglos que no interpreto esa pieza. A medida que la melodía alegre y evocativa invade la estancia, me pierdo en la música.

El teléfono me vibra, interrumpiendo el segundo arabesco.

Acaba de llegarme un correo de mi mujer.

De: Anastasia Grey
Fecha: 21 de septiembre de 2011 20:45
Para: Christian Grey
Asunto: El placer de mi marido

Amo:
Estoy esperando sus instrucciones.
Siempre suya.

Señora G x

Me lo quedo mirando, animado, notando cómo se aviva mi deseo.

Ana quiere jugar.

No hay que hacer esperar a una dama.

Escribo una respuesta.

De: Christian Grey
Fecha: 21 de septiembre de 2011 20:48
Para: Anastasia Grey
Asunto: El placer de mi marido ← Me encanta este título, nena

Señora G:
Estoy intrigado. Voy a buscarla.
Prepárese.

Christian Grey
Presidente ansioso por la expectación de Grey Enterprises Holdings, Inc.

No puede estar en el cuarto de juegos, la habría visto pasar de camino hacia allí. Abro la puerta del dormitorio y ahí está, arrodillada en la entrada, con la mirada baja. Solo lleva una camisola de color azul pálido y unas braguitas, nada más, y ha extendido en la cama mis vaqueros de dominante. El pulso se me acelera mientras la miro, deteniéndome en todos los detalles: la boca abierta, las largas pestañas, el pelo cayéndole en exquisitas ondulaciones por debajo de los pechos. Respira de manera agitada, está excitada. Mi hermosa chica está ofreciéndoseme por completo. De nuevo.

La última vez que estuvimos en el cuarto de juegos dijo la palabra de seguridad para que me detuviera.

Y aun así confía en mí lo suficiente para volver.

¿Qué he hecho para merecerla?

Aún está recuperándose, Grey.

Joder.

Pero lleva unos días lanzándome indirectas.

«Tenemos que ver qué podemos hacer al respecto.»

De pronto me asalta un torrente de imágenes de Ana en el cuarto de juegos.

La primera vez.

Su nerviosismo.

Mi excitación.

Maldita sea. Ella lo desea... igual que yo. Cojo los vaqueros, me doy la vuelta y me meto en el vestidor para cambiarme. Mientras me desvisto, pienso en lo que podríamos hacer. Nos lo tomaremos con calma... Con una dulce calma.

Pero voy a volverla loca.

La excitación me recorre la columna en un escalofrío que desemboca en mi polla.

Vamos, señora Grey.

Regreso al dormitorio y veo que sigue arrodillada junto a la puerta.

—Así que quieres jugar...

—Sí.

Oh, Ana, puedes hacerlo mucho mejor.

Al ver que no contesto, alza la mirada y advierte mi expresión contrariada.

—¿Sí qué? —susurro.

—Sí, amo —se apresura a contestar.

—Buena chica. —Le acaricio el pelo—. Será mejor que subamos arriba.

Le ofrezco la mano para ayudarla a levantarse y ascendemos juntos la escalera camino del cuarto de juegos.

Delante de la puerta, me inclino para besarla antes de agarrarla por el pelo y echarle la cabeza hacia atrás para perderme en el abismo de sus ojos.

—Estás dominando desde abajo, ¿sabes? —murmuro contra sus labios.

Aunque lleva haciéndolo desde que la conozco.

Soy suyo, en cuerpo y alma.

—¿Qué? —jadea.

—No te preocupes. Viviré con ello.

Hasta que la muerte nos separe, Anastasia Grey.

Porque te quiero.

Más que a la vida misma.

Y sé que tú me quieres a mí.

Le acaricio la barbilla con la nariz; su dulce fragancia me embota los sentidos. Le mordisqueo la oreja.

—Cuando estemos dentro, arrodíllate como te he enseñado.

—Sí... Amo.

Ana me mira a través de las pestañas, y no se me escapa esa sonrisa que dice «eres completamente mío».

Y que provoca la mía.

Porque es cierto.

Ella lo es todo para mí.

Y yo soy suyo... para siempre.

Y ahora, divirtámonos un poco...

Epílogo
Lunes, 30 de julio de 2012

Estoy tumbado, perfectamente inmóvil, empapándome de la vista de mi maravillosa mujer echada a mi lado. La luz de primera hora de la mañana se cuela por los resquicios de las cortinas, se posa en el pelo de Ana e ilumina la expresión de adoración de su rostro. Todavía no se ha dado cuenta de que estoy despierto porque está ocupada amamantando a nuestro hijo; le sonríe y le susurra suaves palabras de amor mientras acaricia su mejilla suave y regordeta.

Es una escena conmovedora.

Ana tiene un pozo insondable de amor para dar y repartir. Para él. Para mí.

Ella me ha enseñado a amar, y que está bien sentir toda esta emoción, esta pasión por alguien tan pequeño. Por esta carne de mi carne.

Ted.

Mi hijo.

Estoy loco por ellos. Por los dos.

Ana levanta la mirada para ver si ya me he despertado y me pilla admirándolos. En su rostro aparece una enorme sonrisa.

—Buenos días, señor Grey. ¿Disfrutando de la vista? —Levanta una ceja, divertida.

—Mucho, señora Grey.

Me incorporo apoyándome en el codo y poso un beso en sus labios, que ya lo esperan, y otro en la pelusilla cobriza de la cabeza de Ted. Cierro los ojos e inhalo su aroma: después del de Ana, es la fragancia más dulce del mundo.

—Qué bien huele.

—Porque le he cambiado el pañal hace diez minutos.

Hago una mueca y luego sonrío.

¡Eso que me he ahorrado!

Ana sonríe también, pero pone los ojos en blanco porque sabe perfectamente lo que estoy pensando. Teddy no nos hace ni caso, tiene los ojos cerrados y la mano extendida sobre el pecho de su madre. Está demasiado concentrado en disfrutar del desayuno.

Es un chico con suerte.

Es un chico con mucha suerte. Duerme con nosotros.

Esa era una batalla que yo nunca iba a ganar. Y aunque hasta cierto punto ha limitado nuestra actividad en la habitación, es muy tranquilizador saber que está tan cerca cuando dormimos. Resulta irónico pensar que, hasta que conocí a Ana, nunca había dormido con nadie, y en cambio ahora hay dos personas más en mi cama.

—¿Se ha despertado esta noche?

—No desde que le di de mamar a las doce. —Le acaricia otra vez la mejilla y le canturrea—: Has dormido toda la noche, hombrecito.

Él responde dándole unas palmaditas en el pecho y levanta la vista hacia los ojos de su madre, del mismo color que los suyos, con una mirada que yo conozco muy bien.

Adoración absoluta.

Sí, Teddy y yo padecemos la misma fijación.

Cierra los ojos y sus chupetones disminuyen hasta que cesan.

Ana sigue acariciándole la mejilla y luego introduce un dedo en su boquita con delicadeza para que suelte el pezón.

—Se acabó el desayuno —susurra—. Lo meteré en la cuna.

—Ya lo hago yo.

Hoy es un día especial. Me siento en la cama y cojo al niño en brazos con cuidado, disfrutando de su calidez y de su peso contra mi pecho. Le doy un beso en la cabeza y, estrechándolo bien, me lo llevo a la habitación de al lado, a su dormitorio, donde en realidad debería pasar la noche. Es un milagro que siga despierto cuando lo meto en la cuna y lo tapo con su mantita de algodón. Lo contemplo y me dejo llevar por una abrumadora oleada de emoción. Me ocurre de vez en cuando; es una marea inmensa de amor que me recorre por dentro y me arrastra consigo. Este minúsculo ser humano ha invadido mi corazón, lo ha conquistado y ha derribado todas mis defensas. Flynn tenía razón: lo quiero incondicionalmente.

Me estremezco porque es un sentimiento que todavía me asusta. Miro su habitación. Está pintada como si fuera un huerto de manzanos, y algún día espero enseñarle a cultivar dulces manzanas rojas de un manzano verde con la ayuda de su tocayo, el abuelo Theodore. Enciendo el monitor para bebés, cojo el receptor y me lo llevo a nuestro cuarto.

Ana está muy dormida.

Vaya. Ni siquiera la he felicitado por nuestro aniversario.

Por un momento me planteo despertarla, pero en el fondo sé que no sería justo. Está cansada casi todo el tiempo; el sueño se ha convertido en algo muy valioso. Espero que, ahora que Ted tiene ya casi tres meses, Ana pueda descansar más.

La echo de menos.

Siento una punzada de remordimiento porque sé que es del todo egoísta, así que entro en el vestidor y me pongo la ropa de correr.

Voy pasando canciones en mi teléfono y encuentro una que debe de haber subido Ana. Me hace sonreír sin querer.

Con el «We Found Love» de Rihanna a todo volumen en los auriculares, echo a correr por la Cuarta Avenida. Es muy temprano y las calles están relativamente vacías salvo por alguna que otra persona paseando al perro, los camiones frigoríficos que hacen el reparto en los restaurantes del barrio y los empleados que van de camino al primer turno de la mañana. Vacío la mente y me concentro en encontrar el ritmo y alargar la zancada. Voy en dirección al noroeste, el sol brilla, los árboles están frondosos y tengo la sensación de que podría seguir corriendo para siempre. Todo va bien en mi mundo.

Se me ocurre una idea.

Me decido a dar un tour nostálgico y pongo rumbo al antiguo apartamento de Ana, donde ahora viven Kate y Ethan.

Por los viejos tiempos.

Esa situación cambiará pronto; Kate y Elliot se casan el fin de semana que viene. En cuanto Kate se enteró de que Ana estaba embarazada y supo cuándo salía de cuentas, cambió todos sus planes para que su amiga pudiera seguir siendo la dama de honor principal. Esa mujer sigue tan tenaz como siempre; espero que Elliot sepa lo que se hace.

Su despedida de soltero fue épica, mucho más multitudinaria que la mía. Pero así es Elliot. Y lo que pasa en Cabo San Lucas se queda en Cabo San Lucas. Aunque como padrino era responsabilidad mía organizar todo el jaleo, me pasé esos días echando de menos a mi mujer y a mi hijo. Pero, bueno, no es que yo sea muy amante de las fiestas; eso le va más a Elliot, y él se lo pasó en grande. De eso se trataba.

Al doblar la esquina hacia Vine Street me acuerdo de cuando salía a correr, desesperado, aquellos días oscuros después de que Ana me dejara.

Maldita sea. Estaba perdido.

Perdidamente enamorado, Grey.

Y ni siquiera lo sabía.

Me acerco a mi puesto de acosador y me planteo detenerme allí, pero será mejor que no. Ya hace mucho que dejé atrás aquellos días horribles y no quiero estar lejos de Ana mucho rato.

Tuerzo a la izquierda hacia Western Avenue y repaso todo lo que ha sucedido desde que Ana y yo nos dimos el sí quiero... tal día como hoy, hace un año. Por supuesto, el mayor cambio tuvo lugar el 2 de mayo con la espectacular llegada de Theodore Raymond Grey, el niño que ahora rige nuestros corazones y nuestro mundo.

Dios, cómo quiero a mi hijo.

Aunque tenga que competir con él por la atención de mi mujer.

«Elijo al bebé indefenso por encima de ti. Eso es lo que hacen los padres que quieren a sus hijos.»

Tenías toda la razón, joder, Ana.

Sus palabras me siguen doliendo, pero ahora las entiendo bien. Es duro tener que cedérsela a otro. No lo haría por nadie más que por él.

¡Adoro ver cómo lo cuida!

Lo quiere muchísimo. Ana haría cualquier cosa por nuestro hijo.

Sé que mi madre biológica debió de hacer lo mismo por mí, hasta cierto punto. De no ser así, no habría llegado a cumplir los cuatro años. Eso me hace sentir algo más benévolo hacia Ella... aunque solo un poco.

En cierta forma envidio a Ted; en su madre tiene a toda una defensora. Está dispuesta a luchar por él. Siempre. Por eso duerme en nuestra cama. «Mientras le dé el pecho, estará aquí con nosotros. Hazte a la idea, Christian.» Mi chica no se acobarda ante nada.

Y, por supuesto, Ted también me tiene a mí.

Haré todo lo que esté en mi mano por mantenerlo a salvo.

Ese cabrón de Hyde está encerrado. El juicio fue un mal doloroso pero necesario: lo condenaron por secuestro con agravantes, incendio provocado, extorsión y sabotaje, y lo sentenciaron a treinta años. No lo suficiente, en mi opinión, pero al menos ha salido de nuestras vidas y está donde merece estar: entre rejas.

Lincoln está arruinado y ahora mismo en libertad bajo fianza acusado de delito de fraude. Espero que también él se pudra en la cárcel. La venganza es un plato muy gratificante, la verdad.

Basta ya, Grey.

Vuelvo a pensar en mi familia mientras corro por Pike Place Market. Me encanta esto a esta hora de la mañana: los floristas preparan sus coloridos puestos, los pescadores cubren con hielo las capturas del día, los verduleros colocan frutas y verduras; es una parte de la ciudad vibrante y bulliciosa, y resulta mucho más fácil cruzarla temprano, sin turistas por medio.

La boda del próximo fin de semana se celebrará en la residencia que Eamon Kavanagh tiene en Medina. Todavía tengo que escribir mi discurso, y aunque a Kate le fastidie, me he negado a dejar que lo revise para darle el visto bueno.

Es una maniática del control.

No sé cómo Elliot la aguanta.

Ana y Mia serán parte del cortejo nupcial: Ana como dama de honor principal y Mia como dama de honor a secas. Espero que la situación no resulte muy incómoda con Ethan por ahí.

Sacudo la cabeza. No le gustas tanto, Mia.

Sigo adelante y mantengo el ritmo por Stewart Street mientras corro hacia el Escala.

De vuelta a casa.

Bueno, a una de nuestras casas.

Dividimos el tiempo entre nuestras dos residencias: el Escala entre semana y la Casa Grande, como la llama Ana, el fin de semana. Por el momento nos funciona.

Cuando llego a la entrada principal, compruebo qué tiempo he hecho. No está mal.

En el ascensor recupero el aliento y, como subo solo, estiro un poco.

La señora Jones está ocupada en la cocina cuando cruzo de camino al dormitorio. Paso un momento a ver a Ted y lo encuentro todavía muy dormido. Su cuerpecillo se mueve al ritmo de su respiración.

Vaya, cómo me gusta verlo dormir.

Hope, su niñera, debería estar levantada y venir a buscarlo dentro de nada. Ana también sigue fuera de combate.

Me desnudo en el vestidor y tiro la ropa sudada al cesto, luego voy a la ducha. El agua caliente me empapa y arrastra todo el sudor de la carrera. Estoy ensimismado en mis cosas, enjabonándome el pelo, cuando oigo que la puerta de la ducha se abre. Ana me envuelve con sus brazos y me da un beso en la espalda apretando su cuerpo contra el mío.

Mi día acaba de mejorar muchísimo.

Intento volverme, pero ella me abraza con más fuerza y extiende las manos sobre mi pecho.

—No —dice entre beso y beso—. Quiero tenerte así agarrado. Como debe ser.

Nos quedamos quietos, muy juntos, hasta que ya no puedo soportarlo más. Me giro y la estrecho entre mis brazos disfrutando de la suavidad y la calidez de su cuerpo contra el mío. Ana levanta los labios hacia mí y su mirada se enturbia.

—Buenos días, señora Grey. Feliz aniversario.

—Feliz aniversario, Christian. —Su voz es seductora y está cargada de deseo.

Rozo sus labios con los míos y mi cuerpo cobra vida. Igual que el de Ana, que gime y me besa abriendo la boca para que pueda acceder a su lengua, que recibe la mía con enorme fervor. Nos besamos, nuestras lenguas se enredan y luchan, se desfogan de lo que debe de ser una semana entera de frustración mientras ella desliza las manos por mi espalda, hasta mis hombros, y luego las enreda en mi pelo y me empuja contra los fríos azulejos.

Sin aliento, va dando pequeños mordiscos por mi mandíbula hasta llegar a la oreja.

—Te he echado de menos —susurra bajo el rumor de la ducha.

Joder.

Sus palabras son gasolina sobre mi fuego. Mi erección crece y se pone más dura aún, presionando contra su cuerpo. La desea. Paso los dedos por su pelo mojado para echarle la cabeza hacia atrás, llegar bien a sus labios y seguir consumiendo su boca.

Esperaba que quizá hiciéramos el amor con ternura, como lo hemos hecho últimamente.

Pero no esto.

Ana está encendida y ansiosa. Recorre con los dientes la línea de mi mandíbula sin afeitar. Sus dedos tiran de mi pelo mientras yo bajo las manos hasta su culo y lo atraigo hacia mí. Ella se retuerce contra mi cuerpo en busca de fricción; su intención está muy clara.

—¡Ana! ¿Aquí? —susurro apenas.

—Sí. No me voy a romper, Christian. —Me besa la línea de la clavícula con vehemencia y sus manos bajan por mi espalda hasta encontrar mis nalgas. Aprieta con fuerza y luego desliza una mano a mi erección.

—Joder... —susurro con los dientes apretados.

—Echaba esto de menos. —Me coge la polla y empieza a mover la mano arriba y abajo mientras su boca vuelve a buscar la mía.

La echo hacia atrás para contemplarla; tiene los ojos entelados por la pasión. Su mano aprieta más a mi alrededor, y yo la observo y aprieto las nalgas con cada movimiento, yendo en busca de su mano.

Ana se lame los labios.

Oh, no. A la mierda.

Quiero entrar en ella.

Y acaba de decirme que no se va a romper.

La levanto.

—Rodéame con las piernas, nena.

Obedece con una agilidad sorprendente.

Deben de ser sus sesiones con Bastille.

Y su lujuria.

Giro para apoyar su espalda contra los azulejos.

—Estás preciosa —susurro, y me meto despacio en su interior.

Ella echa la cabeza atrás, contra la pared, y gime.

El sonido viaja hasta el extremo de mi polla.

Y empiezo a moverme.

Duro. Deprisa.

Ana aprieta los talones en mi culo. Me espolea. Sus brazos se enredan en mi cuello y me acunan mientras la penetro. Una y otra vez. Se le acelera la respiración, que suena más fuerte y más ronca junto a mi oído. Está cada vez más cerca.

—Sí. Sí... —susurra, y no sé si es una súplica o una promesa.

Ana.

Mi amor.

De repente grita, consumida por el orgasmo, y yo me dejo ir y la sigo hacia el abismo y me corro dentro de mi mujer mientras grito su nombre.

Cuando recobro la cordura, estoy apoyado contra ella, sosteniéndonos a ambos. Ana desenreda las piernas y se desliza por mi cuerpo hasta que los dos quedamos de pie en la ducha.

Apoyo la frente en la suya.

Y juntos recuperamos el aliento.

Abrazados bajo el chorro de agua caliente.

Ana levanta la cabeza, me coge la nuca con las manos y me acaricia los labios con los suyos. Suaves. Dulces.

—Lo necesitaba —dice.

Me echo a reír.

—¡Yo también, nena! —Mis labios vuelven a estar sobre su boca, pero esta vez con gratitud.

—¿Podemos disfrutar de la segunda parte en la cama? —Le siguen brillando los ojos.

—Pero... ¿y el trabajo?

Niega con la cabeza.

—Me he tomado el día libre. Quiero pasarlo en la cama contigo. Nunca volveremos a disfrutar de esta primera vez, y quiero celebrar nuestro aniversario haciendo lo que se nos da mejor.

La miro sonriendo, henchido de todo el amor del mundo.

—Señora Grey. Sus deseos son órdenes.

La cojo en brazos y la llevo otra vez a la cama, donde la tumbo aunque los dos estamos empapados.

Ana está durmiendo boca abajo y desnuda en nuestra cama. Le doy un beso en el hombro y me levanto. Saco unos pantalones de chándal y una camiseta del vestidor y voy a buscar algo de comer. Paso a ver a Teddy y me encuentro a Hope con él, cambiándole el pañal.

—Buenos días, señor Grey. —Su dulce acento arrastrado delata que tiene raíces sureñas.

—Buenos días, Hope.

Hope cuida de Teddy cuando Ana está en el trabajo, y vive arriba, con el resto del personal.

Tiene cuarenta y pocos años. Nunca se ha casado. No ha tenido hijos. Seguro que ahí hay una historia que Ana desentrañará algún día. Se le da bien hacer que la gente le cuente cosas.

Conmigo lo consiguió.

Hope lleva tres meses con nosotros, y de momento la cosa funciona. Ana insistió en contratar a alguien mayor, una niñera profesional, porque ella es muy joven. «Quiero a alguien de quien pueda aprender. Mi madre vive demasiado lejos, y la tuya está muy ocupada.»

A Hope no le parece bien que Ted duerma en nuestra cama.

Por mucho que quiera a mi hijo, en eso estoy de acuerdo con ella, pero Ana no da su brazo a torcer.

Hope le da un beso a Teddy en la tripa, y el niño suelta una risita de dicha.

Es un sonido precioso.

—Os dejo a lo vuestro —le digo a Hope.

La señora Jones está en la cocina.

—Buenos días, Gail.

—¡Ah! Señor Grey. Buenos días, y feliz aniversario.

—Gracias. Me gustaría llevarle a Ana el desayuno a la cama.

—Una idea preciosa. ¿Qué les apetece tomar?

—Tortitas, beicon. Arándanos. Café.

—Ahora mismo. Tardaré unos veinte minutos.

—Perfecto.

Voy al estudio a buscar el primero de mis regalos de aniversario para Ana. El segundo, un anillo de eternidad —símbolo de mi amor eterno—, se lo daré esta tarde, durante la cena. Abro el cajón del escritorio para comprobar que la cajita roja con su anillo sigue en su sitio, pero mis ojos se van hacia la fotografía de Ella Pusztai enmarcada en plata que ahora guardo ahí dentro. Ana cogió la fotografía de mi cuarto infantil y la llevó a ampliar y a enmarcar como regalo por mi último cumpleaños. Pero no importa cuántas veces haya abierto ya el cajón, encontrarme con la imagen de mi madre biológica siempre me pilla desprevenido.

«Todavía necesitabas a tu madre. La querías.»

Mi esposa es sobre todo insistente. También encontró la tumba de Ella, y algún día iremos... creo. Tal vez así pueda descubrir algo más sobre ella, y quizá después de eso se gane un lugar en mi estantería.

«Tal vez deberías plantearte perdonarla a ella también.»

Estoy trabajando en ello, John. Estoy trabajando en ello.

Ya basta, Grey.

Cierro el cajón tras sacar el regalo que voy a darle a Ana esta mañana. Espero que le guste. Lo dejo en la mesa y miro la hora. Las 8.30. Andrea debería estar ya en su sitio. Mi mujer ha decidido quedarse en casa, así que yo haré lo mismo. Levanto el teléfono y llamo.

—Buenos días, señor Grey.

—Buenos días, Andrea. Cancela todas mis reuniones de hoy. Voy a tomarme el día libre.

Se produce una breve pausa y Andrea contiene un suspiro antes de contestar:

—Sí, señor.

—Y no me llames. Para nada.

—Eh... Claro. Quiero decir, sí.

Me río.

—Gracias. Díselo también a Ros. Pase lo que pase, puede esperar hasta mañana.

Andrea ríe.

—Así lo haré, señor Grey. Disfrute del día. —Ya somos dos de buen humor.

Ana sigue dormida cuando entro con la bandeja. La sábana le envuelve el cuerpo solo a medias, así que me obsequia con la espectacular vista que ofrece mi mujer. Todavía tiene el pelo alborotado de antes, cuando hemos hecho el amor, y está extendido con exuberancia sobre las almohadas. Con un brazo por encima de la cabeza, se le ve parte de un pecho y de una pierna escultural. La luz de la mañana acaricia su cuerpo como si hubiese quedado retratado por un gran maestro. Un Tiziano, o un Velázquez, quizá.

Afrodita.

Mi diosa.

Ha perdido peso desde que nació Ted, y sé que quiere perder más, pero para mí está igual de preciosa que siempre.

El tintineo de las tazas de café la despierta, y me recompensa con una sonrisa deslumbrante.

—¿Desayuno en la cama? La verdad es que me estás malcriando.

Dejo la bandeja sobre la colcha y me siento junto a ella.

—¡Menudo festín! —Da una palmada—. ¡Estoy muerta de hambre! —Se lanza sobre las tortitas y el beicon.

—Tienes que agradecérselo a la señora Jones. El mérito no es mío.

—Lo haré —masculla con la boca llena.

Comemos en un silencio muy agradable, disfrutando de estar los dos juntos.

Es una sensación muy curiosa.

Una satisfacción completa.

Solo he sentido esto con Ana, así que me concedo un momento para apreciar mi grandísima suerte.

Tengo una mujer maravillosa y lista que me quiere.

Un hijo hermoso, que ahora mismo está al cuidado de Hope.

Mi negocio está en buenas manos. Todas las empresas que hemos comprado estos últimos años han resultado ser muy rentables. La tableta solar es un gran éxito, y estamos creando nueva tecnología para complementarla, dirigida sobre todo al tercer mundo.

Estar aquí sentado con mi mujer, comiendo tortitas, es lo mejor que puede haber.

Cuando termino, aparto mi plato.

—Tengo una cosa para ti que sí es mérito mío. —Cojo el paquete envuelto en papel de regalo que he dejado en el suelo, junto a la cama.

—¡Oh! —Ana alcanza una servilleta y se limpia las manos mientras yo pongo su plato vacío en la bandeja y la quito de en medio.

—Toma.

Me mira con curiosidad cuando le entrego el paquete pesado, ancho y alargado.

—Son nuestras bodas de papel. Esa es tu única pista.

Ana sonríe y empieza a desenvolverlo con cuidado, intentando no romper el papel. Dentro hay una carpeta de cuero, grande. Ana se muerde el labio mientras le quita la correa para abrirla. Ahoga un suspiro y se lleva una mano a la boca. Bajo la tapa hay una fotografía en blanco y negro de Ana y Ted: ella le está sonriendo y él la mira con adoración. La luz es perfecta, los ilumina a ambos con un brillo cálido y amoroso. Se la saqué hace un par de semanas, especialmente para esta serie de impresiones grandes, y me recuerda a la Virgen de la pequeña capilla de la catedral de Santiago de Seattle.

—Es preciosa —dice Ana en voz baja, sobrecogida.

Estoy muy orgulloso de esas fotos. Tengo la intención de colgarlas para sustituir varios cuadros de la Virgen y el Niño del vestíbulo. En la siguiente, Ana tiene a Ted en brazos mientras mira a cámara, y en sus ojos se percibe un destello de diversión además de algo más oscuro... algo que es solo para mí. Me encanta esa fotografía.

Hay cuatro de Ana y Teddy; y luego la última.

Ana vuelve a ahogar un suspiro. Somos Ted y yo, es un selfi. Lo tengo en brazos, bien rollizo y lleno de hoyuelos, hecho un ovillo contra mi pecho desnudo, dormido mientras yo miro a cámara.

—Oh, Christian, esta es fabulosa. Me encanta. —Ana se vuelve hacia mí con lágrimas en los ojos—. Mis dos hombres preferidos en una sola imagen cautivadora.

—Los dos te quieren, mucho.

—¡Y yo a vosotros! —Cierra la carpeta y la deja a un lado con cuidado antes de lanzarse sobre mí. Las tazas y los platos tintinean—. ¿Ves como sí eres los tres deseos de la lámpara de Aladino, el gordo de la lotería y la cura para el cáncer, todo al mismo tiempo?

Me echo a reír y le acaricio la mejilla con los dedos.

—No, Ana. Lo eres tú.

Agradecimientos

Gracias:

A Dominique Raccah y al entregado equipo de Sourcebooks por acogerme en mi nuevo hogar con tanta calidez y entusiasmo, así como por hacer un trabajo tan espléndido con este libro.

A mi editora, Anne Messitte, por guiarme una vez más con tanta elegancia por entre el caos que es Christian Grey.

A Kathleen Blandino, por la lectura de la versión beta y por pelearse con mi página web. A Ruth Clampett, por la lectura de la versión beta y por su fantástico y constante apoyo. A Debra Anastasia, por los esprints de escritura y las palabras de aliento: ¡al final conseguimos llegar! A Crissy Maier, por su asesoramiento sobre procedimientos policiales. Y a Amy Brosey, por el duro trabajo que ha hecho con el manuscrito.

A Becca, Bee, Belinda, Britt, Jada, Jill, Kellie, Kelly, Leis, Liz, Nora, Rachel, QT y Taylor: chicas, sois todas maravillosas y constituís un puerto seguro para mí. Gracias por los americanismos. Me recordáis constantemente que pertenecemos a cuatro grandes naciones divididas por un idioma común.

A Vanessa, Emma, Zoy y Crissy... por ser tan buenas amigas y defensoras en los medios sociales.

A todos los blogueros maravillosos de ahí fuera que tanto me respaldan... ¡y que son demasiados para poder nombrarlos a todos! Os veo y os agradezco todo lo que hacéis por mí y por la comunidad de autores.

A Philippa y a todos los aliados de los medios sociales que me ofrecen su altavoz y su apoyo. Muchísimas gracias.

A las chicas de Bunker 3.0. Moláis mucho.

Y a todos mis amigos del mundo del libro, por ser una fuente constante de inspiración y respaldo. Ya sabéis quiénes sois; solo espero que podamos vernos pronto, en algún momento.

A Julie McQueen, por toda la ayuda *off-site* y por todo lo que haces por los míos y por mí.

A Val Hoskins. Mi agente. Mi amiga. Es maravilloso tener a una mujer como tú a mi lado. Gracias por todo.

A Niall Leonard, gracias por la edición inicial, por esas tazas de té, por obligarme a cuestionar siempre mis decisiones, por tu apoyo férreo y, sobre todo, por tu amor.

Y a mis dos preciosos chicos: mi amor por vosotros llega a abrumarme a veces. Sois mi alegría. Gracias por ser dos jóvenes tan maravillosos y apoyarme tanto. (Y, Minor, ¡gracias por tu ayuda con la partida de póquer!)

Y a mis lectores, gracias por esperar.
Este libro me ha llevado mucho más tiempo del que pensaba, pero ojalá lo hayáis disfrutado.
Era para vosotros.
Gracias por todo lo que habéis hecho por mí.